U0113472

# 玄 庄

张曰凯◎ 著

中国文史出版社
CHINA CULTURAL AND HISTORICAL PRESS

图书在版编目（CIP）数据

玄庄／张曰凯著. —北京：中国文史出版社，2022. 5
ISBN 978-7-5205-3528-1

Ⅰ. ①玄⋯ Ⅱ. ①张⋯ Ⅲ. ①长篇小说-中国-当代
Ⅳ. ①I247. 5

中国版本图书馆 CIP 数据核字（2022）第 072059 号

**责任编辑：**方云虎
**封面设计：**新成博创

出版发行：中国文史出版社
社　　址：北京市海淀区西八里庄路 69 号　　邮编：100142
电　　话：010-81136630
传　　真：010-81136666
印　　装：廊坊市海涛印刷有限公司
经　　销：全国新华书店
开　　本：710 毫米×1000 毫米　　1/16
印　　张：29. 25
字　　数：350 千字
版　　次：2022 年 9 月北京第 1 版
印　　次：2022 年 9 月第 1 次印刷
定　　价：79. 00 元

作者近照

# 作者简介

　　张曰凯，山东武城县人，1961 年毕业于北京大学中文系。长期从事文学编辑，历任内蒙古人民广播电台记者、文学编辑，《人民文学》杂志社编辑，《小说选刊》杂志社编辑、编审，中国作家协会秘书处处长，创作研究部副局级研究员等职。中国作家协会会员，中国当代文学研究会会员，中国期刊协会理事，白鹿书院院士。1956 年开始发表作品，著有中短篇小说集《祭歌》，文学评论集《觅踪寻痕》，散文集《故土怀古》，长篇小说《悠悠玄庄》等。主编《新笔记小说选》《当代百家小说精品集成》（六卷本），《矛盾文学奖获奖作家散文精品》（十卷本），《鲁迅文学奖获奖作家新作精品》（十卷本）等丛书。

美是生活。

——[俄]车尔尼雪夫斯基


随事生情，因情得文。

——脂砚斋

《玄庄》是一部农民命运史、乡村文化史。小说描写的是我的故乡鲁西北农家生存状态及三代人精神历程，蕴涵对以儒家思想为核心的中国传统文化的反思。生活基础深厚，艺术想象丰富，给人一种震撼力和思考。充溢着人情意味，耐人品赏，独具艺术特色。

著名作家　邓友梅

# 序：追求真实 追求朴素 追求古典意蕴

冯立三

张曰凯的长篇小说《玄庄》是一部重在以传统笔法，全方位地展示鲁西北二十世纪初至中华人民共和国成立前夕近五十年农村社会生活斑驳陆离的长篇画卷。在迄今为止的全部中国小说中艺术最为成熟的描写中国农民生活、农民性格、农民命运，也即是描写以农民为代表的中国人的生活、性格及命运的长篇小说中，于今又多了一部力作。注重民族生活，注重民族语言，追求含有内容与形式两个方面，并力争使其二者达到水乳交融的民族化程度，在曰凯不是一个口号，而是一个贯穿于全部创作过程的始终如一的信念。这使《玄庄》个性鲜明而独具艺术光彩，而更见中国小说的特点。

曰凯的文学民族自觉弥漫于他的小说的所有章节和细节，流淌于字里行间。现在还有谁为了写作一部小说，而一连数年，年年回山东去考察农民生活，农村文化，农村历史沿革和活在农民口头上的语言？还有谁一遍一遍研读《金瓶梅》《红楼梦》，向它们虚心请教如何体察生活、体验人物、结构人物关系，捕捉人间那些最真切、最生动、最传神、最能折射人的内心世界的，既在语法之中，似乎又在语法之外的，最能表现人物性格的人物语言？

曰凯以他的《玄庄》的民族化成绩，生活化成绩，个性化成绩，得以与中国古典文学沟通，与中国农民生活及心理沟通，与时下最优秀的反映农村生活、农民问题的小说沟通，它有资格列入当下优秀长篇之列。

《玄庄》是个悲剧结构。

一面是中华民族勤劳、善良、朴实、勇敢、好公益、重教育、睦邻居的传统美德，令人心驰神往，发思古之幽情。

一面是为小农经济与儒家思想本身内在矛盾所决定的严酷的家长制，将"礼"置于生命之上的昏聩，扼杀人性的残忍、愚昧、狭隘。

一面是勤劳致富、和睦相处、重道重教的小康之家，一面是各有心事、各有不幸，悲剧气氛阵阵袭来，笼罩全篇。

赵太世是作者浓墨重彩塑造的家长形象。儒家思想中"仁"与"礼"的矛盾在他身上体现得强烈而鲜明，他之死，可以视为"为礼殉难"。

"白描"是中国小说的基本艺术描写手段，它使中国小说比西方小说更凝练、更干净，更便于欣赏，更有利于记忆，它重人物语言和人物行动的刻画。赵太世收留宝雁显得多么仁义，但一句惊天动地的"俺不能倒行孝"，又使他的形象显得多么不近人情！这是小说提炼人物语言的一个范例——仅仅六个字便活脱脱写出一个宁牺牲亲情和自己的仁爱形象也要维持"礼"之规矩的庄严性的一个老一代农民，老一代家长形象的一个重要侧面——不乏偏激，但唯其如此，"礼"的反人性——鲁迅甚至以"杀人"论断之——的一面，才获得更鲜明的表现。曰凯敢于把事物推向极致的描写，显示了一种文学创造者的气魄。

赵安福作为劳动之力与美的化身，有撼人心魄的艺术魅力。他那"龙口夺粮"，在风雨浪涛中，肩负重载，踏水而来的劳动者的高大伟岸形象，是现代中国小说中有关劳动和劳动者描写的最动人的文字：

"大水已流到脚下，大水已经流进棒子地。"
"赵安福仍坚持着掰棒子槌，不动声色，片刻不停！……
此刻，他胸中似万马奔腾，又似万箭穿心！哪能抛下自个儿命脉的产儿？哪能丢下自个儿辛劳的果实？他要和大水争个高低，他要水中夺粮……"

"赵安福肩扛着鼓鼓的麻袋站立在水中，一步一步向前挪动。"

描写劳动人民却不写劳动而专注于围绕劳动写思考，写政治，写爱情，那是过去创作中常犯的毛病。曰凯熟悉劳动又是热爱农民的，故能写出这等壮丽的劳动诗篇。

在传统文化的环境和氛围里，小说有节奏、有错落、有交叉、有呼应，可以构成中国劳动妇女系列群像地写了七个女人不同的坎坷命运，色彩斑斓，感人殊深。悲苦、怨仇、钟情、孤寂、忍辱负重，生离死别，幸福的希冀，痛苦的压抑，以短暂的人性张扬换取死亡亦不悔恨的气度，种种描写，很见才情。无论是否与己相关，凡有过失、灾难、不幸，她们都自怨自责，这种与西方宗教"原罪说"相似的"中国妇女祸水说"的刻画，有其独到的深刻性。

像《红楼梦》一样，女人写得好，男人稍逊。贾平凹也是这样。

在《玄庄》中，赵宝成与宝雁的友情——友情和爱情朦胧状的边缘感情——边缘性感情是一种思想性格容量大，色彩丰富的特殊感情形态。在这个友情和爱情朦胧状的边缘感情里，其悲剧性自有它的动人处，但曰凯在描写的过程中，也有因受《红楼梦》熏陶过甚，而稍觉勉强处。好在曰凯为人厚道，心怀大志，不屈不挠，敏于捕捉，善于勾勒，若在人物及场景描写的细微处多作斟酌，必将更上层楼。

作家创作以对生活有所发现为前提，不以图解他人思想为能事。曰凯不再强迫自己通过故事表现命运，通过命运表现规律，而经由独立的学习，独立的思考，独立的调查，独立的判断，独立的书写，而成独立的创作，这一创作道路，十分值得肯定。号称创作而没有独立性做支撑，岂非咄咄怪事，哪里会有真正的成就可言？小说当然不必照相式的自然主义地反映生活，新的现实及历史的构想当成艺术想象的成功范例。

真实地表现中国山东鲁西北农民的生活，心理和自然的生活流程，充分表现熟练驾驭文字以自由展示农民各种生活情态的文学才情，这是曰凯的天职和福分。至于得出怎样的政治结论和历史趋势，概非所计，应该是什么结论就是什么结论，这叫人民创造历史，作家描写历史。追求真实，追求朴素，追求古典意蕴，可以引导曰凯走向更大的成功。

# 目　录

# 引　子


　　鲁西北平原方圆五百里找不到一块石子——哪怕是豆粒大的石子，石磨、石碾、石槽、碌碡都是从七八百里以外的鲁南运来的。古老的黄河在这方土地上狂奔肆行多年了，留下了数不清的足迹——黄河故道，夹带来了大量泥沙馈赠给平坦的土地，然后拖着疲惫的身躯，倦意慵慵走向自己的归宿。于是，鲁西北平原上积淀了丰厚的黄土，庄稼、村落都弥漫在黄土中，春夏之交或是干旱的夏季，村街上、田道上仿佛流淌着一条黄土河，庄稼人踩下去便是一个深深的脚窝，黄土顺着脚脖流淌，回家来鞋窠里能磕出几两黄土。外地人来这里住上三五天，临走浑身上下少说也带走斤把黄土。

　　然而，黄土平原上阡陌纵横，田畴连片。浩浩荡荡的青纱帐，威风凛凛，往往演绎出一桩桩惊心动魄的传奇故事，或是男欢女爱的风流逸事。庄稼汉子站在寥廓的旷野里，赤裸着紫红的脊背，扯开嗓子呐喊高歌，方圆百里都传播着那粗犷高亢的音律。待到秋高气爽，蓝天白云，白花花的棉田里点缀着腰系花兜的妇女，哼着小曲不紧不慢地拾棉，又带有几分娇娆缠绵的情调。

　　一条蜿蜿蜒蜒的漳卫运河实在是鲁西北人引以为自豪的，它是京杭大运河最古老的一段河道，如果从隋大业四年开永济渠算起，已有一千三百多年的历史了。一方水土养一方人，漳卫运河坦坦荡荡纵贯鲁西北平原，滋润着这片黄土地，也培育了鲁西北人的性情风习。农夫在田间耕耘，白帆在运河上游动，高高的桅杆上飘着几朵白云，撑船汉子唱起歌谣：

> 运河水，哗啦啦，
> 扯起白帆把俺送回家。
> 回到家，干什么？
> 炕头上，抱娃娃，
> 和孩儿他娘拉呱呱①。
> ……

那实在是一道最美丽的景观。

黄土平原上，村庄鳞次栉比，密密麻麻。小媳妇骑上毛驴或是撒开一双小脚回娘家，那是要不了一两个时辰就可以见到亲爹娘的，不过女人的脸上往往是泪迹斑斑。绿树丛里整整齐齐排列开一座座农家宅院，看上去既庄严又给人一种切肤之感。一般说，三五间北房，一明两暗，再加上两间小跨屋。明间是客厅兼灶房，还是夏日的餐厅，暗间即是大炕卧室了。长辈住东里间，晚辈住西里间，规矩是不可破的。东西两间小跨屋那是农家的粮仓和密室，外人是进不得的。或是土坯苇房，或是青砖瓦房，高高的房脊上立几块鸟兽砖雕和一块刻有"泰山石敢当"的青砖作为镇宅石。东西厢房，有的是给儿女准备的；有的即是牲口屋和柴草房了。漆黑的大门，迎面一堵影壁墙，影壁墙上斗大一个"福"字，让人肃然起敬。宅院里，鸡犬相闻，老牛哞哞，还有一两棵枣树、石榴树，红红绿绿，婀娜多姿。黄澄澄的棒子槌，红艳艳的辣椒串挂满门框、窗棂，满满当当，人间烟火气十足……

黄土平原上上千个村庄，有一个村庄叫玄庄。玄庄三百多户人家，一千多口子人，有贫有富，其中有一户中等农耕之家，不贫不富，天下第一姓赵家。这当口，天外飞来一桩横祸落到赵家，牵动了全家人的魂魄——

---

① 拉呱：说话儿，聊天。

# 第一章　宝成丢了

赵家的宝贝孙子丢了！

——不异于向赵家扔了一颗炸弹！

赵太世坐在北房堂屋圈椅里，端着烟袋，焦躁得一口接一口抽烟。

大儿媳安福家里的跪在地上，不住地泣泣地说："爹，都怪俺，都怪俺，俺光顾了给宝成买羊肉包子，就没想到宝成会……"

赵太世重重地放下烟袋，急道："粗心大意，粗心大意就会出大错！败家，败家啊！"

站在一旁的郑氏缓缓地说："当家的，你先别着急，老大老二不是找去了嘛！也许过一会儿成儿会回来。"

赵太世又急道："这么大一个庙会，人山人海，到哪里去找？唉——"

站在屋门外的二儿媳安禄家里的倚着门框不紧不慢地说："要说呢，这事也不赖大嫂，宝成这孩子忒贪玩儿，他要是老老实实待着，也不会丢了不是！"

赵太世愤愤地说："混账话！"

安禄家里的讨了个没趣儿，索性回自个儿的西厢房去了。

安福家里的仍抽抽搭搭不住地叨念："都怪俺，都怪俺……"

郑氏搀起安福家里的，说："成儿他娘，起来吧，谁也不愿意自个儿的孩子丢了啊！"说着话音里泣泣地就掉泪了。

安福家里的见婆婆掉泪，一腔泪水倒出来，扑到婆婆怀里就放声哭了："娘，娘，宝成要是有个好歹，俺可没脸活在世上了……"

三月三，玄庄赶庙会，百里之外的庄稼人都来逛逛。经商的，上香的，汉子买把锄头、镰刀，妇女扯块花布、买瓶桂花油。看大戏，观杂要玩意儿，是这一方庄稼人一年到头的盛典乐事。玄庄庙会已有十几年历史了。十多年前这一带兵祸、匪祸、灾祸横行，民不聊生。一道人来这里传教，道人观天象二十八宿，说须请二十八宿四象之一北方七宿之神玄武大帝①降临这方土地，方可为百姓禳灾降福。于是武秀才赵占魁带领几个人到方圆百里之内的村镇募捐筹款，赵太世当时承担的是记账的差使，立起一座玄武庙。庄名也由原来的赵庄改为玄庄。

玄武庙屹立于青砖垒的高台之上，三间正殿，东西两厢又有配殿，都是雕梁画栋，连檩子椽子上都绘有人物花卉。正殿门两侧一副木刻金字对联：

> 逞披发仗剑威风仙佛焉耳矣
> 有降龙伏虎手段龟蛇云乎哉

殿内布满泥塑神像，正中央是玄武大帝，披黑发、持利剑，脚踏龟蛇二将。左右两侧又有众神君像。左侧是：白虎君、为天君、瘟天君、仙曹、雨师、电母；右侧是：青龙君、赵天君、关天君、仙真君、风伯、雷公。这些众神君像有的青面獠牙，有的目瞪嘴咧，个个一副凶神恶煞样子；唯玄武大帝金粉塑面，黑睟红唇，严正中微露笑靥，一副慈善面目。这大概是以凶煞震威，以慈善诱人吧！香案上摆满供品，香炉

---

① 二十八宿、玄武大帝：我国古代天文学家选取了二十八个星座作为观测天象的标志，称为二十八宿。它又平均分为东西南北四组，每组七宿，四个方位又与苍龙、白虎、朱雀、玄武（龟蛇）四种动物形象相配，称为四象。北方配玄武。玄武大帝是神话传说中的北方之神，是道教信奉的神灵。

里燃着数十炷香，殿内烟雾缭绕，一道人微闭双目，呆呆立在香案旁一下一下敲着磬，善男信女跪满一地。

　　与玄武庙对峙的是大戏台，土垒的戏台丈把高，戏台上搭的席棚有檐有厦，棚脊上扎着鸟兽鱼虫，棚檐下四周挂满彩色百戏图，台下看棚少说也有千数平方米，设雅座，分男座女座。玄武庙和戏台四周布满饭铺、茶馆、商店、货摊。大商贾搭起席棚摆柜台，中小商贩扯起布帐摆个摊子；又分出杂货行、绸布市、农具行、牲口市……像是一时山南海北百货云集。耍猴的、变戏法的、玩大刀钢叉的、顶坛子吞宝剑的、占卜算卦的，找块地盘围个圈子，竞相施展着他们的绝活或骗术。五花八门的花子①也忘不了这是一个填饱肚子的大好时机，他们成群结伙，叫街的拍着胸膛，扯破嗓子喊叫："啊！爷爷奶奶行行好吧！"拉头的拿把剃头刀往自己头上拉一刀，鲜血顺着前额流下来，叫道："爷爷奶奶舍个钱吧！"

　　好大一个庙会！人山人海，万头攒动。


　　安福家里的一早给六岁的儿子赵宝成穿戴好了，头戴杏黄虎头帽，脚穿藏青虎头鞋，玫瑰紫绣花小棉袄，葱绿薄棉裤，胸前挂着德州银楼上打的长命锁。她走进东里间屋，问声婆婆："娘，俺领宝成到庙会上逛逛，看看有合适的衣料给宝成扯件裤褂，该换季了。"郑氏摸摸宝成的穿戴，说："去吧，今年节气晚，清明还有几天哩，可给孩子穿暖和点。"安福家里的应着，走出屋。宝成又抢着说："奶奶，俺要拨浪鼓。"郑氏也走出屋，笑道："记着，给俺成儿买拨浪鼓。"安福家里的应着，领着宝成已走到天井里，郑氏站在堂屋外的台阶上又嘱咐："成儿他娘，庙会上人多，有那不三不四的行子②抱小孩，可看好孩子呀！"安福家里的连声应着，说："娘，你放心吧！"

―――――――――――

　　① 花子：乞丐。

　　② 行子：行（hang）子，骂人或贬低物品的话，犹如说"东西""玩意"。

　　安福家里的领着宝成先登上玄武庙，走进正殿，宝成紧紧偎在娘身后，说："娘，俺怕。"安福家里的说："孩儿，不怕，咱给玄武爷上香磕头，玄武爷保佑孩儿岁岁平安，长命百岁。"宝成抬头看看玄武大帝，浑身一激灵，仿佛有一股威严的气势传送到他小小的心灵，不觉对这一尊神有了敬畏之感。看看两旁众神君像，眼睛瞪着他，朝他张牙舞爪，像是要抓他挠他，仿佛到了一个鬼神世界。宝成心里跳得紧了，身上抖起来，但又不敢哭叫。他看着娘上了香，又看着娘放到香案上些铜钱，忙跟着娘磕了三个头，慌慌地拉住娘的手走出正殿，步下玄武庙，才渐渐稳定了神情。

　　庙会上各种叫卖声呼喊声此起彼伏，梆子戏的唱腔隐隐传来。男男女女熙熙攘攘，摩肩擦背。安福家里的抱起宝成在人群里挤着，在一个绸布市摊子前停住脚，挑拣衣料。摊主说："大嫂，这里有杭州的白绫，夏季穿又凉快，又柔软，扯身衣料吧。"安福家里的瞧一眼，摇摇头，说："掌柜的，俺给孩子扯身洋布衣料哩，庄稼人穿不起绫罗绸缎的，有天蓝色的洋布吗？"摊主笑笑说："有，有。"忙搬过一卷天蓝色的洋布，看看宝成说："好俊的公子哥，穿上一身天蓝色裤褂就更精神了。大嫂扯七尺还是八尺？"安福家里的说："扯七尺半吧，尺寸宽裕些。"摊主麻利地量了尺寸剪了，笑道："大嫂，没错，少你一分一厘，俺再补给你七尺半布。"说着，又叫卖起来。

　　安福家里的领着宝成又往前逛，走着走着，正巧身边布帐里蒸包子的笼屉热气腾腾，一股羊肉香味传来。店家喊道："包子，刚出笼的羊肉包子。"宝成说："娘，俺吃羊肉包子。"当娘的心疼孩子，把宝成放布帐外，说："成儿，娘给你买羊肉包子去，你好好等着，别动。"宝成欢喜地答应了。又正巧布帐旁边有一老人卖风车，红红绿绿的风车转动着，老人吹着吱吱响的风哨。宝成的眼神就被吸引过去，慢慢蹭到风车摊前，看那转动的风车。

　　待安福家里的买回羊肉包子来，就不见了宝成。她顿时一愣，放眼四处搜寻，仍不见踪影，她心慌了！包子掉到地上也不觉，一颗心就越发跳得厉害，不禁大声喊道："宝成！宝成！……"

安福家里的正坐在西里间屋炕上嚯嚯地哭泣，郑氏也陪着掉泪。赵安福、赵安禄哥儿俩一前一后踏进门来，安禄说："爹，找遍了庙会，不见宝成的影子。"安福拿个小板凳坐下，垂下头，直"唉、唉"地叹气。

赵太世吐出一口烟雾，说："估摸着，要是乡邻们看到早送回来了；要是拐子抱走了，还不到半天工夫，出不去五十里地。安禄，你去找武秀才赵占魁，求他把红枪会①的人撒出去，方圆五十里以里，一村一镇地挨着找，后晌②咱白馍馍炖猪肉犒劳红枪会的人，有见着送信儿的，咱给赏钱，卖宅子卖地也得把宝成找回来！"

安禄应了一声就出门了。安福听到里间屋里有唏嘘之声，朝里间屋嚷道："就知道哭！这么大个人了，连孩子也看不住，还有脸哭！"

里间屋里的哭声渐渐弱下来，赵太世磕掉烟灰放下烟袋，说："都出来，上香，摆供。"

一家人又都忙着朝拜神灵的事务。赵太世换了一件青色长袍，戴一顶道冠，赵安福也整整衣裤，摆好香炉，点上三炷香。女人们忙着摆供品。


庙会上，宝成正专心看那红红绿绿的风车，耳边又传来一阵锣鼓声，随着锣鼓声有人喊叫："快来瞧哪，快来看，毛猴人猴真稀罕。"宝成循着声音走过去，那里围了一圈人，他从人缝里钻进去，只见一个小毛猴在场子里翻跟头，又爬上一根高杆，在高杆上头朝下荡来荡去，弄出各种怪相，引得众人一阵阵哄笑，宝成也跟着笑。接着，耍猴人又喊："伙计。"敲锣人应一声："哎。"耍猴人说："把咱那宝贝人猴请出来，给老少爷们作揖鞠躬。"敲锣人应道："好嘞，睛好吧。"说着，"哐哐哐"敲起锣来。

---

① 红枪会：玄庄百姓以迷信的形式自发组织起来的保家护庄的群众组织，头扎红巾，胸戴红兜，持红缨枪和红缨大刀。

② 后晌：晚上。

一个人面兽身的"人猴"出场了，脸面白白净净，看上去八九岁的样子，浑身长满褐色的长毛。他向众人做了作揖鞠躬的姿势，然后就呆呆地站着，口里哑哑有声，两眼流下一串串泪珠，并不作什么表演。宝成纳闷，这是人呢，还是猴呢？旁边一位老人说："可怜的孩子，让人残害了。"宝成问："老爷爷，他是人吗？"老人说："两年前，他和你一样是个六七岁的孩子，拐子拐走了，又卖给耍猴的。耍猴的在那孩子身上拉开一道道血口子，粘贴上猴皮，又割掉了他的舌头。"宝成听了这个骇人听闻的故事惊呆了，不免心中伤感。老人嘱咐说："孩子，你的大人呢？快找你大人去吧。"宝成这时候才想起了娘，忙钻出人群，喊："娘，娘。"

宝成正要走开，一个花子拦在他面前，那花子拉头上一刀，鲜血甩在宝成身上，叫道："爷爷奶奶，行行好吧。"宝成吓得哭了。一个汉子衣衫褴褛，手里摇着一个拨浪鼓走过来，弯下腰，说："拨浪鼓，好玩吧，给。"宝成眼睛一亮，又迟疑地向后躲了两步。那汉子笑嘻嘻地说："孩子，不怕，俺领你找你娘去。"说着就把拨浪鼓递到宝成手里，一把抱起宝成，急急地往人群里钻。宝成渐渐觉得不对劲，又放声哭了。那汉子紧紧抱住宝成，东闯西颠，一口气跑到了戏台底下……

赵家堂屋里香烟缭绕，肃穆寂静。一家人都屏住气，无一人出声。赵太世领全家人朝北方齐跪在八仙桌前，口里念念有词："玄武爷在上，弟子赵太世叩头。"家人各个报出自己的姓名、姓氏：赵安福、赵郑氏、赵鲁氏、赵奚氏。齐刷刷磕了一个头。接着，赵太世又领头念道："孙赵宝成不幸丢失，求玄武爷保佑……"

赵家一家人的祷告未了，天井里传来一声尖厉的哭叫："奶奶，娘，娘……"冲破了肃穆神秘的气氛。

先是安福家里的和郑氏急步走出屋，接着安禄家里的、赵安福、赵太世也一齐走出来，只见活生生的宝成站在眼前。安福家里的伸开双臂，一把把宝成搂在怀里，泪水就下来了，哭道："俺的孩子！你可回来了！"又不住地亲吻宝成的脸蛋，一连声地叫着："成儿，成儿。"宝成也哭个不住。郑氏忙凑到宝成身前，拉着宝成的手，边掉泪，边不住地说："成儿，成儿，可想死奶奶了！"安禄家里的说："俺就知道，宝成命大，有玄武爷保佑着哩！"又说："这是咋的了？孩子回来是喜事，咋的都哭起来了呢！"赵安福微微笑着说："回来就好，都快进屋吧。"安福家里的、郑氏这才止住哭，只是宝成仍抽抽搭搭的。

赵太世心里也乐了，但仍一脸的严肃。他抚摸着宝成的头，说："宝成，是谁把你送回来的？"一句话提醒了大家，都又追着问："成儿，你是咋的回来的呢？"宝成回过头，指指影壁墙那边，说："姐姐，姐姐把俺送回来的。"人们的目光朝影壁墙那边看去，这才注意到一个十二三岁的小闺女站在二门外，腼腼腆腆往天井里看。

郑氏、安福家里的忙走过去，说："闺女，快家来吧！"

那小闺女仍腼腼腆腆低下头，说了句："俺回家了！"扭头跑出了大门。

赵太世忙问："这是谁家的闺女？"安福家里的说："这是冯二行的外孙女，叫菊个儿，家在高集，宝成住在他桃个儿姨家的时候，常逗着宝成玩。兴许到她姥娘家来看戏了。"众人这才众星捧月似的簇拥着宝成走进堂屋里。

宝成偎在娘怀里仍抽泣不止，断断续续说："拐子……拐子……"哭了一阵子，渐渐昏昏沉沉睡下。

# 第二章　宝雁来了

原来，那汉子抱着宝成跑到了戏台底下，刚刚放下宝成想歇歇脚喘口气，宝成又不住地哭。

这时候，正巧菊个儿和她的一个小姐妹从戏棚里出来，一眼瞧见了宝成，说："这不是宝成嘛！"

宝成也哭道："菊个儿姐姐，菊个儿姐姐！"

那汉子见有熟人，又急着抱起宝成要跑，菊个儿和她的小姐妹人小劲大，一股倔劲，一齐扯住汉子的衣衫，又一人抱住汉子的一条腿，连声喊："拐子，抓拐子……"那拐子拼力挣脱，两个小姐妹死死抱住，一霎时看戏的人群忽地围过来，把拐子团团围住。那拐子见势不好，就慌里慌张丢下宝成，撒腿跑了。

当时，菊个儿和她的小姐妹领着宝成回她姥娘家了。

这天后晌，吃过晚饭，郑氏走进西里间屋说："成儿他娘，今儿后晌成儿跟奶奶睡吧，你们睡觉沉，怕是照看不到孩子。"安福家里的说："那就让娘受累了。"说着，安福家里的就抱起宝成放到东里间屋炕上，赵太世正坐炕头上抽闷烟，未言语。

这一夜郑氏未合眼，宝成偎在奶奶怀里昏昏沉睡，不时地梦中喊叫，惊醒了三四回。郑氏反反复复安抚着宝成，说："成儿，不怕，奶奶守护着俺宝成哩，拐子不敢来。"又一边抚摩着宝成的脑袋瓜儿一边念道："胡噜胡噜毛，吓不着。"赵太世在炕头那边被窝里说："孩子惊吓着了！丢魂了！"至半夜，宝成醒来，又吵着要吃要喝。郑氏喜地忙穿衣起来，说："俺成儿饿了，奶奶给成儿煮面疙瘩吃。"赵太世说："叫醒安福两口子吧！"郑氏说："甭打扰他们了，你先拿馓子①给孩子吃着，俺去烧水和面。"赵太世穿上衣走到堂屋，伸手摘下挂在房檩上的一只竹篮子，捧出馓子给宝成吃着，郑氏忙抱柴点火。折腾了一个时辰，宝成才又安安稳稳睡下。

五更天，玄庄还笼罩在夜色里，村里村外灰蒙蒙。白天庙会上的热闹场面散去，戏台、商家的棚帐还沉睡着，只听见一声声女人的哀叫：

"宝成，回家了！"

"宝成，回家了！"

……

赵安福手拉着一把扫帚，扫帚上盖着一件宝成的花棉袄，安福家里的跟在后面哀声哀气地叫，那声音颤颤抖抖。他们顺着白天安福家里的走过的路线，走一遭，又围着戏台转了一圈，然后一边叫着，一边转回家。

一声声哀叫拉着长长的尾音游荡在玄庄街上，传送到农家院里，庄稼人说："赵太世家给孙子叫魂哩！"有起早拾粪的老人站住脚，呆呆望着赵安福夫妇的身影，叹口气又走开了。

一连几日赵家全家人围着宝成过日子，唯恐再丢失了这个赵家的传人。因为宝成之前曾经有过两个小哥哥，初生之日，全家人都是喜得不知道怎么着好，大门口挂上红布，一是告示村人添喜；二是忌讳外人进门带进晦气。族中人和近邻都送了喜面、喜蛋。可是喜面、喜蛋还没有吃完，还未等赵太世给孙子起个大吉大利的名字，就都抽了羊角风，三

---

①　馓子：一种油炸的面食。

天头上，全身抽搐，口吐白沫，丧了小命儿。头一个小命儿赵安福只好叹口气，用块破席裹了，埋到地里，安福家里的掉了几滴眼泪。第二个小命儿，赵安福用心打了一个小匣子装了，还起了一个小坟头。安福家里的一连哭了两天，说那小眼睛、小嘴、小鼻子可喜人了，怎么这么短命呢？怎么和娘没有缘分儿呢？两个孙子的夭折给赵太世心里结了个大疙瘩，三年多的岁月里他终日愁眉不展，郁郁不乐，虽说两个儿子还年轻，但是初始不利，这是不祥之兆，像是有一块乌云笼罩着赵家的天地。他终年不断地在列祖列宗灵牌前面祷告："保佑赵家薪火相传，人财两旺。"直到宝成降临人世，这才解开他心头的大疙瘩，舒展开愁容，日日笑逐颜开了。

赵太世赶集给宝成买了烧饼、馓子；赵安福从西洼里捉了一只小白兔放在笼子里，哄着宝成玩；郑氏和安福家里的一日三餐调着样儿地给宝成做可口的饭食。但是，宝成仍然是终日精神萎靡不振，饭也懒得吃。说是要吃烧饼，咬了几口又放下，安福家里的又忙着擀面条，面条擀得薄薄的，切得细细的，面条汤里打了鸡蛋，撒了干芫荽末，点了香油，郑氏一口一口喂了，这才勉强吃了一小碗。

这日午后，暮春的阳光暖烘烘的。一位妇人穿着极其俭朴，左臂上挎着一只竹篮，右手领着一个五六岁的女孩，身后还跟着一个十四五岁的男孩，在玄庄街上逛逛荡荡走着，像是寻找什么东西。不一会儿，她们拐进一条胡同，在一处宅门面前立住脚。妇人仰头看看这户人家的大门洞，虽比不上财主家的阔气，想必也是一户日子过得宽裕的人家了：高高的门洞铺盖着芦苇，上面用石灰抹了，两扇漆黑的大门敞开着，上面刻了字。妇人不识字，她琢磨着可能就是读书人家常说的两句话了："忠厚传家久，诗书继世长。"门楣上四个横排字就是"积善人家"吧！她眼睛一亮，就领着两个孩子迈进了大门。待她站到影壁上斗大的"福"字面前，喉咙里像是堵着一块东西，想说话也说不出，只是索索地站在那里一动不动。

郑氏、安福家里的正坐在堂屋门口哄着宝成玩。宝成坐在安福家里的怀里，郑氏面对着宝成，手里拿两根细细的高粱秆缠一块蜜糖①，口里念道："缠呀缠呀缠蜜糖……"

一语未了，宝成眼尖，手指着天井，叫道："奶奶，奶奶你看——"

郑氏和安福家里的同时转头望去，安福家里的说："是要饭的吧，等等，俺拿干粮去。"

那妇人和两个孩子未言语，扑通一下，一齐跪下了。

郑氏和安福家里的忙一起走出屋，齐声道："快起来。"郑氏说："可怜价的，有啥难处快说，只要俺能帮衬的——"

那妇人仍跪着，未说话先掉了泪，泣泣地说："孩子他爹刚过世，抛下俺娘儿三个，无依无靠，只好要饭了。"妇人说着又哭，"听说你家是个积善人家，求大爷大娘行行好，收养下俺家二丫头，救俺孩子一命啊！"

郑氏也抹了泪，说："先起来，屋里坐，晌午还没吃饭吧？先给两个孩子吃点东西，有话慢慢说。"

安福家里的搀扶起妇人和两个孩子进了屋，就忙着去热饭。

郑氏说："救人是行好，只是这件事要等俺当家的回来才能做主。"

那妇人频频点头应着。

那妇人领来的二丫头虽身架瘦弱，但一双亮晶晶的眼睛闪着光，两个浅浅的酒窝，一副嬉眉笑脸。她不住地扫视室内：这间堂屋虽也烟熏火燎，却无比宽敞，八仙桌上摆着香炉、花瓶、茶壶、茶碗，花瓶里插着香、鸡毛掸子，两把圈椅坐上去是舒适的，靠墙角的橱柜上摆了油罐、盐罐、酱瓶、醋瓶，满满登登，想来过着富足的日子。那双闪亮的眼睛最后落在宝成身上，也正巧，宝成正专注地看着她，两人的目光骤然碰在一起，像有一股磁力互相吸引着，又不觉彼此渐渐靠近。宝成拿蜜糖给二丫头吃，二丫头抿抿嘴，又摇摇头。宝成掏出一个花玻璃球递给二丫头，二丫头未接，也从自己口袋里掏出一个花玻璃球来。宝成一惊，道："你也有一个！"二丫头点点头。两个孩童互相看着对方手里

---

① 蜜糖：麦芽糖稀。

的花玻璃球，宝成手里的花玻璃球是绿花的，二丫头手里的花玻璃球是红花的，两人对视一笑，高高兴兴地玩起了弹玻璃球。

待到妇人和她的两个孩子喝过了红薯粥，吃过了贴饼子，要离开赵家的时候，宝成和二丫头有些依依不舍了。

宝成吵着叫着，说："二丫头不要走，在俺家玩吧！"

郑氏劝说道："成儿，天要黑了，明儿二丫头再来玩吧！"

宝成有些不高兴，偎在郑氏怀里不住地叨念："俺要和二丫头玩，俺要和二丫头玩！"

临走，妇人千谢万谢又给郑氏磕了个头，说："求赵大爷开恩吧！"

郑氏忙搀扶起妇人，说："别这样，使不得，明儿你再领孩子来一趟吧，只要俺当家的答应了，就把孩子留下。"

后晌，一家人灯下说话。一盏小油灯放在堂屋和东里间屋隔断墙上的磕台①里，两间屋都借着光。这是玄庄人多年的惯例，他们为了过好日子，想出各种各样的办法，节约一点一滴的财物，简直是无处不在的节俭。宝成已经睡下，郑氏、安福家里的、安禄家里的坐东里间屋炕上借着微弱的灯光纳鞋底，郑氏还不时地照看着宝成，男人们坐堂屋里。提起白天讨饭的妇人求救收养女孩的事，赵太世端着烟袋吐出一口口烟雾，哑哑哈哈，拿不定主意。赵安禄问了一句："这妇人是哪村的？"安福家里的说："是高集的吧！"赵安禄又问："她男人刚死了？"郑氏说："是啊！抛下她娘儿三个，可怜价的！"赵太世悟道："这么说，她男人是马德昌家的老长工！"赵安禄接话道："就是长工常！死得惨哪！"

原来那妇人的男人姓常，外号长工常，在马德昌家扛活二十余载。前几日到外乡推粮，一人推着一辆装有三百斤粮食的独轮车，回来路上走到南沙河里，独轮车淤住了！南沙河原是黄河故道，春天的风把淤积的沙土刮成一个个小沙丘，重载的独轮车寸步难行。长工常只好将一袋

───────────────

① 磕台：在隔断墙上方挖的一个两边相通的小洞。

袋粮食肩扛过沙河，把独轮车推过去，再把一袋袋粮食装上车。这样一折腾，年近半百的长工常又渴、又饿、又累，又觉得胸口微微作疼。天已黑下来，待他将车襻挎到肩上，两手握住独轮车把猛一使劲，向前推了一步，即刻吐出一口鲜血，栽倒路上，车也翻了！

马德昌的父亲人称马财迷，这天后响在家里不住地叨念："长工常怎么还不回来？又在路上偷懒了！"

次日清晨马德昌寻到南沙河，长工常已全身冰凉，死过两个时辰了，粮食已不见踪影，只有一辆空独轮车歪在那里。

马财迷在家里仰天大哭！玄庄的庄稼人以为这老爷子心肠还好，长工常没白给他家扛二十年活！哪知道，马财迷冲着庄稼人口吐真言："俺哭俺那三百斤粮食啊！三百斤粮食啊！"嗣后，"马财迷哭三百斤粮食"就成为玄庄街上庄稼人谈笑的话柄。

接下来，长工常的后事，又引起一场轩然大波。马财迷又落下一桩话柄。

马德昌找了几个人把长工常的尸首运回来放到他家的场院里，庄稼人就围了上来。那妇人牵着两个孩子扑到尸首上号啕大哭。围观的女人们也跟着抹泪。众人里有人说话："马家得发送了长工常！"众人响应："对，找马德昌去！"两个女人搀扶起那妇人，众人簇拥着，一齐拥进马家宅院里。马德昌见了众人说："兄弟爷们，俺这里正筹办着哩，备了一领新席，一身棉衣，再给他家几十斤粮食。"此话一出，众人里蹿出小伙——赵安禄，叫道："什么？一领席？你当是打发一条狗呀！长工常给你家卖了二十年力气还不值一口棺材？"众人响应："对，一口柏木棺材！"马德昌表示为难。赵安禄说："这事你不为难，有现成的，南屋里摆着一口柏木棺材！"众人齐吼："对，就用那一口柏木棺材！"这一声吼，吓得马德昌浑身索索发抖，惊动了马财迷挺身而出，拦在南屋门口，一本正经地说："这是俺占用的棺材。谁也不能动！"赵安禄说："老爷子，今儿个兄弟爷们就想动一动！"马财迷寸步不让："俺上官府告你们打家劫舍，抢夺财物！"赵安禄领头喊道："兄弟爷们，抬棺材！"众人拥过来。

这当口，赵太世拨开人群走到前面，道："安禄，不要吵。"又转身对马德昌说："德昌，你看这阵势，花钱买副板子，打口棺材吧！"到了这时候，马德昌无可奈何，只好答应了。

第二日，乡邻们抬起棺木为长工常送葬，马财迷又站在大门口掉泪，有位年轻人问他："你哭吗？"马财迷又口吐真言："俺哭那口棺材呀！"众人哈哈大笑。

赵太世思谋了半天，这时候一锤定音："收下长工常的孩子吧！"赵安福一直未说话，其实他心里早有主意，单等着父亲吐口。这时候父亲做主答应了，憋在他心里的话脱口而出："爹，这孩子咱不能收养，多一口人吃饭不说，闺女家小时候干不了活，长大了早晚是人家的人，咱不白白养了一口人嘛！"赵太世说："这是积德行善的事，收了吧！"赵安福说："咱家的日子还没过好哩，哪里还管得了人家！"爷儿俩你一言我一语，争执来争执去，至夜深了也没有说到一块，一家人不欢而散。末了，郑氏说："安福，你就依了你爹吧！可怜可怜穷人家的孩子！"赵安福回到西里间屋里还叨叨："俺一年到头累死累活为的谁？不就是为了咱全家人嘛！如今又添了一个外人吃饭……"安福家里的劝道："先睡吧，明儿还起早下西大洼干活哩！"说着铺好被褥侍候着男人睡下。

第二天早晨，宝成一醒来在被窝里就吵着找二丫头玩，而且格外的精神，不像往日里无精打采的样子，自个儿起来穿好了衣裤，"奶奶、娘"地叫着，又学着大人的样子叠被褥，喜得郑氏和安福家里的笑得合不拢嘴，郑氏说："俺成儿要长大成人了！"宝成死缠着奶奶："快去叫二丫头。""俺和二丫头玩。"郑氏一时不知所措，未答应。宝成就立时哇哇大哭起来。

宝成这一哭闹惊动了全家，收养常家女孩的事情就成为定局。一家人围桌吃早饭的时候，已无人再提出异议。赵太世吩咐家人："这事要和长工常家里的说明白，既然赵家收养了这孩子，就该依了赵家的姓氏，赵家待这孩子一如家人，绝不亏待了她。只是人生在世，祸福莫测，日后这孩子有病有灾，命运如何，只有听天由命了。"

果然，太阳一树梢子高的时候，那妇人又领着两个孩子踏进赵家宅门，郑氏把当家的嘱咐的话向妇人讲了又讲，那妇人连连点头，一百个答应。

宝成见了二丫头喜不自胜，忙拉了二丫头的手又要去弹玻璃球。郑氏说："成儿，你这个妹妹刚进门，许是还未吃早饭哩，等一会儿再玩吧。"宝成问："奶奶，这个妹妹还走吗？"郑氏说："不走了，以后你俩玩的日子长着哩！"宝成就拍着手跳起来，喜得无可无不可的。

二丫头自进了赵家门一直低着头畏畏缩缩。头一天后晌，二丫头在家里听娘嘱咐，到了赵家不同于在家里，虽说有吃有喝不挨饿了，可事事要留心，听赵家大人的话，多学着干活，不可多说一句话，不可随意行事。二丫头说："娘，以后俺还能见到娘吗？"那妇人说："兴许人家不让回家来了，日子长了，娘去看看俺二丫头！"说着母女俩拥抱着哭了一阵子，二丫头哭着哭着睡着了，当娘的一夜未合眼。今日二丫头来了，就不像头一天随随便便的样子，站那里一动不动，一声不吭。

那妇人拉过二丫头说："给奶奶、娘磕头。"

二丫头朝郑氏、安福家里的跪下磕了头。

这时候，安禄家里的走过来说："俺看看这孩子。"郑氏说："这是婶子。"二丫头又朝安禄家里的磕了一个头。安禄家里的说："哟，小模样长得还挺俊。"

临了，安福家里的按照公爹的嘱咐又给那妇人备了十几斤棒子。那妇人又千谢万谢说了许多感恩的话，瞧瞧二丫头，滚出几滴泪来，这才强忍着背上一袋棒子领上男孩，离开赵家门。

二丫头见娘一走，忍不住失声痛哭！宝成过来百般哄着，给她擦泪。

二丫头进了赵家门，起名赵宝雁，与宝成同岁，生日比宝成小两个月。

# 第三章 哇儿哇儿二

宝雁进了赵家门，虽说一家之主赵太世有话在先："一如家人"，但赵家有规矩：男女有别，尊老爱幼。农忙时，男人吃细粮，女人吃粗粮；农闲时，只有赵太世和宝成吃细粮，其余人吃粗粮，到了年节全家人才吃一样的饭食。宝雁的到来，让操持全家人饮食的安福家里的犯了愁，她问婆婆："娘，宝雁是跟咱娘们儿一起吃粗粮呢，还是跟宝成一起吃细粮？"郑氏原本没想到这一层，儿媳这一问她倒一时拿不定主意，沉一沉说："这事也别太认真了，孩子还小，再说穷人家的孩子自然见白面干粮嘴馋，她愿意吃么就吃么吧。"安福家里的又问："宝成还跟着奶奶睡，让宝雁到俺屋里睡吧？"这时，在天井里玩的宝成听见，进屋说："奶奶，宝雁也睡奶奶炕上吧，后晌俺俩还说话哩！"安福家里的说："那可不行！那还不把你爷爷、奶奶挤下炕来！"宝成叫道："俺不干，不干！"郑氏说："那就让宝雁睡拐炕子①上吧。"宝成说："头朝里。"郑氏摸摸宝成的头，说："头朝里，和你头对头。"宝成笑笑，又跑到天井里找宝雁玩儿，见了宝雁悄悄说："后晌咱俩头对头睡觉哩。"宝雁看宝成一眼，一声不吭。

宝雁第一天来赵家，处处小心，吃饭更觉拘束。她看看饭桌上摆着

---

① 拐炕子：在大炕炕尾横着接出来的一截小炕。

一样白面馍馍，一样棒子面贴饼子，不知道自个儿该吃哪一样，就自顾喝粥。郑氏拿了馍馍给她吃，她看看饭桌上周围的人摇摇头，才伸手拿了贴饼子吃，吃了半块又放下。看着这孩子刚刚进赵家门儿这样生疏，郑氏和安福家里的婆媳俩也就不再说什么，由她去了。

宝成有心数，到了后晌，爷爷、奶奶都睡了，他从被窝里掏出一个白馍馍，黑影里递给头对头的宝雁，悄悄说："快吃吧！"宝雁接过白馍馍，咬到嘴里，眼里就滴出几滴泪来。不知道是委屈呢，还是宝成给的白馍馍感动了她？

宝成说："好吃吗？"宝雁说："好吃。"宝成说："明儿咱俩玩捉迷藏。"宝雁应一声："嗯。"宝成说："俺藏起来保准你找不着俺。"宝雁说："俺藏起来你还找不着俺呢！"宝成说："看谁找不着谁！"说着说着宝成、宝雁渐渐睡着了，或许是梦里玩起了捉迷藏。

清明节一过，玄庄大街小巷弥漫着一股浓浓的香椿芽味，如果有外乡人走进玄庄就觉得这股味特殊，气味直呛鼻子，而玄庄人却经年累月沉浸在这股醇香的气味里，自享其乐。不但嗅觉香，吃到嘴里味觉更香，香椿芽咸菜、香椿芽炒鸡蛋、香椿芽蘸了面糊糊炸"香椿鱼"、香椿芽切成碎丁拌凉面，都是玄庄人顶顶喜爱的菜食。每逢到这时候，不论是幼童少年，还是小伙子、大闺女，站在街头巷尾歪着头啃一块焦黄的贴饼子，就上几根带叶的香椿芽咸菜，细细地嚼慢慢地咽，带了几分自豪的样子，意思是说那滋味要多好吃有多好吃！待到一把一把一捆一捆香椿芽卖成铜钱，换成粮食，玄庄人就浑身上下香酥酥的了。

玄庄东有一大片香椿园，是祖祖辈辈留下来的，经过了数百年沧桑，虽几经践踏，但总是"野火烧不尽，春风吹又生"，老树新枝，郁郁葱葱。今年的香椿芽也是被春雨春风淋出来吹起来的，那是清明节的前几日，春分刚过，一天夜里，前半夜淅淅沥沥淋了小雨，后半夜又刮起阵阵春风，雨停云散，那鲜嫩的香椿芽就从香椿树的枝杈间冒出来了！最早发现这些幼小生命的是哇儿哇儿二，他光棍一条，一个人过日子，玄庄每天就数他起得早，有时候背个柴筐，有时候空着手，把手背在身后庄里庄外满庄里转悠。这天早晨，天还灰蒙蒙的，他转悠到香椿园里就发现了这一奇迹。他先是走到自个儿的那三五棵香椿树前，摸了摸新出的香椿芽，凑到香椿树前闻了又闻；又走到别人的香椿树前摸了摸，闻了闻，确信无疑，就迫不及待地转悠到玄庄街上，开口喊了："出芽子了！出芽子了！"

这一则喜讯，犹如一声号角，传遍了玄庄各家各户，唤醒了玄庄庄稼人，都一骨碌从炕上爬起来，披衣蹬鞋，奔了香椿园。

待他们证实了哇儿哇儿二报的喜讯，都转回庄里，嬉笑着说："神了，夜来①香椿树还光秃秃的，一夜间就出芽子了，这是财神爷降临啊！"有人拍着哇儿哇儿二的肩膀，说："这是喜神到，哇儿哇儿二叔给咱玄庄请来了喜神。"人们嘻嘻哈哈笑着，把哇儿哇儿二围了起来。

哇儿哇儿二见众人捧他，趁此时机越发的张扬，他歪着脖子有声有色地把发现香椿芽的过程复述了一遍，末了说："俺就急着跑回庄里给兄弟爷们报信儿了……"于是仰起头又喊道："出芽子了！出芽子了！"众人也情不自禁地跟着喊起来："出芽子了！出芽子了……"一时全庄震荡着"出芽子"的声音，像是山谷里的回音，一迭声又一迭声。末了，哇儿哇儿二被众乡亲拉着拽着喝棒子面粥去了，哇儿哇儿二就省了一顿早饭。

哇儿哇儿二的大名叫赵太和，哇儿哇儿二是他的绰号。他是赵太世的远房兄弟。说起哇儿哇儿二这个绰号的来历，还得追溯到二十年前。哇儿哇儿二原来兄弟两个，父母早丧，留下一亩多薄地，难以生存。有一年闹春荒，十八岁的哥哥赵太善领上十六岁的弟弟赵太和闯了关东，哥儿俩一路讨饭走到了山海关外。一天哥儿俩分头去讨饭，说这样讨得多一点，不想天黑弟弟回到住的破落宅屋里，未见到哥哥回来。他等了两天两夜，觉得无路可走，就又循着原路奔回了家乡。回到玄庄已是深夜，又饿又累又冷的赵太和就栽倒在赵太世家门前。

那时赵太世家的日子还不是那么富裕，赵安福、赵安禄年纪还小。

---

① 夜来：昨天。

但无论怎么贫穷，对一个同宗的远房兄弟也不能见死不救。一早赵太世开开大门，见门外倒着一个穿着破棉絮的少年，他低头看看，认出了这个远房兄弟，忙搀扶起赵太和进屋躺在炕上，三天后年纪轻轻的赵太和又恢复了青春的活力。

原本赵太世想留下这位远房兄弟一起种地过日子，等日子富裕起来再作打算。可赵太和年轻气盛，非要自个儿闯荡自谋生路。第二年经人介绍，他到南沙河柴庄大财主柴三猴子家扛小活，侍候这家的老爷、太太。柴三猴子每天咕咕噜噜吸水烟袋，喝浓茶，赵太和给他烧水、点烟、倒茶，稍有侍候不周，柴三猴子就拿黄铜水烟袋敲打赵太和的脑袋，赵太和一天到晚捂着头。一天赵太和在灶房里烧水，同在灶房里做饭的一个闺女说起话来。柴三猴子正等着喝茶，到灶房里一看，大发雷霆，骂赵太和调戏女人，顺手抄起一根烧火棍照着赵太和的头上、胸上、背上、臂上狠狠抽打，打得赵太和遍体鳞伤。

这天夜里，赵太和躺在柴屋里，疼痛难忍，终不能入睡，听见隔壁灶房里女人嚯嚯的哭声，他惊觉地爬起来，从门缝里瞧见柴三猴子从灶房里溜出来。赵太和已不是无知的少年，他正要跨入青年的门槛。一个邪恶的信号在他脑子里闪过：莫不是柴三猴子欺负了灶房女人？一股刻骨的仇恨在他心里萌生。他想到灶房里看看，又觉得不便，就静静地听着灶房里的动静。女人的哭声时大时小，赵太和心里越发的忐忑不安，像是预示着一种不祥之兆！过了一会儿，哭声突然停了，又听到凳子倒地的声响。赵太和惊慌了！他顾不上思索，毅然闯进灶房，黑影里见女人直挺挺吊在灶房梁上！他迅急拿过切菜刀砍断了吊绳，女人摔在地上。

赵太和静静守着女人，心里七上八下急剧地跳动，一时无所适从。沉了一会儿，女人一口气喘上来，"哇"一声果然醒了！赵太和忙捂住女人的嘴，这时他心里有了主意。悄悄对女人说："你要是信得过俺，跟俺跑吧！"女人说："小哥哥，俺没脸活着了！"又泣泣地哭。赵太和说："别胡思乱想了，快跑吧，时候大了就跑不出去了。"说着就拉了女人，悄悄寻到后院，开了院门，一对青年男女奔向漆黑的夜。

赵太和没有回玄庄，他怕财大气粗的柴三猴子再来寻他。他领着灶房女人跑到南沙河里歇下来。

南沙河里,经年的风沙叠起一座座沙土岗,布满一片酸枣树林。时值八月,酸枣树上结满一串串酸枣,这对青年男女凭着酸枣充饥待了一天一夜。第三天赵太和的伤势有了好转,问女人:"你是哪个庄的?俺送你回家吧。"女人摇摇头一声不吭。赵太和又说:"要不,俺到庄里讨些吃的东西,你等俺。"女人跪下朝赵太和磕了个头,说:"小哥哥,俺感谢你的好心救了俺的命……"女人欲言又止,沉一会儿又说:"你就甭管俺了,你要吃的去吧!"说着已泪流满面。赵太和无奈,只好在酸枣树下闷闷坐着。他想抽身去讨饭,去寻个干活的饭碗,又不放心面前的女人。不知不觉间他觉得自己的生命已与她牵连在一起,不能撇下她自顾个人啊!

八月的阳光炙烤着沙岗,天上地上炙烤着这对年轻男女。他们口里冒烟,嘴唇干裂,女人已昏昏躺下了。赵太和凭着他的倔强,他的志气,奋然起身,又去拉女人,说:"咱不能在这里等死啊!咱得活着啊!咱等着有一天找柴三猴子算账!"女人无力地说:"小哥哥,你就甭管俺了!俺求求你!"赵太和用力拉起女人,说:"俺不能丢下你,丢下你,俺不是人!"

赵太和拉着女人先寻到一口井,他们眼下最迫切的需求是水,水是他们此时此刻的生命之源。这口井在一个村庄的庄头,正值晌午,庄头上不见人影。井台上放着一个提水的柳斗,赵太和提上一柳斗水,先让女人喝了,他又趴下喝了个痛快。女人喝过水后,头脑清醒了许多,她弯腰低头一眼望见深深的井水,心里一激灵!就坐在井台上两眼直直的出神。赵太和说:"俺到庄里要些吃的,你等俺。"女人省悟地点点头,未语。

赵太和讨了几个贴饼子,又在路过的一块红薯地里偷偷地挖了两块新鲜红薯。他满心欢喜地回到井台上,脑子还沉浸在收获的喜悦里。等他回过神儿来,惊讶地怔住了!女人呢?女人呢?连个名字也叫不上来的灶房女人不见了!

他细细扫视井台上的迹象,一双青布鞋刺入他的眼里,同时刺疼了他的心肠！他顿时大惊失色！讨要的东西"吧嗒"丢在地上！

他急急捧起那双青布鞋，见鞋里有两枚铜钱，泪水簌簌流下，又渐渐将泪水无声地咽进肚里。

他低头望井下深深井水，井水荡漾起微微涟漪！

赵太和疯了！赵太和狂了！他捶胸顿足，他仰天大叫："天哪！这是咋的了？这是咋的了？穷人无路可走吗？穷人的命就这样苦！"然后蹲在井台上追悔莫及，失声痛哭："俺咋的不拉上她一起去讨饭呢？""俺咋的偏偏带她到井台上来呢？"……

赵太和在井台上守了一夜。第二天清晨庄里人来打水，知道有人跳井了，知道井下有了冤魂屈鬼，都叹口气离开了这口井。

一夜间赵太和长大了。他怀揣上那双青布鞋、那两枚铜钱，蹒蹒跚跚离开了井台，一副失魂落魄的样子。

赵太和在外乡流浪打短工。打坯、拔麦子、收大秋他都干，谁家盖房他当泥瓦匠，谁家办丧事他抬棺材、埋坟，谁家办喜事他端盘子端碗侍候酒席……吃过百家饭，干了百样活。几年过去，他摔打成一个庄稼汉，还学会了给娶亲的人家念喜歌。

一天，赵太和转悠到一个庄里，正赶上一家庄户人娶亲办喜事，他凑上去，手拿两块瓦片敲打着念起喜歌：

> 一进大门喜气升，
> 高大门楼贴对红。
> 脚踏金砖地，喜门双扇开，
> 嘻嘻哈哈念喜歌的来。
> 一乘花轿八仙抬，
> 吹吹打打走过来，
> 走大街，过小巷，抬到府上门前摆。
> 放喜炮，放喜鞭，
> 新人下轿贵人搀。
> 门前放着鲁班爷做的骑马鞍，

新人一步迈过去，一年四季保平安。

一拜天，二拜地，

拜过了高堂白头到老好夫妻。

诸位宾客乐悠悠，

听俺表表主人家的砖瓦楼。

北是北方一座楼，

玉皇大帝在里头。

王母娘娘来道喜，

众位神仙磕喜头。

西是西方一座楼，

西方三圣在里头。

阿弥陀佛来道喜，

二位菩萨磕喜头。

南是南方一座楼，

南海老母在里头。

众位弟子来道喜，

红头孩儿磕喜头。

东是东方一座楼，

东海龙王在里头。

八仙过海来道喜，

龙子龙孙磕喜头。

正念喜歌抬头看，

来了福禄寿三仙。

增福增禄增寿仙，

刘海本是仙外仙。

刘海不落凡家地，

来到院中撒金钱。

金钱撒在宝宅地，

富贵荣华万万年，万万年！

　　赵太和念的喜歌博得喜筵上宾客的喝彩，主人请他入了酒席，还赏给他一竹篮白馍馍，十个大铜子。他饱饱地吃了喝了，抹抹油嘴，携了篮子，正要离去，看那吹鼓班子正吹打得起劲，他又着了迷，凑上去，呆呆地看，呆呆地听。

　　那吹唢呐的鼓起两腮，两支唢呐来回换着吹，一会儿唢呐声冲上云天，一会儿唢呐声又低沉入地。赵太和正着迷地看着，身旁一位敲小锣的小伙扒拉他一下，指指下身，又递给他小锣。赵太和心明眼快，忙点点头接过了小锣和锣槌。这几年赵太和在外乡东跑西颠，看过戏，听过书，吹鼓班子也遇见了不少，他对种种民间娱乐已稍稍有了些见识。他知道吹鼓班子里的打鼓人就是领班人，就是乐队总指挥。这时候，他眼盯着打鼓人的鼓点，听那节奏，就细细琢磨着敲他的小锣。不料，他敲的小锣正好搭配上了鼓点，吹鼓班子的人就没有发现敲小锣的已经换了一个人。待一曲终了，一通锣鼓敲打停下来，那个打鼓的师傅把鼓槌一放，头还未抬，开口说："这小锣敲得大有长进了！"待他抬头扫过一眼，愣了，不料拿小锣的是位陌生人！这时候，那位出去小解的小伙刚好赶回来，忙向师傅说明了缘由，又认了不是。可那打鼓的师傅不饶人，对原来那个敲小锣的小伙说："你回家吧。"又指指赵太和说："班里收下你这位徒弟了！"从此，赵太和有了饭碗，成了这个吹鼓班子里一名敲小锣的小徒弟。

　　赵太和进了吹鼓班子，可他羡慕的是吹唢呐，对敲小锣有些厌烦。日子长了，赵太和和吹鼓班子里的师傅们熟悉了，他就和吹唢呐的师傅套近乎，走村串乡他为师傅背行李，常常拿过师傅的唢呐擦拭黄铜喇叭。吹唢呐的师傅就喜欢上了赵太和，赵太和随便拿过师傅的唢呐吹几声，师傅也不责怪。赵太和天生心灵手巧，学什么会什么，他端端正正拿起唢呐，模仿着师傅的动作，两手指摁准了唢呐上的孔眼儿，又细细琢磨师傅吹出的音调，吹着吹着，他就吹出了有板有眼铿锵顿挫的曲调，师傅一听大加赞赏！当时就上了香，行了拜师礼，师傅把那支擦得锃亮的黄铜喇叭唢呐捧送给赵太和，赵太和双手接了，恭恭敬敬朝师傅磕了三个响头。

唢呐，玄庄人称哇儿哇儿。从此黄土地上漳卫运河两岸响彻了赵太和的哇儿哇儿声。庄稼人红白喜事，老人祝寿，小孩过满月生日都请他去吹哇儿哇儿，过了三年五载他成了这一带远近闻名的吹鼓手，庄稼人一听说他在哪个庄里吹哇儿哇儿，十里八里也要赶了去听听，分享那一时的乐趣。从此，赵太和落了个绰号：哇儿哇儿二。

哇儿哇儿二没有忘记柴三猴子的冤仇。冬日的一天夜里，哇儿哇儿二跑到柴三猴子院墙外边，撬开柴三猴子家粮仓的一块墙砖，挖个洞，把蘸了煤油的一团棉花点着火塞进洞里。哇儿哇儿二干脆利落地干了这档子事，得意扬扬跑到庄外土岗上，望着柴三猴子家冲天大火，哈哈大笑，说了声："柴三猴子，你哭去吧！"出了一口冤气！

# 第四章　香椿园　半个太阳

　　香椿园里一时火爆起来，香椿树多的人家就在香椿园里搭起了窝棚，男人们要抱上被褥日夜守在那里了。白天浇园护理，掰芽子；夜里防偷盗。女人们多数是一日三餐送饭，也有的陪着男人住在园子里，一来为照顾男人，二来也怕男人不那么规矩，香椿园里年年都传出些风流韵事。

　　赵太世家有五十多棵香椿树，也搭了一个窝棚，住窝棚守香椿园的担子自然就落到了二儿子赵安禄身上。为窝棚里起不起锅灶的事一家人有了分歧，赵太世的意思是不起锅灶，中午送一顿饭，早晚回家吃，夜里安禄去守夜就是了。安禄家里的听了却极力反对，但她的话还是说得很缓和，她说："俺知道爹的意思是为省事，年年起锅灶，又是锅碗瓢盆，又是柴火米面，也是够麻烦的。可是俺一想，要是安禄园里家里来回跑这就耽误了干活，再说园子里也时刻离不了人，要是一时离了人，这芽子正是卖好价钱的时候，倘忽①招了贼，咱今年的芽子就舍耗大了。爹，这事你甭操心，麻烦不麻烦你也不用管，不就半个多月吗，俺和安禄到园子里过日子，家里贴了饼子，蒸了干粮带了去，在园子里熬碗粥也就行了，守着香椿树不愁没菜吃。将就这半个月，要紧的是趁这

---

　　①　倘忽：倘若，万一。

个时候看好咱家的园子，多掰些芽子，卖个好价钱。"

安禄家里的一席话听起来多么识大体，多么一心一意为了赵家，而不顾自己的得失！果然，赵太世应允了安禄家里的意思，别人也就不说什么了。

这天吃过晌午饭，安禄家里的收拾好了，带了被褥，带了锅碗瓢盆，带了半袋子棒子面。安福家里的又递给妯娌一袋白面，说到园子里烙饼吃。安禄家里的就说："还是大嫂疼俺。"安福家里的抿嘴一笑。那笑意里也含着挑逗的意思，小两口到园子里美美地过吧。妯娌也一笑，就默认了。

本来大哥赵安福要套牛车送过去，赵安禄说："哥，不用了，东西不多，俺挑上一副担子足够了。"末了郑氏又嘱咐小两口说，用什么东西回家拿，吃喝别委屈了。

赵安禄一身黑夹裤夹袄，里边套的白布衫露出来，担一副担子颤颤悠悠走在街上。安禄家里的换了一身花布夹衣，发髻梳理得油光光，还特意插了一支银簪子，携了一个小包袱，紧跟在自己的男人后面。这对小夫妻在玄庄街上一亮相，就引来了众人的目光，尤其是安禄家里的这一稍作打扮招人惹眼，男人们瞅着，女人们就搭话了，说："他婶子，这是到哪里走亲戚去？"安禄家里的说："走的哪门子亲戚？到园子里看园子去！"那女人说："哟，穿得这么花花绿绿的，俺还当是走亲戚家去呢！原来是看园子去呀！"安禄家里的说："怎么，看园子就不兴穿花衣裳了？俺偏穿出来给人看看。"那女人说："是呀，小两口到园子里过日子多自在！想吃就吃，想睡就睡。"安禄家里的从鼻孔里"哼"一声，说："自在不自在是俺两口子的事，也用不着东家西家的操这份心。"说着大模大样地走过去，紧紧跟上男人的脚步，身后就引出一串女人的笑声。

赵太世家的窝棚实际上是一间小草屋，里面盘了炕，垒了灶，经安禄家里的一收拾，她用花纸糊了炕围，墙上又贴了一张大头娃娃的年画，真是农家过日子的样子。

赵安禄掰了半天芽子，傍黑走进小草屋一看，惊讶道："哟嗬，这小屋收拾得还真不赖，你还真想在这里过日子呀！"安禄家里的刚刚烙了两张饼，炒了一盘香椿芽炒鸡蛋，摆到炕桌上。这时候，她正在灶边剥葱，只是仰着脸朝安禄笑，不言语，待她把两棵剥好的葱、一小碗酱放到炕桌上，这才说："咋样？叫你在这个小家自自在在过上半个月的好日子，尝尝咱两口子过小家的滋味！"赵安禄看到炕桌上的饭菜，伸手扯一块烙饼，又撡了一筷子香椿芽炒鸡蛋送到嘴里，说："咋样？好样的！真好吃，你真是俺的可心的老婆。"说着就去拉妻子的手，不料，女人一甩手，道："别说好听的，成天价板着脸不理人家，俺倒看看你离开你爹你娘了，对俺是咋样的？掏掏你的心窝子！"赵安禄说："别说得这么邪乎①，不就是一起过日子吗！大家小家一个样。"女人说："不一样！你想吃香椿芽炒鸡蛋，大嫂给你炒吗？守着公婆，俺能私自去打鸡蛋吗？再说，有点好东西，还有咱爹、还有赵家的宝贝孙子宝成哩，哪有你的份儿！说实话，这几个鸡蛋俺还是借的哩！"赵安禄笑笑说："俺知道你疼俺，好！这半个月这个小家就归你管，你想咋样就咋样。话先说下，咱俩得看好园子，这两天，你也帮帮手，多掰些芽子，还得赶着和大哥一起卖芽子去哩！"女人说："干活没说的，俺也不是懒婆娘。快吃饭吧！吃了饭咱早歇着，咱不点灯熬油的。"一顿饭两人痛痛快快吃了。

　　小草屋里点了一盏小油灯。玄庄的庄稼人，夫妻俩睡觉丈把长的大炕一头一个，男人睡炕头，女人睡炕尾，到了男人有意和女人亲热的时候，深夜里，男人才爬到炕尾找女人，倘或女人有那个意思，就伸脚踹男人，打个招呼，那种事是羞于出口的，这是多年的老规矩了。到了小草屋里，老规矩自然破了。赵安禄吃过晚饭就平躺在炕上，女人洗刷完了也躺在男人身边，长长地喘了口气，说："这就叫舒心自在。"安禄说："俺就知道你的小算盘。"女人说："知道就好，俺图的吗？图的就是咱俩过个舒心的自由自在的小日子，想吃么就做么，想站就站，想坐就坐，想躺就躺，没人管着。只要舒心自在，俺宁愿在这个小草屋里过

---

　　①　邪乎：厉害，超出寻常。

一辈子!"安禄说:"早晚有那么一天，不让你住小草屋，让你住大瓦房。"女人说:"俺等着盼着哩!"安禄说:"你就等着盼着吧!"说着就伸手解女人的衣扣，女人推他一把嘻嘻一笑，说:"怎么今儿成了急猴了，还没铺炕哩!"女人说着铺好了被褥。男人说:"吹灯吧。"女人说:"不吹，今儿后晌咱就明明光光的，大大方方的。"男人一笑，刹那间，一个雪白的女人裸体第一次展现在他眼前，他惊呆了，原来女人的胴体有这么巨大的诱惑力!他贪婪地瞧着，引起了冲动。但他刚要动作，女人又扶他躺下，说:"别心急火燎的，心急吃不到热豆腐，自自在在地慢慢来。"男人只好依了女人，自自在在地慢慢来……

一大早赵安福推着独轮车摸到香椿园里，动手掰芽子。待到东方显露出几缕霞光，他已经足足掰了二十几捆芽子，整整齐齐码在香椿树底下，然后他走到小草屋前，喊了声:"安禄，起来装车了。"又回身整饬独轮车。

安福、安禄哥儿俩一起干活，向来大哥为主安禄做帮手。安福指使安禄把头一天掰的芽子浸在井水里，把刚刚掰的芽子喷了井水，安禄说:"浸了水，不压沉吗?"安福说:"你知道吗? 快浸了吧!"安禄只好按照大哥的主意办了。哥儿俩装了满满的一独轮车香椿芽，要赶集卖芽子。浸了水喷了水的香椿芽在霞光的映照下亮晶晶的，更显出少有的鲜嫩，安福脸上露出了笑意。安禄家里的走过来说:"大哥，屋里喝粥吧!"安福"哼"一声应了。小草屋里只有呼噜呼噜喝粥的声音，三个人闷闷地吃了。临了，安禄家里的说:"大哥，晌午的饭带了吗?"安福说:"你大嫂给带了。"安禄家里的觉得再无话可说，朝安禄伸了伸舌头。

赵安福套上车襻，两手驾起车把，赵安禄在车前挽起绳子搭在肩上;赵安福身子前倾，两腿后蹬起步，赵安禄拉紧绳子，弯腰迈步，独轮车吱吱扭扭上路了。

一路无话，只有独轮车吱吱扭扭的声响伴奏着他们的脚步声。赵安福握紧车把跨开大步，左右臀部一上一下地扭动;赵安禄攥紧绳子迈开大步，身子向前一冲一冲地抽动。赵安福的心思全用在推独轮车上了，他知道推独轮车的要领是两臂两腿平衡用力，不敢疏忽。如稍有不慎，独轮车歪倒一边，只有卸了载儿，重新装车，重新起步。玄庄的庄稼把式①都会推独轮车，毛毛躁躁的小伙子推起独轮车就不那么稳稳当当，赵安禄佩服大哥这个庄稼把式，自己也只有吭哧吭哧一心一意用力气拉车了。

到了一个集上，独轮车停下，赵安福说："安禄，你看好车，俺扫听扫听芽子的价钱。"安禄"嗯"了一声。一会儿安福回来，急道："走，奔县城！"安禄问："咋的了？"安福说："这里价钱低。"安禄说："赶到县城，怕是集散了。"安福说："集散了，再串街卖去，咱要卖个好价钱啊！"说着就套了车襻，驾起车，一副不容置疑的样子，安禄只好顺从了。

赶到县城集上，人来人往正热闹。哥儿俩忙找块地盘，摆上摊子，安福说："安禄，你抱上十几捆芽子，换个地盘卖去，咱俩分头卖呀！"安禄会意地点点头。

玄庄的香椿芽是远近闻名的，赵安福扯下腰里的布巾擦把汗，沉沉气，就开口叫卖了：

"玄庄的香椿芽卖啦！"

"鲜嫩的香椿芽卖啦！"

一会儿，香椿芽摊子前就围了男男女女。男人顺手拿两把香椿芽称了，女人们就挑来挑去。安福说："大嫂大姐，都是今儿早上掰的新芽子，一样的。"话是这么说，香椿芽隔了一夜成色就不一样。有人确实专拣了早晨掰的新芽子，把隔夜的芽子丢在一边。安福看在眼里，有些气恼，但也无可奈何。热热乎乎卖了一阵子，买的人渐渐稀少了，安福就趁机把隔夜的芽子和剩下不多的新芽子掺和在一起，重新打了捆。他又吭喝了一阵，果然又卖了许多。他为自己想出的主意有些得意。但看

---

①　庄稼把式：把式，有某种技术的人。庄稼把式，有干庄稼活的一套技术的人。

看剩下的隔夜芽子又皱起了眉头。

　　这时安禄跑过来，安福说："都卖了吗？"安禄说："卖了呀！"安福问："卖的吗价钱？"安禄说了价钱，安福笑笑说："价钱不低呀！"安禄说："都是新掰的芽子，好卖哩！"安福指指剩下的芽子，说："这几捆隔夜芽子就卖不动了。"安禄说："哥，折了价钱卖了吧，天不早了。"安福仰头看看，太阳已经偏西，转念一想，就狠了心吆喝道：

　　"芽子贱卖了！"

　　"鲜嫩的芽子贱卖了！"

　　哥儿俩好歹把芽子卖完了，又到粮食市上籴了两口袋棒子，稳稳地装了车。安福说："咱吃饭去，带的贴饼子让饭店里给烩一烩。"哥儿俩寻到一家小饭店进去坐了，安福从一个小布袋里掏出四个贴饼子递给店家，说："你给烩一烩，俺给烩的钱。"店家问："是肉的，还是素的？"安福说："素的，素的，放些葱花菠菜叶就行了，多放些油水。"这空隙，安禄在店里转悠了一圈，说："哥，店里有豆腐脑，咱要两碗吧！"安福说："你想喝就给你买一碗吧，俺要碗开水喝就行了。"安福又向店家买了一碗豆腐脑。不一会儿，两大碗烩贴饼子一碗豆腐脑端上来，热气腾腾，香味扑鼻。赵安福咧嘴嘻嘻笑笑说："快吃啊！趁热。"安禄自觉饿了，急急地扒拉了几口烩贴饼子，目光转移到那碗豆腐脑上，刚想去吃，又把豆腐脑碗推给大哥，说："哥，你先喝几口。"安福说："你就喝吧，俺不愿吃那个味呀。"安禄说："哪个味呀？你尝尝吧！"安福又把豆腐脑碗推给安禄，说："禄哇，你就快喝了吧，哥不馋。"一碗豆腐脑推来推去，店家看在眼里，说："兄弟俩别推了，店里奉送一碗。"说着就端过一碗豆腐脑。赵安福忙站起来，说："这是怎么说的！这是怎么说的！多不好意思呀！"店家说："没啥，乡里乡亲的，不就是一碗豆腐脑嘛！"安福说："大哥，俺不是要不起这碗豆腐脑，庄稼人过日子细呀！舍不得一文钱呀！"说着兄弟俩吃了喝了，安福如数付了钱，店家数数又把多付的一碗豆腐脑钱还给了赵安福。安福虽有些不好意思，但也觉得心满意足，连连说了几声："谢啦，谢啦！"

　　返回的车载重了，两口袋棒子足足二百多斤，兄弟俩推的拉的都使足了力气，又紧紧赶路。紧赶慢赶到离玄庄还有十里路的时候，安福停下车，说："歇一会儿吧，快到家了。"安禄巴不得这一句话，一屁股坐在地上。哥儿俩都只顾擦汗喘气歇腿脚，都无力说话了。待一会儿，安福看看天已经夕阳西下，站起身，说："咱走啊!"安禄应一声："走。"哪知道，这一歇脚哥儿俩就松了劲儿了，车子就有些东晃西晃。安福想，反正天黑能到家。

独轮车推到一个下坡崖。人说推车上坡容易下坡难! 要紧的是系好车襻，稳稳握住车把，人随车速，车把不离手。赵安福自觉心中有数，整整肩上的车襻，紧紧握住车把，说了声："安禄，下坡了!"独轮车就进入了下坡道。不料想，载重坡陡，独轮车超出意料的急速下滑，赵安福自觉被车带动着不由自主地迅跑，安禄在车前拉着绳子也急急地跑步。刹那间，安福肩上的车襻"嘭"一声断了，随之车把脱手，独轮车如脱缰野马奔驰而去，接着"吧嗒"一声又戛然而止，一车粮食翻到地上。安禄躲身不及，被压在独轮车下。赵安福惊呆了! 他忙跑过去搬动了独轮车，搀扶起赵安禄，急叫道："禄哇，禄哇，咋的了?"话音里就哀哀的。赵安禄神志清醒，只感到两腿剧烈地疼痛，稍沉一会儿，轻轻说："哥，没事，就是腿疼。"安福喘了一口气，说："人没事就好，俺还担心你有个三长两短的哩，哥就亏心死了! 腿疼是磕的吧?"说着挽起安禄的裤腿看看，膝盖上磕破一层皮，血渗出来。安福用自带的布巾裹了，安顿好了安禄，一双眼睛扫过两口袋粮食歪在那里，棒子粒流出了大半，长长叹一口气，叹道："倒霉，真倒霉!"又自悔道："俺怎么没攥住车把呢?"安禄说："哥，甭着急，出门在外哪能一帆风顺的呢! 收收棒子，咱走吧!"安福说："你先歇着吧!"说着就去收拾洒在土道上的棒子粒。

夕阳收尽一缕缕光辉渐渐沉下去，赵安福一捧一捧把棒子粒收进口袋。当半个夕阳还沉在西天边的时候，赵安福已经把浮在土道表面的棒子粒收进口袋。他看看那火球般的半个太阳，又望望眼前埋在黄土里的棒子粒，眼睛润湿了，安禄说："哥，咱走吧!"安福没应声，他盼望那半个太阳陪伴着他从黄土里捡拾那些棒子粒。不料，他刚刚扒拉开一堆黄土，显露出颗颗棒子粒，那半个太阳"咯噔"一下没下去了，像是坠入万丈深渊！天色顿时暗下来，安福"吧嗒吧嗒"掉下几颗泪珠，自叹道："老天爷不可怜俺啊！"他再去扒拉黄土寻觅棒子粒，任他睁大了眼睛，黄土和棒子粒混为一色，只能用手去触摸了。他像瞎子一样两手在黄土里摸来摸去，显然棒子粒已经不多了。他摸着摸着，就急急地捧起一捧捧黄土装进口袋里，安禄说："哥，那一星半点的棒子粒咱不要了，天黑了，咱走吧！"安福仍不应声，仍去捧口袋周围的黄土，安禄忍着疼就帮着撑口袋。安禄的帮衬给安福一丝安慰，他又急急地捧了一阵子黄土装进口袋里，自觉舍掉的棒子粒已经所剩无几，满足了自己的劳动成果，这才歇下来，已经是精疲力竭！

天色已满天星斗，漆黑一片。安福忍着劳累，安禄忍着疼痛，一起装好车，安福说："咱走吧，再歇下去怕是走不动了！"安禄又去拉绳子，安福说："你跟着走吧，别拉车了，俺一人推车，力气还是有的！"安禄无奈，说了声："哥，你行吗？"眼里就滚了泪。安福说："行！行啊！"说着使足了力气，独轮车又启动了，安禄一跛一跛跟在后边。

黑夜里隐隐约约传来喊声："安福！安禄！"安禄先听见，笑笑说："哥，爹喊咱们哩！爹接咱们来了！"安福说："是吗？"安禄说："你听！"

"安福！安禄！"

"哎！哎！"安禄应道。

"回来了吗？"

"回来了！回家了！"

这一声声对答黑夜里传得很远，很远！赵安福脸上有了笑意，力气也大了，仿佛疲劳一扫而光，独轮车"吱扭吱扭"的声响像一曲乐曲划破寂静的夜。

那一声声对答仿佛一股股暖暖气流贯穿在田野的夜空：

"安福！安禄！"

"哎！哎！"

"回来了吧？"

"回来了，回家了！"

# 第五章　鲁氏三姊妹打醮<sup>①</sup>

宝成的姥爷鲁豹捎信来，鲁庄打三天平安醮，叫女儿安福家里的带了宝成去打醮。告诉女儿说，你大姐、三妹都回来，你姊妹仨聚到一起说个痛快话吧！

宝成巴不得得到这个喜讯，就跑到娘跟前，扭麻花似的缠到娘身上，说："带俺去，带俺去！"又跟着说："也带宝雁去！"安福家里的"嗯，嗯"应着，可她心里想着，带不带宝雁去还得问问婆婆。

安福家里的问了婆婆，郑氏说："就带宝成、宝雁一起去吧，到了他姥爷家，也有人陪宝成玩。"

安福家里的说："只是这几天让娘多受累了。"

郑氏说："成儿他娘，你也该回娘家歇息歇息散散心了，一春天你都没闲着。这几天正好地里的活还不忙，有俺和老二家里的侍候他爷儿仨就行了，纺织的事先放一放，浆好的那些线先不忙上机<sup>②</sup>。"临了又说："给成儿他姥爷带好。"

安福家里的"哎哎"地应着，心里喜滋滋的。

---

① 打醮（jiao）：道士设坛念经做法事。百姓为祈福消灾请僧道诵经的仪式，叫打平安醮。

② 上机：把棉线绕到织布机上。

安禄家里的在一旁说："娘，大嫂回娘家打醮，俺多咱①回娘家看戏去呀？"

郑氏说："你娘家多咱有唱戏的，你就多咱去看去吧！"

安禄家里的抿嘴笑笑，说："俺知道娘不偏不向，俺不过随便说说罢了。"

第二天赵安福套了牛车，宝成、宝雁先爬进车里，两人依偎在一起乐得不行。安福家里的告别了公婆，又告别了小叔赵安禄和妯娌安禄家里的，才上了车。赵安福看看都坐稳当了，拍一下牛屁股，牛车就启动了。

鲁庄离玄庄八里，路不算远，可牛车在土道上慢慢悠悠，赵安福抱着鞭子坐在车辕上也悠闲悠闲，这样不远的路程也走了小半天的工夫。

牛车到达鲁庄也近晌午了，大姐桃个儿、三妹石榴早已在大门外等候。

安福家里的娘家姓鲁，安福家里的姊妹三个，她排行第二，她和大姐都是三月里生，三月桃杏花儿开，大姐起名叫桃个儿，她起名叫杏个儿，三妹五月里生，五月石榴花满枝晒，起名叫石榴。姊妹三个模样一个比一个长得俊俏，身架也苗条顺溜，人称鲁氏三姊妹。可是姊妹三个年龄都差着一大截，桃个儿比杏个儿年长五六岁，已是年过三十的人了；杏个儿比石榴又大了十来岁，那三妹石榴如今还只是个十四五岁的少女。母早丧，三姊妹就越发相依为命，亲密无间了。

大姐桃个儿早已出嫁，可自从她嫁到高集高家，就没见过她男人的样子。亲事是早已定了的，听说男人长得精壮白净，还略识文字，谁想就在成亲的头天夜里他远走他乡，不见人影。婚事是铁板钉钉，即便是男人亡命，女人也得嫁过去守着男人的灵牌孤度终生。按照旧有的风俗，桃个儿与一只公鸡拜了天地（那只公鸡由一位同宗同族的年轻闺女抱着）。如今已寡居十几年了。

---

①　多咱：什么时候。

石榴三岁丧母，从小跟着爹、二姐长大。爹爱看戏，逢到冬闲年节常常带着杏个儿，肩扛着石榴到村里村外看梆子戏，渐渐地，石榴小小年纪就成了个戏迷。九岁上，正月十五鲁庄请了戏班子搭台唱戏。一出梆子戏《贫女泪》唱了一整天，傍晚散戏的时候，石榴在台下不由得模仿着戏子的腔调唱起梆子腔大调：

　　有奴家井台之上把水担，

　　不由得伤心落泪泪涟涟。

　　石榴嘹亮的嗓音吸引住了戏台上的戏班班主，班主两眼往戏台下一扫，眼珠子就盯住了一个俊俏俏的小闺女。他忙跳下戏台拉住了石榴，问："闺女，你愿意上台唱戏吗？"石榴不假思索地点点头。站在一旁的二姐杏个儿说："师傅，这事哪能随随便便地说去就去呢！"说着拉了石榴回家了。

　　戏班班主随后跟到鲁家，朝鲁豹老汉一再央求，说石榴这孩子是个唱戏的人才，只要入了戏班子几年就成角儿了，戏班里管吃管喝，成了角儿还能挣钱。鲁老汉当时未应，琢磨了两天两夜。这时杏个儿也已出嫁，家境越来越艰难，给石榴找个饭碗，这孩子又爱唱戏，学出角儿来也许是一条生路。戏班离开鲁庄的时候，鲁老汉把石榴交给了戏班班主，千嘱咐万嘱咐，好好教俺闺女学戏，照看好俺闺女，别受人欺负。二姐杏个儿为石榴打点了一个小包袱，送到村外路口，姊妹俩都眼泪汪汪。

　　石榴坐科①五年，戏班里规矩极严，每天凌晨，师傅带她到黑黢黢的树行子里吊嗓子，吃过早饭又练功学戏。一条腿架在与她齐高的长凳上，旁边点一炷香，一站就是两炷香的工夫，稍一打颤，小屁股上就挨板子。直到深夜，她蜷伏在炕角里，蒙住头泣泣地哭。她几次想跑回家，又被师傅劝说住。渐渐地师傅见这孩子勤学苦练，戏路子长进快，

---

　　①　坐科：在科班学戏。

做唱念打样样入门，模样又长得俊俏，一张小圆脸鲜红鲜红，真真像八月熟透了的石榴，就格外地用心传授。石榴十四岁出科登台扮演《贫女泪》主角儿唱红了方圆百里，声誉鹊起。一次，一位观众在台下喝彩道："好一个石榴红！"从此戏班里冠以艺名"石榴红"。

桃个儿和石榴在大门外等候了半天了，这时石榴眼尖，远远地看见一辆牛车滚动过来，就叫着说："大姐，二姐来了，二姐来了！"姐妹俩就迎上去。

牛车还滚动着，石榴就要跳上去，大姐桃个儿说："看你这个样子，不怕你姐夫笑话。"二姐杏个儿在车上说："她从小就毛毛躁躁的，如今还是那个脾气。"石榴说："俺见了二姐就巴不能地亲亲，小成子也来了！"看见车上还坐着一个小闺女，问："哎，这是谁呀？"二姐杏个儿说："这是俺家刚收养的一个丫头。"大姐桃个儿说："是高集的，俺村常家的丫头。"赵安福说："三妹，停下车，你再上。"安福"吁"了一声，牛车停下来，石榴就跳上车抱住了二姐。桃个儿在下面跟着走。

鲁家平时就鲁老汉一人过日子，屋里屋外消消停停，锅灶常常是凉的。桃个儿、杏个儿、石榴三姊妹一来这个家就热闹起来。桃个儿提了两包点心，杏个儿携了一篮子白馍馍，石榴为老爹打了一瓶白干酒。这个说："爹，给您买的。"那个说："爹，给您带来的。"还有一个说："爹，给您打来的。"鲁老汉嘿嘿一笑，算是答谢了女儿们。

鲁老汉事先在自个儿菜地里割了韭菜，自个儿喂鸡下的蛋存了一竹篮，是单单等着三个女儿来吃的。石榴冲爹说："爹，你一边抽烟歇着去，俺姐妹三个做饭。"鲁老汉又嘿嘿一笑，"哎"了一声。杏个儿说："咱蒸韭菜鸡蛋馅的菜团子。"石榴拍着手说："好，好，俺就爱吃这一口。"桃个儿说："二妹，你调馅，俺和棒子面。"石榴说："那俺只好坐灶台底下烧火了。"桃个儿说："这锅灶上的活，你就是拿烧火棍的料。"杏个儿说："大姐，你可别把三妹看扁了，人家会的你还一窍不通哩！"桃个儿说："那是，咱三妹可是这方圆百里的角儿了，往台上一亮相，有多少双眼睛看着她呀！"石榴就噘起嘴说："俺不干，俺不干，刚来了，你们当姐姐的就编派起俺来了！"桃个儿忙说："三妹，三妹，别生气，姐姐这里有礼了！"说着就学着戏台上青衣的样子朝石榴拜了一拜，石榴又抡起小拳头捶打大姐桃个儿的脊背，三姊妹就笑成一团。

到了夜里，大姐桃个儿安排住宿，说："咱姊妹仨加上宝成、宝雁就在一个大炕上滚吧，打横睡，头朝外，脚朝里。叫咱爹到西里间屋去睡。"石榴问："那谁挨着谁呢？"桃个儿说："那还用问吗？老大、老二、老三并排着，宝成能离开娘了，宝成、宝雁就挨着你睡。"宝成听了抢先说："俺愿意挨着小姨睡觉，小姨跟俺拉呱。"石榴说："把俺夹在中间儿，你们可别挤俺。"

桃个儿这样安排自有她的主意，她早就想把憋在心里的话向二妹诉诉苦衷了。夜深人静的时候，亲姐妹躺在一个炕上，头对头，脸对脸，有多少掏心窝的话要吐出口啊！杏个儿也等着这样一个珍贵的夜晚哩！

宝成、宝雁睡了，石榴也跟着入了梦乡。桃个儿杏个儿可睡不着，姊妹俩都心照不宣，都想向对方诉说。大姐桃个儿说："吹灯吧！"二妹杏个儿说："吹吧，吹了灯，咱说话。"桃个儿就伸脖长长吹出一口气，灯光灭了。

两姊妹钻进被窝，鲁家被褥不多，桃个儿杏个儿合盖一床被，石榴自个儿盖一床被，宝成、宝雁合盖一床被。

两姊妹紧挨了挨身子，桃个儿的一只胳膊随意搭在了杏个儿身上，杏个儿未语。那忧心忡忡的心事就翻腾上来了，不觉落了泪，唏嘘有声。黑影里杏个儿看见了桃个儿脸上的泪光。

"外边那个人有信儿吗？"杏个儿问。

"妹妹，那个人——还不知道是有是无，是死是活呢！"桃个儿说。

"姐姐，快别这么说，熬着吧，也许有一天打封信来，也许有一天猛不丁闯进一个人来。"杏个儿说。

"妹妹，纵是有这个人，还不知道人家这会子是什么心呢？"桃个儿说。

"姐姐，男人跑到哪里，他总得记着家里有个女人，有家室。"杏个儿说。

　　"妹妹，当初他跑了就可见他的心，他哪里还记挂着家室。"桃个儿说。

　　"男人的心怎么这么野？咱女人就这么本分，嫁鸡随鸡，嫁狗随狗。"杏个儿说。

　　"什么嫁鸡随鸡，嫁狗随狗？俺就不信服这些老规矩！本分不本分也全在自个儿！"石榴在梦里迷迷糊糊听到大姐二姐的对话，听到二姐说的"嫁鸡随鸡，嫁狗随狗"的话，就触犯到她的敏感的神经，猛不丁惊醒了说。

　　"石榴醒了，三妹你别说这种大话，到你嫁人的时候就由不得你了。"桃个儿说。

　　"大姐，你瞧着，俺非得给女人做个榜样，到俺嫁人的时候俺自个儿做主，谁也管不着！大姐，俺就替你着急犯愁，这么多年了，你怎么就不横下一条心另找户人家改嫁了呢？还等着守着那个没有心肝的男人干吗？"石榴说。

　　"三妹，快别说了，你这不是戳俺的心窝吗！"桃个儿说着又流下了泪。

　　"三妹，你年纪还小，不懂得世上的人情事理，还没经历过世上的沟沟坎坎。做女人难，做嫁了的女人就更难！"杏个儿说。

　　"二妹，要说咱姊妹仨的命运，石榴的终身将来还不知怎么样，你可是好命运，嫁了一户好人家啊！"桃个儿说。

　　"姐姐，俺也知足，公婆都是知书达理的人，婆婆没的说，处处体谅俺，公公规矩严一些也是应该的，就是宝成他爸爸动不动就发脾气，不让你说半个'不'字啊！又有小叔妯娌，说话做事处处小心，不那么随心随意的。"杏个儿说。

　　"比起俺来，你就是在天堂了。你是一大家子人家，俺是孤零零一个人守着一个公爹，可全庄人有多少双眼睛盯着你呀！唉！这样的日子多咱是个头儿啊！"桃个儿说。

"命啊！认命吧！"夜已深，杏个儿说着说着睡着了。

只有桃个儿睡不着，两眼瞪得大大地看那灰蒙蒙的窗棂，又一个难熬的漆黑的夜！

第二天是打醮的日子，吃过早饭，鲁老汉说："今儿初一打醮，你们姐妹仨去吧，也替俺给玉皇大帝上香磕头，保佑俺一年到头平平安安有个好收成。俺下地干活去，就不去了。"杏个儿说："也替俺娘上香，保佑她在那边平平安安。"鲁老汉说："你们记着就好，明儿还给你娘念经哩！"顿了顿又说："香在东里屋桌上放着哩。"

姊妹仨穿戴好了，又互相看了看，谁的衣裳穿得整齐不整齐，谁的头发梳得顺溜不顺溜。桃个儿是一身藏蓝，大襟褂子平平整整；杏个儿穿天蓝色大襟褂子，青绦子沿边儿，青裤；石榴穿一件藕荷色绣花旗袍，鹅黄绦子沿边儿，葱绿色隐花裤。桃个儿、杏个儿头上盘个圆圆的发髻，插一只银色簪子，两缕鬓角发紧贴到耳前；石榴梳一根长长的大辫子，红头绳扎了又戴一朵粉红牡丹花，额前梳着刘海。姊妹仨并排着走到街上，就引来了众人的目光。

宝成、宝雁两兄妹起初手挽手走，走到街上石榴把宝成拉过去，说："宝成，小姨领着你。"宝雁就噘起小嘴不高兴，杏个儿忙把宝雁领过去，说："跟娘走吧！"宝雁的脸色才平静下来。

麦场里搭了席棚，早已钟鸣鼓响，众庄稼人跪在蒲墩上静候着。一班道士身穿刺绣八卦红缎道袍，头戴青缎道冠鱼贯而来，头里的道士手持黄龙旗伞、钺斧、朝天镫仪仗，后边的道士敲着小鼓小锣、大钹小镲、木鱼铜铃，吹着笙、笛、箫、呐，再后边的道士手捧笏板，口里念念有词。鲁氏三姊妹领着宝成、宝雁忙进了席棚，找个空闲地方，跪在蒲墩上。

席棚中央北面供玉皇大帝画像，左边又悬有苍龙、白虎、朱雀、玄武二十八宿四象①画像，右边又挂有托塔天王、二郎神、雷公、电母诸

---

① 二十八宿四象：见第一章注。

神画像。席棚中央南面供奉玉清元始天尊、上清灵宝道君、太清太上老君三清尊神①画像。一班道士已绕到香案前搊香朝拜。乐声悠悠，磬声叮咚，众庄稼人跟着一声声磬声磕头。鲁氏三姊妹也随着磕头，宝成、宝雁直着身子，光看前面道士的朝拜和席棚四周的画像，不弯腰，不低头。石榴扯了宝成一把，说："宝成，给玉皇大帝磕个头吧，保佑你娶个模样俊俏性格又好的好媳妇。"宝成白了小姨一眼，不说话，也不磕头。宝雁也朝石榴瞥了一眼。石榴就抿嘴笑。只有桃个儿和杏个儿十分虔诚地拜了又拜，磕了又磕，头快要触到地皮了，仿佛心中的千头万绪都一时凝聚到磕头上，以求安身立命。石榴也不过是随意地点一点头就了事，心思早飞到云天外了。

打醮的第二日是道士为庄稼人的先祖亡灵诵经超度，各家各户更是争先恐后地去听经，去跪拜，去祭奠自己的先人。鲁老汉早早起来，到打醮席棚里先祖和孩子她娘的灵牌前上了香，回来和女儿们说："俺给你娘上了香，香火旺着哩，你娘高兴啊！"姊妹仨正忙着包饺子，桃个儿说："俺娘爱吃素馅饺子，一会儿给俺娘送饺子吃。"鲁老汉又说："今儿个你们姐妹仨都去，俺也去，让道士给你娘多念几回经。"姊妹仨齐声应着。

桃个儿、杏个儿、石榴小心翼翼将还冒着热气的饺子摆在鲁氏先人和母亲的灵牌前，又恭恭敬敬跪拜磕头，杏个儿又拉着宝成、宝雁给姥娘磕了头。三姊妹还不忍心起身，都直直地跪着，杏个儿说："娘，俺姊妹仨来看你了。"说着就掉泪。桃个儿说："娘，俺姊妹仨都忘不了你的恩情！"顿一顿又说："娘，二妹的日子过得好，你外甥六岁了，三妹长大了，学唱戏学成角儿了，俺——"说到这里哽咽住，抽泣起来。石榴忙挽住大姐的胳臂，说："大姐别哭了，起来吧。"又冲二姐说："二姐，起来吧，还给咱娘念经去哩。"

石榴这一劝，桃个儿哭得更厉害了，撕心裂肺般痛哭，她哭道：

---

① 三清尊神：玉清元始天尊、上清灵宝道君、太清太上老君为道教所尊崇的三位神，道书上说此三神居天外仙境，称三清境，即玉清、上清、太清。

娘啊，娘！亲亲的娘，狠心的娘！

女儿不忘娘的抚养恩，也不忘娘送女儿上轿嫁高门。

一只公鸡伴女儿拜天地，洞房夜独守花烛泪千滴！

娘可知，女儿终日泪洗面，女儿有苦苦难言。

一年四季日日盼，盼来盼去终是怨。

冬去春来花艳艳，女儿看花赏花更伤感。

秋风秋雨秋景凉，女儿心灰意冷倍沮丧。

女儿孤身在乡里，千言万语淹死你。

女儿孤身在人间，千眼万睛似刀剑。

娘啊，娘！地下有知——

女儿的身世可牵挂？女儿的悲苦可惜怜？

娘啊，娘！你撒手人世——

抛弃女儿苦度终生，何不牵上女儿一起走黄泉！

黄泉路上无老少，母女相伴不孤单。

人间怨，无尽头，但求阴司阎王把女儿收。

……

　　任凭杏个儿、石榴千劝万劝，仍痛哭不止，招引的杏个儿、石榴又陪着哭了一阵子。

　　三姊妹又跪到道场蒲墩上。道长手持木鱼诵经，每诵完一回经，有二道士敲鼓、打钟、击磬，庄稼人又跟着鼓声、钟声叩头。足足半天工夫，三姊妹默默无语，只顾了叩头。石榴也规规矩矩地跪拜，规规矩矩地磕头。宝成、宝雁早歪在蒲墩上睡着了。

　　到了第三日，是道士们展示才艺，百姓们娱乐的日子，鲁老汉就懒得去，姊妹仨向来爱好娱乐，庄里一有了唱戏的、扮秧歌的、耍把戏的、演傀儡头戏①的，就携了手去看。石榴更甭提，戏子出身，一早起

①　傀儡头戏：木偶戏。

来就吵吵着说，看看这班道士们有什么绝活好玩意儿吧！

姊妹仨和宝成、宝雁早早地来到席棚里占了好座位。道士们演奏打击乐和吹奏乐。先是演奏打击乐，大鼓小鼓、大锣小锣、大钹小镲、木鱼、铜铃一起打将起来，一时如急风暴雨，一时如田园牧歌，鼓点错落有致，锣声渐近渐远。打到精彩处，那打镲的小道士将一只铜镲飞到顶棚，又用另一只铜镲稳稳接住，溜溜直转，两只铜镲在他手里犹如两只草帽耍来耍去，博得庄稼人一声声喝彩。宝成、宝雁站起身看得呆了，也跟着拍手叫好。石榴不住地夸那个小道士手艺高强，人也长得精明。桃个儿说："那你去跟小道士说说话去吧！"石榴说："没正经，没的羞死人了！"

接下来是道士们演奏吹奏乐，唢呐、笙、笛、二胡、古筝，吹奏出《八仙庆寿》《百鸟朝凤》《朝天子》等曲牌。悠悠扬扬，婉转宜人。突然间，一曲高昂的唢呐声溢满席棚，那曲调如高山瀑布，急遽奔放；又如铁骑突奔，刀枪鸣咽。百姓们立时振作起来，三姊妹精神更是为之大振，席棚里顿时鸦雀无声。渐渐地唢呐声又低沉下来，如小溪潺潺流水，如林间切切鸟语，如怨妇哀哀泣诉！低回的唢呐声在席棚里缭绕不绝，庄稼人都听迷了，女人们就擦眼抹泪。鲁氏三姊妹早掉泪了，桃个儿抽泣不止。桃个儿不由得站起身看看，那个吹唢呐的人鼓着两腮，满脸通红。她扯把杏个儿，说："二妹，吹哇儿哇儿的那个人好像不是个道士。"杏个儿也站起身看看，说："这不是哇儿哇儿二嘛！俺院里的一个叔。"桃个儿接着问："他怎么跑这里来了？"杏个儿说："他就一个人过日子，哇儿哇儿吹的好着哩，兴许是这班道士邀他来的吧。"桃个儿连连"嗯"了几声，没搭腔，垂下了头。

打醮的最后一道程序是"投仙鹤，送众神"。席棚外麦场上竖起一根高高的木杆，上面悬挂着一只纸扎的丹顶鹤，丹顶鹤的脚下垂着一条红布飘带，飘带里包裹着铜钱、糖果，卷起来系在丹顶鹤的腹下。那丹顶鹤张嘴望天，展开双翅，大有风起欲飞之势。就引来了许多年轻人和孩子们争相观看，吵着嚷着："投仙鹤，投仙鹤。"石榴领着宝成、宝雁也来了。一老者喊道："投仙鹤！"众年轻人和孩子们便捡块砖头或土坷垃投掷那系在丹顶鹤腹下的红飘带，可是谁也投不准。宝成、宝雁捡了一堆砖头、土坷垃，求小姨来投。石榴还有点羞羞答答的，不愿意在众人面前做这种男人干的争争抢抢的事。可是禁不住宝成、宝雁一再缠着求她，说："小姨，好小姨，投一个吧！"石榴就拿一块砖头瞄准丹顶鹤的腹下投去，连连投了三下，红飘带哗啦一下从空中垂下来，铜钱、糖果落了一地。那老者喊道："福从天降。"宝成、宝雁光顾了看小姨投丹顶鹤，就没有抢先去拾铜钱、糖果，石榴急着说："快去拾铜钱、糖果呀！"他们慌忙去拾，那铜钱、糖果已所剩不多了。

　　这时，一班道士又吹打着来到麦场上，将那高杆上的丹顶鹤缓缓放下，又点上香，焚烧了。道士们朝天跪拜，道长高声念道："神仙已乘黄鹤去，留下福祉在人间！"意思是送走众神仙，打醮落下了帷幕。


　　桃个儿杏个儿没有去看"投仙鹤"，姊妹俩在家里给老爹缝补衣裳。杏个儿针线活好，要给老爹缝制一件白布对襟褂子，刚刚裁剪完，问桃个儿："大姐，你看看，俺给爹裁剪的尺寸合适吧？夏天穿，前襟后摆也不用太长了。"桃个儿未答，杏个儿抬头看看，大姐手里正拿着爹的一件缝补的裤子，在那里愣神儿，就拍一下炕沿，喊道："大姐，大姐，想吗事哩？"桃个儿一怔，回过神儿来，说："没想什么，只是这几年记性差了，刚刚找到了一个顶针儿又不知丢哪里去了！"杏个儿拿眼瞧瞧说："那不是嘛！在你腚底下哩！"说着伸手拿过顶针儿拍在大姐手里。桃个儿抿嘴一笑，脸色绯红。

　　杏个儿心里有数，说："大姐，俺看出来了，你心里有事儿，咱姊妹俩有话不说，跟谁说去！"

　　一句话勾出了桃个儿心底的隐秘，未开口，先掉了泪，用衣袖擦擦泪说："那个吹哇儿哇儿的把俺的心都吹碎了！俺这一晌午耳边老是响着那哇儿哇儿曲儿，他怎么吹得那么好。"

　　杏个儿说："这真是'有缘千里来相会，无缘对面不相识'。"

　　桃个儿说："人家给你说心里话，你别说这些闲话，哪里就扯上有缘无缘的。"

　　杏个儿说："不管有缘无缘，反正你们俩的心思想到一块去了。"

　　桃个儿抿嘴一笑，默认了，又说："看上去快奔四十的人了，怎么还一个人过日子？"

　　杏个儿说："要说，他也是一个苦命的人，父母早丧，哥儿俩守着一亩薄地无法过生活。那一年荒年，他哥哥领着他到关外逃荒，半路上哥儿俩又走散了，十几岁的少年又摸回家来，俺家他爷爷接济他，后来又给财主家扛小活，又到处打短工，学会了吹哇儿哇儿。如今在庄里又跟着村长敲锣，三十六七的人了，还光根一条。"

　　妹妹的一番话深深印在桃个儿的心里，然而刚刚那一丝笑意里的希望之光一闪即逝，脸色又渐渐阴沉起来。转念一想，就急急地拾起手里的活，仿佛十分后悔刚才自己在二妹面前的失态，说："二妹，别说闲话了，快做活吧！太阳要下去了。"

　　杏个儿说："看你，是谁愿意说闲话的，还赖俺？"

　　正说着，天井里传来石榴的话："大姐、二姐，宝成、宝雁捡回宝贝来了！"

　　桃个儿、杏个儿齐声问："吗宝贝啊？"就迎出屋去。

# 第六章 八月十五月儿圆

"白露早寒露迟，秋分种麦最应时。"这年的秋分正值八月十五中秋节，赵家的男人女人又忙碌了一阵子。

赵太世把早已留下的麦种收拾出来，倒在大笸箩里仔仔细细翻拣了一遍，让安福、安禄认真地称了，整整七十五斤，种五亩麦子不多不少。然后吩咐道："明儿西大洼里耩①麦子，起早去，地里吃早饭。"安福说："爹，耩麦子是不是早了点儿，过了八月节再耩吧！"赵太世说："秋分耩麦子正是时候，早耩早出苗，到立冬麦苗就分岔了，根深叶茂禁冻。"安福说："俗话说，'麦无二旺，冬旺春不旺'，过年春天麦苗怕是不壮实了。"赵太世抽着烟，慢慢悠悠地说："这话不假，可是老人说，'立冬不分股（分岔），不如土里捂'。麦苗立冬不分股，单根苗寒冬腊月不耐寒，假若一冬天麦苗土里捂了，又怕过年春天麦苗出不齐。俺琢磨着，宜早不宜晚，看天气，果真十月小阳春，麦苗疯长了，再套上碌碡碾压一遍就是了。"安福信服了爹的话，没再吭声。

安禄冒出一句："爹，明儿俺掌耧②吧，学学庄稼地里的把式活，

---

① 耩：耩 jiǎng，用一种叫耧的农具播种。

② 耧：耧 lóu，一种播种用的农具，由耧铲、耧架、耧斗、耧腿构成，由牲畜牵引，可以同时开沟、下种并自行覆土，完成播种全过程。

爹指点着。"赵太世吐出一口烟雾，冷笑道："哼，想学庄稼活，好，可不能性急，像小孩子学走路，得一步一步学。掌耧是个把式活，功夫全在手上，两手要握紧耧把，掌握好耩地的尺寸。耩深了不行，耩浅了也不行，深浅不匀更不行。安禄，你还是牵头口①吧，安福撒种，俺掌耧。"安禄听了很是泄气，噘起嘴说："爹，俺掌耧不行，撒种还不行？老牛俺侍弄不了，让大哥牵头口，俺撒种吧。"赵太世气道："干庄稼活还挑挑拣拣！说这话就不像个庄稼汉子，庄稼地里的活庄稼人就得样样拿得起放得下！扶犁赶车、耙地锄地，放下扫帚拾起筢子，哪一样庄稼活也不能丢下！侍弄头口怎么啦？头口是庄稼人的两条腿，庄稼人侍弄不了头口就甭想种地过日子！"赵安禄低下头，哑口无言。赵安福插话说："爹，明儿俺牵头口，就让安禄撒种吧，也好让他经手练习练习，庄稼活不经手练一练也学不会。"赵太世仍不放心，问道："安禄，你说耩麦子一亩地下多少种子？"安禄答道："十五斤。"赵太世说："西大洼五亩地，一块二亩，一块三亩，整整七十五斤麦种全撒上，撒少了，剩下麦种也没法补种，到时候麦苗稀稀拉拉出不全；撒多了，麦种不够剩下空地也没法去淘换麦种，这桩活就全靠你了，俺倒要看看你这个庄稼地里的把式！"安禄偷偷一笑，说："爹，你放心吧，俺保准儿一分一厘地也不落下，一斤一两麦种也不剩下，五亩地七十五斤麦种可丁可卯全撒上！"赵太世听了也低头偷偷一笑，他笑小儿子有干庄稼活的志气，像个过日子的样子；也笑年轻人不知天高地厚说大话。心想，就让这小子试巴试巴吧，或许能练就出一个庄稼汉子。

第二天清晨天一放亮一辆牛车奔向西大洼，赵安福赶车，赵太世、赵安禄坐车上，守着一架耧一口袋麦种。"吱喝吱喝"的赶车声，大车轮子"咣当咣当"的响声，惊动了仍在沉睡的玄庄人，他们在被窝里嘟哝道："赵太世家过日子綦②呀，勤呀，苦哇！"

寥廓的西大洼还在沉睡，赵家父子是今晨头一家踏进西大洼的庄稼

---

① 头口：牲口。
② 綦：綦 qí，极致，很的意思。

人，唤醒了西大洼，踏破了西大洼的寂静。父子三人忙着卸了车，各自掌管着一架耧、一口袋麦种、一头黄牛，做好了耩麦的筹备。赵太世一脸的严峻告诉两个儿子，秋种夏收，是一桩神圣的事体，非同小可，不可有半点马虎、半点大意！赵太世板板正正架起播种耧，赵安福扬鞭吆喝一声，老牛起步，耧铲入地前进，赵安禄忙把早已抓在手里的麦种撒进耧斗，那麦种就顺着前进的耧铲播种进土地里。父子三人步调一致，动作和谐，谁也不敢怠慢了。

赵太世两手握紧耧把，自觉耧铲进深尺寸不差分厘，赵安福牵住黄牛自知耩地的速度不快不慢。唯有赵安禄心里直犯嘀咕，撒下的麦种是多了，还是少了？夜来后晌他就抓一把麦种撒在炕上来回练习，称称一把麦种有多重？撒下一溜麦种有几尺几寸？闹得安禄家里的不得安宁，说他别逞能，没有金刚钻，别揽瓷器活。可赵安禄却执意要在老父面前显露他的才干。这时候实地干起来心里就越发的不安。

待一块三亩地播种完已是霞光万道，一轮红日已冒出东方地平线，西大洼一片金灿灿，土地上像是蹦动着数不清的金星，耀人眼目。父子三人正要转移另一块二亩地，抬头看两个儿媳已提罐携篮把热气腾腾的早饭送到面前。安禄家里的说："爹，哥，吃饭了！"安福家里的说："都快吃吧，别凉了。"

赵安禄看看剩余的麦种，觉得已播种了一多半地，麦种还足够了，也就不再担惊受怕。这时候他忙不迭走过来，说："送的吗饭啊？俺可是饿了。"

赵安福牵挂着老黄牛，忙去拿了带来的草料送到黄牛嘴下，拍拍黄牛，说："吃吧，吃吧。"

赵太世仍在专心收拾着播种耧。

大车后座上已摆好三碗棒子面粥，竹篮里是白面烙饼，三个老腌咸鸡蛋，几棵大葱，一小盖碗黄酱。

赵安禄已举着烙饼卷大葱抹黄酱可口地吃起来，安禄家里的嗔道："老的还没吃哩，你倒先吃起来了，没规矩。"赵安禄笑笑。

安福家里的朝安禄看一眼，又喊道："爹，成他爸，快吃吧。"

赵太世"哎"一声，走过来。赵安福拍拍身上的土，拍拍手，也走过来。

父子三人默默地喝粥，默默地吃烙饼卷大葱抹黄酱。安福家里的把三个咸鸡蛋摆到父子三人面前，说："娘煮的老腌鸡蛋，都吃了吧。"

赵安禄先吃饱了，就忙着收拾麦种。心想，平时老爹总是数落俺干庄稼活这也不行，那也不行，不是庄稼地里的材料，这一回非让老爹夸奖夸奖俺，看俺是不是庄稼地里的材料！

庄稼活并不像赵安禄想象的那样轻巧。父子三人又架起播种耧，牵起黄牛，播种耩麦了。也许是因为赵安禄有了满足的情绪，就放松了撒麦种，不那么谨慎认真了，一把麦种随随便便撒进耧斗，不知不觉间，过多的麦种就播种进土地里。待他再到大车上取麦种的时候，翻开口袋愣住了，麦种不多了，又抬头看看尚未播种的土地，心里就立时跳得紧了！他把口袋里剩余的麦种倾倒进提携的小笸箩里，慢慢回到播种耧旁。

赵太世已看出了赵安禄不安的迹象，有些疑心，问道："安禄，还有多少麦种？"赵安禄不知如何回答，就问："爹，你看还有多少地没耩上麦？"赵太世说："估摸着一亩来地吧。"赵安禄心里没底，只好回答："许是够了吧。"

赵安禄的手颤抖了，撒进耧斗的麦种稀稀拉拉。赵太世看在眼里，不禁喊道："安福，停下！"赵安福"吁"一声，黄牛站住脚，播种耧搁在地上。赵太世喝道："安禄，到底还有多少麦种？"赵安禄无可奈何，只好如实回答，他提过小笸箩，说："爹，就这些了。"赵太世看一眼，厉声喝道："混账！这些麦种只够耩半亩地！你稀稀拉拉撒下去，不是糟蹋了地嘛！宁肯少种半亩麦子，也不能糟蹋了地啊！败家子！"赵安禄说："爹，俺估摸错了，都怪俺不对，再紧着点儿撒吧。"赵太世又一声断喝："混账小子，牵牛去！"又吩咐道："安福，撒种。"

赵安禄只有乖乖地牵起牛，心里虽是极大的不愉快，也只有把苦水咽进肚里，深深感到愧疚！年轻汉子不觉眼眶里汪着泪水，忙用手擦擦，生怕爹、大哥看见。

　　麦种播种完，果然撂下半亩地没耩上麦子，父子三人陷入沉默。安福、安禄忙着收拾家什，套牛车。赵太世蹲在地头，点上一袋烟抽着。他心疼那半亩地，心里琢磨，是再买些麦种补耩上，还是闲置半年来年春种？安福喊道："爹，上车走吧！"赵太世未应，慢慢站起身来，半亩地搅和得他心事重重。

　　一天来，男人下西大洼耩麦，女人的手脚也没闲着。头晌蒸了两笼屉白馍馍和各式各样的面食花样，有小金鱼、小刺猬、小老鼠，白馍馍上又捏了牡丹花、荷花、菊花。动物用小红豆当眼睛，花儿染了红绿颜色。安福家里的掀开蒸笼，宝成、宝雁拍着手叫"好"，宝成说："俺吃小金鱼、小老鼠。"宝雁说："俺吃花馍馍。"宝成急着伸手往锅里去拿，不料烫了一下，忙缩回手，"哎哟，哎哟"叫起来。宝雁见状说："疼吗？俺给你吹吹吧。"说着就抬起宝成的右手，仔细地吹了一阵子。安福家里的怨道："宝成，晾一会儿，等晻凉了，再吃吧。"

　　过晌女人又烙团圆饼，里面裹了红糖，外面撒了芝麻。到了后晌，单等着一轮明月升起来，安福家里的和安禄家里的就忙活起来。天井里早摆下供桌，供桌上摆上四盘面食供品：一盘月饼、一盘团圆饼、两盘捏了花的白馍馍；四盘果品供品：一盘石榴、一盘红枣、一盘黄鸭梨、一盘青毛豆。

　　安福家里的问婆婆："娘，你看看供品齐了吧？"郑氏端着香炉走出屋，说："年年这几样，你妯娌俩摆齐了就行了。"说着摆好香炉，点上三炷香，吩咐道："中秋节上供没有爷们儿的事儿，咱们娘儿仨，叫上宝雁给月亮奶奶上香磕头吧。"宝成说："奶奶，俺也给月亮奶奶磕头。"安禄家里的说："宝成，你是爷们儿，月亮奶奶不收爷们儿磕的头。"宝成说："俺磕一个，你问问月亮奶奶收不收。"说着就地磕了一个头，逗得安禄家里的嘻嘻笑起来。接着，郑氏、安福家里的、安禄家里的、宝成、宝雁都磕了头，郑氏叨念："八月十五月儿圆，月亮奶奶保平安。"

　　那轮明月越发地亮了，照得天井里白晃晃的。安福家里的、安禄家里的收拾供品，郑氏又吩咐说："月饼是按人头买的，每人两块，给他爷儿仨吃去吧，你妯娌俩也吃吧，剩下的给你爹和两个孩子吃。"说着拿过月饼、红枣给宝成、宝雁吃。宝成还要拿青毛豆吃，郑氏说："成儿，青毛豆是给玉兔吃的，玉兔最爱吃青毛豆，今儿后晌就留给玉兔慢慢剥着吃吧，明儿你再吃。"宝成问："奶奶，玉兔在月亮上面吗？"郑氏揽过宝成，指指月亮，说："成儿，你看玉兔在月亮上捣药哩！"宝成、宝雁真真瞪大了眼睛看那月亮上的黑影，想象着玉兔的样子，两人看得呆了。

宝成又问："奶奶，玉兔旁边那是谁呢？"郑氏说："是嫦娥奶奶。"宝雁问："奶奶，嫦娥奶奶在月亮上住吗？"郑氏说："嫦娥奶奶也是个苦命人，原先也在地上住，和她丈夫、她婆婆三人过日子。谁想，她丈夫出外谋生，她婆婆就待她不好，逼她下地干活，回家缝衣做饭，还不让她吃饱饭，天天骂她打她。一天，打得她实在疼痛难忍，就偷跑出家门，在路边哭。一个道士路过那里，问她，你有吗冤屈？她把自个儿的苦处说了一遍。那道士听了送给她一粒求生丹，甩甩衣袖走了。嫦娥奶奶吃了那粒求生丹，想不到就飘飘地飞起来，一飞就飞到了月亮上，守着玉兔过日子。可是日子长了，嫦娥奶奶想起她的丈夫就掉泪，可怜价的！咱地上的百姓，每年八月十五给嫦娥奶奶送月饼、红枣吃，也让她老人家心里高兴高兴。"宝成、宝雁早听得入迷了，宝雁又问："奶奶，嫦娥奶奶为吗不再飞下来呢？飞下来找到她的丈夫，打她的婆婆。"郑氏说："兴许是天上的神仙不让嫦娥奶奶下凡了。"

正说着，安禄家里的走过来说："娘，你劝劝你小儿子去吧，到这时候，他还没吃后晌饭哩，给他月饼也不吃，就是闷着头躺着，也不知道有什么解不开的事憋在心里，娘劝说劝说他，省的憋出病来。"郑氏说："大过节的，一家人团团圆圆高高兴兴才好，有解不开的事，说道说道就过去了，没的还老搁在心里，不过日子了！"说着就站起身，走进西厢房，撩开门帘，说："禄哇，咋的了？心里有解不开的事，给娘说道说道，心里想开些。"赵安禄头朝里躺在炕上说："娘，没事，你甭惦着。"郑氏说："没事就起来吃饭，吃块月饼，大八月节的，喜喜欢欢地跟你媳妇说个话，娘心里也喜欢。你们大大小小的若是闹个别扭，有个不喜欢的，娘心里不好受啊！"说着话音里就泣泣的。赵安禄听了娘的话，一骨碌爬起来，说："娘，真的没事，俺吃月饼，吃团圆饼，娘别挂着了！"郑氏这才放下心来，说："没事就好，快吃了吧！俺再看看你爹你大哥你大嫂，都吃了吗？"说着走出屋，又回头问："成儿他婶，你吃月饼了吗？"安禄家里的在屋里说："吃了。娘，你挂着别人，你自个儿吃了吗？"郑氏边往门外走，边说："甭管俺，只要你们大大小小的该吃的吃了，该喝的喝了，俺心里比自个儿吃了喝了还喜欢哩！"

赵太世坐天井里月光下抽闷烟，郑氏从西厢房走出来，说："今儿你们爷儿仨从西大洼里回来都板着脸，没有个喜欢模样，闹得老二后晌饭也没吃。到底咋的啦？"赵太世说："二十大几的人了，撒个麦种都撒不好，摞了半亩地没耩上麦子。"郑氏说："二小子毕竟还年轻，没经验过这些庄稼活，你年轻的时候不是也有过闪失嘛！你也别生气，少耩半亩麦子，过年春上多种半亩谷子或是半亩春棒子就是了。"赵太世嗔道："庄稼地里的事播种耕耘须筹划好，筹划不好就过不好日子，你家里人们①见识短呀！"郑氏听了一家之主的话不便再说什么，觉得无论如何还是当家的有主意，做女人的也只有一心一意听从的份儿了。

那轮明月慢慢向西移动，夜渐深。老夫妻俩沉默了一阵子，郑氏说："一大后晌了，该歇着了。"赵太世说："你先睡吧，俺再抽袋烟。"郑氏回屋拿了件褂子给当家的披上，赵太世又想起了话题，说："八月节的礼都送了吗？"郑氏说："外庄的亲戚节前都送到了，庄里的乡亲还没送哩。"赵太世说："乡里乡亲的该送的都送到，人情是不能少了的。他太和叔那里也送去，他一个人过日子懒得蒸干粮。"郑氏应道："都记住了，明儿让老大老二都送了。"临了又嘱咐："再坐一会儿就回屋睡吧，夜深天凉了。"赵太世应一声，又沉浸在他过日子的筹划里。

---

① 家里人们：女人们。

# 第七章　大祸临头

眼看到了霜降节气，天气渐渐凉了。清晨，大地上蒙了一层白白的霜。赵太世老两口一年四季天一放亮就起炕，这天赵太世起来穿上一身夹衣，郑氏从躺柜①里拿出一件棉衣，说："套一件棉袄吧，天凉了。"他哼了一声，扯过棉袄穿上，到天井里背上粪筐，右臂夹住粪杈，出了大门。

出门不空手是赵太世多年的习惯，要么背粪筐，要么背柴筐。他常常给家里人念叨："好日子是一点一滴积攒起来的，手勤脚勤才是一个真正的庄稼人。"赵太世先到西大堤上转了一圈，那里来往牲口多，就成为庄稼人起早拾粪的胜地。赵太世捡到几粪杈驴粪蛋儿，没捡到牛屄屉屎，就有几分遗憾，他感叹玄庄庄户人过日子忒狠！又悔恨自个儿过日子还贪懒！影影绰绰，他看见两个老人已经背着满载的粪筐回村了。

他绕到村北田地里，庄稼已收割完毕，只有已经萎缩的棉柴戳在地里，显得孤孤单单。他走到北道沟一块地头蹲下来，若有所思。这是一块从父辈手里继承下来的，已经耕耘了几十年的宝地，整整三亩。今年已种过两茬，麦季收获不少，秋季又收获了肥肥的棒子槌。冬麦没再劳

---

① 躺柜：衣柜，长方形，平躺着放在地上。

累它，让它歇息半年，攒攒劲儿，明年开春再劳累它吧。还没有秋耕，他抓把土坷垃在手掌里揉揉，不觉对这块土地萌发了感激之情，感谢它对赵家的贡献，感谢它没有辜负他洒在它身上的汗水！于是他又不觉对这块土地萌发了亲情之感，真想趴下吻吻它的身躯！

他的目光又转移到临界的另一块地，几乎与这块地一模一样，也是三亩的面积，就顿时勾起他的一段辛酸史。四十多年前，他还是一个少年，父亲病逝，母亲因给父亲打一口好棺材，筹办丧事，借下债，第二年，债主马财迷上门逼债，母亲无力偿还，只好含泪以这三亩地顶债。过了十年，他成亲立家，早已亲身体验到土地是庄稼人的命根子。母亲临终，拉着他的手泪水涟涟，手指指北方。他明白母亲临终又歉疚又抱有遗恨的心情，面对着即将离去的母亲，暗暗发誓，他一定要将那三亩地买回来，物归原主。如今，他望着那块地，心里火烧火燎般的愧疚，已经过了半百的人了，还没有如愿以偿！

赵太世背起粪筐回村，又在村街上转了一圈，看看再也没有什么收获，就急急地转回家。村里人给他打招呼，他也无心搭话，只是哼哼几声。

等他回到家，早饭早已备好，摆在堂屋饭桌上，浅子①里放着白馍馍，一碗豆腐熬白菜，这是男人们的饭食；另一个浅子里是棒子面贴饼子，一小碟萝卜咸菜拌了点香油，这是女人们的饭食，每人面前一碗红薯棒子面粥。

赵安福、赵安禄从西洼里干活回来，洗完脸，正要坐饭桌前吃饭，赵太世坐圈椅里抽闷烟，迟迟不往饭桌前凑。安福家里的说："爹，吃饭吧！"赵太世"哼"一声，仍不动。当家的不入座吃饭，别人也不敢动筷。一会儿，安福家里的又叫了一遍。赵太世放下烟袋，急道："又是白馍馍，又做菜，不想过日子了！"郑氏说："成儿他娘是为你们爷儿仨做的饭食，今儿他哥儿俩不是下西大洼拔棉花柴吗，这可是个累活。"赵太世说："往后冬闲了，过年前不动细粮，不动油水，咸菜里

---

① 浅子：用高粱秆编织的盛放食物的用具。

也不要拌香油了，过日子就得有过日子的样儿，地不是白来的！"安福家里的是赵家的主妇，一家人的饭食都由她安排。这时她听到公爹的嘱咐有些为难，站在锅灶前怯怯地说："爹，你和宝成还是吃细粮吧！"赵太世说："俺也不吃细粮了，光给宝成到馍馍铺里拿麦子换馍馍吃吧。"安福家里的"哎哎"地应着，忙去收拾锅灶。

这顿早饭一家人吃得闷闷不乐，屋里异常寂静，只听见呼噜呼噜喝粥的响声，白面馍馍没人动，宝成眼睁睁瞅着也不敢伸手，郑氏拿过一个馍馍递到宝成手里，说："成儿，吃吧。"话音低低的。宝成又把一个馍馍掰成两半，递给宝雁一块，宝雁推推未接。

这当口，"哐哐哐……"一阵洪亮的锣声传来，冲破了赵家堂屋里寂静而尴尬的气氛。一个个先放下粥碗，支起耳朵听着，然后都以询问的目光扫视着，最后还是一家之主赵太世先开了口："又出吗事了？老百姓没有个安稳的日子！"赵安禄两步跨到天井里，听了个仔细："哐哐哐，各家各户听着，奉军征粮，一亩地一斗麦子，送到村公所，天黑交齐。哐哐哐……"

赵安禄回到屋里，甩了一句："这倒好，自个儿不吃，送人吧！"

赵太世问道："不是给他们送粮了吗？怎么还来要？"

赵安禄说："上回送的是高粱棒子，这回要的是麦子。"

赵太世愤愤地说："哪有这样的军队，搜刮民膏！"说着，他把烟袋别在腰里，走出了大门。这时候他感到这日子不是自家人想过好就能过好的，世道不太平，哪有老百姓的好日子过？他想去找村长问个究竟。

街上站满了人，人们揪住敲锣人哇儿哇儿二，不住地问："咋的又要交粮，不是给他们送去了吗？"

哇儿哇儿二连连说："俺哪知道，你们问村长去。"

一语未了，村长赵金铎一手捂着头姗姗走过来。人们见村长头上裹着白布，像是有伤势，就不便莽撞，都注视着村长，等他说话。

村长走到人们中间，说："兄弟爷们，咱们玄庄又要遭罪了！张宗昌①的队伍在四女寺镇驻着一个旅，把咱玄庄送去的高粱棒子都倒进了猪圈，说那是牲口吃的，咱们侮辱了他们。这回非让咱玄庄再交二百石麦子，三天不交，血洗玄庄。我苦苦哀求，还被他们打伤了。"

一时玄庄的庄稼人陷入了悲苦的深渊，觉得天昏地暗，已无路可走了！麦季已过去五个多月了，一般人家也只有几斗麦子留着过年，就是赵太世这样比较宽裕的农户也拿不出该交的那么多麦子呀！有的人蔫蔫地蹲下来，头垂得低低的，有的人袖着手转回家，已经琢磨携妻挈子外逃了。

村长又说："兄弟爷们凑凑吧，富裕人家多拿些，实在拿不出的拿钱，怎么着也得闯过这一难啊！"

有人搭话："拿钱？到哪里去拿钱？不能砸锅卖铁逼人命啊！"

有人骂道："高粱棒子是人吃的，这帮狗杂种！毁了咱们的粗粮，又来从咱们嘴里扒细粮！"

赵太世凑到村长面前，说："金铎，找几个人合计合计，想想法子吧！"

村长望望赵太世，没搭腔，一副无可奈何的样子。

这时候人群外传来洪钟般的话语："他娘的，张宗昌还乡，山东人遭殃！"话音刚落，一个身材魁梧的汉子拨开众人，一步跨到村长跟前，接着说："村长，张宗昌这个土匪帮子本性难移，一斤一两麦子也不给这个龟孙子，水来土掩，兵来将挡，红枪会顶着，他们休想迈进玄庄一步！"说着，他的目光在人群里搜寻着，一眼瞧见赵安禄，喊道："安禄，击鼓！"说话人就是红枪会大当家的武秀才赵占魁。

赵安禄脆脆地应一声："魁叔，遵命！"

---

① 张宗昌：山东掖县人，土匪出身。1913 年投靠直系军阀，后又投靠奉系军阀，1924 年入据山东任军务督办，后任直鲁联军总司令。横征暴敛，杀人如麻，无恶不作，民愤极大。北伐战争期间对抗国民革命军，1928 年国民革命军二次北伐被驱逐山东，后所属部队被消灭，1932 年被刺杀。

"咚咚咚……"急切的击鼓声激荡在玄庄上空，传遍了玄庄的街巷、农户。

一袋烟的工夫，红枪会会徒都已集合在赵占魁家场院里，整整齐齐排好一个方队，都是一色的装束打扮：头上扎红巾，红头巾脑门儿上绣黄色八卦之一——象征火的离卦符号☲，一身皂衣，胸前围一块红兜兜。会徒们或是手持红缨长枪，或是身挎红缨大刀，大当家的赵占魁腰缠七截鞭，手持三截棍，肩上挎一袋袖镖，威风凛凛。大当家的这三样武器是他的拿手武艺，人称"三绝"，远近闻名。三截棍由三根硬木棒用铁环连接而成，木棒头用铁箍包着，打出去，五步以里人人倒地。七截鞭由七根铁棒用铁链连接起来，甩出去，两丈以里人人毙命。袖镖更是他的绝活，匕首般的袖镖先窝在袖筒里，顺手掷出一个，二十丈以里百发百中。当年赵占魁在东昌府应试武秀才，就是以这三项武艺名列榜首。

大当家的赵占魁看着威武的队伍开口笑了，手举三炷香引领众会徒朝北方跪拜。口中念道："一心摆正，不可二用，佛祖保佑，刀枪不入。"众会徒跟着齐声念，齐头跪拜。然后，赵占魁又带领众会徒习武，他先打出三截棍，又甩开七截鞭。众会徒看到大当家的英姿勃发，武艺高强，连连拍手叫好！也忍不住摩拳擦掌，有的舞大刀，有的练长枪，习武场上，杀声阵阵，尘土飞扬。

大约习练了一个时辰，赵占魁见会徒们士气高涨，不禁仰天大笑，放声道："咱玄庄有救了！"沉一沉，他又向会徒们吩咐道："兄弟爷们，到了为玄庄百姓出力卖命的时候了！这两天西大堤上日夜轮流站岗，如果没有动静，后天夜里鸡叫头遍全体红枪会徒带上家伙北道沟集合。都拿出红枪会的本领，和张宗昌龟孙子的队伍拼一拼，叫他有来无回！咱按老规矩，有话在先，谁也不能当孬种，你们说，如果有人当了孬种咋办？"

众会徒齐声应道："不准他进玄庄！"

赵占魁道："好！齐心就能协力，就这么办！散伙。"

　　这两天，玄庄的庄户人惶惶不可终日，虽说有红枪会顶着，可人们心里总是惊恐不安。张宗昌的队伍有枪有炮，任意祸害百姓！万一杀进玄庄，不管老少，妇幼不留，一命难保啊！有一些人家已经举家外逃了！有的套上牛车，有的推上独轮车，有的肩担身背，扶老携幼，悲悲戚戚！有的人家年轻人要逃，老年人不离故土，村头上送别，倘若一别成永别，泪湿衣衫，哭声一片！

　　赵太世打发安福套上牛车先把安福家里的和宝成、宝雁送到鲁庄亲家去躲一躲；然后再送安禄家里的回娘家去暂时安身。哪知道，安禄家里的听到这话硬是不走，她从西厢房走出来，说："爹，娘，你二老想一想，明儿后晌俺男人西大堤上流血拼命去，到了后天俺见到的不知道是活人还是死尸？俺为妻的有心思离开这个家吗？"说着流下泪来。赵太世哑口无言。过了一阵子，郑氏安抚道："成儿他婶，赶上这年头没法子啊！安禄是红枪会的人，是保护咱百姓的，他有法术，又能习武，兴许不会有闪失的。"说着也掉泪。

　　安禄家里的果然未动身。安福家里的领着宝成、宝雁坐上牛车的时候，赵太世、郑氏送出门来，安福家里的坐牛车上说："爹、娘，果真那些兵来了，你二老要躲藏起来啊！"郑氏说："甭挂着了，走吧，看好两个孩子。"宝成又在车上"奶奶，奶奶"地叫，郑氏和安福家里的都掉了泪，赵太世朝安福挥了挥手，安福扬起鞭，吆喝一声，牛车滚动了。

　　玄庄有一户人家安安稳稳过日子，这就是马德昌家。尽管马财迷守着粮囤拦了又拦，大叫："舍了老命，也不舍粮食。"马德昌还是打发新雇用的老长工如数把麦子送到了村公所，村长写了收据，马德昌以为有了交粮收据就保住了全家人的性命。

　　到了第三天头儿上，玄庄近半数的人家已经人走屋空，街上显得空空落落，只有赵占魁家的场院里红红火火，红枪会徒仍在上香练功习武。这当口，村长赵金铎正打发人套上骡马车，往四女寺镇给张宗昌驻军送缴马德昌家交的麦子。早有人给红枪会报了信，赵占魁领着赵安禄等几个会徒拦住了骡马大车。赵占魁道："村长，这车麦子不能送！"

村长赵金铎说："占魁，既然马德昌交了麦子，俺当村长的不能不尽这个职责啊！张宗昌的队伍万一杀进来，俺对不起马德昌一家人啊！"赵占魁道："村长，你不相信俺红枪会的人哪！"村长说："占魁，红枪会的兄弟爷们为咱玄庄的百姓不顾性命和这帮军阀拼杀，俺佩服，俺一百个佩服！俺这里给红枪会的兄弟爷们磕头了——"说着就双腿跪下，被赵占魁忙搀扶住，村长又说："可是他们真枪真炮，就怕万一——说实话，俺担心红枪会兄弟爷们的性命啊！俺想用这一车麦子去遮挡遮挡，再闯一遭和他们周旋周旋，或许能把他们暂时稳住。倘若俺回不了玄庄，你们就去收尸吧！"村长的无奈和他的诚意感动了赵占魁和几个会徒，都让开路。赵占魁道："村长，你走的是独木桥，俺走的是阳关道！你非要去闯一遭俺也不拦，不过这帮龟孙子绝不会发善心，俺红枪会定要和他们拼个你死我活，就是全搭上性命，也绝不让张宗昌的队伍跨进玄庄一步！"

哇儿哇儿二赶着骡马大车启动了。赵安禄和另一个红枪会徒趁村长不防，跳上大车，掀下两口袋麦子。村长见了也只是摇摇头无语。

这两口袋麦子让红枪会徒们饱饱地吃了两顿白馍馍猪肉炖白菜粉条。

赵安禄在红枪会吃得饱饱的回到家已是深夜，北屋东西里间都吹灯睡了，只有西厢房里亮着灯，赵安禄顿时觉得身上有些暖意，赵太世在屋里问了一声："是安禄回来了？"赵安禄应了一声，就一步跨进西厢房屋里。

安禄家里的正在炕上闷闷坐着，见男人进来跳下炕伸开两臂抱住了安禄，说："俺的亲人，你还知道回来！早把你媳妇忘脑后了！"安禄说："你怎么还没睡？"安禄家里的怨道："你说得轻巧，这时候俺睡得着吗？再过几个时辰你就拼命去了，还不知道你能不能活着回来！这两天俺心里七上八下，你光顾了在外面拼呀杀呀，就不知道人家这颗心全放在你身上了！"说着一头扎在安禄怀里。赵安禄抚摸着女人的一头黑发，好语相劝："别说得这么邪乎！女人家就是心眼儿窄，哪里就死了人！俺练了几年的功夫了，刀枪不入！明儿后响回来还钻你的热被窝。"说着顺势把女人抱到炕上，自个儿也脱鞋上了炕。

被窝是早已铺好了的，安禄家里的早有打算，把自个儿的枕头搬到炕头，同男人的枕头并摆着，铺了一个大被窝。这时候，见男人说得这样恳切，又如此依顺，脸上露出微笑，两人脱得精光钻进了一个热被窝——玄庄的庄稼人这一点倒是不那么规矩了，原本就是空身棉袄棉裤，男人多一件贴身裤衩，女人多一件贴身裤衩和一件贴身红兜肚，脱起来也不用费事，干脆脱光了利落，图的是睡觉松松快快浑身舒坦。安禄家里的一番柔情蜜意早涌上心头，一手搂住男人的胸膛，一只腿也跨到男人身上，嘴里还哼哼唧唧。赵安禄说："别闹了，俺困了，让俺多睡会儿。"安禄家里的说："什么闹不闹的，这是正经事。俺凭什么嫁到你赵家？凭的是你这个大男人！凭的是为赵家养儿育女！娶了一年多了，俺肚里没个动静，今儿后响你得给俺留个种儿，有儿有女，俺在赵家才能站住脚，立住根！"说着她那只手就摩挲男人的胸脯，又顺势往下滑去摸到男人的下身揉来揉去。安禄本来没有那种欲望，经女人这一引逗，下身也膨胀起来，瞬间有一股急不可待的激情，引导着他去寻觅那人间的归宿。女人更是如饥似渴，两臂紧紧搂住男人，一番暴风骤雨，两人都心满意足。安禄瘫在炕上，不一会儿呼呼睡去。女人像是意犹未尽，仍搂住男人，脸颊也贴在男人身上，唯恐男人被别人夺去。

第一声鸡鸣隐隐约约传到赵家院的时候，赵安禄还在梦乡。安禄家里的倒是听得真真切切，可她巴不得自己的男人永远听不到那催命的鸡叫，一觉睡到大天亮，睡到太阳照西窗。管他什么红枪会？管他什么军阀？要活一起活个自在！要死一起死个痛快！免得过那孤孤单单不死不活的日子！白天她早把赵家的雄鸡嘴里支了一根柴棍，那只雄鸡已在鸡窝里奄奄一息。哪知道，玄庄的雄鸡仿佛齐心协力与她作对，第一声鸡鸣之后，鸡叫声一阵高过一阵，越来越洪亮，越来越清晰了，不大一会儿鸡叫声已响成一片！

赵安禄在梦里已上了战场，与那军阀队伍打打杀杀……突然一片鸡鸣传到他耳里，睁开双眼，一骨碌爬起来，一迭声地怨女人："你怎么不叫我？晚了，晚了！"女人点上灯，道："看把你急的，让你多睡一会儿还不好！"赵安禄急急忙忙穿衣装扮，挎上他的两把双刃刀，正要迈出屋门，女人从后边抱住他的后腰，道："亲人，再亲一口！"赵安禄两只胳膊肘向后一使劲，道："啥时候了？女人家，别扯俺的后腿！"女人几乎跌了个趔趄，两串泪水夺眶而出。

赵安禄两步跨到天井里，夜漆黑，满天星斗。他朝北屋双腿跪下，说："爹，娘，儿不孝，俺走了！"说着磕了两个头，转身奔出大门外。等赵太世、郑氏老两口听见动静，起身送行，赵安禄已奔向村外。

# 第八章　红枪会大战奉军阀

赵安禄赶到集合地点北道沟，红枪会徒已整队待发。他向大当家的赵占魁单腿跪下赔礼道："魁叔，俺来晚了，甘愿受罚。"有人说："让媳妇缠住了吧！"引起一阵哄笑。大当家的赵占魁说："快入队，多砍几个龟孙子兵吧！"赵安禄脆脆地应一声："遵命！"

按照大当家的部署，三五人一组埋伏在西大堤下，单等二里地外的北方燃起柴火，就准备动手迎敌。

东方的地平线上露出鱼肚白，星星渐渐稀了，一弯残月挂在天边，像是陪伴着这些英武剽悍的庄稼人。他们卧在西大堤下，身上有些凉意，想想家人，不觉萌生了凄凉之感。时间老人像是与他们为难，慢慢腾腾地走着，有人不耐烦了，说："龟孙子们要来快来，不来也给爷们儿送个信儿，别让爷爷在这里干等着。"大当家的呵斥了一声。

待到北方的火光腾地升起，仿佛点燃了他们浑身的热血，又都跃跃欲试，爬起身持枪持刀行动起来。大当家的传话："等龟孙子们走近了再动手，都看俺的袖镖。"

果然，大地显露出明亮的轮廓的时候，一队黑衣黑裤黑帽的军阀兵挎着大枪从北方而来，领头的是两匹黑马骑兵。他们想不到玄庄还有胆敢与他们为敌的庄稼人，一个个蛮有精神地在西大堤上晃晃荡荡走着，想象着将要得到的粮食、猪羊、鸡鸭，甚至女人。

军阀兵在明处，红枪会在暗处，这就决定了这场战斗有利于短兵相接，红枪会徒处于主动的优势，而军阀兵陷于被动的局面。

大当家的赵占魁掷出两支袖镖，瞬间两个骑兵跌下马来，两匹黑马咴咴叫着奔驰而去。军阀兵立时慌作一团，不知所措。还未等他们醒过神儿来，赵安禄一声吼："杀啊！"红枪会徒们一起跳上西大堤，击枪舞刀拼杀起来。赵安禄带领大刀队双手舞起双刃刀连砍倒两个军阀兵，大当家的甩开七截鞭，又有三五个军阀兵倒下。正当红枪会徒们英勇奋战的时候，后面赶上来的军阀兵连连开枪，枪声传进玄庄。

父老乡亲们慌里慌张东躲西藏，有人翘首望望西大堤，心里怦怦跳着叹口气，也无可奈何，只有听从命运的安排了。

红枪会徒们不惧枪弹，口喊着："刀枪不入，刀枪不入。"拼杀不止。一个红枪会徒出击长枪挑起一个军阀兵，一个红枪会徒身中枪伤却不知不觉，持刀捅进军阀兵腹部，一个红枪会徒抱住军阀兵扭打成一团已难解难分……一场肉搏战在西大堤上打得火热！

红枪会的刀枪总敌不过军阀兵的真枪实弹，"刀枪不入"的法术终是捕风捉影。几个红枪会徒口念着"刀枪不入"的咒语挺身冲向军阀兵，立时葬身在枪弹之下。

朝霞射向西大堤的时候，一片片血迹闪着光，霞光、血光染红了西大堤。

恰在这时候，东南方传来密密麻麻的枪声。

突然间，军阀兵们闻风丧胆，一个个撒开腿脚迅跑回去了。有几个红枪会徒还要追赶，被大当家的制止住了。

这一场厮杀多少年以后玄庄人还记忆犹新。西大堤上寂静了，当大当家的赵占魁和众会徒冷静下来扫视战场的时候，人们惊诧不已！十几具尸首横躺在血泊里，有军阀兵，也有红枪会的庄稼人。会徒们互相看看，呆呆地愣着。大当家的低下头，哀伤地吩咐道："还傻愣着干吗？快，快，把咱红枪会的人抬回庄里！"众会徒这才如梦初醒，他们辨认尸首，八具军阀兵，八具红枪会徒。他们"哇哇"地哭着叫着扑向倒在血泊里的弟兄。

八具尸首平躺在门板上，摆放在玄庄街中央。

玄庄沉浸在极其悲愤的氛围里。阳光照射在亡人身上像是抚慰他们的灵魂。

庄稼人围拥上来，泪眼盈盈。亡人的爹娘妻儿，扑在尸首上恸哭不止。

赵太世一家人没有见到赵安禄回来，安禄家里的疯了般扑向八具尸首，掀起一张张白布单看了又看，认了又认——不见自己男人的面孔。她又扯住大当家的赵占魁的衣衫，声嘶力竭地喊叫："安禄呢？安禄呢？"赵太世老两口和赵安福也向赵占魁询问赵安禄的下落。赵占魁说："仗快打完的时候，有人看见安禄朝南方跑了。太世兄，你放心，安禄是个好小伙，是个有主意的人，打仗英勇善战，待人诚信，他走的路没有错。"赵太世默默无语，郑氏扶着安禄家里的，不声不响走回家去。

太阳正午的时候，哇儿哇儿二赶着骡马车回到玄庄。坐在车上的村长赵金铎看到这情形急忙跳下车，惊呆地立在八具尸首前面，低头弯腰，朝亡人鞠了躬，沉了好大一会儿，朝大当家的赵占魁说："占魁，俺瞎眼了，没想到这帮军阀这样心狠手毒！俺让他们关押了一天一夜，差点丧了命。"大当家的赵占魁说："总算保住了咱玄庄的百姓没有受害，红枪会的人没有一个孬种，只是这八个弟兄为了咱玄庄的百姓丧了性命！"村长说："这八个兄弟爷们是咱玄庄的功臣，英雄！要好好地发送他们，为他们立碑，让子孙后代记住他们。"

赵太世插话说："就怕这帮军阀兵贼心不死，还要骚扰百姓啊。"村长说："国军北伐①打到济南了，赶跑了张宗昌的队伍，这帮军阀兵听到风声跑得比兔子还快，俺这才趁机逃了出来。"

次日，外逃的玄庄人陆续返回家乡，玄庄街上搭了灵棚，油漆一新

---

① 国军北伐：指国民革命军第二次北伐战争。

的八口棺木摆放在灵棚里，每口棺木前燃着香摆放着乡亲们送来的各种供品。还有人送来童男童女、黄牛红马等各种彩扎纸活。赵占魁、赵太世充当襄礼①，忙着料理。

至半头晌，看看诸事已料理就绪，赵太世喊道："向英雄行祭拜礼！"以哇儿哇儿二为首的吹鼓班子奏起鼓乐，玄庄人不论辈分大小，不论年龄老少，不论男男女女，一起排成长队向八位英雄行三拜九叩大礼。赵占魁和村长跪在两旁陪灵。

祭拜礼整整行了两个时辰，直到太阳偏西方才完毕。众乡亲也忘了吃午饭，接着就起灵送殡。

大概是英灵感动了老天爷——起风了。八口棺木每口棺木十六杠，共一百二十八杠，赵占魁洪钟般的嗓音一声吼："起棺！"鼓乐再起，哇儿哇儿二使出平生的力气吹奏唢呐。八口棺木缓缓抬起，这时候狂风大作，树木摇晃，像是给八位英灵送行。

八位少年在八口棺木前举幡摔盆，甘为孝子。送葬队伍浩浩荡荡，向墓地进发。

北风呼啸，唢呐呜咽，哭声哀号！共奏着一曲感天动地的祭歌！


赵安禄的出走，给赵家罩上一层阴影。安禄家里的整天价茶饭不进，躺在炕上哭泣不止。郑氏、安福家里的左劝右劝，好话说尽，安禄家里的反反复复哭着说："这个没良心的，抛下俺不管了！这日子咋过呀！"赵太世接连不断地抽闷烟，他前前后后寻思，安禄这小子从小不安分，不如他大哥本本分分守在庄稼地里干活，庄稼地拴不住他的心。上树掏雀，下河摸鱼，春天养鸽子，秋后打围②。凡是庄稼地以外的活他都试巴试巴，而且样样精通，赵家饭桌上常常有他的猎物。去年春天不知他从哪里逮回来一对鸽子，在南房窗下搭了个鸽子棚，天天侍奉着喂鸽子。不久，两只变四只，四只变八只，成了鸽子群。鸽子吃小米、

---

① 襄礼：主持料理丧事的人。
② 打围：围猎禽兽叫打围，即打猎。

高粱，起初赵太世、赵安福心疼粮食，死活不让他喂。夏日的一天，赵安福从地里干活回来，路过鸽棚，鸽子"咕咕咕"冲他叫个不停，要吃食。他冲鸽子群大发脾气，还摔死了一只小鸽子。赵安禄心疼得掉眼泪，还和大哥吵了一架。后来赵安禄用布巾裹了鸽子拿集上卖了钱，为家里添置了农具，赵太世、赵安福脸上才挂了笑，就默认了。

赵太世在烟雾里思谋了两天，又到村里村外走访了几户人家，拿定了一个主意。这日早饭后，他吩咐赵安福到东里间屋里说话，待赵安福坐春凳①上，赵太世坐炕头上就发话了："安禄走了十来天了，估摸着他已有了落脚的地方，早晚会打封信来。可是宝成他婶天天擦眼抹泪，全家人也都挂念着他，安福，你出趟远门，到南边儿找找安禄吧！"赵安福说："爹，俺也挂着安禄哩，可是没着没落，两眼一抹黑，往哪里去找哇？"赵太世说："我扫听着，红枪会和张宗昌的队伍打仗的那天，他朝南边儿枪响的地方跑了，十有八九投奔了国军。高集有一个在国军队伍里的人，叫孙书贤，据他家里人说，是冯玉祥②的队伍，眼下驻在济南，依我看，你就到济南走一趟吧，一边打听着一边找吧。"说着递给赵安福一个信封，说："这是孙书贤的地点，先找找他，乡里乡亲的他总会帮个忙吧。"赵安福说："尽力找吧。"又嗔道："安禄这小子，偷偷跑了，也不给家里打封信来！"

正说着，安禄家里的一挑门帘进屋来，道："爹，让大哥外出找安禄去，做儿媳的给爹磕头了！"说着就要下跪，郑氏在一旁忙搀起儿媳，说："成儿他婶，有话坐下说。"

安禄家里的坐拐炕子炕沿上，先掉了泪，说："爹，娘，十来天了，俺是整宿整宿地闭不上眼啊！吃饭吃不下，睡觉睡不着。你儿子心里没俺，俺不怪他，可他心里不牵挂着父母，是不孝啊！爹，娘，俺跟

---

① 春凳：宽而长的板凳，可坐可卧。

② 冯玉祥：安徽人，行伍出身。曾在北洋陆军任职，1924年直奉战争中发动北京政变，改所部为国民军，任总司令兼第一军军长。1927年就任国民革命军第二集团军总司令。后与蒋介石发生冲突，举兵反蒋。抗日战争中，与中共合作，积极抗日，曾任民众抗日同盟军总司令。著名爱国将领。

大哥一道去吧，劝劝他回家来侍奉父母过日子。"

赵太世说："宝成他婶说的是这个理儿，可是你一个妇道人家外出，有所不便啊！我看这样，让你大哥尽量劝说安禄，让他回来，你有话也让你大哥捎上，就看国军队伍放不放人了！"

郑氏插话说："成儿他婶，你收拾收拾安禄的衣裳，说话要立冬了，天冷了，找出他那身棉衣来拆洗拆洗，让你大哥带上。"

赵安福说："国军的队伍上发制服，冬有棉，夏有单，用不着带棉衣。"

郑氏说："那敢情好了！那就带几件套里的衣裳吧！俺刚给安禄做了一双鞋也带上。"

安禄家里的说："娘放心，该带的东西俺收拾好了让大哥带上就是了。"说着眼里还汪着泪。又问："爹，大哥多咱起身？"

赵太世说："估摸着队伍行踪不定啊，今天在东明天在西，既然要去找，就宜早不宜晚，明儿打点打点，后天一早起程。"

第二天，赵家女人们忙打点好了给赵安禄带的衣裳、鞋袜，安福家里的和安禄家里的妯娌俩烙了一张五斤面的大锅饼，以备赵安福路上的吃食。

转过天来鸡叫头遍，赵安福打点齐备，一肩背一个包袱，左肩背的是衣物，右肩背的是大锅饼，就起程了。

赵安福刚刚走出屋门口，下了屋前的台阶，赵太世、郑氏、安福家里的送出屋来，安禄家里的携了包袱从西厢房里赶过来，扑通跪在赵安福脚下，说："大哥，等等俺！"众人一怔，安禄家里的接着说："爹，娘，让俺跟大哥一道去吧！找着找不着安禄，再跟大哥一道回来。找着呢，更好，俺跟他说回话，看看他心里是怎么想的，俺心里也有个底；若是万一找不着他呢，俺跟大哥一道回来踏踏实实侍奉公婆，给爹娘养老送终！"说着已泪流满面。郑氏和安福家里的早搀扶着安禄家里的，无奈安禄家里的死死跪着不起，不断地说："让俺去吧，让俺去吧！"

赵安福急道："宝成他婶，你这不是让俺作难嘛！你若是去，俺就没法去了，你想想，你想想啊，俺和你咋能一起出门呢？"

赵太世厉声斥道："宝成他婶，听话！你要是有心把安禄找回来，就让你大哥上路；你要是不想把安禄找回来，那就谁也甭去了！妇人之见，贻误大事！"

赵安福已把肩上的两个包袱卸下来，僵在那里。

安福家里的一直弯腰搀扶安禄家里的，说："他婶，你看看，爹生气了，天也快亮了，让你大哥走吧！"

安禄家里的看看这情景，已回心转意，慢慢站起来，从包袱里掏出一双棉袜，说："俺赶着做了一双棉袜，大哥带上，一到冬天他冻脚。"安福家里的接过棉袜递给赵安福。

天已放亮，赵太世朝赵安福挥挥手，说："走吧，走吧！"

赵安福挎起两个包袱，出了大门，上路了。

赵安福脚不停步，走恩县城，奔平原，夜宿禹城。饿了转头啃几口包袱里的锅饼，渴了找口井向打水的人要口水喝。第二天从禹城出发，过晏城，太阳偏西的时候，走到黄河边，正巧一叶小舟要过河，捎上赵安福，船夫分文不收。登岸到洛口，再走那么半个多时辰就进了济南城了。

赵安福斗大的字识不了几个，小时候家境贫寒，上学堂念了几天书就辍学了。但他出门并不憷头，常言道：鼻子底下不是有嘴吗！他拿着那个信封，叫声大爷、大叔、大哥，人家给他指指点点，他走街串巷，高高的大楼大厦令他头晕目眩，"嚓嚓"叫着，觉得仿佛到了仙界！过了大明湖，又至趵突泉，换了一番境地，真个是"家家泉水，户户垂杨"。正是深秋时节，那柳丝在风中轻轻摇曳，趵突泉突突喷发出泉水，足有五尺高，脚下石板底下泉水哗哗流淌，甚至从石板缝里瞧见小鱼游动，真真奇妙，奇妙！比俺那黄土地有趣，有趣！原来天下还有这样的去处！他走着走着不觉已到了千佛山下，抬头一面大山，自语道："哟，这是大山啊！俺见到大山啦！"猛然间才想起此行身上肩负的重担！

赵安福又问了两个人才找到信封上写的那个兵营的驻地，一打听，那个叫孙书贤的老乡跟随队伍开拔了！赵安福一屁股坐在兵营门口，一时，全身的力气都泄了劲，觉得又累、又饿、又渴！他想向留守的老兵要碗水喝，又羞于开口，就闷闷地啃起自带的锅饼。

此时已是万家灯火，兵营留守的老兵看看赵安福心事重重的样子，就问他有何事来访？赵安福说了原委。那位老兵说："听口音你是北边人。"赵安福说："俺是恩县玄庄的。"老兵说："俺是平原县大李庄的，平原县恩县是近邻，咱是老乡啊！"赵安福一听像是喜从天降，腾地站起来，说："老乡，老乡！"说着拿过锅饼递过去，说："大叔，俺带的锅饼，你吃，你吃。"老兵摆摆手说："不吃，不吃。"说着回屋端了一碗热水来，说："喝碗水吧，吃得嘴里干干的。"赵安福巴不得地说："敢情好了，敢情好了。"说着忙接过水碗慢慢喝起来。

老兵把赵安福让到屋里坐下，说："西边还有一处兵营营房，是一个队伍的，那个兵营还没有开拔，今儿后晌你住这里，明儿一早你去打听打听，或许你兄弟在那个兵营呢！"赵安福一听，说："大叔，你给俺指指路，俺这就去找。"老兵说："那个兵营离这里有二里多地哩，黑灯瞎火的不好找，天还不冷，你就在营房大铺上歇一宿吧。"赵安福说："那就麻烦大叔了。"

第二天赵安福按照老兵的嘱咐果然找到了那个兵营。兵营外围是铁丝网，他从兵营外看到里边的兵正列队训练，就站在铁丝网外看那训练的兵，心想安禄也在里边训练吧！一双眼睛就在一个个兵的身上转来转去。他正聚精会神地注视着，一个持枪的兵走过来，喝道："干吗的？走开，走开。"赵安福一惊，忙说："俺找俺兄弟的。"那个兵又呵斥一声，还用枪杆打了赵安福一下。赵安福怨道："你咋打人呢？"那个兵喝道："打的就是你，再不走就开枪了！"说着就冲着赵安福端起长枪，赵安福已吓得魂飞天外！连连后退。这当口，兵营里的几个兵赶过来，嚷道："咋的了？吗事，吗事？"接着一声亲切的呼唤把赵安福的魂魄从天外招回来："大哥，大哥！"赵安福一眼瞧见兵营里的赵安禄，忙把双手伸进铁丝网里，叫道："禄哇！禄哇！"庄稼汉子豆粒大的泪珠夺眶而出，再也说不出一句话来。

　　赵安禄把大哥接到兵营的门房里，哥儿俩面对面坐着有说不尽的话，一时又不知道从何说起。赵安福直怨赵安禄："你咋的偷偷跑了呢？你咋的不给家里打封信呢？"赵安禄想对大哥说说满腔的心思，一生的抱负，又不知道该怎么个说法，咋说好呢？又怕大哥不能理解自己的想法，只是问候家里人："爹好吧？娘好吧？大嫂好吧？宝成好吧？"沉了沉才问："她好吧？"赵安福说："好，好，都好！就是一家人牵挂着你，宝成他婶死乞白赖要跟俺来找你。"赵安禄眼睛润湿了，哥儿俩沉默了一会儿，赵安福说："禄哇，回家吧，回家种地过日子，咱不当兵，当兵要舍命啊！"赵安禄说："哥，俺已经来了，就是国军的人了，就回不去了！回去早晚也得抓回来。"赵安福叹口气，说："禄哇，千不该万不该走这一步啊！"赵安禄低头未语，沉一沉，说："哥，俺回营房拿点东西，你等着。"

　　不大一会儿，赵安禄回到兵营门房，说："哥，俺早给爹写好了一封信还没发哩，你带给爹吧。俺这里也没有好吃的东西，俺跟伙房要了两个馍馍你带着路上吃吧！"赵安福接了，把带来的衣物交给了赵安禄，又把吃剩下的一块锅饼递到弟弟手里。赵安禄把那块锅饼又推回大哥手里，说："哥，留着你路上吃吧，到家两天哩。"正说着兵营里传来喊声："赵安禄，赵安禄。"

　　赵安禄万般无奈地说："哥，俺又训练了，送不了你了！"说着慢慢离开大哥向兵营里走去。

　　赵安福更是依依不舍，贪婪的目光望着弟弟的背影，眼眶里又差点滚出泪来！


　　两天后，赵太世坐在堂屋圈椅里郑重阅读儿子赵安禄的家书：


父亲大人台鉴：

　　见字如面。儿不辞而别远行，是为不孝，敬请父母大人见谅。近年来，军阀混战，横行乡里，残害百姓，民不聊生。官逼民反，民不得不反。可是百姓赤手空拳，无反抗之力。在西大堤上眼看着一个个乡亲丧身军阀枪弹之下，儿心如刀割。生为男儿理应志在四方，为民除害，为国效力。那天听得南方枪声不绝，而军阀兵望风而逃，儿循着枪声跑到济南，投奔了国民革命军，编入国民革命军第二集团军第三军第二十二师。儿现在济南训练，吃穿无忧，大人勿念。

儿不能以身报父母养育之恩，侍奉终养父母，是儿终身遗恨。然自古忠孝难以两全，儿以身报国，扫荡军阀，百姓能过上安定富足的日子，也算是对父母的一份孝心了。祝愿父母身体健康！问候全家人安好！

大安

儿安禄顿首

# 第九章　比翼鸟

这日早饭后天气阴沉沉的，云压得很低，不一会儿纷纷扬扬飘起了雪花。宝成、宝雁站在门口叫着："下雪了，下雪了!"就跑到天井里，仰起脸感受雪花的飘落。宝成问宝雁："凉吗?"宝雁说："凉着哩，还怪痒痒的。"郑氏在屋里看见，忙把宝成、宝雁拉进屋里，说："成儿，下雪天别出屋，若是冻着①了，就得病了。"宝成没把奶奶的话听进心里，刚从天井里进来身上有一股凉气，攥住宝雁的手，说："你给俺暖暖手吧。"宝雁说："俺的手还凉着哩，怎么给你暖手?"宝成说："那咱俩搓手玩儿，搓搓手就热乎了。"两人就相互搓着手，不大一会儿，不但两人的手热乎了，身上也暖和了，两人又都嘻嘻笑起来。

安福家里的拿了劈柴、木炭，正要笼炭火盆②，说："宝成、宝雁，笼着了火，你俩烤烤手，到里屋去玩儿吧，爷爷在这里写字哩。"

赵太世已在八仙桌上摆好笔墨纸砚算盘。宝成一听说爷爷写字就往前凑，帮爷爷研墨、铺纸。赵太世也最喜欢这个小助手，其实这个小助手不但帮不了忙，常常是帮倒忙，有时把研的墨洒在纸上，有时爷爷正执笔写字，宝成弄个小动作，字又写歪了。可赵太世喜欢孙子的这种嗜

---

① 冻着：感冒。

② 笼炭火盆：用柴引火使木炭燃烧，笼火，生火。

好，俗话说："三岁看大，七岁看老。"小时候喜爱摆弄笔墨纸砚，长大成人准是个识文断字的人。他儿时虽家境贫寒，父母还要省吃俭用把他送进赵氏宗族私塾读书，为的是在世上过日月不受人欺负，做个知书达理有脸面的庄稼人。如今日子宽裕了，他打算早让宝成进学堂念书。

这时候，宝成又要帮爷爷研墨，而砚台里的水已经结冰，他见宝雁正帮着娘笼炭火盆，就说："宝雁，快端过砚台烤一烤，都结冰了。"宝雁应一声，刚要起身去端砚台，赵太世朝宝雁看一眼，说："女孩子家不要动笔动砚的！"宝雁立时缩回双手，怯怯地蹲在地上。赵太世又说："宝成他娘，你也该教宝雁做针线活了。"安福家里的说："爹，俺和娘也想到这里了，可是又寻思孩子还小，还是玩的时候，就怕教她她也学不到心里去，没的倒费了大人的工夫。"赵太世说："先往女红①上引导引导吧，女孩子家的心不能玩野了。"安福家里的应着："爹说的是。"

宝成听了爷爷的话也不研墨了，待在一边儿呆呆地想，为什么不准女孩子动笔砚呢？他正百思不得其解愣在那里，安福家里的说："宝成，你到里屋看画书去吧，爷爷忙着写文书哩。"

赵太世写的是一份"当地"契约。玄庄的"当地"类似租地，但又和租地不完全一样。向外"当地"的人家，多半是家境生活拮据，急需用钱，以较低的价格把地当给别人暂时耕种，待日子宽裕了再把地赎回来。而"当地"种的人家，又多半是日子过得比较宽裕，但家底不厚实，地亩不多，丰年不富，歉年不穷的中等农户。"当地"种的农户收获多了，到了当期如果原地户无钱赎回，还可以把"当地"买下来归为己有。家境贫寒的人家，无钱当不起地，而富裕的财主又不屑于干这种小家子气的勾当。赵太世正是玄庄适宜"当地"耕种的不贫不富的庄稼人。

十几天前，赵太世从本庄农户冯二行手里当了三亩地，当期五年。说起来也是天意，那是送上赵家门来的"当地"。那天傍黑，赵家的晚

---

① 女红：指女子所做的纺织、缝纫、刺绣等活计。

饭已做熟了，沉一沉就要揭锅。赵太世正坐圈椅里抽饭前一袋烟，突然间天井里一声喊："太世大叔救命！"搅了赵家的这顿晚饭。来人就是冯二行，进门"扑通"跪在赵太世面前，又说："大叔救命！"赵太世放下烟袋，忙搀起冯二行，说："吗事？快说。"冯二行哀哀地说："俺家儿子被绑票了！"赵太世急问："多咱的事？"冯二行急道："刚刚，这时候已走出玄庄，朝北。"赵太世二话没说，拉了冯二行奔出门外。郑氏在后面叨念："别着急，别惹事呀！"又吩咐儿子赵安福："安福，你去看看，你爹别有个闪失！"赵安福怨道："俺管不了，俺爹就爱多管闲事。"郑氏"唉唉"叹口气，也无可奈何。

赵太世与冯二行急急赶上绑票人，黑影里拱手作揖道："兄弟留步，玄庄赵太世有话。"绑票人听到赵太世的名字稳住脚步，道："有话快说，爷们儿还赶路呢！"赵太世说："都是乡里乡亲的，兄弟爷们有了难处说话，犯不上走这条道，伤了和气。"绑票人说："赵太世，你也是明理的人，各行有各行的规矩，人不犯俺，俺不犯人，谁让这小子惹了俺们当家的了，对不住，让这小子走一趟，三天后交钱赎人。"说着就拽了冯二行的儿子要走。赵太世急步拦住，道："都是当老人的没管教好孩子，惹了你们当家的生气，俺这里给你当家的赔不是了。"说着又作了揖，接着说："说起来，你们滕当家的和俺家还有些沾亲带故的。看在俺的面子上，人先留下，三天后送上钱粮，给滕当家的赔不是，绝不食言。"绑票人说："你凭什么作保？"赵太世说："凭俺赵太世的名声，凭俺赵家的家业。"看看绑票人有了松口，赵太世又紧着说："天也不早了，二位兄弟还没吃饭吧，到家里吃顿便饭，俺写了字据。二位带上，回去也好向滕当家的交差。"二位绑票人听了赵太世这些温和的话，心服口服，又顾及当家的与赵家有些沾亲带故的关系，不知以后又遇上什么关节，心里早软塌下来。当时就放了冯二行的儿子，冯家父子给二位绑票人磕了头，二位绑票人就跟随赵太世到了赵家。

赵家的女人自然又忙活了一阵子，随后冯二行提了一只鸡、一壶酒，携了十几个鸡蛋来，好歹打发了二位绑票人，赵太世又写了作保字据，临了又送给二位绑票人两吊大铜子，算是暂时压下一惊，冯二行的儿子保住了性命。

但事情并未了结，使赵太世、冯二行发愁的事还在后头。他们知道这帮土匪不会善罢甘休，他们图的就是钱财。其实冯二行的儿子并未招惹他们，只不过在高集集上看到这帮土匪骚扰集市，抢劫财物，骂了一句："这帮土匪帮子！"恰巧被骑在马上的土匪头子滕当家的听见，当时未抓着，过后就找上门来。

赵太世既然已经揽下了这档子事，就不能撒手不管。他当时出于义愤，出于他的积善助人的品性，又想到三月三庙会上冯二行的外孙女救了宝成，不能忘恩负义，就作保应下了绑票人敲诈的钱粮。可事后细想想又让他心惊肉跳，一来这笔钱粮不是小数目，要拿出赵家的全部积蓄恐怕还有欠缺，再说这么大的数目也不能白白地施舍了，如果那样，就一下子垮掉了赵家的日子；二来万一到时不能如数交钱粮，或一时有些怠慢，惹下土匪找上门来，就等于引火烧身，说不定会闯下大祸！这天夜里，赵太世躺在炕上翻来覆去不能入睡，想到这里他不觉有些凉意，浑身起了一层鸡皮疙瘩。

鸡叫头遍的时候，他转念一想，冯二行是承担不了这笔钱粮的，除非他卖宅子卖地！一个"地"字勾起了他的新思路，天快放亮了，他又迷迷糊糊睡去。

冯二行同样一宿未合眼，第二天他早早来到赵家。他坐在炕沿上又大叔长大叔短地苦苦哀求，反反复复说着一句话："大叔，咋办呢?""大叔，咋办呢?"赵太世并不急于回话，他刚刚起身，郑氏侍奉他洗了脸。赵家人洗脸也是有规矩的，因为一盆热水全家人洗，第一个优先洗的自然是家长赵太世，往后依次是赵家的男人、赵家的女人长辈、赵家的女人晚辈，最后这盆水就成一盆泥汤了。安禄家里的常常是在公用盆里洗了，再到一边用凉水洗一把。这时早饭已熟，郑氏招呼冯二行说："他大哥，在这里喝碗红薯粥吧！"冯二行忙说："大婶，俺早吃了，不喝，不喝。"实际上他肚子里空空的，求人难！他也只好耐心地等待赵家人吃完这顿早饭。

赵太世倒是早早放下了碗筷，回里屋坐炕头上又装上一袋烟。他知道冯二行心急火燎，但欲速则不达，吃饭要细嚼，说话要细想。夜来后响就是因为一时性急把话说出去，话出口，泼出去的水，如今如坐针毡了！赵太世吐出一口烟雾，叹了口气，才意意思思①说出一句话："夜来后响光顾救人了，就没想到钱粮多少，到哪里去弄这么一大笔钱粮啊！"冯二行说："大叔说的是，俺全家人感谢赵大叔救命之恩！"说着就立时跪下磕了一个头。赵太世忙起身搀扶，说："乡里乡亲的用不着这样，咱实话实说吧，就是俺这里帮扶着也拿不出这么多东西呀！"冯二行说："大叔，事情到了这一步，俺也不能让大叔为难，俺也不忍心破了大叔的家财。"说着眼睛润湿了，沉一沉才说："俺还有几亩地，也只有卖地了！"冯二行琢磨了一夜的话终于说出了口，他低下头陷入万般无奈的沉默，又仿佛将这句挖了庄稼人命根子的话说出来，心里装的一块石头倒落了地，心里的火也顿时熄了，至于今后的日子怎么过那也只有命中注定了。

赵太世听了冯二行的话，激起了他夜里转念一想的新思路。他显得有了点儿活跃，立时从炕上起身立地上说："二行，你的话说到这里，俺倒有个主意，不知道你的意思怎么样？"冯二行抬头忙说："大叔，有主意快说，俺听从大叔的话就是了。"赵太世掂掇着说："卖地是走绝路，俺想给你指一条活路，把'卖'字换成'当'字，一来你用钱救了急，二来日后你日子缓过来还可以再把地赎回来，给自个儿留条后路。"冯二行说："大叔的主意敢情好，只是在这个节骨眼儿上有谁来救急？再说哩，'当地'都是分年头给钱给粮，有哪个'当地'户愿意头一年就给足了钱粮的？"赵太世紧跟着说："二行，这话咱俩是越说越近乎，咱就打开窗户说亮话吧，俺这里正琢磨着当几亩地种哩，俺给你救急，逃过这一难；你呢，圆了俺的一桩心愿，于情于理，都说得过去，你也不用愁得寝食不安了。"

冯二行这里如黑夜里一盏将要熄灭的小油灯又添油拨亮了，心里一片光明，又要跪下磕头，被赵太世搀扶住，已是感激涕零，滴下几滴泪

---

①　意意思思：犹犹豫豫。

77

来，说："好！好！俺愿意，俺愿意！大叔救人救到底，大叔的恩情俺一辈子也报答不完啊！"

当下赵太世和冯二行商讨了"当地"的有关细节，赵太世又亲自到西大洼看了冯二行的那三亩地，由赵占魁做中人，用丈杆丈量了面积，虽差了几厘，也仍按三亩整数结算。地块虽是梯形面积也无大妨碍，使赵太世最为得意的是这块地和自家的地仅隔了几块地亩，耕种起来也方便。临了，赵占魁把赵太世拉到一边儿，悄悄说："太世兄又胜一筹，日子又要发了！"赵太世笑笑未置可否，说了句："赶上这个坎儿了。"

到了三天头上，赵太世吩咐赵安福把"当地"五年的钱粮送到冯二行家，冯二行又向亲友借了些钱粮，一起送到土匪窝里。玄庄的庄稼人说，庄稼人过日子一步登高步步登高，一步跌跤步步跌跤。冯二行逃过了一难，冯二行家的日子也因此跌了一大跤！赵太世助人行善，赵家的日子也因此一步登高！


宝成从躺柜上找到一本画书，这本画书已无封面，书页也有不少残缺，看来已被翻阅多少遍了。里边有许多小故事，图文并茂，是宝成最为喜爱的一本书了。

宝成翻开一页，书页上有两只鸟，可是每只鸟只有一只翅膀。书曰："比翼鸟在其东，其为鸟青、赤，两鸟比翼。"宝成一边看着，一边就叫宝雁："宝雁，快来看。"宝雁坐炕上正拿着一块白布练习绣花，说："娘叫俺学绣花哩。"宝成说："快来看看，一会儿再学。"宝雁就下炕过去，和宝成一起坐春凳上看画书。宝雁问："这鸟咋的就一只翅膀呀？一只翅膀咋的飞呢？"宝成虽还不识字，可他听爷爷讲过，一看图就知道了，说："这叫比翼鸟，一只青鸟，一只红鸟，两只鸟必须同时起飞，一起展开翅膀，才能飞上天。"宝雁听了若有所思，心想这两只鸟谁也离不开谁，真有意思。嘴里直念叨："比翼鸟，比翼鸟。"宝成又翻开一页，上面画着一个人面兽身的人，乘两龙腾飞。宝雁问："这是人吗？"宝成说："这是火神，叫祝融，本事大着哩！"宝雁脑子里想象着这个乘两龙腾飞的人，又高又大。宝成又翻开一页，上面画着一个无头的人，可是大眼睛大嘴，挥舞着斧头和盾牌。宝雁看了十分惊奇，问："这个人没有头，怎么还能打仗呀？"宝成说："这个人叫刑天，他和黄帝打仗，黄帝砍了他的头，把他埋在常羊山。但形天不服气，他从坟里爬出来，用他的两个妈妈①当眼睛，用他的肚脐眼儿当嘴，要和黄帝再打一仗。"宝雁听了嘻嘻一笑，说："这个人真了不起，可是死了的人还能活吗？"宝成说："这是讲故事。"宝雁又想象着这个故事里的人，干事不屈服，有恒心。宝成又翻开一页，上面画一个岛国，周围都是水，岛国里都是女人，有的女人在水里洗澡，有的女人在采摘树上的果子……宝雁看了又看，宝成说："这是女人国，女人国里都是女人，没有男人。"宝雁问："女人国里的女人也不能动笔砚吗？"宝成顺口说："女人国里的女人和男人一样，什么都能干。"宝雁陷入沉思，心想俺也到女人国里去，多好呀！宝成又翻开一页，上面画着一个人手拿手杖追赶太阳。宝成、宝雁目不转睛地看，他们心目中对画面上的这个人又敬仰，又疑惑。宝成说："这个人叫夸父，他追着太阳跑，等他追赶上太阳，嘴里渴得很厉害，他把黄河里的水都喝干了，又去北边找水喝，就渴死在半道上。他手里的拐杖变成了一片树林。"宝雁心想，夸父为吗追赶太阳呢？她怎么想也想不出一个道理来，这个疑问就永远存在她的心里。宝成又翻开一页，画面上有树林，有田野，树林里百鸟飞舞，田野里百兽行走，百姓劳作，吃凤凰蛋，喝雨水，与百鸟百兽同居同乐。宝成、宝雁对这幅画面没有疑惑，他们嬉笑着看了又看，宝雁说："有一天，咱俩到这里去住吧，也和鸟和马、牛、羊一起过日子，自由自在。"宝成想一想说："这个地方一定很远很远的。"两人正说着，屋外传来安福家里的话："宝成、宝雁，你梨个儿姑来了。你们出来玩玩吧，不下雪了，太阳也出来了。"

宝成、宝雁一起跑出屋，只见梨个儿姑穿着华丽显眼，一身绛紫色隐花棉袄棉裤，外罩了深蓝色绣花裙。一个伙计跟着，提了一个点心匣

---

① 妈妈：乳房。

子，说："亲家，少奶奶回娘家看看，祁家亲家问候赵家亲家好！"赵太世忙迎出屋接了，说："快屋里坐，你也给亲家带好吧！"伙计说："是了，好上加好，好运常来。不进屋了，俺还急着赶回去呢。"赵太世笑笑，拱手相送。

郑氏、安福家里的忙接着梨个儿，梨个儿一手握着娘的手，一手握着嫂子的手，眼泪汪汪的，半天说不出话来。郑氏含泪说："梨个儿闺女，快坐炕上暖和暖和吧，咋的下雪天回来呢？"安福家里的说："他姑刚娶了半年多，就像是三年五载没见过面似的。"说着也掉泪。梨个儿抹抹泪说："早就想回来看看，公婆不应，夜来后晌好歹应了，今儿就赶来了。巴不得地回来娘们儿说会子话哩。"宝成早偎在梨个儿姑姑身前，看到都掉泪，他也眼湿湿的，只是"姑呀，姑呀"地叫个不停。梨个儿把宝成揽在怀里，说："宝成，想姑吗？"宝成频频点头应着。宝雁一直站在一旁呆着，不好意思近前。梨个儿说："这是宝雁吧，可怜的孩子。"安福家里的指点宝雁说："叫姑。"宝雁这才脆脆地叫了声"姑"，和宝成站在一起。在这个家里，好像只有宝成是她亲近的人，别人都生疏。梨个儿拿出匣子里的点心给宝成、宝雁吃，两人一起吃着，对视笑笑又活跃起来。

# 第十章　二月二龙抬头

这一年的春天来得早，年前腊月就打了春，正月初一就接近雨水了。大年已过，初二到祖坟上送走"爷爷奶奶"，初三初四走亲串友拜年，初五吃过破五饺子，初六各行各业拜祖开张，虽说还有正月十五闹花灯，二月二龙抬头打囤添仓①，到了初七、初八这一年的大年就算过去了。初九这日赵太世就邀了村长赵金铎和赵占魁来家商议开办赵氏宗族私塾的大事。

玄庄赵氏宗族私塾是有历史的，老人们说，少说也有一百多年了。赵太世、赵金铎、赵占魁这一茬的人都是从这个学堂里念书出来的，只是近几年兵祸匪祸横行又荒废了。如今赵太世的孙子赵宝成、赵占魁的小儿子赵明理都已到了上学的年龄，三人又热衷于公益的教育事业，各人早有办学堂的动议，今日三人聚会自然心照不宣了。

郑氏、安福家里的早已沏好了茶，备了上好的烟叶，又摆了两盘花生、瓜子。赵太世站在屋外台阶上迎候，三人见了面打躬作揖，又说了一遍："过年好，过年好。"方进屋入座。郑氏、安福家里的都问了好，让了烟、茶，就回里屋了。赵太世说："金铎，占魁，办学堂的事俺早有这个心思了，咱山东是孔孟诗书礼仪之乡，玄庄的子弟不能误了学

---

①　打囤添仓：鲁西北农村一种祈求五谷丰登的民俗。

业，不能不读诗书，如果学堂再常年荒废下去，咱们作为读书人，上对不起列祖列宗，下对不起玄庄的子孙后代。俺的意思是过了正月，咱就请先生开课办学，学堂还设在赵氏宗族祠堂里，你们看看这事咋办好呢？"三人中论年龄，赵太世年长；论辈分，三人同辈。赵占魁抢先说："这个学堂早就该办了，太世兄，你是咱玄庄的文秀才，又是赵氏宗族族长，学堂咋样办，开么课，念么书，你拿主意，跑腿干活的事交给俺。只是这祠堂也该修缮修缮，得像个学堂的样子，请先生要给俸禄，这些钱财从哪里出？这得劳驾村长大人拿主意了。"说着朝村长抱拳拱手，嘿嘿一笑。村长赵金铎胸有城府，正装了一袋烟抽着，品尝着赵太世家的烟叶，吐出一口烟雾说："太世，这烟叶是你自个儿种的？"赵太世说："去年在香椿园里栽了百十来棵烟，俺侍弄了几回，长势喜人，想不到这烟劲还挺大的，你抽着好抽，就带几张，俺这里还有哩。"赵占魁早不耐烦了，伸手要去夺村长的烟袋，村长一躲，赵占魁说："俺说，你们这是来拉呱扯闲话呀，还是来商议正事呀？"村长微微一笑，说："人说占魁是急性子，今儿领教了。占魁，你说的这两宗，你不说俺也想到了，修缮祠堂的事由村里管了，你来料理着请木匠瓦匠动工就是了。至于教书先生的俸禄，依俺看由学生家里出就是了。一个学生每个月也不过几斤粮食，富裕人家多拿一些，贫寒人家少拿一些，实在拿不出的就不拿，凡是到了上学年龄的男孩子，愿意上学念书的咱都收下。"村长的话未了，赵占魁就立起身来，叫道："俺就喜欢你这种痛快人！没的说，修缮祠堂的活交给俺，正月底前保准把祠堂修得整整齐齐、漂漂亮亮，误不了开学。"赵太世说："学堂里教书先生日常的用项，经典书籍、笔墨纸砚、锅碗瓢勺由俺家出钱粮。"赵占魁插话说："俺也算一份。"村长接话茬说："咱就三一三剩一，三家平摊了！"说着三人一起站起身，脸对脸哈哈大笑！临了，村长说："请先生的事，就请太世费心了。"赵太世连声说："那是，那是。"

赵太世骑着毛驴跑了两天，从亲朋那里打听到漳卫运河之畔四女寺镇有一位周玉熙先生，刚过而立之年，不但国学功底深厚，还在济南府学过西学，现闲居在家。赵太世求贤心切，驴不停蹄，这天一大早，驴背上驮了十斤花生十斤大枣，骑上毛驴又奔了四女寺镇。不料头一趟扑了空，周先生到德州同学家去了，家人说过一两天就回来。

两天后，赵太世二顾四女寺镇周氏门庭，先是周先生父亲迎进门，又叫出儿子周玉熙，说玄庄的这位赵大爷已是二次登门了，必有要事相求，只要咱能办的就应了，乡里乡亲的，不可怠慢了。周玉熙拿一本书从里屋里走出来给赵太世让了座，又倒了水。赵太世说了来意原委，周先生一时没有回应，像是注意力还放在手里拿的那本书上。赵太世一时不知如何是好，想再说一遍来意又怕惹人烦躁，也只好耐心等待。亏了周父说了句话："你倒是说话呀！应不应，给赵大爷一个回话。"周玉熙先生这才说出了自己的意向。他说，自己不打算在乡下从教，本想到外面干一番利国利民的事业，可是这几年军阀混战，时局不稳，也只好在家闲适读书，待时局稳定，还是想到外面闯一闯。赵太世听了说道："先生志在四方，可谓宏图大志。可是利国利民的事业，先以教育为本，诗书礼仪为重，教育又重在乡民，许多国家栋梁之材多出于乡土之家。当初孔圣人的学生子游曾到咱家乡讲儒学，以诗书礼乐熏陶其民，弦歌之声闻于四野，咱这诗书礼仪之乡曾经闻名齐鲁大地。如今如果周先生继承圣贤之道，在家乡讲学，也可谓利国利民的一番事业啊！再说，四女寺镇汉代有四位孝女义女，为终养双亲矢志不嫁，可谓咱鲁西北为人楷模，至今两千余年四女寺香火不断。先生生在孝义之地，儒学之乡，传播儒学义不容辞。今恭请先生到玄庄任教，请先生受老农为玄庄三百多户人家、上千口村民一拜。"说着就打躬作揖，撩起长袍，跪下磕头。周父早忙搀扶起赵太世，朝儿子怨道："还不快快搀扶起赵大爷，哪有年过半百的人给你这年轻人磕头的理！"周先生也自觉羞愧，忙扶了赵太世坐下，说："赵大爷这样多礼，让我这晚辈担当不起啊！"赵太世的一番话说得他动了心思，接着说："看来赵大爷也是读过圣贤书的人，言之凿凿，说得我也无言对答了。赵大爷为办学堂如此诚恳敬业！作为晚辈也无颜回绝了。"说到这里，顿一顿又问："玄庄学堂多咱开学？"赵太世说："过了正月，借个吉利，二月二龙抬头那天开学。"周先生说："赵大爷容我想一想，再说，我和德州同学有约在先，本打算过了正月十五到济南走一趟，探听些消息，谋个事由干，这样一来，我还要和他商议商议。"

赵太世听了周先生开头的几句话满脸堆笑，不料后面又生出些枝节，心里又犯了嘀咕。心想，不管怎样，事情已经有了一个良好的兆头，只要再接再厉，功到自然成。他站起身，又双手打躬道："恭候先生佳音，回庄给乡亲们报个喜信，准备好先生的饮食起居，正月底套上骡马大车来接周先生。"说着走出屋，把带来的花生、大枣放在天井里。周氏父子一再拒收，赵太世已牵了毛驴走出大门，周先生又赶到大门外拱手相送。

五天后，村长又打发人把周玉熙先生头一个月的俸禄送上四女寺镇周氏门庭，如此这般，周玉熙先生到玄庄执教也就无可推辞，一锤定音了。

到了二月二这一天，玄庄家家户户早起打囤，老人们念叨："二月二，龙抬头，小囤满，大囤流。"赵家自然也不例外。郑氏和两房儿媳早早起来掏了灶里的柴草灰，盛在筐里。赵太世、赵安福父子穿戴好了，携了盛柴草灰的筐和一小布袋早已调和好的五谷杂粮，奔了打麦（谷）场上。父子无话，这是年年例行的一种古老风俗，用不着吩咐，也用不着商议，该咋办？都胸中有数；为哪般？都心中有一个共同的夙愿——祈求这一年五谷丰登。赵安福携灰筐，抓把柴草灰，弯下腰撒了一个圆圆的灰圈——这就是粮囤了；赵太世携小布袋，抓一撮杂粮小心放在"囤"中央，再用块砖头压住——这就是"小囤满，大囤流"了。赵安福撒了七八个"粮囤"，环视一下麦场，最后撒了一个大个儿的"粮囤"，赵太世心领神会就抓了一大把杂粮压在"囤"中央，赵安福又抓把灰在"粮囤"外边撒了一个"梯子"，父子俩心心相印对视一笑——这个高大的"粮囤"要登梯放粮了！

然而这只是庄稼人的夙愿，玄庄人把这个夙愿又寄托在庄稼人崇拜的神龙身上。赵太世父子打囤回来，赵家女人已在天井里摆好供桌，供桌上香烟缭绕，摆着一个大大的枣糕，供奉青龙起蛰，祈求风调雨顺。

郑氏又把蝎豆分给宝成、宝雁吃，那蝎豆就是炒了的黄豆，吃起来又脆又香。郑氏说："吃了吧，吃了蝎豆，一年不被蝎虫咬。"

若是前两年逢到二月二，宝成早跟着爷爷爸爸打囤去了，今年二月二宝成的心思不在打囤上，也没心思吃蝎豆，他满心里想的是上学堂念书。自从爷爷告诉他二月二要上学堂念书了，他就想象着上学念书是个什么样子。爷爷说，老师领着学生念书，老师念一句，学生跟着念一句。反正就是学着写字认字，像爷爷一样，能写好多好多的字，也能念好多好多的书，画书上的字也能认识了。过了正月十五他就盼着这一天，一天一天地掐着手指头算，单等着这个好日子来临，仿佛他已经意识到上学堂念书在人生道路上向前跨越了一大步！

这几天宝雁闷闷不乐，她知道宝成要上学堂念书了，就觉得宝成比她高了一等，再也不能和她一起弹玻璃球了，一起捉迷藏了，一起看画书了，她自己就成了孤单单的一个人了。一天傍黑，宝成从外边回来，宝雁正在天井里抱柴，宝成见她不自在，就说："宝雁，你怎么不高兴？是不是怪俺上学堂不和你玩了？"宝雁说："这是哪里的话，谁怪你了！你男人上学堂念书是件大喜事，俺女人家没这个福气！"宝成说："你说这样的话，分明是生俺的气，干脆俺也不上学了，天天陪你玩吧。"宝雁真的生气了，跺着脚道："小祖宗，你千万别因为俺不上学了，你若果真不上学了，到时候爷爷、娘怪罪俺，俺还有脸待在这个家里吗？"宝成急道："那你说咋办呢？俺上学去吧，你孤单单的，没人陪你玩；俺不上学去吧，你又怕大人怪罪下来，到底咋办好呢？"说着急得滴下泪来。宝雁心又软了，她拿手帕给宝成擦擦泪，说："好哥哥，你上学去吧，只要你喜欢，大人喜欢，俺也喜欢。你上学去俺在家里学绣花呢，你学几个字，俺就绣几朵花，好吗？"说着笑笑，装出高兴的样子忙抱了柴，回屋坐灶下烧火。到了后响，宝成在被窝里和睡在拐炕上的宝雁头对头说："宝雁，好妹妹，别生气了，俺放学回来和你玩呀！"宝雁在被窝里"嗯"一声，宝成又说："俺在学堂里学了字回家来教给你呀！"宝雁又"嗯"一声，随后眼泪就默默地流下来了。

这天早晨，窗户纸刚刚发白，宝成就吵着起炕，说别误了上学堂。爷爷说："误不了，吃了早饭，爷爷带你去。"他才又躺被窝里，瞧着窗户纸遐想。

　　一会儿，他又迷迷糊糊睡着了。待天大亮，宝成睁眼一看，炕上只剩他一人，爷爷、奶奶、宝雁都已起炕不见了！他迫不及待地一骨碌爬起来，叫道："奶奶，不好了，误了，误了！"郑氏听见忙进屋，说："成儿，误不了，你爷爷、爸爸打囤还未回来哩。"说着拿过一身新做的棉裤棉袄帮宝成穿上，又整一整，看看说："正合身，俺宝成是个小学生了。"宝成笑笑，才又沉下心来，忙去收拾笔墨纸砚，放到娘早做好的书包里。

　　吃过早饭，赵太世穿了藏青色长袍，戴一顶黑帽盔儿。宝成又套一件天蓝色长袍，戴一顶红疙瘩的黑帽盔儿。看看都收拾好了，一家人围着宝成又左嘱咐右嘱咐。赵太世说："到学堂里一心一意念书，不要贪玩，尤其不要和那些调皮的孩子一起玩耍，要做个规规矩矩的学生。"郑氏说："成儿念书不用嘱咐，只是天气还凉，学堂里也没有热炕火盆，不要着凉冻着，千万不要脱衣裳。"安福家里的说："有那调皮的孩子欺负你，告诉老师，不要理他。"宝成早不耐烦了，急着说："知道了，走吧，走吧！"他忽然想起，怎么不见宝雁？急着问："宝雁呢？"安福家里的说："刚才还在这里呢，这一会儿又出去了。"宝成想可能在天井里吧，就到天井里东看西看，也不见宝雁的影子，他正疑惑着，赵太世说："宝成，快走吧，不早了。"宝成只好跟着爷爷走出大门，心里还惦记着宝雁，脚步就放慢了。

　　他迟迟疑疑走出了胡同，爷爷已走在前面落下他一截。他低头寻思，宝雁到哪里去了呢？莫非她又生俺的气了？莫非她知道俺今儿上学堂，故意藏起来，不搭理俺了？他正胡思乱想，不料，突然宝雁从身后闪过来，站在他面前，脸上挂着泪珠。宝成一惊，握住宝雁的手，说："你怎么跑这里来了，让人家东找西找！"宝雁说："一家人都围着你说话，哪里有俺说话的地儿，就不知道人家的心思！"宝成说："俺上学去了，你在家里绣花吧。"宝雁点点头应着，说："其实俺哪里有心思绣花呢！你不在家，俺就是一个木头人，大人叫俺干么就干么。"宝成又呆住了，一时心里又想着上学，又挂着宝雁，犹豫不决。这时，赵太世又在前面喊："宝成，快走啊！"宝雁急急塞到宝成手里一块手帕，推一把宝成，说："快走吧，别让爷爷看见了。"说着转身回家了。宝成打开手帕，上面绣了一只起飞的大雁，忙把手帕装进衣兜，跑步追赶爷爷。

赵氏宗族祠堂已修缮一新，学堂里已布置就绪。摆满了课桌条凳，讲台正面山墙上挂至圣先师孔子画像，讲台对面山墙上挂山东堂邑行乞兴学教育家武训①画像。学生们已陆续到齐，周玉熙先生、村长赵金铎、赵占魁早已坐在教室里叙谈，正等着赵太世来临。赵占魁说："太世咋的了，今儿个儿大喜的日子怎么拉后了！"话音刚落，赵太世领着孙子赵宝成踏进祠堂大门，走进教室抱拳打躬问候诸位，朝周玉熙先生说："周先生辛劳了，老农来晚了一步。"赵占魁说："别客气了，请周先生开课吧！"村长附议道："开课吧，太世大哥，今天开学典礼理应你来主持。"赵太世说："还是你来主持吧，你是一村之长。"村长说："赵氏宗族私塾开学，由族长主持，当仁不让。"赵占魁急道："你俩就别推辞了，太世兄，你就上讲台吧！"

赵太世邀了周玉熙先生一同走上讲台。赵太世站在讲台上沉稳片刻，说："孩子们，咱玄庄学堂今天开学了，打今儿起，你们就是小学生了，小学生要有小学生的样子，不能跟在家里似的随随便便，进了学堂要规规矩矩，要有礼貌，听老师的话，一心念书，积极求学，将来做一个知书达理有文化的庄稼人。再说，周玉熙先生讲授儒学，你们要念孔孟的书，将来玄庄传播儒学的重任就落在你们的肩上了。"然后，赵太世带领学生们一向至圣先师孔圣人三鞠躬；二向行乞兴学的武训先生三鞠躬；三向周玉熙老师三鞠躬。周玉熙先生一再说："免了吧，免了

---

① 武训：山东省堂邑县（今冠县）的一名乞丐，十九世纪中叶，他仅靠着出卖劳力和行乞讨饭，历经三十余载不懈奋斗，积累办学资金达万贯之多，购置学田三百余亩，兴建起三所义学，供平民孩子上学。被誉为平民教育家。

吧。"他又向学生们鞠躬还礼。

这时候，庭院里顿时响起了鞭炮声，十几位庄稼人拥进祠堂庭院，都手提身背一袋粮食。两位老农说："玄庄办学堂是咱玄庄子孙万代的大喜事，你们功在千秋，俺们聊表心意，向你们叩谢了。"说着就齐头跪下磕头。赵太世、村长、赵占魁忙走出祠堂搀扶众人，赵太世说："快起来，快起来，都是乡里乡亲的，说什么谢不谢呢，为了玄庄的子孙后代应当做的。都屋里坐吧。"庄稼人们说："不坐了，不坐了，俺们在这里听听孩子们念书吧。"

周玉熙先生讲的第一课是启蒙读物《三字经》。讲课文前，周先生说："我中华民族文化，历史悠久，光辉灿烂。但千里之行，始于足下，今天第一课念蒙学之书《三字经》，一方面识字认字；二方面开阔眼界，广学知识。然后再讲诗书经典……"

不一会儿教室里传出琅琅的读书声，赵太世、村长、赵占魁满面笑容，庄稼人们展开满脸皱纹。赵太世感慨道："咱玄庄又是诗书礼仪之乡了!"众人应道："诗书礼仪之乡了!"

# 第十一章　如一声惊雷一声霹雳

这日宝成下学回来，放下书包就找宝雁，急着把在学堂里学的功课教给宝雁。看看北房屋东西里间都不见宝雁，问娘："娘，宝雁呢？"安福家里的说："宝雁搬到东房屋住了。"宝成疑惑："她咋的搬到东房屋去住了？"安福家里的说："你爷爷说，你们都是大孩子了，闺女小子就要分开住，你还跟爷爷奶奶住一起，在拐炕子上睡吧。"

宝成听了，忙走进东厢房，撩起里间的门帘，见宝雁坐在炕上，已是一个泪人，抽抽搭搭，有泪无声。见了宝成，泪水又簌簌流下来，像是一条泪河，一泓泪泉，无穷无尽地流！宝成忙坐炕沿上，扳动着宝雁的肩膀，急道："宝雁，你咋的了？你这是咋的了？"宝雁说不出话，挣脱开身子，摆摆手，意思是不让宝成靠近她，也不让宝成问。宝成更加疑惑不解，看看宝雁的两条腿两只脚盖着被子，那两只脚高高地支起被子。宝成想掀开被子看个究竟，他刚一掀动被角，宝雁忙摆手，急道："你出去，你出去吧！小冤家！"

宝成无可奈何，只好走出东厢房，拉住娘的手忙问："娘，宝雁咋的了？她摔到了？她病了？是谁打她了？"安福家里的说："成儿，你别着急，宝雁没有摔倒，宝雁也没有得病，谁也没有打她！晌午她还吃了半个馒头哩，还给她炒了鸡蛋，她舍不得吃，还给你留着哩。"宝成又急问："那她为吗哭得这么厉害？她的腿脚怎么了？"安福家里的说：

"叫你奶奶给你念叨念叨吧！"

宝成一心的疑惑，只好又去问奶奶。这时郑氏已走过来，拉住宝成的手，说："成儿，刚放学回来，先歇息歇息，别着急，你这一着急，就上火了。宝雁好好的，咱一家人都待她好好的，就像你的亲妹妹。"宝成急得直跺脚，说："奶奶，那她怎么哭成了一个泪人？到底咋的了？你们都不说，俺到底看看她的腿脚怎么了？"说着，就转头迈步往外走。

这时候，正巧，赵太世迈过门槛，走进北房堂屋，与宝成撞了个满怀，宝成的话他已听得真切，说："宝成，你下学回来不好好复习功课，练习写字，吵吵吗？"宝成忙站住脚，一时不知如何回答。郑氏说："让孩子先歇息歇息吧。"赵太世说："先写三张大仿①，等我回来看看。"说着拿了件家什又出门了。

宝成只好听从爷爷的吩咐研墨铺纸，找出颜真卿的字帖，写大仿。可他的心思还惦记着宝雁，拿在手里的毛笔总是不听使唤，字自然写得歪歪扭扭，急得他把毛笔一摔，一摊墨早甩在纸上，洇了一大片。他又急急地把那张写了大仿的纸揉成一团，急道："不写了，不写了！"

郑氏仔细看在眼里，知道宝成的心思不在写字上。心想，孩子大了，懂事了，如不把事情给他说明白了，让他憋在心里，没的憋出病来，念书也念不好。再说他早晚会知道的，还不如趁早给他讲清楚了好。就凑到宝成面前说："成儿，奶奶知道你心里惦记着宝雁哩，听奶奶给你说。成儿，你看看你奶奶、你娘、你婶婶的脚和你爷爷你爸爸你叔叔的脚一样吗？"宝成说："不一样，奶奶、娘、婶婶的脚是小脚。"郑氏说："对呀，不光你奶奶、你娘、你婶婶的脚是小脚，天下女人的脚都是小脚。"宝成说："那是她们从小长成的小脚。"郑氏说："傻孩子，女人的小脚是裹成的，宝雁是女孩子，到了裹脚的时候了！"宝成顿时醒悟，宝雁那两只高高地支起被子的脚已经被裹起来了！不禁大声叫道："不，不，宝雁不裹脚！"安福家里的走过来劝道："成儿，净说

---

① 大仿：依照范本练习写的毛笔字。

傻话，天下做女人的都裹脚，宝雁哪能不裹脚呢?”宝成决绝地说：“天下女人都裹脚，宝雁一人不裹脚!”说着急急走出北房屋。

　　原来，这天早饭后，安福家里的帮着宝雁把被褥抱到东厢房北里间炕上，向宝雁说明了缘由，问宝雁：“你一人睡东房屋里害怕吗?”宝雁笑笑说：“不害怕。”安福家里的说：“那你自个儿收拾收拾吧，等一会儿奶奶给你说事哩。”宝雁应了一声，她没有理会奶奶要跟她说的事，只觉得一人睡一个大炕，住一间屋多自在呀!多随便呀!就高高兴兴地铺被褥，收拾衣物。

　　安福家里的回到北房屋东里间，郑氏问：“搬过去了?”安福家里的说：“搬过去了，还挺喜欢的。”郑氏说：“那就好，咱就准备吧，你先烧锅水给孩子烫烫脚，烫过的脚柔软，好裹。俺找出裹脚布来，俺记得早就浆好了的，放在躺柜里，咋的又不见了呢!”说着就去开躺柜。

　　不大一会儿，郑氏拿了一卷浆洗好了的白布和一包花生糖，走出东里间屋说：“俺先过去开导开导孩子，一会儿你就把热水端过去吧。”安福家里的在灶下烧着火应了一声。

　　郑氏郑重而谨慎地迈动她的一双小脚，走进东厢房，撩起北里间屋门帘，说：“宝雁哪，这屋里不冷吧?”宝雁见奶奶进来，忙让了座，说：“奶奶，不冷。”郑氏说：“你娘新糊的窗户，要是冷，就烧烧炕。”宝雁说：“奶奶，不冷，不用烧，再说这天气也一天一天地暖和起来了。”郑氏把那包花生糖塞到宝雁手里，说：“这是你爷爷给你们买的，你一包，宝成一包。”宝雁受宠若惊，双手接了，喜得不知道说什么好，只是连声“嗯，嗯”地应着。心想，怎么对俺这么好呢?怕是有什么事吧!这时，她才想起刚才娘说的话“一会儿奶奶给你说事哩!”一颗心就慌慌地跳起来，低下头等待着奶奶要说的事。

　　郑氏说：“宝雁，你今年八岁了吧?”宝雁点点头。郑氏说：“光阴过得也真快，一眨眼你来了两年了!想家吧?”宝雁摇摇头。郑氏接着说：“想家就回去看看，也不远。你这个娘夜来就去高集了，见到你那个娘了。”宝雁眼睛顿时闪亮，忙抬起头问奶奶：“俺娘她好吗?”郑氏说："好，好。你哥哥也长大了，给财主家扛小活哩。可是，你娘挂着你呀！"宝雁说："挂着俺干吗？俺在爷爷奶奶家有吃有喝的。"郑氏接话茬道："挂着你这两只脚呀！"宝雁一时不解，愣在那里未语。郑氏说："孩子，你到了裹脚的年岁了，女孩子到了裹脚的年岁不裹脚大人挂着哩！"宝雁如梦初醒！两眼直直瞪着，怔怔地呆在那里好一阵子，猛地叫道："奶奶，俺不裹，俺不裹！"

这时候，安福家里的端了一木盆热气腾腾的水走进屋，放好木盆，说："雁儿，奶奶、娘还有你高集的娘都是这么过来的，做女人的都要走这一步。你奶奶六岁裹脚，娘七岁裹脚。去年就想到给你裹脚，又怕你还小，受不了这份苦，就拖到今年，再不给你裹脚就对不住你亲娘了。俺夜来去高集就是和你亲娘商量这件事，你亲娘头一句话就问，给俺二丫头裹脚了吗？"郑氏接着说："孩子，不是奶奶、娘不心疼你，是做大人的盼望你这一辈子有个好日子过，有个好命运。女人裹脚这是自古以来的规矩，女孩子不裹脚长大了就嫁不出去，就让世上的人笑话。俗话说：'裹小脚，嫁秀才，白面馍馍就肉菜；大脚板，嫁瞎子，糟糠窝窝就辣子。'大人是盼望俺雁儿长大了做个响当当的体体面面的女人哩！"郑氏说到这里顿了一顿，喘口气，又说："孩子，听话，让你娘先给你烫烫脚，把脚烫得软软和和的，奶奶给你裹。"宝雁听了这些话迷迷糊糊没有主意了，问了一句："裹脚疼吗？"安福家里的说："雁儿，咬咬牙几天就过去了，娘陪着你。"宝雁也只好任人摆布了。

宝雁的一双小脚伸进热水盆里，安福家里的握住这双小脚在热水盆里来回搓洗，又揉来揉去。宝雁觉得从未有过的舒坦，自个儿的亲娘也没有这样给自己洗过脚呀！不一会儿，一双小脚红红的，从热水盆里抬起来，活像两只德州红烧扒鸡。郑氏说："雁儿，躺下。"说着忙将一双小脚放在膝盖上，顺着脚面脚掌捋巴了一遍，说："俺雁儿的这双小脚裹成了，得让人人夸奖。"说着，她将一只脚的大拇指让开，紧紧握住其余四个脚指头，说："雁儿，挺住，奶奶裹了！"说着将四个脚指头斜着朝脚掌下面猛地用劲一掰，嘎巴一声，如一声惊雷，一声霹雳！宝雁只觉得脚下剧疼，不禁"嗷嗷"哭叫起来。安福家里的早在旁边备好了裹脚布，郑氏忙扯过来紧紧勒住四个脚指头，又一道一道死死缠住脚面脚心，最后挽个死结。说："雁儿，完事了。奶奶裹脚快当。歇一会儿，再裹那只脚。"

宝雁连连哭叫："俺不裹了，俺死也不裹了！"安福家里的忙搂着宝雁，又拿了花生糖，苦苦相劝，说："雁儿，哭一阵儿，咱就不哭了，忍着点。省得让外人笑话咱，说俺雁儿没骨气。娘陪着你，吃块花生糖，喝碗水吧！"说着也掉了泪。宝雁摇摇头，只是哭。安福家里的说："那就哭吧，那时候娘也哭了一夜哩！"于是一大一小两个女人就哭在了一起，那大女人的哭声似乎更大些……

安福家里的陪着宝雁哭了一阵子，想前想后终于止住了哭，宝雁仍不住地哭。安福家里的擦擦泪又劝说宝雁道："雁儿，娘给你讲个故事吧！你知道兔子的尾巴为么长不了呢？"宝雁哭着说："不知道。"安福家里的说："很久很久以前呀，兔子、松鼠、山猫、野牛都没有长尾巴，它们一齐走到一座庙里找到一位会安尾巴的老神仙，说：'老神仙，求你给俺们安一条尾巴吧！尾巴的用处可大了，它可以赶苍蝇蚊子，跑起路来身子不会东摇西晃，再说有一条尾巴多美啊！俺们都盼望有一条尾巴，没有尾巴多难看呀！'山猫、野牛说着还掉了几滴眼泪。老神仙说：'想要尾巴嘛，这也不难，只要你们不怕疼，俺在你们的腚上扭那么一下子就成了。不过，你们从这里往东走，走上一宿，天亮以前谁也不要回头，谁也不要摸自个儿的后腚，等太阳出来的时候，尾巴就长出来了。'兔子、松鼠、山猫、野牛都答应了老神仙的话，老神仙就在它们的后腚上扭了一把。"宝雁听到这里还轻轻地笑了一声，"月亮升起来的时候，它们就向东边走了。兔子走在最后，它心里老疑心老神仙的话灵吗？天快亮的时候，它看见松鼠、山猫、野牛的后腚上都长出了长长的尾巴，它心里就很着急，它们都长出了尾巴，俺的尾巴长出来了吗？它这样嘀嘀咕咕，就回过头，伸手摸了一下后腚。这一摸不要紧，刚长出来的尾巴又缩回去了，就剩下一小截。太阳升起来的时候，兔子问松鼠，老弟，快看看俺的尾巴长出来没有？小松鼠绕到兔子身后一看，说，长出来了，就是短了点。山猫问兔子，你是不是伸手摸后腚了？兔子点点头。野牛说，谁让你不听老神仙的话了，兔子的尾巴长不了！"

宝雁的心思被娘讲的故事吸引住了，一时就忘了疼痛，止住了哭。趁这时，安福家里的忙叫了婆婆来，一齐给宝雁裹了另一只脚，宝雁又哭叫了一阵子。总算一桩大事告成，郑氏和安福家里的婆媳俩心里的一块砖头落了地，松了口气。

郑氏婆媳俩的这口气刚刚松了半天工夫，又紧紧地提到了嗓子眼儿里。宝成走进东厢房北里间屋，不由分说，毅然掀开宝雁腿脚上盖的被子，一双白布紧紧裹着的畸形的小脚展现在宝成、宝雁面前！宝雁的一双脚裹完后，她还没有正眼看看自个儿这双已经变了形状的脚，就被安福家里的捂上被子了。她只觉得两脚不住地疼痛，还不知道裹成什么样子，她不想看，更不敢看，好像唯恐那双裹了的脚惊吓着自己。这时候，像一道闪电，突然间一双畸形的脚映入她的眼帘，她真的惊吓了一跳！这是自个儿的脚吗？咋的像两个白白的大萝卜！她"啊！"一声，双手忙捂住双眼，又"哇哇"大哭起来。

宝成初见这双畸形的脚一怔，然后倒退了一步，愣了半天。一时懵懵懂懂，这是何年何月何故？好端端的一双脚怎么摆弄成这个样子？这样的脚还能走路吗？他不知所措。见宝雁痛哭不止，他方回过神儿来，猛地向前跨越一步，伸手去解缠的裹脚布，边解边说："宝雁，咱解开它，咱不裹脚，不要臭裹脚布！"死死的裹脚布扣结难解难开，宝成用牙狠狠地咬，又狠狠地撕扯，果然一块裹脚布松动了……

郑氏和安福家里的正忙着做晚饭，听到宝雁哭叫又放心不下，郑氏说："成儿他娘，你快去看看吧，又咋的了？"安福家里的忙走进东厢房，见宝雁仍泣泣地哭，说："雁儿，不疼了吧，一会儿吃后晌饭了，娘给你送过来。"说着看看炕上宝雁的腿脚依然盖着被子。宝成说："娘，你快去做饭吧，一会儿俺去给宝雁端饭，俺陪着宝雁一块吃。"安福家里的应了一声就出去了。

安福家里的回到北房屋，郑氏说："咋的了？"安福家里的说："没见有什么动静，成儿陪着宝雁哩。"郑氏的心里仍觉得不那么踏实，想到宝成下学回来说过的话，心里就越发地发慌，一种不祥的兆头驱使着她的一双小脚，不知不觉地走进东厢房。她见宝成正坐炕沿上和宝雁说话，宝雁还抽抽搭搭地哭，说："成儿，你也劝说劝说你妹妹别哭了，过两天就好了。奶奶给你们熘的面条，还打了鸡蛋，一会儿成儿给你妹妹端过来吃吧。"宝成"嗯"一声，心里还偷偷地乐。

郑氏瞧瞧宝雁总是耿耿于怀，惦记着倾注了她满腔心血的一双脚。她那根专注的神经驱使着她，趁着宝成、宝雁不备掀开了宝雁身上的被子，眼前的景象使她大吃一惊！一双小脚光光裸露着，原来已经卷在脚心下面的四个脚指头已经疏离脚心，缓缓回位。毁了！像一座大厦倾倒了！郑氏顿时眼花缭乱，眼前金花乱舞，身子不由得摇摇晃晃，晕倒炕上。宝成见奶奶这样，叫道："奶奶，奶奶！"郑氏一口气吐出来，哭道："成儿，俺的小祖宗！你毁了奶奶的一片心啊！"

这时候，安福家里的听见动静忙赶了来，搀扶起婆婆，看到炕上宝雁的一双脚，也气愤难忍，半天才缓过一口气来，朝宝成数落道："宝成，你也不是小孩子了，咋的这么不懂事！你奶奶天天心肝似的疼你，你还让你奶奶生气，叫俺咋说你？你哪怕有大人疼你的十分之一的心来孝顺大人，娘也知足了。"说着，眼里滚出了泪。又说："娘，别生气了，先回北屋歇着去吧。摊上这么一个不懂事的孩子有么法呢！"说着搀扶着婆婆回到北房屋。

宝雁早扯过被子盖好一双脚，这时候连头也蒙起来呜呜咽咽地哭，已经有声无泪了，断断续续地说："为俺这双脚闹得全家人不安生，干脆砍掉了吧，俺也不想活了！"宝成没想到宝雁的一双脚惹得奶奶生这么大的气，他更不懂得奶奶的"那片心"，如今奶奶气成这个样子，他也有一种莫名的愧疚心理。这时候听到宝雁的话，就说："你也不要说这些傻话，什么死呀活呀的，反正你这一双脚是不能裹的，俺拼出命来也要保护你这一双脚！"宝雁说："你说的才是傻话哩！你还要拼出命来？俺早看出来了，要么俺回高集家里去；要么在这个家凭着奶奶、娘裹脚，凭着大人摆布。从今后，你上学堂念书去，甭管俺的事，男人女人本来就不是一样的活法!"宝成说:"你说这话更傻了,男人女人都是一样的人,咋的就不能一样的活着?"宝雁说:"本来嘛,男人能上学堂念书,俺女人能念书吗?又为什么女人裹脚,男人不裹脚?"正说着,安福家里的端了两碗面条来,说:"宝成,陪着你妹妹快吃饭吧。"面条汤里果然打了鸡蛋,宝成劝说着宝雁好歹吃了半碗。

这天后晌一家人闷闷不乐。赵太世抽了一阵子闷烟,眉头皱起几层疙瘩,叫过宝成,责问道:"你写的大仿呢!给爷爷看看。"宝成支支吾吾说:"爷爷,俺还没写呢。"赵太世气道:"那你还想念书吗?"宝成急道:"想,想念,爷爷俺想念书。"赵太世说:"俺看你的心思不在念书上,天天想一些歪门邪道,大人做的事你也要管,也要阻拦,简直是不懂规矩,不懂礼节!明儿你不要上学堂了!"安福在一旁插话说:"跟爸爸下地学庄稼活吧!"

宝成一听说不让他上学堂念书像是摘了他的心肝,立时哭叫起来,边哭边说:"俺不,俺上学堂,大人的事俺不管了还不行吗?"他哭了一会儿,又嘟哝道:"干吗要给宝雁裹脚呢?……"

其实赵太世并非真的不让宝成上学堂,他不过拿这话恫吓宝成,好让宝成一心一意读圣贤书,做一个知书达理,规规矩矩的赵家继承人。

宝成哭了一阵子有了困意,安福家里的安抚着宝成睡了。

赵太世、郑氏、安福家里的又坐在堂屋里商议给宝雁裹脚的事。

# 第十二章　月亮升起来了

为给宝雁裹脚的事，赵太世、郑氏和安福家里的商议了一个万全之策。把宝雁送到高集她亲娘那里，由安福家里的陪着，给宝雁裹了脚，待上一个来月，等裹的脚果然成型了，稳住了，再回到赵家。这样宝雁既裹成了脚，又回避了宝成的打搅，岂不是圆圆满满大功告成！

这天吃过早饭，安福家里的早早打发宝成上学堂去。宝成背了书包，临走到东厢房里对宝雁说："脚还疼吗？"宝雁摇摇头。又说："等俺放学回来，教你念书啊。"宝雁微微笑笑，点点头，"嗯"了一声。

于是，赵安福忙套了牛车，郑氏忙去安抚宝雁，说："宝雁啊，送你回高集家里去，和你亲娘亲近亲近说个话儿，待上一个来月再回来。"宝雁听了自然高兴，可心里又纳闷，这是为吗事呢？又想着宝成下学回来教她念书的事，想来想去，自觉也顾不了那么多了，只要见了亲娘就是万幸的事！

安福家里的忙着收拾要带的衣物，尤其重要的是带上那卷长长的裹脚布，又按照公爹的嘱咐舀了一袋棒子面、一袋白面。

正当这个节骨眼儿上，学堂老师周玉熙先生踏进了赵家门槛。周先生一进大门就喊道："赵大爷在家吗？"

赵太世正坐在堂屋圈椅里抽烟，自觉事情已经安排妥当，看着家里的人们忙东忙西，正要起程，已是万无一失。不料，周先生的一声喊，使他一惊！他万万想不到堂堂的周先生光临寒舍！一来不知有何贵干；二来先生登门来访使他这个老农不免有愧疚之感。

赵太世闻声忙放下烟袋，迎出屋门，笑道："先生快屋里坐。"周先生说："赵大爷在家忙吗活哩？"赵太世说："不忙，不忙。"说着又吩咐安福家里的："快烧水沏茶。"安福家里的只好放下手里的活去抱柴烧水。周先生说："不用，不用。刚才看到大门外套了牛车，这是要到哪里去？"赵太世含糊其词，道："送养女宝雁回她亲娘家看看。"

这时宝雁携了一个小包袱一跛一跛走到北房屋门前，正要向爷爷奶奶告别，看到有客人正和爷爷说话，不免腼腆起来，呆呆地站在门框边愣着。

周玉熙的眼光被宝雁的身影吸引过去，想起刚才在学堂里宝成说过的宝雁裹脚的事。原来，今天早晨宝成在学堂里第一节课上就猛不丁向老师提出了一个问题：女人为吗要裹脚？女人裹脚对不对？好不好？然后又向周老师述说了宝雁裹脚的事，引起了周玉熙先生的密切关注，不等下课，他就向学生们布置下写大仿的作业，抬脚奔了赵家宅门。

周先生看到这个俊俏的姑娘走路一跛一跛，心里寻思，莫不是要送她到她亲娘家里去裹脚？他试探着问："这是宝雁姑娘吧？咋的摔了腿脚？"宝雁不知如何应答，只是低头待着。

赵太世想把话题掩饰过去，插话说："宝雁，回东房屋歇着去吧，走的时候叫你。"宝雁默默回东厢房去了。

赵太世恭敬地说："先生教务繁忙，拨冗来访，不知有何事指教？"周玉熙不再绕圈子，直截了当揭了底，说："太世大爷，你是读书人，知识渊博，见识长远，不同于大字不识的农民。"赵太世截住周玉熙的话头，说："先生过奖了，老农有不足之处，还请先生教导。莫不是宝成在学堂里淘气不听话了？"周玉熙说："非也。咱就直说吧，我是为宝雁裹脚的事来的，说实在的，这件事不应该发生在太世大爷家里！"赵太世听了一愣，心想，一定是宝成把宝雁裹脚的事告诉了周先生，一时他气恼得手脚发颤。不过面对着他尊敬的周先生也不便发作，只好洗耳恭听了。周玉熙接着说："太世大爷知识渊博，应该知道妇女裹脚为旧时陋习。据记载，南唐李后主令宫妃以帛缠足，脚形纤小，供他寻欢作乐。后人皆效之，至今不过九百余年，并非古代就有。裹脚是对妇女的侮辱和极大的不尊重，给妇女带来终生痛苦。太世大爷目光长远，应该看到如今的时代变迁，现已进入民国时代，理应改革社会旧习，树立社会新风，倡导男女平等，如果再固守旧时陋习，岂不是成为时代的落伍者了吗?"

赵太世已是面红耳赤，稍有醒悟，但又碍着面子不愿正视自己的过失，支支吾吾说："多谢——先生指教。养女宝雁裹脚的事——是家里人们所为，她们保守旧的风习，跟不上时代新潮。老农嘱咐她们不给宝雁裹脚就是了。有劳先生为区区小事来访，实在有愧，有愧!"

周玉熙先生说："这可不是小事，是争取妇女解放的大事。济南、德州已成立'放脚会'，号召妇女放脚。我也筹划着学堂里成立放脚宣传队。"赵太世又支吾道："学生还是念书要紧，念书要紧。"

这时安福家里的提了一壶茶来，倒了两碗茶。赵太世礼让道："先生喝茶，先生喝茶。"说着抽身走进东里间屋，悄悄对郑氏说："宝雁就不走了。"郑氏点点头，心里虽有疑惑，还是听从当家的吩咐吧。

赵太世落座后，换了话题说："周先生来玄庄执教，为了教化玄庄的子孙后代，舍弃了自己的前程，实在可敬可佩! 先生在这里吃住如有不便或照顾不周的地方，请尽管说，老农去办。"

周玉熙抿了一口茶，说："很好，很好，太世大爷不必客气。只是我有些想法，烦请太世大爷与村里管事的人商议商议。"

赵太世说："先生请讲。"

周玉熙说："玄庄三百多户人家，如今学堂里只有二十八名学生，多数适龄儿童还没有上学，游荡在校外，这与玄庄诗书礼仪之乡的名声实在不相称。"

赵太世道："先生说的有理。庄户人只顾眼前利益，忽略了长远打算。这几年兵祸天灾折腾得庄户人的日子不那么宽裕，也就没心思让孩子上学了。我和村长、占魁商议商议，想想法子，动员更多的农户送孩子上学堂。"

周玉熙又说："我还有个想法，学堂里开设女生班，让女孩子们也上学念书。"

赵太世一听，甚为惊讶，愣了半天，才积积粘粘①地说："这个嘛——庄稼人怕是不那么开通，玄庄一时还办不到。"

周玉熙也觉得此事不能操之过急，说："那就过两年再说吧。当务之急，扩大生源，让更多的男孩子上学念书。"说着站起身往屋外走。

赵太世转忧为喜，道："那是，那是。老农一定照办，照办。"说着起身送周先生。

过晌，宝成高高兴兴下学回来，就直奔东厢房里，把书包丢在炕上，拉住宝雁的手，说："宝雁，周老师说爷爷说了再也不给你裹脚了！"宝雁说："俺知道了，周老师到咱家来了，一准是你向老师告了状，周老师才来的。"宝成笑笑说："哎，对了！今早上，在课堂上，俺一举手，就把你裹脚的事向老师说了，周老师一听脸色铁青，皱起眉头，说你们先写两张大仿吧，俺出去有事。周老师真好！"宝雁说："周老师好是好，可你守着那么多学生把人家裹脚的事都说了，让俺以后出去怎么见人？多丢人哪！"宝成笑道："你的脚不是没有裹成嘛！不是俺给你放了嘛！还丢什么人？哈哈……"说着笑着他得意忘形地躺炕上四肢朝天打了一个滚，又一骨碌爬起来，右手的中指和拇指捏在一起，冲着宝雁"啪"一声打了个榧子②，说："宝雁不裹脚！"宝雁站在那里已滴下两串泪水！宝成惊疑道："好好的，你怎么哭了？"宝雁揉揉眼睛，情不自禁地扑到宝成胸前，说："俺高兴哩！好哥哥，你真是俺的好哥哥！"宝成就势扶住宝雁的两肩，又伸手抹抹宝雁脸上晶莹的泪珠，笑道："俺是好哥哥，你是好妹妹！"宝雁一时脸色绯红，忙扭过身去。宝成还沉浸在喜悦里，拍一下宝雁的肩膀，说："宝雁，

①　积积粘粘：说话不爽快。
②　榧子：拇指和中指紧紧捏捻发出的响声，俗称榧子，是游戏、玩笑的一种动作。

还有好事哩！今儿后晌你帮俺研墨，俺写小红旗标语。"说着从书包里掏出一卷红纸。宝雁问："吗小红旗标语？"宝成一字一句地说："告诉你，俺是放脚宣传队队员，明儿举着小红旗上大街宣传放脚去！"宝雁还摸不着头脑，但听见放脚两个字，也露出惊喜的神色。两人正说着，传来安福家里的喊声："宝成，宝雁，吃饭了。"两人嬉笑着往北房屋去了。

吃后晌饭的时候，一家人都默默端起个人的碗喝粥，饭桌上没有了话语笑声，没有人搭理宝成、宝雁。赵太世早早地放下饭碗，离开了饭桌，安福家里的说："爹，再给你盛一碗吧？"赵太世冷冷地说："不吃了。"唯有宝成、宝雁心里偷着乐，他们快快地吃了饭，宝成对郑氏说："奶奶，俺到东房屋看书写字去了。"郑氏显出无可奈何的样子，应一声，说："去吧，写一会儿，早点儿过来睡觉。"她看到孙子活泼的神态，原本应该心里喜欢，可两天来为宝雁裹脚的事让这个宝贝孙子闹得周周折折，心里终究结了个大疙瘩，使她抑郁难解，一时她也就懒得和宝成说话了。

宝成、宝雁坐在灯下，宝成铺开裁好的红纸，宝雁研墨。宝成刚要握起毛笔蘸墨润笔，宝雁急忙捂住砚台，说："你先别忙着写小红旗标语，你早上说的，下学回来教俺念书哩！"宝成放下笔笑笑说："有了大事就把这事忘了。"宝雁说："这也是大事。"宝成笑道："好好，这也是大事，先教你念书，成了吧！"说着从书包里掏出一本书来，又把书背到背后，说："教你念书得有规矩。"宝雁问："吗规矩？"宝成说："俺是老师，你是学生，你先向老师鞠躬，老师再上课教你。"宝雁一撇嘴，说："好大的架子！刚念了几天书就要当老师，还要人家给你鞠躬，害羞不害羞？"说着伸出手指在自己脸上划了几下。

宝成原是跟宝雁开玩笑的，其实鞠躬不鞠躬宝成都要教她念书的，没想到宝雁倒认真起来！宝雁这一认真倒叫宝成真地拿出了当"老师"的架子，于是他也认真起来，说："你不鞠躬，俺就不教。"宝雁由认真转为生气，说："你不教就回北屋睡觉去，俺也睡觉了。"说着就动手铺被。

宝成站在那里越发地尴尬了，去也不是，不去也不是，就翻开手里拿的那本书装作看书。其实他一句也看不到心里去，越看就越觉得坐立不安，慢慢地就感到委屈了，不由得滴出几滴泪来，泣泣地说："好没意思！本来俺是要教你念书的，不过说了句玩笑话，逗你玩呢，你就当真起来，叫俺也不知道该说什么话好了！"

宝雁见宝成委屈的样子，心里顿时就软下来，忙掏出帕子给宝成擦泪，说些宽心话："哥，俺也是说玩笑话哩，你也当真了，还哭呢！都怪俺行了吧，俺这里就给老师鞠个躬！"说着扑哧一笑，向宝成深深鞠了一个躬。

宝成破涕为笑，说："好妹妹，咱都别闹了，俺好好地教你念书吧！"宝雁连连脆脆地应了几声："哎！哎！"

一本《论语》翻开平放在桌上，宝成、宝雁并排坐着认真地读起来，宝成念一句，宝雁跟着念一句。

第二天玄庄街上出现了一队打着小红旗的学生，他们排着整整齐齐的队伍，由周玉熙先生在前面领着，一个学生领着喊口号："争取妇女解放！""妇女放脚！""男女平等！"……

这等亘古以来从未有过的新鲜事在玄庄街上一亮相，庄稼人目瞪口呆，惊诧不已！一个个走出家门伸脖瞪眼互相询问："这是咋的啦？""这是咋回事呢？"他们簇拥到街上呆呆站着，注视着学生队伍，想观望个究竟！

那个领着学生喊口号的学生喊着口令："立正，向右转，向右看齐。"学生们在一个打麦场上停下来，按着口令规规矩矩排好队伍。

庄稼人对学生们严明的纪律、整齐的步伐投以敬慕的目光，发出感叹："啧啧啧，你看，你看……"有的庄稼人看到自己的孩子站在队伍里，也不免萌生一种莫名的自豪感。

领队的学生叫赵明理，是赵占魁的小儿子，这时候，他冲着学生队伍喊道："赵宝成，表演快板！"

赵宝成一步跨出队伍，手里打着竹板，不慌不忙表演快板：

打竹板，乒乓响，

诸位乡亲听俺讲。

妇女裹脚不应当，

脚骨折，脚变形，

脚布一缠疼得叫亲娘。

小脚走路扭呀扭呀扶着墙，

小脚站立一撇一撇不稳当，

哎哟哟，裹上小脚坐卧不安疼得心发慌！

(赵宝成边说快板边模仿小脚女人走路的样子，惹得庄稼人哈哈大笑。)

奉劝姐妹们不裹脚，

奉劝大娘大婶大姐快快把脚放！

男女要平等，

妇女要解放！

庄稼人对赵宝成表演快板极为赞赏，然而他们并非赞赏宝成宣传的妇女放脚，而是赞赏宝成表演快板的技能。有的人连声叫"好"，有的人说："小成子行啊！小成子棒啊！可以上台演戏了！"至于女人裹脚不裹脚，放脚不放脚，他们的态度是：还要观望观望，看看形势，看看别人咋样？

接着，周玉熙先生讲话。这是周玉熙先生到玄庄执教以来第一次在大庭广众面前露面，自然引来众庄稼人奇异的目光。周玉熙先生中等身材，仪表堂堂，头戴黑色礼帽，身穿灰色长袍，脚蹬一双黑色皮鞋。只这身装束就招得庄稼人的目光转来转去，有人翘首，有人踮脚，有人在人群里挤来挤去。待周先生说了一声"父老乡亲们"，人群里顿时鸦雀无声，人人支起耳朵要听听这位大先生洋先生的口才和学问了。周先生讲了妇女裹脚这一中国封建社会陋习的起源和历史；讲了辛亥革命、五四运动以来中国社会的变化和进步；讲了男女平等、妇女解放的道理等。

周先生的讲话庄稼人闻所未闻，又似懂非懂，但不管怎样，这是有生以来耳闻的大学问了，而且也见识了这位大先生洋先生的仪表和口才，自觉有些满足。但他们都把周先生讲话的内容看为是身外事，与自己无有什么关联，晌午饭还照样喝小米饭汤，啃贴饼子、红薯！有些女人倒是低头看看自己的小脚陷入深深思索。

赵太世一家人没有到大街上去观看学生的宣传，当学生们的口号声传进赵家宅院的时候，赵太世端着烟袋一愣，他想不到周先生说的"学堂里组织放脚宣传队"来得这样快这样突然，夜来刚刚说了，今儿已变为现实。他不由得对周先生萌生了不满情绪，办学堂的宗旨是念书，是教化农家子弟知礼仪，而不能偏离了这条轨道。于是他对大街上传来的口号声、人群的嘈杂声就极为反感，他唉声叹气在堂屋里来回踱着脚步……

郑氏的耳朵有些背，问道："大街上出吗事啦？嚷嚷的！"

赵太世揉了一句："你管它吗事哩！"

宝雁耳朵尖，大街上的口号声她听得真切，宝成说的快板似乎也听到了一句半句，就走出东房屋，跃跃欲试想走出大门，又不敢贸然行动。这时安福家里的正在天井里，宝雁说："娘，俺到街上看看去。"安福家里的忙摆手，又指指北房屋里的公爹。

赵太世听见宝雁的话，说："闺女家别这么心野！"

一句话，宝雁乖乖地回东厢房了。

赵太世思虑了半天，终究耐不住，奔了赵占魁家。赵占魁正在天井里习武，甩出去的七截鞭正打在赵太世的脚下，赵太世吓了一跳，嗔道："占魁，你倒有闲心思练武，大街上吵吵嚷嚷闹翻天了，你知道不知道？"赵占魁见太世驾到，忙放下手里的家伙，笑呵呵地说："知道，天是翻不了的，俺刚刚从大街上回来。太世，你别大惊小怪的，不就是孩子们喊几句口号嘛！哎，你家宝成可露了脸了，那快板说得真叫好！"赵太世说："你说得倒轻巧，咱玄庄办学堂是为了让众多乡亲的子孙后代念书识字学文化，不是到大街上嚷嚷什么女人裹脚放脚，当先生的岂不是不务正业？"赵占魁说："依俺看，周先生的这一招儿倒是给玄庄带来一股新鲜空气。说实话，俺早就对女人裹脚犯恶，俺家你婶子，壮壮实实的身子，正当年，可是小脚，下地干活干不了，天天围着锅台转。俺要是有个闺女，保准不让她裹脚。说到办学堂，当然头一桩大事是念书识字。依俺看，在教课念书之余，让学生们做一些有利于社会进步的活动，也未尝不可，再说对孩子们也是个锻炼，俺明理领队喊口号，俺就看着威武！"

赵占魁的一番话使赵太世泄了气，说："我的意思是咱俩找上村长和周先生说个话，劝导劝导他，不要耽误了学生的功课。"赵占魁说："俺看大可不必，刚刚开学两个多月，周先生教课还是蛮认真的，过一段时间看看再说吧。"又说："太世兄，屋里坐，抽袋烟，喝碗茶，尝尝俺种的烟叶。"

赵太世无心思抽烟喝茶，说了声："不啦，不啦。"就扭头转身蹒跚地迈步回家了。

夜渐深，赵安福夫妇、宝成、宝雁都睡了，唯赵太世老两口没有睡意，两天来为给宝雁裹脚的事折腾得他们心神不宁。屋里已吹了灯，赵太世抽了一会儿闷烟，和衣躺在炕上闭目养神。郑氏盘腿坐炕上待着，见当家的躺下忙扯过被子给他盖上。她不时地抬头看看窗纸，或是摸黑下炕走到堂屋门口望望满天星斗。月亮还没有升上来，纺线车已摆放在堂屋门口，一小笸箩布节①放在纺线车旁，蒲墩也已经摆好。她又回屋盘腿坐炕上待着。

待了一会儿，月亮升起来了，满院子银光，角角落落都洒满了。郑氏展开了眉眼，她忙走到堂屋门口，盘腿坐蒲墩上。堂屋门原是开着的，月光照进来，就是农家的一盏灯了。她自言自语道："月亮奶奶送光明来了。"

郑氏坐在月光下把布节捻成的线头缠在纺线车的顶杆上，"嗡嗡嗡"纺起了线。她的左手捏着布节高高地举起，拉出长长的线丝，右手就紧着摇动纺线车把，纺线车上就绕上了一圈圈的棉线，那架势好比

---

①　布节：皮棉搓成的长条，供纺线用。

驾驭着天地乾坤。这个时候，她白天的烦恼就被"嗡嗡嗡"的纺线声驱走了，满腔的心思都纺到那一圈圈的棉线里了。郑氏从做闺女时就是纺线织布的能手，那拐线、烫线、牵线、上机绕线、织布等等一道道纺织工序，她已经驾轻就熟。当初赵家娶亲就是看中了这个纺织女。郑氏嫁到赵家后，她就成为赵家女人纺织的主持人，一家人的被褥衣裳鞋袜都是赵家的女人纺出来织出来缝出来的。

虽说春分已过，但乍暖还寒。郑氏先是右脚压在左腿下盘腿坐着，渐渐地觉得左脚有些凉了，右脚有些麻木，她就换了一下坐姿把左脚压在右腿下盘腿坐着，仍是"嗡嗡嗡"地纺着。她一生不知纺了多少线，大约绕地球也有多少圈了！她从不想这些，她想的是未来，今年全家人还要添置几床被褥、几件衣裳、几双鞋袜，当家的人前人后地走动，该添置一件新棉袍，大儿子的一身棉衣该换了，二儿子出门在外，也该备下几件单衣，说不定几时回来好换洗，两房儿媳也该有身像样儿的新衣，走亲回娘家换上，宝成、宝雁年年长大，年年该添置新衣，她就是想不到自个儿，单的棉的，有身衣裳穿着就知足了。岁月纺进一缕缕一穗穗棉线里去了，时光织进了一卷卷一匹匹棉布里去了！她脸上纺出了一道道褶皱，头上织出了一根根银丝白发，她却不察不觉，只是一门心思惦念着赵家全家人的炎凉冷暖。

月亮渐渐转过去了，月光渐渐暗下来，约有一个多时辰了，她已纺出了几个长长的线穗子，纺线车停下来，她静静地坐着，收拾好线穗子，暗暗欣喜自个儿的劳动成果。望望天井里灰白的月光，恍恍惚惚，只见一只白兔跑进来，立起前腿，朝她不住地拜。她一时恍如隔世，如临仙境，惊喜异常！她忙站起身，朝白兔磕了一个头，自语道："娘哎！月亮奶奶委派那捣药的兔爷下凡，没的财神爷驾到，赵家有福了！"说话间再抬头看那白兔已渺无踪影了。

她收拾好纺线车，关了堂屋门，摸黑撩起门帘，走进东里间屋。本想告诉当家的刚刚到了人间仙境，见到了财神爷，听到当家的已呼呼入睡，也就罢了。那月光下白兔向她上拜的情景仍在她脑海里隐隐现现，渐渐入了梦境。

# 第十三章　麦熟一晌　紫花苜蓿

烈日像一盆火炙烤着麦田，齐刷刷的麦穗仿佛静止了，不摇不摆，直挺挺承受着烈日的炙烤。整个麦田又仿佛变的焦焦的在太阳这个大火盆下燃烧！

西大洼是麦的海洋，一片连着一片。庄稼人早早地就下了麦田，天色还灰蒙蒙的，只有东方天边有几缕白光，预示着又是一个炽热的天气。麦田里晃动着人影，左邻右舍打着招呼："早来了。""趁凉快拔呀！""今年麦子好啊！""好啊，吃大白馍馍吧！"接下来麦田里沉寂了，都专心卖力气拔麦子，只有"唰唰唰"的声音。

玄庄人历来拔麦不割麦，虽说麦秆麦根细细的，但要从干裂的黄土地里一把把拔出来那是要费一把力气的。因此拔麦就成为一年到头庄稼地里的力气活。人说"麦熟一晌"。到了麦熟的季节，麦田在烈日下暴晒几个晌午，小南风一吹，绿色的麦穗就变黄了，甚至麦壳爆裂，麦粒砸在地里。所以麦收就变成抢收，玄庄人把麦收看得比大秋还重要，庄稼人使出浑身力气抢麦收。

赵家叫了哇儿哇儿二做帮工拔麦，满天星花儿赵太世就招呼赵安福、哇儿哇儿二下了麦田。赵安福和哇儿哇儿二每人拔两垄麦，腰弯得像一张弓，脖梗向前伸着，又似觅食的一只鹅，两手伸出去搂住一把麦，唰唰唰倒下一大截。赵太世在后边拔一垄麦，他的主要任务是打麦要子捆麦个儿，这个活虽不累，但这是庄稼把式的活计。麦要子是用两缕麦秸拧在一起系起来的，赵太世把赵安福、哇儿哇儿二和自个儿拔下的麦子拢成堆，再用他打好的麦要子捆起来。逢到这时候，他蹲下身，一条腿跪下来压住麦束，然后他咬咬牙，仿佛使足了力气，两手极熟练地把麦要子勒紧缩个扣结，便捆成了麦个儿。他两手抓住麦个儿一下子戳起来，像是把怀抱的孩子在地上，于是麦田里就像是站立着一个个小人儿。

太阳毒得厉害。赵安福赤着膊，两个肩膀早暴起一层薄薄的皮，都打卷了。多半天的劳累，腰窝有些酸，还微微有点疼，可是他舍不得歇息，连直立一会儿的工夫也舍不得。瞥一眼眼前的麦田还望不到头儿，忙搂起左边一把麦，狠心地拔下来，又急着去抓右边一拢的麦，他恨不得抓一把撂倒一大片！

哇儿哇儿二却不时地直起腰杆站立一会儿，赵太世在后边看到这情形，喊："太和，抽袋烟，歇一会儿。"赵太世称呼哇儿哇儿二的大名，表示对这个远房兄弟的尊重。哇儿哇儿二东跑西颠吹哇儿哇儿浪荡惯了，终究不是庄稼地里的把式，巴不得这一声叫，就歇了手脚，应道："是了，大哥。"又转脸对着赵安福说："安福，歇吧。"赵安福头也不抬，说："二叔，你歇一会儿吧，俺不累。"话虽这样说，语音里就有些怨气。

麦田地头停一辆牛车，牛车遮住阳光，留下一小块阴影。赵太世已蹲在阴影里端起烟袋。

哇儿哇儿二朝牛车走去，他边走边唱起了歌谣：

> 一更里来月亮在正东，
> 小奴家房中泪盈盈。
> 二更里来月亮照窗前，
> 小奴家房中泪涟涟。
> ……

赵太世说："你净胡诌八扯唱些淫词滥调。"哇儿哇儿二嘻嘻一笑，接过赵太世递过来的烟袋。

赵太世手里攥一把麦穗，两手搓搓，伸开巴掌，吹几口气，是满把的麦粒子，个个饱饱满满，中间一道沟，像是咧嘴朝他笑。他也露出别人不易察觉的笑意。

哇儿哇儿二说："大哥，你这麦子咋长得这么好？俺那一亩麦子就差多了，统共打了还不到一百斤。"

赵太世说："功夫不负有心人，你是功夫不到，你的功夫放在吹哇儿哇儿上了，没放在庄稼地里。"

哇儿哇儿二点点头表示默许，接连抽了几口烟。

赵安福仍不停地拔麦，心里忍着气。夜来后晌父亲跟他商议叫人帮工拔麦的事，主张顾着本家远房的情面，找哇儿哇儿二来帮工，他就不同意。找个年轻力壮的庄稼小伙多好，又有力气，又肯干活，哇儿哇儿二根本不是庄稼地里干活的料儿！光顾了歇着，麦拔得也不干净。这时他实在忍不住了，就朝牛车那边喊："二叔，歇够了吧？拔吧！"

哇儿哇儿二应道："拔，拔。"

直到晌午，赵安福没停住手脚，在他的带动下，哇儿哇儿二只好紧紧跟上，不好意思再歇息了。

一块三亩麦田终于拔完，赵安福才直起腰杆站在麦田地头擦把汗，一阵小风吹过来，他顿时感到凉爽惬意，但这惬意太短暂了，短暂得使他甚至想咒骂这股小风，因为它溜溜刮过去之后更显得周围空气的酷热。

使赵安福更为焦躁的是，一车麦个儿装满后，老牛不动了。任他怎么吆喝，老牛也不迈步，他暴跳如雷，扬起鞭子狠狠抽打，嘴里骂道："娘的，娘的。"老牛向前挪动了几步又停住了蹄子。赵太世接过鞭子，怒道："你这是咋的使唤头口？这是糟蹋头口！"赵太世抚摸了几下老牛的脊背，又抓把带的草料喂了老牛，鞭鞘在空中"啪啪"绕了几个鞭花儿，拍拍牛屁股，牛车启动了。他叹道："老牛热的。"

　　赵太世、赵安福、哇儿哇儿二急急火火走进赵家门，炎热、劳累、饥渴困扰着他们，他们恨不得立时扎进水井里洗个痛快，灌个痛快。赵安福走进院里抄起水瓢从水缸里舀了一瓢凉水咕咚咕咚喝了个精光，又舀了一盆凉水到阴凉处擦洗。赵太世、哇儿哇儿二喝了水，洗了脸，坐一边抽烟。堂屋里弥漫着柴烟和热气，女人们忙着备饭。东边的锅灶笼屉蒸气腾腾，西边的锅灶冒着水汽。安禄家里的忙收拾灶下的柴火。安福家里的在灶台上切黄瓜丝、捣蒜泥。郑氏往饭桌上摆好碗筷，朝天井里喊："都进屋吃饭吧，大热的天。"

　　屋里的柴烟热气渐渐散尽。赵安福迈进屋门槛，一眼瞧见饭桌上两浅子白面包子，几碗小米绿豆稀粥，一盘蒜泥麻酱拌黄瓜丝，一盘切开的流着黄油的咸鸡蛋，立时瞪起眼睛，火冒三丈，抄起一把笤帚朝妻子投去，口里骂道："懒娘们儿，说的是炸油香①，说的是炸油香！"那把笤帚正巧打在安福家里的眼眶上，立时就起了一个大青包，她只是默默地掉泪，一声不吭。郑氏忙去拦，怨道："看你这个狗脾气！你别难为成儿他娘，不是不给你炸油香，是油不够啊！成儿他娘借了几家也没有借来。"

　　赵太世急道："混账！还挑什么饭食！有么吃么。"又转身朝哇儿哇儿二说："太和，快坐下吃饭。"哇儿哇儿二应一声坐饭桌前，说："安福，你是身在福中不知福，俺吃这饭食就一百个知足。"

　　宝成、宝雁早坐在饭桌前等着和大人们一起吃饭，两人互相问着："你吃几个包子？"这一闹饥荒②又没了兴致。看到爷爷端起饭碗拿起第一个包子，才又拾起了碗筷。

　　赵安福先是坐饭桌前垂着头闷闷生气，渐渐地饥饿袭击着他也忍不住端起了饭碗，呼噜呼噜喝了一碗粥，才又拿起包子大口大口吃起来。

　　女人们站在一边侍候着，不一会儿，安禄家里的说："大嫂呢？"郑氏说："刚才还在这里，一会儿的工夫到哪里去了？"说着东西里间

---

① 油香：一种油炸的面食，类似北京的油饼。
② 闹饥荒：闹矛盾、争吵的意思。

屋都看了看。安禄家里的到东西厢房也找了，回来说："娘，都没有。"郑氏急道："宝成、宝雁，快到外边找找你娘去吧。大热的天，别出个闪失。"又怨道："成儿他爸，你真不叫人省心，为吃这顿饭咋的生这么大气？还没轻没重地打成儿他娘！"

宝成、宝雁立时起身跑出了大门，心里慌慌的，边走边喊："娘，娘……"他们一直找到麦田里，远远地看见娘在麦田里捡麦穗哩，两人对视一笑，心里才放松下来。

宝成、宝雁一迭声地"娘呀娘呀"地叫着，安福家里的见两个孩子跑来不觉又流下了泪。宝成说："娘，别哭了，都是爸爸不好。"安福家里的擦擦泪，说："成儿，可别说你爸爸不好，你看看你爸爸一头晌拔了多少麦子，一牛车还没有拉完哩，虽说有你哇儿哇儿二爷爷帮工，俺知道，一多半是你爸爸拔的，他累啊！他苦呀！"又问道："你爸爸吃饭了吗？"宝雁说："爸爸吃了，大口大口地吃哩！"安福家里的似乎得到一点安慰，沉一会儿，像是自言自语地自责道："唉，都怨俺，过日子没算计，知道他爱吃炸油香，事先没存下油，到了干累活的时候没让他吃上可口的饭食。"说着又滴下泪，自悔难以洗刷的过失。就又弯腰默默地捡麦穗，仿佛又想用自个儿的劳动弥补自个儿的过失。宝成说："娘，回家吧，回家吃饭去。"安福家里的说："娘不饿，你俩先回家吧，大热的天别热着。俺捡捡麦穗，丢了可惜了的！待一会儿你爸爸会来的。"

虽说太阳毒毒地晒着，宝成、宝雁不想走，想跟着娘一起捡麦穗。不一会儿，两人已汗流满面，宝雁只顾捡麦穗，就顾不上擦汗，宝成却只顾擦汗，顾不上捡麦穗了。待宝雁捡了一抱麦穗，宝成手里只有寥寥数根，宝雁笑道："闹了半天，一个大男子汉才捡了这么几根麦穗呀！"宝成说："热得不行，光顾擦汗了。"宝雁放下手里的麦穗，嘻嘻笑着拿帕子给宝成擦汗，宝成摘下草帽给宝雁扇风。

安福家里的在那边喊："宝成、宝雁，你俩过来凉快凉快吧。"宝成、宝雁往那边看去，只见娘用麦个儿搭了一个小窝棚，都一起跑过去，钻进小窝棚。两人顿时觉得凉爽了许多，宝雁脱下鞋磕了磕鞋里的土，露出一双光光的脚丫。宝成无意中摸了一把。宝雁说："别动手动脚的，一年大二年小的，要是让大人看见了成什么样子！"宝成说："俺是想，你亏了没裹脚，要是真裹了脚看你咋的跑路？"宝雁一时又陷入沉思，说："唉！做女孩子真不易，为俺裹脚全家人闹腾了那么一阵子，多亏了你这个大恩人俺没裹成脚。可是俺想，念书是念不成了，咋的男孩子和女孩子就是不一样呢？"宝成说："周老师说了，过了麦假秋假就开女生班，俺给你报名去！"宝雁说："俺看出来了，就是学堂里开了女生班，别人家的女孩子上学堂念书了，俺也去不了，咱爷爷肯定不让去的。"宝成说："俺跟爷爷说说，奶奶给你裹脚不是俺拦住了嘛！只要学堂里开了女生班，俺想么法也要让你念书去！"宝雁看着小窝棚外面的蓝天，叹口气说："唉！盼着吧！若是真有那一天，俺给你这个大恩人磕三个头。"宝成捏起中指和拇指冲宝雁打了一个榧子，叫道："好！"宝雁沉一沉，说："咱俩光顾说话了，快帮娘捡麦穗去吧！"说着，两人忙起身去捡麦穗。

　　太阳西斜的时候，赵安福推着独轮车来了。安福家里的见男人来了，显得格外的精神，忙不迭地搬运麦个儿，宝成、宝雁也跟着搬运。麦个儿都搬运到麦田地头大道旁，安福家里的又帮着男人装车。安福家里的递过一个麦个儿，男人就稳稳地接了装在独轮车上，两人一递一接，配合默契，虽没有言语，看出来两人的心思是想到一起了。装好了车，赵安福又用绳子紧紧勒住一车麦个儿，已是汗水淋漓。安福家里的说："大晌午头上就赶来，看你热的，歇了晌再来也不迟呀！"赵安福"哼"一声，说："俺估摸着你来麦地了，快回家吃饭吧，干粮，娘煴在锅里了。"安福家里的脆脆地"嗯"一声，低头抿嘴一笑。她眼睁睁看着男人弓起腰，跷起臀部，两臂驾起车把，猛一用劲，独轮车启动了。男人臀部一扭一扭，脚步不停地向前挪动，独轮车发出吱扭吱扭的响声，像是车子的欢叫，又像是男人的呼号！她愣在那里，看到男人用尽力气推车，不觉心里酸楚楚的。宝成喊一声"娘"，她才回过神儿来。宝雁说："娘，咱走吧。"安福家里的撩一下鬓发说："走，娘走的慢，你俩头里走吧！"宝雁说："不，俺俩和娘一起走。"宝成、宝雁一起走着走着安福家里的就落在后边了，宝成、宝雁就停下来等着娘。安福家里的撇着两只小脚，摆摆手，喊："快走吧，大热的天，娘丢不了！"一只云雀"吱吱"叫着在空中飞上飞下。

　　赵家在庄北种了半亩多的紫花苜蓿，苜蓿是喂牲口的上等草料，人也可以拿来充饥的。把苜蓿切成碎丁和了棒子面再撒上点盐蒸窝窝，是玄庄清贫人家的可口饭食。赵家种苜蓿当然是用来喂老黄牛的。时下，苜蓿盛开着紫色的蝶形小花，三片小叶组成的复叶碧绿碧绿，茁壮生长，又鲜又嫩，正是牲口的美食。这天早晨，赵安福背了筐拿了镰去割苜蓿，想让老黄牛尝个鲜儿。他兴致勃勃地走到苜蓿地头，眼前的景象使他一怔，苜蓿被人割了一片！看那茬口参差不齐，还哩哩啦啦洒落在地上不少苜蓿叶子。赵安福皱起眉头细细琢磨，夜里有人偷了！他不由得一股怒气冲上心头，站在苜蓿地头骂道："混账行子，混账行子，偷人的东西吃了不得好死！"骂声虽不大，也出出怨气，想那偷的人早吃进肚里了，也听不到他的骂声。他骂了几声，觉得也无趣，就蹲下来割苜蓿。割了满满的一筐，估摸着搭上别的草料足够老黄牛吃上两天了。他背上苜蓿筐走的时候，看看眼前还有一大片绿油油的开着小紫花的苜蓿，煞是喜人，脑子里突然蹦出一个念头：今儿后晌再让混账行子们偷了咋办？总不能待在苜蓿地里守夜吧！他一边走一边琢磨，琢磨来琢磨去，果然琢磨出一个法子，他为此感到兴奋，就加快了脚步，去实施他的苜蓿防盗绝招。

　　赵安福回到家，先两手掐了一些苜蓿撒在石槽里。老黄牛闻到鲜嫩苜蓿的气味就忙将嘴巴伸进石槽贪婪地吃起来，赵安福觉得获得一些慰藉。接着，赵安福不停手脚，寻到两只积肥用的木桶和一把长勺，就一起拿到茅厕里行动起来。

　　待到赵安福担着两木桶臭烘烘的稀粪便走在街上的时候，担水拾粪的农人们搭话道："这是给庄稼施肥呀？""咋的弄些屎汤子呢？"赵安福闷头闷脑走着，鼻孔里"哼哼"几声，也不搭腔，心里却暗暗自乐。

　　赵安福将两只木桶担到苜蓿地头，抄起长勺舀了稀粪便，朝紫花苜蓿上撒去，边撒边自语道："叫你偷！叫你偷！你喝屎汤子去吧！"仿佛一勺勺稀粪便撒在了偷苜蓿人的身上，给他们重重地惩罚！他有些满足，有些得意。看那紫花苜蓿叶上花上顶着点点黄的东西，又觉得玷污了鲜嫩的紫花苜蓿，有些于心不忍！老黄牛也一时无法吃了！可叹，可叹！想想，也管不了那么多了，老黄牛先委屈几日，过几日再让它吃个够，不管怎样，解了一口气，心里舒坦了许多，也就罢了。

农人们路过赵家苜蓿地，观赏到了这一道独特的景观，有人纳闷："施肥施在根上，咋的施到叶上花上呢？"有人明白了主人的心思，嘿嘿一笑，说："好主意，好主意！"听那语音，似乎赞赏的话语里隐含着几分嘲讽。

赵安福悠悠然担着担子回到家，早饭已经备好，他正要端了脸盆洗把手洗把脸，赵太世背一筐牛草闯进院里，重重地放下草筐，厉声道："你干的瞎账事！"赵安福说："咋的啦？"赵太世嗔道："咋的啦？你听听外人怎么说咱？丢人啊！丢人现眼啊！"赵安福急道："有人偷了咱家的苜蓿！"赵太世道："偷东西是不应该，可是你想想那割苜蓿吃的人日子不会好过的，人家为了填饱肚子偷割了你家一点儿苜蓿，你就想出这么一个歪道道来，不光是臭了苜蓿，还臭了赵家的名声！"顿一顿又说："外人说赵家心狠手毒，用臭屎汤子制伏穷人！"赵安福说："有人乱嚼舌头，让他嚼去，俺就知道俺种的苜蓿是喂老黄牛的，不是种给别人吃的。天下偷东西的人没有好人！"赵太世说："做人要有仁爱之心，要善待别人，才能在众人面前立住脚跟，挺起胸脯说话，不能让人瞧不起咱。"这时，郑氏站在台阶上说："你爷儿俩快吃饭吧！"又冲着赵太世说："你也别老埋怨安福，他成天价累死累活的还不是为了全家人过好日子吗？老大不易啊！"赵太世"哼"了几声，大有不满之意，又体谅到郑氏的话也有道理，就没再言语。

一顿早饭在闷闷不乐中吃过。这一天赵氏父子各奔东西。赵安福奔西大洼锄谷子地，赵太世到香椿园里侍弄几畦菜田，谁都不搭理谁。吃过晌饭，赵安福早早地躺炕上睡了，赵太世却抽着闷烟至深夜，还在想来想去他的处世之道，苜蓿地的污垢如一块心病久久不能抹去。

六月天阴晴不定，过了子夜，一块黑云压上来，几声雷电，哗哗下起了不大不小的细雨，赵太世走出屋门望天观雨，长叹一声："老天有眼，洗刷了赵家的污点！"便和衣睡了。

赵安福被雷电惊醒，一骨碌爬起来，黑影里望望窗外，细雨淅淅沥沥下个不停，长叹道："老天不长眼，咋的和俺作对！"睡在炕那头的安福家里的说："成儿他爸，甭生气，睡吧。再遇到事和咱爹商量商量就是了，咱一家人和和气气的，你爷儿俩可不能闹饥荒啊！"说着扯过被单子给男人盖上，又掖了掖蚊帐，说："下雨天凉了，盖上点儿。"赵安福无奈地叹口气睡去。

第二天清晨，雨早停了，赵家的紫花苜蓿被雨一淋又焕然一新，清清爽爽，蝶形小紫花开满地。农人们发现苜蓿地头插一块木牌，有识字的农人念道：

清贫人家割苜蓿充饥，赵家决不追究。

识字的农人叹道："赵家，积善人家哪！"

赵太世的这一举措给赵安福重重地一击，好比父亲打了儿子一个响亮的耳光！赵安福心里憋了一口气。这一天，赵安福不吃不喝也不下地干活，只是闷头睡觉。这一来，郑氏、安福家里的心急火燎，安福家里的陪在男人身边伺候着，劝吃劝喝，郑氏站在炕前抹泪，说："福呀，起来吃饭，你可别糟蹋了身子，你要是有病有灾的娘心疼啊！"婆婆这一说安福家里的也掉泪了，说："一天来没吃一点东西，滴水未进啊！"

赵太世只是闷闷抽烟，不哼不哈。郑氏就叨念："你做事就是一百个对也得和老大过个话儿呀，老大两口子可是咱赵家的两只臂膀啊，一个在地里，一个在家里，都扛着千斤的重担。你爷儿俩说个话儿，都心里顺顺畅畅的，多好啊！省的你也生气他也生气，倘若有一个气出病来，俺娘们儿的日子可不好过呀！"

赵太世吐出一口烟雾，仍是积积粘粘一声不吭，愁眉不展。

至深夜，郑氏、安福家里的忙着煮了一碗面疙瘩汤，打了蛋花，撒了芫荽末，点了香油，端给赵安福喝了，一家人才踏踏实实睡觉。

过了一夜，一大早家里人们正做早饭，赵太世从西跨屋里背了一袋花生，站天井里道："早饭，你们先吃吧，甭等俺。"郑氏在堂屋里道："你这是干吗去呀?"一句话未了，赵太世已跨出大门。郑氏冲坐在灶前烧火的安福家里的说："看你爹这脾气，心里有主意就是懒得开口。"

　　一家之主不在家，除了宝成吃过早饭上学堂去了，一家人都静静地等着主人回来吃早饭。直到太阳照到西厢房窗棂的时候，赵太世才提了一小桶油走进院子。郑氏听到动静，说："你爹回来了，揭锅吧。"

　　赵太世走进屋，放下小油桶，说："到李家油坊里换了八斤油，晌午炸油香。"斩钉截铁一句话如一股暖流送进安福家里的心里，她边往饭桌上摆饭，边说："爹，你还惦记着成儿他爸哩!"郑氏笑笑说："一大早就跑出去，快吃饭吧。"又吩咐安福家里的："吃了饭，先和了面饧着①，炸出的油香也松松软软的。"安福家里的连连应着："哎，哎。"赵安福从西里间屋出来也露出了笑脸，一家人都轻轻松松坐到饭桌前。

---

　　①　和了面饧着：指和好面团后，放一会儿，使面团松软均匀。

# 第十四章　西大洼

"运河决口了!"

"运河决口了!"

一个漆黑的夜晚,哇儿哇儿二一迈进玄庄大街就声嘶力竭地呼喊。接着,他又使足平生力气吹起那只黄铜喇叭唢呐——哇儿哇儿——哇儿……又连着呼叫:"运河决口了……"

呼喊声、唢呐声荡漾在玄庄大街小巷,庄稼人惊醒了,庄稼人惊慌了!水火无情!大水无情!黑影里胡乱穿上衣裤,大呼小叫:"爹呀,娘呀,他爹呀,他娘呀,二柱呀,小虎呀,二愣呀,铁蛋呀……"抄起家伙——镰刀,镢头;套上牛车、驴车,奔西大洼!

赵家早点上洋油泡子灯,赵太世最先起来吩咐家人:安福套牛车,留下你娘、宝成、宝雁看家,宝成他娘,宝成他婶都下西大洼,带上麻袋,火急,火急!

宝成、宝雁也早已穿衣起来,吵吵着要下西大洼,牛车启动了,兄妹俩跑着跳上后车座。郑氏站在家门口望着消逝在蒙蒙夜色里的牛车,叹口气道:"老天爷呀!又淹洼了!"

漳卫运河距玄庄十五里,西大洼位于漳卫运河之畔。一条百里长堤横卧在玄庄西庄头,玄庄的百姓住在堤上,而耕田多半在堤下西大洼。

西大洼古称高鸡泊，为漳河卫水汇流之地，一方水草大泽。著名隋末农民起义领袖窦建德即在这里聚众起兵。民国《恩县志》载："古高鸡泊在县境西北，旧为漳卫水之汇，广袤数百里，葭苇茂密，可以避兵，隋大业九年，窦建德使其党孙安祖入高鸡泊，为群盗十二年。"县志撰者把农民起义军诬为群盗。实际上，历史倒退一千四百年，帝王穷奢极欲，百姓不堪深重灾难，纷纷揭竿而起，窦建德与友人孙安祖凭借高鸡泊大泽聚众起义，屡屡击败隋王朝官兵围剿，驰骋山东河北十余载，建立了当时赫赫之雄的夏王朝。连《旧唐书》也称道他待人诚信，每获战利品"散赏诸将，一无所取"。又"自奉俭约，不啖肉，常食唯有菜蔬脱粟之饭"。所辖区域"劝课农桑，境内无盗，商旅野宿"。史家称窦建德是农民起义军领袖中有非凡器质的人。玄庄红枪会大当家的赵占魁常常效法窦建德习武练兵，抗暴护家。他站在大堤上说："古时候，有一个人在西大洼起兵打仗，好威武！"

经历了数百年的沧桑巨变，古老的高鸡泊水草大泽已变成肥沃的良田。历史倒退六百年，又验证了如今玄庄妇孺皆知的一首民谣：

> 要问老家在哪住，
> 山西洪洞大槐树。
> 祖宗老家叫什么？
> 大槐上老鸹窝。

这首民谣并非出自杜撰，追本溯源，史实俱在。明永乐帝朱棣虽是个暴君，但他也做了几件颇具历史价值的事情。不说他派遣宦官郑和率舰队通使西洋，也不说他命人编纂《永乐大典》，单说他实施的大移民一事，不啻是安养生息、富国强民的举措。然而永乐年间的大移民又源于他给百姓带来的兵燹之祸。玄庄老辈人说，当年"燕王扫北"就一下子把咱这一带的老百姓扫光了。《德县志》载：明建文元年，朝廷五十万大军北来讨燕，在城北筑十二连城屯守。说的就是继皇位前的燕王朱棣为了争夺皇位，与侄子建文帝朱允炆在中原一带打了长达四年的战争，鲁西北成了皇家战场。也就是明史上赫赫有名的"靖难之役"①。两军交战，百姓不仅于战火中流离颠沛，而且惨遭屠杀。玄庄老辈人还说，咱山东人实在，燕王的兵进了院子，一问屋里有人吗？屋里人说，有。燕王的兵便闯进屋里，见一个杀一个，妇幼无存。一位老辈人还煞有介事地给年轻人讲了一个故事：话说有一天燕军杀气腾腾来到一个村庄，迎面一送葬队伍浩荡而来，鼓乐齐鸣，孝幡飘飘，庄严肃穆。燕兵见了个个呆若木鸡，不知所措。一阵哭声传来，燕军帅旗倒地。燕王叹道："此乃大意，孝道不可毁。"便率兵绕道而去。讲故事的人得意扬扬，意思是说，你看看，咱老辈人的孝道礼仪多么威风！

不管怎么说，这场兵燹之祸酿成鲁西北人口大幅度锐减，耕田大面积荒芜。传说，有一个地方官为了验证这一悲惨局面，在一个交通要道路口放置银元宝，三天后去查验，分文未失，还原封不动地放在那里，致使这位地方官恸哭一场。清德州诗人田雯作古风《十二连城》一首②，描绘了这场战争的悲凉局面：

> 连城城北十二城，村墟草木皆甲兵。
> 旧鬼磨灭三百载，天阴雨湿青磷生。
> 当时靖难戎马作，旌旗斜掩安陵郭。
> 五十万师自南来，方山之麓卷秋箨。

于是中原大地搬演了一幕黎民大迁徙的悲剧。玄庄妇孺皆知的那首民谣说得不错，当时冀鲁平原移民的主要源流是尧都山西平阳府，即今

---

① 靖难之役：明洪武三十一年（1398 年）建文帝朱允炆继位后，为巩固皇权出兵削藩。建文元年（1399 年）燕王朱棣以清君侧为名，起兵北平（今北京），进军南京，在中原与朝廷军打了四年内战，号称"靖难"。建文四年（1402 年）燕王朱棣攻下南京，夺取皇位，改元永乐。

② 田雯作古风《十二连城》一首：田雯（1635—1704），山东德州人。清康熙曾任贵州巡抚、刑部左侍郎等职。平生著述颇丰，清著名诗人。十二连城，山东德州城北屯兵之地。安陵，今河北省境内，靠近德州。方山，今江苏省境内。秋箨，秋草。

临汾地区。平阳府洪洞县有座广济寺，广济寺里有一棵大槐树。这里即是明代官府大移民的集散地。当尧都的先民们在官兵的逼迫下背井离乡，抛家弃亲，踏上迁徙征途的时候，肝肠寸断，悲声不绝！一步一回首，三步一滞留，广济寺古槐上的老鸹窝就永远镌刻在他们的心里了！

玄庄老辈人还说，迁移的先民们倒背手，被官兵像串蚂蚱一样用绳子拴在一起，爬山越岭走太行，长途跋涉，遇有大小便就报告一声："请解开手。"这就是"解手"一词的来历。走路背手的习惯也沿袭到今天。玄庄的百姓走路不仅老年人背手，年轻人也背手，还显示出一副昂然挺立的姿态。

然而，这幕悲剧壮丽无比！

当尧都的先民们踏上高鸡泊这片土地，广袤的沃野嵌入他们的心田，他们擦干了泪水汗水，整整褴褛的衣衫，按照官府的律令，或以跑马圈地，或是犁铧圈地，就在这里挥起镢头锄头拓荒安家了。每年大年初一，玄庄各家各户庄稼人串门拜年，互相看看家谱，赵氏家族始祖同为一人——赵才兴。他们给老祖宗磕了头站起身，喜笑着说："当年咱才兴爷爷是兄弟三人从山西洪洞县迁来山东，那时官府律令同姓同宗不能迁一地，所以大爷爷二爷爷在百里之外安家，三爷爷在咱这里落户……"然后他们又相约："赶明儿，去给大爷爷二爷爷的子孙拜年去啊！""去，去！同宗同根，这个年不能不拜啊！"那种自豪感溢于言表，像是在述说着一桩多么宏伟多么圣洁的事体。

西大洼是玄庄人赖以生存的土地，西大洼连着玄庄人的血脉命运！

玄庄沸腾了！玄庄慌乱了！大车小辆，男人女人，奔向西大洼。谁都不说话，谁都不言语！还说什么呢？哪还能顾上说话呢！都心乱如麻，都心焦如焚！只有"吆喝吆喝"赶牲口的声音和庄稼人杂沓的脚步声，在村街上田道上充斥着。

天已放亮，赵家的牛车停在一块棒子地头。赵太世忙把庄稼活作了安排，一刻不停，一家人钻进棒子地干起活来。赵太世、赵安福掰棒子槌，安福家里的和安禄家里的捡棒子槌装麻袋，宝成、宝雁两手撑着麻袋口。一条龙流水作业，无形中又分成两个组合体，赵太世、安禄家里的、宝雁是一个组合体；赵安福、安福家里的和宝成是一个组合体。一个环节连着一个环节，如果哪个环节稍有怠慢，就影响了这桩庄稼活整体的进度。这阵势是不允许任何一个人有半点疏忽半点怠慢的，于是人人陷入紧张的劳动状态里。两个领头人赵太世、赵安福又不时地督促："快点！""跟上！"赵安福对自个儿的女人和孩子更是督促得紧："快捡，快装，别落下。"

远处传来"呜哇，呜哇"的蛙声，由远渐近，不大一会儿，蛙声连成一片："呜哇呜哇……"

蛙是水头！有几个庄稼人背着成捆的谷子穗从西边跑来，边跑边喊："大水来了，大水来了！"

赵太世忙喊道："安福，快装车！"

赵安福急道："你们装车，俺再掰下这两垄棒子。"

赵太世焦急万分："再不装车就走不成了！"

赵安福扯过一条麻袋，急道："你们快去装车，甭管俺。"说着就动手掰棒子槌。

赵太世无奈，只好带领两个儿媳和宝成、宝雁忙着装车。安福家里的和安禄家里的两个女人使足平生力气背起一麻袋一麻袋棒子槌，四只小脚戳在地里忍着疼痛。宝成、宝雁抬着拖着麻袋奔跑，赵太世急急地抱起扛起麻袋装上车。

大水已流到脚下，大水已流进棒子地。

赵太世急声叫："安福，快走！"

安福家里的急声喊："成儿他爸，快走啊！"

安禄家里的急道："大哥，快走哎！"

宝成、宝雁齐声叫："爸爸，爸爸走呀，走呀！"

赵安福仍坚持着掰棒子槌，不动声色，片刻不停！他舍不得那一个个金黄的棒子槌，那一粒粒棒子粒是他的汗水浇灌出来的，是他的血脉孕育出来的！此刻，他胸中似万马奔腾，又似万箭穿心！哪能抛下自个儿命脉的产儿？哪能丢下自个儿辛劳的果实？他要和大水争个高低，他要水中夺粮！父亲的喊声他不闻，妻子和弟媳的叫声他不觉，直到宝成、宝雁尖利的亲切的童声送到他耳边，他方才惊觉，双脚已立在水中！他忙转头道："爹，你赶上牛车快走，甭管俺！"

赵太世知道儿子的个性——庄稼地里一头倔强的老黄牛！脚下的水在慢慢上涨，面对着两个儿媳、孙子、孙女和满载的一牛车棒子槌他不能再犹豫了，不能再耽搁了！他决断地说："宝成他娘、他婶快扶着两个孩子一起上车！"安福家里的说："爹，俺妯娌俩就不上车了，在下面走吧，还能帮把手，推推车。"

已容不得半点礼让争执，赵太世立时扬鞭吆喝一声，牛车启动了。

大水漫过庄稼地，大水漫过大道，水头仍在东进！

牛车、驴车、骡马车在水中急驶。

人在水中疾行。

庄稼人在和大水赛跑！

此时，赵太世已不是一位识文断字的先生，而是一个十足的庄稼汉了。他接连不断地吆喝、喊叫，"吆——吆——"赶了驾辕的黄牛，"喝吆——喝吆——"又赶拉套的毛驴，鞭子飞舞，牛车急遽行驶。

安福家里的、安禄家里的紧跟在牛车后面，一步不停。安福家里的不时地回头看看，心里不住地嘀咕："成儿他爸呀，成儿他爸呀，快走呀！"

宝成、宝雁坐在满载的牛车上依偎在一起，四只小眼睛直瞪瞪望着大水，望着急行的车辆人群，心里突突跳着，脸色煞白。宝雁往宝成身边紧紧靠靠，宝成伸出胳膊搂住宝雁，宝成说："你害怕吗？"宝雁怯怯地说："哥，不害怕，不害怕。"说着身上就发抖。

一辆骡马大车从后面赶过来，黄牛一惊，停住蹄步，骡马大车飞驰而过。赵太世一看暴躁如雷，愤愤地扬起鞭子抽打黄牛，喝道："娘的，娘的，不懂人事，不懂人事！"牛车又继续疾驶。

大水已没过脚脖。大堤在望。

赵太世紧赶着牛车，片刻不敢放松。要上堤坡了，他吩咐两个儿媳在后面推车，嘱咐宝成、宝雁坐稳当了，然后他身子傍着车辕，鞭子抽得啪啪响，又放声吆喝："吆嚎，吆嚎……"那黄牛领悟了主人的号令，知道到了节骨眼儿上，两角顶出去，四蹄猛蹬，毛驴直起耳朵低头前冲！人畜协力，一鼓作气，大车"咯噔"一声上了堤崖。一家人长长地喘了口气！

赵太世稳住牛车停歇下来，他转头西望，西大洼里大水涌起一层层波浪席卷过来，冲撞上大堤又无奈地席卷回去，霎时间，西大洼泱泱大水，汪洋一片！他长叹一声："哎呀!"内含着无限的惊骇与忧患，安福家里的、安禄家里的也顿时惊恐失色！

赵太世看那汪洋大水，水中星星点点立着一些庄稼人，他焦躁地顾盼辨认着水中人。

安福家里的早巴巴的朝西大洼大水里望眼欲穿，眼里汪着多少泪！安禄家里的也傍着大嫂望那大水。

宝成、宝雁早从牛车上下来，索索地偎在娘身边。

水中的庄稼人肩扛身背着庄稼着过膝的大水艰难地向大堤走来，有人迈上大堤，安福家里的忙问道："大叔，看见俺小成他爸了吗?"那人说："没看见哪。"说着就忙向村里走去。

赵家人更加惶恐不安，赵太世紧皱起双眉，目光仍在水中搜寻着，安福家里的汪着的泪水终于夺眶而出，簌簌流下来。安禄家里的说："大嫂，等一会儿大哥就回来了。"安福家里的泣泣地说："他那个牛脾气，干起庄稼活来不要命啊!"宝成、宝雁见娘流泪也掉了泪。

"大哥，晌午到俺家吃鱼去!"只见哇儿哇儿二双臂抱着一条足有二尺长的大鲤鱼登上大堤，哈哈笑着说。

赵太世说："你倒有福气，逮了一条大鲤鱼!"

哇儿哇儿二说："俺西大洼里没有庄稼地，老天爷给俺送鱼来了。"

赵太世问道："看见安福了吗?"

哇儿哇儿二说："在后面哩。"见了宝成又说："小成子，到二爷爷家吃鱼去。"

一句话未了，宝成叫道："爸爸，爸爸。"随着宝成的叫声，大家的目光一齐朝大水里望去，果然，赵安福肩扛着鼓鼓的麻袋站立在水中，一步一步向前挪动。

赵家人安定下来，一颗心落了地，都不声不响，目不转睛地盯着赵安福。安福家里的抹抹泪，心里叮嘱道："俺心上的人，挺住，挺住，别松劲啊！往前走啊！"唯有宝成、宝雁不住地叫着："爸爸，爸爸。"

赵安福仍不慌不忙，他踩着大水迈着沉稳的脚步，向大堤逼近。

待赵安福迈上堤坡，两腿从水里拔出来，安福家里的、安禄家里的早迈下堤坡忙接下麻袋，宝成、宝雁忙去搀扶着爸爸。

赵安福已精疲力竭，肩上卸了重载，身上也一下子泄了劲，瘫坐在大堤上，有气无力地说："爹，棒子都掰完了。"赵太世整饬着牛车，说："快回家吧！"

正说着，郑氏已站在大堤上，眼眶里汪着泪，看看一个个亲人，拉过宝成、宝雁的手，说："天爷爷保佑，都平平安安的就好。"

玄庄的牛车、驴车、骡马车停歇了，玄庄的小木船从车房里、草屋里搬弄出来，整修了一番，下水了。

庄稼人活着凭的是土地，靠的是庄稼。即便是已经水淹了的半成熟的庄稼也要收割回来，即便是水泡了的湿漉漉的棒子秸高粱秸也不能丢弃了。因为哪怕是一粒粮食一根秸秆也都是他们血汗的结晶，也都是他们过日月须臾不可离开的东西。

这天过晌，赵太世、赵安福父子要撑着小木船去收割高粱穗，从家里出门时，宝成、宝雁缠着爸爸非要跟了去，赵太世一脸的严肃拦住了，说，汪洋大水可不是闹着玩的，再说船上的活，你们也干不了，倒是给大人添麻烦。赵安福说，你俩站大堤上钓鱼去吧。宝成一听，巴不得的要去。赵安福说着就把早已备好的钓鱼竿鱼钩拿出来，收拾好了，递给宝成。

赵太世父子的小木船离开大堤驶向西大洼，赵安福撑船，赵太世坐在船头，父子无话。

水中的西大洼平静了，泱泱大水无波无浪，一色的黄。一片片庄稼立在歪在水里，显然也有许多庄稼倒在水里了。它们都无精打采半死不活地喘息着，低着头哀哀地待着，像是等待主人的收割。赵太世望着泱泱大水，望着这些可怜巴巴的庄稼有些伤心了！西大洼，西大洼，庄稼人的饭碗，庄稼人的灾患！从他记事起，西大洼十年倒有九年淹，他也曾跟着父亲撑着这只小木船割揽水淹了的庄稼。有一年大水来得早，庄稼颗粒无收，第二年春天青黄不接，他也曾跟着父亲到东乡里打短工。看今年庄稼的收成也要减了五六成，日子过起来就紧紧巴巴的了。八口之家，安禄走了剩七口，人人要填饱肚子，说不定要籴粮食吃了！想到这里，他紧紧皱起双眉，心里也跳得紧了。因为他想到他那个放在躺柜底层的小木匣，六块木板用榫子死死卯住，上面只留一道放钱的小缝，三年之内只进不出，那是为买地存的积蓄，说不定要动用它了！小船猛地一晃，拐进高粱地。赵太世这才收住他的忧虑，心情平静下来。赵安福说："爹，你撑住船，俺割。"赵太世"嗯"了一声，接过了船篙。

宝成坐大堤上，两只脚丫伸进水里，专注地看着那鱼漂。宝雁提了一个小铁盒走过来说："哥，逮了好多好多毛毛虫哩，你看够了吗?"宝成冲宝雁直摆手，意思是说，别大声说话，鱼要上钩了。宝雁点点头也悄悄坐下来，瞧那鱼漂。果然那鱼漂一颤动，水里惊起一圈波纹，又立时恢复了平静。

宝成、宝雁并肩坐着，宝成对着宝雁的耳朵说："别理它，一会儿，它准还过来吃食，准是条大鱼。"宝雁欣慰地点点头，两人屏住气默默地等待着。过了一大阵子，仍不见鱼漂有动静，宝雁就不耐烦了，站起来伸了个懒腰。宝成仍聚精会神一动不动，见那鱼漂突然沉下去，他精神为之一振，紧紧握住钓鱼竿，猛地向上一挑，一条大鲇鱼露出水面，宝雁叫道："好大的鱼呀！"宝成不声不响，伸手抓住那条鲜活的鲇鱼，拔了鱼钩，才缓过一口气来，冲着宝雁嘻嘻地笑着。宝雁说："哥，你真行！叫俺就不行，谁有那么大的耐心烦儿啊！"宝成说："快，再换一条毛毛虫。"宝雁笑笑，拿过小铁盒捏了一条毛毛虫，穿到鱼钩上，宝成握住钓鱼竿使劲一甩，鱼钩又沉入水下，鱼漂浮在水面上。

宝成又接连钓了两条大鲇鱼，宝雁喜得无可无不可的，忙得她又是拿毛毛虫穿鱼钩，又是把一条条鲇鱼放到小木桶里，那鲇鱼仍然活蹦乱跳，她唯恐跳出小木桶跑掉了，就格外地小心看守着。

离宝成不远有一个十三四岁的孩子也在大堤上钓鱼，但坐等了半天一条鱼也没有钓着，看到宝成接连钓了三条鱼就打心眼里忌妒气不忿儿，心想这鱼咋的都跑到他那里去了？就挑了钓鱼竿走过去挨着宝成坐下来，把鱼钩甩到水里。宝成瞧瞧那孩子没搭理他，宝雁就说话了："哎，你咋的跑到俺这里来钓鱼？"那孩子说："哪里是你的地儿，你叫它它答应吗？俺愿意在哪里钓就在哪里钓，你管不着!"宝雁说："这叫不讲理!"那孩子说："你才不讲理哩!"宝雁说："你不讲理!"那孩子又说："你不讲理!"就吵吵起来。宝成说："别吵了，鱼都吓跑了。"又冲宝雁说："宝雁，咱不理他。"宝雁白了那孩子一眼，忍着气，护好盛鱼的小木桶，傍着宝成坐下来。

沉了一会儿，宝成瞧那鱼漂又连连颤动起来，宝雁悄悄说："鱼又咬食儿了。"宝成冲宝雁"嘘"一声，鱼漂又静静浮在水面上，宝雁叹了口气。宝成仍不动声色，紧紧握住钓鱼竿。一会儿，但见鱼漂突然沉下去，宝成又猛地一挑，一条大鲤鱼一下子甩到堤上的庄稼地里，宝雁忙跑过去抓那鲤鱼。不想那鲤鱼已经脱了鱼钩在庄稼地里乱蹦起来。

这当口，几乎是同时，旁边那个钓鱼的孩子也挑起鱼竿，往庄稼地里甩了一下，可那鱼钩上空空如也，连片鱼鳞也没有！他愣了一下，就去抓那条乱蹦的鲤鱼。这时，那条鲤鱼早被宝雁抓到手里，正要往小木桶里放。那孩子说："这是俺钓的。"说着就去夺那条鲤鱼。宝成拦住说："本来是俺钓的，咋的是你钓的？"那孩子蛮横地说："就是俺钓的!"宝成说："明明是俺钓的嘛!"那孩子不由分说，伸出小拳头打了宝成一下，又说："就是俺钓的。"宝成委屈地说："你咋打人呢？"宝雁见宝成挨了打，丢下鲤鱼，忙过来冲那孩子的后背打了去。那孩子猛转身打了宝雁一个嘴巴子，宝雁哪里肯依，伸出两手与那孩子抓挠起来。宝成天生没有打架的脾性，骂不还口，打不还手，从小和孩子们一起玩，往往是被人打了哭哭啼啼回家。这时他急地直跺脚，拉了一下宝雁的胳膊，说："宝雁咱回家吧，不搭理他了。"宝雁仍不服气，踢了那孩子一脚，正巧踢到裆里，那孩子立时蹲下"嗷嗷"叫了起来。骂道："操你祖宗，操你的小×。"宝雁骂道："混蛋、王八蛋、小流氓。"宝成拉了宝雁忙收拾鱼竿，提了小木桶急着走。不料，那孩子已经缓过劲来，猛地抓了把泥冲宝成、宝雁摔过来，宝雁眼尖，叫道："哥，快躲了！"一语未了那把泥不偏不倚正甩在宝雁的左眼上，宝雁"哎呀"一声，忙伸手捂住左眼。宝成冲那孩子嚷道："你欺负人，你欺负人！"那孩子拾了宝雁丢下的那条鲤鱼拿了鱼竿，自觉占了便宜，就撒腿跑了。

宝成忙帮着宝雁擦了左眼上的泥，说："疼吗?"宝雁眼里噙了泪，说："有点疼，就是这只眼睁不开。"宝成说："回家洗一洗就睁开了，以后咱不搭理这种坏孩子。"宝雁说："哥，你真老实，干着让人欺负。"宝成自知宝雁说到了自个儿的弱点，从宝雁手里接过了小木桶，默默地走。

已是傍晚，天色渐渐黑下来。迎面安福家里的走过来，叫道："宝成，宝雁。"宝成、宝雁齐声应道："娘，娘。"安福家里的说："你俩快回家吧，你爷爷、你爸爸还没回来哩。"宝成、宝雁又跟着娘站在大堤上喊：

"爷爷，爸爸，回家吧！"

喊声颤颤悠悠，飘过大水……

# 第十五章　贞节牌坊　兄妹怄气

　　深秋，地光场净。安福家里的携了竹篮，宝成跟着娘上路了。这天吃罢晌午饭，安福家里的匆匆忙忙洗完了碗筷，从公婆屋里出来，说："宝成，快换身衣裳，到你桃个儿姨家去，明儿你桃个儿姨家挂匾立牌坊，是个喜庆的日子。"宝成不知道挂匾立牌坊是咋回事，听说是个喜庆日子，心想那一定是极高兴的事了。

　　空旷的田野里不时窜出一只兔子迅跑，宝成扬起胳臂，嗷嗷地喊着，兔子竖起两只耳朵跑得更快了。一只不知什么鸟吱吱叫着从云天冲下来，翻个身又跃上去。

　　那边传来一个汉子的歌声：

　　　　钻天的鹞子抓兔的鹰，
　　　　云里头打闪千里路上明。
　　　　……

　　宝成走着走着脑子里闪现出桃个儿姨的面影，仿佛就在眼前。那一年宝成还小，娘也是右臂挎一个竹篮，左手领着宝成。竹篮里是捏了花点了红点儿的白馍馍，是送给桃个儿姨的礼物。娘领着宝成走进一个大院子，一只大黄狗汪汪叫起来，宝成怕得躲在娘身后，不敢抬头。只见一个和娘的模样打扮一样的女人忙从屋里走出来，说："哟，二妹妹来啦，快进屋。"她又转身训斥那只大黄狗："不长眼的东西，也不看看谁来了，瞎汪汪。"大黄狗不叫了，宝成这才转到娘身前，还是低着头。那女人拉起宝成的手说："小成子，长这么高了!"娘指点着说："快叫姨，这是你桃个儿姨。"宝成抬起头，怯怯地叫了声："桃个儿姨。"看那女人，白底小碎花的大襟褂子，青裤，绣花鞋裹了一双小脚。

桃个儿姨接过娘挎的竹篮子，拉着宝成的手，走进屋，说："二妹妹，你娘儿俩来住些日子散散心，俺也有个做伴的，还拿一篮子白馍馍干吗？怕俺管不饱你娘儿俩饭呀!"娘说："就怕你管不饱俺娘儿俩饭，饿坏了俺宝成!"说着两人咯咯笑起来。桃个儿姨从躺柜里捧出一捧红枣装到宝成的衣兜里，又把宝成揽到怀里，笑笑说："俺可不敢饿着小成子，姨疼还疼不够哩! 小成子，你说是不？"说着就亲宝成的脸蛋。宝成腼腼腆腆偎在桃个儿姨怀里，笑了笑，刚来时那怯怯生生的样子渐渐消失了。

宝成和娘在桃个儿姨家住下了。吃后晌饭的时候，一个老爷爷背着一大捆青草从外边回来，桃个儿姨说："爹，快吃饭吧，玄庄二妹妹来了。"娘也迎上去说："大伯，你老壮实呀!"那老人转过头说："壮实，壮实，你们快吃吧，俺歇一会儿，抽袋烟。"夜里，宝成和桃个儿姨、娘睡在一个大炕上，大炕上挂了大帐子，像个小屋似的。宝成靠墙睡在里边，桃个儿姨和娘睡在外边。宝成迷迷糊糊想睡觉了，可桃个儿姨和娘老是说话，她俩的话总是说不完，也不知道哪来的那么多话!

第二天宝成醒来的时候，太阳照窗户了，桃个儿姨撩开大帐子，笑着说："小成子，在姨这'小屋里'睡得好吗？太阳照腚了，快起来吃饭吧!"她一边收拾炕上的被褥，帮宝成穿衣裳，一边念道：

> 公鸡打鸣哏哏哏，
> 家雀叫唤嘚嘚嘚。
> 抬头一看窗纸白，
> 起来起来快起来。

穿好衣裳扣好了袢，

叠起被褥别惰懒。

　　桃个儿姨嘻嘻笑着帮宝成穿好了衣裳。吃过早饭，宝成倚着炕沿站着正发愣，桃个儿姨从躺柜里拿了一双小鞋，说："小成子，快试试，看看姨做的鞋合适不？"说着把宝成抱到炕上，她蹲在炕沿下给宝成试鞋。边试边说："好，正可脚，小成子，喜欢不？"宝成笑笑，未语，可他心里喜滋滋的。宝成看那鞋，青帮白底，鞋前脸上绣着狮子滚绣球。他想起娘也给他做过这样一双鞋，可是已经小了，穿不得了，这一下又有一对小狮子天天跟着他跑了。娘从外屋进来，说："又让你费心了。"桃个儿姨说："二妹妹，别说这种外人话。"

　　桃个儿姨和娘坐炕上做针线活，宝成待了会儿觉得没趣，就跑到院子里。那只大黄狗不叫了，见了宝成仰起头像是要吃的，宝成想起桃个儿姨给他的红枣，摸摸口袋里还有，就掏出一颗扔给大黄狗。大黄狗一口吐下去，摇摇尾巴走到宝成跟前，低下头嗅嗅这里，闻闻那里。宝成又接连扔给大黄狗几颗红枣，大黄狗乖乖地趴在宝成脚下不动了。宝成正愁没有小孩跟他玩儿呢，便将着大黄狗柔柔的密密的黄毛，逗它玩儿。正玩儿着，屋里传出脆脆的歌声：

门外一棵槐，倚着槐树盼郎来。

孩儿呀，你哭什么？

哎哟，俺的娘唉，俺愁槐花什么时候开。

吃起饭来想起郎，眼泪掉在桌子上。

孩儿呀，你哭什么？

哎哟，俺的娘唉，孩儿吃饭饭不香。

走起路来想起郎，眼泪掉在路两旁。

孩儿呀，你哭什么？

哎哟，俺的娘唉，孩儿走路累得慌！

……

娘常常一边做针线活，一边唱歌，宝成听出来，这是娘和桃个儿姨唱对答歌，是娘问唱，桃个儿姨答唱。唱着唱着，歌声变了，变得低低的，凄凄的，后来就变成桃个儿姨泣泣的哭声了……

在桃个儿姨家住了几天，娘领着宝成回家了。桃个儿姨一直送到村外一棵槐树下，宝成走几步回头瞧瞧，桃个儿姨还站在那里望着，宝成就不觉流下了泪。

到了桃个儿姨家，天已经黑了。昏黄的灯光下，桃个儿姨只是不住地抹眼泪，低低地叫了声："二妹妹，小成子。"再也不说话了。宝成心里闷闷的。

第二天，真真的热闹。院子里搭起了席棚，像是娶媳妇或者死了人似的，好多人屋里屋外串来串去，说说笑笑，他们倒像是过"喜庆"的日子。桃个儿姨家的那个老爷爷带着一脸庄重的神色，更是忙得不停脚。大门口立着一块黑漆金字大匾，大街上横竖放着些木料和石块，上面刻了字和花纹……这一切宝成感到陌生、新奇，但他心里最为惦念的还是桃个儿姨。他在街上遛了一会儿，走进院里。右脚刚迈进屋门槛，一下子愣住了——眼前坐着的这个女人是桃个儿姨吗？她端端正正坐在堂屋中央圈椅里，上身穿杏黄色镶了红边的大襟绸褂，下身是青缎子裤、青缎子裙。坐在那里一动不动，活像庙里的泥胎神。宝成想喊一声"桃个儿姨"，可她眼睛直直地盯着前面，像是没有看见宝成。宝成的话又咽下去了，心里酸酸的，一下子扑到娘跟前，像是遇见了一件多么可怕的事！

一会儿，院子里响起了鼓声、镲声、哇儿哇儿声。吹哇儿哇儿的就是玄庄的哇儿哇儿二，宝成叫他二爷爷。他能从鼻子眼儿里吹，能同时吹两支哇儿哇儿，能一支曲子接连换四支哇儿哇儿，人说他吹的哇儿哇儿声传十里。宝成小的时候，他常常抚摸着宝成的小脑袋，逗宝成玩。宝成摆弄着他吹的哇儿哇儿，说："二爷爷，教俺吹哇儿哇儿吧，俺长大了跟你吹哇儿哇儿去。"他哈哈一笑，说："哪能呢，小成子有福气，长大了念书，做官。"

哇儿哇儿二又鼓起两腮，闭上眼睛，吹起哇儿哇儿了。哇儿哇儿声低低的、缓缓的，然而十分清晰，不像林子里鸟儿叫，不像小溪流水淌，倒像是一个孤苦的汉子向众人诉说着什么，如泣如诉！凄婉的哇儿哇儿声溢满席棚。串来串去的人们不说不笑了，桃个儿姨脸上一串串泪珠流下来。突然，哇儿哇儿声高昂起来，仿佛冲破席棚，冲上云天！像是惊雷，像是暴雨，像是一位汉子向世人呼号！一个高个子老人喊道："上拜了。"于是，他喊一声："给兴义婶子磕头。"就有四个青年人走到堂屋前，面向桃个儿姨，站着作个揖，跪下磕三个头。又喊一声："给兴义婶子上拜。"又有四个年轻女人朝桃个儿姨站着拜三拜，跪下拜三拜。又喊一声："给姐姐上拜。"娘走过来也朝桃个儿姨拜了，说："让俺宝成给他姨磕个头吧！"高个子老人又喊道："给姨磕头。"宝成学着男子的样子作揖磕头，偷偷看了桃个儿姨一眼，桃个儿姨仍然木呆呆地坐着，脸上挂着泪迹。

磕头上拜的人没有了，一个年轻小伙跑进院子，贴近高个子老人耳边说："大叔，事情有些不吉利。"高个子老人问道："咋的？"年轻小伙说："牌坊的一根石柱子总也立不稳当。"高个子老人怔了一会儿，走进堂屋，说："他婶子，问你一句话。"

桃个儿姨仍然坐着不动，说："大叔，有话你说吧。"

高个子老人一脸严肃地说："今儿是你的喜日子，上有老天、祖宗，下有公爹、叔叔大爷，你照实说，你走进高家门这些年，有见不得人的事吗？"

桃个儿姨说："大叔，俺自从进了高家门抬脚迈步都在你老人家眼皮底下，这还用问吗？"

高个子老人说："要说侄媳妇的贞操，大叔敢向全村人夸口，可是，古人的经验，大凡牌坊立不起来，总有个缘由，事情到了这个地步，有话你就跟大叔实说吧，大叔给你做主。"

桃个儿姨说："倒是有这么一档子事，也不知道犯着犯不着贞操。有一年，一个和尚来化缘，家里没有人，俺给他一个贴饼子，兴许递干粮的时候俺的手碰到他的手了。"

高个子老人说："要论古人的规矩，这也犯着贞操，不过赏给和尚布施也是行善事，依俺看就折了吧。侄媳妇，这么着吧，拿出你的一双鞋来吧！"

桃个儿姨说："炕沿底下有一双，拿去吧。"

那个年轻小伙走进里屋拿出一双绣花小脚鞋。高个子老人吩咐道："把鞋压在石柱子底下，就行了。"

宝成呆呆地站着发愣，他越发琢磨不透石柱子和绣花鞋是咋回事。高个子老人喊一声："上席了。"宝成正愣着，桃个儿姨走过来拉他一把，说："小成子，屋里坐席吃饭了。"宝成一听到桃个儿姨的话，半天来憋在心里的冤屈一下子迸发出来，泪珠不由得滚出眼眶，扑到桃个儿姨怀里，亲亲地叫了声："桃个儿姨！"仿佛桃个儿姨从另一个冷漠的残酷的世界又回到了人间烟火，恍如隔世！桃个儿姨拉着宝成的手一起坐到饭桌前，饭桌上已摆满白馍馍、八大碗——八宝饭、四喜丸子、藕夹子、红焖肉……桃个儿姨忙给宝成搛菜，说："小成子，快吃吧。"声调里仍带着哭泣的余音，眼里又汪了泪。娘说："姐姐，别这样，今儿是你的喜日子，应该高兴才是啊！"娘说着眼里也噙着泪。原本桌上的菜都是宝成喜欢吃的，可此时他一口也不想吃了，紧紧地偎在桃个儿姨身边，唯恐桃个儿姨离开他。

看那些吃饭的男人女人们，并不把桃个儿姨的怨愁放在心上，只顾不住地搛菜，不住地吃白馍馍，还说说笑笑。几个老嬷嬷①说："这是他兴义婶子的造化，立了牌坊，挂了匾，流芳百世，高家门里的人脸上也光彩。"看她们说话的样子从从容容，得意扬扬，宝成心里忿忿的，真有些愤恨她们。

过完了桃个儿姨的"喜庆日子"，宝成跟着娘回家了。秋风瑟瑟，空旷的田野里卷起一股股枯草败叶。宝成低着头跟在娘身后，心里像是结了一个大疙瘩，堵堵的，老想着桃个儿姨怨愁的样子，身上也觉得有些凉意。太阳快要落下去了，晚霞像血一样紫红，红得吓人！几块橙黄

---

① 老嬷嬷：嬷 ma，老嬷嬷，对老年妇女的通称。

色的云像庙里的凶神。一只老鸹在头顶上啊啊叫着飞去了。

桃个儿自从立了牌坊挂了匾虽说在乡邻们面前似乎风光了许多，可是心里总不是滋味。像是无数的小虫子在她心里乱爬，又像是无数的虮子噬咬着她，尤其是当她走到街上望见那座牌坊，进家门瞧见那块匾，仿佛梦里的恶魔凶鬼察看着她监视着她，使她日夜坐卧不安。

过了些日子，她实在忍受不下去了，讨问了公爹，说是到玄庄二妹妹家住几天，二妹妹家人多，帮二妹妹做些针线活。她携了一竹篮子枣糕，就奔了二妹妹家来。

桃个儿迈进赵家门，叫声："大叔、大婶。"先是郑氏迎出屋来，说："他大姨来了！"说着接过竹篮子，又说："来这里住些日子和你妹妹说个话，还拿东西干吗？"安福家里的忙走出里屋，虽说和姐姐分别的日子不长，见了姐姐就像天长日久未见似的，抓住姐姐的手问寒问暖。桃个儿又问候郑氏："大婶壮实？"郑氏道："壮实，壮实。"

安福家里的把姐姐让进西里间屋，整整炕上正在做的棉衣，说："姐姐，快上炕歇歇脚。"又说："你来得真是及时雨，俺这里正扒不开麻哩，往前要过冬了，一家人大大小小的棉衣要拆洗，虽说宝雁能动针线了，毕竟孩子还小。"桃个儿说："俺就知道你这里人多针线活多，俺来给你帮一把手。"沉一沉又说："哎，宝成他婶呢？"安福家里的说："哪一壶不开提哪一壶，自从老二当了兵，人家像是有功之臣似的，说声回娘家抬脚就走，宝成他爷爷奶奶也不便说啊！"桃个儿说："唉，也是，一人有一人的心思，这也难怪人家。"说着低下头。安福家里的自知刚才的话触动了姐姐的痛处，不该提老二当兵的事，又急着转了话题，说："姐姐，你看看俺给他爷爷做的棉袍，两只袖子总觉得上得不那么合适。"桃个儿刚要看那棉袍，宝雁进屋来，向娘讨教针线活，进门说："桃个儿姨来了。"宝雁手里拿的是绣花的壶帽，上面绣的是"三娘教子"①。桃个儿拿过壶帽，看了看，说："哟，真难为孩子

①　"三娘教子"：京剧传统剧目，说的是三娘王春娥教子成才的故事。

了，绣得咋这么好呀！"宝雁说："姨还夸哩，这人物的表情神态俺咋的就绣不出来呢？"安福家里的拿过壶帽一瞧，说："傻孩子，人的脸面不能用一色线绣，得用界线①绣，线的颜色有深有浅。"正说着，天井里传来喊声。

"大哥，大嫂，太和报喜来了！"来人是哇儿哇儿二，他一边喊着一边走进屋。

郑氏说："看你风风火火的，有吗喜事啊？"

哇儿哇儿二又不慌不忙沉住气，坐下装了袋烟抽着，等他吐出一口烟雾才说："大哥不在家，就跟大嫂说说。前两天俺到东乡里给一家娶亲的人家吹哇儿哇儿，看见一位接亲的闺女，年方二八，模样长得俊俏，又机灵，这家人家看样子也算个小财主。俺想给宝成提提这门子亲事，门当户对，人样子又好看，就看看大哥大嫂的意思了。"

郑氏说："这么大的事，俺家里人们做不了主，等他爷爷回来拿主意吧。俺想成儿还小，再等两年也不晚。"

哇儿哇儿二说："早成亲，早得济。那就给大哥说说，俺听信儿。"西里间屋的门帘正撩着，哇儿哇儿二瞧见安福家里的坐炕上做针线活，站起身走两步，站在西里间屋门口说："侄媳妇也想想，看合适不合适？"说着一眼又瞧见桃个儿坐在炕里头，这时桃个儿也正放下手里的活抬起头，两双眼睛对视在一起，哇儿哇儿二不觉一激灵，木木讷讷说："他姨在这里。"桃个儿也腼腼腆腆说："二叔忙哩。"

哇儿哇儿二倒觉得不好意思起来，他又退回堂屋圈椅里坐下，一时陷入沉思，无话可说了。

安福家里的看出了二人的蹊跷，忙下了炕从壶帽暖着的茶壶里倒了碗水递给哇儿哇儿二，说："二叔喝碗水。亏二叔想着，要说二叔东跑西颠的见的世面广，有那知根知底模样好手也巧的闺女先给宝成踅摸着，拿主意还是俺爹。"

哇儿哇儿二只是点点头说："是了，是了。"刚来时那股风风火火

---

① 界线：刺绣的一种针法。

的劲已风吹云散，一时不知陷入怎样的心思里，难以解脱，抬起屁股，说："大嫂，俺走了。"

郑氏说："再坐一会儿吧。"又吩咐安福家里的："给他二叔拿几个干粮，他一人过日子懒得做饭。"

安福家里的从竹篮里拿了两个枣糕，又从橱柜里拿了几个贴饼子包了递给哇儿哇儿二，哇儿哇儿二笑笑接了，又说了一句："大嫂，俺听信儿吧。"说着迈出了屋门槛。

至晚间，全家人都回来了，桃个儿自然与大叔赵太世、妹夫赵安福寒暄了一阵子，宝成见了桃个儿姨更是亲近，只是偎在桃个儿姨身边不知说什么好。夜间睡觉赵安福只好另寻个安歇之处了。

吃过后晌饭，宝成仍依恋着桃个儿姨，宝雁向他招手，宝成便跟着宝雁走进东厢房。宝雁凑到宝成耳边说："要给你娶媳妇了。"宝成说："谁给俺娶媳妇，俺不要。"宝雁说："就是哇儿哇儿二来给你提亲了，说那闺女俊着哩，你就等着吧，到时候有人陪你玩儿了，有人陪你念书了，俺就回家去。"宝成一时气得急赤白脸，说："你别拿这话来气俺，别说哇儿哇儿二来提亲，就是玉皇大帝来提亲俺也不要。"宝雁说："你说不要就不要？这么大的事咱爷爷做主，咱爷爷一说'娶'，一乘大花轿抬进一个俊俊俏俏的大闺女，你就跟她过日子吧！"宝成一听更是气急败坏，抓住宝雁的胳膊，挠宝雁的胳肢窝，边挠边说："你再说，你再说。"宝雁笑得上气不接下气，她气吁吁地笑着笑着就恼了，猛地推一把宝成，说："又不是俺给你提亲，你凭什么拿俺来撒气？好了，好了，再也不说了，你娶不娶媳妇关俺屁事，你娶你的媳妇，俺回家跟娘过日子，吃糠咽菜讨饭去你也甭管俺！"说着眼泪夺眶而出。宝成一见宝雁真的气恼了，又后悔自个儿不该冲着宝雁撒气，自觉理亏，也不知道说什么好了，就顺着宝雁的话茬说下去："你回家跟娘过日子，俺也跟了去，一起吃糠咽菜讨饭去。"宝雁急转身道："傻、傻、傻，净说傻话！你跟了去？爷爷、奶奶、爸爸、娘能让你去吗？你受得了穷人家的苦吗？你就等着当新郎官吧！"一句话又刺痛了宝成，好比挖了他的心肝，又气急败坏起来，急得顿足道："你还说这种气人的话，你想把俺气死！"宝雁说："谁想把你气死，谁要是有这种坏心眼儿天打五雷轰！"宝成说："你也不用发誓，俺看着你今儿专门跟俺闹别扭。本来眼见得亲妹妹似的，到了今天何必跟俺过意不去，老是说这些刺疼人家心窝的话？"宝雁听了这番话，又等于火上浇油，又生气，又冤屈。本来宝雁跟宝成说的那些话，虽是冷嘲热讽，可内含着多少深情厚谊！宝成却不解其意，适得其反说出这样生分的话，叫宝雁似万箭穿心，哪里承受得了！宝雁抽抽搭搭说："你也不用说这种闹饥荒的话。如今你做了学生了，俺也不配和你玩儿了，招你硌硬①了。大不了不就是走人吗？俺回高集家里去，干脆一了百了！"说着泪水一串串流下来，就去整理自己的衣物。这一来宝成又慌神儿了，急得手舞足蹈，忙去拦宝雁，说："谁和你闹饥荒了？谁硌硬你了？恨不得掏出俺这颗心给你看看！"说着失声痛哭。

宝成、宝雁这一闹惊动了北屋的郑氏，她忙走进东房屋，见一个趴在炕上哭，一个站在桌前抽泣不止，就说："这是咋的啦？真是小孩子脾气，玩着玩着就吵吵闹闹的，真不叫大人省心啊！"宝雁坐起来，止住哭，说："奶奶，俺回高集家里吧？"郑氏说："咋啦？是爷爷、奶奶、爸爸、娘待你不好了？"宝雁摇摇头说："不是，不是。"郑氏说："想你娘了？要是想你娘，过两天让你爸爸送你回家看看。"宝雁仍摇头，说："奶奶，俺想回高集跟娘过日子去。"说着又流泪。郑氏说："那不行，先是你爷爷不同意。孩子，你想想，你既然进了赵家门，你要是回家了，外人会怎么说？是赵家慢待你了？是你在赵家受苦受累受欺负了？赵家可不是那种人家。你有话给奶奶说，即使和宝成闹别扭了，两人说和说和也就过去了。六月的天，小孩子的脸，一会儿晴一会儿雨的。何必闹得这样狂风暴雨的！"又冲宝成说："成儿，你是不是欺负了宝雁，给你妹妹赔个不是吧。"宝雁说："宝成哥没有欺负俺，是俺说了不该说的话，惹他生气了。"宝成转身道："奶奶，是俺招宝

---

① 硌硬：讨厌的意思。

雁生气了。"郑氏笑笑说："你看看，闹一顿'周瑜打黄盖一个愿打一个愿挨'。得了，成儿，跟奶奶睡觉去吧，宝雁也睡吧！"宝雁擦擦泪，扑哧一笑，说："让奶奶挂着了。"宝成瞧一眼宝雁，抿嘴一笑，跟奶奶回北房屋了。

桃个儿、杏个儿姊妹俩又坐在一个炕上说悄悄话了。杏个儿挑挑灯花，灯光豁然亮了。姊妹俩在灯下一边做针线活一边说话。

桃个儿说："二妹，说心里话，俺来你家是想跟你说说话。这些日子憋闷得俺简直喘不上气来，就像被关在一间漆黑的四面不透气的屋子里，想出也出不去，想找个说话的人也没有，快要把俺憋闷死了。好容易熬过了那些日子，讨问了公爹，才到你家来透透气，和你说个知心话。"

杏个儿说："也是，虽说立了牌坊挂了匾脸面上好看了，可是谁走到这一步日子也难熬啊！"

桃个儿说："二妹妹，说实在的，那块匾好比守在家门口的大鬼小鬼盯着你，那座牌坊好比一扇磨盘碾盘压在俺身上，俺就好比那下地狱的人啊……"说着泪珠就滚下来。

夜已深，远处传来几声狗吠也渐渐消失了。杏个儿不知说些什么话来安慰姐姐，姊妹俩一时处于沉默的状态。

一曲舒缓的哇儿哇儿声划破寂静的夜，传到姊妹俩农屋的灯下。桃个儿、杏个儿谁都不吭声，都放下手里的活，静静地听着——哇儿哇儿哇儿——哇儿哇儿哇儿——哇儿哇儿——哇儿哇儿……婉转，宜人；凄切，动人！

哇儿哇儿曲触动了桃个儿的心扉，沉了一阵子，桃个儿说："二妹，他这是跟俺说话哩，声声调调说到俺的心里……"

杏个儿说："姐姐，俺也看出来了，二叔有这个心，你也有这个意。可是俺的好姐姐，你千万不能走这条路啊！已经守了这么多年，还守不下去吗？认命吧！谁叫咱命苦哩！"

桃个儿不语，只是痴痴地望着豆粒大的晃晃的灯光掉泪。

# 第十六章　铡刀留人

一年一度的三月三玄庄庙会又到了。庙会上人群熙来攘往，嘈嘈杂杂，唯玄武庙左首搭起的彩棚格外的雅致又引人注目。彩棚上扎五朵红绸牡丹花，四角垂下金黄丝线穗子，棚前贴大红纸金字对联：

气吐龙涎诚开吉利，

辉腾凤烛彩映平安。

这是玄庄庙会会首马德昌的宝局兼庙会会务所，棚内设外宾室、内宾室（男女之别）、会务账房、宝局、下处。宝局是押宝赌钱的地方，下处是会首和他的家眷、同仁歇息的地方。

这会儿，宝局里正热闹，五六个汉子围着一张八仙桌，各人面前放一摞铜钱，马德昌手持宝盒和黑红宝①，一边迅速地翻来覆去，一边红了眼珠子叫道："黑的、红的、黑的、红的……"汉子们的眼睛溜溜转着死死盯住那枚黑红宝，马德昌叫着叫着将黑红宝突然"啪嚓"一声扣进宝盒。接着，一个汉子站起来，瞪出眼珠子叫道："红的。"又有几个汉子接二连三地站起来叫道："红的！""红的！"……谁料，待马

---

① 宝盒、黑红宝：押宝赌钱的用具。宝盒一般为铜制，黑红宝一般为骨料。

德昌揭开宝盒一看，众汉子目瞪口呆，散了骨架般瘫在凳子上。马德昌却得意扬扬，嬉笑着拿把竹篾子，"哗啦"一声，将众汉子面前的铜钱刮进一个红木匣子。马德昌是这一带押宝的名手，很少有人从他手里赢钱。然而赌钱的汉子们总不甘心认输，于是一摞一摞铜钱都流进了马德昌的红木匣子。有一个汉子一连输了几回，蹲在一旁一把鼻涕一把眼泪地哭。

这一天，戏台上早挂出戏牌上演梆子戏《蝴蝶杯》，坤角儿新秀石榴红主演。台下看棚里早已挤满了人。一通锣鼓敲过，石榴红扮演的小旦渔家女胡凤莲在上场门帘里一声梆子尖板：

江河上浪滔滔父女相伴——

台下"嗷"一声，满棚喝彩！那渔家女挑开门帘，一身素装，头戴斗笠，两手摇橹，在急急风锣鼓点中，迈开云步，如浮云游动，水上漂流，荡到台前。接着，一个鹞子翻身，扬袖、亮相，又一声喝彩！石榴红沉稳一会儿，一双眸子扫过台下黑鸦鸦的人群，边轻轻摇橹边唱梆子慢板：

驾渔舟度生涯处处艰难。
喜今日得奇鱼世所罕见，
盼爹爹早归来换回银钱。

音调高而不尖，低而不暗，婉转低回。台下满棚鸦雀无声，那看戏的人伸脖仰脸，恨不得眼珠子瞪出去，都沉迷于渔家女的困境和石榴红的唱腔里，仿佛飘飘然进了仙界。

安福家里的、安禄家里的、宝成、宝雁都坐在台下看棚里看戏。安福家里的说："宝成，看你小姨，那一腔一调，一招一式，唱得好，演得也好。"安禄家里的说："也难为她了，几年没见，就练就了一身功夫，成了名角儿了。"宝成说："娘，赶明儿叫小姨到咱家里唱戏吧，咱们在家里听小姨唱戏多好！"安福家里的说："她可没有闲工夫，戏班里天天少不了她。"宝成又对宝雁说："宝雁，你赶明儿跟小姨学唱戏去吧！"宝雁说："你想起么来说么，唱戏也是人人能学会的？小姨天生有唱戏的天才，像小姨这名角儿百里方圆才她一人呢！俺可没有小姨的那份天资。"这当口，戏台上总督的儿子打死了渔家女胡凤莲的父亲，石榴红扮演的渔家女胡凤莲悲恸欲绝，泪流满面，唱腔凄切动人。安福家里的在台下就不住地掉泪，安禄家里的说："大嫂，这是唱戏哩，你还当真了！"安福家里的泣泣地说："她小姨是想起自个儿的身世才真真地哭了。她三岁上，俺娘就殁了，从小跟着俺爹过着孤苦的日子，到了戏班里学戏也是吃不饱穿不暖的，还常常挨师傅的打，俺是可怜俺这三妹啊！"擦擦泪又说："宝成、宝雁，散了戏咱先别走，等你小姨卸了妆，叫你小姨一块回家吃饭去。"宝成、宝雁就一齐拍手，说："敢情好了，敢情好了！"宝成又说："等散了戏，俺到后台接小姨去。"

赵太世担当了庙会上会务记账的差使，这会儿，他正坐在彩棚会务账房里记账，马德昌走进来说："太世大哥，你看看账目上还有多少商家没交份子钱呢？"赵太世翻了翻账目，说："还有四十多家哩。"马德昌说："你开一张单子，趁早去收了，不然，倘若庙会上有个变故，就让这些想攥着钱进棺材的人漏过去，捡了个大便宜。"赵太世一笑，随手开了一张单子递给马德昌。

马德昌整整衣帽，走进庙会绸布市，身后跟着伙计常巴虎，肩上搭个背褡子——常巴虎就是长工常的儿子，如今已长成大小伙子了，算是子承父业，又当了马德昌家的伙计。马德昌走到一家绸布店前，那货店掌柜早忙不迭迎出来说："马二爷，里边请——"马德昌笑道："咱也甭客气了，众人的事众人捧，掏吧，少了二爷替你垫上，多了二爷替庙会同仁作揖还礼。"说着就两手打躬。那家货店掌柜也不好意思说什么了，从匣子里摸出二十几枚铜钱，说："马二爷，你真能把死人说活了，只是庙会上刚刚开市还没进多少钱呢，先凑上这些吧——接着。"

马德昌这里刚刚把铜钱接到手，就听见西北角上人群骚动嚷嚷起来，还夹杂着枪响马鸣。他急转过身，大叫一声："哎呀，不好！"一霎时，庙会炸了！货店货摊忙收拾货物，几家茶馆里的人一齐拥出，有的扎进水缸，有的跌进水坑。看戏的人们忙不迭地奔跑，孩子哭，爹娘叫，人撞人，人挤人，结果谁都没跑出多远。这时土匪记脸子的人马从西边抄过来，包围了庙会。

锣鼓自然停了，戏子们都跑到后台。女戏子们忙不迭地卸妆，忙不迭地抓把灰抓把墨往脸上胡涂乱抹。

马德昌忙回到彩棚，吩咐赵太世收拾账目银钱。嘴里怨道："倒霉！倒霉！记脸子这帮兔崽子一来全完了！庙会上分文不落不说，还得供他们吃供他们喝供他们拿。灾星，灾星啊！"赵太世气道："有这帮土匪为害一方，百姓永无宁日！"马德昌又吩咐常巴虎："快收拾收拾东西回家，别让这帮兔崽子祸害了。"

土匪记脸子姓扈，只因左脸颊生一块黑记，这一带庄稼人当面叫扈团长，背后称记脸子。这人原也出生在庄户人家，父母早丧，由爷爷百般娇宠抚养长大。从小顽劣成性，站在墙头上往邻家院里撒尿，在学堂里往老师的饭锅里扔灰土秽物，到了二十来岁他更是骄横恣肆。二十世纪二三十年代，鲁西北军阀混战，土匪蜂起，成了各路兵匪黑团争霸的天下。记脸子趁此乱世，投奔一个土匪民团入了伙。混了五六年，捞到了几支二把匣枪，就更不可一世，自个儿拉杆子，打出了"扈家自卫团"的招牌，成为称霸一方的头号土匪匪首。

记脸子穿一身皂衣，黑绸缎裤褂短打扮。腰系皮带，两胯间一边一把盒子枪，枪上的红绸垂到膝下。记脸子走上戏台，挥挥手说："兄弟爷们，别跑了。俺的弟兄们想来看看戏，没事，没事，接着开戏吧！"

于是又重打锣鼓重调弦，继续唱《蝴蝶杯》。记脸子和他的两个护兵坐戏台左首，边看戏边喝茶嗑瓜子儿。戏子们战战兢兢好歹把一出《蝴蝶杯》唱完。

至傍晚，风静，天空透明。一轮夕阳红得邪乎，整个西天像着了火——多少年以后，当人们说起话来的时候，还记得这一天那轮火红的夕阳。

戏唱完，人散尽。匪徒们早在货店货摊上捞了个够，又把戏台围得严严实实。记脸子笑脸一挂，对戏班班主说："师傅，打扰了。没别的，让石榴红跟大爷走一趟，明早交人，不误开戏。"戏班班主一听这话，早吓得浑身哆嗦成一团，只是弯腰点头，"哎哎"了半天，也没有说出一句话。

这时石榴红正在一边卸妆，这几年石榴红跟着戏班走南闯北，什么样的场面、事情也经历了不少，土匪地痞这样的人物也见得多了。飘忽不定，严峻驳杂的生活环境倒练就了她倔强不弯的个性。她在心里暗暗给自个儿立下生活信条：横下一条心，硬闯，硬拼，做一个锣儿敲得响当当的人！大不了就是一条命！她听见记脸子的话先是一惊，而后沉了沉，走过来稳稳地说："扈团长，是骑马，还是坐车？"记脸子嘿嘿一乐，笑道："哟嗬，不愧是个角儿！骑马坐车随你。"

安禄家里的早随着人群走了，安福家里的领着宝成、宝雁一直在戏台下等着，想看看阵势再去叫石榴红。不想，土匪兵死死把守着戏台，谁也不敢靠近。等了一阵子，石榴红由几个土匪兵陪着走下戏台，远远地宝成看见叫道："小姨，小姨，回家吧！"石榴红转头看见二姐领着宝成、宝雁等在那里，站住脚喊道："二姐，宝成、宝雁，你们回家吧，甭惦记俺。"土匪兵督促着石榴红上了一辆骡马车。宝雁看得真切，赶车人是马德昌家的伙计，她的亲哥哥常巴虎，就说："娘，俺哥赶着车哩，不会走远了！"安福家里的擦擦泪说："也许是吧，咱们找你爷爷去。"说着，三人又走进彩棚庙会会务所，结果彩棚里空无一人。

热热闹闹的庙会一下子变得冷冷清清，寂寥无声，只剩下一座座空棚在那里敞着。安福家里的撩撩散乱的头发，无望地说："咱回家吧！"宝成、宝雁紧紧挨着娘，一声不吭，闷闷地走进灰蒙蒙的玄庄街里。

安福家里的领着宝成、宝雁回到家，郑氏迎出来，说："兵荒马乱的还不早点儿回来！"安福家里的见了公婆，泪水簌簌流下来，说："爹，娘，宝成他小姨让记脸子的兵带走了！"赵太世听了一惊："真的？"宝成说："俺们都看见了，土匪兵带着小姨上了一辆骡马车。"宝雁说："赶车的是俺哥。"赵太世松一口气，说："八成是带到马德昌家里去了。"安福家里的流着泪说："爹，他小姨掉进火坑了，想法子救救她吧！倘若记脸子作践了她，他小姨还怎么在世上做人？岂不是就毁了她这一辈子！"

赵太世明白记脸子的作恶行径，这个土匪头子是出了名的恶棍色狼。庄稼人要从这个持枪带刀的土匪头子手里救人是何其艰难！郑氏插话说："你去求求马德昌，让他想个法子救救他小姨，可不能让他小姨遭罪啊！"赵太世紧锁眉头，忧心忡忡，但又不忍心置之不顾，只有尽其所能了。

土匪记脸子的人马统共百十号人，十几匹马，果然住进了马德昌家宅院。记脸子和石榴红住进内宅西厢房切位①，土匪兵住外宅。大门、二门各有两名土匪兵持枪把守，房上架起四杆大枪。

西厢房三间切位，一明两暗。明间摆山儿、八仙桌、太师椅，正中挂一幅中堂《关公捧读〈春秋〉》，两边一副对联：

志在春秋功在汉
心同日月义同天

北边暗间靠窗一铺大炕，炕边置一套小巧桌椅，桌上摆笔墨纸砚，墙上挂四轴《二十四孝图》。

马德昌跑里跑外，忙得一身汗。这会儿，他笑呵呵地走进切位，说："扈团长也没事先捎个信儿，没有准备，委屈弟兄们了。"记脸子说："别来虚套子②，谁不知你是玄庄数得着的大财主，没别的，精白馍馍，二指厚膘的大肥肉，让弟兄们吃个够。"马德昌连连应着，他一边给记脸子点烟倒茶，一边拿眼瞟坐在炕上的石榴红。

---

① 切位：客厅。
② 虚套子：表面上应酬客气。

趁这时，赵太世悄悄溜进马德昌家后院，在黑影里赵太世百般向马德昌求情，托付他救石榴红一命。马德昌悄悄说："太世大哥，先不要着急，这档子事还吉凶未卜。听说你家他小姨是自个儿应了来的，她既然走南闯北的敢说敢闯，就一定心里有主意。记脸子吃软不吃硬，俺也见机行事，想法子打发了记脸子。"赵太世听了觉得也只有如此，又说了些感恩感谢的话。

掌灯后，西厢房切位炕桌上摆满了酒菜，四个果碟，六大碗荤菜。记脸子一连声地劝石榴红喝酒吃菜，石榴红不吭不响，不动盅筷。记脸子只好先狼吞虎咽地吃起来。

这时外面有人吵吵嚷嚷，马德昌走进屋说："扈团长，鲁豹来了。"记脸子问："谁？"石榴红接话说："俺爹。"记脸子举着筷子说："进来，让他进来。"

鲁豹叫嚷着奔进内宅，说俺找俺闺女，父女相依为命，求扈团长放了吧！

记脸子只顾喝酒吃菜，哪里理会这些话。石榴红观察着记脸子的脸色，只好默默地待着。

鲁豹仍不依不让，一边冲切位哭叫连天："俺要俺闺女，俺要俺闺女……"一边往墙上撞，说不放回俺闺女就一头撞死！

记脸子酒兴正浓，一听鲁豹这话，把酒盅重重地往桌上一，满盅酒洒出来，走出切位，脸色一沉，叫道："鲁老头，给你面子你不领情。想死好说，咱来个痛快的！马德昌，有铡刀吗？"

这一声喊不仅吓呆了石榴红，连马德昌也惊得愣了神儿，不知道说有还是说没有。沉了一阵子，结结巴巴地说："啊，啊，有，有……"

石榴红的一颗心快要跳出来，她知道这个土匪头子什么事都能干得出来，早急得跳下炕，忙向记脸子求饶。

鲁豹见这阵势胆子倒大起来，改口骂道："记脸子你这个杂种，强占民女，杀害人命，犯下天罪，到阴间进十八层地狱……"

记脸子火冒三丈，发话绑了鲁豹。鲁豹仍然叫骂不绝。

　　这时伙计常巴虎扛过铡刀，又奉命点上一盏灯笼挂门楣上。然而几个土匪兵并未立即动手，呆呆地愣着。记脸子吼道："娘的，还愣着干什么？"

　　到了这时候，石榴红勇气倍增，一心想着救父亲，一个箭步跨过去，拦住道："要铡铡俺，俺爹的寿数还不到哩！"

　　记脸子冷笑道："好一个戏子！铡你俺还舍不得。"说着把石榴红一手推开。

　　正当众人的心怦怦直跳的时候，两个土匪兵抱起鲁豹正要往铡刀底下放，另一个土匪兵倏地抄起铡刀把，倒一下子愣住了——原来铡刀片与铡刀底槽之间少了连结轴，那铡刀片只能提得起却铡不下去了！

　　记脸子一愣，朝马德昌斥道："这是咋回事？"

　　马德昌慌慌地不知所措，常巴虎应道："扈团长，白天借给人使，兴许是给弄丢了。"

　　马德昌灵机一动，脸色一变，笑道："扈团长，这也是合该着鲁豹命大，只要石榴红好好伺候你老人家，就饶了他吧！扈团长饶一命，玄武爷保佑扈家自卫团兵强马壮。"

　　这时石榴红吊起的心才渐渐落下来。她瞥一眼站在一边的常巴虎，心里存了感激之情。转念一想，忙进屋斟了一盅酒，勉强笑道："运河两岸都说扈团长是个人物，可今天见了——"

　　记脸子忙抓住石榴红的一只胳膊，问道："小戏子咋说？"

　　石榴红说："心眼儿比针眼儿还小，俺爹是个粗人，你也跟他一般见识，有话告诉俺，俺教导他老人家就是了，扈团长先喝盅酒消消气吧。"

　　记脸子一听这话火气消了一大半，也顾不得鲁豹了，接过酒盅一仰脖喝了，笑道："只要你好好陪俺，什么事咱都好说。要是再惹翻了大爷，枪崩了你父女俩。"

　　灯下暗影里，石榴红见记脸子消了气，提起酒壶又给记脸子斟满酒，接着又给他搛菜。记脸子见这情景，登时欣喜若狂，指着一只酒盅说："小戏子，喝，陪大爷喝。"

　　石榴红端起酒盅一饮而尽，陪记脸子连连喝了几盅，记脸子就要动手动脚，拉过石榴红往怀里揽。石榴红的胳膊顺势一带，油腻腻一碗坛焖肉全扣在衣裈上，说："扈团长慢些。"趁势忙跳下炕去收拾。

记脸子说："娘的，大爷一见了你就没魂了。别管它，明儿大爷给你做身新的。"

石榴红就势坐炕沿上，边饮酒边说："要说扈团长这样有名气的人物，娶个三房四妾的也不为多。"

记脸子说："皇帝的三宫六院七十二妃咱比不了，娶上十个八个的媳妇不难，只是俺看不上那些庄稼妞儿，就单单相中了你这个小戏子。"

石榴红低头不语，沉默了半天。

记脸子耐不住，着脸说："咋样？小戏子，给大爷做个二房，保你享福。"说着又去拉石榴红的手。

石榴红缓缓脱开手，稳稳地说："既是这样，咱也不能草草率率做了夫妻，俺这一生也要坐坐大花轿，来个明媒正娶，也省的日后让你家大房瞧不起。"

记脸子正撰一块肥肉往嘴里送，一听这话连筷子带肉一下子摔了，叫道："极是，极是！"说着又去揽石榴红。

石榴红慢慢推开，说："既是这样，咱往后亲近的时候长着哩，也不在乎这一时。扈团长既然要娶亲也得让俺筹办筹办。"

记脸子急道："小戏子，你说，照你的办。"

石榴红说："俺先到戏班里辞了角儿，跟师傅有个交代；再跟俺爹回家拾掇拾掇，打扮个新娘的样子。三天后请扈团长抬上花轿，吹上哇儿哇儿到鲁庄接亲。可是咱先说下，花轿要八大抬，五彩顶子，大红绒底丝线绣龙凤呈祥的轿围子。吹打的响器要全套的：大鼓小鼓、大锣小锣、大钹小镲、唢呐大号、海笛、小青、笙、笛、箫，缺一样不上轿。一辈子不就这一回嘛！何不红红火火热热闹闹，也算没白来世上一场！"

石榴红的一席话说得记脸子云苫雾罩，又加上多喝了几盅酒，早已魂飞魄散，昏昏欲睡，一时倒拿不定主意了，只好样样依了石榴红。当时就叫马德昌做媒，写了帖子。马德昌又重温酒，又新添了几样菜，给记脸子贺喜。直折腾到半夜，鲁家父女才算安然无恙离开了马家大院。

石榴红和父亲刚刚走出马家大院，黑影里赵太世从一处断墙破屋里闪过来，悄声说："亲家，慢走。"鲁豹说："大哥在这里。"石榴红叫了声"大爷"。随后赵安福夫妇也闪过来，安福家里的见了亲人已是哽哽咽咽说不出话，石榴红叫了声"姐夫"，流着泪早抱住了二姐。赵太世说："这里不是说话的地方，快离开。"几个人匆匆忙忙走到村北一片小树林里才歇下来。

赵太世说："万幸，万幸，总算逃出了虎口。"鲁豹说："大哥，你看这事咋办呢？"石榴红说："该咋办就咋办，爹你回家过你的日子，俺回戏班唱俺的戏，明儿一早戏班就离开玄庄走人，看这个记脸子使出什么花招儿来，他总不能追着戏班抢人吧？"赵太世说："傻孩子！到了这时候咱不能跟这个土匪头子赌气治气，谁不知道记脸子是个狼子野心无恶不作的匪首。听我一句话，亲家，家是不能回了，他小姨也不能唱戏了，我这里已备下十块大洋，父女俩下卫吧！俗话说，人生十年河东十年河西，留得性命在，早晚有拨云见日的时候。"说着把洋钱递给鲁豹。鲁豹接了，说："大哥，多谢大恩，俺听你的，日后……"说着，眼里滚出泪来，就要屈腿下跪，赵太世忙搀住，说："亲家，千万使不得，咱是一家人啊！"安福家里的和石榴红姊妹俩紧紧抱在一起，两人已哭成泪人。这时，街里连连传出狗吠。赵太世说："事情怕有多变，事不宜迟，安福送你们父女俩到四女寺镇，寻一条船，直下天津卫！"

赵安福说："大叔，三妹，上路吧！"安福家里的噙着泪说："爹，保重你的身体，到了天津卫想法打封信来。"又递给石榴红一个包袱，说："这是爹和你的几件衣裳。三妹，到了城里遇事多动动脑子，听爹的话，可不能硬闯硬拼的，二姐等着爹和你平平安安回来啊！"说着泪水又下来了，石榴红只是"嗯嗯"地应着，哽咽着说了句："大爷，二姐再见吧！"姊妹俩才依依不舍，难分难离，慢慢地松开双手。石榴红又是一步一回首，鲁氏父女的身影渐渐消失在黑夜里。

# 第十七章　四女仙姑的故事

　　玄庄小学堂放了秋假，学生们像久圈的羊群蜂拥而出，一伙伙学生或是跑到村北树行子里爬树掏鸟蛋，或是跑到村东一个大水湾里凫水，宝成却急急地跑回家，一迈进大门槛就喊："宝雁，咱到西大洼砍草去！"安福家里的和宝雁正坐在天井里枣树荫下做针线活，安福家里的说："看你这个急火劲，刚刚放了秋假就要下地，先到屋里喝碗水歇歇。"宝成说："爸爸说，牛爱吃芦茬草，俺和宝雁砍芦茬草去。"说着就去拉宝雁，宝雁说："下西大洼，俺也得换双鞋换身衣裳吧。"宝成说："事儿真多，快点儿。"说着放下书包就去拿小砍刀背草筐，又戴了草帽。安福家里的说："砍多少是多少，别光顾了砍草，早些回来。"宝成"哎、哎"地应着同宝雁走出家门。

　　这一年的西大洼没有发大水，一片片绿油油的庄稼搭起了浩浩荡荡的青纱帐。宝成、宝雁在一条狭窄的田道上走着，两旁的庄稼像是两堵高墙夹持着他们，往庄稼地里望去幽深幽深，像是藏着多么神迷的东西，而那条田道弯弯曲曲伸向远方，又不知道哪里是个终点。宝成刚刚放了假，在学堂里憋了一个暑天，到了西大洼就觉得心胸开阔，神怡气爽。其实，他来西大洼砍草，只不过是借故同宝雁来逛一逛，这时他只顾自个儿一闯一闯地往前走，不大一会儿就落下宝雁一大截，宝雁气道："哥，你光顾了自个儿走，也不等等人家，好没意思！"宝成停住脚步，回头笑笑说："好多日子没来西大洼了，一到了西大洼觉得心里痛快。"宝雁说："痛快，痛快，你心里痛快，你知道人家心里痛快不痛快？"说着低下了头。宝成说："咋的啦？你咋的啦？"宝雁欲说又止，过了一阵子才慢慢腾腾地说："你成天价一门心思念书，也不搭理人家，这些日子也不到东房屋里去了，俺也不知道你是吗意思？"宝成说："吗意思？没吗意思。这些日子爷爷天天逼着俺念书，下学回来就让俺背《大学》《中庸》，还教俺打算盘，教俺算地，有时候俺也真心烦的。"宝雁说："你还心烦？你的好日子在后头哩！"宝成说："你说话总让人摸不着头脑，吗好日子？咱们一起过日子，俺过么日子，你过么日子，不都一样吗？"宝雁一撇嘴，道："说得轻巧！俺和你可不一样，你是赵家的宝贝孙子，将来赵家的继承人。俺呢？俺是一个养女，再过上几年，说不定找个人家就把俺打发出去了。"宝成急道："你想得真多！咱奶奶、咱娘待你这么好，有俺吃的就有你吃的，有俺穿的就有你穿的，你咋的还不知足？"一句话惹恼了宝雁，顿时泪水盈眶，说："俺咋的不知足了？俺咋的不知足了？咱奶奶、咱娘就是俺的亲奶奶、亲娘，俺这一辈子走到哪里也不忘奶奶、娘的大恩，就是咱爷爷、咱爸爸也感恩不尽。"说着抽泣了一会儿，又说："可是，有时候俺觉得俺和赵家人就是不一样，俺是一个外人。你还记得年三十请爷爷奶奶去①，俺都点上香了，爷爷说宝雁留家里吧，你知道俺心里是吗滋味？寒食节②上坟爷爷也不让俺去……"沉一沉，又说："哥，俺知道你对俺好，可是你就是不体谅人家的心思！"宝成听了宝雁的话，想想也是，不免萌生了怜悯之心，说："好妹妹，只怪俺不体谅你，甭管别人咋说，俺拿你当成自家人，当成亲妹妹，以后你有心事先跟俺说，你跟俺说了，俺再找大人说去，省的你思来想去的心里不好受。"宝雁一时无语，止住哭，只是擦眼抹泪。宝成望着高高的蓝天和游动的白云遐

① 请"爷爷奶奶"去：鲁西北民俗，大年三十全家男人和未出嫁的闺女掬香到先祖墓地请地下的"爷爷奶奶"回家过年，仪式极其隆重。
② 寒食节：清明节前一天为寒食节，自古的传统寒食节是祭祖的日子。

思，面对寥廓的西大洼，忽然间脑子里蹦出周老师在课堂上讲的一段话，想转移宝雁的心思，引起她的兴趣。脱口说："宝雁，俺问你，咱们站的这个地上叫什么？"宝雁一愣，说："就叫地呗！"宝成说："不对，周老师说叫地球。"宝雁不解，问道："不就是方方圆圆无边无沿儿的地嘛，咋的成了'球'了呢？"宝成说："周老师说，这个地球可大了，是圆的，还会转动，它自个儿转一圈就是一天，它围着太阳转一圈就是一年。"宝雁说："俺不信，咱们站在这个地球上，它一转动，咱们人不就倒了吗？不就掉下去了吗？"宝成说："俺也这么想，等开学了俺问问周老师，周老师学问可大了，天底下的事都知道。"宝雁说："你问清楚了，告诉俺呀！"宝成说："告诉你，忘不了。"两人脑子里又琢磨地球的事，说话间不觉已走到西大洼深处，面前一片苇坑。宝成惊叹道："哎呀，咱俩光顾说话了，走得太远了，前面就是运河了，快砍草吧！"

苇坑岸上杂草丛生，岸边青蛙蹦蹦跳跳。宝成、宝雁忙着砍芦茳草，那芦茳草硬硬的叶子，抓一把像小刀一样刺人疼，圆圆的根，砍一刀滑溜溜的，砍起来很不容易。可是宝雁砍芦茳草顺顺当当，不一会儿就砍了一小堆。宝成砍芦茳草就不那么顺手，不是芦茳草的叶子刺疼了手，就是一把芦茳草连连砍几刀也砍不下来，气得他直骂娘，"娘的，娘的！"一把芦茳草砍了个稀巴烂！宝雁停下砍刀，说："羞不羞？亏你还是个学生，还骂娘呢！别着急，你看俺咋样砍。"说着抓一把芦茳草，伸过小砍刀，说："哥，你看着，刀贴着地皮，看准了草根，猛一使劲，一砍刀就砍下来了。别一刀刀地瞎砍。"说着一把芦茳草早已砍下来。宝成觉得自愧不如，笑笑说："你还真行，俺该拜你当老师了，你多咱学的砍芦茳草呢？"宝雁说："这一夏天，你上学念书去，爸爸下西大洼干活，总叫着俺砍芦茳草去，跟爸爸学会的呗。"宝成按着宝雁的教导砍了两把芦茳草，果然顺顺当当。宝雁说："说话算数，拜老师吧！"宝成站起身，恭恭敬敬向宝雁鞠了一个躬，叫一声："宝雁老师！"宝雁扑哧一笑，小拳头轻轻拍一下宝成的胸脯，说："快跟着老师砍芦茳草吧！"

两人紧砍了一阵子芦苇草，宝成把一堆堆砍下的芦苇草装进筐里。不知不觉间天已阴下来，宝成抬头看天，只见西南上一片黑云滚滚而来！宝成叫道："不好，宝雁，别砍了，快收拾草装筐，要下雨了！"一语未了，一道闪电划破长空，紧接着一声炸雷震撼西大洼，刹那间仿佛要天翻地覆！宝雁吓得一抖，忙抓住宝成的一只胳膊叫了声："哥呀！"宝成说："快走！"两人刚刚背起草筐踏上田道，那雨瓢泼似的倾泻而下，田道上已是泥泞不堪。宝成在前面走着，一手拉着宝雁，脚下一步一滑，身上又浇着雨，简直是寸步难行！宝雁说："哥，到家还远着哩，咱不能走了，先找个地方避避雨吧！"一句话提醒了宝成，宝成停住脚步，说："这大西洼里，到处是庄稼地，到哪里避雨呢？"宝雁说："北边不远就是四女寺镇，咱从运河岸上走过去，不大一会儿就到了。"宝成说："是了，是了，俺咋没想到这里呢！"宝雁说："么话也甭说了，快走吧！"两人又急忙转身朝运河岸上走去。

　　那运河岸上原本人来人往，纤夫踩出来一条宽阔的道。宝成、宝雁紧紧牵着手在雨中疾行，草筐早已丢失了。宝成看那运河里大雨如注，河面上漂起一层层水泡，河水浩浩荡荡向北方流去，不知道哪里是它的归宿？不知道它要流向哪里停住脚步？宝成正在遐想，宝雁"哎呀！"一声滑倒地上，宝成忙搀扶起来，看看宝雁满身是水是泥，一头黑发早已水里洗了一样，贴在头上脸上，不觉后悔刚才不该胡思乱想，以至于没照看好宝雁。他忙将头上的草帽摘下来给宝雁戴上，可宝雁死活不戴，说："俺戴了，你就淋着了。"宝成说："你戴吧，俺不怕淋。"宝雁说："你不怕淋？你淋着就冻着了，就是大事了！"宝成说："你不戴，俺也不戴，干脆扔到运河里算了。"说着硬是死死地把草帽扣到宝雁头上，好说歹说，宝雁才戴上。两人互相扶持着走了一阵子，就到了四女寺镇。

　　四女寺镇傍运河之滨，因镇西头有一座庙叫"四女寺"而得名。那四女寺屹立在运河岸边，面对滔滔运河水，更是来往行人的歇息之处，一年到头香火不断。宝成、宝雁急急跑进四女寺里，两人跺跺脚，摸一把脸上的雨水，互相看看，彼此嘻嘻一笑，都已成了水里捞出来的人！宝成打了个激灵，接着打了两个喷嚏。宝雁说："看看，着凉了吧！"宝成说："不碍事儿。"两人只顾跑到庙里躲雨，不想庙里早有一位老人在四女神像面前磕头上香，那老人上香完毕起身道："两位年轻人是哪个庄的？"宝成道："玄庄的。"老人道："玄庄有一位知书达理的人赵太世，你们认识吗？"宝成、宝雁齐声道："他是俺爷爷！"老人摇摇头，说："俺不信。"宝雁说："你这个老头，谁还糊弄你？"老人气道："俺更不信了，知书达理人家哪有你们这样无礼无孝的后人？"宝成顿时醒悟，向前鞠躬施礼，说："老爷爷，俺们哪里无礼无孝？请您指教。"老人脸上这才挂了笑意，缓缓地说："四女仙姑是咱这一方土地上的孝、义、贞之楷模，你们进得寺来，只顾避雨，嬉笑无常，既不上香，也不磕头，岂不是无礼无孝吗？见了老人也不尊敬，又是无礼了！"宝成听了陷入思索，觉得老人的话有理，忙拉了宝雁在香案前上香磕头。宝雁瞥了那老人一眼，意思是说，事儿还不少？见宝成拉她，也只好跟着上香磕头。宝成跪下仰首看看四女仙姑芳容，白白净净，眉目秀丽，端庄沉稳，雍容文雅；披一头青丝，插两支银簪，无花无饰，更透出文质彬彬，朴实无华。一时他目不转睛看得呆了，宝雁拉他一把，说："哥，快磕个头起来吧！"宝成像是无奈忙磕了一个头，站起身，又向那老人说了声："谢谢老爷爷指点。"

外边的雨下得小了，宝雁站庙门口向四周张望了一下，回身说："哥，雨小了，趁天还早，咱们走吧。"此时宝成的脑子里还萦绕着四女仙姑，不时地抬头看看四女神像。以前他只听庄里人说过，四女寺镇有一座庙，庙里有四女仙姑神像。今日见了果然气度不凡，老爷爷说四女仙姑是孝、义、贞之楷模，四女仙姑何以为孝？何以为义？何以为贞？宝成想来思去，终究还是拉了老爷爷想问个明白，他也不搭理宝雁，就直直地问道："老爷爷，你给讲讲四女仙姑的故事吧！"那老人坐庙门口装了袋烟抽着，吐出一口烟雾，缓缓地说："说起来话就长了，古时候这个镇叫傅家庄，庄里有一户傅姓人家。傅老汉凭自个儿半辈子的辛劳，家有万石米粮，乐善好施。可是傅老汉年过半百膝下无子，只有四个女儿。有一年，四个女儿为父亲过寿日，傅老汉暗自垂泪，大女儿说：'爹爹，今日俺姊妹四个为爹爹祝寿应该高兴才是，何以掉泪？爹爹如有忧愁的事说出来，俺姊妹四个为爹娘解忧。'傅老汉说：'你们虽有孝心，但终究日子不长，俺和你娘日渐衰老，有谁来养老送终？'大女儿立时跪下说：'爹爹不用发愁，俺立誓不嫁，从明日起俺改扮男装，承担做儿子的义务，为二老养老送终就是了。'接着，二女儿、三女儿、四女儿一齐跪下齐声说：'俺们姊妹三个也立誓不嫁，为二老养老送终。'傅老汉听了又高兴又发愁，高兴的是四个女儿一片孝心，不枉为父教诲，忧愁的是四个女儿立誓不嫁，侍奉双亲，岂不赔误了女儿们的终身大事，于心不忍哪！傅老汉想到这里，摆摆手说：'不行不行。男大当婚女大当嫁，儿女婚事也是做父母的应当承担的责任，哪有女儿终身不嫁之理？'哪知，那四个女儿一直跪着不起。傅老汉又想了一个主意，说：'这样吧，你们在院子里每人种一棵槐树，一年后，槐死则嫁，槐茂则留。'于是，四个女儿按照父亲的嘱咐每人在院子里种了一棵槐树，天天精心扶植。原本傅老汉想夜间用烧水浇槐，不想四姊妹为争养双亲，暗中用热水浇他人之槐，傅老汉看在眼里也就心安理得了。殊不知，热水浇槐，槐越茂盛，一年后，四棵槐树长得异常繁茂，四姊妹信守自己的誓言，终身不嫁，共同赡养双亲，直到为二老送终。日后四女成仙，高登祥云，升天去了。"那老人说到这里喘了口气，又说："你们看看四女寺镇槐树成荫，这都是四女仙姑当年种的那四棵槐树繁殖起来的啊！"宝成紧接着问："四女仙姑升天去了，还到人间来吗？这寺里的四女仙姑神像又是从哪里来的呢？"老人哈哈一笑，站起身说："四女仙姑已经成仙升天就不到人间来了，这寺里的神像是傅家庄的后人为了敬仰四女仙姑修寺塑像，供奉香火，不忘四女仙姑的孝心、义举和贞节的高尚品德啊！"宝雁接着问了一句："那四女仙姑真的一辈子没嫁人吗？"老人说："真的，真的。"说着已走出庙门，扬长而去。

宝雁看那老人已走，才注意到雨已停了，天色已晚，忙道："哥，天快黑了，光顾说四女仙姑了，咱快走吧！"宝成仍沉浸在四女仙姑的故事里，听了老人的话，若有所思，又恍恍惚惚，想那四女仙姑为吗要升天呢？人间的日子多好……待到宝雁叫他，他听而不闻，仍呆在那里，宝雁拽了他一把，说："快走吧，别让四女仙姑把你迷住了！"宝成这才回过神儿来，说："啊，走，走。"

雨过天晴，一轮火红的夕阳嵌在西天边，天空的云彩已经变得白里透红，在天边慢慢游动。运河上波光粼粼，像是迸发着万点星火。雨后的西大洼，更显得高远寥廓，庄稼地里散发出清新的诱人的乡土气息。瞬间，东南天边隐现出一道彩虹，像一条七彩的绸带披挂在碧绿的西大洼躯体上。宝雁手指着天边惊喜道："哥，你看，出虹（jiàng）了，真好看。"说着拍起手。哪知宝成像霜打的庄稼蔫了，勉强地抬头看看，说："哪里？在哪里呢？"宝雁再抬头看，那道彩虹说话间已隐没下去了。她丧气地说："刚刚还有呢，老天爷真爱变脸，说有就有，说没就没。"她看看宝成的脸色无精打采，忙道："哥，你咋的啦？一点精神都没有！"宝成说："也不知道是咋的啦，光觉得浑身没劲，脚底下像是踩着棉花似的。"宝雁说："是累的吧！做了学生也不下地干活了，乍猛的一干活就受不了了。"说着去搀扶宝成。

一会儿工夫那轮火红的夕阳沉没下去，天色晦暗下来，西大洼万籁俱寂。宝成懒懒地走着，身子靠在宝雁身上，宝雁使足了力气扶持着宝成。宝成说："歇一会儿吧，实在是不想走了。"宝雁说："哥，不行，天要黑了，你身上也冒汗了，倘若着凉了，就得病了！俺背你走吧！"宝成一愣，说："你能背得动？不行，不行，没的倒把你累坏了哩！"宝雁说："俺试试。"宝成说："俺一个男子汉哪能让你背呢！"宝雁说："还男子汉呢，砍一会儿草就累成这样，别不好意思了，咱俩谁跟谁呢！"说着屈下两腿，弯下腰。宝成仍不肯让宝雁背，站在那里犹豫不决，总觉得太过意不去了，也太失礼了，朝宝雁摆摆手，说："咱说着话慢慢走吧！"可是他刚刚走了几步，只觉得两腿发软，头也有点儿发晕，身子一歪，要不是宝雁搀扶着早摔到地上了！宝雁忙把宝成扶正，急道："快别装男子汉了，赶快回家要紧！天再黑了，路更不好走了，倘若你病在路上，叫俺咋办呢？"说着眼里滚出泪来，又屈下双腿弯下腰，说："俺的亲哥哥，快来吧！"宝成看到宝雁如此诚心诚意，也感动得心里热乎乎的，自己又偏偏已无可奈何，身不由己，也只有顺从宝雁了。宝成说："好妹妹，你别生气了，俺听你的，只是累了你了。"他勉勉强强趴在宝雁背上，宝雁猛一起身，迈开了脚步。宝成说："行吗？"宝雁说："行，行！不行也行！你就安安稳稳地别动了。"

灰暗的夜色里，宝雁鼓足了劲一步接一步走着，她感觉到宝成喘出的气息吹进她的脖梗儿里，似乎给她增添了力气，她想，只要不泄劲，走一步就离家近一步，让宝成哥哥早早回到家要紧。宝成趴在宝雁背上也感觉到宝雁呼出的有力的气息，像是一股清新的气流，使他不由得生发出缕缕亲情又有千分万分的不安。他想从宝雁身上滑下来，又怕惹急了宝雁，让她生气，只好乖乖地缩着身子待着，生怕有半点不规的动作，倒给宝雁增添了劳累。两人各有所思各有所想，但想的思的终究是一个心思，一缕情感。这时，像是冥冥中有人助了宝雁一把力气，不觉加快了脚步，过了一阵子，宝雁终于跨出一大步登上了西大堤。

宝雁刚想歇下来喘口气，黑影里安福家里的急急走过来，说："俺的孩子，这是咋的啦？娘等了你们半天了！"说着忙扶着宝成下来，宝成、宝雁齐声叫了声"娘"。宝雁说："俺哥怕是着凉了，浑身没劲。"安福家里的说："快回家吧，也难为宝雁了。"说着，安福家里的和宝雁搀扶着宝成走进玄庄街里。

# 第十八章　近在咫尺　远在天涯

宝成果然病了。宝成回到家换了衣裳不吃不喝，懒懒地躺炕上便迷迷糊糊睡了。一家人伺候着，郑氏不时地摸摸头摸摸脚，宝雁站在炕沿儿边不知所措，安福家里的早煮了热汤面，端到炕前。郑氏说："让孩子先睡一会儿，等他醒了再吃吧。"宝雁接过饭碗，说："娘，你歇着吧，俺守着哥，等哥醒了俺喂他。"一时宝雁心里觉得有了着落，可以为伺候宝成哥尽尽心意了。这一阵子宝成病成这样回家来，宝雁在大人面前总觉得心里有愧，像是做错了事似的，不敢抬头正视大人的眼光。兄妹俩一起下西大洼，一起经受暴雨，一起天黑了回来，咋的偏偏宝成哥病了，而自个儿好好的呢？此时，她真想和宝成哥掉个过儿，替宝成哥病了，让宝成哥好好的。骤然间，她想起那顶草帽，莫不是宝成哥摘了草帽，让雨水淋的真的着凉了？到了四女寺里他就打了两个喷嚏！想到这里，她心里噗噗跳得紧了，她后悔千不该万不该自个儿戴了那顶草帽！宝雁正想着，堂屋里爷爷叫了声："宝雁！"她一惊，差点把手里的饭碗摔了，忙应道："哎。"走出东里间屋。

赵太世坐堂屋圈椅里抽着烟，宝雁规规矩矩站八仙桌前低着头，叫了声："爷爷。"赵太世吐出一口烟雾，问道："你和宝成到西大洼哪里砍的草？咋的天这么晚了才回来？"宝雁哆哆嗦嗦，含含糊糊说："爷爷，是俺不好，是俺不好……"再也说不出一句完整的话。赵太世急道："问你话哩！到底到西大洼哪里砍的草？"宝雁说："俺也不知道那是哪里，有一片苇坑。"赵太世道："快到了运河了，咋的跑这么远？"宝雁无语。赵太世接着问："下大雨的时候你俩在哪里待着？是一直淋着呢？还是找了避雨的地方？"宝雁这时才渐渐缓过劲来，定了定神儿，把从运河岸上走到四女寺镇，在四女寺里避雨，又听了一位老爷爷讲四女仙姑的故事——说了出来，觉得身上像是卸下了重载，轻松了一些。赵太世又问："从西大洼苇坑到四女寺也要一顿饭的工夫，你俩淋着大雨去的？"宝雁点点头，断断续续说："原本宝成哥戴着草帽，俺摔了一跤，宝成哥就摘下草帽给俺戴，俺不戴，宝成哥硬是把草帽扣到俺头上，他淋着雨。"赵太世把烟袋重重放八仙桌上，截住宝雁的话说："大雨浇头，让雨水激着了！"安福家里的站一边说："他本来就有怕凉的病根。"郑氏说："孩子冻着了。"

正说着，只听宝成在炕上喊道："俺冷，俺冷！"郑氏、安福家里的忙不迭地快步走到炕前，宝雁也忙跟过去。郑氏说："快给孩子盖上。"安福家里的早抱过一床被盖在宝成身上。郑氏伸手去摸宝成的额头，那只手刚一触到宝成的皮肉，一股心火冲上来，急道："孩子发烧了！快烧水，熬红糖姜汤，给孩子发发汗。"宝雁忙抱柴点火，安福家里的安排红糖、鲜姜，郑氏噙着泪守在宝成身边，掖掖这里，盖盖那里，一时忙作一团。郑氏不住地说："成儿，还冷吗？奶奶守着你哩。"宝成"哼哼唧唧"没有说出一句话。

赵太世叫过赵安福，吩咐道："明儿一早到玄武庙里上香许愿，跟一清道人说，求玄武爷保佑宝成，咱家给玄武爷上大供，包下玄武庙里一个月的灯油。"赵安福说："冻着了，不碍事，发发汗就好了。"赵太世说："凡事不可大意，破费一些钱财是小事，宝成的身子要紧，倘若坐下病有个好歹就晚了。"赵安福不再言语，默默承担起父亲的重托。这天晚上赵太世果然撬开了他那个只进不出的钱匣子，拿出了玄武庙里一个月的灯油钱。

郑氏、安福家里的、宝雁一齐伺候着宝成喝了红糖姜汤，又把热汤面热了喝了半碗，安顿着宝成又睡了。郑氏说："宝雁，你回东房屋睡吧，也劳累一天了。"宝雁说："奶奶，俺守着俺哥，他刚喝了姜汤别再着凉了，他后响要是要汤要水的，俺伺候着，奶奶歇着吧。"郑氏说："好孩子，你也披件衣裳，坐杌子上趴一会儿吧。"宝雁"嗯嗯"地应着。

至半夜里，宝成恍恍惚惚来到一个悬崖处，只见那崖下万丈深渊不见底，有许多庙里的凶神恶煞、戏台上的大鬼小鬼在里面蹦蹦跳跳，张牙舞爪，弄嘴伸舌，搔首弄姿。他站在崖边看得呆了，一会儿一个高个子的小鬼向他招手，他索索发抖向后面躲闪，唯恐掉下深渊，又怕那恶神鬼怪来拽他拉他，他想跑也跑不动，想喊奶奶、娘也喊不出，又想喊宝雁也不见踪影，正在惊恐万状危难之际，看见四女仙姑在天上飘飘摇摇，心中暗喜。他憋足力气喊了一声："四女仙姑，救命啊！"一觉醒来，出了一身冷汗。

宝雁正迷迷糊糊趴在炕边睡觉，一声惊叫醒来，忙说："哥哥，你做梦了吧。"郑氏忙起身搂住宝成，一迭声地说："成儿，成儿，别怕，别怕，奶奶在这里呢！"说着拿过羊肚子手巾给宝成擦汗。安福家里的听见叫声也走进屋来，说："宝成怕是撞客①了。"郑氏说："下着大雨，又到庙里去，不知道是哪个恶鬼找上俺宝成了。求西头梁家奶奶来，烧烧纸请个神仙给孩子消消灾吧。"此时，赵太世已起身，又叫过赵安福来，吩咐道："天亮了，快去玄武庙里请一清道人来瞧瞧宝成吧！"

宝成这里两眼直直地看那黑黑的屋顶，磕台里豆粒大的灯光晃晃悠悠，映照得屋里一个一个人影也摇来摇去。宝成突然喊道："高个子小鬼来了，高个子小鬼来了！"郑氏忙紧紧搂住宝成，说："成儿，不怕，一家人都在这里呢，小鬼不敢来。"安福家里的也凑到宝成身边，劝道："宝成，咱一家人行好积善，有玄武爷保佑着，大鬼小鬼不敢来，安安稳稳睡吧！"赵太世说："把油灯端过来，挑挑灯花。"安福家里的

①　撞客：旧时鲁西北农村人迷信，把病人昏迷说梦话胡话，说成是神鬼附体，俗称撞客。

忙端过油灯，站在宝成身边，拔下头上的簪子挑了挑灯花，灯光豁然亮了，屋里的那些人影也移了位不见了。宝成又渐渐有了睡意，合眼睡去。一家人都围着宝成坐着，个个唉声叹气。

看看窗纸已发白，天井里有了光亮，赵太世说："安福，去吧，省的去晚了，一清道人出庙了。"赵安福不吭不语，走出屋门，迎面雾气重重。

屋里有了光亮，郑氏守在宝成身边，寸步不离，安福家里的、宝雁就忙着做早饭，烧水备茶。灶里刚刚熄了火，赵安福就领着一清道人走进赵家门。赵太世忙迎出去，说："道人快请屋里坐。"那一清道人头戴道冠身穿道袍，说："病人在哪里？先看看病人要紧。"赵太世领着一清道人走进东里间屋，说："小孙宝成夜来到西大洼砍草大雨淋着了，又到四女寺里避雨，天黑回来就昏睡不醒，后晌又梦里惊叫……"一清道人说："不必说了，待俺净手，备上香火。"安福家里的忙拿出洗脸盆倒了温水，赵安福忙拿过香炉，点了三炷香。一清道人洗了手，说："请家人回避一下，俺上香做做法事。"一家人忙退出东里间屋，放下门帘，道人在屋里上香拜忏，口内念念有词。

赵太世、赵安福、郑氏、安福家里的、宝雁都凝神屏气，呆呆站在堂屋里，静听着东里间屋里的动静。宝雁忍不住，扯了一下门帘，想偷偷看看，安福家里的拽了她一下。此时，赵家一片寂静，倘若掉地上一根针也是能听到的。然而人人心里并不平静，尤其三位女人心里早已翻江倒海，急急盼着道人的法事有个好的结果。郑氏、安福家里的暗暗为宝成祈祷，宝雁思来思去，想到那不吉利处心里就跳得紧。

正在众人焦躁不安的时候，一清道人撩起门帘，走出屋。郑氏、安福家里的、宝雁忙进屋守着宝成，赵太世迎着一清道人说："道人辛劳了，请喝茶。不知小孙病情如何？"一清道人抿了口茶，说："天有日、月、星三光为宝，人有精、气、神三品为宝，小孙中了邪祟，损伤了精、气、神，所以心神不宁，魂魄离体，病魔缠身。"赵太世说："道人说的极是，还有劳道人多做做法事为小孙除邪消灾，求得身体早早康复。"一清道人说："俺已念经礼拜，为小孙忏悔消灾，还请赵先生多做些因果善事。"赵太世说："不用道人说，俺赵家也是行善乐施之家，俺为小孙许下愿，三十天后给玄武爷上大供，包下玄武庙里一个月的灯油，日夜长明。"一清道人笑道："赵家不愧是积善人家，俺这里替玄武爷道谢了。"说着拱手作揖。赵太世说："折煞老农了，不敢当，不敢当。"赵安福问道："这灯油是天天添呢，还是统共一齐送去呢？"一清道人说："那就看你心诚不诚了，心诚的人天天去添油，才感动了玄武爷多多保佑。"赵太世又问："道人对病人还有吗嘱咐？"一清道人说："病人要清心寡欲，万念俱灰，固守精、气、神不失。屋里除病人的奶奶、娘以外，任何女人不可冲犯。"赵太世连连答应："是了，是了。多谢道人劳神费心。"说着，把早已备下的十斤白面、十斤小米摆到一清道人面前说："这是俺赵家的一点心意，请道人收了。"一清道人满面笑容，连连点头。赵安福背了粮食，送一清道人回庙里。

赵安福从玄武庙回来，带回一包香灰，一道画符①，说一清道人说了，这是玄武爷香案前善男信女供奉的香灰，有灵光之气，给宝成熬了喝了，除病消灾。

一家人围桌吃早饭的时候，赵太世嘱咐郑氏道："一个月以里，你和宝成他娘你们娘儿俩好好伺候着宝成，宝雁就不要到东里间屋去了。"一句话落地，宝雁一碗粥还没有喝完，放下碗筷，跑到东厢房趴炕上，泪水就簌簌流个不停，似乎满腔的委屈顿时化作倾盆大雨也流不尽！心里不住地嘀咕：女人咋的啦？做个女人就成了灾星？天底下哪里有女人安生的地方？该死的道士！千刀万剐的道士！哭声一声比一声大，惊动了安福家里的走进东厢房，说："宝雁，娘知道你的心，咱不哭，咱忍着，这是自古的规矩，那一年你爸爸病的时候，你爷爷就不让俺进屋。"说着就抹泪。宝雁听到娘的话，觉得有了知音，一头扑到娘的怀里，哭声更大了。安福家里的搂着宝雁，像是自言自语道："也许是女人身上有血灾，不干净。"宝雁哭着说："俺不信，俺不信！"安福家里的又劝道："雁儿呀，快别哭了，眼下最要紧的是治好你宝成哥的

---

①　画符：道士在黄纸上画的各种曲线图形，说是能驱赶鬼怪、消灾除病。

病，你奶奶守着你宝成哥哩，你快去熬香灰符水去吧！以后给你哥熬香灰符水神药的差事就是你的了，不也是尽了伺候你宝成哥的心了嘛！"宝雁细细听了，连连点头，立时擦干了泪，说："娘，俺听你的，这些活俺都干了，你放心吧！"说着，她忙找出了吊子①，坐在小板凳上仔细看着，用文火在炭火炉上熬香灰、符水。

每天傍晚，村街上弥漫着炊烟，下地的庄稼人晚归，看见赵安福提了一罐油到玄武庙里添灯油，有人招呼道："添了？"赵安福头也不抬，说："添了。"有人问："孩子好些了？"赵安福"唉"一声，也不搭话就走过去了。

十几天过去，香灰、符水神药都熬了喝了，宝成的病情仍然不见好转。每天郑氏一勺一勺喂些小米红糖粥、面条汤，宝成勉勉强强起身张口喝了，又昏昏迷迷睡去，终日沉睡不醒。一家人越发地愁眉苦脸，郑氏、安福家里的不住地掉泪，宝雁哭的眼泡都红肿了，她想看一眼宝成都看不到，更是心焦如焚。这天午饭后，宝雁见天井里没人，她趴北房东里间屋窗台上，伸出食指蘸一点嘴里的吐沫，戳破一点窗纸，翘首看看屋里，见宝成昏睡的样子，泪水就模糊了眼睛。到了后晌，饭也吃不下去了。终日抑郁在心，精神倦怠，也病倒了。安福家里的又给宝雁端饭送水，宝雁说："娘，你就别管俺了，这几天俺也不想吃，不想喝，你就好好伺候俺哥吧。俺也尽不了伺候俺哥的那份心了，这样难熬的日子还不如早些死了好呢！"安福家里的说："傻孩子，小小年纪哪里就想到死呢！这些天你是为见不到你哥心里烦闷愁的。一家人都为了你哥的病犯愁呢，你要是再有个病灾，当大人的可就是愁上加愁了。雁呀，你先养几天，么活你也别沾手，该吃的吃，该喝的喝，心里想开些就好了。早早地把你哥的病治好了，你不就也早早地见到你哥了嘛！"宝雁说："娘啊，你快去看看俺哥吧，别为俺费心了。"

不想宝成的病愈来愈重，喂汤喂水已难以下咽了，问话也不搭腔，梦里说些胡话，只是鼻息里喘着气，已不省人事！这天一早，赵太世急

①　吊子：砂锅。

急登上玄武庙，祈求一清道人，救小孙一命。一清道人说："人的寿数在天意，俺再在玄武爷面前为小孙上香念经拜忏，求玄武爷保佑。小孙性命如何全在今天夜里，只有听天由命了。"说着，上香击磬念经，赵太世也陪着跪拜。

赵太世灰心丧气回到家，坐圈椅里垂着头半天不说话。一家人等他开口哩，他却一言不发。郑氏抹着泪说："你倒是说话呀！孩子的病还有指望吗？哪怕是有一丝一毫的指望咱也尽心尽力，破了这个家也得救宝成一命啊！"赵太世长叹一声，艰难地说出一句话："就看今天夜里了！"一句话吐出，郑氏、安福家里的不禁失声痛哭，赵安福也吧嗒吧嗒掉下泪来。赵太世又艰难地说："安福，准备准备吧，咱宝成来到这个世界上也有十五年了，也算是成人了，让他体体面面地走，买副好板子……"说着已泪流满面，话也说不下去了。一家人围着宝成更是痛哭不止，安福家里的哭得上气不接下气，都忘了饭食。

宝雁听到北房屋里的哭声惊慌失措，她想，宝成哥咋的啦？一个念头跳上心头：莫不是……她再也不敢往下想，泪水已止不住地哗哗流下来。她挣扎着起身下炕，又不住地咳嗽起来，艰难地走到北房屋门口，哭着说："爷爷，让俺看看宝成哥一眼吧？"赵太世忙拦住说："宝雁，听话，在这个节骨眼上，你千万不能进这个屋，倘若冲犯了，宝成有个好歹，赵家可不饶你！"又吩咐安福家里的："快把宝雁送到东房屋里去。"宝雁哭得死去活来，兄妹近在咫尺，却远在天涯！

正在这纷纷纭纭，旦夕祸福，一家人火上浇油的时候，赵占魁领着周玉熙先生踏进赵家宅院。赵占魁一声喊："太世兄，周先生来看宝成了。"赵太世迎出来让到屋里，周玉熙先生说："听说宝成病了，不知病得咋样了，赶来看看。"赵太世摇摇头，长叹一声，说："已经不省人事了！"说着引着周先生、赵占魁走进东里间屋里，郑氏、安福家里的道了谢，先回避了。周先生看看宝成的脸色，一惊，又镇静下来，伸手按住宝成左手的脉上，一会儿工夫，赵太世又引着周先生、赵占魁坐堂屋里说话。

赵太世吩咐给周先生烧水沏茶。周玉熙说:"不必客气了,快给宝成治病要紧。"赵太世如梦初醒,忙说:"先生看宝成的病还有救?"周玉熙说:"太世大爷,你耽误了!"赵太世说:"一直请玄武庙里的一清道人上香念经,喝香灰、符水。"赵占魁急道:"太世兄,你好糊涂啊!你一个知书达理之人,孩子病成这样,咋的不去请医道先生诊脉看病,单单信那些邪说歪道?"周玉熙说:"闲话不要说了,宝成的病情虽重,脉息也弱,但还不至于有性命危险。快套毛驴车,俺到四女寺镇去请傅老先生。"赵太世松了口气,千谢万谢道:"敢情好了,谢谢周先生,谢谢周先生!"赵占魁道:"快别耽搁了,俺家的毛驴跑得快,俺去套驴车,你们在家里预备伺候看病的先生吧!"说着,赵占魁先拔腿走了,赵太世把周先生送到大门外。

　　一家人紧紧提到嗓子眼儿的心放下来,又忙着烧水备饭。宝雁听到信息也想起身帮着做饭,只是身子软软的不住咳嗽,安福家里的抽空儿过来瞧瞧说:"宝雁,你就别动了,好好养着。给你哥请先生去了。盼着你哥的病好了吧!"宝雁说:"俺日日夜夜给俺哥祷告哩,千盼万盼终于有了救命恩人了。"安福家里的说:"等请的先生来了,也顺便给你看看吧!"宝雁忙摆手道:"娘,千万千万别那样,给俺哥看病要紧,别耽误了给俺哥看病呀,俺这病养些日子就好了。说不定只要俺哥的病好了,俺这病也就好了。"话一说出,又觉得话语有失,又一想,反正话说出去了,娘也不会想到哪里去的。又忙着加了一句:"娘,别让请来的先生给俺看病呀!"安福家里的说:"等先生来了给你哥看完了病再说吧,看看你爷爷的意思。"

　　太阳快晌午的时候,周玉熙陪着傅老先生来了。那傅老先生已年过花甲,长长的胡须,浓浓的剑眉,红红的脸膛,进门不多言语,坐到炕边杌子上,就静静地屏住气给宝成诊脉,按了左手,又按右手,又仔仔细细看了气色,看了舌苔,半天工夫,才到堂屋里坐下来开方。赵太世已备好了笔墨纸砚,恭恭敬敬地说:"傅老先生医道高明,小孙的病全依仗老先生了。"周玉熙接着说:"傅先生,你看这个学生的病是个吗症候?"傅老先生慢条斯理,缓缓道来:"老朽不才,依俺看,病人气血失调，营卫不和①，肝旺脾虚，内有湿热温病，外感风邪乘虚而入，初起恶寒，继而高烧，身重体倦，神志昏厥，此病由表入里，慢慢波及三焦②。是不是病人下水或是被雨淋着了受了风寒？"一家人听得入了神，有的词语虽不甚懂得，心里都暗暗佩服先生的医道。赵太世道："老先生真真神医，说的丝毫不差，就是那天到西大洼砍草被大雨淋着了，回来就病倒了。"郑氏插话说："这孩子从小就怕风寒，常常冻着，也赖大人没有把孩子的病当回事儿，要是早请先生来看，哪会有今天呢！"说着又抹泪。赵太世又接着问道："请教先生，小孙的病可能治好？多少日子能够康复？"傅老先生道："病人的脉息细而滑弦，舌苔黄腻晦暗。先生不要着急，这个病病情缠绵，病变较多，病程较长。先吃几服药，解表祛风，清热化湿，健脾宁心，理气开胃，再慢慢调理。待气脉和缓，腑脏调和，再用重药厚味，就可以保全除病了。"赵太世还要发问，周玉熙说："快请傅老先生开方子吧，紧着去抓药，今后晌别耽误了宝成吃药。"赵太世忙伺候着铺纸研墨，傅老先生提笔写下了方子，那方子上写的是：

荆芥二钱　　防风二钱　　茯苓二钱　　泽泻二钱

藿香二钱　　佩兰二钱　　黄芩二钱　　杏仁二钱

白蔻二钱　　薏仁四钱　　枳实二钱　　枳壳二钱

神曲二钱　　远志二钱　　陈皮三钱　　白术一钱半

傅老先生把方子递给赵太世，又嘱咐道："病人的饭食要清淡，不能吃油腻的饭菜。"赵太世连连应了。安福家里的趁机说："爹，让傅老先生顺便给宝雁看看吧！"赵太世点点头，应了一声。安福家里的引着傅老先生到了东厢房里，谁知宝雁死活不让摸脉，安福家里的苦苦相

---

①　营卫不和：中医学名词，指营气与卫气不能协调，卫气属阳，营气属阴，如阴阳之气失于调和，则阳气卫外不固，阴液易于外泄，可致发热畏寒等症，旧称伤寒。

②　三焦：中医指自舌的下部胸腔至腹腔的脏腑器官，分上、中、下三焦。

劝，宝雁扯过被子蒙着头，反反复复哭着说："俺没病，俺没病。"半天工夫，看看没有法子，安福家里的又引着傅老先生堂屋里坐了。傅老先生说："说说病人的病状，先吃几服药看看吧。"安福家里的说："这孩子也是那天到西大洼砍草大雨淋着了。回来又背着她哥又伺候她哥，第二天就病倒了，浑身发软，不住地咳嗽，也不想吃饭。"傅老先生问道："这闺女经血来了没有？"安福家里的说："刚刚见红呢。"傅老先生点点头，又开了一张方子。

赵家准备了丰盛的午饭，周玉熙、赵占魁、赵太世陪着傅老先生吃了，赵家一家人把客人送到大门外，又送到街上，千谢万谢。赵占魁赶着驴车，赵安福同去四女寺镇药铺抓药。

傍黑的时候，赵安福抓药回来，安福家里的忙着熬药。赵安福问父亲："爹，庙里的灯油还添吗？"赵太世说："添。"

# 第十九章　雁儿飞了

宝成服了几剂草药渐渐苏醒过来，也能喝上半碗粥，吃上一块馍馍了，全家人无比欣喜。但身子仍然是浑身酸疼乏力，面色苍黄，头胀如裹，精神倦怠。一天到晚懒懒地躺着，时醒时睡。

宝雁虽说也服了草药，但病情日益加重，日夜咳嗽不止，到了过晌两腮绯红，干粮已难下咽，也只有进汤进水的份儿了。郑氏、安福家里的忙着伺候宝成，安禄家里的正巧从娘家回来，就给宝雁送饭送水送药，宝雁从炕上欠起身子，诚心诚意地说："婶子，俺一个养女，还让婶子伺候，心里真过意不去。俺这身子也不为俺争气，咋好好的就病了呢？"安禄家里的说："宝雁，快别说这种外人话，你也是赵家的人了，俺能伺候你这是咱娘儿俩的缘分儿，你年轻，只要养好身子，说不定哪个时候婶婶还让你伺候哩！"宝雁说："婶子，要不，你跟爷爷奶奶说，给俺高集亲娘捎个信儿，让俺娘来接俺回高集家里吧！"安禄家里的说："这话也甭说，你爷爷奶奶也不会同意。你正病着，哪有把病人推出门外的理！赵家可不是那种人家。你就安心养病吧！婶婶上北房屋看看，快做晌午饭了，过一会儿再来看你。"宝雁急着问："宝成哥好些了吧？"安禄家里的说："宝成的病见轻。"说着走出屋。

宝雁这里刚刚沉住气，想歇息一会儿，又不住地咳嗽起来，欠起身喘息了一会儿，一口痰咳出来鲜红鲜红，吐到炕沿下。她为之一惊！哪来的血呢？她又缓缓躺下不觉流下两串泪珠。心想：宝成哥好了，俺又病了，说不定这一生一世再也见不到宝成哥了。既然终究见不到宝成哥，又何必让俺来到赵家？又何必遇到这个对俺亲如兄妹的小冤家？又何必让俺日日夜夜牵肠挂肚魂萦梦绕？又偏偏遇到这么一个道士？真真老天不公！命运不济！她不由得趴到枕上痛哭起来。

此时，宝雁听到北房屋里又有动静，娘又大呼小叫地喊"宝成、宝成"，却听不到宝成哥应答，没的宝成哥又晕过去了？她止住哭，极力挣扎起来，想穿鞋下炕，突然间，爷爷的那句话"倘若你冲犯了，宝成有个好歹，赵家不饶你！"又在耳边轰鸣，她一下子又倒在炕上。心里默默念道："宝成哥，宝成哥！咱俩只有一屋之隔，却像是你在天那边，俺在天这边！俺祝福你快快醒来，快快养好病，身子壮壮实实的，好好念书，长成一个男子汉！俺这里怕是不行了，如果真有来生来世，但求再有缘分儿相见吧……"泪水湿了枕上一大片！

这天过晌，赵安福又请来傅老先生给宝成、宝雁诊脉。傅老先生给宝成诊过脉后，调理了几味药，开了方子，又嘱咐了几句。说紧着吃药吧，病情已有好转，生命无大碍了。给宝雁诊过脉——这一回宝雁已无力拒绝了，对安福家里的说："这闺女气血亏损，正气不足，又有肺痨的症候，怕是药力难以救治了，吃吃药看吧！"送走傅老先生，安福家里的把傅老先生的话告诉了赵太世，赵太世沉吟半天，说："快打发人把她亲娘接来吧。"

到了后晌，宝雁的病越发地重了。她亲娘在炕边守着掉泪。饭食汤水是一口也咽不下去了，鼻孔里只有出的气没有进的气了。安福家里的端过汤药，她亲娘接过来一小勺一小勺地喂，药汤只顺着口角流下来，两个娘互相帮扶着一起喂才艰难地喝下小半碗。安福家里的说："雁儿她娘，俺对不住你呀！"宝雁娘说："俺的好妹妹，快别这么说，是这孩子命不好，她没在赵家享福的命，你家抚养了她九年俺感恩还感不过来呢！"安福家里的说："说起来也真是缘分儿，你家宝雁和俺家宝成两个孩子比亲兄妹还要亲，要是两个孩子身子骨好好的该多么好啊！真是俗话说的，天有不测风云，人有旦夕祸福，如今这一个这么着，那一个还不知道好歹哩!"说着泪水一串串流下来。这时,宝雁微微睁开眼,见自个儿的亲娘在身边守着,嘴角边翕动了几下,轻轻叫了声:"娘。"宝雁娘含着泪应一声,说:"孩子,有话跟娘说。"宝雁嘴角边又翕动了几下,像是有话说又说不出。眼珠转了几转,眼里汪着泪,像是满屋搜寻什么。安福家里的说:"雁儿,雁儿,你宝成哥病好了,上学堂去了。"宝雁微微颔首,这才定住神儿,嘴角边勉勉强强露出一丝微笑,两个娘心里踏实了一些。不想,突然间,宝雁又喘作一团,连连吐出几口鲜血,宝雁娘忙抱扶着她,已是死神逼近,无半点挽回余地,一霎时,脸色立时煞白,噙着泪闭上了眼睛。两个娘摸摸手脚渐渐冰凉,两腿也渐渐地直了。宝雁娘拍着炕沿"二丫头、二丫头"地叫着放声痛哭,安福家里的也泪如雨下。安禄家里的听见哭声赶过来,含着泪说:"大嫂,别光顾哭了,快找出宝雁的一身好衣裳,给她装裹了,好让宝雁体体面面地上路。"郑氏也忙赶过来,眼里刷刷流着泪。安福家里的说:"娘,你快守着那一个去吧,这里有俺呢,千万千万别再殁了成儿啊!"郑氏哭着看看已经没有气息的宝雁,说:"雁儿呀,奶奶是真心疼你呀……"话也说不下去了,安禄家里的忙扶着婆婆回北房屋里。

此时已是五更天,赵太世听见哭声穿衣起来,知道宝雁已去,人命在天,是无可挽回的事了。吩咐家人按大人的葬礼一一办了,让宝雁好来好走,善始善终。只是不动响器,不要有动静,怕惊动了宝成。赵安福张罗着用原来给宝成备下的一副板子在外面打了一口漆黑油亮的棺材,由乡邻帮扶着埋到了赵家墓地。除郑氏守着宝成外,赵家女人安福家里的、安禄家里的和宝雁娘哭哭啼啼为宝雁送葬。玄庄的庄稼人见了无声地叹息了几声。

宝成又处于昏迷状态,郑氏日夜守在身边,安福家里的终日守着药吊子,安禄家里的紧着料理饭食。赵太世一口接一口抽烟,细细琢磨傅老先生的话,虽说宝成的病有指望,但是反反复复,终不见明显好转,宝雁服药无效走了……没的宝成也……他不敢再往坏处想,又转念盼望着那好的一面，就紧着敦促郑氏、安福家里的、安禄家里的，按时喂药、喂饭、调理好饭食。赵安福坐在小板凳上，头要垂到裤裆下了，不住地默默叨念，香灰符水无用，添油也白搭，草药也治不好，实在是愁煞人了！一家人寝食不安。

宝成这里迷迷糊糊似睡非睡，不觉来到一片荒芜的旷野，不见人影，旷野里刮起大风，风声呼呼叫，野草乱飞，天昏地暗。宝成正怅怅然不知何去何从，忽然一道光束里见宝雁随风飞来，宝成惊喜万分，刚伸手拽住宝雁飘飘的衣衫，一阵狂风大作，宝雁又随风飞去，不见踪影。宝成不禁叫道："宝雁，宝雁！"一梦惊醒。

郑氏忙搂过宝成，叫道："成儿，成儿，奶奶在这里，快醒一醒。"

宝成偎在奶奶怀里，又哭着说："宝雁飞了，宝雁飞了！"

郑氏说："成儿，你是做梦哩！"

一家人忙围过来，见宝成已醒，脸上都有了喜色。

安福家里的凑到宝成身前，见宝成睁着一双明亮的眼睛，先掉了泪，说："五六天了，可醒过来了！"

郑氏也抹泪，说："老天爷保佑，俺宝成的病可好了！"

赵太世说："宝成，饿了吗？想吃点吗？"一句话提醒了宝成，看看身边的大人，似乎方从天外梦中醒来回到现实的赵家，忙说："奶奶，俺饿了，想吃馍馍、炒鸡蛋。"

郑氏擦擦泪忙吩咐安福家里的："孩子想吃饭了，就好了，快给孩子做饭去！"

一会儿，一个白馍馍一小碗炒鸡蛋端过来放炕桌上，一家人眼巴巴地看着宝成一口一口吃饭，多少天来脸上皱巴巴的愁容展开了，都把心踏踏实实地放下来。

宝成吃着吃着饭，脱口而出："宝雁呢？咋的不见宝雁呢？"

一家人面面相觑，沉一沉，郑氏说："宝雁回高集她娘家里去了，看她亲娘去了，过些日子就回来。"

宝成立时放下筷子，伸出双腿要下炕，说："俺病了这些日子没见到宝雁，俺找宝雁去。"

赵安福忙拦住宝成，说："天快黑了，赶明儿爸爸带你去找宝雁。"

郑氏也安抚道："成儿，你的身子还弱着哩，等你养得壮壮实实的再去找宝雁玩吧！"

宝成一时稳住情绪，接着吃饭。众人的心也稳定下来。一会儿，看看宝成已吃饱了，赵太世笑道："宝成，背一段《大学》给爷爷听。"

一提起背书，宝成的一百个心思又转移到念书上去了。他腾地从炕上站起来，俨然一个学生在老师面前背书的样子，滔滔背诵起来：

> 物格而后知至，知至而后意诚，意诚而后心正，心正而后身修，身修而后家齐，家齐而后国治，国治而后天下平。自天子以至于庶人，壹是皆以修身为本。

赵太世一时兴奋异常，仰脸大笑，道："宝成有成！赵家有望！"

赵家两个多月来的阴云密布，顿时烟消云散。


宝成在家里养息了些日子就吵着要上学堂念书，郑氏和安福家里的千劝万劝又留了几天。赵太世看到孙子念书心切自然高兴，就说："宝成想上学堂念书就让他去吧，在家里待着也是闷得慌，到学堂里有老师同学在一起，精神会好一些。有了精神，身子就会慢慢壮实了。"

已是冬令天气。这日宝成一早起来就收拾书和笔墨纸砚放在书包里，又坐炕沿上想想还有没有要带的东西，娘喊他吃饭了，才觉得已妥妥当当。吃过早饭，宝成一身棉裤棉袄，安福家里的又给儿子套了一件棉袍，戴了棉麻胡①。郑氏又给孙子围了围脖，摸摸这里，看看那里，说："天寒地冻的穿暖和些。"宝成这才挎上书包走出屋门。赵安福已备好一个炭火盆提着，送宝成上学堂。

宝成已有好些日子未来学堂了，同学们见了宝成问长问短。赵安福笼上炭火盆，看看都妥当了，嘱咐了宝成几句就回去了。同学们见了炭

---

①　棉麻胡：鲁西北农村一种防寒的棉帽，两边护住两颊，后边遮住脖梗儿。

火盆立时围上来烤火。学生们正写大仿，刚刚研了墨就冻住了，手拿起毛笔也发冷，宝成的炭火盆就成了学生们追逐的宝物。一会儿这个过来烤烤砚台，一会儿那个又过来烤烤手，宝成没说什么，同桌的同学赵明理就不耐烦了，说："你们光顾了烤手烤砚台，搅和的俺咋的写大仿？一会儿交不了大仿，告到老师那里，说你们捣乱！"有一位大两岁的学生就不让了，说："你真是闲（咸）吃萝卜蛋（淡）操心，炭火盆是你的吗？你管得着吗？交不上大仿是你笨蛋，甭拉不出屎赖茅房！"赵明理也不是好惹的，说："谁闲（咸）吃萝卜蛋（淡）操心？俺看你是屎壳郎打喷嚏——满嘴里喷粪！甭××仗着大个儿欺负俺们小个儿的！"一句话未说完，大个儿的学生就奔过来，抓住赵明理的衣领，嚷道："小兔崽子，你骂人！"赵明理也顺势抓住了大个儿学生的胳膊，说："反了，反了，要打架怎么着？"宝成坐在赵明理的外边，这时正夹在两人中间，就急道："别打了，别打了，再打告诉老师去！"赵明理说："宝成，你躲开，看这小子又多大能耐！"宝成无奈，只好躲到一边。那大个儿的学生果然一拳打在赵明理的胸膛上，接着，赵明理一步跨出书桌，脚下使了一绊，那个大个儿学生"啪嚓"摔在地上，教室里一阵哄笑。

正在这时，上课铃响了，周玉熙先生随着铃声走进教室。周先生身着灰色长袍，一副琥珀色眼镜，往讲台一站，目光扫过每一位学生，教室里顿时一片寂静，那个摔倒的大个儿学生也乖乖地归了位。周先生见宝成已来上学，问道："赵宝成，病好了吗？"宝成站起身，答道："老师，俺的病好了。"周先生微笑着点点头。他一句闲话不说，拿起粉笔就在黑板上默写《诗经·小雅·鸿雁》篇，然后说："同学们，今天学习我国第一部诗歌总集《诗经》，大家跟着我朗读，都要背熟了。"说着就手持教鞭，领着学生们读起来，周先生读一句，学生们跟着念一句：

鸿雁于飞，
肃肃其羽。
之子于征，

勔劳于野。
爰及矜人，
哀此鳏寡。

鸿雁于飞，
集于中泽。
……

然后，周先生又翻译成白话文领学生们朗读：

雁儿飞了，
两翅沙沙行。
有人出远征，
野外勤劳动。
都是受苦人啊，
可怜无依无靠的百姓！

雁儿飞了，
落在水洼里。
……

学生们一遍又一遍地朗读，一遍又一遍地背诵，周先生在教室里来
回踱着步监听：

鸿雁于飞，
肃肃其羽。
……
雁儿飞了，
两翅沙沙行。
……

起初，宝成习惯地跟着同学们一起朗读，一起背诵，可是他读着读着，背着背着，眼睛渐渐地发直了，神态渐渐地怔住了！他不由自主地呆呆地走出教室，高喊起来："雁儿飞了，雁儿飞了！"

　　周先生见此情景，不知所措，同学们也都愣了。周先生忙打发赵明理跟了去。赵明理追赶上宝成，搀扶着他，说："宝成，好好地念着书，你是咋的啦？"宝成迷迷瞪瞪地说："俺找雁儿去！俺找宝雁去！"赵明理顺口说："你是说你宝雁妹妹吧？"宝成像是一时清醒过来，说："是啊，她在哪里？她在哪里？"赵明理又顺口问道："咋的？你还不知道？"宝成说："俺知道，她回高集她亲娘家去了，这么多日子了咋的还不回来呢？是不是她又到别的地方去了？"赵明理又顺口说："傻瓜，你病的时候，她死了！"一句话如一声炸雷，宝成大吃一惊！他眼睛瞪得大大的，满脸的惊恐惊疑神色，一把抓住赵明理的胳臂，大叫起来："你胡说，你胡说！"赵明理说："你不信，回家问问你大人去。"宝成转身往家里飞跑，赵明理急着追赶。

　　宝成病好了以后，赵家的大人心里明白，宝成、宝雁从小在一起长大，形影不离，有了难分难舍的情谊，若将宝雁过世的真情告诉了宝成，怕给他添病，就一直瞒了下来。本想瞒一天是一天，日子长了他也就淡忘了。不料今日宝成从学堂里回来，死死拽住郑氏和安福家里的，不住地追问："宝雁呢？宝雁真的死了吗？宝雁真的死了吗？"郑氏、安福家里的婆媳俩还想瞒下去，说："宝雁不是回高集家里看她娘去了嘛！"宝成大叫："你们骗俺！你们骗俺！"这时，赵明理赶到赵家，郑氏婆媳俩这才明白了原委，也就无可奈何了！

　　赵太世从里屋出来说："孩子既然知道了，也不用瞒了。"又对宝成说："宝成，人生在世，生死在天，谁也脱不了，谁也挡不住啊！你的病刚刚好了，就不要胡思乱想了。养好自个儿的身子，好好念书，将来成家立业，这才是做人的根本。"

　　憋屈在宝成心胸中的悲痛一时如涌泉喷发出来，叫着"宝雁，宝雁"恸哭不止，郑氏、安福家里的忙搀扶着宝成躺在炕上。赵太世说："让孩子哭吧，他哭一场，也许心里会好受一些。"宝成趴在炕上哭叫了一阵，又抽抽搭搭，哭得上气不接下气，后来渐渐的就无声了。过了一会儿，他又抓住娘的手，哽咽着问："娘，宝雁是多咱死的呢？她是怎么死的呢？俺咋的不知道？"安福家里的含着泪说："孩儿啦，你和宝雁前后脚病的，你先病，过了两天她也病倒了。你爷爷、你爸爸想着法儿地给你俩治病，俺和你奶奶白天黑夜地守着你俩，给你俩熬药、喂药，你病得不省人事，她病得滴水不进……"宝成不等娘说完，又问："咋的俺的病好了，她的病没有好呢？"安福家里的说："孩儿啦，这是命啊！"宝成听了又呜呜咽咽哭起来。郑氏说："成儿，快别哭了，你的病刚刚好了，倘若再哭出病来，奶奶可心疼死了！"赵明理也在一旁劝说，哄着宝成，说赶明儿咱俩把写过的大仿拿出来比一比，看谁写得好。又说周老师出的那几道算术四则题你算出来没有，有鸡兔同笼，有龟兔赛跑……

宝成这才渐渐止住哭，心绪慢慢稳定下来。郑氏、安福家里的又安排赵明理陪着宝成吃了饭，一起复习了半天功课。

# 第二十章　命里姻缘

宝成得知宝雁的死讯以后，精神头儿一天不如一天，天天呆呆地上学，又呆呆地回家来。回到家也不叫娘不叫奶奶了，一句话不说，把书包往炕上一扔就倒下了。两手垫在头底下平躺着怔怔地出神儿，娘叫他吃饭了，才懒懒地坐饭桌前，好歹喝上半碗粥，吃上一小块红薯，又放下筷子。郑氏劝道："成儿，再吃个馍馍吧！"他也不搭理，又到一边儿躺着去，终日失魂落魄的样子。

这日早饭后，宝成上学堂去了。郑氏端过纺线车放炕上，她刚刚做好了纺线前的准备，架起左右两臂，摇动起纺线车，"嗡嗡翁"纺了一会儿线。赵太世坐炕头上说："叫过安福两口子，有话说。"郑氏又放下手里的活，挪动小脚，走到西里间屋说："你爹叫你们过去说话哩。"赵安福两口子应了一声，随后过来一起坐春凳上。

赵太世吐出一口烟雾，不紧不慢地说："宝成他娘，宝成的亲事女家那头应了没有？"安福家里的说："他桃个儿姨问了，这闺女的爹娘没的说，都应了，只是这闺女不吭不哈，一句话也问不出来。"赵安福说："这事也不必着急。这家不行就再找一家。"赵太世说："只要做父母的应了就成了。这闺女九年前救了宝成一命，注定和宝成命里相投。宝成虽说身上的病大好了，可又添了一块心病，天天无精打采，就怕旧病复发，要紧的是给他冲冲喜，别再犯了病。"安福家里的说："爹说

176

的是，不知宝成和这个闺女的生辰八字合不合呢?"赵太世说:"夜来，我请阴阳先生看了宝成和高家闺女的生辰八字，推算出了他俩的命相①，说'水养木'，宝成娶了水命的媳妇，养精生气，精神自然活泼旺盛，宝成就算有救了。我看这门子亲事年前就紧着办了吧!"安福家里的说:"那敢情好了，这闺女俺是看着她长大的，文文静静。再说哩，给宝成娶了媳妇，有个人陪伴着他，省的他再惦记着死的那一个了。"赵安福说:"就是日子紧了一点儿。给宝成娶媳妇总不能凑凑合合的，又赶上要过年了，这事那事，杂七杂八，怕是顾揽不过来啊!"郑氏边纺线边插话说:"给俺成儿娶媳妇可要风风光光的，这是孩子一辈子的大事!"赵太世说:"亲事的礼数是不能少的，该办的都要办，可也不必过于铺张。日子定在腊月里，挑个吉利日子，还有一个多月的工夫，只要紧着办，我估摸着还来得及。媒人就托付宝成他大姨了，宝成他娘，你给宝成他大姨送个信儿，过几天就递大帖②过礼吧。"

　　宝成是赵家的命根子，一家人围着他一桩事接一桩事。宝成的病刚刚好了，上学堂念书了，又迎来人生之大礼——娶亲成婚，赵家从阴云密布的日月里又走进繁忙喜庆的日子。要娶亲头一桩事就是请媒人说媒，赵太世为此事颇费了一番心思，方圆百里要挑一个赵太世心目中的孙媳妇可不那么容易。模样俊俏在其次，首先是男女双方的生辰八字要相生相合，重要的是女人的脾性品德，一言一行一举一动不可逾越了做女人的规范。这些日子他日夜思谋，终于有一天夜里，一个小闺女的身影跳入了他的脑际，九年前是谁救了宝成一命?那个在影壁前规规矩矩不声不响站立的小闺女，不就是宝成命里注定的姻缘吗?那拐子咋的偏偏抱了宝成跑到戏台底下歇下来?那个小闺女咋的偏偏正在戏台底下看

---

　　① 生辰八字、命相:生辰八字即人诞生的年、月、日、时，按天干地支相配记录共八字。命相，即以两个人的生辰八字按阴阳五行的说法，推算出男女双方是属于"金命"或"木命"……再判断两人的"命相"是相生还是相克，相生则亲事可成，相克则亲事不成。如"水养木"相生，"火克金"则相克。

　　② 递大帖:订婚的仪式。

戏巧遇了宝成？那个小闺女咋的与宝成早就相识一见如故？那个小闺女咋的就凭着她小小年纪的智慧与勇气从拐子手里救出了宝成？这一切岂不是冥冥中有神奇的力量相助？这一切岂不是明明白白昭示了那个小闺女与宝成命里相投！

本书第一章已经说过，那个小闺女叫菊个儿，她是玄庄冯二行的外孙女，也就是冯二行女儿的女儿，家在玄庄的邻村高集，正巧与宝雁的亲生之家和桃个儿的婆家同村。当年的小闺女如今已长成青春年华的大闺女了。

赵太世认定了这门亲事，首先就找到了冯二行。赵太世对冯二行家曾有救命之恩，当年赵太世当的冯二行的三亩地早已顺顺当当地归属了赵家，赵家的日子已比九年前更上一层楼，冯二行家的日子从那年遭遇匪祸以后就每况愈下了。这时候赵太世找上门来要与冯二行的女儿做亲家，那是春日的及时雨冬日的暖阳光求之不得了。赵太世说明来意之后，冯二行一口答应，说："敢情好了，敢情好了，这门亲事想攀还攀不上呢，俺外孙女可找了一个富贵之家，咱们两家又是同乡又是亲戚，更是亲上加亲了。"还说，也不用找媒人说媒，他就替女家做主了。

赵太世是个办事谨慎的人，又让安福家里的托付她大姐桃个儿到女家提亲，并问了菊个儿的生辰八字。紧接着，赵太世请了一位阴阳先生给宝成和菊个儿合婚①，推算出了两人的命相相生相合，是天作之合的姻缘。这门亲事的头一桩事算是石头落地铁板钉钉了，赵太世这才和家人商议筹办娶亲大礼。

当家的有了指令，赵家人都忙碌起来，女人们忙着缝制送新娘的衣裳，烹调送女家的礼物；赵安福忙着请人收拾屋子，把东厢房腾出来做新房，里外粉刷，扎糊顶棚炕帷。

到了递大帖过礼的日子，送女家的礼物都已备齐：四节礼盒，一礼

①　合婚：请阴阳先生推算男女双方命相相生相克的活动。

盒熏肉、一礼盒熏鸡、一礼盒油炸果子、一礼盒各样点心。另有一身红绸衣裳和一张红纸大帖放在盖簸箩里，外面又用红包袱包了。

那红纸大帖上写道：

　　恭候金诺久仰名门不揣寒微愿结秦晋之好

　　　持笺特达

　　尊府

　　　　　　　　　　眷姻　赵太世　赵安福顿首

四节礼盒由八个庄稼小伙抬了，又由一中年庄稼人携了红包袱包的盖簸箩，优哉游哉奔了高集女家。

次日，一位高集中年汉子身穿黑长袍头戴黑帽盔儿两耳挂兔耳帽，迈进赵家大门，站在影壁墙前喊道："回帖到。"随后四个小伙抬着两节礼盒也到了。赵太世忙迎出来，两手打躬作揖，道："喜庆，喜庆！快请屋里坐。"那中年汉子和四个小伙都屋里坐了，安福家里的倒了五碗水摆上，说："大冷的天，喝碗热水吧！"中年汉子将女方回帖递给赵太世，道："高亲家问候赵亲家安好！"赵太世应道："托福，托福！"这时，那四个小伙将两节礼盒里的一百张海碗口大的合子①捧出来，中年汉子又道："大喜的合子请亲家收了。"郑氏、安福家里的、安禄家里的忙接了百张合子，郑氏两臂合拢拜拜，笑道："和和美美，百年和好。"赵太世又接话茬道："大吉大利。"双方又打躬作揖，哈哈一笑。随后，赵家安排了午饭，请女家送回帖的庄稼人吃了，那中年汉子起身告辞，道："不麻烦了，等着好日子吧。"赵太世笑道："多劳，多劳！请给高亲家带好。"

赵太世送走了女家客人，回到堂屋展开红纸回帖一阅，那上面写道：

---

①　合子：类似现今城里的馅儿饼，皮薄个儿大。

幸借冰言仰答洪章谨遵玉言愿结秦晋之好

　　　持笺特达

　　尊府

　　　　　　　　　　　　　　　眷姻　高达　鞠躬

　　赵太世喜形于色，稳稳地坐在圈椅里又端起烟袋，思谋下一步的事情。

　　紧接着，送娶帖，择定吉日良辰娶亲成大礼。又请阴阳先生推算出送亲迎亲的贵人吉相，上轿下轿的喜神方位，又给亲朋好友撒了喜帖①，都一一办了。

　　到了抬嫁妆的那一天，热热闹闹。众乡邻都来帮衬着，由武秀才赵占魁领头安排，谁谁抬躺柜，谁谁抬八仙桌、被阁子②，谁谁抬被褥……玄庄的庄稼人遇上乡邻的红白喜事比办自己家里的事情都热心百倍，都争着抢着去做。待嫁妆抬了来，往赵家院里一摆，人们又品品这一件，评评那一件，都"嚓嚓"地叫着赞许不已。等办完了差使，众人自然在赵家有滋有味地吃了一顿白馍馍、猪肉白菜豆腐杂烩菜，都嘻嘻哈哈，眉开眼笑，像是又过了一个年。

　　这里紧锣密鼓操办亲事，而这桩亲事的主角赵宝成却无动于衷，每天只顾了上学堂，像是个局外人。安福家里的看在眼里，就忧心忡忡。心想，虽说儿女婚姻嫁娶是父母之命，媒妁之言，倘若不把娶亲的事给宝成说明了，到了娶亲的那一天，他拗着脾气不拜天地不入洞房咋办呢？若是硬逼着孩子去做这事那事，岂不是又把他逼出病来！看他天天这个样子，哪有娶媳妇的心思。思来想去没个主意，还是讨问一下公爹

---

　　①　娶贴、贵人吉相、喜帖：娶贴即通知女方结婚日期的一种形式。贵人吉相指在属相上不犯忌讳的送亲迎亲的人。喜帖即给亲朋好友发的婚礼请柬。

　　②　被阁子：摆放在炕梢的一种橱柜，主要放床上用品。

的意思吧。

　　安福家里的走进东里间屋，立在炕前说："爹，宝成的亲事操办得倒是顺顺当当的，可是俺心里总觉得不那么踏踏实实的。"赵太世说："有话说吧。"安福家里的说："宝成这孩子天天闷闷不乐的样子，一句话也不说，也不好好地吃饭，像是丢了魂儿似的。那天抬嫁妆来，俺说，你去看看抬来的嫁妆吧，躺柜、八仙桌油漆得锃光瓦亮，六铺六盖的被褥都是新里新面。他瞪俺一眼，也不搭理，像是硌硬俺提娶亲的事，不知道这孩子心里咋想呢，像是还惦念着死的那一个哩！俺想还是开导开导他吧，省的到了娶亲的那一天他再扭着大人闹出事来。"赵太世听了，沉一沉，说："这就是你们做父母的责任了。古人说，'苟不教，性乃迁。'我早就给你们说过，孩子要从小教导他，不能由着他个人的性子，长大了才懂得人情事理。宝成和宝雁从小一起长大，小时候在一起玩玩没有什么，等他们长大了几岁就不能天天混在一起了。男女有别，男孩子念书学庄稼活，女孩子学纺织针线，这才是天经地义的正理。再说哩，人生在世，孝为先，'父母教，须敬听，父母责，须顺承。'到了这时候，如果这孩子不听从大人的话，就让大人作难了！"安福家里的说："爹，你老人家说的都是正理，可宝成他爸瞎字不识，一年到头泡在庄稼地里，他哪里想到这些事，俺一个妇道人家也说不出多少大道理，还是你老人家多费心吧！"赵太世磕出一烟袋烟灰，叹了口气，说："宝成念书倒是用心，书上的话都是圣人的话，按说他应该懂得这些道理了，怎么越念越糊涂呢？等宝成下学回来劝说劝说他吧。"

　　安福家里的听了公爹的话，一时放下心来，就等着宝成下学回来。冬日天短，太阳已没下去了，天井里渐渐灰暗了。安福家里的觉得是宝成下学回来的时候了，她走出大门，瞧瞧胡同的尽头，不见人影，又返回天井里，见婆婆正抱柴准备做晚饭，就说："娘，俺来吧。"说着，接过婆婆怀里的一抱柴，又说："你看，到这时候了，宝成咋的还没有回来呢？"这一提醒，郑氏也有些慌了，说："是呀，该回来了，是不是到他同学家去了？"这时，赵安福正背一筐柴从外面回来，郑氏说：

"安福，你放下柴筐，到赵明理家去看看吧，宝成到这时候还没有回来呢！"赵安福"哼"一声，放下柴筐，走出大门。

郑氏、安福家里的边做晚饭边惦念着宝成，赵太世也着急了，走出屋在天井里来回走动。不一会儿，赵安福回来说，宝成没去赵明理家，赵明理说，他俩一起下的学，回来有一阵子了。一家人又慌作一团，赵太世急道："快到村里村外找找去吧！"郑氏说："孩子别是犯了病，晕在外边了！你们可别说俺成儿了，好好的孩子，没的让你们逼出病来。"安福家里的若有所思，说："俺估摸着他到那个地方去了。"赵安福急道："有话不痛痛快快说，到底到哪去了？"安福家里的说："是不是到宝雁坟上去了？"赵太世重重地叹口气，急道："还愣着干吗，快去把他找回来！"赵安福急步迈出屋门，安福家里的也随后跟了去。郑氏在他们身后叮嘱道："你们好好地说话，可别吓着孩子啊！"

天已黑下来，一弯新月挂在天边，不多的星星闪闪烁烁，玄庄的夜晚涂了一层银灰色。村里村外静得很，只是偶尔有一两声狗吠。

宝成果然立在村北田野里一座小坟前，他正不住地朗诵：

雁儿飞了，

两翅沙沙行。

有人出远征，

野外勤劳动。

都是受苦人啊，

可怜无依无靠的百姓！

他噙着泪说："宝雁妹妹，你变成美丽的大雁了，老师同学们都怀念你。俺没见你一面你就飞了，给俺托个梦吧，让俺在梦里见到你……"话语凄凄恻恻，说着滴下泪来，痛哭不止……

正这时，安福家里的喊道："宝成，回家吧。"宝成身上一激灵，转回身，爸爸、娘已站在面前。赵安福说："傻孩子，跑到这里来干吗？快回家吧！"安福家里的忙拉住宝成的手，又拍拍宝成身上的土，说：“大冷的天，你站在野地里要冻着哩！”

宝成不言不语，擦擦泪，心里存着委屈。他默默地跟在爸爸、娘身后，踏着月光步出田野，走在灰蒙蒙的玄庄街上，脚步有些蹒跚，渐渐地身上仿佛轻松了许多。今天在学堂里，周老师又让学生们背诵《诗经·小雅·鸿雁》篇，宝成想，下学后到宝雁的坟上去背诵，让宝雁听听，她已变成一只又大又美丽的鸿雁飞上天了。告诉宝雁，老师同学们天天念叨她，天天都在想念她。这时，他又想，《诗经》是天下的书，天下人都在诵读，岂不是天下人都在怀念宝雁吗？今儿后晌，俺给宝雁朗读了《鸿雁》篇，宝雁听了会是很高兴的，她会给俺托梦的……他这样想着，不觉加快了脚步，赵安福夫妇倒落后了。

宝成回到家，一家人见他精神振作起来，都满脸的喜欢。郑氏紧紧握住宝成的双手，说：“俺的好孩子，可回来了！手这么凉，快上炕暖和暖和身子。”赵太世说：“以后下学就回家，别东跑西跑的，省的大人惦念着。那个地方以后就不要去了，要紧的是养好身子，念好书。”郑氏截住赵太世的话，说：“快让孩子先吃饭吧，有话吃了饭再说。”安福家里的忙着盛饭，一家人又都哄着宝成吃饭，一句话不提，赵太世原来要说的话也一时沉寂了。

# 第二十一章　洞房泪烛夜

　　转眼到了宝成娶亲成婚的日子，腊月里原本天寒地冻，这几日却是难得的艳阳高照，暖融融的。赵家天井里搭起了大棚，院里院外贴满大红纸洒金对联和双喜字，大门上挂两盏大红纱灯笼。新房布置一新，顶棚和炕帷都扎糊了一色的牡丹花花纸。迎面八仙桌上一面穿衣镜，两个红漆雕花梳妆匣子，两支锡蜡台。右首一架黑漆躺柜，靠窗大炕上铺了绣花大红褥子，炕梢被阁子上又摞了几床红红绿绿的被褥，窗户上贴了大红双喜字和喜鹊登枝的窗花。

　　娶亲的花轿已经上路，正是喜庆热闹时，大门洞开，人来人往。襄礼、傧相、外柜、内柜、散办①等等各种差员忙忙碌碌。

　　襄礼赵占魁忙着各处里察看察看，看看诸多礼仪有没有遗漏或不周的地方。这时，他看到天地堂前的供桌上，摆了一尊香炉，一只盛满高粱的斗，斗上放一张弓三支箭，却少了一杆秤。就吩咐一位散办："快去寻一杆秤来。"语音未落，那担当散办的小伙已撒腿去了。

　　赵太世着一身藏青，藏青色长袍，藏青色马褂，藏青色帽盔儿，藏

---

　　① 襄礼、傧相、外柜、内柜、散办：都是举办婚礼的办事人员的称呼，襄礼是主持料理婚礼的人，傧相担负迎接宾客和婚礼的司仪，外柜、内柜负责收贺喜的礼钱并记账，散办担当杂务和跑腿的差事。

青色云头棉鞋。他站在大棚中央，朝前来贺喜的亲朋乡邻打躬作揖，满脸堆笑，不住地说："请了，里边请了！"那前来贺喜的人作揖还礼道："大喜大喜，太世家兴人旺，过上三两年就四世同堂了！"说着一起哈哈大笑。然后，傧相哇儿哇儿二领着贺喜的人到外柜上落了喜账①，再请到宴席上落座。

宝成的桃个儿姨、梨个儿姑头一天就来了，这时候坐北屋西里间一起说话儿。桃个儿姨说："他姑，这一阵子可好？"梨个儿姑说："好不好的还那样，天天伺候着他，一大家子人家，忙这忙那，宝成娶媳妇了，好容易出来清静清静。"说着，眼圈就红了。桃个儿姨说："俺家的日子倒是清静，可日子长了，越是清静越觉得心里没着没落的。"说着低下了头。梨个儿姑这才意识到，宝成他大姨是寡居一人，自己的话犯了忌，就转了话题，说："他小姨还在外边吗？"桃个儿姨说："还在外边闯荡哩，不敢回来呀！"梨个儿姑说："他小姨也不易呀！咱做女人的各有各的难处，咋的就过不上那安安生生舒心的日子呢？"正说着，有人进屋找安福家里的，桃个儿姨说："二妹没在屋里。"又有人进屋找马鞍。

桃个儿姨、梨个儿姑都是宝成的亲人，宝成是她们从小抱大的，对宝成的亲事自然关怀备至。夜来，她们早早地来了就是来为宝成贺喜的，可是，当她们见了宝成，又为宝成的亲事捏了一把汗。桃个儿姨见了宝成说："宝成，要当新郎了，姨给你做了件新褂子。"宝成噘着嘴叫了声桃个儿姨，也不接那件新褂子，就呆呆地站着，全没有往日见了桃个儿姨那种亲热劲了。梨个儿姑回娘家常来常往，宝成每每见了都是"梨个儿姑长，梨个儿姑短"地说一阵子话，梨个儿姑一早来了，握住宝成的手，说："真想不到，一晃十来年了，宝成长大成人了，要娶媳妇了，以后就有人伺候你了。"宝成像是最硌硬"娶媳妇"这句话，又像是害羞似的，连声姑也不叫，扭过头站一边儿呆着。这时候，梨个儿

---

① 落了喜账：落 lao，喜账即记录婚礼礼钱的账簿，落了喜账即记下了贺喜人送的礼钱。

姑就问："他姨，听说宝成的媳妇和你是一个庄的。这闺女的脾气性格咋样呢？"桃个儿姨说："要说这闺女人样子也好，脾气性格也好，人前人后，寡言少语，还做一手好针线活，就是比宝成大了六七岁，不知道和宝成两人对不对脾气？"梨个儿姑说："他姨，只要脾气性格好就知道疼人，宝成从小身子弱，但求找一个一辈子疼爱宝成的人就知足了。俺那一个比俺小八岁哩，两人对不对脾气谁能料得到呢？看宝成的样子，愁眉苦脸的，娶了以后不知道咋样呢？"正说着，安福家里的慌慌张张地进屋来，说："你姐妹俩说话哩。"桃个儿姨说："看，把你忙的。"安福家里的说："那迎亲接亲的人还没到全哩。"

这时，襄礼赵占魁闯进北屋，叫道："赵宝成，赵宝成！"安福家里的忙走出西里间屋，说："占魁叔，找宝成有事吗？"赵占魁急道："花轿说话就要到了，新郎官不在，新娘和谁拜天地？这桩亲事还办不办？"安福家里的说："刚才宝成还在东房屋里呢，这一会儿工夫又跑到哪里去了呢？"赵占魁说："东西厢房都找遍了，不见人影。"于是院里院外又忙作一团，到处找新郎官！

宝成一早起来，安福家里的帮他穿戴打扮，一身湛蓝洋布棉袄棉裤，外套绛紫色软缎长袍，一顶绛紫色呢礼帽。安福家里的说："成儿，今儿是你成亲的日子，哪里也不要去，在屋里等着，听你占魁爷爷的指使。你听娘的话，就是疼娘了。"宝成不言不语，他呆呆地坐了一会儿，看到外面忙忙乱乱，心里也越发乱糟糟的，觉得不是个滋味。冥冥中像是有一种力量促使着他，悄悄地从柴堆里找出那件东西携了，趁人多事杂，溜出了大门。两只脚又不由自主地一阵风似的走到了那座小坟前。

宝成像置身于一方圣地，他恭恭敬敬，谨谨慎慎，将那件东西稳稳妥妥放在小坟前——那是一块砖刻墓碑，上刻"妹宝雁之墓"。虽是小小的一块砖刻，却凝聚了宝成一个月来日日夜夜朝朝暮暮的心血。他的手指磨出了茧，磨出了血，藏在背静地方，不敢让大人瞧见。一笔一画刻出了那时时刻刻跳动在他心坎上的五个字。

宝成朝墓碑鞠了躬，说："宝雁妹妹，俺来看你了，给你刻了一个墓碑……"说着眼里滚出泪来，再也说不下去。正在这时，一只手从后面抓住了宝成的衣领，那人叫道："赵宝成！"

宝成吓得一抖，转身看去，一个大小伙子站在他面前。这人膀大腰圆，穿了一身黑棉袄棉裤，腰里扎了一条布袋，头上蒙的白羊肚子手巾已成土色。宝成怯怯地说："你是大哥哥吧！"

那人松了手，急道："你说，俺妹妹是咋死的？"

宝成沉沉地说："宝雁妹妹是得病死的。"

那人又急道："她不叫宝雁，是俺常家的二丫头！"说着扑通跪在小坟前，痛哭流涕："二丫头，二丫头，哥来看你了！"

那人就是宝雁的亲哥哥常巴虎。常巴虎这一哭又勾起宝成的泪水，他也跪下，哭着说："大哥哥，宝雁妹妹真的是病死的，俺先病的，接着她也病了。"常巴虎紧紧抓住宝成的双手，追问道："咋的偏偏她死了？"宝成说："俺娘说，这是命啊！"常巴虎又急道："命？命？该死的命！是你们赵家人气死的！"

常巴虎和宝成哭了一阵子，他抚摸着那块砖刻墓碑，又重新用土培了培安放好。两人互相看看，都满脸泪水，他们意识到共同思念着地下的一个人，心是相通的，不觉抱在一起又哭起来。这时，远处传来鼓乐声，常巴虎抬头看去，冬日的旷野无遮无拦，西大堤上一顶花轿颤颤悠悠要进村了。这时候常巴虎才注意到宝成一身新衣新帽新郎的打扮，立刻意识到赵家的孙子今天要娶亲成婚了，眼前的这个小兄弟与他天地之隔！

常巴虎猛地一甩手，差点把宝成推了个趔趄，转身急步走去。

宝成一时怔住，望着常巴虎的背影，喊道："大哥哥，大哥哥！"像是难舍难分。

宝成这里刚刚镇定下来，赵安福和赵占魁一起奔到跟前，赵安福抓住宝成的胳膊，叫道："宝成，快回家！"赵占魁攥起宝成的另一只胳膊，说："俺的小祖宗，花轿要到了，你要误大事了！"

宝成几乎是被赵安福、赵占魁架着急急奔回家的。他的心还留在村北的那方田地里，而身子仿佛已经游离了他的神志心田，只有任人摆布。

花轿已到了玄庄街上，宝成一踏进家门，赵家一家人和前来贺喜的人一起簇拥过去，仿佛这桩关天关地的大事有了救星，有了顶梁柱，一下子都松了口气。郑氏、安福家里的忙打扫宝成身上的土，整整宝成的衣帽，安福家里的怨道："不让你出去，你偏偏出去，差一点误了事。"郑氏说："孩子回来了，就别说他了。"安禄家里的忙给宝成佩戴红绸十字花。

　　花轿已在赵家大门外落轿了。唢呐、笙笛、鼓镲越发吹打起来，鞭炮噼噼啪啪震天价响。鼓乐声中，先有两位老嬷嬷各举三炷香，围轿走三匝，口里念道："新人吉祥，新人吉祥。"接着，由一位子女双全的中年妇女掀开轿帘，边往新娘脸上扑粉，边说："给新人添缘分儿。"这才由两位喜娘搀扶着新娘下轿。新娘小心翼翼迈过了放在捶布石上的马鞍，又踏上红毡步入婆家门。一位少女抓把篮里的碎草撒到新娘头上，边撒边唱道："新媳妇，撒草儿草儿，入洞房，抱小儿小儿①。"

　　安禄家里的搀扶着宝成，待新娘挪动着脚步缓缓走到天地堂前，傧相主持着拜过天地，拜过了高堂赵太世夫妇、赵安福夫妇，又夫妻对拜。宝成木木呆呆，任凭傧相和安禄家里的摆布，让他作揖就作揖，让他磕头就磕头。要入洞房了，傧相拿过放在供案上的那杆秤递给宝成，喊道："揭袱子了，吉星高照②。"宝成接过秤一动不动，安禄家里的又帮扶着他用秤杆揭了新娘蒙的袱子。入了洞房，还有坐帐、张弓射箭③等婚礼风俗，也都是安禄家里的一一把着宝成的手脚做了。宝成只是低着头应付做了这事那事，连新娘子的面目也不瞧一眼，就巴不得早早地溜出了洞房。

　　到了后晌，新房里两支锡蜡台上的烛光闪闪烁烁，墙上映照出一个女人的身影——她盘腿低头坐在炕上，跷起高高的发髻，纹丝不动。她

----

　　① 小儿小儿：男孩。

　　② 揭袱子了，吉星高照：袱子即盖头。旧秤十六两一斤，这里用秤揭袱子，象征天上南斗星六，北斗星七，加上福、禄、寿三星，计十六颗星，以取"吉星高照"之意。

　　③ 张弓射箭：新郎朝新房四角射箭，表示驱除邪恶。

这样独坐着有几个时辰了，不知道这样沉闷的时光还要持续多久？不知道与她结发的那个小男人此时在何方何处？不知道今晚今夜如何煎熬？

宝成像傀儡戏里的木偶一样被人摆弄着折腾一天了。晌午，席棚里摆开二十张席面，亲朋满座，傧相领着宝成一一上拜谢礼。过晌又有一拨一拨同学来贺喜，宝成也要去应酬。到了傍晚，他就一头倒在北屋东里间炕上呼呼睡着了。

这时候，安福家里的进屋来叫醒了宝成，服侍着宝成多少吃了点儿东西，说："宝成，你娶了媳妇就成大人了，不能在爷爷奶奶炕上睡觉了，到新房里，有你媳妇侍奉着你睡觉哩。"宝成执拗地说："俺不去。"安福家里的说："傻孩子，娶了媳妇的男人都是和媳妇在一个屋里过日月，这是天底下的风习，你看咱庄里娶了媳妇的男人不都是这样嘛！"宝成说："她是谁？俺不认识她。"安福家里的说："成儿，她就是九年前在戏台底下救你的菊个儿呀？"宝成一怔，又懵懵懂懂问："她咋的成了俺的媳妇呢？"安福家里的忍不住一笑，说："这就是你俩的缘分儿了，媒人牵线，阴阳先生推算了八字，这门亲事就成了。合该着你的救命恩人做你的媳妇，日后你们俩还要和和气气在一起过日子哩，说不定她能保你一辈子平平安安，这岂不是你的福气！"宝成仍然不动身子。赵太世、郑氏进屋来又东劝西劝。赵太世摆出一副严正的面孔，说："宝成，从今儿起你是成了家的人了，不是小孩子了。成了家的人举止做事就要合乎世道的规矩，不能让外人笑话。今天亲戚朋友、乡邻父老都来贺喜，这么大的场面，都是为了谁，都是为了祝贺你的成婚大礼！爷爷也盼望你日后成家立业，上承先祖，下继后世，不忘列祖列宗的恩德，可是你一点也不放在心上，爷爷的这份儿心都白操了！"说着连连叹气。郑氏说："成儿，听你爷爷的话吧，别让你爷爷生气了，今后晌过东房屋里睡觉，炕也烧热了。"又对安福家里的说："成儿他娘，你把宝成送过去，头一宿，孩子生疏。"

宝成这才动身跟着娘走出北屋，刚走到门外，郑氏又叫住安福家里的，悄悄说："告诉媳妇，成儿还小，先铺两个被窝。"安福家里的点点头，郑氏又递给儿媳一包点心，说："给媳妇吃，怕是一天来还没有吃东西哩。"

安福家里的领着宝成，掀起新房的棉门帘，走进新房的时候，那个在烛光下独坐的女人——新媳妇菊个儿心里咯噔一下，抬起头来，怯怯地看着婆婆。安福家里的走近媳妇亲亲热热地说："孩子，咱都不是外人，俺是看着你长大的，进了这个门儿跟在你自个儿家里一样过日子，这是缘分儿，有话跟娘说，别憋在心里。"一番话说动了新媳妇，一天来她吐出了第一句话，叫了声："娘。"随着滴下泪来。这一声"娘"也叫到安福家里的心里，一时勾起了当年她嫁到赵家的情景，不觉眼睛也润湿了。她拿过那包点心，说："一天来没吃东西吧，当女人的谁都是这么过来的。奶奶想着你，饿了就吃吧。"菊个儿忙点点头，心里存着感激。

安福家里的伸手摸摸炕席，又拽拽褥子的边边角角铺平了，说："炕烧热了，天冷就多盖床被子，他年纪小，你就多操这份儿心吧！夜里照看着点儿，娘拜托你了。"菊个儿说："娘，俺知道。"临了，安福家里的又嘱咐道："先铺两个被窝，他还小。"菊个儿又"哎，哎"地应了，心里就琢磨这句话的意思。

新房里只剩下一对新人的时候，静极了。宝成坐在八仙桌前拿根柴火棍拨弄蜡台上的烛花，拨一下，烛光闪一下，烛泪也随着滴下来。他这样反反复复打发着时光，并不理睬炕上的女人。

菊个儿仍然盘腿坐着纹丝不动。她是想先看看这个小男人有什么举动，说什么话，再来应对。可是等了一阵子仍不见他有什么动静，自个儿也就懒得开口了。女人安分守己，少言寡语的秉性占据了她的心头，你不说话，俺也不言语，看你坐到什么时候？

外面起风了，窗纸沙沙响，窗纸上的双喜字一鼓一鼓扇动起来。风声惊动了她，她抬头凝视着那一鼓一鼓的双喜字，心头不由得一颤！也许是婆婆说的缘分儿吧！九年前俺从拐子手里救出他的时候，是不是就已经注定了这份儿姻缘？要不，俺咋的偏偏嫁给这个比自个儿矮了一截的小男人呢？俺一生的命运，是苦是甜，是风里雨里度日月，还是安安生生过日子，没的就系在他的身上了？

　　她不由得转头望去，宝成又拿过一本书在烛光下翻看。她心中暗想，他是个读书人，爹娘说读书人通情达理，过上三五年，他长大了，倘若他又会疼人，又会做事，也许那日子会好的。她又想起婆婆的嘱托，感到自个儿理应担负起那份儿责任，就动手铺了两个被窝，鼓了鼓勇气，说："天不早了，你到炕上睡吧。"宝成不吭不响。她也无奈，只好又坐到炕上，变换了身姿，两腿伸进被窝里，背靠在被阁子上，全身轻松了许多，一会儿，就不知不觉睡着了。

　　宝成看了一会儿书，也渐渐地睡意蒙，趴在桌上昏昏沉沉睡了。宝成在梦中"哼哼唧唧"，叫了两声，惊动了她。她醒来，看到宝成的身子缩成一团，索索地发抖，她有些怕，又不知所措。她怕他这样着凉，冻坏了身子，岂不是自个儿的罪过？又怕如果强拗着他，惹他不高兴。想想，只好抱了一床被子盖在宝成身上，又仔细地裹了裹宝成的双腿，看看宝成的身子不抖了，才放下心来。

　　她又坐在炕上，不敢再睡了，不敢再疏忽大意了，就目不转睛地看着那一团花花绿绿的——盖着花被的小男人，又觉得她的未来渺渺茫茫，像是孤零零站在一片荒原上，不知去向，不知所终……蓦地，她想起刚才宝成梦中的叫声，仔细辨认那叫声的字眼儿，像是"宝——宝——"莫不是赵家死去的那个养女？她又不禁心头重重一颤！两眼注视着锡蜡台上将要燃尽的蜡烛和那千滴万滴的烛泪，泪珠扑簌簌流下来……

# 第二十二章　唢呐声声大年夜

腊月里的日子，大年一天近一天，过了腊月二十三祭灶日，赵家里里外外扫了房，送走了旧灶王，迎来了新灶王，这个农耕之家一年到头算是办了第一件祈求上天保佑来年五谷丰登，全家平安的善事。这天后晌赵太世就坐炕头上抽一袋安安稳稳的烟了。

接下来，赵家男男女女要忙着筹办正月里一个月的年饭了。稷、黍、麦都已碾了磨了，这一日，郑氏和安禄家里的在西厢房蒸稷面糕、黄面（黍面）窝窝，安福家里的领着新媳妇菊个儿在北房屋里蒸白面馍馍、打枣糕。面是一早就发上了，这时候，安福家里的掀开面盆一看，那一盆白面已鼓鼓地溢出盆边儿，笑笑说："菊个儿，快拿过碱碗来，这面发过劲了。"菊个儿忙忙地端过碱碗，又搬过面板放炕上，低头说："娘，俺娶过来，也没个大名，老叫俺小名怪臊的。"安福家里的说："咱女人都没念过书，谁给起大名，过两年等你有了孩子，借着孩子的名称呼你就是了。咱娘儿俩谁跟谁呢！还知道臊哩！若是当着外人的面俺就不叫你小名了。"菊个儿抿嘴一笑没搭话，眼睁睁看着娘和面。那团面在娘手里翻来覆去地揉，菊个儿问："娘，这面和到啥时候才算好了呢？俺在娘家和过几回面总也和不好，俺娘老说俺。"安福家里的说："和面全靠手劲，力气用在手上，一是要把面和匀了，用碱适度，不能白一块黄一块的；二是要把面揉开了，不能有夹生面，要把面揉得软软和和，不硬、不生、不黏、不粘手。"说着，那盆面已和得光光滑滑，圆圆的一团，她用手一拍，说："这盆面就和好了！"菊个儿说："娘咋的练了这一手好活，俺得好好地学哩！"安福家里的说："跟着娘过日子，天长日久就学会了。快揉面剂子吧，先蒸枣糕，打一个八层的大枣糕，年三十儿上供用的，底层是莲花座，上层是榴开百籽。再打三层、四层的糕留着吃。"菊个儿"嗯，嗯"应着，都记在心里，表示用心去做。

西厢房里已蒸出一锅稷面糕，水蒸气腾腾地冲出屋门。郑氏拿过一块稷面糕，黄黄的，满是小蓬窝，笑笑说："你娘儿俩先尝尝，看用的碱合适吗？"安福家里的先接过来咬一口，说："娘，合适，合适，挺好的，松松软软的。"郑氏说："那就好，他爷儿俩爱吃稷面糕，多蒸一锅。"说着看见菊个儿正打枣糕，说："给俺成儿打一个长命糕。"安福家里的说："宝成都娶媳妇了，成大人了，还打长命糕哩？"郑氏说："在奶奶眼里，他还是一个孩子，年年打，今年再打一年。"菊个儿不吭不响，只听奶奶、娘的吩咐。

腊月二十六，宰猪炖大肉。赵太世、赵安福一早做好了筹备，热热地烧了一大木盆水，从猪圈里绑了那头肥肥的猪。屠宰手是赵占魁，他一刀子捅进猪的喉头，嗷嗷叫着的肥猪就立时奄奄一息了，头歪在那里，围观的人就拍手叫好，称赞赵占魁的绝技，不愧人称"一刀魁"。随后，去毛，一把解剖刀，搜剔剐剖，游刃有余，不到一个时辰，各个部位的猪肉，鲜嫩鲜嫩，都挂在早已搭好的木杠上了。

赵家每年宰一口猪，留下猪头和半扇肉自己吃并送亲友，其余便按市价折半卖给乡里。早有庄户人等在那里了，有的一二斤，有的二三斤，有的四五斤，不等。赵占魁割肉，赵安福掌秤，赵太世说："秤高高的，别亏了。"多数人用粮食换，也有的人钱粮均无，就说："太世大哥，等麦子下来还你麦子吧。"赵太世说："兄弟，先割了肉回家过年去，麦子不麦子的日后再说吧。到时候，收成好就给，收成不好就免了。"那人提了肉，千谢万谢。

临了，赵太世提了一挂下水几斤肉递到赵占魁手里。赵占魁推推让让不接，说："太世兄，咱哥们儿还用得着这个吗？俺给你帮忙理应该，说不定啥时候俺还请你帮忙写写算算哩，不要不要。"赵太世说："过年了，这是俺的一点儿心意，下水给你做下酒菜，肉给你家人吃去，你不收，我可就不高兴了。"赵安福也说："魁叔拿了吧，拿了吧。"推来推去，赵占魁终于收下了，三人都笑起来。

赵太世又吩咐赵安福背了黄豆、绿豆，到豆腐房里换了豆腐，到粉房里换了粉条。女人们又忙着油炸各种食品。

到了大年三十儿，吃过早饭，赵太世、宝成就张罗着写对联贴对联，赵安福在天井里搭天地棚。宝成先研好了墨，赵太世写一副，宝成去贴一副。

大门上的一副对联写的是：

爆竹一声辞旧岁
桃符万户换新春

北房屋门上的一副对联写的是：

天泰地泰三阳泰
家和人和万事和

西厢房、东厢房和南房牲口屋也都贴了对联。宝成一边贴对联一边细细端详爷爷的大字笔体，觉得爷爷写的字大气、有气势，而自己写的大仿小里小气，看起来蹩脚。又想起周老师在课堂上讲的话，就问爷爷："爷爷，你写的字这么大气，是不是学的颜体？周老师说颜体字就雄浑，厚重。"赵太世说："爷爷年轻时是学的颜体，可爷爷的字照颜公的字还差之千里啊！"宝成说："爷爷，你见过颜体的真迹吗？"赵太世说："说起来话就长了，爷爷还真亲眼见过颜公的真迹。颜公颜真卿唐朝的时候曾经做过咱鲁西北平原郡太守，就是现在的陵县，那一年俺到东乡里打短工，听说陵县神头镇存有一方颜公真迹《东方画赞碑》，俺就一路打听着，跑到神头镇东方朔祠庙里，看到了颜公亲笔写的

《东方画赞碑》。碑体上有的字迹已辨认不清，但颜公书法的神韵显现在你的眼前，单看一个字，像一座泰山，雄伟壮观，再看碑文，又像滚滚黄河水，气象万千！如今，能写出颜公笔体的人恐怕找不见了！"宝成听了，陷入沉思。又缠着爷爷说："爷爷，赶明儿你带俺去看看那块《东方画赞碑》① 吧。"

正说着，天井里传来赵安福的话："爹，快写一个天地神牌位吧，天地棚搭好了。"赵太世顺手写了一张红纸牌位，宝成拿起来，看那红纸上写的是：

天地三界十方万灵真宰之神位

赵安福将这张红纸牌位贴在一块木板上供奉在天地棚里，又拿些松柏树枝装饰在天地棚上。他站在天地棚前看看，觉得挺满意，嘴角边咧出一丝微笑。接着，他招呼宝成道："宝成，撒岁了！"于是，父子俩从柴屋里抱出一些芝麻秆边往天井里撒，边念道："撒岁了，撒岁了，门神、天地诸神到，妖魔鬼怪吓跑了！"宝成觉得有趣，念一遍又一遍。郑氏站在屋门口道："成儿，该给天爷爷、地奶奶上供了。"于是，安福家里的、安禄家里的、菊个儿每人端着一碗菜，一趟一趟，共十大碗，传到郑氏手里，郑氏再逐碗摆在天地棚里供桌上。赵太世点燃三炷香，带领全家人在天地棚前磕头跪拜，郑氏又领着儿媳妇孙媳妇烧了黄表纸。

过晌，赵安福和宝成在堂屋里挂了家谱主子②，又布置了供奉列祖列宗灵牌的供桌，摆了香炉，系了桌帏。宝成站供桌前仰首看那主子，看得入了神。那主子是一幅工笔中堂，顶端有两株缀满雪花的松柏，而

---

① 《东方画赞碑》：汉太中大夫东方朔，"平原厌次人也"。即今鲁西北陵县神头镇。晋人夏侯湛为东方朔撰碑文，赞誉他的人品才华。唐天宝十二年时任殿中侍御史的书法家颜真卿因受奸相排挤，被贬为平原郡太守。他游览当地名胜东方朔祠，见祠内《东方画赞碑》已残损，重书碑文，此碑原件保存至今。

② 家谱主子：家谱，鲁西北俗称主子。

底部门楼红灯高悬，门两侧蹲两头龇牙嬉笑的石狮。先祖的名字写在一栋栋青砖灰瓦的宅屋里，自上而下，一代接一代，男性为主，女性则挂于男性的下方。宝成一代一代数着，至末代已是二十世矣！宝成不明白，那始祖一人是何年何月来到这方土地上？又是如何在这方土地上艰苦创业，耕耘度日，生生不息，成就了如今偌大一个玄庄？

女人们在西厢房忙着包饺子，菊个儿剁了一盆白菜馅，正要用笼布包了攥出白菜馅里的水分，安福家里的见了说："看你的手，冻得通红，俺来吧，你暖暖手去。"菊个儿说："娘，这粗活你甭管，还是俺来吧！"安福家里的说："不听话，你到里屋帮奶奶擀饺子皮去。"说来说去，还是安福家里的动手攥了白菜馅里的水分。

黄昏降临的时候，西大洼天边的那轮夕阳渐渐沉下去，玄庄街上炊烟弥漫，暮霭沉沉。哇儿哇儿二手持三炷香，迈进赵家大门，喊道："大哥，该请爷爷奶奶去了。"赵太世在屋里说："太和，你倒来得早！"哇儿哇儿二笑道："这事赶早不赶晚，去晚了怕是别人把爷爷奶奶请走了，咱就请不到了。"说得全家人都笑了。安福家里的说："二叔，快屋里坐。"哇儿哇儿二说："不坐了，走吧！占魁哥那一支的人家早出动了。"赵太世、赵安福、赵宝成都掬香走出屋，赵安福肩上披了两挂鞭炮，宝成手里拿了些花炮，便一起走到街上。玄庄街上已有一拨一拨的人群，大呼小叫着"请爷爷奶奶去了，请爷爷奶奶去了！"赵太世家族的人拥进这浩荡的人流里，前呼后拥，向赵氏宗族墓地进发。赵宝成置身于这支"请爷爷奶奶"的人流里，不觉萌生一种异常神圣的冥想，仿佛跟随乡人们去干一番惊天地泣鬼神的事业。于是越发摆出一副恭恭敬敬的神态。

到了赵氏宗族墓地，已有不少人站在墓前了。赵金铎、赵占魁已候在那里，赵太世和他们打了招呼，赵占魁说："太世兄，你总是慢慢腾腾的，都等你领祭了。"赵太世说："占魁，你来领祭吧，我老了，喊不动了。"赵占魁说："俺来领就俺来领。"说着他整了整衣帽，高喊一声："举香，叩首。"于是人们把手里的香高高举过头顶，深深作了个揖，"唰"一声，齐头跪下磕了个头。赵占魁又高声喊道："赵氏宗族子子孙孙恭请爷爷奶奶回家过年了!"众人也跟着喊:"赵氏宗族子子孙孙恭请爷爷奶奶回家过年了!"那喊声在墓地参天的松柏老林里回响,萦绕不绝,唤醒了沉睡百年的先祖。

接着,墓地上鞭炮齐鸣,万花点点。赵安福递给哇儿哇儿二一挂鞭炮,说:"二叔,你放一挂。"哇儿哇儿二接过来,说:"好,俺放一挂,让爷爷奶奶听听响。"宝成也把手里的花炮点着放了。他单单留出一只花炮,转回头,冲着村北方向放了,默默念道:"宝雁妹妹,你也回家过年吧!"

宝成跟着爷爷、爸爸默默转回家,心里就东想西想。此时此刻,仿佛宝雁和往年一样正在家里和奶奶、娘一起做年饭哩,他就加快了脚步,想和宝雁一块再放几只花炮。待回到家看到奶奶、娘、婶婶和那个也挽了发髻的女人正在锅灶上忙活,心里咯噔一下,才回到现实——宝雁妹妹已远在天外!不觉滴下两滴泪来。赵太世、赵安福、哇儿哇儿二已把手里的香插在供桌上的香炉里,宝成还呆呆地站着,直到赵安福喊他一声,他才回过神儿来,忙把香插到香炉里。

供桌上已摆满了敬请"爷爷奶奶"歆享的年饭,一个猪头、一只整鸡、一条鲤鱼、一碗炸藕合、一碗素丸子、一碗烩豆腐。一个八层枣糕、五个碗口大的点了红点的白馍馍。作为主祭人的赵太世已换了装跪在供桌前中央,赵太和陪祭居左,赵安福陪祭居右,赵宝成居后。然后,郑氏、安福家里的、安禄家里的、菊个儿也按辈分长幼次序跪了。都屏住气不作声。赵太世清了清嗓子,郑重言道:"列祖列宗在上,不孝子孙赵太世领全家子子孙孙给爷爷奶奶拜年了!"说着作揖磕头,众人也跟着磕了。都起来长长地松了口气,感叹终于完成了这一桩一年来天大地大的盛典!

女人们摆了两桌年夜饭,男人一桌,女人一桌。每人一海碗猪肉粉条豆腐黄花杂烩菜,男人饭桌上还有几盘下酒的菜肴。哇儿哇儿二每年在赵太世家吃这顿年夜饭,他酒兴正浓,捧过自带的一坛鲁西北传统名酒"小米香"斟了,说:"大哥,安福,喝,一年到头,求个平平安安、团团圆圆就高兴。"赵太世说:"你能喝,喝吧!我酒量不行。一年来你东跑西颠的不易啊!"哇儿哇儿二说:"易不易的,咱今天不说丧气的话,过年了,图个乐和,这第一盅酒敬大哥。"说着端起酒盅一饮而尽。又说:"第二盅酒敬俺闯关东的哥哥……"说着一盅酒朝北方洒在地上,沉默了半天才说:"俺这个哥哥也不知道还在不在人世……"说着眼眶就湿了,话音里也哽咽住。赵太世说:"太善是个有主意的人,他闯关东或许能闯出一条活路,叶落归根,早早晚晚他会回到老家的。太和,你不是说今天不说丧气的话吗,盼着这一天吧!"哇儿哇儿二擦擦眼,说:"盼着,盼着。"赵安福不善饮,喝了两盅酒就只顾吃馍馍吃菜,他已吃了两碗杂烩菜,说:"俺就乐意吃年三十儿的这碗杂烩菜。"宝成更不动酒,只拣着爱吃的菜吃了。

吃过年夜饭,哇儿哇儿二端着蜡台看那主子,他虽不识字,数字、祖先的名字还是认识几个的。他指着主子上的第十八世的姓名,问道:"大哥,你见过咱老爷爷有祥吗?"赵太世端着烟袋说:"咱老爷爷俺没见过,俺见过咱老奶奶。咱老奶奶死的那一年俺四岁,记得她见了俺就攥住俺的手不放啊。"抽一口烟又说:"咱老爷爷死得早,听俺爷爷说,咱老爷爷死的那一年,你爷爷十三岁,俺爷爷八岁,咱老奶奶家里地里拉扯着他哥俩过日子。你爷爷十四岁扶犁耕地,俺爷爷九岁上就扛大锄了。日子过得艰难,过大年还吃不上一顿饺子,灾荒年月还要外出讨饭。有人劝咱老奶奶说,你这两个儿子,一个儿子让他学手艺,一个儿子让他上学念书,日后两个儿子有出息了,日子也就好过了。咱老奶奶又靠她纺线织布,领你爷爷拜师傅学了瓦匠,送俺爷爷进学堂念书。农忙时候哥儿俩一起种庄稼,农闲时候你爷爷给人造屋盖房,俺爷爷给人当私塾先生,日子才慢慢好起来。咱老奶奶活到米寿八十八岁,寿终正寝。"沉一沉,又说:"先人创家立业不易啊!"哇儿哇儿二叹息一声,说:"祖宗的恩德不能忘啊!"赵安福、赵宝成也听得入了神,若有所思。

安福家里的、安禄家里的、菊个儿坐东里间屋炕上也都静静地听着赵太世的家训。唯郑氏捧了几炷香走到天井里各屋门前,把香插到早已备好的松枝上,念叨:"过年了,给各路神仙烧烧高香!"

一夜连两岁，五更分二年。至子时，庄里传来零零星星的爆竹声，不一会儿，仿佛受了传染，爆竹声就越来越密，几乎响成了一片，让你分不清东西南北哪方爆竹声。郑氏忙招呼儿媳、孙媳煮饺子，赵安福忙喊了宝成放花放炮。"过年"是不能误了时辰的。

热气腾腾的饺子端上饭桌，一家人默默地吃起来。郑氏端一碗热饺子送到哇儿哇儿二面前说："他二叔，趁热吃。"哇儿哇儿二说："刚吃过年夜饭，肚里还满着哩，吃不下了。"郑氏说："吃不下，带上，回家吃去。"哇儿哇儿二说："正合俺的意，大年初一俺就不动烟火了。"安福家里的说："二叔真是个实在人。"一家人都笑起来。

哇儿哇儿二果然第一个撂下碗筷，离开饭桌，跪地上说："给大哥、大嫂拜年了。"说着磕了头。赵太世说："磕吧。"郑氏说："俺收下了。"接着赵安福给爹、娘、二叔磕了头，安福家里的、安禄家里的给公爹、公婆、二叔拜了年。轮到宝成给爷爷、奶奶、二爷爷、父亲、母亲、婶子拜了年了，大家格外地喜兴。赵太世说："宝成真真地长大了。"郑氏说："成儿，磕吧，奶奶高兴。"哇儿哇儿二说："给二爷爷多磕一个头也要。"赵安福笑道："给爸爸磕吧。"安福家里的光笑不说话。安禄家里的走过去搂着宝成说："宝成给婶子磕的这个头可金贵哩！"一家人又笑。待到菊个儿拜年，大家又客气起来，先是安福家里的走过去照应着说："爹、娘、二叔，孙媳妇给你老拜年了。"赵太世、哇儿哇儿二都说："甭磕了。"郑氏走过去低首弯腰，说："难为孩子了。"那菊个儿还是一丝不苟、一招一式、规规矩矩先给老辈人拜了年：站着拜三拜，跪下拜三拜，才又磕了个头。接着给公爹、公婆、婶子拜年，赵安福说："甭拜了。"安福家里的说："免了吧，咱娘儿俩谁跟谁呢。"安禄家里的弯腰还礼，说："婶子谢谢侄媳妇了。"一家人的客气倒使得菊个儿拘谨起来，她一一拜完了站在那里一时不知所措，脸上也泛了一层红晕。她忽又想起锅勺碗筷还没刷洗哩，就忙走到灶前动手刷洗。郑氏看在眼里，便走过去握住菊个儿的手，说："孩子，累了一天了，回屋歇着去吧。"菊个儿说："俺刷洗完了吧！"郑氏说："你甭管了，先歇一会儿，等天亮了，你娘还要带你到同宗同族的人家去拜年哩！今年是头一年，好好地装扮装扮，换身新衣裳，见了长辈的人嘴甜一点儿，让外人看看咱家的新媳妇。"奶奶的话说得菊个儿又害羞起来，低了头，低低地叫了声："奶奶，娘，婶子。"就转身回东厢房了。

大年夜，各人回到个人的屋里，各人都有个人的心事。安福家里的朝北方磕了个头，给远在他乡的爹爹拜了年，祝福爹爹、三妹在外乡平平安安，眼里就滚出了泪。

安禄家里的更是难以入睡，虽说赵安禄常常有信来，可是当兵打仗的人，今天河西，明天河东，时时都有性命的危险，今个儿大年夜你在哪里？有没有想到天底下挂念你的那个人？何年何月才能回到这间小屋……泪水早湿了枕上一片。

宝成并没有回到东厢房里，早躺在奶奶屋里的拐炕上睡着了，郑氏千劝万劝也劝不动他，也就由他了。菊个儿等了一阵子不见人来，也不便去问，又独自垂泪。

哇儿哇儿二早离开了赵家，他独自走到庄北的田野里，朝北方恭恭敬敬磕了两个头。第一个头磕给远在关东的哥哥，第二个头磕给邻村的桃个儿。在他心里，世上只有这两个时时惦念的人。可是一个在千里之外，杳无音信；一个虽近在咫尺又像是隔着高高的屏障，不能近前。庄里的爆竹声仍接连不断，仿佛声声敲打着他的心扉，使他忐忑不安。此时，他才感觉到了孤独，寂寞，伤感！他捧起随身携带的唢呐，冲着北方，使足了一口气吹起来。

哇儿哇儿——哇儿哇儿——

他要倾诉，他要呐喊！

面对着漆黑的大年夜的夜空，面对着寂寥的旷野……

哇儿哇儿——哇儿哇儿——

唢呐声充溢着大年夜的夜空，传进家家户户的农屋……

那接连不断的爆竹声也哑然失色了。

# 第二十三章 "俺不要媳妇"

过了正月十五花灯节，玄庄学堂开学了。赵宝成一早起来打点好了书包，仍是穿了藏蓝色长袍，戴一顶帽盔儿，围了围脖，坦坦荡荡走进学堂。不想他刚迈进教室，同学们都以异样的目光注视着他窃窃私语。有人低声说："小女婿来了，小女婿来了。"宝成装作听不见，默默坐自己书桌前，同桌的赵明理还未到，就拿出笔砚纸张想写大仿。后边的一个小学生念道："小小子儿，坐门墩儿，一心想着娶媳妇儿。娶媳妇做什么？掌上灯，拉呱儿呱儿；吹了灯，吃哑儿哑儿①。"教室里一阵哄笑。宝成的脸色刷一下就红遍了，心里也突突跳起来。大个儿的学生又走过来着脸说："宝成，你媳妇的哑儿哑儿好吃吗？"又一阵哄笑。宝成以极大的耐性忍受着同学们的奚落，却没有一丝一毫的反抗力量，连一句反驳的话也说不出来。此时，他恨不得寻一条地缝钻进去，觉得无地自容。他再也坐不住了，忙收拾了桌上的笔墨纸砚，背了书包急步走出教室。正巧和赵明理撞了个满怀，赵明理拦住他说："宝成，要上课了，你咋的走呢？"大个儿的学生说："想媳妇了吧！"又一阵哄笑。

赵明理大宝成两岁，素与宝成脾气相投，尤以在读书方面两人互相帮助，一起切磋讨论，彼此都长进了不少。宝成虽是个性格内向，寡言

---

① 哑儿哑儿：女人乳房。

少语，老实本分的人，但与赵明理无话不说，有了心事总要和赵明理聊一聊以解内心的烦闷。宝雁病故，大人包办成亲，接连几个月来两档子重如泰山的大事压在他身上，使他喘不过气来；又犹如两个重重的铁锤敲击着他的心扉，使他疼痛难忍！连从小疼爱自己的家人都不能理解他内心的真情实感，而唯有赵明理同情他，体谅他的苦衷。这时候，赵明理已明白了事情原委，就冲着大个儿学生说："你不许欺负人！"大个儿学生说："俺咋的欺负他了？娶媳妇是喜事，赶明儿俺娶了媳妇你说俺，俺不害臊。"赵明理说："你知道人家心里的苦处吗？告诉你，你说这种话，等于拿把刀子捅了人家的心窝。"大个儿学生伸了一下舌头，说："真的吗？俺不信。"赵明理又冲全教室的同学们说："从今后，谁要是再提宝成娶媳妇的事，俺跟他没完，告到老师那里你也甭想念书了。"赵明理平日在学堂里有了事端敢说敢为，主持公道，又是班长，所以学生们都宾服他。他说完话随之上课铃响了，小学生们都坐书桌前默默地不言不语了。

赵宝成虽说坐在课堂上听课，却心猿意马，同学们奚落他的话时时在耳边轰响，又想到每天晚上和那个女人尴尬相处的局面，心乱如麻。成亲一个多月来，每天吃完后响饭，一到睡觉的时候他就神情不定，心里直犯怵。他总想在奶奶屋里拐炕上睡下，又禁不住奶奶、娘一再地督促他到东厢房里去睡，他只好违心地硬撑着身子走进东厢房里，女人已铺好两个被窝，并排摆了两个枕头。宝成一进了这间屋就感到局促不安，他忙扯过一个枕头摆到炕那头，不言不语，蜷曲在炕头上睡去。女人也不吭一声，倔强矜持的个性驱使着她绝不向小男人说一句温存恳求的话，有关男女情爱关系方面的言语更羞于开口，这个正值青春年华的闺女，甚至于还未曾想到天下夫妻间男女媾和的那件既神秘又被她视为大耻大辱的事体。她也赌气脸朝里躺下睡了。一个多月来这对小夫妻还没有面对面说过一句话。

下学的时候，赵宝成与赵明理一路回家。宝成说："赶后响俺到你家睡觉去吧。"赵明理说："好啊，俺正一个人睡一个大炕上发闷呢，你来和俺做伴吧。"沉一沉又说："哎，你大人让你来吗？"宝成说：

"俺偷偷地溜出大门。"赵明理说:"那不行,你大人发现了不着急找你吗?"宝成说:"俺不管,反正俺要到你家睡觉去。"赵明理想一想说:"宝成,你就说今天老师留下四道算术题,你解不开,找俺一块解算术题去。"宝成听了笑笑,说着两人就分了手。临了,赵明理又说:"俺等你。"宝成点点头。

宝成踏进家门,正巧菊个儿从北屋走出来,两人在天井里碰了个对脸。宝成瞪了她一眼,女人却扭头走进东厢房,如同路人一般。此时,宝成的脑袋不觉顿时大了起来,继之嗡嗡作响,学堂里同学们奚落他的话又响在身边,他仓仓皇皇走进奶奶屋里,不觉一下子栽倒在炕上,放声大哭起来。

郑氏正在一边做活,不禁一惊,忙走过来,说:"成儿,咋的啦?谁欺负你了?"安福家里的也忙走进屋,问道:"在学堂里和谁打架了?"宝成只是闷头哭,不言声。安福家里的一再追问:"是不是有人欺负你了,让你爸爸找他家大人说理去。"宝成哭着连声说:"不是不是。"郑氏又问:"是身上哪里不舒服了?"宝成又连声说:"不是、不是。"安福家里的劝道:"到底咋的啦?有为难的事,你说出来,大人给你做主想办法。"这时候,宝成猛地挺起身站起来,如开闸的洪水,迸发出多日憋闷在心里的一句话:"俺不要媳妇!"这句轰雷般的话,使郑氏和安福家里的一时如庙里的泥胎神木木地怔在那里了。

屋里寂静了半天,宝成仍在抽泣,郑氏噙着泪拍拍宝成的身子,说:"成儿,成儿,爷爷奶奶疼你的那份儿情意,咋的一点都装不进你的心里啊……"安福家里的也掉泪了,她苦苦劝道:"宝成,成亲娶媳妇这是一个人一辈子的大事,哪能随随便便说不要就不要呢!又不是买一匹驴买一匹马,可以换一换,可以卖了再买一匹,这是一个大活人哪!况且你媳妇自进了咱家的门,有礼貌懂规矩,勤勤恳恳做活,处处侍候你,吃饭给你盛饭,睡觉给你烧炕铺被,她已经给你做了一双鞋,往前天暖了又要忙着给你拆洗棉衣,哪一样儿都可你爷爷奶奶的心。孩子,你娶了这么一个好媳妇是你一辈子的福啊!"

宝成已止住了哭,但他听而不闻,心里只惦记着到赵明理家里去睡觉的事。任凭安福家里的说得天花乱坠，他觉得与他丝毫无关。大人给他戴上的这顶桂冠，他视为罩在他头上的一颗灾星，挡住他前行的路，压抑伤害着他的身心。

郑氏和安福家里的见宝成不哭不闹了，原以为他已听从了大人的劝解，就张罗着做晚饭。菊个儿在东厢房里虽未听清宝成说的那句对她来至关重要的话，但她也看出了事情的端倪。她却依然不动声色，像是什么事情都没有发生一样，一如既往，看看天色已晚，忙抱了柴走进北屋，问了声婆婆："娘，做吗饭呢？"安福家里的见媳妇面色言语没有带样儿，就放了心，笑笑说："在东边锅里熬红薯粥，熥干粮，再熥一碗年下炸的藕合，宝成爱吃。西边锅里做白菜烩冻豆腐。"菊个儿便一一按部就班地去做。她先刷了锅，锅里再添了水，再去点灶下的火。一边烧着火，一边又去洗红薯切红薯……安福家里的说："你烧火，俺来切红薯吧。"菊个儿说："娘，你歇着吧，俺一个人就行了。"像是越是在这个节骨眼上，越是要显示出她对于赵家、对于这桩婚姻的忠贞不贰。

一家人坐下来吃晚饭的时候，宝成来家哭闹的事饭桌上无声无息。原来郑氏早悄悄地嘱咐了安福家里的，说宝成哭闹的事别告诉你爹，免得你爹生气，也免得让媳妇知道了，再生出事端来。说孩子还小，再大两岁懂事了，也许就顺顺当当两人和好了。安福家里的十分同意婆婆的主意，就在饭桌上扯些闲话。说起正月十五那天庄里扮秧歌踩高跷，哇儿哇儿二扮的渔翁活灵活现。他头戴斗笠，身披黄袍，甩起白髯，满面笑容，捕捉那白蛇挑着的一只金鱼（红布扎的），一会儿踩起高跷急促追捕，一会儿蹲踩高跷笑迎金鱼，一会儿在高跷上一个鹞子翻身，一会儿又将两支高跷腿交叉踩剪子股，博得众人阵阵喝彩。宝成素来喜爱乡间的秧歌戏曲，一提起这个话头，他接话道："等到那锣鼓声停下来，二爷爷捋捋白胡子，就唱起了《小蜜蜂采花十二月》。"说着他站起身就动情地唱了起来：

正月里采花没法采，
二月里采花花不开。

三月里采花桃杏花儿开，

四月里采花葡梅架上开。

……

引得一家人笑起来，郑氏甚至笑出了泪，喜喜地说："俺的好孩子，赶明儿扮秧歌唱戏去。"菊个儿低头也难得地抿嘴笑了，这是她第一次笑她的小男人，不知道是她心里真真地喜欢呢，还是窃笑她的小男人。

郑氏见宝成的情绪如此高兴，晚饭后就给安福家里的使了个眼色，安福家里的心领神会，对宝成说："宝成，明儿一早还上学堂念书哩，早早地回屋歇着去吧！"不料，宝成却又说出了她们意想不到的话题："俺今晌响找赵明理一块解算术题去，老师布置了四道算术题哩。"郑氏、安福家里的听了一愣，安福家里的说："天黑了，别到人家里去了，在家里做功课吧。"宝成主意已定，哪里肯依，说："俺不，俺一个人解不开哩。"说着就已背起了书包。安福家里的急道："你这孩子，咋的这么不听大人的话呢！黑灯瞎火的，你要去也得让你爸爸送你去啊。"安福家里的无奈，看看公婆的脸色，说："爹，娘，你们看咋办呢？"赵太世一向对宝成晚上睡觉的事没有理会，今天宝成哭闹他还蒙在鼓里，听宝成说要去解算术题，就说："做功课的事就让他去吧，一会儿再让安福接他去。"

宝成已走到天井里，郑氏忙吩咐赵安福去送宝成。不想赵明理已在大门外候着了，宝成一见到赵明理，仿佛飞出的笼中鸟，一下子扑到赵明理跟前，说："你咋的来了？"赵明理说："俺怕你一个人黑天走路害怕呢！"又回头对送出来的赵安福说："大哥哥，你不用送了，俺和宝成做伴哩。"

宝成和赵明理说说笑笑走到赵明理家，两人果然在灯下演算了几道四则和分数算术题，又互相考问历史、地理知识题。先是赵明理提问："你说战国七雄是哪七个国家？它们的地理位置在哪里？秦国为什么能灭六国统一中国？"宝成对答如流，接着提问："请说出五胡十六国是哪十六国？"赵明理一一答了，又考问宝成："中国四大河流是哪四大河流？它们的发源地在哪里？入海口在哪里？"宝成答了，又发问："中国地形的特征是什么？国土面积有多少？它的形状像一片什么叶子？中国的地理几何中心在哪里？"赵明理说："你咋的出这么多题？俺问你两个三个，你问了俺四个哩！"宝成说："这四个题简单啊！"赵明理说："简单也是四道题哩。"宝成笑笑说："你是不是答不出来了？"赵明理说："别小看人。"说着就一一都答了。

接着，两人又互相背诵唐诗，一个人看着书一个人背，如果谁若是背错了一句或是有一句背不上来了，就要挨对方打一下手巴掌。又是念书又是做游戏，你来我往，互为师生，两人越发地兴致勃勃，紧锣密鼓背诵起来了。

正在此时，外边传来赵安福的喊声："魁叔，宝成在这里吧？"赵占魁迎出屋说："是安福吧，在这里，快进屋。"

宝成和赵明理立时停止背诵愣住了，宝成急道："咋办呢？俺爸爸来接俺了。"赵明理稍沉一沉说："快躺炕上，盖上被子。"宝成不解，问道："咋呀？"赵明理说："睡觉呀！"宝成一时醒悟，笑笑，急急地躺炕上，扯过被子盖上。赵明理又帮着整了整被子，朝宝成做了个睡觉的姿势。

赵安福在东里间屋里与赵占魁说了一会儿话，就走进西里间屋，说："宝成，天不早了，回家睡觉去吧！"说着一愣，只见炕上躺着一个人，屋里不见宝成的影子。赵明理说："大哥哥，宝成念着念着书困了，睡着了。"赵安福急道："宝成，快起来，回家睡觉去。"宝成就发出呼噜呼噜的声音，赵明理说："大哥哥，宝成睡着了，就在俺家睡吧！"赵安福说："那不行。"说着就去晃荡宝成的身子，一边晃荡着一边叫："宝成，宝成，醒醒，醒醒，回家了。"宝成哼哼唧唧翻了一下身，身子向炕里挨了挨，又呼呼睡去。赵占魁也跟进屋，说："安福，就让宝成在这里睡吧，这屋里不冷，炕也烧了，你还怕在俺家冻着你宝成不成？"赵占魁这一说，赵安福倒不好意思再去叫醒宝成了，说：

"哪里哪里，他爷爷奶奶非要他回家睡呢！"赵占魁说："你回家给太世说，就说俺留下宝成在俺家睡觉了。安福，说实话，俺看着你家宝成和俺家明理小爷儿俩在一起用功念书，情同亲兄弟一般，俺从心眼儿里高兴哩！这小爷儿俩的心思全用在念书上，不贪玩，不调皮，将来一定有出息。"赵占魁的一席话说得赵安福无话可说了，只是应了说："那是，那是。"说着他就退出了屋，临了，说了句："那就给魁叔添麻烦了。"赵占魁说："这是说的哪里的话呢！"

宝成这里听到关大门的声响，一骨碌爬起来，冲着赵明理嘻嘻地笑着，说："明理，俺真服你了，你这一招还真灵。"赵明理也笑笑，说："俺真没想到你平日里老老实实的，到了这时候还会耍滑头，装睡觉装得还真像。"宝成说："这叫急中生智。"赵明理说："夸你两句，别登鼻子上脸，快别吹了，天也不早了，咱俩也该睡了。"

于是，两人到外边茅厕里小解了，回屋里一起重新铺了被褥，并排两个枕头，都脱衣躺下了。赵明理又欠起身吹了灯。

情同兄弟的小爷儿俩并没有入睡，虽是黑咕隆咚的屋子，两人的头脑却明镜似的。赵明理说："宝成，周老师给你说了没有？"宝成问："说吗呢？"赵明理说："周老师说，咱俩该想想升中学的事了。"宝成一听，兴冲冲侧过身来，对着赵明理的脸，对着赵明理那一双亮晶晶的眼睛，忙道："周老师咋说的呢？去年冬天，周老师倒是念叨过，他说念书的路长着哩，不光是念小学，小学毕了业还要念中学，中学毕了业还要念大学。那时候我觉得念中学念大学离咱们还远着哩，再说，咱这乡间的孩子不知道还能不能念上那中学大学的。现在周老师这么一说，咱俩真的就到了上中学的时候了？"赵明理说："是啊！哎，宝成，你想不想上中学呢？"宝成立即答道："当然想上了，可是到哪里去上呢？怎么个上法呢？"赵明理说："周老师说了，到德州上中学去，先去考试，只要考上了，背上铺盖卷，带上粮食，就去念书。"宝成又问："那你去不去上呢？"赵明理说："你去俺就去，咱俩做个伴啊！"沉一沉，宝成又犯愁了，说："还不知道俺家大人让不让去哩！"赵明理说："你家大人对你管得也太严了，俺爹就不大管俺，那天俺说起上中学的事，俺爹说，只要你考上，俺送你去。"

宝成就陷入沉思，他想，上了中学就可以离开这个家了，就看不见那个女人了。他又想象着中学的样子，想象着自个儿迈进中学的情景……

只见一座皇皇殿堂，宝成仰首看去，不见顶端，上面熠熠闪光，刺得宝成的眼睛都睁不开了。他再仔细辨识，似乎有某某中学的字样。于是，他鼓了鼓勇气，迈进这座殿堂。殿堂里黑压压一片人群，仔细看去都是和自个儿一般年龄的学生，都两眼盯着他，像是嘲笑他的到来，又像是欢迎他进入这座殿堂。他说不清，又鼓起勇气往里走，只见炕上、桌上、柜上摆满了书，似书山书海，宝成在书山书海中游荡，游荡……似乎有一本五彩斑斓的书在他眼前飘游，他伸手去抓，那书又飘走了；一会儿，那书又飘过来，他再去抓，又不见踪影……

这一夜，宝成做了一个美好的梦。

# 第二十四章　夜奔

　　进入二月，果然传来德州中学招考新生的消息，总共招考新生五十名，考试日期定在二月初十。

　　周玉熙先生接到德州中学任教的同学来信是二月一日下午，距考期还有九天，事情迫在眉睫。

　　玄庄小学校开办七年来，周玉熙先生一直在这里勤奋执教，诲人不倦。他一人兼任校长和教师，教六门课程：国文、算术、历史、地理、常识和课外活动，除礼拜天休息外，一天到晚忙个不停。学校里除他一名教师外，还有一名工友，兼做厨师、清扫工、采买工和执勤守护。学生人数虽一直维持在四十至六十人，但学生浮动性很大。多数学生念上一二年或二三年，求得认识一些字，过日子不当睁眼瞎，就辍学了。甚至有的人家的学生念上一个春季或一个冬季，到学校里点个卯，就再也不见人影了。唯赵明理和赵宝成等十几个学生却始终如一，坚持至今，从未辍学。而十几个学生中又数赵明理和赵宝成功课学得好，门门课程成绩优秀。周玉熙先生执教七年来，已经对教师这一职业情有独钟，热爱有加。孔子弟子三千，学习有成者七十二，最后留下一部记载他和弟子言行的经典著作《论语》，名垂千古。用"神圣"一词形容教师的职业是毫不过分的。他早就心想着要把自己几年来心血的结晶——赵明理和赵宝成送上读书的阶梯，升学深造，培养成社会有用的人才。他甚至把这桩事看成自己的天职，如果贻误了这两个远在偏僻乡村的农家子弟的前程，对他来说那将是愧疚终生！这时候他忙把赵明理和赵宝成叫到了他的卧室兼教务办公室。

赵明理、赵宝成一同走进周老师的卧室，先向周老师鞠了一个躬，叫了声："周老师。"

周玉熙先生示意他们坐炕上，说："告诉你们一个好消息，德州中学招考新生了，二月初十考试，怎么样？你俩去应试吧！"

赵明理和赵宝成对视一下，都笑了，赵明理说："俺俩能考上中学吗？"

周玉熙说："做事首先要有信心，没有信心什么事都干不成。依我看，你俩能考上。这几天你俩鼓鼓劲，温习温习我教过的功课，重点是国文和算术，每人写一篇作文，写你们亲身经历过的感受最深的一件事，明天下午交给我。"

赵宝成说："周老师，德州在哪里呢？咋的去呢？人家让乡下学生去考试吗？"

周玉熙说："你看看，事情还没有做，就提了一大堆难题，宝成，做事情若是顾虑重重，事情就做不好，就不能马到成功。干事情要有一股闯劲，一股韧劲。乡下的学生怎么啦？古今许多文人名士都出身于乡土之家。我告诉你，德州在玄庄的正北方，距玄庄五十里，你吃过早饭顺着大道往北走，太阳偏西的时候就到德州了。这些事你先别想，重要的是温习好功课，下决心考上德州中学。"沉一沉又说："今天放学回家，你们和家里大人说一声，好让你们家里大人有个准备。"

赵明理看看宝成，意思是说："走吧，一起回家吧。"

赵宝成却仍坐在那里不动，低了头，像是有心事。

赵明理说："你咋的啦？"

周玉熙也问："赵宝成，怎么啦？"

宝成闷闷地说："怕是俺爷爷不让俺去哩！"

周玉熙说："不会吧，你爷爷是读书人，哪能不让你升学念书呢？宝成，你先跟你爷爷说说，如果他真的不让你去，我登门拜访。"

这两日，宝成日夜想的就是念中学的事，但他又不敢贸然向大人诉说自己的心事，怕爷爷一口回绝了，就一直闷在心里。

初春的日子，春寒料峭。这日正值礼拜天，宝成没去上学，赵太世也在家无事可做。忽有高集菊个儿的娘家哥哥进门叫了声爷爷、奶奶、大爷、大娘，说："俺娘受了风寒，身上不大舒坦，接俺妹妹回家待两天。"郑氏、安福家里的忙接待了，赵太世说："亲家身体不适，理应让做女儿的回去伺候伺候。宝成他娘，快给孙媳妇安排安排吧。"郑氏又嘱咐说："再打点些枣糕、馍馍让孙媳妇带上。"

菊个儿正在东厢房里做针线活，听见动静，喜得心里突突跳着就忙走出来，见了哥哥，说了声："哥哥来了。"眼圈就湿了。站一边儿静候着婆婆的吩咐。安福家里的说："快去拾掇拾掇吧，该带的衣裳都带上，你娘的病不知是轻是重，病轻呢伺候几天就回来，倘若那病一时好不了，你就多待些日子，好好伺候伺候你娘，母女一场，尽尽孝心，等你娘病好了再回来，甭牵挂着这里。"菊个儿说："娘想得周全，有娘的这些话，俺心里就踏踏实实了。"婆媳俩说着就一起走进东厢房，安福家里的又悄悄说："菊个儿，娘嘱咐你两句话。"菊个儿说："娘，你说，俺听着哩。"安福家里的说："到家里见了亲娘，可不许擦眼抹泪的，你若是那样，你娘还不知道怎么想呢！她若是牵挂着你在婆家受了委屈她那病也就一时难好了。"菊个儿说："娘，这是说的哪里的话呢，爷爷、奶奶、爸爸、娘待俺这么好，俺若是那样，那真是没有良心呢！"安福家里的说："菊个儿，你别着急，娘是说，宝成纵有千不对万不对，你要体谅他还是个孩子，你千万不要往心里去，等他长大成人了，他自然就会明白夫妻间的恩恩爱爱了。"菊个儿一直低头静静听着婆婆的话，说："娘，俺知道了。"又说："娘，开春了，炕别烧得太热了，他夜里睡觉蹍被子，别冻着。"安福家里的说："好孩子，你还惦记着宝成哩！"菊个儿低头含羞不语。

不一会儿，菊个儿拾掇好一个包袱携了，又换了身衣裳，紫花棉袄，青裤，罩了件墨绿裙。走进北屋给爷爷、奶奶、爸爸、娘一一跪拜辞别。郑氏说："给你娘你爸爸带好，盼着你娘的病早早地好了。"安福家里的提了一竹篮枣糕、馍馍递给菊个儿的哥哥，菊个儿的哥哥不接，赵太世说："接了吧，这是亲家的一份心意。"菊个儿的哥哥这才接了。

郑氏、安福家里的把菊个儿送至大门外，婆媳间又说了几句分别安慰的话，菊个儿这才由哥哥搀扶着骑上了毛驴。

菊个儿在堂屋辞别公婆的时候，宝成一直躲在北房东里间屋里，那东里间屋的棉门帘遮挡得严严实实，宝成在屋里听着外边的动静，一声不吭。待郑氏、安福家里的送别菊个儿回来，宝成才从东里间屋出来。安福家里的说："这半天你待在哪里呢？你媳妇走了也不说句话。"宝成一笑，走向已经空无一人的东厢房。不想赵太世又叫住了宝成，宝成又返回了北屋。

赵太世说："宝成，你念了七年书了，爷爷今儿考考你，给你出三道考试题，晌午饭前做出来给爷爷看看，你这七年书念得咋样了？"

宝成说："行啊，爷爷你出题吧，俺到东房屋里做去。"宝成一时情绪高涨起来，仿佛媳妇走了，有了他自由的天地。

赵太世出的三道考试题，一是设想自己远在他乡，写一封家书；二是写两副大字春联，不许重复前人的楹联；三是用珠算计算两块平行四边形的地亩面积，一块是矩形，一块是菱形，并列出边边角角的尺寸。

可以说，这三道试题是乡村文人的实际应用题，一个庄里的读书人，往往应了乡邻之邀去写封家信，去写副对联，去为买卖土地的庄户人计算地亩面积。赵太世出这样三道试题，也可见他对孙子的期望了。这些日子赵太世也在思考宝成未来走的路，作为一个农家子弟，念书是有限度的。

宝成在学堂里虽也曾学过这样的课题，可到了实际应用的时候又作难了。平日里背诵的国文、唐诗，作文要求的起承转合描景抒情，记忆的历史、地理知识……在这里用不上了，但宝成还是下了一番功夫，他独自坐在东厢房里，细细琢磨，反复练习，反复演算，到了吃晌午饭的时候，郑氏叫他吃饭，他也不去吃，直到众人吃完了午饭太阳偏西的时候，他终于写出了两封家书，四副春联，计算出了那两块平行四边形的地亩面积，交了试卷。

赵太世细细看过以后，虽没有喜形于色，夸赞孙子的才华，但他心里还是愉悦的，满意的，说："家书写得不错，春联嘛，造句用词对仗都可以，只是大字写得差一些，算地也算对了。七年的书总算没有白念，爷爷没有白操这份心思，再念一个春季，练习练习大字就可以出师了，过了麦季就不用上学堂了，跟着你爸爸学庄稼活吧。"话音落地就起身出门了。

赵宝成听了爷爷的话心里一阵悸动，半天才缓过劲来。刚刚高涨起来的情绪一落千丈，又陷入迷迷惘惘的精神状态。周老师诉说的好消息，确实给宝成指出了前行的路，仿佛有一盏光芒四射的灯诱导着他。但他仍站在路口上徘徊，不知道未来的路该怎么走，是辍学不念书了？是到庄稼地里学庄稼活去？乡下的孩子能不能到城里念中学呢？这些问题在他脑子里绕来绕去，困惑着他饭也吃不下，觉也睡不好，几天下来脸色显然带了倦意愁容，又引起郑氏、安福家里的一片挂心，不住地问："成儿，成儿，咋的啦？"宝成也不吭声，只是平躺在炕上，两眼直直地望那牡丹花纸扎糊的屋顶，或是站在天井里仰首看那蓝蓝的天或游动的云。

晚饭后，宝成心事重重，脸朝里躺在奶奶屋炕上。郑氏说："成儿，刚吃了饭行行食儿①，别躺着。"宝成说："俺累着哩。"郑氏说："又不是下地干活，上学堂念书还至于累吗？"宝成说："俺心烦哩。"郑氏说："有心烦的事跟奶奶说说，奶奶给你解解闷儿。"宝成说："给你说了，你也解不开这个闷儿。"郑氏说："那就给你爷爷说说，让你爷爷给你解解闷儿。"她又撩开棉门帘，朝坐在堂屋的赵太世说："你快跟宝成说个话，孩子有心事要跟你说哩，别让孩子闷在心里。"赵太世吐出一口烟雾，慢吞吞地说："有事说吧。"郑氏又回过头来劝说宝

---

① 行行食儿：饭后走动助消化。

成："快起来，给你爷爷说话去。"

宝成这才起身，走到堂屋里，话语已涌上喉头，说："爷爷，周老师说，德州中学招考学生了，俺和赵明理应该去考试。"这一突如其来的消息，赵太世一时还未弄清楚，问了句："咋的？"宝成又说："周老师让俺和赵明理上德州考中学哩。"赵太世哼了一声，说："进城念书可不是一件容易的事情，让爷爷想一想，也和你奶奶、你爸爸、你娘商议商议吧。"宝成无可奈何，蔫头蔫脑回东厢房了。

围绕着宝成进城念中学的事，赵家人各有各的想法。郑氏和安福家里的首先想到的是宝成的身体，宝成的起居饮食。她们说，宝成是个弱身子，到了外边衣食住行冷了热了谁来照管呢？倘若有个病灾伤了身子没的倒不值得了！赵安福想的是赵家庄稼人的日子。家父一年老一年了，老二又不在家，赵家二十多亩土地靠他一人支撑，年复一年耕耘锄耙，缺个帮手啊！宝成现下学庄稼活正当年，正是他得力的一个帮手，也是赵家这个农耕之家未来顶门主柱的人。赵太世原本就没有让宝成这个赵家的传承人进城读书的打算。赵家不是豪门富贵之家，没有大奢大望，只不过让赵家的后代读上几年我华夏民族先人的诗书，遵照圣贤的教导做一个修身齐家，立德行善的庄稼人，不辱没先祖的高尚圣洁也就知足了。如今周玉熙先生的这个主意，让他颇费踌躇。周先生是好意，人往高处走，水往低处流。但听说城里的学堂兴起新学，把洋人的东西搬来灌输给青少年，这是否有违先祖圣贤的旨意？于家于国，利弊何在？再说城里社会纷繁杂乱，人良莠不齐，宝成怕是难以适应，亦有危及人身安全的危险！思来想去，还是以为不去为好，让宝成一生待在玄庄这方宝地，以农为本，成家立业，是为万全之策了。

不想，第二天周玉熙先生果然登上赵家家门，赵太世热情接待，忙吩咐家里人们烧水沏茶，又捧上花生大枣。周玉熙先生说："太世大爷，不必客气了。事情来得紧急，咱就长话短说吧。"赵太世说："先生请讲。"周玉熙说："我有一位同学在德州中学任教，来信说，德州中学今年招考新生，眼前初十考试。我的意思，咱玄庄办学堂七年来也出了人才，赵宝成和赵明理功课最佳，成绩优秀，不能埋没了他们的才华，理应让他们升学，进城应试啊！我想太世大爷不会有所异议吧！"赵太世满面笑容说："先生在玄庄任教七年，辛辛苦苦教育玄庄农家子弟，功不可没！敬业精神，令人敬佩！如今先生又高瞻远瞩，想把学生送进城里深造学业，实在是做教师的一片好心美意啊！只是小孙从小身子骨虚弱得很，出门在外怕是有个闪失；再说咱穷乡僻壤的孩子到了城里那花花世界怕是也难以适应，我看就算了，宝成就不去了。"周玉熙大失所望，但他还想尽力劝导，说："太世大爷是个读书人，又热心筹办乡村教育，没想到当自家的孩子求学上进的时候却拉了后腿。宝成是个好学生，一心求学念书，积极进取，太世大爷理应支持他，鼓励他，将来学业有成，为国家为社会干大事。至于太世大爷说的宝成的身体情况和城里的社会状况，那是多虑了。年轻人应该让他到外边锻炼锻炼，见见世面，身子骨也自然强壮了，眼界也自然开阔了，人情世故社会经验也自然熟悉了。"周先生的话刚刚落地，安福家里的抢先说："周先生就不用费心了，俺宝成就待在家里不去了。"赵安福又干干脆脆说了句决断的话："俺家就让宝成干庄稼活了，哪里也不去！"

　　周玉熙先生见此光景，已无话可说了，摇摇头，灰心地离开了赵家。赵太世还客客气气送到大门外，说："多谢了，多谢了。"

　　宝成虽未在场，却句句听在心里。这两天周老师让他在家里温习功课，周玉熙先生来的时候，他正在东厢房里看书，待周先生和爷爷的对话传过来，他丢开书，一会儿站在东厢房门口，一会儿站到天井里，静听着他们的话语。周老师的话顿时让他意气风发，但顷刻间爷爷的话又使他心灰意冷，那条光芒四射的路已离他而去，他只能远远地望着，无声地叹息！待娘和爸爸的话说出来，对他犹如火上浇油重重的一击，仿佛一下子把他推进黑洞洞的地窖里，眼前一片黑暗，他倒在炕上泣泣地哭起来。

　　安福家里的听见哭声进屋来，说："宝成，大人不让你进城念书是心疼你，挂着你哩，你咋的不知好歹呢？你到外边冷了热了的没人伺候你，你又是个弱身子，倘若有病有灾的可就是大事了。"宝成越发哭得厉害，安福家里的又说："你要是想念书，在咱庄里的学堂里再念上两三年，先不跟你爸爸干庄稼活去。俺不知道什么小学中学的，俺想这世上的书都一样，在哪里不是一样念呢？"宝成哭着说："不一样，你不懂。"安福家里的说："娘是不懂，快别哭了，你想吃么，娘给你做去。"宝成大声说："俺么也不吃，俺要念中学去！"说着又放声哭起来。安福家里的长长地叹了口气，觉得也无力可劝了，自语道："念书成迷了。"心想，就让他哭一阵子吧，过去这个节骨眼儿，也许会好一些。

至过晌，宝成悄悄走出东厢房，安福家里的问道："你到哪里去呢？"宝成说："俺找赵明理去。"

宝成约了赵明理走到西大洼里。初春季节，还不到耕作的时候，西大洼里渺无人烟，寥廓寂静。偶尔有一阵风吹过来，刮起一些残枝败叶。两人在田道上走着，宝成低头不语，不时地踢着脚下的土坷垃。赵明理急道："你倒是说话呀！你叫俺出来喝西北风啊！"宝成仍不吭声，赵明理就直问道："你到底去不去考中学呢？"一句话勾起宝成的心事，未说话眼泪先簌簌流下来，泣泣地说："俺说吗呢？俺去不成了啊！"赵明理说："你家大人拿你也太娇贵了，捧在手心里，都成了糖人了，热了怕化了，碰着怕碎了，干脆供在热炕头上甭出门了。"宝成无话可说。赵明理又转了话头，想给宝成一些安慰，说："周老师说，德州中学以后每年都要招考新生，你争取明年再去考吧。"宝成擦擦泪，无望地说："明年还不知道行不行呢？你去了给俺来信啊！"赵明理说："那是一定的，等放暑假回来，俺给你家大人说说中学里的状况，睡觉冻不着，吃饭饿不着，你家大人也许就放心让你去了。"宝成不觉露出一丝笑意，顿时又紧蹙双眉，若有所思，问道："明理，你多咱去德州呢？"赵明理说："周老师说，初九过晌去，后晌赶到德州，第二天考试呢！"宝成又问："咋去呢？"赵明理说："周老师说，他带俺去，先走到四女寺镇，再顺着运河大堤往北走，过刘庄，走济庄，过了七里铺，就看见德州的城门楼了。"

宝成一一记在心里：初九过晌、四女寺镇、运河大堤、刘庄、济庄、七里铺。那条光芒四射的路顿时又在他面前耀眼闪光，冥冥间仿佛有一股巨大的力量支撑着他，使他油然萌生出一个有生以来从未有过的奇异的想法，这个想法又支撑着他萌生出锲而不舍的恒心！

这几天宝成不吭一声，只是闷闷地待在东厢房里温习功课，到吃饭的时候了，就到北房屋里坐下来吃饭，吃饱了放下碗筷又回到东厢房里。后晌睡觉了，安福家里的过来看看，摸摸炕热不热，嘱咐宝成几句："夜里盖好被子，天还凉，别冻着。"宝成也"嗯嗯"地应着。赵家人都以为宝成把进城考中学的事放下了，听大人话了，大人自然也不提及了。就一味地哄着他，依顺他，不再关注他的举止行动。

到了二月初九这一天，宝成已是深有谋算，成竹在胸了。头晌他在东厢房里仍然一遍又一遍死背历史、地理、常识问答题，午饭饱饱地吃了，有心人还偷偷地拿了两块贴饼子一个咸鸡蛋放到书包里，又打点好了笔墨纸砚。

太阳刚刚偏西，赵太世已躺在炕上睡午觉了，赵安福到香椿园里侍弄香椿树去了，郑氏、安福家里的各在自个儿的屋里做针线活。宝成看看时机已到，不可延误了。他整整衣帽背上书包，走到天井里想跟奶奶、娘说句话，想想又把话咽进肚里。

宝成悄悄走出赵家大门，又回头望了望，便决意抬起头，挺挺胸，踏上了他向往的征途。他心里又不住地默念着：四女寺镇、运河大堤、刘庄、济庄、七里铺，最后一句话竟然脱口而出："就看见德州的城门楼了。"于是加快了脚步。午后的玄庄街上无人走动，只有一只狗蹲在街上晒太阳，几只鸡在街上觅食。走出村，步入通向北方的大道，宝成身上似乎轻松了许多，几天来紧紧绷起的弓弦松弛下来。

到了四女寺镇，他想起了四女仙姑，想起了他和宝雁在运河大堤上淋着大雨，想起了宝雁背他回家，一时宝雁的影子又在他面前时隐时现……

他站在运河大堤上望去，河水刚解冻，似一条白色的飘带伸向远方，仿佛是特意给他领路似的，他意识到要顺着运河大堤往北走了。

夕阳在运河的那端慢慢沉下去了，天色渐渐暗下来，到了济庄夜幕已经降临。宝成心里咯噔一下，意识到要走夜路了，他有些怕，那一栋栋农舍，那一棵棵大树的影子仿佛要吞噬他，又仿佛给他做伴，他振作精神，壮了壮胆子，又继续前行。

夜色越来越浓，只有淡淡月光和运河里那条白色的飘带，给他一缕光亮，周围是一色的黢黑，运河里不时发出冰凌撞击的声音。他想起了唱歌，唱歌能壮胆，于是他又唱起了《小蜜蜂采花十二月》：

> 正月里采花没法采，
> 二月里采花花不开。
> 三月里采花桃杏花儿开，
> 四月里采花葡梅架上开。

黑夜里歌声传得很远很远，好像那运河里也有歌声的回响。他刚刚一停顿，不想从运河里传来了歌声：

> 五月里采花石榴花满枝晒，
> 六月里采花荷花水上开。

宝成兴奋至极，忙接唱：

> 七月里葵花向阳开。
> 要采桂花八月里来。

运河里又传来歌声：

> 九月里菊花丛丛开。

宝成恍然大悟自语道："这不是赵明理唱的吗？"莫不是周老师、赵明理就在前边？他一时精神振奋，喜得跳起来，高喊道："周老师，赵明理！"

前边也传来喊声："赵宝成！"

宝成"哎，哎"应着，就急急奔跑，不小心跌了个跟头，爬起来又继续奔跑。

赵明理也急急赶过来，两人撞了个满怀，又异口同声唱道：

> 十月里小蜜蜂回了窝，
> 十一月腊月没花采，
> 小蜜蜂把花儿抱在怀。

两人不觉抱在一起，嘻嘻笑起来。

周玉熙先生忙赶过来，笑道："赵宝成，真真是一名勇士了！"宝成嘿嘿笑着。

此时已走过七里铺，三人仰首望去，德州城已是万家灯火，他们手挽手朝那满城灯火急走，身上都已冒汗了。

宝成离家出走以后，一时赵家人并没察觉。直到天黑了，安福家里的见东厢房里无一点动静，也是惦念着宝成，进屋一看空无一人，就纳闷，又一想，也许是到学堂里去了吧。

待天完全黑下来，一家人坐饭桌前吃饭了，仍不见宝成的影子，安福家里的叨念："宝成咋的还不回来呢？"郑氏急道："安福，快到学堂里看看去吧！"赵安福说："等一会儿就回来了，许是老师留他写字哩。"赵太世也担心了，说："去看看吧，别出什么事情。"

赵安福拔腿去了，不大一会儿工夫，回来说："学堂里只有工友一人看门，他说周老师已带了赵明理去德州了，没见宝成。"一家人慌张起来，郑氏就抹泪叨念："俺孩子到哪里去了呢？没的又让拐子拐跑了？"赵安福急道："十五六的小伙子了，哪能让拐子拐跑呢！你们在家里就没看见一个大活人出去？"安福家里的说："俺以为他在东房屋里念书哩，就没听见外边有动静。"

一家人正焦急万分，赵占魁踏进门来，进屋就大嗓门儿说："太世兄，别着急，别担心，你应该高兴啊！"赵太世忙让座，一时弄不清他的意思，问道："占魁，这话咋说？"赵占魁道："俺家明理是吃过响午

219

饭跟周先生去的德州，你家宝成念书心切许是后边跟上去了！宝成这孩子俺看着就喜欢，他小爷儿俩果真考上德州中学，拿过去的话说就是举人，岂不是咱玄庄的荣耀？岂不是给咱赵氏宗族光宗耀祖？你前怕狼后怕虎，拦护着孩子，一是埋没了咱赵氏宗族的一个人才，二是耽搁了孩子的前程。这两天俺老想着过来和你拉拉，又赶上明理他娘闹病没顾上。"此时赵太世幡然醒悟，自觉理亏，也已无话辩白了，忙道："占魁说得有理，事已至此，么话也甭说了。只是担心宝成不认识路再走迷失了！"赵占魁说："这么着吧，俺也挂念着明理，俺和安福走一趟德州，明儿俺爷儿俩若是不回来，就是陪同他小爷儿俩进京赶考了，等看了榜文再回来报喜！"赵太世问："何时起身？"赵占魁道："事不宜迟，说话就走！"赵太世道："占魁真是个痛快人，正合俺意。"又忙吩咐赵安福和家里人们："快点灯笼，打点带的干粮。"又忙拿出几吊铜钱递给赵占魁，赵占魁不接，给了赵安福。

赵占魁、赵安福挑灯上了夜路，至黎明时分赶到德州，又忙问讯着寻找到德州中学，见到了周玉熙先生和赵明理、赵宝成，彼此寒暄一番，都满脸堆笑了，只是赵安福心里有些不快，也只好作罢。赵占魁、赵安福二人又寻个旅店住下，等待德州中学的榜文。

三天过后，德州中学张榜公布了新生录取名单：

赵明理、赵宝成……

# 第二十五章  祈雨  棉花谣

这一年鲁西北平原大旱，从春到夏，老天一滴雨也未下。麦苗返青的时候就没有尝到一点滋润的雨水，抽出麦秆也只是细细的黄黄的，挺都挺不直，风一吹一片片倒地。春播春种形同摆设，种地是庄稼人的本分，狠着心把留下的种子刨个坑撒进干裂的土地，还担了几桶井水浇了，日日盼，夜夜盼，也不见一点绿色，扒开暴晒的干土一看，救命的粮种都变成了黄色的粉末，老农的泪水湿了旱地一片。

水，水，成了庄稼人唯一救命的依靠，人们都想救活奄奄一息的麦苗，都想种下哪怕一厘一分的谷子、棒子！水湾水塘干涸了，井水越来越深，原来的井绳接了又接，庄家汉子使足了力气也难以打上来满满的一整桶井水，有的井水已是泥汤了。哇儿哇儿二奉村长赵金铎之命开锣了：

"哐哐哐……"

"庄北庄东的井水不准浇地，留下人喝啊！"

锣声震颤了玄庄，哇儿哇儿二的喊声，震撼得庄户人的心都颤颤地发抖！

挨到端午芒种，那矮矮的细细的麦秆麦穗倒是一色的黄，可那麦粒瘪瘪的，一穗上也屈指可数。庄稼人看看也无指望了，不到收割的时日，也唉声叹气赤膊拔了，虽蒸不上一锅馍馍，熬几顿麦粥还是可以充饥的。

毒毒的太阳像是向这方土地喷射出熊熊火焰，气流里金星四迸。庄稼人暴晒着，炙烤着，脊梁上都暴起一层皮，肚里饥饥的，喘一口气都费力气！再也忍无可忍了，但想来思去又别无办法，只有祈求老天了！

红枪会大当家的赵占魁击鼓了，红枪会会徒们又装扮上，头扎红巾，红巾上又戴了柳条帽，胸围红兜，整整齐齐集合在一起。赵占魁发令道：

"兄弟爷们，抬上关老爷，敲上家伙，求雨去！"

众会徒应道：

"求雨去！"

于是，赵占魁带领众会徒走进关帝庙跪拜焚香，祈求关羽关老爷为民求雨，拯救一方黎民百姓。几个小伙从神座上把关老爷神像抬下来，又放到一张八仙桌上，也给他戴了柳条帽。一个年轻小伙说："关老爷，劳累你了，请你老人家给俺庄稼人到玉皇大帝那里说个人情，下场透雨吧！庄稼种不上，没饭吃了！"四个红枪会徒抬了关老爷神像，后边的人敲锣、打鼓、打镲，求雨的队伍威风凛凛向西大洼进发。

不大一会儿工夫，求雨的队伍越来越长，庄户人们都随在队伍后面，连老人顽童也来了，也都戴了柳条帽，哇儿哇儿二走在队尾，又吹起了他的唢呐。

往年绿绿葱葱的西大洼不见了，只有光秃秃的暴晒得干裂的土地，偶尔有零零星星几棵庄稼苗，也是蔫头耷脑，待死不活。西大洼更显得寥廓空旷。求雨的队伍越发威武了，锣鼓家伙敲打得越发雄壮，哇儿哇儿二的唢呐声也更高昂起来，仿佛向老天显示庄稼人的威力。

求雨的队伍到了西大洼八里井子停下来。这八里井子深不可测，井水清清澈澈，喝下沁人心脾。玄庄人称它为神井，传说这口井的水眼通着济南府的趵突泉。

红枪会徒恭恭敬敬地把关老爷神像坐北朝南摆好，又摆了香案香炉，井台上也摆了香炉。两个年轻力壮的红枪会徒轮换着伸开臂膀摇动井台上的辘轳把，一袋烟的工夫才提上来满满一柳斗井水，盛了十大海碗井水摆在香案上。这时，锣鼓声、唢呐声早已停了，赵占魁、赵金铎、赵太世等庄里的几个头面人物焚香烧纸，带领众人齐头跪下，西大洼万籁无声。

赵太世清清嗓音，仰天郑重朗诵道：

"山东省济南府恩县玄庄草民给天地三界十方万灵真宰之神玉皇大帝各方众神跪拜叩首。"

赵占魁接着喊道："一叩首，二叩首，三叩首。"

众人齐头一一磕了。

赵太世又朗诵道："自今年二月以来，迄今近半载，老天滴雨未下，赤地数百里，麦颗粒不收，禾苗干涸而死，百姓已无米下锅，饥饿难耐，如旷日持久，则尸横田地，哀鸿遍野，我玄庄则灭绝于人世矣！"至此，赵太世已老泪纵横，又诵道："今祈求天神玉皇及众神赐恩德于百姓，救黎民于水火，普降甘雨，五谷丰登，我玄庄草民感激涕零，打醮唱戏，子孙万代永不忘天神玉皇众神的大恩大德矣！"众人仰天跟着喊道："子孙万代永不忘天神玉皇众神的大恩大德矣！"

赵占魁又带领红枪会徒在井台上向井神焚香跪拜叩首。

那十大海碗井水及柳斗里的剩余井水早被众人纷纷争抢着喝光。

锣鼓家伙又敲打起来，唢呐也吹起来，但似乎已有气无力了！谁知道那天神玉皇众神听到了没有？谁知道那天神玉皇众神领咱们庄稼人的情吗？能痛痛快快下一场哗哗的透雨吗？都浑浑噩噩，不知东西，唉声叹气，蔫头耷脑，肚里又咕咕叫，还是回家喝野菜粥去吧！也有的人顺便挖了些野菜。威风凛凛的祈雨队伍以懒懒散散的情景告终。

西大洼里野菜越来越稀少了，能吃的苣苣菜、马扎子菜、苦苦菜都挖光了，人们又尝试着挖芦茬草、狗尾巴草……他们想牲口能吃，人也能吃吧！树叶树皮也是庄稼人充饥的吃食，尤其是榆树叶、榆树皮可谓饥荒年月上等的吃食，榆树叶熬糊糊又稠又黏，榆树皮碾了蒸窝窝烙饼都可口。

马德昌家庄北有五十几棵榆树行子，榆树叶一天少一天，马财迷就站在街上骂大街："缺德鬼，偷吃人家的树叶，贼人贼心！"

第二天五十几棵榆树一片叶子也不留只剩下光秃秃的枝子了。马财迷又骂大街："狗日的，毁了马家的树马家不饶你！"

第三天有十几棵榆树又被剥了树皮，马财迷站大街上跳起脚大骂："断子绝孙的，扒了树皮吃到肚里不得好死，噎死撑死！"

第四天马家的五十几棵榆树行子都成了光秃秃的白茬树干了，看上去如一根根木桩子戳在那里。马财迷站在榆树行子边沿上一看，立时目瞪口呆，愣了半天，气喘吁吁，一口气憋住上不来，接着头昏目眩，长长的身子一下子栽倒地上，呜呼哀哉，命归西天了！

玄庄农舍上的烟囱冒烟的人家越来越少了，人们天天看着农舍上的烟囱长长叹息！有的人家的烟囱一天冒两回烟，有的人家的烟囱一天冒一回烟，有的人家的烟囱已有几天不冒烟了——那是全家人拉家带口走南闯北逃荒去了。

赵家房舍上的烟囱依然冒着缕缕炊烟，不过饭桌上的饭食已不是那么丰盛了。春天里凭着余粮日子还过得去，每月月初赵安福还要牵了毛驴驮了麦子或小米送到德州中学里，供给赵宝成的学费和伙食费。入夏以来日子就艰难了，麦子颗粒不收，只落下些麦秸做烧柴，就不断地籴粮。逢到月初，赵安福有意拖延着，不往德州中学里送粮食，想赖过一个月，郑氏就叮念："快给孩子送去吧，宁可咱家里人少吃一口，也别委屈了孩子呀！"有时赵明理家供给的粮食不足了，赵太世也给添补一些。哇儿哇儿二也常常到赵家讨些粮食。那一日清晨，哇儿哇儿二背了行李，提了唢呐，走进赵家，抱拳作揖，道："大哥，俺来辞行了，这一回俺想远走他乡谋个生路，这一走还不知何年何月返乡，也不知在外是吉是凶，也许今日此时是咱哥儿俩见的最后一面了。"说着两串泪水已流下来。赵太世忙让座，说："太和，灾荒年月，庄户人日子都艰难，你有一技之长到外边闯闯也是一条活路，等来年年景好了你再回来，玄庄是你的根，赵家永远是你落脚的家，走到哪里也别忘了自个儿的根。"哇儿哇儿二擦擦泪说："大哥，你的话俺记在心里了，俺就上路了。"赵太世说:"稍等一等。"说着吩咐安福家里的包了几个棒子面贴饼子和几个掺了野菜的窝窝给哇儿哇儿二带上,一家人送到大门外。

冯二行家的日子更为艰难,儿子在东乡财主家扛长活,老两口已无米下锅断粮多日了。老嬷嬷病病歪歪,躺在炕上,二行弓着腰村里村外挖野菜剥树皮也寻不到多少可以糊口的东西。这一日傍晚冯二行无奈走到赵家,扑通跪在赵太世面前,说:"大叔,帮帮俺吧,多少接济些吃食,孩子他娘已有几天没吃到一口饭了,眼看就要不行了。"赵太世也正为全家人的日子忧心忡忡,忙搀扶起冯二行,说:"二行,别这样,有难处慢慢说,咱商议着办,灾荒年月,日子都在风口浪尖上。"赵太世思谋了一会儿,掂掇来掂掇去,家里的粮食实在不多了,家里人也已经吃糠咽菜了,但又不忍心见死不救。就与郑氏商量,说:"你看咋办呢?"郑氏说:"咱的日子再难,人家张口了,老嬷嬷又有病,咱也不能让人家空手回去呀。再说哩,咱家和二行家还沾着亲戚哩,多少救救急吧。"赵太世就吩咐安福家里的拿瓢舀了几斤高粱几斤棒子给了冯二行,冯二行千谢万谢,感动得滴下几滴眼泪来。临了,安福家里的说:"大嫂子的病咋样呢?这些日子也没顾上过去看看,好好养着吧!"冯二行也只是唉声叹气,没有说出话来。菊个儿站在一边,连连叫了几声:"姥爷,姥爷。"

赵家的饭桌上摆了两样干粮,一样是棒子面贴饼子,一样是糠窝窝。棒子面贴饼子是给两位老人吃的,可郑氏伸手就掰糠窝窝,安福家里的拿了一个贴饼子递到婆婆面前,说:"娘,你吃贴饼子吧,糠窝窝给俺们吃。"郑氏说:"俺吃么都一样,俺吃着这糠窝窝软软和和的,更可口。"说着,咬了一口糠窝窝,用劲地细细嚼着,显出喜欢吃的样子。安福家里的知道那是婆婆故意做出的样子,心里就酸酸的。糠窝窝咬一口容易,细细嚼起来就难以下咽了。

一家人吃食的重担压在赵安福身上,这天快晌午了,赵安福不知从哪里背回来一筐苣苣菜,安福家里的、安禄家里的见了喜喜的,忙用净水洗了,掺兑些棒子面,撒了盐,上蒸锅了。玄庄人把这种做法的吃食叫"拿够",一家人用手抓拿着贪贪地吃了个够。

又一日，赵安福外出寻食两天了还没有回来，家里人就挂念着。郑氏不住地叨念："这是到哪里去了呢？寻不到吃食可回这个家呀！"安福家里的说："他那脾气，弄不到吃的东西是不回来的，俺琢磨着也快回来了。"到后晌，一家人喝了稀稀的菜粥，肚里不饱，就想早早地睡了。这时候，赵安福背了一袋东西闯进屋，丢下那袋东西，就倒炕上睡了。赵太世忙解开袋子一看，是一堆鲜牛骨头，上面零零星星挂着肉。安福家里的忙去安顿男人，说："你是咋的啦，回家来也不说句话。"赵安福含含糊糊说："给人家干了一天一宿活，困死了。"安福家里的给男人脱了鞋，拿了枕头给男人枕上，又帮男人顺顺腿理理脚，放下西里间屋的门帘，好让男人安安稳稳地睡一觉。安福家里的、安禄家里的、菊个儿就忙着煮那一堆上面零零星星带着点肉的牛骨头。至半夜，满屋里弥漫着肉香，一家人脸上挂了笑，啃牛骨头，喝牛骨头汤，像是过了个年。安福家里的叫男人："快来啃牛骨头喝牛骨头汤哎！"赵安福呼呼睡着，梦里哼哼唧唧，一声不吭。郑氏叹道："安福累着了，还不知道给人家干了多少活哩！"说着，话音里就泣泣的。

这一日过晌，赵安福在外边转悠多半天了还未寻到吃食的东西，心里有些惶恐不安。他丧气地走到村边，猛抬头，见一棵榆树伸出的枝子上挂满了嫩绿的榆树叶子，不知道是新生长出来的呢，还是众人没有发现？他心里就痒痒的，再抬头看一眼，那枝榆树叶子厚厚实实，就越发地引诱着他。想想一天来没弄到吃的东西，一家人还等他吃饭哩，就暗暗下了决心，要登高爬树。

他拣了根干树枝别在腰里，两手抱住树身，两脚蹬上树干，向上一耸一耸，一会儿工夫果然爬到了树干的顶端。但那枝挂满榆树叶的枝子还离他远远的。他换了个架势，骑在树干上，抽出那根干树枝敲打那挂满榆树叶的枝子。虽然零零星星的叶子飘飘落下去了，但那枝头上密密的叶子还是稳稳地挂在那里，鞭长莫及。这时候他一个心思就是要收获那些嫩绿的榆树叶子，其他的事项就放在脑后了。他试探着伸出一只脚蹬那树枝，蹬过去了，在枝上又颠了颠，觉得这树枝子还行，经得住，就把另一只脚也蹬过来，于是整个身子的重量就压在这枝子上了！不料，刹那间，咔嚓一声，枝子断了，人也随枝子跌倒地上！

这一刹那间发生的事情，赵安福是万万想不到的。此时赵安福神志仍然清醒，只是心里突突地跳，一条腿钻心地疼。他双手抱住腿忍耐着未叫出声，两眼还看看跌下的那一枝榆树叶子，嘴里直嘀咕："倒霉！倒霉！老天不怜惜俺庄稼人哪！老天要惩罚俺吗？"有几个过路的乡邻见了，叹道："哎呀！为了肚子伤了身子！"忙帮衬着把赵安福抬到家里。

郑氏、安福家里的坐炕上守着赵安福掉泪。郑氏说："福呀，咱还不到揭不开锅的时候，你咋的不要命啊！"安福家里的说："都三十大几的人了，还爬高上树，倘忽落下个残疾，可是一辈子的事呀！"赵安福忍着疼，说："俺琢磨着，老天爷再不下雨，么庄稼也种不下了！趁这会子还有野菜树叶，就多搭着吃，省下粮食过冬啊！"安福家里的说："柴屋里还有些红薯秧子、棒子瓢子，上碾子碾了，也可以掺和着吃哩。"正说着，赵太世领一白发长须老者进屋来，赵太世让老者先坐下抽烟喝水，老者摆摆手，先按摩了一阵子赵安福摔伤的腿，触到痛处，赵安福忍不住叫了几声，安福家里的紧紧扶着。老者又摸了脉，开了方子，说："好险哪，差一点就折断了膝盖骨！只是伤了筋肉，抓了药热敷在伤处，静养些日子吧。"一家人提起的心才落下来。赵太世连连应着，又备了一布袋小米送给老者。

至后晌，安福家里的单单给男人熬了棒子面粥，煮了两个鸡蛋，安顿男人吃了。一家人坐堂屋里说话，赵太世抽着烟说："看来老天一时还下不了雨，咱这日子还得作长远打算啊！地里亏了，家里补。耕织之家，有耕有织。咱家还有些棉花，你们家里人们就纺线织布吧！等你们织出布来，安福也养好了腿伤，卖布籴粮啊！"

赵安福在炕上搭腔道："要卖布得往南边去，过了黄河，那边人不种棉花，不织布。"

郑氏说："俺纺了些线穗子，还没浆没缠哩，成儿他娘，他婶，你们带着孙媳妇先把这些线穗子浆了，缠了，牵了，上机①织吧！俺再纺线供你们织。"安福家里的说："娘，咱是织一尺八宽的布面呢，还是织二尺宽的布面呢？"郑氏说："要织就织二尺宽的布面，人家裁衣缝被都合适啊。"安福家里的说："要织二尺宽的布面，得用二百四十根线头，那些线穗子怕是不够哩。"安禄家里的说："娘说大话哩，你一个人纺线供给俺娘们儿三个织布，供得上吗？可别累着你老人家。"一家人都笑了。郑氏笑道："俺黑天白日的纺就是了。"赵太世说："这么着吧，你们娘们儿四个分两拨，一拨人纺线，一拨人织布，估摸着旗鼓相当，不耽误工夫。"安禄家里的说："爹说的有理，俺就和娘一起纺线，嫂子领着儿媳妇织布吧。"菊个儿坐一边一直未语，她知道自个儿的身份，在这个场合里不便说话，只是听吩咐就是了。这会子听到婶子提到自个儿就点点头。安福家里的知道妯娌的心思，端辆纺线车放自个儿屋里炕上纺线，清静，省心思。不过她也不和妯娌争论，只是担心菊个儿在娘家上过机织过布吗？扭头问菊个儿："你在娘家上过机织过布吗？"菊个儿低头说："娘，俺上过机织过布哩，俺娘教过俺，行啊！"安禄家里的说："嫂子，你可别小看了侄媳妇，俺就知道侄媳妇是个干活的能手。嫂子，咱这两拨人就赛一赛，俺和娘纺多少线穗子，你和侄媳妇就织多少布，可别压下线穗子。"安福家里的说："行啊！到时候俺不压下你纺的线穗子，你也别让俺等着你纺的线穗子，耽误工夫。"一家人又笑。赵太世放下烟袋，笑笑说："就这么着吧，赶明儿我就把棉花送弹房里弹了。"

第二天，赵家女人们便着手忙碌起来。安禄家里的问婆婆："娘，西跨屋里还有些穰子②吧？俺先把这些穰子纺了吧！"郑氏说："你先纺了吧，等你爹弹回来俺再纺。俺先拾掇拾掇这些线穗子让你嫂子浆了。"菊个儿烧火熬了一大锅米汤，屋里热气腾腾，又把米汤舀到一个大盆里跟婆婆一起浆线。安福家里的将一把把线放到米汤盆里，搅了

---

① 浆了、缠了、牵了、上机：织布前的准备工序。
② 穰子：去了棉籽弹了的皮棉。

搅，说："你年轻轻的就学会了上机织布，可见你娘是个有心人，纺呀，织呀，裁呀，缝呀，早早地教会了你，嫁到哪户人家，也能独当一面，省的受了委屈。"菊个儿说："谁想那么远呢，俺从小就知道学着干活。"婆媳俩说着话，已把浆过的线捞出来，挂到天井里的铁丝上晾着。

弹房里送了四大包穰子来，安禄家里的接了，说："这么多穰子啊，可够俺娘儿俩纺些日子的。"菊个儿看到了也帮婶子去抱穰子。安福家里的就叫菊个儿："快来抖抖这线，抖一抖干得快。"安禄家里的笑道："你看看，侄媳妇不帮俺抱穰子，你也不抖线，人家侄媳妇帮婶婶干活了，你又让人家去抖线，真真小家子气，怕俺占了你的人手，你织不成布咋的？"安福家里的笑道："就是嘛！咱这两拨人，各有分工，各尽其责，给你干了活，俺这里不就缺人手了嘛！"安禄家里的嗔道："侄媳妇，你听听，甭理她，干脆跟婶婶一起纺线去，你娘能干儿，让她一人织布去，到时候公公婆婆还夸你娘为赵家立了一大功呢！"说着三个女人一齐都笑，倒闹得菊个儿不知道怎么着好了，她低头微微笑着，还是帮婶子把四大包穰子都抱到西厢房里，安顿好了，这才到天井里和婆婆一起抖线。

夏日，太阳毒，浆的线晒了一晌午就干了。天井里靠北房根有两棵枣树，西边的一棵是紫枣树，那枣圆圆的，个儿大肉厚。东边的一棵是团枣树，虽是小小的，椭圆形的，但格外地甜。这时候树上虽已挂了枣，但还绿绿的。安福家里的和菊个儿婆媳俩坐枣树荫下，一人拿一个篗子缠线。那篗子是四根支柱接连在一起，中间有一个把手。缠线的人左手执篗子，右手指掐一根线头往篗子上来回缠。动作起来，那篗子左右晃动去迎合线头，而右手指掐着线头又去追寻篗子，恰如玩把戏的耍杂要。安福家里的缠起来篗子线头旋转如飞，菊个儿缠起来也不示弱，眨眼工夫那篗子上是厚厚的缕缕丝线了。

婆媳俩各缠满了一篗子线，安福家里的说："菊个儿，你拿竹竿打几个枣吃吧，年轻人的饭食消化得快，晌午你也没吃多少菜饼子，垫补垫补。"菊个儿就拿竹竿打下一些枣来，捡了顺手递给婆婆几个，说：

"娘，你也吃。"婆媳俩吃了一会儿枣，接着各人又拿起簸子缠线。

安福家里的缠着缠着不由得哼起了歌谣：

> 棉花种，用灰拌，
> 耩到地里锄九遍。
> 打棉心儿，坐花盘①，
> 开的花，黄艳艳。

菊个儿听娘唱，也随着顺口唱：

> 结的棉桃一串串，
> 吐出棉絮白泛泛。

安福家里的瞟一眼儿媳妇，笑笑又接着唱：

> 大姐张着兜，二姐挎着篮，
> 箔上晒，席上摊，
> 晒得棉花倍儿倍儿干。

菊个儿微微笑着，又接唱：

> 轧车轧，弓儿弹，
> 弹得穰子熟泛泛。
> 搓的布节②长杉杉，
> 纺的穗子滴溜圆。

安福家里的又接唱：

---

① 花盘：花蕾。
② 布节：见第十二章注。

拐子拐，夔子缠，

牵线好比跑马解（xie），

镶线好比拉旱船。

菊个儿又接唱：

手抛连环梭，

脚蹬连环板。

织出布来平展展。

安福家里的与菊个儿同时合唱：

剪子铰，钢针钻，

做成衣衫不大不小可身穿。

婆媳俩前仰后合笑成一团。

安禄家里的走出屋说："你娘儿俩倒乐呵呵的，又是吃枣，又是唱歌，把俺抛在一边儿孤单单的。"安福家里的说："这可是你自个儿挑的活，图清静省心，端辆纺线车一边儿纺线去。这会子又说这种风凉话。"安禄家里的说："噢，俺不纺线，让娘一个人纺去，还不累坏了娘！"安福家里的说："好，好，好，你又识大体，又会体谅老人，可称得上是赵家的好媳妇！"安禄家里的说："平日里看着大嫂文文静静的，这会子又巧嘴利舌的，俺说一句，你回一句，你身边有男人有儿子有儿媳，齐齐全全的，欺负俺在赵家孤单单一人啊！"说着眼里就滚出了泪，回了西厢房。

安福家里的心慌了，忙跟到西厢房里，说："他婶，咱这不是说玩笑话吗，你咋的当真了，你要是这么说，俺心里也不好受啊！"哪知安福家里的这一说，安禄家里的越发伤心了，失声哭起来。郑氏听到哭声忙赶过来，道："这是咋的啦？刚刚还听见你们唱歌谣哩，咋的一时又闹饥荒了？"安福家里的说："娘，俺妯娌俩说玩笑话哩，没闹饥荒，说着说着不知咋的他婶就伤心了。"郑氏白了安福家里的一眼，意思是你不要说话了。安禄家里的痛哭流涕，边哭边说："安禄啊，你这个狠心的，你这个忘恩负义的，你把俺抛在家里，人家夫妻有儿有媳乐呵呵，俺孤单单一人有苦说不出，有苦无处诉啊！"郑氏听了长长地叹口气，劝慰道："他婶，娘知道你的心，安禄这孩子也是，没心没肺的，你就不知道回家来看望看望吗？你家里有爹娘，有你自个儿的妻室啊！"这一劝说倒刺痛了安禄家里的心窝，扑到婆婆怀里，更加痛哭不止。

安福家里的这才明白过来，自觉有愧。挨到安禄家里的身边，说："他婶，都是俺不好。常言说'饱汉不知饿汉饥'，俺光顾了贫嘴了，就没体谅到你心里的苦处，以后咱妯娌俩常在一起拉拉，俺有心里话给你说说，你有心里话给俺说说。甭管谁有儿有女，说心里话，咱是一家人啊，嫂子可没有慢待过你呀！"又对娘说："娘，依俺说这纺线织布的事咱也甭分一拨两拨的了，就一起干吧，在一起更热闹。等牵了线，上了机，让儿媳妇先上机织着，我也和他婶一起纺线。"安禄家里的渐渐止住哭，只是抽抽搭搭地一时无语。

郑氏安排孙媳妇做好了晚饭，安福家里的拿了贴饼子，端了高粱米稀粥送到西厢房里，安禄家里的见这情景，说："大嫂，俺可不是冲着你怪罪你呀，刚才也不知道是咋的，听到你娘儿俩在外边唱歌俺这心里就乱糟糟的不是个滋味，就说出了那些没深没浅的话。"安福家里的说："俺刚才也是站着说话不腰疼。女人家，谁摊上你这种境遇，长年累月的一个人守着，空空落落的，谁心里也凄凄凉凉不好受啊！"安禄家里的觉得大嫂的话说到了自个儿的心里，不免又掉泪。安福家里的又说："他婶，咱往好处想，安禄是个好小伙，俺嫁过来的时候，他刚十几岁，他是个恋家的人，不是那朝三暮四的人。早早晚晚他回来跟你过团圆日子，咱就盼着那一天吧！"安禄家里的这才平静下来，妯娌俩又和好如初。

# 第二十六章 花格布 土地庙里风波

安福家里的和菊个儿婆媳俩把缠了牵了的线一根根绕到织布机的后轴上，再把绕到后轴上的线一根根分成上下两股戳进密如细网的综（zeng）里，这就是经线。线上机——织布前的准备工序细密入微，又要精致无误，倘若一根线头错了位置，那一整织布机的经线就乱了次序，布也就织不成了。婆媳俩配合默契，有条不紊。绕线的时候，安福家里的领头掐一根线绕上，菊个儿就要紧跟着掐着线头绕上去，那是眨眼的工夫也不能耽误的；戳线的时候，安福家里的在这边掐根线头戳进综里，菊个儿在那边眼盯着那根线头忙掐住掏过来，又是眨眼的工夫也不能错过的。两人不但手上忙，手上巧，那精神也要全神贯注，不能有一丁点儿的走神儿疏忽。婆媳俩忙了整整一天，才把那千丝万缕的零零散散的线顺顺当当次次序序安排到织布机上，虽是青壮年的女人，也早已疲惫不堪了。

一架织布机安放在东厢房明间屋里，郑氏走过来，看看这里摸摸那里，笑笑说："可累了你娘儿俩了，一天的工夫就把这么多线上到机上，各处里顺顺当当的，不易啊！"安福家里的说："娘，明儿俺先上机织一阵子，等织出一两丈来，有了个头绪，再让儿媳妇织吧。"菊个儿说："奶奶，娘，俺在娘家织过布，可是也有些日子没上机了，不知道还行不行，这会子俺上机织一会儿，奶奶、娘看看，哪里有不对的教教俺。"郑氏说:"行啊!孩子干活心切。"菊个儿就振了振精神,仿佛疲劳一时消失了,端端正正坐到织布机座上,两脚踩上踏板,右手抄起梭子。踏板启动,两股经线分开,那梭子急急在两股经线中穿过去,咣当咣当……赵家的织布机开工了!菊个儿聚精会神,两脚两手两眼协调一致,梭子在她手里飞来飞去,两眼又随着穿梭扫来扫去,一颗心全用在那数不尽的经纬线上了。

菊个儿织了一会儿布,郑氏、安福家里的不眨眼地看着。郑氏说:"孩子,停机吧,忙了一天了,快歇息歇息吧!"又说:"真真是奶奶的好孙媳妇!当年奶奶嫁到赵家的时候,也是纺啊、织呀、缝呀、连呀,凭着一身的女工活。如今孙媳妇和奶奶一样,又是多面手,活该着赵家有福气,没的天下的好媳妇都嫁到赵家来了!"说着就笑,儿媳孙媳也随着笑。安福家里的说:"这也是多亏了亲家有心计,儿媳妇又心灵手巧,早早地学会了这些纺织的活。"祖婆婆、婆婆的话倒说得菊个儿不好意思起来,羞答答下了机,低头说:"奶奶、娘,俺还是不行哩,要是两色的纬线,织那花格布,俺这手眼就忙不过来,到时候就慌神儿了。再说,倘若机上有一根线头错了位,俺也不知道该怎么着好了!"郑氏说:"你织的这布平平展展的就不错了!孩子,学活别心急,织布机上的活是慢工细活,过上一年两载的你就全学会了。"

做后晌饭两个婆婆没让菊个儿插手,一家人吃了,菊个儿忙着去洗碗,郑氏又拦住,说:"快回屋歇着去吧,明儿还上机织布哩!"菊个儿心里存了一股暖意,就回东厢房了。

菊个儿连连织了两织布机白布,其中一织布机的布,安福家里的又用黑颜料染了,变成了黑布。接着,安福家里的又设计了一种花格布,经线两种颜色:红、黄,纬线两种颜色:蓝、白。四种颜色互相搭配,错落有致,看起来鲜艳夺目。菊个儿看到婆婆设计的花格布样子,惊讶道:"娘哎,甭说穿过,俺见也没见过这么好看的花格布呀!娘,你是咋想出来的呢?"安福家里的说:"其实世上的颜色就那么几样儿,就看你怎么搭配了。经线里红黄两种颜色相近,纬线里蓝白两种颜色相仿,把它们各自搭配在一起,看起来不扎眼;而红黄与蓝白交错,又十分的显眼，这就使人看起来既舒适又好看。一副绣花样子，有浓有淡；一出戏里有文有武，唱腔有急有缓，不管是看的人还是听的人，就觉得顺其自然，不出格，心里也就觉得舒舒坦坦美滋滋的。倘若那绣花样子上，不管什么颜色，都是浓浓的，没有层次；一出戏里净是打打杀杀，没有起伏，连看的人都缓不过气来，就没滋没味了。"菊个儿说："娘说起来还一套一套的，俺可要真得用心跟着娘学了。等织完了这些布，娘教俺绣花吧！"安福家里的说："娘收你这个徒弟，只要你用心学。怕是有一天成了绣花的高手，娘要拜你为师哩！"菊个儿说："娘，说的哪里的话哩！俺再用心学，也赶不上娘的手艺啊！"婆媳俩说着就笑。

那浆了染了的红的黄的蓝的白的线又在安福家里的和菊个儿婆媳俩手里缠了，牵了，一根一根，千丝万缕，按照花格布的样子，仔仔细细搭配好，又顺顺当当、次次序序地安排到织布机上。安福家里的先上机织了一阵子，菊个儿站在织布机旁目不转睛地看着。蓝的和白的纬线的两把梭子轮换着在安福家里的手里穿来穿去。菊个儿看呆了，她越看越入迷，心里有了数，等婆婆稍一停机，就急着问："娘，那蓝的纬线的梭子要来回穿三五下，白的纬线梭子要来回穿十几下，是吗？"安福家里的说："蓝纬线的梭子不是三五下，而是整整五下；白纬线的梭子也不是十几下，而是整整十下。不能多一根线，也不能少一根线。"菊个儿说："这么说，织出布来，那白的道道儿要比那蓝的道道儿宽了？"安福家里的说："就是嘛，白的宽了才衬托出蓝的好看，就像蓝天衬白云，反过来也是一个意思。倘若两种颜色一样宽，分不出主次，也就平淡无味了。"菊个儿细细品味婆婆说的话，像是自个儿有了体会，慢慢自语道："蓝的整五下，白的整十下，白的多了就衬托出蓝的好看。"说着说着就顺口而出："娘，俺知道了，让俺上机试试吧！"安福家里的笑笑说："上吧，快成了织布迷了，像你这样学活，不出十天就学会了。"

菊个儿果然织出了一织布机花格布，其间自然少不了安福家里的不住地指点，常常地教练。这天过晌，当菊个儿连连投过五下蓝纬线梭子，又连连投过十下白纬线梭子，哐当一声，停下织布机的时候，她已经身不由己趴到花格布上了。郑氏、安福家里的忙走过来，搀扶着菊个儿下了机，又搀扶到北里间屋炕上躺下，郑氏说："孩子，咋的啦？是累的吗？"安福家里的说："俺让她歇一两天再织，她硬是连着织，说一两天就织完了。天天也吃不饱，就是年轻，这么连轴转着干活也挺不住啊！"菊个儿说："奶奶，娘，不咋的，俺就觉得头有些晕，心里也觉得乱乱的不那么着实儿，歇一会儿就好了。"郑氏说："快给孩子倒碗热水拿个干粮，饿了吧！"菊个儿挣扎着起来，说："娘，不用了，俺自个儿舀碗凉水喝吧！"郑氏又拦住菊个儿，说："快躺下歇着，你为赵家织了三机布，是有功之臣，让你婆婆伺候伺候你。"菊个儿又无奈躺下，一会儿起来喝了碗热水，吃了个棒子面贴饼子，心里渐渐稳定下来，说："奶奶，娘，俺长这么大第一次织花布，俺织一会儿，看一会儿，看到那鲜鲜亮亮好看的花格布，俺就想，这是菊个儿织的吗？是从俺手里把那些红的黄的蓝的白的线凑合到一起，构成了这么一幅漂漂亮亮的图画吗？又一想，是啊！你不是刚刚投过了蓝的白的纬线梭子吗？心里就美滋滋的，觉得好像自个儿又长大了几岁，真真的是个能干事的大人了！"说着又不好意思起来，羞答答笑了。郑氏说："这就叫长大成人了！庄户人家就是干活的命，放下扫帚拾起筘子，男人能耕能耙，女人能纺能织，就能支撑一个家，就能在世上安安稳稳活一辈子。"又说："歇息歇息吧，有这么三机布，咱这一冬天的吃食就不用发愁了。"婆媳三代都会心地笑了。

转眼时令已过了大暑，眼看就到了立秋，老天才下了场透雨。庄稼人凭经验，这时候种下萝卜、白菜或是别的什么蔬菜还能有些收成，都为了一冬天的生计想法设方。

赵安福的腿伤已经痊愈，赵太世、赵安福父子趁雨后地湿，把赵家的土地耕耙了一遍，留出种冬麦的土地，其余的土地都种上了白萝卜、胡萝卜、大白菜——冬天的农家菜算是丰盛了。

到了赵安福出征的时候了。头几天女人们就已打点好，三色的布匹用包袱包了，棒子面贴饼子老腌咸菜也包好，足够吃两天。这天窗纸刚刚发白，安福家里的已做好早饭，安顿男人吃了。赵安福整装待发，换了身新衣裳，绛紫色裤子白褂，宽宽的腰带系了，背了包袱，扛了扁担，扁担上捆了绳子口袋，一副乡里人行商的打扮。

一家人送到大门外，又送到村头，赵安福站住脚。赵太世说："只要把布卖了，籴不籴粮食你看着办，大老远的不好往家里带啊！"

赵安福说："爹，俺知道，那边年成好，估摸着粮食便宜，俺能带多少就带多少吧！"

郑氏已抹泪，说："走到哪里，也得想着吃喝，别委屈了自个儿，叫声大爷大娘给人家要碗水喝。"

赵安福说："娘，俺知道了。"

安福家里的也抹着泪说："包袱里有件夹袄，天凉了就披上。"

赵安福应了，说："爹，娘，回吧！"转身迈开了大步。

这天大雾，一家人望着赵安福的背影渐渐消逝在蒙蒙的雾里。

两天后，赵安福已徜徉在黄河南岸乡里，他手持拨浪鼓，摇晃几下，一口鲁西北山东腔，开喊了：

"卖布哟！"

"白布、黑布、花格布哟！"

"结结实实，平平展展，漂漂亮亮的布哟！"

见无人响应，他又摇晃了几下拨浪鼓，又喊了两遍。

果然有两位妇女走过来，接着又有几位妇女跟过来。赵安福把包袱铺在地上，三样布平摊在包袱上。妇女们就摸了又摸，挑挑拣拣，尤其喜欢那花格布，有的年轻媳妇扯起来搭在身上，看看美不美；有些年岁的中年妇女还站在那里评说，问这是自个儿织的吗？那经纬花线咋搭配得这样和谐？这样好看耐看？颜色鲜亮而柔和，花样旧中翻新，质地平滑而坚韧。赵安福说不出夸赞花布的那些词句，只是憨憨地说："棉花是好棉花，地道的鲁北棉，个人家里人们亲手织的，俺那一口子可是织花格布的能手呢！"引得妇女们一阵阵笑。一位妇女说："这位大哥真是个实在人。"赵安福咧嘴笑笑说："这位大嫂要多少？量量尺寸，剪了吧！"那位妇女犹豫起来，问道："你是要现钱呢，还是拿粮食换呢？"赵安福也犯了犹豫，当然是给现钱好，可是他又怕这桩买卖做不成，就顺口说："都行啊！"那位妇女说："那就拿新棒子换吧，一斤棒子换一尺花格布行吗？"赵安福撇撇嘴，说："你说得轻巧，棒子多少钱一斤？棉花多少钱一斤？把棉花织成布得经过多少道手续？得花多少功夫？"说着又"哼哼"几声，表示轻蔑的样子。那位妇女笑道："大哥别着急呀，俺跟你说玩笑话哩！"赵安福又笑了，随后他们互相讨价还价，终于谈妥了交换的粮食斤两和布匹尺寸，做成了第一笔生意。接着又有几位妇女或用现钱买或用粮食换，又做成了几笔买卖。

头一天买卖开张还算不错，天黑了，赵安福背了粮食布匹寻到一个土地庙住下来。土地庙里灰灰暗暗，然而那土地爷的形象却栩栩如生，白发长髯，满面笑容，手持拐杖，做微微颔首弯腰状。赵安福一迈进土地庙门槛，仿佛那土地爷向他邀请，说："请进吧，这里是安身保命之地。"赵安福笑笑，也仿佛接受了土地老的邀请，放下肩扛身背的东西，立马跪下朝土地爷磕了三个头，默默说："土地爷，你开恩，俺借你的宝地住一宿，保俺平安无事，年年给你老人家烧香。"他从外边找了些棒子秸铺地上，掏出自带的棒子面贴饼子老腌咸菜啃了，又拿自带的瓷碗到土地庙旁一个水塘里舀了一碗水喝了，算是一顿晚餐。三匹布做枕，怀抱着那些换来的棒子，一根扁担紧靠身边，身上盖了那件夹袄，自觉安然自得，就渐渐呼呼入睡了。

不觉来到一处城郭，两边楼房高耸，人群熙熙攘攘，摩肩擦背，他在人缝里钻着，见一个卖豆腐脑的摊子摆着，就坐一条板凳上，美美地喝了一碗豆腐脑，吃了一个火烧，嘴里还咂咂有声。刚刚抬起屁股要走，想起那布匹呢？棒子呢？这才想起俺是住在土地庙里了，咋的来到这样一个去处？赶快回土地庙吧！跑着跑着又跑不动，好容易跑出城郭，不想面前汪洋一片大水，心想老天爷可下了一场大雨了，年景好了。就挽起裤腿涉水去寻那土地庙，哪知越走越深，放眼一看，土地庙不见踪影，又像是深水里有鱼有虾有龟拉着他的腿，一步也走不动了。

嘴里想喊：俺的布呢？俺的粮食呢？又喊不出……他挣扎着挣扎着……一觉醒来，原来是南柯一梦。

　　赵安福坐起来，长长叹了口气！他摸摸布匹还在，怀里的粮食却不见了！惊讶之余他忙起身抄起扁担奔出庙门，果然见不远处一个人影背着口袋迅跑。他忙喊道："贼、贼、贼，还俺粮食！还俺粮食！"那贼哪里肯听，越发跑得快了。赵安福抢起扁担打过去，骂道："日你娘的，日你奶奶的！"扁担落地，贼已跑远了。

　　赵安福连日奔波确也累了，他看看追贼无望，去拾那扁担，不料贼没追上，扁担却断成两半截！一股怨气丧气冲上心头，想起土地庙里还有布匹，忙回到庙里，坐下来，摸摸布匹还在，就揽在怀里死死抱住。轻易不掉泪的庄稼汉子啪嗒啪嗒滴下泪来，砸在脚面上！自觉好冤屈啊！口里默默叨念："土地爷呀，土地爷，你咋的不保俺平安呢？俺是好人呀！俺是老老实实的庄户人呀！你咋的不保护好人，却偏偏让那坏人贼人偷了俺的粮食？香也不给你烧了！头也不给你磕了！"

　　他也难以入睡了，想想，大男子有泪不轻弹，一家人的吃食还压在肩上，人生在世，哪有一帆风顺的呢？小小贼人怎能奈何得俺？俺人还在，布匹还在，再转悠几日，卖光了布匹，就该早早地回家了！于是擦干泪水，默默守着布匹坐着，等待着天明。

　　赵安福又走村串乡卖了几日布，终日食宿不定，饥饱无常。自带的干粮吃完了，就用布换来的粮食到农户家淘换些吃食，夜宿或在大户人家的门洞里，车棚里，或又寻座娘娘庙关帝庙，吃苦耐劳是他的秉性，早已习以为常，只要有了收获就心满意足了。

　　这日布匹卖完，用那半截扁担担了一百多斤棒子还有二三十斤麦子，口袋里装满了银钱，又寻到一座关帝庙住下来。关帝庙里那关老爷手握青龙偃月刀，一派浩然正气，左有周仓，右有关平护卫着，真个威风凛凛。赵安福坦坦荡荡住下，这一回他也不敬畏神灵了，既不磕头，也不祷告。心想敬了神，神也不灵验，俺就整宿不合眼死死守着粮食和银钱吧！

　　一宿果然平安无事，第二天刚放亮，赵安福收拾了东西，两根半截扁担紧紧捆绑在一起作担子。临行，想想还是给关老爷磕个头吧，谢谢关老爷保佑，别让关老爷怪罪咱，就又跪下磕了三个头。然后，起身挺胸担起粮食担子上路了。开始迈着小碎步，渐渐地步子越来越大，不觉嘴里喊出"哎哟，哎哟"的号子，心里想着远在二百里外的家乡，想着爹娘妻室，那浑身的力气也就越发地大了起来，朝着北方，朝着黄河，朝着漳卫运河，"哎哟，哎哟"不停息地奔赴……

# 第二十七章　地摊戏《豆汁记》

　　石榴红和她父亲鲁豹在天津卫闯荡了一年多，也是衣食无着，常常流浪街头。石榴红倒是曾经跟着一个小戏班唱了几个月的戏，不料又遭遇不测，散了摊子。这年秋后，父女俩还是万般无奈回到了山东老家。

　　石榴红和父亲回到鲁庄家里待了几天，怕走漏了风声，天天不敢出门。鲁豹说："石榴，到你二姐家住些日子吧，先避避风。"石榴红就急着奔了二姐婆家赵家来。

　　那天石榴红来到赵家的时候已是一大后晌了，赵家已关了大门。石榴红怕惊动四邻，轻轻拍拍门环，低低连喊了几声："二姐，二姐！"赵太世老两口已经睡下，赵安福虽未入睡，也早已躺下歇脚，唯安福家里的在灯下做针线活，石榴红起初低低喊了两声，赵安福没注意，安福家里的却心有灵犀一点通，冲着炕上的男人说："俺怎么听着有人叫门呢，像是三妹的声音。"赵安福说："哪里有人叫门？你是想三妹了吧！"接着安福家里的就放下手里的活，走出屋门静心听着。果然又传来轻轻的门环敲击声和又熟悉的"二姐，二姐"的叫声。安福家里的三步并作两步急忙开了大门，叫道："是石榴吗？"石榴红扑到二姐怀里，哽咽着半天说不出一句话。姊妹俩回到屋里，赵安福听见动静已起身，叫了声："三妹。"石榴红这才叫出一声："姐夫！"

　　安福家里的在灯下细细端详石榴红，说："三妹瘦了，这一年多，你和爹在外边怎么混日子来!"说着眼里含了泪,又急着问:"爹呢?爹还好吗?多咱回来的呢?"石榴红说:"爹还好,也瘦了。回来有几天了,就是不敢出门,怕走漏了风声,传到记脸子耳朵里,又要生事。"安福家里的说:"这一阵子倒是没听到这帮土匪的信儿,兴许眼下没在咱这块地面上,又听人说记脸子被人捅了,不知是死是活,他这行子早晚不得好死。既然回来了,就安安稳稳住二姐家里,再扫听扫听消息,防着他就是了。过几天咱俩看看爹去。"

石榴红的心这才踏实下来,忽想起问候:"大爷、大娘呢?""宝成呢?""宝雁呢?"安福家里的一一回了话,说他爷爷奶奶已睡了,就别吵他们了,明儿说话吧。说宝成娶了媳妇,这会子上德州中学念书去了。说宝雁那孩子命不济,得了一场病死了。石榴红细细听着,听到宝成的信息,脸上喜形于色;听到宝雁的信息,脸色就沉下来,想那宝雁多么机灵的孩子,怎么说走就走了!又立刻联想到自个儿的身世,女人的命运怎么就这么不吉不利?她正呆呆想着,安福家里的说:"你姐夫自个儿找地方睡觉去了,咱姊妹俩在这个大炕上睡吧,时候也不早了。"

杏个儿、石榴姊妹俩又亲亲热热地睡在一个炕上了,石榴还像小孩儿一样偎在二姐身边,杏个儿也像母亲一样抚慰着三妹。杏个儿说:"石榴,你小时候就在二姐怀里睡觉,还记得吗?"石榴说:"记得,记得,你都是把被窝焐热了,俺才钻进去呢!"杏个儿说:"可你就是淘气,钻了被窝还不乖乖地睡觉,一会儿挠挠姐姐这里,一会儿挠挠姐姐那里,闹得姐姐痒痒的睡不好觉。"石榴就嘻嘻地笑。杏个儿若有所思,说:"一晃长这么大了,又摊上这么一档子事儿。那天后响俺这心里一直噗噗的跳,想不到你又有胆量又有主意,逃出了记脸子的虎口。日后俺跟你姐夫说,三妹走南闯北地唱戏真闯出来了,一个女人家,落到这个土匪头子手里,谁也脱不了身。就像戏里说的,你真是女中豪杰了。"石榴说:"二姐,甭说豪杰不豪杰的。那天的事俺想起来就后怕,记脸子都动了铡刀了,咱爹差点儿丧了命!这事多亏了马家的长工,他做了手脚,抽掉了铡刀上的连接轴,铡刀就铡不下去了。俺还真想谢谢这个长工哩，这会子这个长工还在吗?"杏个儿说:"这事也传出来了，就不知道是马家长工做的手脚。这个长工就是宝雁的哥哥，叫常巴虎，这会子还在马家扛长活哩。"石榴自语念道:"常巴虎，常巴虎。"牢牢记住了这个名字。杏个儿说:"你真是闯过一关又一关，就像戏里的关云长过五关斩六将。天津卫这一关又闯过来了。"石榴叹口气说:"还不知道要闯几关哩!这一年多在外边就是天天心里不踏实，没着没落儿的，今天在这里，明天不知道在哪里安身呢!俺倒是跟着一个小戏班走村串乡唱了些日子戏，又遇上天津卫的一帮混混儿诈骗钱财，戏班班主没搭理他们，这帮无赖就砸了戏班，抢走了戏装，还绑走了俺和另一个女戏子。二姐，你说这人来到世上，就是来受罪了。那帮无赖把俺俩死死捆绑起来，往俺俩身上泼脏水尿尿，拿俺俩取乐。那一阵子俺真想一头撞死!幸亏那帮无赖看守不严，俺俩才逃了出来。"杏个儿也叹口气，说:"真是苦命的人哪!"沉一沉又说:"石榴，你岁数也不小啦，常年这么待下去，终究不是个法子，姐姐心里也挂着你，你大姐也常常提到你哩。依二姐看，就找个人家吧，甭管穷的富的，只要人可靠，就能安安稳稳过日子。"杏个儿一提起这终身大事，石榴又一时不言语了。杏个儿又说:"别老是拗着你那脾气，自古以来男女婚姻不都是由父母做主，由媒婆捏合在一起的嘛!"石榴说:"俺还是那句话，自个儿的事自个儿做主，只要遇上那可心如意的人俺就跟了去。若是任凭别人说得天花乱坠，就是豪门富贵家的少爷，金人银人，不遂俺的心，俺宁可一辈子不嫁!"石榴的话掷地有声，杏个儿也无言答对了。

次日石榴红见了赵太世、郑氏都互相寒暄了一番。见了菊个儿，安福家里的说:"这是你小姨。"菊个儿就叫了声:"小姨。"闷闷地呆着。石榴红上下打量了一番，说:"好俊的外甥媳妇!看样子和俺是一般的年龄，年轻轻的，这么文文静静的!"说得菊个儿羞答答不好意思抬头，一声不吭。安福家里的说:"三妹，别说话没轻没重的，你还是个姨呢!"这会子菊个儿手里正纳着鞋底，石榴红说:"俺是说俺喜欢外甥媳妇哩。"说着接过菊个儿手里的鞋底，细细地看了，说:"这是给谁纳的鞋底呢?细针密线的，还纳了云头花儿，脚踏云彩走千里啊，好针线活哩！"安福家里的说："还有谁呢，给宝成呗，他在学堂里念书，穿鞋费着哩。"菊个儿低低地说："小姨，别夸俺了，俺笨手笨脚的，针线活做不好呢。"说着就伸手去接那鞋底，石榴红没放手，说："俺这会子也是闲着，就替外甥媳妇纳鞋底吧！"菊个儿也不好意思去夺，就看婆婆。安福家里的说："你小姨想纳就纳吧，可别乱了针脚。要是前后针脚不一样了，儿媳妇还得重新纳，没的耽误工夫呢！"石榴红说："哟，这双鞋底子这么金贵啊！俺可不敢动手了，俺要是纳坏了，还赖着俺不成？"菊个儿的脸飞红，说："娘，说哪里的话呢，小姨的针线活肯定比俺强，只能高过俺，不会走样儿的，俺还想跟小姨学学针线活哩。俺是想，小姨刚从外边回来，该歇息歇息，别累着了。"石榴红说："你看看，还是外甥媳妇说话中听耐听。不管俺的针线活是好是赖是高是低，俺是想，一来为外甥媳妇分担些针线活，一大家子人家，针线活多着呢；二来也给宝成纳纳鞋底，这回从天津卫回来也没给宝成带点礼物，这就算尽了小姨的一份心意了。"安福家里的说："说来说去，九九归一，咱都说到一起了。三妹，你跟外甥媳妇说话说得来，就跟外甥媳妇到东房屋里一边做活一边说话去吧，也看看宝成的新房。"石榴红巴不得的这一声，说："好，俺倒要看看宝成这个新郎官的新房呢。"话音落地，菊个儿笑开了颜，就牵着石榴红的手走进东厢房里。

石榴红进得屋来，看看炕上桌上椅上柜上，窗明几净，红红绿绿都是一色的新。虽说新房已过了半年多，菊个儿是个爱整洁的人，天天整理清扫，就显得新鲜如初。石榴红坐炕沿上说："好漂亮的新房啊！"菊个儿笑笑说："小姨上炕吧，炕上暖和。"石榴红说："俺盘腿不习惯，就坐这里吧。"又问："你们是多咱成的亲呢？"菊个儿说："去年腊月十八。"石榴红又问："宝成是多咱上德州念书的呢？"菊个儿说："他是过了年二月初九走的，他走的那一天俺正住在娘家。"石榴红说："这么说，你们成亲以后在一起没多少日子啊！"说到这里，菊个儿低下头，默默不语。石榴红似乎察觉到这门婚姻的不幸，但也不便说什么。屋里沉寂了一阵子，菊个儿不觉滴下了泪，低低地说："打从娶了俺，他和俺还没说过一句话哩！"石榴红说："中学里放暑假宝成回来了吧!"菊个儿说:"他倒是回家来了,白天在奶奶屋里,后晌就到同学家里睡觉。他眼里压根儿就没有俺这个人!"说着又掉泪。

石榴红见此情景也不知道说什么好了。她同情菊个儿,更理解宝成,但她也不便对这门婚姻说三道四做出自个儿的评判。如若按照自个儿的主意,说这门亲事原本就不该成亲,你菊个儿也不该嫁过来。那岂不是更加重了菊个儿的心事,使她忧愁难解;如若劝说菊个儿既然嫁到赵家了,就安心在赵家过日子,不管宝成待你咋样,做个好媳妇,又是违心的话,无论如何是从自个儿的口里说不出来的,真是女人的命各有各的难处!她想到这里,似乎拉近了她和菊个儿的情感,越发地同情菊个儿了,就握住菊个儿的手,说:"小姨回来这阵子也没事,就陪外甥媳妇说说话儿,解解闷儿。"菊个儿点点头。石榴红又忽想起要纳的鞋底子,装作忘了咋样儿下针,就问道:"俺多少日子没做针线活了,这云朵花儿从哪里下针呢?"菊个儿说:"要纳一朵云彩花儿,先找准这朵云彩的中心点下针,再围着这个中心点一圈一圈地纳,纳起来还要有弯有曲,有凸有凹,才像那天上的云朵儿。"石榴红说:"还是外甥媳妇心灵手巧,俺就是纳出来,也说不出这么多道道儿啊!"菊个儿抿嘴笑了。

石榴红在二姐家住了些日子,先是和菊个儿一起做鞋,后来又帮二姐缝制棉衣。郑氏拿出花格布也给石榴红裁了一身衣裳。安福家里的说:"你来这些日子可帮俺的忙了,做了这么多针线活。"石榴红穿着刚刚做好的一身花格布夹衣笑笑说:"俺还落了一身新衣裳哩!二姐,你看看这身衣裳,花格布鲜亮好看,裁的尺寸合体可身,大娘的手艺又高过咱们一大截哩!"说着姊妹俩又笑。安福家里的说:"赶明儿就是高集儿集了,咱姊妹俩也歇歇,到集上逛逛,到大姐那里看看。"石榴红连连应着。

杏个儿、石榴姊妹俩先到了高集儿大姐桃个儿家里,前些日子姊妹仨一起已到鲁庄看过爹爹,这会子见了面依然是亲亲热热。桃个儿赶紧烧了水,又捧出大枣小枣给二妹三妹吃,见石榴穿一身新衣,说:"俺石榴越发的俊俏年轻了，趁这会子快找个婆家吧!"石榴说:"大姐没正经。"桃个儿又对杏个儿说:"二妹，俺这里正给咱爹做棉衣哩，你看看这袖子大襟裁的缝的合适吗?"杏个儿看了看，说:"合适，合适，咱爹穿衣裳就喜欢这样肥肥大大的。"姊妹仨说了会子话就一起到集上。

高集儿集是这一带乡村的大集，五天一集，这会子集上已是沸沸扬扬，嘈嘈杂杂。各种叫卖声此起彼伏，这里叫道:"羊肉，鲜嫩的羊肉!"那里喊道:"果子，油炸果子!"铁匠炉传来叮当叮当的声响，牲口市传来老牛"哞哞"、毛驴"嗷嗷"的叫声……庄稼人背褡子携篮子这里瞅瞅，那里瞧瞧，总舍不得把兜里仅有的几个钱掏出来。

桃个儿、杏个儿、石榴来到集上，桃个儿先称了一斤油炸果子，用柳条穿了，说:"晌午咱吃馍馍、油炸果子，再熬一锅萝卜菜。"石榴嘴馋就先撕了一根送嘴里，大姐二姐就笑。杏个儿在杂货摊上买了两包针、一包各色丝线，又给三妹买了一瓶擦脸的沤子①。姊妹仨各处里转了转就来到一个打麦场上，一圈人正围着看地摊梆子戏。杏个儿、石榴一听见唱戏就来了精神儿，拉着大姐凑过去看戏。桃个儿说:"你姊妹俩在这里看吧，俺回去做饭去，早点回家吃饭呀!"杏个儿、石榴也顾不上答应，眼睛早盯在地摊戏上了。

地摊上一小旦正唱道:

> 自幼儿守闺房丧却亲娘，
> 有书生名莫稽饥寒流浪，
> 可怜他，一碗豆汁救了他性命，
> 遵父命奴与他匹配鸳鸯。
> ……

杏个儿悄悄问石榴:"三妹，她唱的是哪一出戏?"石榴说:"是

---

① 沤子:一种润肤的油脂。

《豆汁记》，也叫《棒打薄情郎》。"杏个儿说："是那穷书生被金玉奴救了一命，二人结为夫妻，而后他进京赶考得中进士，又把金玉奴推入江中……"石榴说："是，是，是。"杏个儿说："这些戏都是劝人行善的，善有善报，恶有恶报，那个穷书生最后也落了个人财两空。"这会子，石榴早已全神贯注，那颗心已进到戏里，心烦技痒，勾起了她的戏瘾。她就低声随着那个小旦唱，周围的人群渐渐地转过身来听她唱。不一会儿，唱地摊戏的班主见状，走过来说："这位大姐，江湖上讲个义气，别抢了别人的饭碗，你要唱另找个地盘吧！"石榴说："俺不是来唱地摊戏的，随便唱唱，也碍着你们了吗？"那戏班班主说："你看看，人们都听你唱了，这不是拆俺的台吗！"石榴说："勾起了俺的戏瘾就想唱一唱，这么着吧，俺到地摊里唱两句，若是无人捧场，俺立马就走，若是有人捧场，俺扮金玉奴把这出《豆汁记》唱完，你收你的场子钱，俺分文不取。"杏个儿一听忙劝道："三妹，你可不能登场啊！这赶集的人山南海北哪里的人都有，风声传出去，怕是出事啊！"这会子石榴把回避记脸子的事早已忘得一干二净，一门心思想过过戏瘾，杏个儿哪里拗得过她。唱地摊戏的班主听了石榴的话，一想，这位大姐好大的口气！说不定是个角儿，就试巴试巴，若是真是个角儿，就留下。他拿出戏剧念白的腔调，道："大姐，请了。"石榴一笑，快步走进地摊，稍作装扮，就上场了。杏个儿再三阻拦也没拦住。

此时，这出《豆汁记》已演到书生莫稽赴京赶考得中，职授县令，良心大变，嫌弃金玉奴出身寒微，在乘船赴仕途中，将金玉奴推入江中。不料金玉奴被巡按林润搭救，认作义女。莫稽到任参拜巡按，巡按将义女金玉奴许配莫稽。洞房之夜，金玉奴与莫稽相认，怒斥莫稽。

石榴一声叫板：

俺把你这丧尽天良的——

人群里就有人喝彩叫好。

石榴唱道：

原本是洞房中鸾凤和鸣，

想不到，原来是你这个豺狼失天性。

俺焉能飞蛾投火，自烧自身，

杀身之仇气难平。

冰雪天你饥寒俺顿生恻隐，

想不到救你命，却暖不了你的心。

为赶考俺父女同你把京进，

可怜老爹爹忍饥寒，受欺凌，沿途乞讨助你成名。

谁又知做官的人大变良心，

只认钱不认人，忘了人间恩义情，失了天理人性，

把俺推入江中几乎丧了性命！

至此，石榴已是边哭边唱，一声一泪，声泪俱下！观众人群里也是唏嘘一片，泣泣有声！

转瞬间石榴转悲为怒，激情高昂，指着站在一旁索索发抖的莫稽，接着唱：

你这个猪狗不如，豺狼本性，蛇蝎之心的人哪！

他他他……岂能在朝为官，为害黎民！

人群里顿时同声喝彩："好！好！好！"一片掌声。有人捡块砖头坷垃投向莫稽，喊道："打死他，打死他！"戏班班主忙拦道："这是唱戏，唱戏哩！谢啦，谢啦！"

石榴沉浸在戏瘾里，戏班班主作揖施礼，道："大姐，如不嫌弃，戏班留下大姐了，你拿头牌。"众戏子也异口同声道："留下大姐了。"石榴笑笑，还没容她回答，人群里有人一声尖叫："石榴红回来了！"石榴一惊，如梦初醒，匆匆忙忙卸了妆，跑出地摊混入人群里。戏班班主再寻人已不见了踪影。

石榴找到二姐，杏个儿早急得掉出了眼泪，说："小姑奶奶，快走吧！"石榴点点头，也无话可说了，就跟着二姐在人群里钻来钻去，好

歹回到大姐桃个儿家里。

杏个儿见门外停着一辆驴车，说："你姐夫接咱们来了。"话音刚落，赵安福迎出来，说："快上车吧，三妹在集上唱戏，庄里都传遍了，爹着急，打发俺来接你们了。"桃个儿说："都一块儿吃了饭再走吧！"杏个儿说："既然俺爹发了话，就不能让他老人家着急了，走吧，以防万一。"桃个儿就忙把油炸果子馍馍包了，递给二妹，说："有空再来呀！"

驴车上面搭了席棚，杏个儿、石榴钻进席棚里，姊妹俩依偎在一起，谁都不说话。赵安福吆喝着毛驴，毛驴颠儿颠儿小跑着，大车驶向玄庄。

今早上安福家里的和石榴红去高集儿赶集的时候，赵太世没在家，只和郑氏说了句："俺和他小姨赶集去了。"郑氏应了一句，姊妹俩就走了。太阳临近晌午的时候，玄庄赶集的庄稼人陆续回来，在街上嚷嚷："石榴红在集上唱戏了，把戏班子都镇下去了，众人齐叫好。"赵太世正赶在街上，听了叹息一声，眉头紧皱。马德昌走过来道："宝成他小姨回来了？"赵太世点点头，"嗯"了一声，马德昌道："千不该万不该到集上露这个脸啊！听说记脸子还活着，万一传到他耳朵里，又要惹祸。"赵太世说："说的就是啊，年轻人办事毛毛躁躁，顾前不顾后。"

安福家里的和石榴红回到家里，安福家里的叫了声"爹"，石榴红叫了声"大爷"。赵太世抽着烟"哼"了一声没搭腔。沉了一阵子，赵太世一袋烟抽完，磕掉了烟灰，发话了："宝成他娘，他小姨年轻气盛，你怎么也不懂事！他小姨刚刚回来，本来就怕走漏了风声，这会子倒好，不但赶了集，还在集上唱了戏！这集上是个什么地方，五花八门，三教九流，人多嘴杂，他小姨在这一带又有名声，不出三天，一传十，十传百，方圆几十里都传遍了，这个风声就大了。听说记脸子还活着，虽说这阵子没在咱这块地面活动，这帮土匪东窜西颠，你知道他什么时候冒出来！去年出了一档子事，还不接受教训？"安福家里的说：

"爹，这事都怨俺，是俺叫了他小姨去赶集的，俺原想到大姐家看看，没想到到了集上，他小姨看见唱戏的就勾起了戏瘾，俺也没死死地拦住她。"石榴红说："大爷，你老别为俺的事操心了，怨俺疏忽大意，一看见唱戏的就把自个儿遭罪的事忘了。俺想俺既然走到了这一步也用不着天天担心受怕的，若是天天跟避猫鼠似的不敢见人，那日子过着也没啥意思了。记脸子再凶再恶，咱不惹他，他也不能平白无故地抢人。如果真到了那一步，俺也是咎由自取，命里该着，谁让俺从小爱上唱戏这个行当呢！就听天由命吧！"赵太世长长叹息一声，道："天下事难说啊！神仙也难以测定。"石榴红又说："大爷，俺来的日子也不短了，过两天俺回鲁庄吧，俺爹一个人过日子也不方便，跟俺爹做伴去。"赵太世一听，急道："耍小孩子脾气！大爷担心受怕，不是怕受连累，是惦记着你啊——孩子！你再说走，大爷真真生气了。若是记脸子真听见风声，他首先要去的是鲁庄，然后再找到亲友，咱听着点儿风声，果真这帮土匪来到咱这块地面上，咱再想办法，无论如何也不能落到这个恶棍的手里，孩子，从今往后，这里就是你的家！"赵太世的一番话倒把石榴红这个倔强的女子说哭了，她不由得滴下泪来，说："大爷，大爷，俺听你老人家的话，俺就拿这里当俺的家了。"说着擦擦泪。郑氏过来安抚道："他小姨，快坐炕上歇歇吧，你大姐拿了馍馍果子来，咱上，一会儿就吃饭。"石榴红擦干了泪，转过身说："大娘，俺来烧火。"安福家里的也忙过来拾掇着做饭。

# 第二十八章　劫难

记脸子果然回来了。

平原上没山，土匪帮子无法进山扎寨，也只好到处流窜。这会子记脸子的人马从运河西窜过来，在运河岸边的老窝里歇了几天，没出外活动。

记脸子没有忘记一年多前上了石榴红的当，丧气懊恼。他到鲁庄接亲，不见石榴红的影子，掏出盒子枪冲鲁豹的家门连放三枪，又指使手下人放火烧房（不想这把火没有着起来就被乡邻救下了）。他又马不停蹄到玄庄绑了马德昌，冲他要人。结果马德昌送给记脸子两大车麦子，又掏给他五十块大洋才算了事。从此马德昌和记脸子结下了冤仇。

这几日，赵家天色黑下来就牢牢关好大门，上了门闩，插上销子，又顶上杠子。一只黑狗也饱饱地喂了，以防不测。

赵太世总是在黑夜里默默抽着闷烟，迟迟不睡。这天夜里看看三星已过中天，没听见什么动静，就和衣躺下了。他刚刚要昏昏入睡，村里就传来狗叫，接着一声连一声，家里的黑狗也叫了起来。赵太世立马起身，忙叫醒了郑氏，赵安福、安福家里的，石榴红也跟着起身，菊个儿也起身到北屋里来，一家人静静坐着支起耳朵听着外边的动静。此刻，时间仿佛静止了。

不大一会儿工夫，院子里接连"咕咚"一声，"咕咚"一声，接着黑狗就一声惨叫。赵太世竭力镇定神情，他知道是有人跳墙，记脸子果然来抢人了！此时屋门还紧紧关着，两个土匪又去开大门放人。赵太世忙悄悄吩咐赵安福安顿好石榴红，又忙悄悄吩咐家人："都回屋待着，别动。"

　　记脸子已带领十几个土匪兵闯进院里，赵太世这里已点上油灯，开了屋门，站在门口迎候道："不知是哪路好汉深夜闯进民宅，有何贵干？"记脸子跨几步走进屋里一脸怒气，说："赵老头，别装糊涂，冤有头，债有主，今儿大爷讨人债来了！"赵太世说："原来是扈团长，这话俺就不明白了，扈团长若是缺粮缺钱——"记脸子截住话头，急道："别啰嗦，大爷今儿不要粮不要钱，要的就是一个人——石榴红，把人交出来大爷走人，不损伤你赵家一根毫毛。"赵太世说："石榴红早已远走他乡，没听见音信，俺这里也不知她的落脚地啊！"记脸子冷笑道："你不愧是个读书人，瞎话编得还挺圆满，糊弄小孩子去吧，前两天她还在高集儿集上唱戏哩。"又喝道："搜！"赵太世一时泄了气，心里噗噗跳着，只有听从天意了。土匪兵们翻箱倒柜，各屋里一阵折腾，有的土匪兵趁机拿了些衣物，也没有搜出所要的人来。记脸子气势汹汹，道："那就一个个都绑起来，打！"赵太世急道："扈团长，老农跟你走。"记脸子拿鞭子杆敲打着赵太世，说："你这把老骨头还经得起折腾？不怕连尸首也埋不到赵家坟地里？"赵安福急道："绑了俺，俺跟你走！"记脸子倒背手又冷笑道："看来你这一家子人又讲义气，又尽孝道。"他又突然脸色一横，喝道："绑了老头，带走！要想尽孝道拿石榴红来换人，三天后小戏子不来，就到野地里打幡摔盆尽孝去吧！"赵太世仍然凛然未动，抖抖地说："等等，让俺穿好衣裳。"郑氏已满脸泪水，颤颤巍巍，拿过一件长袍给赵太世穿上。一家人惊惊呆呆，欲诉无话。安福家里的早已泪如泉涌，一颗心突突要跳出来……

　　就在这当口儿，石榴红挺身而出，骂道："记脸子，你这个千人戳万人骂的土匪帮子，别欺负老人，姑奶奶跟你走！"原来石榴红藏在东跨屋的粮囤里，一直静听着外边的动静，心里对记脸子恨之入骨，对赵太世大爷被绑于心不忍，此时她如万箭穿心，须臾之时也待不住了，就爬出了粮囤，走出了东跨屋。

石榴红严正的斥责倒把记脸子和十几个土匪兵镇住了。记脸子一愣，众土匪也面面相觑。沉寂了半天，记脸子才冷笑道："有种，到底自个儿站出来了，这一回就要委屈你了！"说着挥挥手，众土匪也醒过神儿来，七手八脚绑了石榴红。石榴红依依不舍眼睁睁看看赵家一家人：大爷、大娘、姐夫、二姐、外甥媳妇，泪如雨下，哽咽了半天说出一句话："俺走了！"早被土匪兵架着拉着拖出了赵家大门。

这一夜，玄庄的狗吠此起彼伏，一夜未息。庄稼人都紧闭门户缩在炕上，仔细听着外边的动静。直到天放亮了，起早拾粪拾柴的人们才步出家门，见了面悄悄地说："赵太世家出事了！""记脸子又回来了！"而最为关心的是马德昌，他一早起来吩咐伙计常巴虎，到赵家叫赵太世过来说话。

常巴虎听说要到赵家叫赵太世有些怵头，妹妹死在赵家他一直耿耿于怀，不愿再见到赵家的人了。但主人指使了又不得不去，就硬着头皮走到赵家大门外，喊道："马二爷叫赵太世过去说话呢。"赵太世迎出来人已走了。

马德昌把赵太世邀到内宅西厢房切位里说话，自有他的主意，而赵太世在这个节骨眼上也想求救于马德昌，两人虽用意各异，目的却不谋而合——救出石榴红。两人见了面也没有多余的话，马德昌问："人抢走了？"赵太世叹息一声，道："抢走了。你看有啥法子救人吗？"马德昌说："记脸子这个王八蛋！这一回俺真想制伏了他，去年他就坑害了俺两大车麦子五十块大洋。"赵太世说："那敢情好了，除了这个土匪头子，也为咱这一方百姓造福啊！只是他这百十号人长枪盒子枪，除非动用县保安队的人。"马德昌说："俺正琢磨到这里，俺家内弟郭殿臣刚刚提升了县保安队队长，央求央求他，他不会不帮这个忙，这也是他们维持地方治安的本分，那就要破费一些了。"赵太世一听，心里豁亮了，忙拱手道："全靠德昌兄弟帮衬了，俺筹办一些东西。"马德昌说："那就不必了，老一辈的事情咱不提了，咱哥俩多年的交情了，今年歉年，你的家底俺也知道。就看这一回能不能马到成功了！"

马德昌觉得事不宜迟，这天头晌就吩咐常巴虎套了骡马大车，载上五百斤麦子，一口猪，一百斤花生，五十斤大枣，赶往县城去了。

记脸子的老窝据点在运河岸边，离玄庄三十多里，也是霸占了一户财主家的宅院。这一回石榴红未能逃脱记脸子的牢笼，被绑来的那天夜里，天近拂晓，记脸子就极其野蛮地把石榴红的手脚捆绑在一张床上发泄了他的兽欲。石榴红哪能甘心，咬破了记脸子的那块黑记，一只手松动开，又拔下头上的簪子扎得记脸子满身冒血点。记脸子发泄完兽欲火冒三丈，命令土匪兵把石榴红绑在一把椅子上，抡起皮带狠狠抽打了一顿，末了，关押在一间小屋里，屋里屋外派人看守。

一缕阳光射进这间小屋的时候，有人送过饭来，石榴红一口不吃。这会子石榴红万念俱灰，只想到了死。在世上被人蹂躏践踏，还不如房檐下的一只麻雀飞来飞去自由自在！活不像个活人的样子，还不如两眼一闭随风而去，死了的痛快！一时她想到了老爹，想到了大姐二姐，想到了二姐婆家的人，想到了戏班里的师傅和姐妹，还想到了那个在她眼前一闪的汉子常巴虎。二十几年的风雨，二十几年的人间冷暖，在她脑海里转了几圈……天色黑下来的时候，她已经支撑不住了，浑身酸疼难忍，头脑昏昏沉沉，全身瘫在椅子上。但她强忍着挨过煎熬的时光，在人生遭受惨苦的摧残和侮辱的时候，却硬是没有掉下一滴眼泪！

掌灯以后，记脸子带着他老婆来看过一回，见石榴红软塌塌瘫在椅子上，已昏迷不醒。他老婆说："不就是个小戏子嘛，老鸹窝里飞不出凤凰，扔到运河里喂鱼去算了。"记脸子说："别价，俺还想听听她的梆子腔哩。"他老婆说："俺就知道你这个色鬼，吃着碗里的看着锅里的，都半死的人了，你还迷恋她？"说着就拉着记脸子走。记脸子又回头叮嘱土匪兵："死死看守，她要是跑了要你的命。"

这天晚上记脸子大摆宴席，犒劳他的弟兄们。一个个划拳行令，喝得醉醺醺的，几个放哨的土匪也偷着回来吃喝尽兴。当他们沉睡在梦乡的时候，县保安队一百多个士兵包围了记脸子的据点村，冲进记脸子老窝。一阵子枪声，土匪们措手不及，早倒在血泊里，面目全非，尸横遍地。保安队队长郭殿臣又带领士兵寻到后院，只见杯盘狼藉，不见土匪的影子，看迹象刚刚逃走。原来记脸子和他手下十来个小头目在后院饮酒直至深夜凌晨，听见枪声跑出了宅院，士兵们追到运河岸上，连连打了几枪，有两三个土匪倒下，七八个土匪涉水过河骑上马逃走了。保安队队长郭殿臣深感遗憾！

马德昌坐着骡马轿子车来到记脸子据点时天已大亮，一场小小的战斗已经收场，士兵们早已吃喝了在记脸子的据点里歇息。马德昌见了内弟郭殿臣先问及他最关心的两个人："记脸子死了?"郭殿臣一脸的晦气："怕是跑了。"又问："石榴红呢?"郭殿臣一时醒悟："唉！光顾了抓记脸子了，倒忘了这个戏子了！"马德昌长叹一声，道："快快找石榴红，救人呀！"

郭殿臣领着马德昌，后边跟着赶车伙计常巴虎，找到了关押石榴红的那间小屋。此时石榴红脸色苍白，两眼微闭，浑身瘫软得如一摊泥，已奄奄一息。马德昌见石榴红这个样子也动了点怜悯之情，忙道："常巴虎，快找碗水来！"郭殿臣给石榴红松了绑，常巴虎端碗水来给石榴红喝下几口。石榴红这里昏昏迷迷，听到一声"常巴虎"，心里一动，微微睁开双目，模模糊糊看到眼前的人，又闭上了。马德昌忙吩咐常巴虎把石榴红抱到了轿子车上。

骡马轿子车在田野里迅跑，石榴红躺在轿子车里，马德昌坐在棚外车辕上，不住地督促着常巴虎赶车。常巴虎一手执鞭，一手勒住驾辕骡马的缰绳，轿子车跑得又快又平稳。

马德昌救出了石榴红仿佛干成了一件利害攸关的大事，这会子他守护在石榴红身边，轿子车颠簸得他身子一颠一颠，他倒越发地感到惬意，又在打着他的如意算盘。从记脸子把石榴红抢到他的西厢房切位里饮酒，他趁给记脸子斟酒的时候，瞟了石榴红一眼，就动了心计，只是机缘未到。成事在天，谋事在人。他从记脸子虎口里救出石榴红，可谓此乃天助。

马德昌五十出头，刚过了知命之年。"女大三抱金砖"，这一带风行大媳妇小女婿的婚俗，凡是富裕人家，十几岁的男孩就娶上一个十七八或二十大几的媳妇。马德昌的妻子郭氏比他大七岁，别说早已失去了生育能力，就是青春年少的时候和马德昌在土炕上日夜厮滚，也未给马家造就出一个传宗接代的后人。"不孝有三，无后为大。"玄庄人很看重男孩，谁家里若是没有传宗接代的男孩，称作"绝户"，"断子绝孙"是骂人的话里最为恶毒的言语。说"绝户"的人家一辈子没干好事，没积下德，老天惩罚他。"绝户"的人家也自觉断了血脉，对不起列祖列宗。为此，马德昌在玄庄庄稼人面前挺不起腰杆，说话也不硬气。郭氏曾不止一次地撺掇马德昌从别人家抱一个，马德昌坚决不同意，说那不是马家的种，上不了马家的家谱，老祖宗也不会答应。郭氏也曾多次到娘娘庙里许愿求子，求娃娃歌念了千百遍。她虔诚地迈进娘娘庙门槛，先燃上三炷香，又摆上四碟各样点心，然后甩开双臂又拢起，拜上三拜，跪下念道：

> 娘娘庙修得高，
> 有郭氏前来把香烧。
> 跪下磕头平身起，
> 求娘娘给俺送个白胖小儿。
> 俺给娘娘唱大戏，
> 俺给娘娘披红袍。
> ……

可惜面慈目善的送子娘娘无动于衷，并不理睬。

马德昌为造就马家的后代朝思暮想，寻觅一个可心可意的天作之合的合作者。头茬婚没有带给他任何男欢女爱的天伦之乐，二茬婚就把目光投射在年轻女人身上。石榴红年轻俊俏，身段苗条，如同一棵水汪汪的嫩白菜，又是百里出名的坤角儿，他早就心仪已久，望眼欲穿了。

骡马轿子车没有停在赵家门口而是停在了马家的大门楼外，早有马家的女仆祝嬷嬷接着。马德昌给祝嬷嬷使眼色打手势，把石榴红抱进了内宅西厢房切位。又吩咐祝嬷嬷快熬红糖小米粥，煮鸡蛋伺候。

赵家人得知，赵太世、安福家里的忙来到马家看望谢恩。赵太世拱手道："德昌救人之恩，俺赵家永世不忘！"安福家里的道声万福，说："马叔，俺替三妹给你磕头了。"说着要下跪，马德昌忙摆手道："使不得，使不得。太世兄，同乡近邻，哪里有这么多客套啊！救人之难，积德行善，是咱们山东老祖宗传授下来的美德，俺这辈子也积积德嘛。"沉一沉又说："只是这一回行动虽说打死了记脸子的大半人马，可是没有抓住记脸子，他带着七八个人跑了。这个土匪头子心狠手毒，这档子事已经在他心里埋下了祸根，他不会善罢甘休，就怕日后还有来抢人的时候，这就难为你家他小姨了！"赵太世想想也是如此，点点头，也只有陷入忧愁之中，无话可说。

安福家里的早到了西厢房切位里看望石榴红，此时，石榴红已苏醒过来，只是身子软软的动弹不得。安福家里的叫了声："三妹。"石榴红看看二姐，只是泪水涟涟，说不出一句话。安福家里的也陪着掉泪。半天，石榴红伸出手抓住二姐的手，说："二姐，俺这是在哪里呀？这间屋子俺好像是来过。"安福家里的说："这是在马德昌叔家里，是马德昌叔把你救出来的。"石榴红想起来了，这是记脸子头一回抢她饮酒的地方。这两夜一天仿佛过了几年，她恍如隔世。她回忆起前天夜里在二姐家被记脸子绑走的情景，回忆起记脸子这个禽兽糟践她的使她蒙受终身耻辱的惨状……以后的事情她就记不起来了。她又痛哭起来，断断续续地说："二姐，俺不活了——俺没脸活了！"安福家里的说："三妹，别这么想，人生在世上遭劫遇难的人多了。坏人当道，好人寸步难行啊！咱遇上了马德昌叔这样的好人救了你就是万幸了。"石榴红想了想，泣泣地说："二姐，告诉咱爹，让咱爹来接俺回家吧，俺不住在这里。"

正说着，马德昌、赵太世走进屋。马德昌笑道："他小姨好些了！"石榴红轻轻地说："谢谢马叔了。"又冲赵太世叫了声："大爷。"赵太世说："宝成他娘，你留下陪他小姨待两天，让他小姨好好养养身子。"

石榴红说："大爷，俺回鲁庄吧，让俺爹来接俺。"赵太世说："孩子，眼下你哪里也不能去，记脸子还活着，他野心不死啊！"马德昌接话说："他小姨，告诉你吧，这一回是俺那个内弟郭殿臣带着县里的一百多个警察剿了记脸子的老窝才把你救出来的，记脸子就是东山再起，他也不敢来马家抢人。有你二姐陪着，祝嬷嬷伺候你吃的喝的，你就安心养着吧！"石榴红听了，自己已是万般无奈，也只有暂时待在这里，又嚯嚯地哭起来。赵太世向安福家里的使了个眼色，安福家里的说："俺知道了，爹。"

赵太世脸色沉沉，向马德昌又道了声谢，离开了马家。

马德昌胸有成竹，一脸的傲气，送赵太世至大门外，笑道："太世兄，慢走，慢走。"

# 第二十九章 "逼上梁山"

石榴红在马德昌家里养息了些日子，身子渐渐恢复了原样。虽说在马家有吃有喝，二姐也常常来看望她，可日子长了就有些烦闷。郭氏还不断地在院子里甩出些闲话："白白地养活着一个大闲人，还得天天供着！"石榴红是眼里揉不得沙子的人，哪里听得进这些闲话，这天早饭后，就向马德昌辞行道："马叔，俺这个大闲人就不麻烦你了，俺到二姐家去了，你的大恩大德俺记着哩。"说着就走出了内宅二门。马德昌急道："他小姨，不行啊！使不得啊！"说着去拦，也没有拦住。

马德昌回屋里就冲郭氏发脾气："你不知好歹啊！眼看到手的人了，你给撵走了！"郭氏说："你做梦哩，八字还没有一撇哩，你知道人家愿意不愿意？"马德昌说："你知道个屁！做事情得一步一步地来，不能操之过急，到时候就水到渠成了。"郭氏说："咱不就是为了马家有后嘛，天下女人多着哩，干吗非要娶这么一个戏子？"马德昌说："你这辈子没有给马家留下后人，还有脸说三道四！这档子事你就不用管了。"马德昌的一句话把郭氏噎了回去，她自觉有愧，再也不敢言语了。

石榴红来到赵家，郑氏、安福家里的、菊个儿忙接着，石榴红都一一问了好。赵家人体谅石榴红刚刚遇了难，不便提起往事，怕使她伤心，就故意找些不相干的话题来说。郑氏说："他小姨，天渐凉了，自个儿织的还有些黑布，给你裁件棉袄料吧。"说着就拿尺子来量身裁衣。石榴红说："大娘想得周到，俺还没想到这里哩，不忙，哪里就冻着俺呢！"安福家里的说："娘的心思就是光想着别人，一家人想到这想到那，就是想不到自个儿，这会子娘的棉衣拆洗了还没做哩。"石榴红说："俺来得正巧，就先给大娘做棉衣吧！二姐，你都给俺安排好了，俺到外甥媳妇屋里做去。"又对郑氏说："大娘，你给俺裁好了衣料先放一边，等俺给大娘做好了这身棉衣，俺自个儿做去，就别劳累你老人家了。"郑氏笑道："看你说的，俺还不到七老八十的时候，哪里就累着呢！"菊个儿虽没言语，都听在心里，就帮着拿了穰子，拿了针线到东厢房里，说："小姨，你脱鞋上炕，要什么，俺给你拿去。"说着，又用陪嫁来的细瓷茶碗从盖着壶帽的水壶里倒了碗热水，递给石榴红。石榴红接了，就觉得心里有了暖意，看看菊个儿，会心地笑笑。菊个儿的目光也正巧对视着石榴红，也抿嘴笑了。菊个儿说："小姨，后响你就在俺这屋里睡吧，还跟俺做个伴哩，也省的俺孤单单的。"石榴红说："行啊！咱俩说话对脾气儿，就脸对脸说话吧！"说着两人又对视一笑。

虽说赵家人对石榴红仍是一片热心肠，可心里都紧紧地捏着一把汗。为此殚思竭虑的还是赵太世，他天天后响抽着闷烟琢磨，如何给石榴红寻个既安全又可靠的安身之处。想来想去也只有两条路：一是再次远走他乡；二是嫁个大宅豪门的人家。又一想，再次外逃仍然是受苦受难，大宅豪门的人家也不是一时半会儿能够寻到的。正在他苦思冥想的时候，常巴虎又在大门外喊了："马二爷叫赵太世过去说话呢！"赵太世也在家里应了一声："知道了。"

马德昌这次邀赵太世说话非同一般，西厢房切位里已摆好宴席，村长赵金铎已上了席。赵太世进屋见这阵势一愣。马德昌、赵金铎都起身拱手高迎，道："请太世上座，上座。"赵太世拱手还礼道："德昌客气了，有话咱说话，哪里还用得着破费？"马德昌道："谈不上破费，不过是家常便饭，咱哥们儿一起叙一叙。"说着便出屋去安排什么事情，祝嬷嬷一趟又一趟地往屋里端菜。趁这时，赵金铎与赵太世说些闲话。

赵金铎说:"西洼里你种了多少冬麦?"赵太世说:"种了八亩,看长势不错,就看明年春天老天怜惜不怜惜咱庄稼人了。"赵金铎说:"前些日子,俺在高集儿集上听人传言,说南边来了一位看风水的阴阳先生,这位阴阳先生又善观天象,说咱鲁西北明年风调雨顺啊!"赵太世笑道:"莫不是咱玄庄百姓今年求雨,上天未及时赐雨,明年来偿还咱玄庄百姓求的雨了!"说着一起笑起来。赵金铎看看屋外,端起了酒盅,说:"德昌让什么事给绊住了,乡里乡亲,不是外人,不等他了,太世,咱哥俩先喝。"赵太世说:"俺不善酒,金铎,你能喝你干,俺随意就是了。"赵金铎一盅酒下肚,便切入了正题,说:"你家宝成他小姨遭了事俺听说了,多亏德昌的内弟郭殿臣带了保安队的人才把她救出来。只是这档子事留下了后患啊!宝成他小姨还不得安生啊!"赵太世说:"说得就是啊!俺正为这事发愁哩!"赵金铎说:"俺倒有个主意,不知太世兄意下如何?"赵太世道:"金铎快讲。"赵金铎说:"德昌膝下无后,几年前就托我给他寻一个可心的人做二房,可是他眼高,总看不上人家。你家宝成他小姨德昌早有仰慕之心,因他小姨年轻俊俏,又是名角儿,他也不敢冒昧。眼下这个节骨眼儿上,依俺看,若是许了德昌的心愿,就是宝成他小姨最为可靠的安身之处了。记脸子知道德昌与保安队长的亲戚关系,他是再也不敢惹保安队的人。"赵太世听了,倒是动了心,但他心里也是犯嘀咕,说:"这倒是救急的一条路。就不知道宝成他小姨自个儿愿意不愿意了!"赵金铎说:"太世兄,这一层俺也想到了,俺也问过德昌,德昌说,虽说名分上是二房,只要娶到马家,和他老妻不分大小,平等看待,凡事依着他小姨,他那老妻不能有半点欺小压小的言语举动。"赵太世说:"不妨试探试探,回家劝说劝说他小姨。"马德昌原本在院子里静听着屋里的谈话,这当口听着事情有了个眉目,进屋说:"太世兄,喝酒,攒菜。"说着就给赵太世、赵金铎斟酒,又攒了一块熏肉一块扒鸡送到赵太世跟前的碗里。随后,马德昌从怀里掏出一张黄纸递到赵太世面前,说:"这是北道沟那三亩地的地契,物归原主了。"赵太世一怔,道:"这桩事应由鲁庄亲家受礼啊。"马德昌说:"太世为人,众人皆知,那是你和你亲家的事了,俺就不管了。"赵金铎说:"太世,收下吧,这是德昌的一片心意。"赵太世就收下了这份地契。

赵太世回到家把马德昌的主意赵金铎的话先跟郑氏、安福家里的说了一遍。郑氏说:"嫁到马家倒是安生,可是给人做二房委屈了他小姨。"安福家里的说:"三妹的脾气,是不会答应的,名分上不好听啊!"赵太世一时拿不定主意,但在他的心里,保住石榴红的人身安全是当务之急。他意意思思地说:"可眼下他小姨无路可走啊!不能让她再次外逃去受苦难,更不能让她再落到记脸子的手里。你娘儿俩跟他小姨说说话儿,听听她的主意吧。"又把地契的事告诉了安福家里的,说:"你跟你爹商量商量,这三亩地咱先种着,秋后给你爹粮食就是了。"

赵家和马家出于不同的目的,如此紧锣密鼓关注石榴红未来的生路,而石榴红的心境却异常的平静。一个历经劫难的人,似乎已经看破红尘,无视祸福了。石榴红天天和菊个儿一起做针线活,有时菊个儿央求她唱段梆子戏,她就唱上一段,菊个儿说:"俺算个有福的人,能面对面听到名角儿的梆子戏。"石榴红说:"你有福,俺也有乐,俺唱的梆子戏能得到外甥媳妇的夸奖。"两人说着就笑作一团。当安福家里的怀着惴惴不安的心情,把公爹的话向石榴红传达了一遍,石榴红不惊不乍,不哼不哈,愣了半天,才慢吞吞地说:"二姐,俺知道大爷大娘是真心实意为俺好,俺也看出了马德昌的用意,估摸着他就没憋好屁。这也是人生一辈子的大事,让俺想想吧。"安福家里的说:"三妹,凭你的模样儿人品,个性脾气,若不是遇上这个坎儿,再富贵的人家咱也不能走这一步。二姐的心里也为你抱屈啊!"说着就抹泪。石榴红说:"二姐,你也不用为俺的事费心把火的,大风大浪俺都过来了,不管遇上什么事,俺扛着,俺顶着,谁叫俺命苦呢!天底下没有过不去的火焰山。"

这天后响,石榴红躺在炕上辗转反侧,终不能入睡。她反复自忖自个儿咋的落到这步田地?虽说她表面上像个没事人儿似的,似乎无忧无虑，可是等她心静下来，细细地想，心里也是挖心地疼啊！自个儿原本是个要强的人，是个有主见不被人摆弄的人，可到头来，还是被人摆弄来摆弄去。她觉得好像有人张开一张大网，她这条小鲤鱼不知不觉游进网里，然后有人又把她捉住掷进水缸里，任她东撞西撞也逃不脱。她在被窝里扯过被子捂住脸泣泣地哭起来。菊个儿惊醒，说："小姨，别哭了，明天跟娘说，跟爷爷说，咱不答应马家，小姨这样的人才，凭什么给他去做二房，让他做梦去吧！"石榴红止住哭，说："大爷、大娘、二姐天天为俺的事发愁，爹也挂着俺，俺这心里也不落忍啊！白天咱俩一边做针线活，一边说着话，还没什么；到了后晌，夜深人静，心里也是不着实儿，没着儿没落儿的。一有个动静，俺这心里就一惊一乍的，这样的日子多咱是个头儿呢？俺想来想去，终究要有个安生落脚的地儿呀，眼下是'逼上梁山'啊！"

第二天一早，石榴红穿戴拾掇好了，就跟安福家里的说："二姐，让大爷告诉马家，俺答应了。跟马家说，别看是二婚娶小，要按照头婚娶大房办，八抬大轿，吹打的响器要全套的，搭大棚，摆宴席，全玄庄的兄弟爷们儿、大娘大嫂都请到了。"安福家里的心里酸酸的，"嗯嗯"地应了。

玄庄的庄稼人都说，这一年已逾半百的马德昌合该着交桃花运。

严冬的日子，太阳像一颗鸡蛋黄嵌在天空，一点也不耀眼，更没有半点热力。石榴红真真地坐上了八抬大轿。头几天大姐桃个儿、二姐杏个儿和石榴红一起回到鲁庄，陪爹爹鲁豹过了几天团圆日子。临上轿那一天，桃个儿、杏个儿给石榴红打扮了又打扮，梳妆了又梳妆，穿上马家送来的一身红绸衣裤和绣花裙，开了脸①，长辫绾成发髻，额前梳了刘海，戴上马家送来的银簪子、金坠子，脸上淡淡地扑了粉。石榴红在穿衣镜前照了又照，哪里有一点不遂心，就让大姐二姐再梳一梳，整一整。临上轿了，石榴红跪下给爹爹磕了一个头，说："爹，多保重自个

---

① 开了脸：女子出嫁时用线绞净脸上的汗毛，修齐鬓角。

儿的身子，俺常回来看你。"又跟大姐二姐说了声："大姐、二姐，俺上轿了。"鲁豹弯腰搀扶，老泪纵横。桃个儿、杏个儿也掉泪了。石榴红却依然如故不动声色，平平静静上了轿。

八个精壮小伙抬着一个百十来斤重的女人，迈着有节奏的步子，轻轻快快，颠颠悠悠，低低地且重重地喊着号子："哎哟，哎哟，哎哟，哎哟……"对于精力旺盛的年轻人来说，这确是一桩十分有趣而又有某种诱惑力的活计。

花轿抬上西大堤，领头的轿夫说："兄弟们，咱们抬了半天了，也该让新人给咱们唱一出。"众轿夫道："对，唱一出，不唱不抬，歇了!"花轿兀地立在西大堤上。轿夫们嬉笑着接连叫喊："唱一出，唱一出。"有人要去掀轿帘子，碍着轿夫的规矩，被领头人止住了。半天不见轿里有动静，于是轿夫们笑着闹着抬起花轿，使出了他们折腾新人的绝活——颠轿。花轿左右摇摆，上下颠簸起来，随着又喊起了号子："哎哟，哎哟……"

前面的一个轿夫说："兄弟们，慢点慢点，别颠疼了新人的腚。"

后面的一个轿夫说："看你说的，新人的腚像你的腚似的——硌硌楞楞，要不有人说嘛，马德昌买了一床软软绵绵的肉褥子。"

一阵猥亵的笑声……

啪啪啪……笑声未息，旷野里响起脆脆的鞭子声，还夹杂着几句不成文的咒骂："娘的，娘的，噢嚎，噢嚎，混账行子!"

常巴虎赶着一辆骡马大车跟在花轿后边，车上坐着跟随新人陪亲的女人。他闷声闷气的一路了，这时听到轿夫们粗野的笑骂，心里着实不是滋味，赶着牲口，鞭子声响彻云天!玄庄人都佩服他这一手绝活，右胳臂一扬，手腕子一转，丈把长的皮鞭甩出去，鞭鞘在空中绕成一朵小花，发出几里外也听得见的脆响，多么烈性的骡马也得乖乖地颠跑起来，人称"鞭三里"。这时拉套的一匹马已拱到后面轿夫的屁股，那位被拱的轿夫骂道："娘的，吃不到天鹅肉，朝爷爷们撒气，下作行子!"

常巴虎不吭一声，仍赶着骡马颠颠地跑，把八个轿夫追赶得一步连一步，步步紧起来，没半点喘息工夫，也顾不上颠轿了，惹得他们又一阵咒骂。

花轿落在马家宅院门楼外，鼓乐齐鸣，早有喜娘等众女人接着，都按玄庄旧例婚俗一一办了。马德昌穿一身绛紫色团花长袍，红色马褂，满面笑容。傧相唱礼拜时，马德昌规规矩矩，一丝不苟；石榴红却直直的身子不拜不跪。马德昌虽不高兴，也不敢张扬。揭袱子时，没等马德昌伸手，石榴红早用手指一扯丢一边儿了，匆匆地进了洞房。

马家内外宅两个院子搭起席棚，每个席棚摆四排二十张八仙桌。马德昌事先有话说出去，凡来的人不管送不送礼钱，都有座位。这时已是高朋满座，座无虚席，玄庄的庄稼人都想来犒劳一顿。马德昌由本家的一位同辈人陪着，朝众人一一拱手作揖，来到棚中央，陪同的人喊道："新人上拜了。"马德昌笑道："各位亲朋好友，兄弟爷们儿，俺马德昌本该一人一个头，今天就饶了吧，俺磕一个头大伙儿掰开分去吧。"说着朝众人作了一个圈揖，随意跪下磕了一个头。

马德昌进洞房的时候，已是深夜子时。石榴红朝炕里躺着半睡半醒，马德昌让饭让茶全不应。马德昌心想，反正是自己的人了，也不必心急，一时惹恼了她反而不好。就强压抑住几天来早已积攒起的一股欲火，坐在桌旁圈椅里，顺手拿过今天记礼钱的账折子翻看。他边看边算计这桩婚事的收支状况，礼钱收了不少，花销也过于大，但不管怎么说，这是关系到马家传宗接代的大事，就是花掉半个家业也是值当的。他又仔细查看礼单上一个个人名，和每个人名下的钱数，一一记在心里。日后谁家有了红白喜事照这个数还礼，不多一文，也不少一文。这些有关金钱的算计一时占据了他的心思，那一股欲火倒渐渐隐去了。他看看石榴红的身子缩成一团，拽过一床被子给她盖上，自己也感到有些倦意。几天来跑里跑外，总归是过了半百的人了，似乎是已经力尽气衰，十分的疲惫。他也拽过一床被子倒在炕头和衣睡了。

马德昌虽然把石榴红攥到了手心儿里，却并没有征服了她的身心。石榴红是"身在曹营心在汉"，马德昌简直是攥在拳里扎手，含在嘴里烫舌头。天天供着、哄着，也还不能遂心称意。石榴红娶到马家近一个月了，马德昌别说上身，就连石榴红的皮肉也没有沾着。逢到后响睡觉了，马德昌焦躁得火烧火燎，石榴红把裤带结成死疙瘩，把大襟褂子扣得严严实实，被窝又裹得紧紧的，任凭马德昌叫娘叫奶奶，石榴红给他一个脊背，一声不吭。马德昌稍一动手动脚，搂搂扯扯，石榴红不是嘤嘤地哭，就是下炕穿鞋要走。这时候，马德昌又忙不迭地说好话："俺不碰你还不行吗？好好睡觉，好好睡觉。"石榴红说："你到姐姐屋睡去。"马德昌拿这个小美人毫无办法，又打不得骂不得，末了，只好懊丧地叹口气，回到郭氏屋里睡下。

为这档子事，马德昌整天价闷闷不乐，他又撺掇郭氏去说情。这天后响，马德昌外出办事未回。冬日夜长，郭氏坐石榴红屋里炕上做针线活，石榴红手里也正绣着一双鞋面。郭氏说："你学唱戏，还学了一手好针线活。"石榴红说："也都是看人家绣花看来的，也没有正儿八经地学过。"

郭氏一时无话。石榴红知道郭氏要说的话，她不吐口，也不问，只是低头绣花。

郭氏又不住地长吁短叹，过了一阵子，她终于憋不住了，开口说："虽说你刚进这个门子，他和俺都拿你当亲人看待。你来这些日子也看出来了，这么大个家业就咱三口子支撑着，缺人啊！再过个十年八载的俺归了西，你膝下没个三男两女的，这日子可怎么过？"

石榴红说："你这话是说给俺听哩！马叔救了俺，俺也不是那种忘恩负义的人。可是这事不同别的，强扭的瓜不甜，一个人有一个人的志向，骡儿马儿还择主子哩！"

郭氏说："不是当姐姐的说你，你已经是马家的人了，就不能东想西思的，咱做女人的就合该着听天由命。"

石榴红急辩道："女人咋的？女人和男人比不就是差那么一丁点嘛！一个人来到世上，要是由不得个人的性格活着，还不如变牛变马听人使唤去！"

郭氏也忙抢白道："俺的好妹妹，快别这么说，你从小在外边唱戏放荡惯了，就不知道闺门的规矩。俺从小跟着娘家爹念《女儿经》，虽说一个黑字不识，却句句记在心里。那《女儿经》上不是说嘛：'闺门训，女儿经。女儿经要女儿听。女儿家，有三从。在家从父配良缘，嫁出从夫当和唱，夫死从子莫胡行……'"

没等郭氏的《女儿经》念完，石榴红就打断说："俺没念过这经那经，想来这些话也不过是那些识文断字的男人吃饱饭没事干，胡编派出来腌臜咱们女人罢了。"

郭氏听了气得连连摇头，只是"啧啧"地叹气，再也说不出一句规劝的话。沉默了一阵子，突然"扑通"一声，跪在炕下，哀求道："俺没给马家留下后有罪，你就替姐姐赎这份儿罪吧！俺到了阴司也烧香保佑你。"说着眼里滚出泪来。

石榴红忙下炕搀扶起郭氏，说："姐姐，这是何苦呢？这是何苦呢？咱把话说明了吧，让俺伺候马叔做鞋缝衣，就是端屎端尿也没说的，可是那档子事不行！"

郭氏无可奈何，回到自己屋里先是暗自垂泪，后来就"爹呀娘呀，天呀地呀"地拉着长音哭起来。她在马家生活了几十年，虽说不是当家人，也掌着半个家业，到头来低三下四给二房下跪，她觉得委屈。又想，果真过上几年二房有了一男二女，到时候这个家还不是交给她！不免一肚子苦水，越想越恼，越哭越痛。

石榴红并不理会东屋里的哭声，她躺在炕上，不住地哀叹来马家这些日子的处境。在这个小天地里，又仿佛关进了牢笼，每天白天见到的是一方小小的蓝天，黑夜是黑咕隆咚的深渊，自个儿小心谨慎地站在深渊的边沿，战战兢兢，唯恐掉下去。有一夜，她迷迷糊糊感到掉进一个不见底的深渊，身子一直往下沉，往下沉……想喊也喊不出，想动也动不了，突然尖叫一声惊醒，方知是梦。原来马德昌把她紧紧搂在怀里，正在动作。她慌忙推开他，出了一身冷汗……

窗外下弦月升上来，照得屋里白蒙蒙的。东屋里的哭声渐渐消逝。静夜里天井里传来的声音，她一怔，是马德昌回来了？不像，大门未响。她撩开被子，披衣下炕，轻轻步出屋门，到了外宅院里，黑影里撞见一个人，她伸手拽住那人的胳膊，说："你还没睡？"

那人是常巴虎，瑟瑟地说："俺给牲口添草料哩。"

常巴虎住在外宅南屋里，和牲口圈屋之间只有一层用高粱秸扎的隔断墙。炕上黑糊糊的一褥一被，小油灯放在窗台上，一晃一晃。炕下有一只白茬木箱子，一只杌子，还堆放着一些农具。石榴红头一回走进这间屋子，虽说和她住的流光溢彩的卧室有天壤之别，可她熟悉这样的生活环境，她又嗅到了农家特有的庄稼和泥土的气味。

石榴红坐炕沿上，常巴虎从牲口圈屋进来，忙用袄袖擦擦杌子，说："二奶奶坐这儿。"

石榴红抿嘴一笑，说："你多大，俺多大，还叫俺奶奶，没的折俺寿呢！"又问："你属大龙的吧？"

常巴虎应一声："嗯。"

石榴红说："算起来才比俺大一岁哩，该叫俺小妹。"说着开心地笑了。

常巴虎说："奶奶辈数大。"

石榴红笑道："哼，辈数大？辈（背儿）数大是种萝卜，还是种白菜？你给马家卖力气种地，俺也不过是给马家传宗接代的丫头罢了。"

石榴红摸摸炕上的被褥，又硬又腻。又上下打量常巴虎的穿戴：一身黑棉衣，虽破绽不多，只是两肘上露出些棉絮，可浑身疙疙瘩瘩，没一块平整地方，棉衣里浸满了土，已成灰色，棉袄也没有扣子，用一根麻绳系着。头上蒙着黑糊糊的一块布。石榴红像是新发现似的，没想到身边还有一个这样可怜的人！又想到铡刀事件，想到颠轿时那脆脆的鞭子声，顿感到自己似乎是有愧于他，对不住他。

石榴红说："赶明儿让马德昌扯新布给你做身新棉衣，做床新被褥，他积攒那么多粮食、铜钱干吗，还带进棺材？"

常巴虎端着小烟袋，吧嗒吧嗒抽烟，不置可否。

石榴红又扫视屋里的各样农具，看到镢头上、锨上挂有新土，问道："大冬天的，还干什么活？"常巴虎答道："马二爷让俺多攒些粪，今儿推了一天土垫猪圈。"

石榴红说："他使唤人也忒狠，农闲季节，不趁这时候多歇歇，过了年开了春又累死累活地干。"

常巴虎说："日子长了不干活，倒觉得筋骨软塌塌的。"

石榴红说："你真是受苦的命。"

常巴虎咧嘴一笑。

石榴红和常巴虎说了会儿庄稼人的话儿，一阵寒风吹得窗纸呼呼响，灯头晃了几晃差点灭了，她打了一个寒噤，感到有些凉意，才离开这间小屋。石榴红迈出门槛的时候，下意识地扶住那只粗壮有力的胳膊。常巴虎说："二奶奶慢点走。"石榴红在黑影里又朝他抿嘴一笑。常巴虎也许看见，也许没看见，似乎感觉到了一个女人甜蜜的笑意。他回屋躺炕上，心里就怦怦跳得紧，搅和得他整宿迷迷糊糊，半睡半醒。

# 第三十章　窝棚恋情

初夏的日子，石榴红穿一身月白洋布单裤褂，是她自个儿裁自个儿缝制的，胸阔腰围合身得体，越发显得婀娜窈窕。她的身影一天到晚在马德昌面前晃来晃去，招惹得马德昌对她更加喜爱和敬重。这天傍晚，马德昌从县城回来，给石榴红买了一身白绫子衣料。郭氏和石榴红正坐在天井里乘凉，郭氏见了就有些不高兴。石榴红接过衣料，说："庄稼人哪里穿得着这个？"马德昌说："你自个儿会裁会做的，再做一身白绫子裤褂夏天穿着又凉快又好看。往后到哪里走亲戚送人情，穿着也风光。"说着走进切位。石榴红说："俺刚进这个门子，认识马家的几门亲戚，以后场面上的事还是姐姐应酬。"郭氏接话说："可别这么说，俺这老帮子，土都埋到脖颈了，到哪里也不让人待见。以后这个家还不是你来掌，你想穿什么就穿什么，你想吃什么就吃什么，是事由着你，到时候俺这个老婆子讨口饭吃还不知道给不给呢！"石榴红急道："这是何必呢？俺可没说什么呀！"郭氏说："你不说比那说了的还厉害哩！"石榴红一气之下抬腿回自己屋里。马德昌拿着甩子①边打扑身上的尘土，边从切位走出来，说："这是咋的啦？石榴红刚养好了身子，可别让她生气，气出病来！"郭氏拍着大腿哭叫道："俺让她生气？从

---

　① 甩子：马尾做成的拂尘。

她进这个门子，哪一件哪一桩不是由着她！全家人巴不得天天供着她！俺敬她还敬不过来呢！"石榴红在屋里说："你也甭供俺敬俺，干脆俺离开这个家门，你也好消消停停过日子。"说着就已经携个包袱走出了屋门。

这一下可急坏了马德昌。郭氏哭叫连天，已歪在地上，上气不接下气。马德昌急赤白脸，一时不知顾哪一个好了。他忙去拉石榴红，一把没有拉住。这时常巴虎正下地回来，与石榴红碰个对脸。马德昌道："巴虎，快去追二奶奶。"常巴虎正摸不着头脑，听马德昌吩咐，忙放下锄追出大门。

石榴红正在气头上走得急，一会儿工夫已走到村头。常巴虎在背后憨声憨气地喊了声："二奶奶。"石榴红登时停住了脚步。常巴虎走到跟前又说："二奶奶，天快黑了，回家吧。"石榴红顿时感到一股温馨的气息传遍全身，眼眶里滴下几滴泪来。暮色里两人挨得很近，石榴红多么想扑到常巴虎怀里痛痛快快哭一场，在马家院里唯有他给自己心灵上一些慰藉。但她又抑制住，说："那不是俺的家。"常巴虎听了这句话，感到很亲切，觉得他和二奶奶之间的距离一下子拉近了许多，想说句贴心的话，吭哧了半天，只说了句："俺知道，二奶奶心里有委屈。"石榴红叹道："这日子多咱是个头啊！"常巴虎应道："有啥法子呢！"两人正说着，村里传来马德昌的喊声。石榴红从牙缝里挤出两个字："老鬼。"常巴虎接过石榴红携的包袱，说了句："回吧。"两人这才缓缓挪动脚步一前一后回了马家。

炎夏六月，马德昌指使常巴虎在西大洼三十亩棒子地搭起窝棚，日夜摇辘轳浇地。井深三丈余，摇上一柳斗水足有半袋烟工夫。常巴虎赤膊赤脚，戴顶草帽，下身只穿件搭膝盖的大裤衩子。紫红的背脊发着亮光，两只膀子暴起一层皮都打卷了，裤衩子溻得精湿，他叉开两腿，抡圆两臂，使足力气一下一下地摇动辘轳把，待柳斗系上井沿，他一手按住辘轳把，一手提起柳斗，"哗啦"一声，将井水倒进水渠。柳斗系下井的时候，常巴虎一手叉腰，一手稳稳扶住辘轳上的井绳，辘轳把飞快地旋转，发出嘎啦嘎啦的响声，井绳急速地一圈一圈倒下去。唯有这时候，常巴虎才得以喘息一会儿，显示出庄稼人的几分自在。三十亩棒子地要用他的力气，他的汗水通通浇得透湿，谈何容易！那清澈的井水在水渠里撒着欢儿跑了几步，便不那么情愿地很快被干裂的土地吸尽了，而远处大片的土地仍然张着嘴焦灼地等待着。常巴虎查看了几次水渠，总是愁眉不展。他恨土地对井水的贪婪，也恨井水对土地的吝啬！

太阳偏西了，毒毒的威力并没有减退。晌午常巴虎热得吃不下去，咕咚咕咚喝了一肚子凉水，啃了几口凉贴饼子。这时候他觉得有些饿了，头也有点发沉。往井下放井绳的时候，他想伸手稳住飞速旋转的辘轳，不料身子稍一前倾，辘轳把一下子打在他的前额上，一个趔趄倒退了几步，登时额头上鲜血直流！

常巴虎抓把炙热的黄土捂住前额，鲜血才渐渐止住。这会子天色渐渐暗下来，还不见有人送饭，他便一手捂着前额，一手抓起已经辨不清颜色的小褂，走回马家。村街上静静的，炊烟缭绕。

马德昌正往门外走，迎着常巴虎说："你怎么回来了？正打发祝嬷嬷给你送饭去哩，你连这一会儿工夫也等不得？"常巴虎说："马二爷，俺让辘轳把打了。"马德昌一听沉下脸骂道："笨蛋，笨蛋，活活的笨蛋！二十大几的人了，连个辘轳也不会使！"沉一会儿，又缓和口气说："找块布缠上，快吃饭，吃过饭回去浇地。"

石榴红听见马德昌的骂声急着走出来，冲马德昌说："哪有你这样使唤人的？是头牲口受了伤还歇歇脚哩，何况是人？"说着哧一声撕下一块大襟褂子给常巴虎包上头，又说："巴虎，吃了饭，歇着去。"马德昌焦躁地说："小姑奶奶，庄稼地里的事你不懂，你就别管了。棒子地浇不上水，棒子就不吐缨了。"

常巴虎站在那里未动，这一会儿工夫他听到两种言语。马德昌的斥骂他是听惯了的，并不放在心上。石榴红的话却着实感动了他。常巴虎自幼跟着娘讨饭，十二岁上给人家放猪放羊，十五岁上在一个财主家跟着长工头干小活，十八岁上来到马家子承父业扛长工。在苦难的日月里，只有娘关心过他的冷暖，有谁拿他当人看！人生位置的低下，劳动的艰辛，磨炼出他一副健壮的体魄，也铸就了他一颗麻木的心。他无所企求，也无所希冀。吃饭是他的天然需要，劳动是他的精神本分。石榴红的言语在他早已冷却的心灵上注入了一股暖流，使他感到人间不光有呵斥、咒骂、冷眼，还有体贴、关切、笑脸。这会儿，他拿不定主意，是顺从马德昌的斥责，还是听从二奶奶可心的话？他犹豫了半天，只好先吃饭，再听候吩咐。

马家的这顿晚饭，倒是常巴虎在一边吃了个痛快。祝嬷嬷摆好饭后，马家三口人都摔筷子撂碗，没进一口饭。为常巴虎摇辘轳浇地的事，马德昌头一回和石榴红吵了个天翻地覆！石榴红回屋后，马德昌训斥道："你当着主子的面替奴才说话，岂不是丢了主子的脸面？哪有主子向着奴才说话的理？若这样下去，在这个家里主子不像主子，奴才不像奴才，还像个大户人家的样子吗？再说哩，奴才生来就是受人使唤的命，你越宠着他，他越发的张狂，往后还怎么使唤他？"

石榴红正靠在被阁子上暗自垂泪，她流泪倒不是因为受了马德昌的训斥，而是心疼常巴虎如此委屈做人。她思忖，他的命咋的还不如俺？俺还硬撑着做个自强自立的人，他咋的情愿受人奴役辱骂？待马德昌一席话说完，石榴红站起来，说："什么主子奴才的俺不懂，俺就知道是个人就得当人看待，俺看不惯你这副拿人不当人的架势！"马德昌生气了，他坐在圈椅里，手放在八仙桌上，正巧一只蓝花细瓷茶碗在他手下，顺手一下子将茶碗摔成四瓣，道："石榴红，越敬你你越长脸①，如今你也教训起俺来了！"石榴红可不是任人捏的软窝窝，她抱起一只插鸡毛掸子的花瓷瓶，当啷一声摔地上，道："要摔要砸还不容易吗！干脆摔个干净，砸个痛快！"说着两手又去抱穿衣镜，郭氏忙过来阻拦，她哪里拦得住！三尺高二尺宽的穿衣镜早已摔得粉碎，玻璃片在室内横飞。马德昌见这情景，暴跳如雷，嚷道："反了，反了……"抄起鸡毛掸子就要打石榴红。石榴红不慌不忙挺直身子，脆脆地说："马德昌，今儿个俺算认识了你，任打任杀俺着，只是有一宗，给俺留个囫囵

————————————

①　长脸：自傲自大。

尸首，给俺爹送个信，叫俺爹来收尸首。俺绝不埋到你马家地里，也省的玷污了马家的坟茔。"石榴红这掷地有声，干脆利落的几句话倒把马德昌说软了，举起的手又放下，鸡毛掸子扔到一边，连连叹息了几声，一甩手回郭氏屋里。

常巴虎的汗水没有白流，三十亩棒子地虽说没有浇得透湿，却也给每棵棒子输送了可供吐缨结籽的水分。每棵棒子秸上结了两个棒子锤儿，每个棒子锤儿结了满满的棒子粒。碧绿的叶子随风摇曳，淡黄的缨子前仰后合，尤以那已经裂开包的棒子锤儿露出黄澄澄的棒子粒了！这一景观对于靠土地谋生的庄稼人来说具有巨大的诱惑力！玄庄的庄稼人一般地里没有井，只有靠天吃饭，长成的庄稼自然没有这般旺盛。马家的三十亩棒子就引起人们眼睁睁地盯着。

马德昌自然心里有数，早有预防。白天他顶一个大草帽，挎一把雪亮的大刀，在三十亩棒子地四周来回转悠。一旦有人从他地边儿走过，他便大呼小叫："干什么的？"唬得庄稼人都不敢走近他的地边儿——望而却步。夜里指使常巴虎睡在窝棚里看守，也给常巴虎配备了一杆红缨长枪。

然而任你马德昌多么精明，多么威风，庄稼人人多势众，总要高过你一筹。这天拂晓，马德昌总觉得心里麻麻痒痒的，他一夜未睡，总惦记着他的三十亩棒子。他急忙披衣下炕，赶往西大洼。待他走到棒子地头，登时惊呆了，两眼直直盯着面前的一派惨状：有一大片棒子地只有光秃秃的秆子竖着，棒子槌儿不见了，棒子秸也被踏得东倒西歪。他不由得喊一声："糟了！"站在那里愣了半天，差点掉下泪来。又忙喊巴虎，没有应声。他慌慌地走进窝棚一看，更使他大吃一惊：常巴虎被绑在窝棚柱子上，眼睛蒙着，嘴里塞了东西……

这天傍晚，暮色四合。马德昌穿一身肥肥的夏布裤褂，拿一把芭蕉扇，父行子效，站在玄庄街中央，开骂了：

"断子绝孙的——二爷待你咋的啦？咋和二爷过不去，毁了二爷的庄稼？"

"乡里乡亲的，有吃不上穿不上的和二爷言语一声，犯不着当贼当盗偷庄稼！莫不是七辈的祖宗心不正，八辈的祖宗长歪了心？"

"贼人们听着：咱有话在先，今儿后晌把棒子槌儿送回去没事，不然报告了县保安队，蹲了局子，别赖二爷不讲情面。"

庄稼人在他面前走过毫不理会。你骂你的街，俺走俺的路，终不能因为你骂街俺就绕道而行，也总不能因为马家遭了贼俺就不走路了？偶尔也有人与马德昌打个招呼，马德昌不理睬，照骂不误。

这一顿骂，传进玄庄每家每户，铭刻在玄庄每个庄稼人的心窝里。多少年以后，玄庄人还记得这一天马德昌骂街的那嗓门儿那架势。

然而这顿大骂毫无反响，还不如一颗坷垃投进池塘里激起几层微波，既没有人送回棒子槌儿，也没有人与他回骂对骂。马德昌懊丧至极，又不便为这档子事把内弟郭殿臣的保安队拉来挨家挨户搜查。他还要在玄庄立住脚跟，只好更加小心防范。夏日里农人们多光着脚板下地，三十亩棒子地四周撒了一层蒺藜，马德昌也把铺盖搬到窝棚里与常巴虎日夜看守。几天下来，马德昌就精神倦怠不堪。

这一日清晨，马德昌从棒子地回来，倒下便睡了。在窝棚里憋闷着睡不好，他想回家好好睡一觉。太阳转向晌午的时候，石榴红到厨房里帮祝嬷嬷做好了饭，和祝嬷嬷打个招呼："俺给巴虎送饭去吧。"祝嬷嬷说："哪能呢，这差事哪能让二奶奶去呢。"石榴红说："你老歇一会儿。"说着就去备饭。

石榴红携一竹篮，提一瓦罐。竹篮里是几张葱花儿油盐烙饼，几棵大葱，一小碗酱，还有她特意留心煮的两个咸鸡蛋。瓦罐里是绿豆小米稀粥。太阳毒得厉害，黄土、庄稼炙烤着人。然而石榴红却觉得精神格外清爽，心胸格外的开阔。在晴空旷野里急急地迈着小碎步，还不时地走青衣跑圆场的台步，不由得就唱出了几句梆子腔：

猛听得江岸上有人呼感，
声声叫我驾舟还。
站在船头用目看，

江岸上立定一少年。

……

　　常巴虎正在窝棚里歇凉，也是饿了，肚里咕咕直叫，早盼着祝嬷嬷来送饭。这会儿冷不丁石榴红出现在他面前，使他一愣，说："二奶奶，你咋的来了？"石榴红抿嘴一笑，道："俺咋的就不能来？"常巴虎说："大热的天，看热着。"石榴红说："快别说热着不热着的话，吃饭要紧。"说着极其麻利地拿过一只粗瓷大碗，盛上稀粥，又拿起一张葱花儿烙饼，磕开一个咸鸡蛋递给常巴虎。常巴虎笑道："嘿嘿，还有这个！"石榴红说："还那个哩，快吃吧。"

　　常巴虎有滋有味地吃着喝着，石榴红目不转睛地瞅着这个庄稼汉子，微微含笑，两人一时无话。

　　常巴虎是个不善言谈的人，纵是心里有话，也不说出口。他知道这顿好饭食多亏了二奶奶，平日里是吃不到的。白面烙饼加了葱花儿油盐，又香又软，筋筋道道，连咬几口，再就上一口大葱蘸酱或是一口流黄油的咸鸡蛋，要多么好吃有多么好吃！这是他最得意吃而又久久吃不到的上等饭食。他又一次感受到人间的温情暖意。二十大几的人，早就懂得了人活在世上要知恩报恩，可是他一无所有，仅有的就是一身力气，无以报答，所以他在石榴红面前常常抱有愧疚的心理。这会儿石榴红一双温柔的目光瞅得他浑身火辣辣的，他有话没话地冷不丁说了句："二奶奶，你吃，你吃。"

　　石榴红又抿嘴一笑："傻样儿，俺吃还用你说。"

　　常巴虎手足无措，自知说了句废话，一时就有些不自在。他端起粗瓷大碗，手哆嗦着到瓦罐里盛稀粥。石榴红劈手夺过大碗满满盛上，又两手捧着递到常巴虎面前。常巴虎双手去接，不料他触摸到的不是粗瓷大碗，而是一双柔软细腻的手！他微微一颤，一股异样的感觉传遍全身，随着又下意识地缩回了双手，于是一碗稀粥一股脑儿全扣在石榴红的大襟褂子上。

　　石榴红又气又急，嚷道："咋的啦？咋的啦？二奶奶是虎，是狼？"

说着脱掉大襟褂子摔在窝棚里，裸露出仅有的一件鼓鼓的大红紧身兜肚，白白的臂膀和脊背。

常巴虎惊呆了，木木地一动不动。只是两只眼睛瞪得大大的，要将那鼓鼓的大红紧身兜肚和两只白白的臂膀盯在眼里。继而又觉得眼花缭乱，眼前金星点点……

石榴红气恨得攥紧两只小拳头，雨点般在常巴虎背上胸上捶个不停，嘴里直叨念："傻木头，傻木头，就不知道人家的心，就不知道人家的心……"说着眼泪像断了线的珠子流下来。

常巴虎任石榴红捶，任石榴红打，浑身酥酥软软，早没了力气。那木木的表情也被捶得消逝了，随之喃喃地说："二奶奶，俺知道，你待俺好，你是真心……"

石榴红的两只小拳头捶得更紧，连珠炮似的说："就是怕是不是？怕俺吃了你，怕那个老鬼拿斧子劈了你！"

常巴虎又喃喃地说："二奶奶——"话音刚落下，石榴红一只手早伸过去捂住常巴虎的嘴，板起了面孔认真地说："不许叫二奶奶，叫小妹。"

常巴虎憨憨一笑，亲亲地叫了声："小妹。"

石榴红破涕为笑，情不自禁扑到常巴虎怀里，一头黑发死死顶住常巴虎的胸膛。一股异香飘进常巴虎的鼻息，白细滑腻的肌肤给予这个庄稼汉子莫大的诱惑力，他心里突突跳着，浑身膨胀起来。

常巴虎除小时候在娘怀里长大，从未接触过女人，一会儿工夫早已瘫软了。然而继之一股巨大的力量冲动着他，迫不及待地伸出两只粗壮的胳膊揽过来，要把石榴红浑圆的身子搂得粉碎，霎时间，两人紧紧拧在一起，翻来覆去，恨不得一时化为一体……

夏日的正午，田野里万籁俱寂，连蝈蝈也躲到庄稼叶子底下懒得出声，仿佛只有空气中热流游动的声音——嗞嗞嗞嗞……

这一年的冬天，常巴虎被撵出了马家大院。事情的起因倒不是泄露了窝棚里的隐秘。那天晌午，石榴红回到家马德昌还在沉睡，郭氏也只说了句"快歇歇凉吧"。没有露出半点蛛丝马迹。

事情是因为一只烟袋荷包引起的。冬夜里,石榴红做针线活,顺便缝了一只烟袋荷包。上面绣的是蜂扑菊。马德昌见了问:"俺又不抽烟,给谁绣的烟袋荷包?"石榴红说:"巴虎。"马德昌劈手夺过来,气愤地说:"从那天巴虎摇辘轳把打破头,俺就看出来你和他眉来眼去的,事事偏向他,这会子又给他绣烟袋荷包。石榴,别的任你怎么着都行,这一样天理不容!"说着"嗤"一声将烟袋荷包撕得粉碎。石榴红也不示弱,又和马德昌闹了一场饥荒。

事隔两天,那天早晨,房上地上覆盖了厚厚的雪,一片白。石榴红梳洗完了要去茅厕,见院子里雪未扫,就疑惑:巴虎呢?这样勤快的人不会睡懒觉,往日下雪早已扫得干干净净了。她问马德昌,马德昌不吭声。于是她预感到事情蹊跷,她走到外宅,发现一行脚印伸向大门外,进南屋一看,屋里空空的,那只白茬木箱和炕上黑糊糊的被褥不见了!

石榴红顾不得天寒地冻,顾不得半尺厚的大雪,急急地顺着脚印磕磕绊绊奔到村头。到了玄武庙前,雪地里仍只见脚印,不见人影。她望定大雪里那行伸向远方的脚印,无有尽头,眼前白茫茫一片!泪水就止不住流下来。

她恍恍惚惚登上玄武庙,恍恍惚惚跪在香案前,哭诉道:"玄武爷呀,玄武爷……"

# 第三十一章　深夜侦探

　　赵安福抱着长鞭，不紧不慢地赶着牛车。车辕上挂着一盏煤油泡子灯，为老牛照着夜路。牛车轮子发出哐当哐当的声音，在平原上寂静的夜里显得音响很大。

　　坐在车上的赵占魁说："安福，上车坐着，俺赶一会儿车。"赵安福说："坐着冷，走着暖和，俺也坐不惯。"赵占魁也不争执，回过头给睡在车厢里的赵宝成、赵明理掖掖被子。沉一阵子，叫道："宝成、明理，醒醒吧，快到家了。"

　　德州中学放寒假了。头几天赵占魁接到儿子的信就和赵太世商量，说："咱两家赶上大车到德州接两个小举人去，让两个小举人在玄庄荣光荣光！"赵太世笑道："行啊。"

　　哐当哐当的牛车进村了，赵占魁跳下牛车从赵安福怀里接过鞭子，吆喝起来："噢嚎，噢嚎……"其实车载并不重，驾辕的老牛和拉套的毛驴都摸不清主人的意图，也只好加快蹄子，颠跑起来，哐当哐当的声响就更大，毛驴还嗷嗷地叫了两声。这形景正合了赵占魁的意，他越发地吆喝起来："噢嚎，噢嚎……"赵安福在前面牵住毛驴，以免牛车飞跑起来。不大一会儿工夫，赵安福勒住毛驴的缰绳，牛车轮子哐当一声，停在玄庄街上。赵安福笑笑说："魁叔，到了。"赵占魁又吆喝了一声："举人还乡了！"

赵宝成、赵明理下了车，明理说："过两天到俺家一块儿复习功课去。"宝成说："明儿就去。"明理说："好嘞！"

　　赵宝成抱着被褥，背着书包踏进家门，郑氏、安福家里的早迎出来接着。宝成亲热地叫了声"奶奶，娘"，进屋又叫了声"爷爷"。灯影里，郑氏摸摸宝成的脸面宝成的手，未说话先掉了泪，说："俺那孩子瘦了！在学堂里吃不饱穿不暖的。"安福家里的说："快上炕暖和暖和，一会儿就吃饭。"菊个儿在灶下忙着烧火做饭，过晌她就想，他回家来了，俺跟他说什么呢？总得先跟他说句话吧！这会子，她想上前和小男人说句问寒问暖的话，看看也插不上嘴，又一想，说话也多余，也就罢了，尽自个儿的力好好地伺候他吧。想到这里，就加劲地添柴烧火，热气弥漫屋里。安福家里的说："早开锅了，烧小火吧。"菊个儿才回过神儿来，"哎，哎"地应着。

　　吃过饭，安福家里的忙叮嘱儿媳："炕烧热了吧？"菊个儿说："早就烧热了。"安福家里的说："这会子还热吗？你摸摸炕席，不热再添把火烧烧。"菊个儿应着："哎，哎。"安福家里的又叮嘱："烧盆热水，让他烫烫脚。给他找出一身套里的单衣，一身棉裤棉袄，让他里里外外都换下来，怕是有两三个月没换洗衣裳了，虱子又满了。"菊个儿连连点头，说："娘，俺知道，俺知道。"末了，安福家里的又嘱咐："数九寒天的，铺一个大被窝，两个人挨着睡也暖和，上面再盖床搭脚被。"菊个儿不好意思地说："娘，你想得也太周到了。俺烧水去吧。"

　　赵太世坐炕头上抽着烟，盘问赵宝成："这德州中学在德州城的哪里呢？"宝成坐春凳上，说："在南门里大寺里。"赵太世道："大寺？是永庆寺吧，那是佛教的圣地，怎么办起了学堂？"宝成说："里边的佛像早没了，山门是学校的大门，两边的配殿是老师的教务室和宿舍，大雄宝殿是礼堂和餐厅，观音阁和小佛殿是教室，俺们学生住在后院的土坯房里。"赵太世感叹一声，道："世风日下啊！"又问："学校里教的吗功课呢？"宝成说："有国文、数学、历史、地理、博物，明年还要教物理、化学课哩。"赵太世说："这都是西洋国传过来的，过去的学堂里没有这些洋玩意儿。"宝成说："这都是科学知识，学这些功课可有意思了，天下的事都明白了。咱乡里人迷信，对自然界的好多事都不懂，把打雷打闪说成是雷公电母打的，把刮风说成是风伯刮的。其实打闪是天空云彩中的正电和负电撞击产生的闪光，打雷是电流冲击波发出的响声，刮风是空气的流动。野地里的鬼火，老师说是死人骨头的磷火。"赵太世听了，不置可否。郑氏笑道："俺那孩子真长见识了，说起来一套一套的，赶明儿可以当老师了。"赵太世又说："在学堂里念书别忘了'做功夫'。你从小身子弱，每天后晌'做功夫'，保佑你一生平安，这是一生一世不能忘的。"宝成低头不语。

赵太世说的"做功夫"是道教徒做法事。玄庄人都信奉玄武大帝神灵，有病有灾都求玄武大帝保佑平安，除了到玄武庙里上供许愿，烧香跪拜以外，信徒们每天晚上还要盘腿打坐"做功夫"。"做功夫"的人先是搓手搓脸，以示洗手净面，然后微闭双目，舌尖顶上腭膛，双手放膝上，静心养神，口中默念"弟子某某给玄武爷磕头"。最后咽下唾液，调整气息，吐故纳新。赵家人每天晚上都要"做功夫"，宝成从小也跟着大人"做功夫"。

宝成上中学以后，每天晚上等同学们睡觉以后也曾坐床铺上"做功夫"。学生宿舍是通铺，每张床铺睡五个人，谁要是有个动静，同铺的人就会发觉。同铺的同学问宝成："你干吗呢？神神道道的。"宝成说："没干吗，坐一会儿。"后来，宝成趁同铺的人睡着了，就遛到院子里找个僻静地方"做功夫"。同铺的人发现了，问他："深更半夜的，你干吗去了？"宝成说："俺解手去了。"日子长了，宝成"做功夫"的秘密终于露了马脚。一天夜里，宝成又到一个僻静地方"做功夫"，同铺的一位同学早有察觉，就跟踪侦察。正当宝成口中念念有词的时候，这位同学大喝一声："好个宝成！你在这里做和尚道士念经哩！"宝成吓了一跳，急忙跑回宿舍躺床铺上，扯过被子蒙起头，一宿未睡。第二天宝成的秘密传遍了全班，同学们都叫他"小道士"。宝成谁也不搭理，好像做了一件见不得人的丑事，一天到晚，低着头默默不语。老师发现了蹊跷，就找宝成问其原委，宝成见老师先流下了泪，好像受了很大的委屈。他从家庭教养到自个儿的成长如实地说了一遍。老师说，这确是道教徒做法事的一种活动，也是僧道养生修行的方法，但也带有浓重的迷信色彩。你现在是学生，重要的是学好知识，就不要做这种事了。同学们看不惯，也影响你的学习情绪。以后你长大了，想练习这种养生健身的功夫就随你便了，如今，你就安心读书学好功课吧。从此以后，宝成一方面为此感到羞愧；另一方面又逐渐地学了一些自然科学常识，头脑里开始有了科学观念，就再也不"做功夫"了。

这当口，安福家里的进屋说："宝成，你媳妇给你烧好了洗脚水，烫烫脚去，歇着吧。"宝成未应，也不动。郑氏坐炕上又督促道："成儿，歇着去吧，明儿再跟你爷爷说话。"宝成仍无动于衷。赵太世道："快去你屋里歇着去吧，爷爷也睡了。"宝成这才慢悠悠地起身。

一盆水冒着热气，炕上被窝已铺好，一身单衣平平整整地放在被上，菊个儿坐炕沿上静静地候着。宝成进屋来，菊个儿说："快洗吧，水要凉了。"宝成不应，只顾自己脱鞋脱袜。菊个儿又说："里外的衣裳都换下来洗洗。"宝成这才"哼"了一声。

宝成洗完脚从书包里掏出一本书坐桌前夜读。菊个儿说："天不早了，睡吧。"宝成说："你先睡吧，俺看一会儿书。"菊个儿无奈，拿过一件新棉袄让宝成换上，扯过宝成换下的棉袄在灯下拿虱子。

宝成读的是从德州中学图书馆借来的《红楼梦》，书里的故事深深吸引了他，然而耳边连连"啪啪"的声音却搅乱了已经印在宝成脑际的美好意境。他皱皱眉头，瞥菊个儿一眼，说："你快睡去吧。"菊个儿不解其意，仍用俩手指盖"啪啪"地挤那虱子，说："在学堂里念书真不易呀，这棉袄咋的穿来，这么多虱子！"宝成更加气恼，扯过那件棉袄扔到躺柜上，说："你快睡去吧！啰唆啥！"菊个儿一愣，说："你这是咋的啦？人家好心好意给你拿虱子哩！"宝成不搭理，仍沉浸在书里。菊个儿满腔委屈，流下泪来，又不敢哭出声，只好默默忍着躺炕上。

月亮升起来的时候，天井里满院银光。安福家里的悄悄走出屋，又蹑手蹑脚走到东厢房窗下，舔破窗纸，跷起脚从窗纸洞里窥视屋内炕上的情景，只见丈把长的炕上宝成和菊个儿一头一个睡着，菊个儿翻了一下身，她才忙退一步转回身，叹口气，又悄悄回北房屋里。

第二天吃过早饭，宝成到赵明理家去了。安福家里的和郑氏坐东里间屋炕上说话。其实夜里安福家里的侦探是婆婆交给她的任务。这会子她跟婆婆说："小两口还在两头睡哩。"郑氏叹口气，说："成儿老大不小了，该懂事了，咋的还不开窍哩？又遇上这么一个木木讷讷的媳妇，干活倒是一把手，二十大几的女人正开怀的时候，猫儿狗儿还叫春哩，她和一个年轻轻的小伙在一个炕上睡觉就不动心思？就不知道天下夫妻养儿育女的道理？"安福家里的说："小两口又不对脾气。按说，媳妇的人样子，人品举止俺看着都好，可是也不知道是咋的啦，宝成一见了她就厌恶。媳妇呢，天生就是老老实实的个性，就不会迎奉男人，讨好男人，两人就像两根木头，照这样下去，小两口啥时候才能到一块儿呢！"郑氏说："你爹和俺说过多少回了，该添个曾孙了，你爹早盼着四世同堂哩！成儿他娘，你再和孙媳妇说说话，好好地开导开导她。"

安福家里的走进东厢房里，菊个儿正坐炕上绣一副枕套。安福家里的凑上前看看，说："你这绣的是孔雀喜梅？"菊个儿说："是啊，娘，你看看这针脚绣的对吗？"安福家里的又仔细瞧瞧，说："俗话说，巧梅花，拙莲花，不会绣的扒菊花。你绣的这梅花瓣有浓有淡，针脚有密有疏，对呀！"菊个儿说："就是这孔雀开屏俺还不知道咋的绣法呢？俺正要找娘去问呢，正巧，娘给俺说说吧！"安福家里的说："孔雀开屏要用三色界线界出来，看起来才活泛泛的，又美丽，又动人。"菊个儿又紧着问："这三色界线咋的个界法呢？"安福家里的说："要叫俺说还真说不清楚，绣花靠的是细心耐心，急性子人绣不成花。这样吧，你先把梅花绣好了，再绣孔雀头孔雀身，到绣孔雀开屏的时候，俺手把手地教你。"菊个儿笑笑说："敢情好了，俺巴不得娘手把手地教俺哩！"说着又低头绣花。

沉一阵子，安福家里的问道："菊个儿，你过了年二十三岁了吧？"菊个儿说："是啊，娘，属兔的。"安福家里的说："宝成过了年也十七了，你娶了两年了，该添人了。"一提起这个话头，菊个儿不语。安福家里的又说："不是当娘的多嘴，俺知道自个儿的孩子脾气倔，你又羞答答的不主动和他套近乎，都这样你也不理俺，俺也不理你的，两口子啥时候才能一起亲亲热热的呢？"菊个儿仍不吭声。安福家里的问："你俩后响睡觉还是在两头？"菊个儿点点头。安福家里的说："虽说咱乡间两口子后响睡觉有在两头的风习，可是年轻轻的小两口儿，白天两个枕头放两头，到了后响睡觉的时候，都把枕头搬到一头去。"菊个儿说："娘，这话你跟他说去。"安福家里的说："你比他岁数大，多主动点，你铺被窝的时候不会把两个枕头摆在一头？"菊个儿说："俺放在一头，他又搬到那头去俺有啥法子？"安福家里的说："那你再把枕头搬到他那一头去。"菊个儿说："他要是不理俺，没的怪臊的呢！"安福家里的说："两口子还说什么臊不臊的，你就是搂着他抱着他也是理应当的。这又不是绣花，两口子的事还让娘手把手地教你吗？"说着婆媳都笑。沉一沉，菊个儿说："娘，快别说了。夜来后响他在灯下看书，俺给他拿虱子，也不知是咋的啦？好好的就照着俺发脾气，嫌弃俺说话啰唆哩！"说着滴下泪来。安福家里的说："这孩子，不知好歹！菊个儿，别生气，俺说他。你是大姐，就把他当成小弟弟，多哄着他点儿，和他亲热点儿。做女人的，男人就是一颗冰冷的心，也要把他暖化过来。"

正说着，外边有人喊道："报丧了——祁庄祁家姑爷殁了！"安福家里的听了心头一震，也顾不上和菊个儿说话了，快步走进北房屋里，见了郑氏叫了声："娘——"郑氏只觉得昏天黑地，忙抓住儿媳的手，问道："咋的啦？祁庄的姑爷殁了？"安福家里的噙着泪点点头。郑氏这才"啊"一声哭出来："俺那苦命的梨个儿啊——"

赵太世这里忙让那报丧的人："屋里坐，屋里坐。"报丧的人说着"不啦，还要到李庄孙庄报丧哩"，就匆匆走了。

郑氏仍高一声低一声地哭，安禄家里的听见动静也过来劝说婆婆："娘，别哭了，怕伤了身子。俺明儿去吊丧，看看姐姐，等完了事让姐姐家来住着。"郑氏仍恸哭不止。赵太世道："这不是哭的时候，快安排人去吊丧，安排做纸活。宝成呢？快把宝成找回来。"

一会儿工夫，赵安福把宝成叫回家来，一家人坐堂屋里静听着赵太世吩咐。赵太世道："按辈分说，去吊丧的人，外边的人就是宝成，家里人们就是宝成他婶带着孙媳妇。安福安排牛车，还得找个赶车的人。俺到扎纸活房里定做两匹红马。明早动身。"郑氏擦擦泪说："再定做一对童男童女吧，姑爷身子弱，到那边也得有人伺候他。"赵太世又叮嘱："宝成，吊丧的礼节你可知道？"宝成说："俺知道，到灵前作揖磕头。"赵太世道："要三拜九叩，从灵棚外一直磕到灵前，按规矩办，一个头也不能少，免得人家笑话。"宝成"嗯"一声应了。

第二天一早起来，安福家里的安排宝成和菊个儿穿戴好了，宝成一身长袍，菊个儿黑褂黑裙，发髻上插朵白花。安禄家里的也是一身青素打扮。安禄家里的和菊个儿坐在车厢里，宝成坐车辕上。四件纸活摆在车前车后。赶车人一声吆喝，牛车启动了。又惊动了乡邻四舍出来观望。

祁庄祁家是大户人家，高大的灵棚，里里外外白幛白挽，满院纸活，礼乐高奏，吊丧的人已是络绎不绝。宝成到了灵棚前，哭了声"姑父"，果然按照爷爷的吩咐一丝不苟，三拜九叩，一直磕到那黑漆漆的棺前。他猛起身抬头，见姑姑梨个儿穿一身白，满脸泪迹，跪在棺旁。宝成泪水就下来了，忙过去叫了声"姑姑"，泣泣地说："咱回家吧！"梨个儿见了娘家的侄，泪水又止不住簌簌地流下，说："成儿，姑陪灵哩，回不去啊！"宝成又说："姑姑，姑父死了，以后你就常住在咱家里吧，有奶奶、娘陪着你，俺放了假也陪你。"梨个儿说："傻孩子，那哪成呀！"又问："你媳妇来了吗？"宝成应道："来了。"梨个儿说："成儿，你好好待承你媳妇，别要倔脾气，老是不理人家，以后你们俩还一起过日子哩。"宝成听了低下头，说："姑姑，别说这个话了。俺挂着你啊！"梨个儿说："成儿，姑从小把你抱大的，姑也挂着你呀，你从小身子弱，在外边念书吃饭别吃凉了，睡觉盖好被子。"姑侄俩正说着话，掌管丧事的人喊道："女宾上拜了！"梨个儿立刻转回身陪灵哭道："俺的亲人呀，你早早地走了抛下俺……"宝成还想陪着姑姑，有人走过来邀请道："玄庄的亲戚上席了，请席上坐吧。"宝成无奈只好跟那人走了，又转回头，两眼看着姑姑在那里哭，眼里也含了泪。

转眼又到了过大年的时节。大年初一，天蒙蒙亮赵家人早早地吃过了饺子，晚辈给长辈拜了年，除了赵太世老两口在家里候着接待拜年的乡人，男人女人都从躺柜里拿出一年到头不常穿的衣裳穿戴好了，赵安福领着宝成，安福家里的领着安禄家里的和菊个儿到村里挨门挨户拜年去了。

来赵家拜年的人始终络绎不绝，拜年的人或一两个或三五个或七八个一拨一拨进门就高喊道：

"给爷爷奶奶拜年了！"

"给大爷大娘拜年了！"

"给大哥大嫂拜年了！"

赵太世老两口忙迎出来，太世拱手作揖笑道："别磕了，别磕了，都屋里暖和暖和吧。"郑氏两臂拢起道个万福，笑道："大冷的天，进屋喝碗茶吧。"那拜年的人照样磕了头，说："不啦，不啦，还有好多家没拜哩！"

玄庄街上各姓氏家族的人三五成群，熙熙攘攘，嘻嘻哈哈，好不热闹！要是赵氏一支家族拜年的人在街上遇上冯氏家族拜年的人，冯氏家族的人说："赵家大哥，恭喜，恭喜，俺这里给你拜年了。"赵氏家族的人说："冯家弟兄，发财，发财，俺这里给你磕头了。"两个家族的人说着齐头跪下磕了头，都哈哈笑着擦肩而过。

正月初三到初五是亲友拜年的日子。先是梨个儿由伙计赶着车回娘家拜年，只见她穿着一身镶了白边的黑衣裤和白鞋，头上勒了白巾，进了门给爹、娘、大哥、大嫂磕了头，泪水就不由得流下来，一下子扑到娘怀里恸哭不止。郑氏拥着女儿也是满脸泪水，安福家里的也陪着掉泪，心里都有话，只是说不出。半天，郑氏强忍着悲痛说："梨个儿，别哭了，你的日子长着哩，老这么哭多咱是个头啊！"一句话更使梨个儿哽咽起来。安福家里的忍住泪说："妹妹，别哭了，咱说说话。年前听说他姑父的病好了一阵子，咋的说不行就不行了呢？"梨个儿泣泣地说："大嫂，从打立冬他躺炕上就没起来，药罐子天天陪着。进了腊月门儿倒是好了十来天，腊八那天还喝了半碗腊八粥，他还跟俺说，过了年来拜年哩。哪知道，过了腊月十二就一天不如一天，慢慢地药水也喂不进去了，那看病的先生也直摇头。俺日夜陪着，没想到没过了这个年就走了。"说着又哭泣起来。宝成站在姑姑身边也跟着掉泪，不住地摇晃着姑姑的胳臂说："姑姑，别哭了，别哭了，你再哭俺的心都碎了！"菊个儿进屋说："给姑姑拜年了。"说着磕了头。宝成猛然醒悟道："俺还忘了给姑姑拜年哩！"说着也磕了个头。梨个儿这才止住了哭忙擦擦泪，过去拉住菊个儿的手，说："文文静静的外甥媳妇多喜人呀。"菊个儿只叫了声"姑姑"就低头不语。宝成见姑姑跟他媳妇说话，就躲到一边儿去。

石榴红未进屋，在天井里就喊道："大爷、大娘、姐夫、姐姐，俺来拜年了。"宝成听到声音先跑出去，脆脆地叫了声"小姨"，接了石榴红手里提的两包点心。石榴红见了宝成喜出望外，笑道："宝成哎，小姨可想死你了！"两人偎在一起进了屋，石榴红先给赵太世、郑氏、赵安福、安福家里的一一磕头拜了年，宝成和菊个儿又给石榴红拜了年。安福家里的向石榴红引见了梨个儿，说："这是姐姐，给姐姐拜年。"石榴红刚要下跪，梨个儿忙搀扶住，说："姊妹们别磕了，妹妹可好？"石榴红起身说："姐姐可好？"两个女人的眼光对视在一起，一个泪迹未干，一个虽一时无泪，眉目间也透视出那万般理不断的愁丝，都各自觉得那一声"问好"就是多余的了，就是始终也答不出的问话了。两人都移开了视线，低了头，再也无话可说。安福家里的见状忙为她们解了围，说："快都炕上坐吧，喝茶，吃花生，嗑瓜子。"

石榴红坐西里间屋炕上，宝成仍偎在她身边，好像难离难舍似的。梨个儿也跟进西里间屋说："你姊妹俩先说话，俺帮娘做饭去。"石榴红说："姐姐，你别动手，一会儿俺做去。"安福家里的说："你俩今儿是切①，谁也别动手，一会儿俺和媳妇做去。"一句话说得石榴红和梨个儿都笑了。

宝成有近两年未见到小姨了，这会子见了石榴红觉得格外的新奇，浑身上下已不是唱梆子戏时的小姨了，长辫变成了发髻，也不穿那好看的旗袍了，穿了肥肥大大的褂子，眉宇间也似乎有了说不清的变化。他回家后，娘已跟他说过，你小姨从天津卫回来了，嫁给马德昌了。他就犯愁，百思不解，年轻轻的好好的一个唱戏的小姨，咋的嫁给一个糟老头子做二房媳妇？这会子他想问小姨，又不好开口，就说："小姨，你还唱梆子戏吗？"石榴红说："成儿，小姨不唱梆子戏了。"宝成说："不唱梆子戏就在俺家住着——"他想说下一句话又止住，憋了半日终于吐出口："咱不给马德昌做二房媳妇行不行？"说着不觉流下了泪，依偎在石榴红怀里。他好像为石榴红的际遇感到莫大的委屈！感到莫大的不公平！石榴红也被宝成这句干脆利落铮铮有声的话语和质朴的感情感动地流下了泪，抚慰着宝成说："成儿，你还年轻，你还未经历过世上的事，你还不知道人活在世上有多么艰难！有多少风险！小姨没法子呀！"宝成执拗地说："反正咱不到马德昌家里去了，马德昌若是来找你，俺跟他讲理去。"安福家里的说："傻孩子，净说傻话。你小姨嫁到马家去了，就得在马家过日子，这是人之常情啊！哪能随随便便由着自个儿的性子呢？"宝成仍一时心绪难平，陷入思考。半天，又蹦出一句话："小姨，俺多么想听你唱的梆子戏呀！你啥时候再唱梆子戏呢？"石榴红说："成儿，你放假这几天，俺专门来给你唱一天梆子戏，你点哪一出，俺唱哪一出，好不好？"宝成又笑了，又偎在石榴红身上，说："好小姨哩！"石榴红也情不自禁，忘情地亲了一口宝成的前额。安福家里的说："你看看，宝成都娶了媳妇的大小伙子了，还跟个孩子似的，老缠着你小姨。"石榴红说："在小姨眼里，他就是个孩子呀！是吧，宝成？"宝成笑笑，一脸稚气未脱而又真挚憨厚的笑容。

_____

① 切：客人。

　　这天夜里，宝成躺在炕上，脑子里不时地闪现出桃个儿姨、石榴姨、梨个儿姑的面影，渐渐地入了梦乡——只见桃个儿姨在一个荆棘丛生的乱坟岗子里徘徊，向他招手；石榴姨由一个恶汉绑着远远走去，向他招手；而梨个儿姑身陷一口枯井只露出半个身子，向他招手。宝成懵懵懂懂，不知所向，不知所终，恐惧不安！猛然大叫一声惊醒！菊个儿在炕那头说："你咋的啦？做梦了？"宝成"哼"了一声，心里怦怦跳得紧……

# 第三十二章　家规家训

　　一九三七年的一个秋日，"秋老虎"逞风逞威，格外的燥热。赵太世肩背褡子在高集儿集上转悠，蓦地一送葬队伍姗姗走来，只见一个十几岁的孝子捧着一身军衣，痛哭不已。赵太世正站在那里纳闷，赵占魁走过来，说："太世兄，今儿集上嚷嚷着日本人占领北平了！"赵太世说："这帮倭寇，本性难移啊！"赵占魁叹道："国难当头了！"

　　赵太世指着那支送葬队伍，问道："这一家人给谁送葬？那孝子咋的捧着一身军衣？"

　　赵占魁说："听说这一家的大儿子在国军二十九军当兵，在北平卢沟桥与日本人交战，战死沙场。"

　　赵太世一惊，怦然心动，急问："是不是姓孙，叫孙书贤？"

　　赵占魁说："怎么？你认识？"

　　赵太世道："倒不认识，那一年安福去济南找安禄，就是拿着他的信封奔着他去的。一晃十年了。"沉一沉，像是自语道："安禄不知咋的啦？"

　　赵占魁问："这些日子安禄可有信来？"

　　赵太世说："快半年了，没来信了。"说着低下头。

　　赵占魁安抚道："太世兄，不必过虑。战事年月，寄信不便。再说安禄军务在身，忙啊！"

赵太世说："占魁，俺知道你这话的意思，劝俺宽宽心。可是，安禄在二十九军里当着营长，带兵打仗，眼下战事吃紧，难免有个闪失啊！"

赵占魁道："二十九军军长宋哲元是咱鲁北乐陵人氏，有事他会有个照应，不要东想西想的。"

赵太世一时无语，陷入沉思。那支送葬队伍在他心里留下深深印记。卢沟桥大战，北平失守，二十九军在何方？安禄现在哪里？他会不会也……他不敢往下想，不敢触及人人忌讳的那个"死"字。他又想到，三年前，安禄曾经来一信，说二十九军在长城喜峰口与日军交战，一天夜里，他们大刀队杀入敌营，士兵们手持大刀猛杀猛砍，杀得日本兵鬼哭狼嚎，四处逃散，节节败退。又烧毁了日军营地的火炮和军粮。二十九军大刀队威名远扬，大长了中国人的志气。咋的日本兵来势这么迅猛？咋的中国军队吃了败仗？百姓无知无识，只盼着过个国泰民安的日子。过了一会儿，他的心情又渐渐平稳下来，心想也许安禄仍在二十九军队伍里，听从宋军长的指挥，又忙着与日本兵打一场新的战争。

赵太世不吭不响回到家里。不料高集儿集上的见闻早传到玄庄，儿媳安禄家里的在西厢房里高一声低一声地哭叫："安禄啊，你要是早早地走了，俺可怎么活呀……"郑氏心里正没主意，见当家的回来，忙接下肩上的褡子，噙着泪说："庄里的人都传言，高集儿一个在二十九军当兵的被日本兵打死了，咱安禄不是也在二十九军嘛，不知道现今咋样呢？成儿他婶哭得死去活来的。"赵太世稳稳坐下，这会儿他心里倒明澈如镜，仿佛他亲眼看到了儿子赵安禄或在军营里与宋军长商谈策划军事，或在战场上威风凛凛杀敌。他点上一袋烟抽着，说："高集儿那个当兵的死在战场上，那是军队里派人送了信来的。咱安禄明明白白还在军队里当着营长哩，你们不要瞎猜乱想，没有的事不要胡说八道，你劝劝成儿他婶。"郑氏抹抹泪，说："劝她半天了，越劝越哭，这事放谁心里也是牵挂着不踏实啊！"

这会儿听安禄家里的哭道："赵安禄，你这个没良心的，狼心狗肺的，忘了你的老婆……"赵太世听见这话，立时放下烟袋，走到天井里，冲西厢房嚷道："宝成他婶，安禄在战场上杀日本兵是为国效力，为民除害，这是赵家的荣光！你不要往安禄脸上抹黑！"安禄家里的止住了哭叫，仍是抽抽搭搭。郑氏走出屋，说："成儿婶心里不好受啊，你不要冲她发脾气。"说着走进西厢房，又去劝解安慰儿媳妇。

赵家一时平静了几天，赵氏父子依旧下地干活。正值二伏天气，赵安福扛锄下西大洼锄谷子地，赵太世到香椿园里开畦种白菜。但安禄家里的仍是终日心神不定，做针线活往往是乱了针脚儿，做饭锅里水沸沸的开了仍在那里愣神儿。这一日，庄里有一家在天津卫开买卖铺的人回乡了，传言说天津卫失陷，二十九军撤退。安禄家里的更是坐立不安。后响她独自躺炕上思谋，果真男人死了，自个儿何去何从？已经守了十年了，还要守一辈子吗？想来思去，难以入睡，窗纸发白了，才眯瞪一会儿。第二天早晨，忙收拾了衣物，携了包袱，向婆婆辞别，说："娘，俺回娘家住些日子吧。"郑氏说："去吧，回娘家散散心。让你大哥套牛车送你去。"安禄家里的说："不用啦，没带多少东西，也不远，走着更利落。"郑氏说："给你娘你爸爸带好，别东想西想的，住些日子再回来。"说着从竹篮里拿出几个馍馍递给儿媳带上。安福家里的、菊个儿听见信儿都出来送行，安福家里的说："他婶，放宽心。"菊个儿接过包袱，说："婶子，俺送你一程吧。"

安禄家里的娘家在奚庄，距玄庄三里多地。安禄家里的顺着西大堤往北走，不消一个时辰就到了。安禄家里的见了娘就掉泪，她娘也陪着掉泪，说："孩子，在赵家常年孤单单地守着，多咱是个头啊！"乡邻的姐妹见了也问长问短，问："男人来信了吗？""男人现时在哪里呢？"说："听说日本人打过来了，国军和日本兵打得可厉害哩！"这些话她无以答对，这些话刺疼着她的心肺，她也只有默默地听着，不言不语。姐妹们见此情景也就罢了，说些不疼不痒的安慰话。

安禄家里的娘家喂了一只山羊，这天早饭后，爹下地干活，娘坐炕上做针线活，安禄家里的说："娘，俺牵着羊到地里吃草去，也出去散散心。"她娘说："去吧，看好羊别吃了人家的庄稼，早早回来，晌午咱们烙两样面的合子吃。你爹割韭菜了。"

安禄家里的有心无心地牵着山羊在庄稼地沟坎地边儿溜达。她站那里呆呆地出神儿，真真地"放羊"了，羊就挣开了她手里牵的绳子，跑进一片高粱地里啃那高粱叶子。高粱地深处一个庄稼汉子喊道："这是谁家的山羊？吃人家的庄稼了！"连连喊了两声，安禄家里的才听见，回过神儿来，吆喝羊："呦、呦、呦……"那庄稼汉子走过来，嗔道："放羊咋的不看好羊呢？吃人家庄稼！"安禄家里的牵过羊，骂那羊："该死的畜牲，馋嘴偷吃！"说着就抽打羊。那庄稼汉子说："是放羊的人没有看好羊，还怪羊哩！"安禄家里的说："俺骂俺的羊，管你屁事！"那庄稼汉子骂道："说话嘴上没有把门儿的，臭死人！"安禄家里的原本心里不舒畅，本想趁机出出气，没想到反倒被那汉子骂了，就觉冤屈得很，怨道："你个大老爷们儿欺负俺妇道人家，你的嘴才臭死人哩！"那汉子见眼前的女人像是似曾相识，就走近细细审视女人，不禁喊道："你是枣个儿？"安禄家里的也抬头细细观察那汉子，脱口道："你是拴子？"两人几乎同声说："是啊，是啊。"接下来，这一男一女就手足无措，不知如何向对方表示骤然间的巧遇、惊喜！他们不知道握手，更不会拥抱，甚至连双方身体的靠近也没有意识到。男人捏弄那身边的高粱叶子，女人用脚搓那地上的土。这会儿一个六七岁的男孩闪过来，叫了声"爸爸"，才打破了这尴尬的局面。

枣个儿拉着男孩的手说："这是你儿子？"拴子说："是啊！"枣个儿问："他娘呢？咋的你下地干活孩子还跟着你？"拴子说："他娘殁了四年了。"沉一沉，枣个儿又说："你又当爹又当娘的不易啊！"拴子说："没法子呀，是咱命不济啊！"枣个儿一时无语。拴子才想起问候对方，道："你嫁了这么多年，也有个一男一女的吧？"枣个儿说："俺嫁了一年多男人就当兵去了，这一走十年了……"下面的话她想说没说就止住了。拴子说："这些年你没有到外边找找他？"枣个儿说："他这当兵的今儿在这里明儿到那里，也没有个准地方，俺个女人家到哪里去找他呢?"两人一时无语。枣个儿把男孩揽到怀里,说:"可怜的孩子!"拴子说:"叫姑姑。"男孩怯怯地叫了声"姑姑"。枣个儿脆脆地应了一声:"哎。"又问男孩的名字,男孩说:"小雪。"

枣个儿牵着羊回到家,娘正在锅台上烙合子。枣个儿忙拴好羊,就坐灶下烧火,喜喜地说:"娘,俺碰见拴子了。"娘说:"可怜价的,媳妇死了三四年了,带着个孩子过日子。"枣个儿说:"他咋的不续弦①呢?"娘说:"他想续一个呀,可一时续不上啊。黄花闺女谁都不愿意嫁给他当填房②,死了男人的寡妇都守节不嫁。"枣个儿听了若有所思,灶里的柴火冒出来,才慌慌地往灶里填柴。

两样面的合子是一多半棒子面一少半白面和在一起的,合子里夹了韭菜馅,枣个儿娘特意往韭菜馅里打了几个鸡蛋,犒劳女儿。枣个儿吃着这粗细搭配的两样面合子觉得可口好吃,饱饱地吃了,跟娘说:"娘,俺拿上几页合子给拴子的孩子吃去吧?"娘笑笑,说:"去吧,你和拴子从小一起长大的,人家有了难处,也理应有个照应。"爹不管女儿的事,早吃饱了躺炕上歇晌去了。

拴子和他小儿子小雪正坐小饭桌前吃贴饼子就萝卜咸菜,喝白开水。枣个儿拿了合子来,小雪就放下贴饼子贪婪地吃起合子来。拴子冲小雪说:"看你馋的,也不谢谢姑姑。"小雪立时放下手里的合子,有些委屈。枣个儿拿起合子递到小雪手里,说:"俺小雪喜欢吃姑姑家的合子,是吧? 快吃吧。"又冲着拴子说:"不许你这样呲打孩子,孩子一年到头吃不上穿不上的你当爹的不心疼?"说着就整整小雪的衣裤。拴子低下头,枣个儿的话虽说是指责他,却深深地感动了他。没娘的孩子有谁心疼呢? 当爹的不是不心疼孩子,是顾揽不上啊! 能有口饭吃饱肚子就不错了。他抬起头眼睁睁看着枣个儿,眼里已噙了泪。这泪水一是因为枣个儿的话勾起了他近几年过日子的辛酸苦楚;二是因为枣个儿的话暖了他的心窝,情之所至,情之所动! 枣个儿也看出来了,也为之

---

① 续弦:男人死了妻子再娶称续弦。

② 填房:女人嫁给死了妻子的男人称填房。

动情，眼里也湿润了。拴子说："枣个儿姐姐，让俺咋的谢谢你呢？"枣个儿说："拴子，还说什么谢不谢的话呢，你心里有俺就行。"这句话更打动了拴子，一股磁铁般的吸引力迫使他悄悄靠近枣个儿，但他又不敢冒昧。枣个儿说："你把小雪的衣裳该补该缝的都找出来，后晌俺来拿。"拴子这才稳住那股情不自禁的冲动，应道："嗯，嗯。"

吃过后晌饭，枣个儿娘和枣个儿爹回东里间屋歇着去了。枣个儿进西里间屋躺炕上静静地思谋了一会儿，约莫着时候不早不晚，就悄悄地走出屋，悄悄地开了大门又关上大门。枣个儿娘已暗暗地注意到女儿的行动，知道女儿的心思，她装作不知，不予理睬。

枣个儿又悄悄走进那座小院，屋里透出微弱的灯光，寂静得很，显然小雪已经熟睡了。当她踏进屋里，拴子正站在门口敞开宽阔的胸怀迎接她，她也鬼使神差般投奔到他的怀抱里，两人紧紧地贪婪地拥抱在一起，又慢慢移动身子一起躺炕上，不由分说，不用思谋，时不我待，一堆烈火干柴，急切地燃烧起来……

待烈火熄了，两人平静下来，并头平躺着。枣个儿说："还记得小时候的事吗？"拴子说："记得。"枣个儿银铃般一笑，说："真有意思，咱们一帮孩子玩娶媳妇，总是让你当新女婿，让俺当新媳妇。"拴子也嘿嘿一笑。枣个儿又说："谁知道长大了各奔东西，俺嫁到玄庄，你娶了你的媳妇。"拴子说："这都是命里注定的。"枣个儿说："庄稼人都认命，也不知道这个'命'是谁掌管着，能不能求求这个掌管'命'的人改变原来'命'里注定的事？"拴子说："你净胡思乱想。"枣个儿说："俺不胡思乱想，俺想天天来你这小屋里，跟你过日子，抚养小雪。"拴子说："哪能啊！你的男人在玄庄，你还得回玄庄跟你男人过日子。"枣个儿沉重地说："俺守活寡守了十年了，日日夜夜守着一间空屋子，守得心里也空空荡荡的，又好像天天在黑夜里游荡，何日见晴天呢？"说着话语已哽咽了。拴子无话对答，枣个儿沉一沉又说："这会子还不知道他是死是活哩，说不定他不在人世了，俺还在家里傻守着。"

这会儿，小雪醒了要尿尿，两人忙着起身，拴子忙去扶持小雪，枣个儿朝拴子笑笑溜出屋。

　　枣个儿走出小院，黑影里站着一个人。枣个儿急切走回家，仿佛那个黑影里的人跟在后边，她心里怦怦跳着关好大门，稳稳地睡了一宿觉。


　　风是无孔不入的，风刮起来也迅捷得很，所谓风言风语就是这样的。关于枣个儿的风言风语不消几个时辰，第二天就传遍了奚庄，换句话说，关于安禄家的风言风语，不消两三日，第三天第四天就传遍了玄庄。而且那传言说得有鼻子有眼，说是某某人舔破了窗纸，亲眼目睹了两人在炕上的动作，如何，如何的……有人就紧追着问："男人如何呢？女人如何呢？"于是说的人又说了如何，如何……

　　先是枣个儿爹气冲冲责备女儿："你做下见不得人的事，丢人现眼啊！"枣个儿低头不语。接着，玄庄有人捎信儿来："赵家叫安禄家里的回玄庄哩！"枣个儿娘犯愁了："咋办呢？"枣个儿说："不去。"枣个儿爹断言道："那不行，你不去，俺送你去。你嫁到赵家就是赵家的人，这事咋办由赵家处置。"枣个儿娘怨道："你咋的这么狠心，你不心疼你的女儿？"枣个儿爹说："俺没有这样的女儿！"枣个儿说："爹，不用你送，俺自个儿回去。俺做下的事俺自个儿当。"枣个儿娘就哭哭啼啼……


　　安禄家里的像没事人儿似的坦坦荡荡回到玄庄。进门连着叫了几声"爹，娘"，"大哥、大嫂"，没人应声。她知道这气氛不对劲儿，就回西厢房里呆着，等待着赵家的处置。

　　半天，听到北房屋里有了动静，像是搬动桌椅的声音。安福家里的进屋说："他婶，到北屋里，爹跟你说话。"

　　安禄家里的踏进北屋门槛，面前的阵势威严森森，使她一愣，原来轻松的神情也不免紧张起来。

　　只有过年才挂的"主子"挂在堂屋中央，八仙桌上摆着五位祖宗灵牌，香炉里香烟缭绕。赵太世和赵占魁坐在八仙桌两边圈椅里，四周坐着赵太和（哇儿哇儿二）、赵安福、郑氏、安福家里的，孙子媳妇菊个儿坐在下首。

安禄家里的进屋来，看看没有她的座位，只有八仙桌前面放着一个蒲墩。

赵太世厉声道："跪下！"

安禄家里的不吭一声，跪在蒲墩上。

赵太世满腔怒火，心里极不平静。夜来他在玄庄街上听到儿媳安禄家里的风言风语，就心头一震，差点晕倒街上。回到家里只是闷闷地抽烟，饭也不吃。郑氏问："你是咋的啦，哪里不舒坦？"赵太世说："快叫安福找人给奚庄亲家捎信儿，叫宝成他婶立马回来。"郑氏又问："咋的？有要紧事？"赵太世急道："赵家出了孽障了！"一家人为之一惊！这天后晌，他一夜未睡。他前思后想，赵氏宗族，二十世祖，还没有出现过辱没先人的淫妇！如今，他主持的赵家出了这样一个孽种，他愧对列祖列宗，他羞于见同宗同族！想到这里，他立即决断，必须遵循先人的古训，洗刷这个淫妇带给祖先和赵家的奇耻大辱！这会儿，他见了下跪的儿媳更是怒不可遏，急道："孽障！当着列祖列宗的面说说你辱没赵氏宗族的罪过。"

安禄家里的不紧不慢地说："爹，你老既然知道了，俺就不说了，俺听从赵家的处置，是打是罚俺着。"

安禄家里的泰然处事令在座的人惊讶不已。赵太世更没有料到，他长长叹了口气，摇摇头，斥责道："你上辱没先人的恩德，下败坏赵家的家风。赵氏宗族五百多年来，还没有出现过你这样毁祖败家不要脸面的人！圣贤教导，修身、齐家、治国、平天下。以修身为本。身不修，家不齐。你如今身败名裂，连累了赵家，我为赵家一家之主，也赖我平日家教不严，以致到了这个地步。以后我还有何脸面见乡邻四舍？日后我归了西还有何脸面见祖宗先人？"有泪不轻弹的赵太世说着已是泪流满面。

屋里寂静无声。众人都低下头，像是表示与一家之主同心同德。安禄家里的亦低头不语。

半天，赵太世才擦擦泪，振作起精神，正色道："按说，这件事应由安禄来处置，可眼下安禄在抗日前线，为国效力，不便回家，也只有家长做主了。按照先人的古训，你犯下'七出'①'淫泆'之罪，就离开赵家吧，家长也无力训导扶持你了。"

安禄家里的说："爹说到这里，俺没的说。可是俺也有几句心里话要说个明白。俺嫁到赵家十二年，守了十年活寡。十二年来，俺也有伺候公婆不周的地方，可没有一点差错呀！十年来俺老老实实没有做过女人不规矩的事。到了这会子，战事吃紧，安禄在外边打仗，俺是天天提心吊胆，整宿整宿地睡不着觉呀！万一他有个闪失，俺还守一辈子吗？在这个节骨眼儿上，俺才犯了这档子事儿。"

赵太世说："强词夺理，有夫之妇，就不能有二心，你是不忠不孝不贞。"

安禄家里的说："俺还有两句话要说，有一天安禄平平安安回家来，让俺见他一面；他若有个闪失，俺来给他送终。"

赵太世说："你已离开了赵家门，那就不必了。"

安禄家里的说："夫妻一场，这是俺的一桩心愿，求爹开恩吧。"

赵太世没再吭声。

赵占魁道："那就这样吧。日后的事日后再说。"才算了结了这桩"审判案"。

安禄家里的回到西厢房屋里忙着收拾衣物，就像平日里回娘家一样，无须忧伤，也无须留恋，只求快快当当迈过人生征途上的这道沟坎。

过一会儿工夫，安福家里的端了一碗菜，拿了几个馍馍，进屋说：

---

① 七出：封建时代休妻的七种理由，记载不尽相同。唐代贾公彦注《仪礼》："七出者，无子一也，淫泆二也，不事舅姑三也，口舌四也，盗窃五也，妒忌六也，恶疾七也。"

"他婶，先吃饭吧。娘说了，吃了饭套上牛车，找个赶车的人送你走。"安禄家里的说："不用了，俺先带上常换的衣裳，过两天让俺爹来拉东西。"安福家里的说："娘说了，该拿的你都拿走。"沉一沉又说："这些年，咱妯娌俩在一块，虽说也有磕磕绊绊的时候，可从来没有生分过，没有闹过饥荒。你这一走，俺心里总觉得空空落落的……"说着就掉泪。安禄家里的说："大嫂，快别说了，你这一说，俺心里也不好受。别说咱妯娌俩没生分过，就是咱婆婆这些年待承俺和亲娘也差不了多少，到了这会子，俺这一走，心里也不是滋味。大嫂，日后俺来这个家是没指望了，你想俺的时候到俺娘家，咱妯娌俩说话去。"说着眼里也含了泪。安福家里的点点头。

太阳西斜的时候，安禄家里的携了包袱走出了赵家大门。郑氏、安福家里的、菊个儿送出来。四个女人泪眼相视。郑氏说："娘们儿一场，谁想到说离开就离开呢！"安禄家里的说："娘，往后俺也不能伺候你了，只盼望你老壮壮实实的。"郑氏应着，泪水流下来。菊个儿无话可说，只是哽咽着叫着："婶子，婶子。"安禄家里的说："好侄媳妇。"沉一沉又说："娘，大嫂，侄媳妇，都回吧，俺走了。"送的人都点点头，但脚步还是不停，直送到西大堤上，望着安禄家里的背影，才返回家。

# 第三十三章　英雄还乡

安禄家里的在西大堤道上踽踽独行。这会儿她脑子里倒不想拴子，不想那天后响在拴子家炕上对拴子说的那些甜言蜜语，她满脑子想的是赵安禄。她回头望望玄庄，绿树丛里一座座农舍，赵家那座白石灰粉刷的农舍隐蔽其间。她在那座农舍里住了十二年，和赵安禄也有过甜蜜的日月，在香椿园窝棚里那段短暂的日子，赵安禄奔赴西大堤战场的前夜，更使她刻骨铭心。然而更多的日月却是那彻夜不眠难以熬煎的漆黑的夜晚！安禄呀，安禄！这不怨俺，俺是年年月月惦念着你呀，十年不见你一面，你就是来封信，那信上也没有问候俺的一句话！俺知道你何年何月回来夫妻得团圆？这会子也不知道你在不在人世？倘若有一天你回到玄庄，见不到俺，你会咋的想？你这个该死的，俺恨你，恨你……

她又想到，如今赵家休了她，回到娘家，爹的斥责，邻人的冷眼，既是嫁给拴子，也是缩着腿脚在人的夹缝里过日子，不觉眼里滚出泪来。

她一边走着，一边想，走得很慢。夕阳已经没在西大洼地平线的边沿了，那夕阳上面的半边天一片红，与西大洼浓浓的碧绿的丛丛庄稼相映衬，越发显得格外的鲜艳美丽。她望一眼这幅美丽的图画，与她此时的心境极不和谐，恍惚间大道上传来嗒嗒的马蹄声……

她抬头望去，一个军人骑马而来，她不敢妄想，仍随意而行。转瞬间，骑马的军人已下马立在她面前。她呆呆地愣住了，她不敢相信，这是她天天想日日念的人吗？是做梦吧？军人端详着她，半天，叫道："俺是安禄呀，你这是回娘家？"安禄家里的这才醒悟过来，像是喜从天降，一头扑在赵安禄身上，呜呜咽咽哭起来……

赵安禄道："别哭了，俺回来了，快回家吧。"

安禄家里的仍痛哭不止。

赵安禄说："俺不走了，跟你回家过日子了。"

安禄家里的仍抽泣不止。

赵安禄急问："咋的啦？你咋的啦？"

安禄家里的直起身，百感交集——怨恨，悔恨，迷茫……一时不知从何说起，哭哭啼啼说："你咋的这会子才回来呀？十年了，俺等你十年了！"

赵安禄自觉有愧，说："别说了，快回家吧。"

安禄家里的说："俺对不住你呀！"

赵安禄问："咋的？"

安禄家里的只是抽泣，默默不语。

赵安禄决断地说："不管怎么样，你还是俺老婆，跟俺回家过日子。"说着伸出一只胳膊把媳妇抱到马上，他也跨上马，夫妻双双奔向玄庄。


夕阳已没下地平线，玄庄街上弥漫着炊烟。灰暗迷蒙的气色里，女人们叫喊孩子回家，下地干活的农人们陆续晚归，互相打着招呼。牲口们也都"嗷嗷""哞哞"叫着，像是互相回应，玄庄的傍晚似乎有一种繁忙热闹的气氛。这会儿，在这繁忙热闹的当口，又增添了一道令农人们惊讶不已的景观。

开始，有位年轻人发现了这一景观，叫道："哎，哎，你们看，你们看。"农人们转头望去，只见一个挎枪的军人和一个女人骑在高头大马上，威威武武地奔过来。他们自觉地向后边闪一闪，再伸头仔细辨认，那女人不是赵家的安禄家里的吗？她不是刚刚被赵家赶出家门？军人呢？一位稍有些年岁的农人叫道："那是在国军当兵的赵安禄呀！"

农人们互相看看，得到了证实，齐声说："赵安禄回来了！"大伙正说着，赵安禄和他媳妇已跨下马，赵安禄笑迎诸位乡亲："大爷、大叔、大哥都好哇！"农人们应道："好哇，好哇！"

一时这桩新闻传遍了玄庄的大街小巷：

"赵安禄回来了！"

"赵安禄回来了！"

赵安福出来了，赵太世出来了，随之郑氏、安福家里的也走出家门。菊个儿还在家里候着。

赵安禄见了家人忙叫道："爹，娘，大哥，大嫂。"

赵家人见站在面前的赵安禄穿一身军装好威风，好气派，又惊讶又高兴，都不知道说什么好了。

赵太世笑笑说："快回家，快回家吧。"

郑氏未说话先掉了泪，说："俺的孩子，可回来了！"

赵安福、安福家里的也忙照应着。赵安福牵了马。

安禄家里的仍在人们背后呆呆立着。

赵安禄招呼媳妇，赵太世见这情景一愣，说："安禄，她不能回家。你回家，爹跟你说话。"

赵安禄问："爹，咋的啦？"

赵太世说："你媳妇犯了'七出''淫泆'之罪，你不在家，爹做主，按'七出'之制休了她。"

赵安禄说："要休她，俺的媳妇俺做主。"

赵太世说："你做主，也得这么办，这是赵家的祖训。"

父子俩一时僵持住了。在场的农人们也觉得事情不那么好办，正赶在这个节骨眼儿上，你说咋办呢？要是让赵安禄把媳妇领回家，刚刚按祖训办了，于"礼"不合啊！要是赵安禄把媳妇抛在外边，撒手不管了，于"情"不忍哪！都摇摇头，叹道："难办，难办！"

这当口，赵占魁闻讯赶来，七步之外就喊道："安禄呀，大英雄回来了！"

赵安禄忙道："魁叔，大当家的，你还硬朗？"

　　赵占魁说："硬朗，硬朗，早盼着你回来哩。哎，都站着干吗，回家说话去。"说着看看眼前阵势，都僵在那里不动，安禄家里的站在赵安禄身后呆着，赵太世站一边板着脸，赵安禄也一时不知所措。他心里顿时明白了，爽快地说："太世兄，今天这事听俺的。大英雄衣锦还乡，没有个落脚之地像话吗！至于那档子事，既然安禄回来了，和安禄好好地商量。"又把话头转向赵安禄道："安禄，领上你媳妇先到俺家去，俺还巴不得地和大英雄拉呱哩！"

　　说着，赵占魁接过赵安禄身上挎的枪，喜喜地摸索着，又招呼一声赵安禄夫妇："走吧。"赵安禄和他媳妇跟了赵占魁去。临了，对郑氏说："娘，明儿俺过来看你。"郑氏无奈地抹抹泪，说："你说这是怎么说的，刚刚回来，就到人家里去了！"赵太世长叹一声，默默走回家。

　　赵占魁把赵安禄夫妇领回家，妻子白氏忙接应着，紧接着又一起打扫拾掇东厢房。不大一会儿，赵安福背了一袋白面一袋棒子面，安福家里的抱了被褥走进来，赵占魁道："咋的？还怕俺管不起饭呀！还怕俺家里没有铺的盖的？"赵安福一笑。安福家里的说："俺爹俺娘都打发俺俩送过来，不管怎么说，俺家人口多，你家人口少，怕一时手头不方便，难为魁叔。"赵占魁说："送来了就收下。烙大饼，熬棒子面粥，摊鸡蛋，芝麻酱蒜泥拌黄瓜，刚刚在园子里摘的嫩黄瓜。"又冲赵安禄说："咋样？安禄，满意不？家常便饭。"赵安禄说："魁叔，没说的，俺从小在玄庄长大，最爱吃家乡饭了。"

　　一时女人们忙活起来。安福家的朝白氏说："婶子，你歇着，有俺妯娌俩做这顿饭就行了。"安禄家里的早已振作起精神，忙抱柴点火，安福家里的舀水和面。安禄家里的说："大嫂，俺先烧一锅水让安禄洗一洗，他在外边土里来土里去的，不知多少天没洗哩！"安福家里的抿嘴一笑说："行啊！好好伺候伺候俺兄弟。"又贴近安禄家里的耳边，轻轻说："洗得干干净净的。"安禄家里的瞟一眼大嫂，调皮地一笑。

　　赵安福和赵安禄哥儿俩站天井里说话。赵安禄说："哥，这些年，累了你了。"赵安福说："干庄稼活的命呗。"又问："你家来，不走了吧？"赵安禄说："不走了，帮哥干活哩。"赵安福说："好，好，往前割谷子，削高粱，正用人哩。"又说："这匹黑马真够棒的，俺还没喂过马哩，喂它吗草料呢？"赵安禄说："家里有什么草料就喂它什么草料，和驴吃的草料差不多。"赵安福又问："这马吃的够多的吧？"赵安禄说："平时也吃不了多少，要是拉车跑远路了，吃的多一些。"哥儿俩正说着话，屋里人叫吃饭了。

吃过后晌饭，安禄家里的早回东厢房里拾掇东西，铺陈被褥。赵安禄辛苦一天了也想早些歇息，尤以使他挂怀的"休妻"之事，急着要向媳妇问个底细。不想，赵占魁比他夫妻俩更是心急，沏了一壶茶，拉住赵安禄坐堂屋里，问这问那，扯东道西。他问，现今中日战事如何呢？日本人何以来势迅猛占领了平津？日本人打到哪里了？咱山东地面日本人也要打进来吗？眼下战事吃紧你何以单枪匹马回乡呢？

一提起和日本人交战，赵安禄义愤填膺，心情难以平静。赵安禄是二十九军一三二师一个营的营长，他亲自参战了北平卢沟桥战役和保卫北平的南苑激战。他说，日本人简直不讲道理，故意找碴儿。七月七日夜里（赵安禄又补充一句，俺说的是阳历），日本军队演习整队时走失一名士兵，要求入城搜索检查。我军予以坚决回绝，不同意日军入城。第二天清晨日军就以猛烈的炮火轰击卢沟桥边的宛平城，并扬言："军刀一旦出鞘，很难不见血而还。"我军忍无可忍，以宋哲元将军为首的二十九军司令部发出死命令："卢沟桥即为尔等之坟墓，应与桥共存亡，不得后退。"官兵接到命令，群情激奋，在卢沟桥上与日军展开了一场惨烈的战斗。那天下着小雨，铁桥上水气雾气茫茫。日军冲上铁桥南端，我军固守铁桥北端，时而日军冲过来，时而我军杀过去，火光在茫茫雾气中四处飞蹿。我军士兵越杀士气越旺盛，步枪、手榴弹、大刀一齐射杀日军，最后杀得日军节节败退，我军取得了胜利。

赵占魁道："那咋的日军又占领了北平呢？"

赵安禄说，说来惨痛啊！日本人抱定侵略中国的野心，从卢沟桥上败下来以后，他们一方面玩弄谈判的花招，拖延时间；另一方面抓紧时间调集重兵三路进犯华北，包围北平。七月二十一日日军就开始炮击驻守卢沟桥一带的中国军队，我军士兵顽强抵抗，僵持不下。七月二十七日日军参谋部又发出向二十九军发动攻击的命令。在这紧急关头，宋哲元将军向全国发出"自守卫土"的通电，表达了誓死抗战的决心，他又通令二十九军各部奋勇抵抗，决不后退。七月二十八日天不亮，日军出动步兵、炮兵和空军向二十九军军部驻地南苑大举进攻。四十架飞机对中国守军工事轮番轰炸。二十九军副军长佟麟阁率领守军卫队与一三二师师长赵登禹率领的部队，冒着日军的密集炮火，拼命抵抗，浴血奋战。战斗打得越来越激烈，枪声炮声响成一个蛋。从黎明一直打到天黑日落，日军疯狂进攻，我军无一后退。在敌人的轰炸和炮火中，中国军队官兵血肉横飞，成堆成堆地倒地阵亡，惨不忍睹啊！赵登禹师长右臂被炮弹炸伤，还继续指挥作战，接着他的腿部又被击伤，血流不止。卫兵要背他撤出阵地，他断然拒绝，对卫兵说："不要管我，告诉北平城里的老母，忠孝不能两全，她的儿子为国死了，也对得起祖宗。"赵师长仍然拖着伤残的身子指挥阻击敌人，不幸又被日军炮火击中胸部，壮烈殉国。副军长佟麟阁指挥官兵向日军突击时，也被敌人机枪击中腿部，当场倒地。部下劝他退出阵地，他坚决不肯，并说："个人安危事小，抗战事大。"正在这时，佟副军长又被日军飞机扔下的炸弹击中，流血过多，为国壮烈牺牲。南苑落入敌手。说到这里，赵安禄已泣不成声，赵占魁也默默垂下头。

屋里沉寂了半天，赵占魁又问："你这次回乡是请假探亲，还是有公务在身？"

赵安禄说："既不是请假探亲，也没有公务在身，是逃回来的。"

赵占魁脸一沉，说："眼下国难当头，你当逃兵？"

赵安禄笑了一下，说："魁叔，你看赵安禄是那种临阵脱逃的软蛋尿包①吗？"

赵占魁笑脸一挂，说："俺看不是。玄庄的红枪会徒就没有一个软蛋尿包！"

赵安禄说："这不结了吗！你再听俺慢慢道来。"他接着说，北平

---

① 尿包：骂人的话，指软弱无能、窝囊废的人。

天津失守以后，宋哲元将军仍抱爱国情怀，不甘心眼看着日本侵略军步步侵吞中国的领土。他又率部开赴津浦铁路北段，想阻日军南下，保卫咱山东家乡。赵占魁插话说，宋将军不愧是咱山东老乡，时时想着咱山东人。赵安禄接着说，魁叔你听俺说呀，想不到事情又起了变化。队伍走到沧县，接到山东省省长韩复榘急电："不准二十九军进驻山东。"赵占魁又插话说，这个龟孙子！赵安禄说，二十九军只好西进河北省开辟抗日战场。在西进途中，俺边走边琢磨，作为一名抗战军人，眼看着日本侵略军就要践踏家乡的土地，杀害家乡的父老，于心不忍啊！俺想了两天两夜，决心回乡保卫生俺养俺的土地和父老乡亲！俺就委托战友给宋将军留下一信，俺想宋将军会体谅俺的心情的，就单枪匹马跑回来了。

赵占魁听罢，一拍桌子，哈哈大笑，道："好哇，不愧是梁山好汉的后代，山东英雄好儿男！"转念一想，又道，"那咱得拉起队伍，和小日本刀对刀枪对枪地干哪！"

赵安禄说："那当然了，俺回来就想和你好好地商议商议这事。"

赵占魁道："那没说的，今儿你也累了，先歇着，日后咱爷儿俩再慢慢聊。"

赵安禄回到东厢房已是深夜，安禄家里的仍眼睁睁盘腿坐在炕上等着男人。赵安禄进屋来就要脱衣上炕，想躺下睡觉，安禄家里的说："俺等你半天了，先别睡，咱说说话。"赵安禄说："困着哩，明儿再说吧。"安禄家里的说："不把心里的话说出来，咱俩谁也睡不着，谁也没有那种心思。"赵安禄说："那你就说吧，爹咋的休了你？"安禄家里的把她如何听见高集儿在二十九军当兵的孙书贤的死讯，如何牵挂着他在战场上的生死风险，如何彻夜难眠思谋十年来孤单寂寞的日月，思谋未来的生路，如何回娘家见到童年的伙伴拴子，如何在这种情势下误入歧途，爹如何依照祖训把她赶出赵家家门，一五一十明明白白说了一遍。

末了，安禄家里的说："俺都说了，没有半句瞎话，也没有半点瞒着你的，你怎么处置，俺听你的。"

赵安禄听到这里，说："你说到这里，这话你不该问俺，该俺问你了。"

安禄家里的说："咋的你问俺？问俺吗话？"

赵安禄说："俺问你，你是愿意跟着你那个从小一起长大的拴子过日子呢，还是依旧跟着俺赵安禄过日子？"

安禄家里的一听，心里火烧火燎，急道："安禄，你这一句问话，刺得俺心疼啊！谁要是有那种心，天打五雷轰！说实话，你没回来的时候，俺天天恨你，俺想要是见到你狠狠地咬你一口，狠狠地打你一顿，十年来你咋的不给俺捎回一句话来呢？可是一见到你心都碎了，恨也消了，恨不得把你捆起来锁起来，再也不让你走了，不让你离开俺一步！"说着泣泣有声。

赵安禄听了，也自觉自个儿的短处，说："好了，你说清楚了，俺心里也踏实了。"

安禄家里的说："俺这心里还不踏实哩。"

赵安禄说："咋的？你说。"

安禄家里的说："俺问你，俺做下对不住你的事，你饶恕俺吗？"

赵安禄说："只要以后你跟俺一个心眼儿过日子，饶恕。"

安禄家里的又问："从今儿往后揭俺的短不？"

赵安禄说："不揭你的短，事情过去了，一句话不提。"

安禄家里的又问："爹把俺赶出家门了，咱俩咋的过日子？"

赵安禄说："这事你别着急，俺跟爹慢慢说。再不行，分家，俺要出俺的那份地、那份家产，咱俩另盖新房新院过日子。"

赵安禄的话音刚落地，安禄家里的两臂缠住男人的身子，又往男人脸上亲个够，嘴里不住地叨念："俺的亲人，俺的亲人。"赵安禄也趁势亲女人，两人亲热了一阵子，安禄家里的又平静地说："男人就是女人的靠山，有了这座靠山，女人就能死心塌地地跟着男人过一辈子。"末了，开心地笑笑，说一句："话都说完了，睡觉，睡觉，睡觉要紧。"说着整整被褥，自个儿先脱了个精光钻进被窝，静静地等着男人。

赵安禄憨憨一笑，没言语，回到家来了，一切听从女人的安置。

# 第三十四章　高山流水　知音难遇

　　玄庄的早晨是宁静的，但这宁静的时刻太短暂了，街巷、场院、树行子、旷野显露出清晰轮廓的时候，玄庄的早晨就和玄庄的傍晚一样，立时呈现出繁忙热闹，还有点儿紧张的景象。这种景象玄庄人叫"赶早儿"。你看吧，井沿上人挤人，水桶叮当响，青年小伙担着满满的水桶，甩开胳膊，那是没有半点喘息的工夫的，倘若有人跟他说话，他也只是"哼"一声，头也不抬。赶早儿活儿的庄稼人吆喝着牲口急急地奔向西大洼，互相打个招呼，一句话就走过了一大截路。连背柴筐、粪筐的老头们也不想在这赶早儿的工夫消磨时光，因为树行子里的树叶，旷野里柴草，村街和田道上的驴粪蛋、牛尼尼屎也是庄稼人极好的东西，稍一怠慢就被抢光了。赶早儿的庄稼人都在奔日子。

　　"梆梆"的响声，是卖豆腐和豆腐脑的，"当当"的小糖锣，是卖酱油醋和蜜糖的，"烧饼——果子"一声喊，更是招人的买卖。妇女们从家门里走出来，多半是端一碗黄豆或是一碗麦子换回要买的东西。卖东西的人都是常来常往，他们知道在哪条街上，在哪条胡同里，在谁家的门前生意好，就专注地站在那里"梆梆"地、"当当"地敲一阵子，喊一阵子。赵家门前当然是买卖人常常光顾的，但近一年却渐渐地冷淡下来，因为宝成不在家了。今儿早上买卖人又在赵家门前敲了一阵子，喊了一阵子。果然，安福家里的和菊个儿端了麦子、豆子，走出家门。

买卖人喜笑颜开，说："宝成回来了？"安福家里的并不回答买卖人的问话，只是不住地问："烧饼、果子是热的吧？""豆腐、豆腐脑是新磨的吧？"买卖人说："是是是，错不了。乡里乡亲的哪能做亏心事呢？"于是买的卖的都笑笑，成交了一桩买卖。

赵安禄太熟悉玄庄的早晨了，他曾跟着娘端一碗豆子或麦子换回一块豆腐或一两个烧饼、果子，他也曾和爹和哥一起下地赶过早儿。他从村街上溜达到香椿园里，又转弯往北溜达到一片榆树行子、枣树行子、柳树行子里，又转身往西溜达到西大堤上。他目睹重温了玄庄的早晨，不断地和乡邻们打招呼说话，总想到处看看这个熟悉而又有点儿陌生的村庄，寻觅童年的足迹。这是那条蜿蜒的小路吧？那是夏日凫水的水湾吧？那片宽阔的麦场呢？他顿时感受到故乡的土地，故乡的一草一木和众多的乡亲是如此的亲切，如此的和暖，仿佛和他的血脉是紧紧牵连在一起的。

他刚刚从那火与血的战场上下来，日本兵的暴行历历在目。倘若日本兵的刀枪炮火砍杀燃烧在这片土地上，玄庄就是一片废墟，香椿园和西大洼就是一片荒芜，玄庄繁忙而热闹的早晨就会变成死气沉沉，充满了哀痛和窒息！

他不堪设想，玄庄要变成宛平城吗？玄庄要变成南苑吗？一种激情一种怒火不禁从胸中升起！他不觉又溜达到村街上，父亲赵太世正背着粪筐拾粪回来立在那里，像是等候着他。赵安禄叫了声"爹"，赵太世说："回家吧，回家看看你娘去，你娘一宿没睡了。"

赵安禄走到赵家门前，抬头看看门楼，还是老样子没变样儿，只是门框和两扇大门像是新油漆了一遍，影壁墙也像是新粉刷了的。顺口问："爹，咱家办喜事了？"赵太世说："宝成娶媳妇了。"赵安禄惊喜道："宝成都娶媳妇了！宝成长大了吧！宝成呢？"赵太世说："宝成到德州上中学去了。"赵安禄喜喜地走到天井里，见到北屋前的两棵枣树正长得茂盛，浓密的绿绿的叶子间挂着枣，有许多已经泛红了，像一个个小红灯笼，他想跳高儿够一个枣，没够着。娘已走出屋亲亲地握住他的手，泪又下来了。

"俺的孩子，快进屋吃饭。你大哥找你一趟，说你出去了。"

"娘，你身子骨壮实啊？"

"壮实，壮实。"郑氏忙擦擦泪，看看眼前魁梧的儿子，又开口笑了。

"俺在外边常挂着娘哩，俺回来也没有给娘带点东西。"

"只要人安安全全回来就好。"

安福家里的和菊个儿已摆好烧饼、果子，三碗豆腐脑，一盘香椿芽拌豆腐。菊个儿叫了声："叔叔。"安福家里的说："这是宝成新娶的媳妇。"赵安禄干脆地应了一声，专注地看看菊个儿，菊个儿就觉得羞羞的，站到了一边儿。赵安禄说："都坐下吃饭吧。"郑氏说："你爷儿仨先吃。"赵太世、赵安福、赵安禄坐饭桌前吃饭，女人们站在一边儿伺候着，这是赵家历来的规矩。

郑氏又叨念："你爹说了，你两口子在你魁叔那边住着，粮食给你们送过去，你想回来吃饭就回来吃饭。一会儿吃了饭扯了布给你做两身衣裳。孩子，这里还是你的家呀！"说着又抹泪。她总觉得小儿子赵安禄夜来从外边回来没进家门，心里结了一个大疙瘩。后晌她坐炕上一宿没睡，不住地垂泪。她不埋怨当家的，她觉得安禄的媳妇做下了见不得人的事，当家的做主休了她是理应当的，那是祖宗留下的规矩。况且当家的做主的事情，做女人的只有听从的份儿，那是没有半点儿商量的余地的。没想到，儿子又把媳妇领了回来，也是情有可原。你说咋办呢？她想不出一个周全的办法，就不住地叨念："你说这是么事呀，个人的孩子进不了个人的家门？"

赵太世这一宿心里也犯嘀咕，自觉做父亲的也有点儿不近人情了，但那祖宗的铁的规矩是万万不能破例的。他嗔怪儿子违背了祖训天理，不听他的话。这种互相抵触的心理实在让他为难。天蒙蒙亮的时候，说了一句话："天亮了，换烧饼果子、豆腐脑，叫安禄回家吃早饭。"

烧饼果子、豆腐脑是赵安禄从小最爱吃的饭食，这会儿，赵太世、郑氏看到小儿子赵安禄痛痛快快地吃着，喝着，心里觉得得到了自我安慰，露出了笑脸。赵太世说："现今日本人打到哪里了呢？"赵安禄说："平津失守以后，日本军队又沿着津浦铁路往南开，估摸着现今到了天津南的马厂、青县一带。"赵太世说："看这形势，日本人还要占领咱山东地面？"赵安禄说："日本人的野心可大了，看样子他们占领山东地面也是早晚的事。"赵太世问："那你这次探亲回来，多咱归队呢？"赵安禄说："看战事发展吧，日本人真要打到德州，俺作为军人也不能坐视不管呀！"赵安禄怕家人有顾虑，他没有明说此次回乡是为了拉队伍打日本鬼子，赵太世也一时没有想到这里，以为儿子只是顺便一说搭搭话，父子的对话就暂告一个段落。

赵安福插话说："日本人就是打到咱这里，咱庄稼人干咱的庄稼活，过咱的庄稼日子，咱不惹他不招他，他也不能平白无故地欺负咱哪！安禄，依哥说呀，你既然回来了，就不回去了，跟哥干庄稼活，吃了饭，咱哥儿俩套上牛车下西大洼削高粱去！"

赵安禄已吃得饱饱的，一抹嘴，站起身说："哥，听你的，下西大洼削高粱去！咱不套牛车，套马车。"

赵安福嘿嘿一笑，一拍大腿站起来，说："好，套上高头大马，俺也尝尝赶马车的滋味。"

安福家里的说："他叔，你下地干活，换身衣裳，把这身军衣脱下来给你洗洗，先穿上你哥的衣裳吧。"

赵安禄说："行啊，大嫂。脱下来的军衣拿过去，让她洗去。"

安福家里的说："谁洗不一样呢，还非得让你媳妇洗去？你媳妇洗得干净怎么着？"说着就笑，赵安禄也笑，没再争执。

一辆马车驶在玄庄街上，赵安福得意扬扬地扬鞭吆喝了几声："哟，哟，哟。"那匹黑马嗷嗷叫着直尥蹶子，却不动前蹄。赵安福有点儿生气，又扬鞭抽在马背上，黑马越发地尥起蹶子，差点儿翻了马车。玄庄人很少见到马车，都站一边看热闹，有人故意挑逗，说："安福，再打呀，狠狠地打呀！"赵安福又要扬鞭，赵安禄一把抓住了哥的手，说："哥，俺来赶。俺来赶。"他伸手捋捋马鬃，又拍拍马背，喊声"哒哒"，黑马乖乖地迈动前蹄，跑动起来。赵安禄说："哥，你上车。"赵安福有点儿抹不开面子，说："这畜生，欺生。"街上看热闹的人有点儿泄气，刚刚开场的一出小戏咋的说散就散了呢！

西大洼一片青纱帐，一眼望不到边。青纱帐散发出浓重的青稞庄稼气味。赵安禄久违了这种生活环境，觉得神清气爽。他看着满地的庄稼，不住地吸吮这种庄稼的气味。马车停在大道上，赵安福、赵安禄钻进高粱地里，浓密的高粱叶子犹如青纱帐的一条条布帐绸帐，遮挡得严严实实，十步以外就不见人影。赵安禄就想，在这里边打鬼子是再好不过的防御工事。这里边，可攻可防，把鬼子引进来，给他来个"捉迷藏"，你打得着他，他打不着你。想到这他微微一笑。抬头看，哥哥已不见人影，留下的足迹里，已放倒了几抱红高粱。他决意追赶上哥哥，手持镰刀敏捷地削起来，然而那高粱棵总是不听使唤，有的连削几镰刀也削不断，他就狠狠地削；待削下来揽在怀里，再去削另一棵，谁知，那揽在怀里的高粱棵也不老实，东倒西歪，又妨碍了他再去削高粱棵，实在是不顺手，还不如枪杆抱在怀里顺顺当当。正在为难，那边哥哥传来喊话："安禄，慢慢削，不忙，哥接应你来了。"赵安禄这边应道："哥，好嘞。"

　　一会儿工夫，果然赵安福从那边削过来，他一镰刀一棵顺手揽在怀里，接着削第二棵，又揽过来。他边削边说："安禄，你装车吧，哥削。"

　　赵安禄听从哥的吩咐就去装车。

　　太阳转向晌午的时候，马车上装得满满一车红高粱。高粱穗朝外红红的一片，码得整整齐齐。赵安福一边擦汗，一边认真地看看，说："装车装得还行。"赵安禄笑笑，没言语。心想，削高粱就不行了。哥儿俩躲在马车的阴影里歇息，喝了带来的罐里的水。赵安福说："你多年不干庄稼活了，庄稼地里的活你还得历练历练。"赵安禄说："那是，那是。大哥，你这个师傅就好好地教教俺吧。"赵安福说："师傅不师傅的，要在庄稼地里练就一把好手也不易呀！就说咱爹吧，别看他干活不紧不忙，他干出的庄稼活没的挑，真是庄稼地里的老把式。俺从小就是在他手里练出来的，俺干的活，他成天挑毛病，成天呲打俺。在他手底下干活，就不能有一点儿马虎大意。像今儿你削高粱，爹若是在这里，非得狠狠地呲打你一顿！削高粱的活干得好不好，看高粱茬①，茬

————————

　　① 高粱茬：削掉高粱秆的高粱根部。

口尖尖的，是斜茬，就是一镰刀削下来的，那是庄稼地里的一把手。若是茬口长短不齐，不尖不斜，干活的人就是庄稼地里的二把刀。没听人说嘛，'高粱茬像尖刀，扎得人嗷嗷叫'，人要是倒在高粱茬上全身流血。"赵安禄十分佩服哥的庄稼活，在这方面可以说他没有发言权，听了哥的话，也只有连连点头，表示赞同。而哥提到的高粱茬，又给他一个启发。削了高粱秆，留下的高粱茬地，岂不是消灭鬼子的一片天然的陷阱！若是把鬼子引到高粱茬地里，磕磕绊绊，扎得遍体鳞伤，跑也跑不掉了。他为这偶然的发现十分得意，又暗暗笑了。

沉了一阵子，赵安福突然冒出一句："都说小日本儿小日本儿，这日本国是不是小人国呀？"赵安禄一笑，说："日本人个子是矮一些，日本国是小国不是小人儿国。"赵安福又问："这日本人怎么这么凶恶？听说杀人不眨眼，他们也是一个鼻子两只眼？嘴肯定是大的，想吃人呀！"赵安禄哈哈笑了，他笑大哥的无知，还是笑大哥的幽默？他说不清，反正大哥的话真够引人发笑的，又引人深思。在众多的善良朴实的老百姓眼里，难道日本鬼子的血管里流的血液和中国人的血液有千差万别？

晌午，赵家为犒劳小儿子赵安禄包的冬瓜馅饺子，一家人也跟着吃。吃完饭赵安禄要回赵占魁家去，安福家里的用一块屉布包了一包饺子，暗地里递给赵安禄，悄悄说："给你媳妇吃。"赵安禄接了，说："谢谢大嫂了。"安福家里的抿嘴一笑："谢啥。"其实，安福家里的这个小动作婆婆郑氏早看在眼里了，她不搭腔，不说行，也不说不行。免得捅破了这层窗户纸，彼此脸面上不好看。说行吧，怕是当家的怪罪下来，也显得做婆婆的和当家的不是一个心思；说不行吧，岂不辜负了大儿媳的一番好意，也让大儿媳在婆婆面前抹不开面子。干脆装作不知不觉，随她去吧，这也是妯娌俩多年的情分儿了。

赵安禄回家来是坐不住的。这一日过晌，他随意溜达到赵氏宗族祠堂里。祠堂正殿是小学校教室，学生们刚刚放了秋假，两间东厢房是教师的卧室兼教务室。周玉熙先生正在室内看书，见有人进来，走出屋，道："你有事吗？"赵安禄说："周先生，俺刚从部队回来，出来转转。"

周玉熙惊喜道："二十九军营长、喜峰口战场上的大刀队干将赵安禄，久闻大名，快屋里坐。"二人落座，周玉熙倒了茶，说："二十九军将士在北平大战日本鬼子，英勇不屈，大长了中国人志气，真称得上英雄豪杰啊！"赵安禄叹道："平津失守，作为军人，惭愧啊！"周玉熙也叹口气说："看来日本人妄想吞并我中华大地，中国百姓将面临一场灾难！"赵安禄说："周先生是读书人，知识广博，目光远大，依先生看中日这场战争谁胜谁负？前景如何？"周玉熙沉思片刻说："现在战事刚刚展开，还难以判断。你刚刚从战场上下来，亲眼见了日军的炮火兵力。听说平津失守以后，他们又从国内调集了七个师团进入平津地区，加上原驻华北的陆军、空军和装甲兵，共计二十余万兵力组成华北方面军，大举南犯，来势凶猛。"沉一沉，他又说："可是，中国的抗日力量也正在蓬勃兴起，日军必将陷入中国人民抗日战争的海洋里。告诉你一个好消息，不知你听说没有？"赵安禄急问："什么好消息？快说。"周玉熙说："国共两党在南京谈判已经达成协议，共赴国难，一致抗日。中共发表了《中共中央为公布国共合作宣言》，中国红军改编为国民革命军第八路军，蒋介石也发表了谈话，说'在存亡危急之秋，力谋团结，以共保国家之生命与生存。'"赵安禄十分高兴地说："周先生，这个消息俺还没听说过哩，你的消息这么灵通，又有高见远识，冒昧问一句，你是——"赵安禄的问话还没有说完，周玉熙就接过话茬说："我是中国的一个普通百姓，一个教书先生，和你一样也有一颗赤子爱国之心。"赵安禄听了周先生的话，情不自禁地紧紧握住周玉熙的手，道："今日在家乡和先生相见，实在高兴。说实话，俺这次回来，就是为了打日本鬼子，保卫家乡，保卫父老乡亲，绝不让日本鬼子践踏了这方土地。先生可助我一臂之力？"说着拱手作揖。周玉熙作揖还礼道："高山流水，知音难遇①。你我英雄所见略同，说什么助不助的，

---

① 高山流水，知音难遇：《列子·汤问》："伯牙善鼓琴，钟子期善听。伯牙鼓琴，志在高山，子期曰：'善哉，峨峨兮若泰山。'志在流水，子期曰：'善哉，洋洋兮若江河。'"后以高山流水比喻知音难遇。

有你这位二十九军的大英雄，鲁北的百姓有救了，我给你当个帮手吧，赴汤蹈火，在所不辞！"说着两人一起仰首大笑。

周玉熙和赵安禄各抿了一口茶，两人的脸色又沉下来。赵安禄说："俺离开队伍已有些日子了，先生消息灵通，眼下可有日军的消息？"周玉熙说："昨天接到德州中学同学的来信，日军铁甲车队已占领桑园。说起来，也有一个振奋人心的消息，我军八十一师刚刚到达德州，趁日军在桑园还未站稳脚跟，组成奋勇队连夜赶到桑园车站突袭日军，杀得正在梦中的日本鬼子四处逃散，溃不成军，使日军的前锋部队大大受到挫折。"赵安禄听了心头一振，说："虽然如此，日军侵略成性，桑园距德州不过几十里地，德州危在旦夕了！"周玉熙沉默了，待了一阵子，赵安禄说："先生，把话说开了，俺就想拉起一支抗日队伍，刀对刀枪对枪地和日本鬼子干一场。看来时不我待，事不宜迟了。"周玉熙说："咱俩又想到一起了，我全力支持，听从将军吩咐。"赵安禄喜不自胜，从腰里掏出一支德国造匣枪摆到桌上，说："先生，这是今天咱俩的见面礼，也是咱俩携手共赴国难的见证，收下吧！"周玉熙说："这是你随身带的武器，哪能离身呢？"赵安禄说："我随身带了两支。"周玉熙大为感动，深深向赵安禄鞠了一个躬，两人紧紧拥抱在一起。

这天后晌，赵安禄和赵占魁又来到赵氏宗族祠堂里，周玉熙说："俺这里还存着一瓶鲁北小米香酒，咱们三人共饮吧。"赵占魁说："俺回家拿些酒菜来。"周玉熙说："俺也不客气，就让工友跑一趟吧。"

不一会儿，工友拿来几样农家菜：咸鸡蛋、拌黄瓜、香椿芽咸菜、花生米。工友摆好菜，又斟了酒。三人边饮酒边说话。

赵占魁先开口道："咋的？看样子，你们二位早商量好了，安禄，你说咋办吧？"

赵安禄说："八字还没有一撇哩。今天使俺最高兴的是遇见了周先生这位有远见卓识的文人，俺心里有底了，一支抗日队伍，不但要有武，还得有文，咱这支抗日队伍最缺的就是这样一位参谋长。"

赵占魁说："好！正合俺的心意。咱就为鲁北抗日——"说到这里打住了，想一想又说："咱得给这支抗日队伍起个响亮的名字呀，就叫鲁北抗日义勇军吧，为咱们的义勇军干杯！"三人笑笑，端酒盅干了。

周玉熙说："依我看呀，咱先不过于张扬，还是叫鲁北民众自卫团为好。"

赵安禄说："周先生说得对，咱先不便声张，以免引起日本人的惊觉注意，等到打开局面，队伍壮大了，再改个响亮的名字也不迟。"

赵占魁说："还是你们想得周到，俺同意。"

赵安禄说："魁叔，俺这几天想得最多的是拉队伍的事，你看咱玄庄能拉出多少口子人？"

赵占魁说："咱玄庄有保家护家的传统，当年红枪会打奉军阀的场面你也见了，依俺看拉出七八十口子人不成问题。"

周玉熙说："咱以玄庄红枪会会徒做骨干团员，再逐渐吸收邻村的庄稼人，壮大队伍。日本人打到德州也是眼前的事了，依我看，等到德州的炮火枪声一响，惊动了庄稼人，咱就趁热打铁，成立鲁北民众自卫团。"

赵占魁一拍桌子，说："好主意！咱就这么办。你们二位一位团长，一位参谋长，俺给你们打下手，跑跑腿。"

赵安禄说："魁叔，你在玄庄庄稼人里有威信有交情，发动群众，动员团员，取得乡亲们的支持，全靠你了，你就担任副团长吧。"

赵占魁说："挂头衔不挂头衔俺一样干事。今儿咱说到这里，咱们三人就是拴在一股绳上了，缺谁也不成。当前国难当头，咱们也学学刘关张桃园三结义，结为生死弟兄，共赴国难，如何？"

赵安禄说："魁叔，听你的。要结拜弟兄，你为大哥，周先生为二哥，我是三弟了。"

周玉熙犹豫片刻，想了想说："依我说，就不拘形式了。咱们都有一颗抗日的决心，同心协力，上报国家，下保家乡，父老乡亲共鉴此心，就是生死弟兄了。"说着三人笑笑，捧起酒盅，各自干了。

# 第三十五章　德州沦陷　玄庄起兵

公元一九三七年十月三日，也就是华夏农历丁丑年八月二十九日，是鲁北名城德州的耻辱日，是玄庄历史上值得纪念的日子，是震撼鲁北大地的日子。

在这日的前三天，飞机的轰炸声，炮火的攻击声，接连不断地传到玄庄。玄庄的庄稼人目瞪口呆，张嘴结舌，互相看看，惊呆了：

"娘哎，可吓死人了！"

"天哪，这是哪里打炮呢？"

"咱庄稼人咋办呢？"

哇儿哇儿二走过来说："你们傻呆呆的，还不知道吧，日本鬼子打过来了，打到德州了！"

有人问："日本鬼子还打到咱玄庄来吗？"

哇儿哇儿二说："俺就不知道了。"

有人说："谢天谢地，可别打到咱玄庄来。"

又有人说："玄庄有玄武爷保佑着哩！"

众人对这些话不置可否，都叹口气，步回家去。

连着三天三夜，炮火声没有停熄，时而激烈，时而稀疏。玄庄的庄稼人白天在街上待着，夜晚在炕上坐着，静听着北方的动静，心神不安啊！哇儿哇儿二说："这仗打得惨呀！炮火不停，说明啥子哩！说明日本鬼子攻德州城没有攻下，说明国军将士拼命抵抗，这一来死人可多了！"有人赞道："还是哇儿哇儿二叔有见识。"有人问："你打过仗吗？"哇儿哇儿二说："俺没打过仗，可俺知道打仗的学问。"

最为心神不安的是赵家，一家人终日坐卧不宁，茶饭不进，牵挂着在德州中学读书的宝成。赵太世抽着闷烟，不住地唉声叹气，赵安福也闷着头待着，郑氏、安福家里的已是泪水涟涟。菊个儿一边抹泪，一边劝娘劝奶奶，说："娘，奶奶，那德州城里人多着哩，中学里学生也多着哩，他们总会想法子躲一躲吧，不会有事儿吧。"

赵占魁来到赵家，赵太世像有了救星，立马问道："占魁，你说咋办呢？"赵占魁稳稳坐下，说："眼下只能等着，静观动静。等着炮火停了，不是日本鬼子走了，就是日本鬼子占领了德州，俺和安福闯一趟德州。"赵太世叹口气说："你说，两个孩子不会有闪失吧？"赵占魁说："但愿两个孩子平平安安活着，可是听着炮火枪声这么密密麻麻的，心里乱糟糟的不着实啊！"赵太世说："说的就是啊！"两位老人的话音儿都哽咽了，眼里都亮晶晶地闪着泪花。

到了十月三日这一天，天一放亮，德州方面的炮火枪声渐渐熄了。农人们又从家门走出来，到了街上聚到一起，互相问答。

"炮火停了？"

"停了。"

"鬼子走了？"

"鬼子攻进城了？"

"你问俺，俺问谁去，谁知道呢！"

正在这天不知地不知，茫茫然一片云一片雾的时刻，村北大道上一个人跌跌撞撞走来。有人看到了，伸手指着说："你们看，你们看。"人们的目光随着他的手指看去，静静等着。

这个跌跌撞撞的人果然走到玄庄街上，喘口气，就倒下了。人们走过去看看，"这不是赵连根嘛！在德州开药铺的。"几个人忙把他扶起来，一老者说："快拿水去。"一个小伙子忙跑回家端来一碗水给赵连根喝了，赵连根又"吁吁"地喘了几口气，算是缓过气来，叹道："兄弟爷们儿，日本鬼子占领德州了！"人们一惊，都低下头，围上来的人越来越多，鸦雀无声。

赵连根断断续续地说，日本鬼子不是人呀，野性！南门外太平街的店铺民房都炸毁了——俺前两天外出买药材去了，要不也没命了——夜来天黑以后俺回到太平街一看，眼前一片废墟——俺那八岁的儿子呢？孩子他娘呢？药店的伙计呢？尸骨无存呀！赵连根说到这里痛哭流涕，泣不成声。沉一沉，又说，日本鬼子往小西门一个防空洞里扔下十几颗手榴弹，炸死四十多人。一个年轻人进西门，看了站岗的哨兵一眼，没有给哨兵鞠躬，日本兵就把他绑在木桩上，用刺刀活活刺死——俺夜来后响也是想法子躲过日本兵的搜查，死里逃生回家来的……赵连根说不下去了，又连连地喘气。

这会儿，一个老人喊道："连根，连根啊！"人们闪开一道缝，赵连根忙走到老人跟前跪下，说："爹，爹，儿子差点儿见不到你老人家了。"老人急急地问："你媳妇呢？俺孙子呢？"赵连根只是哭，说不出一句话，老人已料想到了不幸的结局，手里的拐杖杵得地咚咚响，父子抱头痛哭。

人们蔫头耷脑渐渐散开，三五人一群，议论纷纷。

"要遭罪了！"

"要亡国了！"

"逃吧！"

"往哪里逃呢？天下都是日本人的！"

"你说咋办呢？"

"忍吧，忍吧，日本人总不能把中国人都杀了吧！"

赵安禄、赵占魁、周玉熙三人围一起。赵安禄说："魁叔，击鼓吧！"赵占魁说："击鼓。"周玉熙说："祠堂里集合队伍。"赵占魁说："集合队伍。"

太阳已经把玄庄染成了金色。"咚咚咚"的鼓声震撼着玄庄，震撼着玄庄庄稼人的心肺。

赵氏宗族祠堂院子里陆续站满了人，红枪会徒或者他们的后代持长枪挎大刀已整整齐齐站好队伍，其中有两人挎步枪，两人挎猎枪。然而红枪会徒的红巾红兜的装扮不见了，全是普普通通的庄稼人装束，头蒙白羊肚子毛巾，白的或者紫花的缅腰肥裆裤，白的或者紫花的对襟褂子，腰系黑布带，有一两个人腰里系了皮带。

赵连根拖着疲惫的身子来了，冲赵占魁说："魁叔，俺也算一个，打狗日的鬼子去！"赵占魁说："快站到队伍里吧。"

赵占魁站在祠堂香案前焚香，领着赵氏宗族的红枪会徒在族谱和祖先牌位前叩首，禀告先祖："玄庄赵氏宗族子孙为抵御倭寇，保家安民，出击抗日，望先祖保佑。"

接着，赵占魁当众宣布："自今儿起，玄庄红枪会改为鲁北民众自卫团。团长赵安禄，副团长赵占魁，参谋长周玉熙。"

鼓声雷动，哇儿哇儿二的唢呐声响彻庄里庄外。

自卫团员和农人们的目光都集中到赵安禄身上，他着一身整齐的军装军帽，身披武装带，挎亮铮铮的德国造蓝烤匣枪，直挺挺站在会场上，一副军人的姿态，精神昂扬，威风凛凛。

农人们指指点点，赞不绝口。"啧，啧，啧，你看看人家，你看看人家，威风啊！""咱玄庄出了能人了。""能人？英雄！他一刀砍死三个日本鬼子。"

赵安禄稳稳扫视了一下自卫团队伍和众乡亲，开口了："父老乡亲们。"会场上立时安静下来。"今天早上日本鬼子占领德州城了，也许三五天，也许十天半月，咱们的家乡玄庄，就会遭到日本鬼子的抢掠烧杀，你们说，咱们甘心愿意遭受他们的祸害吗？"自卫团员们互相看看，没回答，意思是说那还用问吗！农人们零零散散喊了几声："不愿意。"赵安禄接着说："今天咱们玄庄成立了鲁北民众自卫团就是为了抗日，打日本鬼子，保卫家乡，绝不让日本鬼子糟践咱们这块土地。上报国家，下安民众。"

这时，会场上有了骚动声，原来一位剪短发的妇女闯进祠堂院里，一路走来，到了会场前，问道："赵安禄团长，鲁北民众自卫团要女人吗？"人们这才看清，来者是石榴红，剪掉了发髻，一身蓝底小白花裤褂，利利落落。石榴红的一句话把赵安禄问住了，他看看赵占魁，赵占魁又看看周玉熙，三人面面相觑。农人们也大眼儿瞪小眼儿，静观这场戏的下场。

会场上静了一阵子，赵占魁说："他嫂子，这事儿你家当家的愿意吗？再说，你一个妇道人家多有不便哪。"

石榴红说："占魁叔，你还是自卫团的副团长哩，怎么说出这种话来？打鬼子抗日是爱国的大事，人人有责，还问当家的愿意不愿意吗？当家的他当他的家，俺抗俺的日，俺自个儿愿意就行，谁也管不着！虽说男女有别，到了这会子，都一个心眼儿打鬼子，还说什么便不便的？"石榴红的一番话说得赵占魁哑口无言。

赵安禄已认出了石榴红，大嫂的三妹。碍着亲戚的面子，又不知她如今的婚姻亲事状况，有些不好意思说话。但石榴红的话语又深深感动了他，不得不说几句："三妹，多年不见了。三妹的爱国精神值得敬佩，你的心意自卫团领了。可这打仗的事，可不是庄户人家过日子家长里短的事，要真刀真枪地干呀！加入自卫团的事就免了吧。"

石榴红说："安禄哥，你小看了三妹，虽说俺没打过仗，没使过枪，这些年走南闯北的也见识了不少，该受的罪也受了，没吃过猪肉还没见过猪跑吗！二哥，你借俺枪使一使，只要你告诉俺咋样扣动扳机——"她仰头看一看，"你看见祠堂外边那棵高高的杨树上的老鸹窝了吗？一准让它落地开花。"

石榴红又给赵安禄出了个难题，在这个会场里，让一个不会使枪的女人打枪可不是闹着玩儿的事，万一出了事咋办？可是当着众人的面又不好驳回这位倔强女人的正当要求，他想了想，说："三妹，这样吧，这里人多，咱到祠堂外面试试你的枪法。"

赵安禄、石榴红走出去，人们又骚动起来，赵占魁示意众人不要动，不要乱了秩序。

祠堂外一声枪响，果然那棵高高杨树上的老鸹窝散了架，纷纷落下来。三位自卫团的领头人都十分佩服石榴红的枪法，众人也口口称赞。周玉熙说："石榴红，你是这一带唱梆子戏的名角，没想到你还有一手好枪法，你虽说没打过枪，你放过羊吧？"石榴红接话说："没错，俺小时候放过羊，拿坷垃投羊练出来的。"周玉熙又接着说："安禄，我看这样吧，鲁北民众自卫团就收下这位女团员吧，主管自卫团的军需庶务。"赵安禄说："行啊，三妹，自卫团吃的穿的用的就全靠你张罗了，入队吧。"石榴红笑笑，行了一个军礼，立马站到自卫团的队伍里，队尾的男团员闪了闪。

赵安禄拿出在二十九军当营长的架势，整顿军纪军风，但他忘记了站在他面前的自卫团员可不是二十九军的士兵。他们连立正、稍息、向左转向右转、正步走都站不好、转不好、走不好。有的人嘻嘻哈哈，满不在乎；有的人懒懒散散，不听口令。赵安禄生气了，照着自卫团员们大发脾气。赵占魁说："安禄，站在你面前的这些人可不是国军的兵啊，他们是庄户人家，没当过兵，没受过训练，以前红枪会也没有这么严格地训练过，你别着急，咱一步一步地走。"他又朝自卫团员们说："从今儿起，你们可不是红枪会的会徒了，是鲁北民众自卫团的战士。赵团长当过十年国军的兵，打了十年仗，他是从枪声炮火里爬出来的，他是喜峰口战场上打日本鬼子的大刀队队员，二十九军的营长。以后你们要听赵团长的话，听赵团长的口令，可不能吊儿郎当，马马虎虎，要练出一身硬功夫才能打日本鬼子。"一位团员说："魁爷，打日本鬼子得有枪呀，多咱发枪呢？"赵安禄说："咱们不能等着别人给枪给子弹，要向敌人要枪要子弹，向日本鬼子要，向伪军要，他们不给，咱们就从他们手里夺。"自卫队员们一阵笑声。

笑声刚落，周玉熙唱了一首东北抗日救亡歌曲《松花江上》。他唱得很动情，很感人，会场里寂静无声，人们像是也进入了那悲怆忧愤的日月，有的妇女已经抹泪了。自卫团员们也都低头沉思。周玉熙一曲终了，说："六年前，日本鬼子占领了东北，东北的老百姓沦为亡国奴。东北抗日联军奋起抗日，和日本鬼子拼杀战斗，赵一曼等抗日英雄，不畏艰险，坚贞不屈，为国家献出了生命。现在，日本鬼子打到咱们家乡来了，你们说，咱们甘愿做亡国奴吗？"自卫团员们立时振作起来，高喊道："不做亡国奴！"周玉熙说着向赵安禄使了个眼色。

赵安禄喊出了口令："立正。"这回自卫团员们严肃起来，都没有半点怠慢。赵安禄郑重宣布了自卫团员纪律：凡鲁北民众自卫团团员，临阵脱逃，投降日寇，为敌伪效力者，轻者开除自卫团，不准进玄庄，重者严惩。接着他举起右手，严峻地说："请大家跟着我宣誓：宁为战死鬼，不做亡国奴！"

自卫团员们举手跟着宣誓："宁为战死鬼，不做亡国奴！"

那气势严阵以待，像是立马要奔赴战场。


赵氏宗族祠堂里静下来，农人们早陆陆续续回家了。赵太世一直猫在祠堂院子里的角落里，不吭不响，目睹了鲁北民众自卫团成立的场面。这会儿，他独自背着手走回家去。此时，他不知道自个儿是高兴呢，还是忧愁？总觉得像是有一根线牵拽着他的心肺，让他心里不踏实，不顺畅。他见过义和团抗击洋人教会的斗争，见过红枪会大战奉军阀的情景，如今又要亲眼见见自卫团打日本鬼子的战事。从他记事起，天下就不平静，老百姓总过不上安稳的日子。强人欺弱，恶人欺善，弱者善人就要奋起抵抗，自古亦然。自己的儿子是众人称赞的英雄，是玄庄鲁北民众自卫团的团长，他理应感到荣耀，感到脸上有光，这是他心里很清楚的事情。可他心里又犯嘀咕，儿子刚刚从战场上下来，不说在家里过庄稼日子，又要奔赴战场，枪林弹雨的，总会有闪失啊！石榴红的举动，又使他一惊，女人也有拿枪打仗的？简直是天下的奇事！又一想，这打鬼子的事是为国家效力的大事，是保护老百姓的大事，也不便阻拦啊！不便说泄气的话呀！一种十分矛盾的心情使他左右为难，只好闷闷地走着。再说，儿子上战场打仗，孙子还处在日本人的刀枪下，他心里能平静吗？有人向他打招呼，他只是"哼哼"地应一声，也不搭话。

赵太世回到家，家里人也是闷闷的。赵安福没有到祠堂里去，仍去干他的庄稼活，回到庄里，早听说了祠堂里的消息。就不住地叨念："这个安禄，不在家里干庄稼活，又去当兵，又去当兵！"郑氏也叨念："刚家来，咋的又要去打仗呢？"安福家里的心里暗暗埋怨三妹：一个女人家，还有个孩子，要拿枪去打仗，亏她想得出来？真叫人不省心啊！菊个儿不吭一声，凡是外面发生的事，她从不表态，一切听从公婆的，公婆说什么，是什么；公婆让她干什么，她就干什么。这会儿，也只有闷闷地待着。

赵占魁家里倒是一派欢欢喜喜的气氛。赵占魁不用说，今天鲁北民众自卫团成立是玄庄的大事、喜事，这预示着又要干一番轰轰烈烈的事业，真是大快人心！他一进家门，就嚷嚷："明理他娘，今晌午咱吃顿好饭食，庆祝庆祝自卫团成立。"白氏说："还用你说，俺和宝成他婶早发上面了。"安禄家里的说："魁叔，早上换了豆腐，多炒上几个菜，再烫上一壶酒，你和安禄爷儿俩好好地吃一顿喝一顿。"赵占魁说："再把周先生请过来。"安禄家里的说："一会儿让安禄叫去就是了。"

今天，安禄家里的显得格外精神，格外的神气。她犹如从两个月来的阴霾的天气里走出来，见到了艳丽的阳光。穿了一身鲜亮的花衣裳，头发上像是抿了桂花油，亮晶晶的，戴了耳坠，脸上红晕晕的，放着光。她早早地来到祠堂里，和女人们坐在一起。她和乡邻们打招呼，大娘、大嫂地叫着，人们夸赞她的男人，她微微抿嘴一笑，含着无尽的心满意足，那是从她心里笑出来的，笑得那么甜。坐在她旁边的女人拉拉她，说："看你男人，看你男人！"她高扬着头，目不斜视，眼睛盯着男人，说："嗯，嗯，就是嘛，就是嘛！"这简单的语句不知是什么意思，旁边那位女人像是领会了，说："你真露脸，你真露脸，摊上这么一个好端端的男人！"她却有些嗔怪了，说："摊上的？这是摊上的吗？这是缘分儿，俺和安禄就有这个缘分儿！"旁边那位女人说："对，对，缘分儿，缘分儿。"她又开心地笑了，几乎要笑出声来，又用手捂住嘴，窃窃地笑。引来周围人们回头，转头看她，她更昂扬起头，昂扬起身子，意思是，俺才不怕看哩，让你们看个够，看个够吧！

这会儿，赵安禄回来了，安禄家里的忙迎上去，帮男人解开武装带，把武装带和枪牢牢放到炕头上枕头底下，说："快吃饭吧，今儿是大喜日子，炒好了菜，烫了酒，你去把周先生请过来，你们自卫团的三个头头坐一起好好地庆贺庆贺吧。"话音刚落，周玉熙已踏进门来，道："不用请，自个儿来了，蹭顿饭吃。"说着，赵占魁、赵安禄、周玉熙一起哈哈笑起来。

今天，平地起风波的是马家。石榴红从祠堂里回到家，一进门，马德昌就拉下脸子，冲石榴红嚷道："太不像话了，太不像话了！你是马家的人，也不说一声，就闯出去干出这天下少有的事！咱先说下，自卫团你不能加入。从今往后，你天天在家里待着，好好看好孩子，哪里也不能去！"石榴红瞥他一眼，说："说得轻巧，俺一个大活人，你管得住吗？俺嫁你是不错，可俺不是马家人，俺姓鲁，叫鲁石榴红。俺还告诉你，自卫团俺加入定了，你管不着！不然，咱找占魁叔说说去。"马德昌说："马家的事，别人管不着。"石榴红说："这不是马家的事，是关系到玄庄百姓的事，是国家的大事。你不服气，俺立马把自卫团团长赵安禄叫来评评这个理。"一提到赵安禄，马德昌有些心怯了，他又缓和了口气说："俺是挂着你呀，你一个女人家，枪林弹雨的，万一有个闪失呢！再说，家里还有一个孩子，你不在家，孩子也受委屈呀！"石榴红说："俺有没有闪失，不用你操心，你心里有'抗日'两个字就行。俺也不是离开这个家不回来了，隔三岔五地回来看看孩子。往前孩子也该断奶了，让祝嬷嬷好好照管着吧。"正说着，孩子哭叫了，石榴红忙去奶孩子。石榴红给马家留下后，是有功之人，马德昌也无可奈何，只有长长地叹了口气。

这一年春夏之交，石榴红果然生下一个带把的，圆满了马德昌的夙愿。孩子降生的时候是后半夜，马家大院里立时繁忙起来，各处点灯，喜得马德昌和郭氏手脚不闲，一时不知咋好了。马德昌一面吩咐祝嬷嬷预备供品，一面打发新雇的伙计套上骡马大车，载上供品、红袍、灯油到玄武庙里还愿。马铃叮咚，车轮咕咕隆隆，惊醒了沉睡的庄稼人，在被窝里说："马家添人了！"

马德昌又在祖宗灵牌前焚香磕头，嘴里念叨："承蒙列祖列宗恩德，马德昌尽孝，马家有后了！"

从此，马德昌在玄庄街上走路挺胸腆肚了。

# 第三十六章　奇袭日军货船

　　赵占魁、赵安福和赵连根一起顺着运河大堤往北走，他们的目标是进德州城。赵占魁和赵安福要去德州中学看望儿子赵明理和赵宝成，赵占魁和赵连根还另有任务，鲁北民众自卫团要在德州城设一个侦察点，赵连根做侦察员。

　　近几日，赵家人心系德州城。郑氏想宝成到了废寝忘食的地步，一天到晚念叨："俺那孩子不知道咋的啦？枪呀炮的伤着没有？"哭起来就是一袋烟的工夫。安福家里的不断地擦眼抹泪。赵太世也是终日愁眉不展，嘱咐儿子道："快找上你魁叔，闯一趟德州吧。"自卫团的三位头头商量着真需要在德州城建立一个侦察点，以便及时探听鬼子的动向。

　　赵占魁、赵安福、赵连根三人都是庄稼人打扮，身上只背了干粮袋，别无他物。他们从运河大堤上下来接近德州城的时候，先遇上一个卡子，是几个伪军站岗，倒不费什么事就闯过去了。过了铁路桥洞子，到了南门外的太平街，赵连根不忍目睹那一片废墟的惨状，低着头绕过去。再往前走，就此路不通行了。

　　只见马路两边站满了日本兵、伪军、警察，个个持枪，戒备森严。他们三人只好站住脚不动，呆呆地观察动静。过了好大一阵子，从火车站方向开过来一辆军车，上面插着日本国太阳旗，架着机枪，站满了持枪的日本兵，军车前面还挂着一幅红布标语。赵连根识字，看看，上面写着"热烈欢迎司令长官矶谷廉介光临德州"。赵连根说："来了日本大官了。"赵占魁、赵安福看看，没言语，心里噗噗直跳。军车后面是零零散散的一些人举着小红旗，再后面是一队学生无精打采地跟着走。赵占魁和赵安福踮起脚看那队学生，目不转睛地寻找赵明理和赵宝成。他们都一眼认出了自己的儿子，脱口叫道："明理！""宝成！"一个警察立马走过来制止他们的言行，他俩只好又呆呆地立着，都喜得眼里滚出了泪。赵安福说："嘿嘿，俺儿还活着。"赵占魁说："活着，都活着哩！"

又过了好大一阵子，军车远去了，街上的人群渐渐散了，站岗的日本兵、伪军、警察都撤了，他们三人才继续前行，到了南门就遇上了麻烦事。

南门上有四个日本兵和四个伪军站岗，先是伪军向行人搜身，并示意行人要向日本兵鞠躬敬礼。赵占魁、赵安福、赵连根都老老实实举起手，让伪军搜了个遍，干粮袋也都打开检查。可是向日本兵鞠躬敬礼的事他们都没在意，可以说都没听到心里去。哪里还有这种规矩？以为都搜身检查过了，就大摇大摆地在日本兵面前走过。这一下惹怒了日本兵，端起刀枪横在他们面前，嘴里哇啦哇啦说着"八格牙路，八格牙路"。他们三人都不懂日本话，呆呆地站在那里，不知所措，仍没有鞠躬敬礼的表示。两个日本兵就打了他们几个耳光，赵安福急道："你咋的打人呢？你咋的不讲理呢？"日本兵虽听不懂赵安福的话，看到赵安福怒目相视的样子，端起枪就向赵安福刺过来，差一点没有刺到赵安福身上。赵占魁见势不妙，立时醒悟过来，忙向日本兵深深鞠了一个躬，又拉住赵安福鞠躬，赵连根也勉强地鞠了躬。伪军又过来催他们快走快走，这才闯过了这一难。

赵安福觉得很委屈，一边走一边叨念："俺一辈子还没有挨过打哩，这小日本咋的欺负人呢？咋的不讲理呢？"赵连根说："你还跟他们讲理？"赵安福说："他是人不？是人都得讲理。"赵连根说："他们不是人，他们拿咱们中国人不当人啊！别说欺负咱们，还杀咱们哩！"

赵占魁说："这就叫当了亡国奴了！"赵安福心里极不痛快，总是琢磨不透日本人随意打人的事，小日本的恶人形象深深埋在他的心里了。三人说着话，就拐进了一条小街，直接到了德州中学，看见了永庆寺的大门了。

三人寻到了赵明理、赵宝成住的学生宿舍。这是一排土坯瓦房，每间房里一铺大炕，睡五个人，房里还有一张小桌，两三个杌子。赵明理、赵宝成和另三个同学刚刚从街上回来，垂头丧气地待着，他们正为眼前的局势和学校的未来懵懵懂懂，不知所措。赵明理和赵宝成见了自个儿的亲人一阵惊喜，都忙扑到父亲面前，说："爸，你咋的来了？"赵占魁和赵安福也都说出了同样的话："孩子，来看你了。"都坐到炕上，一时都忘了刚才发生的不愉快的事情，沉入亲情的温馨之中。赵连根也分享了这种温馨，但也不免想起自个儿丧妻丧子的悲哀，随之就低下了头呆呆地坐着。

赵明理、赵宝成告诉他们的父亲，学校停课了，日本人占领德州以后，学校里隔三岔五就接到上边的命令，组织学生游行，庆祝日军侵占中国城镇的胜利，或是组织学生去迎接日本军官的到来。老师和同学都忍着屈辱去，回来就一肚子气。听说学校里还要开设日语课和军训课。老师也没心思教课了，同学们也没心思听课了。

赵占魁说："学校停课，咱就回家。"赵安福说："回家吧，跟着大人快回家吧，不在这里受小日本的气。"

赵明理和赵宝成互相看看，他们一时还拿不定主意，是跟着大人回家呢，还是等着学校的通知？看样子赵宝成更是犹豫不决。

赵占魁看出了两个孩子的意思，说："要不这样吧，俺跟连根出去办点儿事儿，你们问问老师这会儿跟着大人回家行吧？安福，你就在这里歇歇脚吧。"说着就和赵连根走出屋。

赵安福坐在屋里不知和儿子说什么好，平时在家里父子俩的话就少，这会儿在外边父子相处更无话可说了。但彼此也并不觉尴尬，那股亲情仍自然地在，好像父子俩就应该这样淡淡的不冷不热地相处。赵宝成打了一壶热水来，给父亲倒了一碗，也不让。赵安福就端起喝，他也很自然地想到，这是儿子给父亲倒的水，当父亲的就是理应喝的。他喝着水，想起带的干粮，就从布袋里掏出来，是山东大锅饼，外硬里软，吃起来又筋道又解饥。他掰一块给宝成，说："你吃。"宝成说："一会儿就开饭了，俺到食堂里吃去，你就着热水点补点补吧。"父子俩就算过了话，父亲看着眼前的儿子，吃起来有滋有味；儿子在自个儿住的宿舍里看着又吃又喝的父亲，也觉得此情此景亲密无间。

太阳西斜的时候，赵占魁回到德州中学。显然，自卫团的任务已经完成，赵连根在北门里找到一家中药铺做侦察点，药铺掌柜是他同行的一个朋友，正巧药铺里面缺人手，他就留在中药铺里当药材采购员做掩护。

赵占魁问儿子："明理，你问过老师了吗？跟爹回家行不？"

赵明理说："老师说，学校要搬家了，搬出德州城去。最好别回家，学生们还要帮着学校搬家哩，搬家以后还要接着上课哩。"

赵安福说："咱不管他搬家不搬家，兵荒马乱的还念什么书呀！回家干庄稼活去。"

赵宝成站在一边不言语。

赵占魁说："只要学校不散你们就念书。要不这样，这会儿你俩先跟大人回家，等学校搬到新地方，你俩再到新地方的学校念书去。"

赵明理看看宝成，说："咋的？行不？"

赵宝成低着头，说："俺不回家，俺还在学校里复习功课哩。"

赵安福说："功课，功课，你就知道念书，念书能当饭吃吗？你光念书——"下面的一句话到嘴边上又咽回去了，如果说出来就是："谁供你吃饭呢？"

赵明理知道宝成不愿回家的心思，说："宝成不回家，俺也不回家，俺俩做伴哩。"

做父亲的也无奈。赵占魁说："你们在日本人的刀枪底下，可要小心呀！不出门上街，不惹事，千万别出什么闪失。"

赵明理说："爹，你放心吧，学校里管理严着哩，不让学生们出校门，最危险的时候都闯过来了。天一黑就关城门，你们回去吧。"

说着话，两对父子都有些难分难舍的意思。当父亲的都把剩下的干粮留给儿子，赵占魁留下两个馒头，赵安福留下一大块锅饼。赵明理和赵宝成把他们的父亲送出学校大门外，望着父亲的背影走远；赵占魁和赵安福都回头望望儿子，并不说什么话，也不招手，四双眼睛里含着不尽的父子情。

　　过了几日，赵连根侦探到日军运输军火的情报。这天一大早他就跑回玄庄，气喘吁吁跑到赵氏宗族祠堂里，见到了赵安禄和周玉熙，先喝了碗水喘口气，就坐下说起来。他说，明天日军要从德州运河码头往武城、临清运送一批枪支弹药和煤炭、汽油等物资，共有十艘民船，排成"一"字船队，装运枪支弹药的民船居中，前后还有两艘护送船队的铁船，船上有日军伪军五十多人看守。

　　赵安禄听后一拍桌子，惊喜道："天助我也！鬼子把枪支弹药送上门来了。"

　　周玉熙笑笑，问道："连根，这十艘民船的船民你有熟人吗？"

　　赵连根说："有啊，这个情报就是一个船民朋友告诉俺的。夜来俺找他运输药材，他说这几天没空，就透露了这个消息。"

　　赵安禄说："连根，我跟你回趟德州，找到这位船民，探听探听详细情况。"

　　周玉熙说："安禄，你不能进德州城，你的面目手掌，人家一看，就能认出你是个军人。我去吧，骑上毛驴，扮成商人。你就等着指挥战斗吧！"

　　赵安禄笑笑说："我还真忘了这个茬，这个差事你合适。找到那位船民，问清民船的航程，摸清咱们截船袭击船队的时间地点，如果这位船民一心一意支持咱们，最好让他做内应，给咱们传递个信号。"

　　周玉熙说："那是，那是。我估计从德州到达武城、临清的航程至少要两天，如果明天早上民船从德州码头开船，八成晚上到故城停船夜宿，这正是咱们截船开战的大好时机。我今天晚上赶回来，咱们再商量吧。"

周玉熙穿一身灰色长袍大褂，戴一顶礼帽，骑上毛驴，赵连根牵着毛驴做伙计，真像是行商的装扮。

周玉熙和赵连根来到德州运河码头已是傍晚，灰蒙蒙的天色里，他们躲过了一道卡子，进入船民住宅区。赵连根领着周玉熙摸进船民朋友的土坯茅屋里，悄悄说："水哥，这是俺们自卫团的参谋长，想来看看运输船队的情况。"周玉熙搭话道："麻烦了，帮帮忙吧。"水哥连连点头会意，忙帮他俩换了船民衣裳，就一起奔向码头运输船队。

探照灯明亮晃眼，船民和搬运工正搬运货物装船，四周站满了持枪的伪军、鬼子，戒备森严。周玉熙、赵连根和水哥混入船民搬运人群，周玉熙的眼光扫来扫去，专盯住了打印着"骷髅"标记的木箱，他使个眼色，三人去搬运这些木箱。这些木箱分量沉重，船民都不愿意搬运，他们三人抢先搬运倒招来伪军、鬼子的喜欢，没有盘查，就搬运到船上。周玉熙借着灯光，从木箱缝里窥视箱内枪支，装上船又侦察船只的外形，船舱内木箱摆放的位置，一一记在心里。直到深夜他们才回到船民的土坯茅屋里。赵连根又与水哥约好接头时间、传递信号，周玉熙掏出几枚银圆递给水哥，说："谢谢了，给孩子扯几件衣裳吧。"水哥连连推辞，说："这就见外了，咱们乡里乡亲的，都是为了打鬼子，这点事应该做的。"说着周玉熙和赵连根换了一身衣裳，趁黑夜沉沉奔回玄庄。

事情果然如周玉熙预料的那样，第二天日军的这支运输船队航行了一天，一擦黑到达故城码头。这个码头虽小，也是个县城所在地，城里街上店铺俱全，特别是饭馆、烟馆、澡堂、戏院、妓院应有尽有，可算是个水陆交通客商的热闹去处。日军和伪军的小头目，航运营业所的职员离开了他们的上司，早盼着到这个县城街上吃喝玩乐去了，船上只留下四个伪军和几个船民看守。

赵安禄、周玉熙率领的鲁北民众自卫团早埋伏在运河岸上。满天星斗，没有月亮，天漆黑漆黑，等到那民船上的一盏煤油泡子灯晃了三晃，岸上的煤油泡子灯也相应地晃了三下，鲁北民众自卫团的这场初次战斗就开始了。原来已潜伏在运河水里的八名自卫团战士迅速地爬到船上，几刀砍倒了守船的四名伪军，捆绑了守船的船民，赵安禄率领十名自卫团战士在岸上持枪持刀卫护，周玉熙率领众自卫团战士纷纷上船，搬运枪支弹药。不消一顿饭工夫，那只装运枪支弹药的民船已空空荡荡。停在运河岸上的两辆骡马大车也悄没声地装运了枪支弹药，顺着运河大堤渐渐远去。待到故城码头上噼噼啪啪响起枪声，鲁北民众自卫团的战士们已消逝在黑夜里无影无踪了。

自卫团的战士们回到玄庄已是寅时凌晨，两辆骡马大车停在祠堂院子里，赶车人赵占魁和几个战士忙着卸枪支弹药。

祠堂里屋里屋外灯火通明，热气腾腾。石榴红和安禄家里的已备好一顿好饭食，迎接胜利而归的战士们。石榴红站在祠堂门口边擦手边说："都快洗洗手吃饭吧。"一位战士说："石榴红婶子，你给俺们做的吗好饭食呀？"石榴红说："白菜素馅包子，小米粥，乐意吃吧？"那位战士说："乐意吃。不光乐意吃石榴红婶子做的饭，还乐意听石榴红婶子唱的戏哩，一会儿给咱们唱一出，给自卫团的战士们赏赏脸。"石榴红说："臭小子，看把你乐的。"另一个战士说："就是乐嘛，缴获了鬼子的这么多枪和子弹还不乐吗？"赵安禄接话说："三妹，今天初战告捷，你就给大伙唱一段，庆贺庆贺自卫团的胜利。"石榴红调皮地说："团长有令，团员遵命。"

缴获的枪支弹药整整齐齐摆在祠堂里，自卫团的战士们有滋有味地吃着包子喝着小米粥。趁这会儿赵占魁清清嗓子，宣布了这次战斗的战果：

缴获机枪两挺、三八大盖步枪六十支、短枪二十支、手榴弹五十枚、子弹五百五十八发。

大家一阵笑语喧哗，都放下手里的饭碗，去摸拿那些枪支。他们中的多数人还没有拿过枪打过枪，感到新鲜，感到威武。有人端起步枪扛在肩膀上，有人抄过一支短枪别在腰带上，挺胸迈步，都想显摆显摆，威风威风。有两名战士为拿一支短枪还争执起来，他说俺先拿的，他说俺先摸的，争执不下，差点要动手打起架来。

赵安禄一声断喝："都放下。"把大伙镇住了，都乖乖地把枪支放回原处。沉一沉，赵安禄说："今天缴获了这么多武器，大伙高兴，都想要一支枪，这种心情我理解。可是先别心急，这些枪支弹药早晚都会到你们手里。今天吃了饭都回家睡觉去，明天一早村北打麦场上练习打靶，谁打的成绩好就先发给谁枪，你们说好不好？"众人齐声说："行啊。"也有的人伸伸舌头不言语。

周玉熙说："我说两句，今天这次战斗一枪没放，战果丰盛，你们说靠的是什么？"

周玉熙的一句话倒把大家问住了，自卫团的战士们都大眼瞪小眼儿，一声不吭。这时，有人说："参谋长你就别卖关子了，你说吧，俺们听着。"

周玉熙说："靠的是纪律，是勇气。八个战士潜伏在河水里，你说冷不冷？虽说眼下是十月小阳春，可是按节气说要立冬了！他们都在水里冷得打哆嗦，可是没有一个人吭声，没有一个人动一动，这就叫纪律！大伙跑到船上搬运这些枪支弹药的时候，你们怕不怕？说不定鬼子伪军立马就回到船上。你们不怕，都把怕字丢到脑后去了，行动十分迅速敏捷，这才完成了战斗任务。如果有一个人稍有怠慢，前怕狼后怕虎就会全局失败，因为咱们抢的是时间，这就叫勇气！鲁北民众自卫团有了这两条，打鬼子就会战无不胜。"

大伙听呆了，听迷了，都觉得参谋长讲的实实在在，头头是道，都从心眼儿里佩服这个参谋长，这个读书人。周玉熙话音刚落，就是一阵掌声。

赵安禄问赵占魁："魁叔，你有话说吗？"

赵占魁说："俺没话说，俺的任务就是保管好这些枪支弹药，俺当着大家伙的面儿下个保证：保证一支枪不没，一发子弹不丢！都快歇着去吧。"

一个战士站起来说："别价，石榴红婶子还给咱们唱戏哩。"

一提起石榴红唱戏，大伙又来了精神儿，齐声喊道："唱一出，唱一出！"

石榴红理理短发，整整衣衫，毫不犹豫地站到众人面前，拿出上台唱戏的架势，开腔了：

十月里小阳春北风凉，
鲁北民众自卫团上战场。
来到了运河码头故城县哪，
只见码头上货运船只排成行。
漆黑的夜晚静悄悄，
战士们埋伏岸上不吭不声斗志昂扬。
（石榴红跑圆场，亮相）
说时迟那时快，潜水的战士船头站，
守船的伪军命丧黄泉。
赵安禄带领战士持枪来卫护，
参谋长率团员急急搬运枪弹。
待鬼子回码头细细察看，
满船枪支弹药全不见。
急得鬼子们团团转，
一阵枪弹扫射也枉然。
自卫团战士赛神兵天将，
奇袭日军货船得胜回还呀！

祠堂里又一阵掌声，一阵开心的笑。
外面的天色已经发白。

# 第三十七章　他扬鞭策马

　　打麦场上竖立着一个个"麦秸人儿"——用麦秸捆起来的草人儿。鲁北民众自卫团的战士们立着趴着端起步枪，拿起手枪瞄准这些麦秸人儿打靶。已经是第十五天了，有不少战士打出了优秀成绩，获得了一杆步枪或一支手枪。他们喜得乐得满脸笑纹，浑身是劲，走路都蹦着跳着走。

　　打麦场上打得正酣，赵安禄巡视着每个自卫团员的持枪姿势打枪标准，一一指点。这时候，西大堤上过来两个骑自行车的人，黑衣黑裤短打扮，腰里挎着盒子枪。两人骑到打麦场上骗下车来，走到赵安禄面前，打躬作揖道："赵团长，俺这里有礼了。"赵安禄上下打量这两个人，惊疑道："你们是何人？哪里来的？"来人说："俺们是扈家抗日义勇军，从四女寺镇来。"此话一出，引起站在旁边的周玉熙的注意，他说："是扈家自卫团吧，团长扈长发，外号记脸子，怎么一夜间就变成了扈家抗日义勇军了？"来人说："正是，正是。眼下日本人打到咱这块地面上，国难当头，抗日是头等大事，这也是俺们团长的一份儿爱国心意。"周玉熙说："是真抗日还是假抗日？别打着抗日的旗号干祸害老百姓的事。"来人见周玉熙揭了他们的短，有些抹不开面子，怯生生地说："周先生，看你说的，哪能呢，抗日不抗日就看俺们的实际行动吧。这不，眼下俺们就侦探到日本鬼子的活动情报，俺们团长的意思，咱们两家联合起来打一仗，干掉这帮日本鬼子。"赵安禄一听来了兴致，急道："日军的行动在何时何地？准确吗？"来人说："扈团长说，晌午请赵团长到四女寺镇赴宴，一起合计合计打鬼子的事。"赵安禄犹豫了，抬眼看看周玉熙。周玉熙说："这样吧，请二位先回，俺们商议商议。"来人说："别驳了扈团长的面子，晌午四女寺镇全鑫园饭店见面，俺们敬候了。"周玉熙说："快别提你们扈团长的臭名，咱们是为了抗日大计。"来人齐声道："那是，那是。"说着骗上自行车走了。

正巧赵占魁从家里拿了些子弹和铁砂来供战士们打靶。自卫团的三位头头就坐在打麦场上商议和扈家抗日义勇军联合打鬼子的事。赵占魁一听说和土匪记脸子联合一起打仗就火冒三丈，急道："说下大天来咱鲁北民众自卫团也不能和记脸子搅和到一起，咱们若是和这帮土匪凑合到一块，就臭名远扬，老百姓就不理咱们了！"赵安禄说："眼下主要的是他们探听到了日军行动的情报，为咱们提供了一个打击日本鬼子的重要线索。"周玉熙说："记脸子这帮土匪确实在鲁西北干了不少祸害老百姓的事，不得人心。"赵占魁插话说："他还从太世家绑走了石榴红，糟践了石榴红。"赵安禄惊道："还有这种事？"赵占魁说："石榴红与记脸子结下了深仇大恨，她要是见了记脸子，非拿枪崩了他。"周玉熙接着说："现在抗日是大局，日本鬼子是中国人的共同敌人，不管记脸子以前做过多少坏事，不管他现在打出抗日的旗号出于何种目的，他只要有抗日的实际行动咱们就欢迎，咱们可以和他联合打一仗，但我们的鲁北民众自卫团绝不能和他们扈家抗日义勇军搅和在一起，他是他，咱是咱。我看这样吧，今儿晌午我和安禄走一趟四女寺镇，一是观察记脸子的抗日态度，二是探听日军行动的虚实。"赵安禄说："魁叔，我看就按玉熙说的办了，过晌回来咱们再商议。"赵占魁说："是不是多跟几个弟兄去？"赵安禄说："不用，谅他也不敢动我们，过晌还让弟兄们练习打靶吧。"

晌午自卫团的战士们到祠堂里吃饭，三笸屉棒子面窝窝头，一大锅熬白菜豆腐，外加大葱蘸酱。石榴红和安禄家里的摆好了饭菜，不见赵安禄和周玉熙，就问："团长参谋长呢？"赵占魁说："到四女寺镇去了，吃饭不用等他们了。"石榴红问："到四女寺镇干什么去了？"赵占魁说："你就甭管了。"一个战士却露了底细，说："记脸子请客，赴宴去了。"石榴红一听简直气炸了肺腑，手里端的一碗菜立马摔到地上，急道："咋的？和记脸子一起吃饭去了？嫌咱这粗茶淡饭不好吃，跑到土匪窝里吃鸡鸭鱼肉去了！抗日自卫团和土匪帮子搅和到一起了！"赵占魁说："他婶，你先别急，他俩和记脸子商量打鬼子的事去了。"石榴红更加气急："记脸子还打鬼子？天大的笑话！这个王八蛋一肚子坏水，五脏六腑就没有一块干净的，浑身的汗毛都散发着臭气，他给日本人当走狗去吧！占魁叔，俺把话说下，咱鲁北民众自卫团若是真和记脸子这帮土匪搅和到一起，俺就不当自卫团的团员了。"说着真真走出了祠堂。

赵安禄一身国军军装，左右身挎两把德国造镜面烤蓝匣子枪，骑着高头大马，周玉熙一身礼帽长衫骑自行车，一起赶到四女寺镇全鑫园饭店。记脸子和他的几个弟兄正在饭店门口迎候，记脸子双手打躬作揖，笑道："赵团长，周参谋长，快屋里请，俺等你们半天了。"赵安禄和周玉熙也拱手还礼，一起落了座。酒菜摆了满满一桌。记脸子说："没别的，运河里的大鲤鱼，德州鸿盛楼的扒鸡，鲁北的小米香陈酒，今儿请二位吃个痛快喝个痛快，都是江湖上的人，交个朋友吧。"赵安禄道："扈团长，乡里乡亲的你也不用客气，咱长话短说，你就说说日军这次行动的情况吧，他们何时出发？从何地而来？到何地而去？目标是什么？"记脸子手下的一个土匪兵说，日本鬼子的这次行动是来四女寺镇扫荡，侦探鲁北重镇四女寺镇的状况，明儿早上从德州出发，从运河大堤上过来，可能有五十多个鬼子，三十多个伪军。赵安禄说："这个消息确实吗？"那个土匪兵说："确实，确实，是俺的一个在德州当警察的亲戚告诉俺的。"赵安禄笑笑，说："扈团长，我明白了，你们的老窝离四女寺镇不远，你是向鲁北民众自卫团求援，保护你的老窝啊。"记脸子哈哈一笑，道："赵团长是个明白人，你这么说俺也不瞒着昧着。可是四女寺镇距玄庄只有十五里地，也算是乡邻，如果日本鬼子来四女寺镇扫荡杀害百姓，你们鲁北民众自卫团干看着不管，那就不是抗日的队伍，就甭打出抗日的旗号。"赵安禄微微一笑，道："扈团长，说个玩笑话嘛。"说着掏出一把匣子枪啪一声往餐桌上一拍，震得一碗菜都洒出来，又决断地说："别说四女寺镇，德州的日本鬼子一出城，不管到哪个村哪个镇，鲁北民众自卫团管叫他有来无回。扈团长你说说吧，这个仗怎么个打法？"扈脸子这才稳住心思，说："咱两家合在一起打吧，绝不让鬼子进镇里，把这些鬼子打到运河里喂鱼去吧。"赵安禄说："既然咱们两家联合打这一仗，就得听我指挥。"扈脸子知道赵安禄是国军的营长，打仗的能手，连连点头称是，道："赵团长你吩咐。"赵安禄说："明儿一早把队伍拉到镇北运河大堤下的沟沟崖崖或是树林里埋伏起来，你们的队伍在北，我们的队伍在南，中间隔开半里地，鬼子的队伍一到射程以里你们就开枪。"没等赵安禄的话说完，扈脸子就截住话说："哟嗬，不愧是二十九军的营长，打仗真有个算计，你让俺们的队伍打头阵，你们的队伍断后啊！好啊，你们想打就打，不打就可以跑。把俺们的队伍推到战争的前沿，不打也得打，还得往死里打。咱两军联合出兵打仗也得讲个对等吧，不能光想着占便宜捞枪支弹药不卖命啊。"赵安禄笑道："扈团长，你错了，俺还没把话说完，你就编派了这么多话，说个不好听的话，你是以小人之心度君子之腹。我的这个战略部署叫钓鱼上钩。你们的任务是边打边跑，把鬼子牵引到我们队伍的伏击圈里，我们才狠狠地打，往死里打，猛打猛追。这时候你们的任务才是断后，不让跑掉一个日本鬼子，咱们两军前后夹击，日本鬼子也只好滚到运河里喂鱼去了。扈团长，咋样？是俺们占便宜，还是你们占便宜？"赵安禄说完哈哈一笑。扈脸子羞愧难当，只说："佩服，佩服。俺听你的指挥就是了。"

　　周玉熙站起来整整衣裾，松松筋骨，严肃地说："扈团长，俺还有几句话要说一说。"扈脸子说："你说，你说。"周玉熙说："现今鲁北有咱这两支抗日队伍，这一仗打响了就威震鲁北大地，得到老百姓的拥护和支持。扈团长，你以前干的事咱也不提了，你自个儿心里有数。但从今以后，你打着抗日的旗号，和俺们鲁北民众自卫团联合抗战，就必须改邪归正，不许再干那些缺德灭祖的祸害老百姓的事，辱没了抗日的旗号，今天给你约法三章。"赵安禄重重地咳嗽一声，"一不准杀害一个无辜的百姓；二不准抢劫百姓的财物粮食；三不准奸污妇女。"

周玉熙的话音刚落，记脸子的副手陈大疤子脸色一横，冲着周玉熙说："你是哪路的神仙，管得太宽了吧！爷们儿是黑道上的人，干的就是这些勾当，想联合打鬼子就一起干，不想联合，就各干各的，井水不犯河水，凭什么受你们管束。"说着从腰里抽出盒子枪。

还没等他把盒子枪端起来，一只胳膊早被赵安禄拧掉了骨节，盒子枪立马掉在地上，陈大疤子嗷嗷地叫起来。

随即几个土匪兵架起长枪对准赵安禄。

赵安禄坚定沉着，双枪在手，喊道："想动武吗？"说着，房顶上挂的一盏煤油泡子灯早打得粉碎。

土匪兵们惊恐万状泄气了，记脸子喝道："都放下枪。"又转身冲赵安禄说："得罪，得罪，弟兄们不知好歹。"

赵安禄说："这一仗你们还打不打？"

记脸子说："打，打，听从赵团长指挥。"

赵安禄朝周玉熙使个眼色，说："告辞了，明天天不亮把队伍带到指定地点。"

赵安禄和周玉熙一口饭没吃，一口酒没喝，走出了饭店。他们骑马骑车围着四女寺镇转了一圈，看看地形。周玉熙说："到俺家门口了，去吃顿便饭吧。"赵安禄笑笑点点头，就跟随周玉熙到了周宅。

周玉熙迈进大门，叫道："爹，有贵客来了。"周父迎出来一看，说："是不是玄庄二十九军营长赵安禄？快进屋。"赵安禄笑道："大叔，壮实。"周母周妻也迎出来说了话。周玉熙说："快做饭吧，有什么吃什么，俺俩也饿了。"

周父沏了茶，坐堂屋里与赵安禄说话。他说："赵将军喜峰口一战威名远扬，现今又回乡拉队伍抗日，不愧为爱国英雄。"赵安禄道："惭愧，惭愧。日本人打到了德州，作为军人不拿起枪保卫家乡于心不忍啊，爱国是军人的天职。"

　　这当口，周玉熙在自个儿住的西厢房里替换衣裳，妻子一边照料着一边说："教着教着书，又拿起枪打仗，让人家一天到晚提心吊胆的。"周玉熙说："日本人都打到家门口了，不打行吗！好男儿就得拿起枪上战场。"妻子说："都奔四十的人了，又不是年轻小伙子，你就不知道人家心里天天挂着你。"妻子温馨的话语说得周玉熙心里暖乎乎的，他坐在炕沿上任凭妻子穿裤蹬腿，穿衣伸袖系扣，不由得捧起妻子的脸面热烈地亲了一阵。妻子受着男人的亲热，顺口问道："后响住下吧？"一句话提醒了周玉熙，站起身说："吃了饭和周团长立马回玄庄，明儿早上还有——大事哩。"周玉熙原本要说明儿早上还要打鬼子，话到嘴边又改口了。妻子有些不悦，强忍着泪整整衣，理理发，忙去与婆婆一起做饭菜。

　　这天后响，玄庄赵氏宗族祠堂里又是灯火通明。周玉熙作了战前动员，赵安禄讲了战斗部署。自卫团的战士们都摩拳擦掌，单等着打响这一仗了。有一个小名叫二狗子的团员未到，派人去叫了一趟，回来说："二狗子躺炕上病了。"有人说："他有么病，过响还看见他担水哩，一听说打仗吓的吧！"众人一笑。赵安禄说："随他便吧，不可勉强。"又有人说："石榴红还没来啊？"赵占魁说："女人家就不叫她参战了。"赵安禄说："魁叔，你年纪大了，也甭去了，看家吧。"赵占魁说："那不成，到了打仗的节骨眼儿上不让俺露一手，俺手心儿痒痒哩，这一回让日本鬼子尝尝俺这袖镖的厉害！俺打磨出了五十支袖镖。"众人说："让魁爷去吧，好多年没瞧见魁爷耍袖镖了，袖镖打鬼子比枪子儿还厉害。"

　　说着话，自卫团员们渐渐地歪在祠堂里和衣睡了，都枪不离身，有的抱着枪，有的握着枪，有的枕着枪。周玉熙睡不着，在灯下看书。约莫过了两个时辰，他掏出怀表看看已凌晨三点，便推推身边的赵安禄和赵占魁，又叫醒众团员。

　　已是初冬天气，地上铺了一层霜。在朦朦胧胧的夜色里，武装整齐的鲁北民众自卫团员们踏着霜悄悄向四女寺镇进发。他们已不是红枪会徒，经过近两个月的训练，依照赵安禄团长的话说，已初步具备了国军军纪的要求。队伍的人数已扩展到一百五十多名，邻村的庄稼人也投奔来了。只听见脚步的踏踏声，不闻人语声。队伍走出村一阵子，队尾有了骚动声。一个团员说："哟，你是谁啊，愣头愣脑的跟着队伍？"跟着队伍走的人戴一顶毡帽，一身黑对襟棉衣，腰里扎着皮带，皮带里掖着一支手枪，摆摆手说："别声张，你石榴红婶子。"说话的团员再仔细瞧瞧，会心地乐了，说："还真看不出来呢，活活一个愣小子。"石榴红笑笑说："你知道就行了，别说了。"前面的赵安禄听见动静，问道："后边有什么事呀？"说话的团员说："没么事，绊了一跤。"队伍又归于平静。

队伍开到四女寺镇北的运河大堤上，堤下正好是一道深沟。赵安禄按照事先看好的地形安排自卫团员们埋伏在深沟里，又派人察看了记脸子队伍的埋伏情况。

天色蒙蒙亮的时候，北方响起了枪声，知道记脸子的队伍发现了敌情，自卫团员们握紧手中枪，严阵以待。天色渐渐明亮了，只见二十几个土匪兵向这边跑来，敌人的枪声密集地打过来。有两个土匪兵倒下，几个土匪兵跑到庄稼地里溜掉了。待敌人进入伏击圈，赵安禄打出双枪，紧跟着长枪短枪手榴弹一齐开火发射，赵占魁的袖镖也"嗖嗖"投掷出去，镖镖打中。伪军鬼子猝不及防，一个个倒在血泊里，不少伪军鬼子滚到运河里。赵安禄又命令自卫团员跳上运河大堤向鬼子冲锋，展开一场白刃战。不料，北方又冲过来一批鬼子，周玉熙带领四十余位团员迎敌出击，枪声响成一片，火线交织成一张耀眼闪光的网。就在战斗打得最激烈的时候，周玉熙倒下了！两位团员忙过来搀扶，周玉熙说："别管我，快阻击敌人，一个也不能跑掉！"两位团员不忍心离开，这时赵安禄率领众团员杀过来，命令两位团员背起周玉熙撤下战场。机枪手占领运河大堤高地一阵扫射，赵安禄指挥战士不失时机，猛烈开火，挫败了敌人的进攻……

战斗持续了近两个时辰，除了跑掉了十几个伪军和鬼子，总起来说大获全胜。自卫团也有伤亡，周玉熙右腿负伤，另有两名团员阵亡，两名团员负伤。赵占魁安排人把周玉熙送回四女寺镇周宅家中，将阵亡和负伤的团员抬到马车上运回玄庄。

自卫团员们正忙着收拾战场上的弹药武器，记脸子带了二十几个土匪兵赶过来，冲赵安禄说："赵团长，这收缴的武器，你可不能独吞呀！"赵安禄说："你真是小家子气，咱们对半分！咋样？"记脸子说："好，到底是国军的营长，有肚量。进镇里赴庆功宴吧，俺已派人去安排了。"

赵安禄说："不必了。周参谋长负伤急着治疗，还有两个战士阵亡料理后事，不耽搁了，后会有期。"

两人正说着，石榴红和那个在队尾与她说话的自卫团员每人挎了枪从北边赶来，原来他们为追赶一个逃跑的日本鬼子，跑出二里多地，打死了那个鬼子才回来。石榴红见记脸子正站在赵安禄面前说话，仇人相见，分外眼红。她摘掉毡帽，理理短发，掏出手枪对准记脸子的后脖梗，说："记脸子，你这个乌龟王八蛋，没想到吧，你也落到姑奶奶手里，叫你见阎王去吧！"她正要扣动扳机，陈大疤子一挥手，周围的土匪兵立时朝石榴红端起枪。陈大疤子说："你别长脸儿，敢在关公面前耍大刀，也不撒泡尿照照自个儿的模样儿，爷们儿也不是吃素的。"

自卫团员们也同时端起枪与土匪兵对峙。

赵安禄见这阵势忙伸手拦住了石榴红，说："三妹，眼下咱们的敌人是日本鬼子，不是报私仇的时候。扈团长也改邪归正了。"

石榴红说："他改邪归正？狗改不了吃屎。这个仇俺早晚要报！掏出他的心肝喂狗吃。"

趁这时，记脸子灰溜溜地溜走了，土匪兵们忙不迭地拿了些收缴的枪支弹药奔回四女寺镇赴宴去了。

赵安禄骑马来到周宅看望周玉熙。周家已请了傅老先生来给周玉熙诊治腿伤，伤口已敷了草药包扎起来。玉熙的妻子边在火炉上熬药，边守着丈夫。

周玉熙躺在炕上，听见动静就喊："安禄，安禄，快进屋，快进屋。"赵安禄忙进屋走到炕前，握住周玉熙的手，说："二哥，你受苦了！"到了这时候他们想起在祠堂里曾经有意结拜生死弟兄的称呼，周玉熙说："三弟，没啥，打仗还有不受伤的！这一仗打得痛快，俺受点伤也值。只是一时不能和三弟并肩作战了，三弟辛苦了。"赵安禄说："二哥，你就安心养伤吧，有事俺来和你商量，你在家里当这个参谋长吧。"周玉熙笑笑，不觉一阵剧痛袭来，他皱起眉，咬咬牙忍住，不吭一声。妻子含了泪忙过来安抚。赵安禄只好躲一边儿，默默注视着。

过了一阵子，周玉熙安定下来，赵安禄坐在炕沿上和他说话。玉熙妻沏了茶，倒一碗递给赵安禄。

周玉熙缓缓地说："三弟，日本鬼子不会善罢甘休，现今日本鬼子已占领了鲁西北所有县城，恩县知事王化三已彻底投靠了日军，成为他们的附庸县政府，形势越来越严峻。日军驻德州司令部已提出大搞'强化治安'运动，一方面对地方军政和民间武装力量采取靖绥政策，拉拢收买，为他们效劳；另一方面对抗日军民和老百姓展开全面讨伐，实行烧光、杀光、抢光的'三光政策'。抗日战争是一场长期的残酷的战争，咱们心里得有底有数啊！对记脸子这帮土匪，咱们也得警惕着点儿，观察他们的动向。当然，他们也不是铁板一块，有些土匪兵咱们可以争取过来。"

赵安禄听了没有回话，他细细琢磨周玉熙的话，觉得二哥既见闻广，又能作出确切实际的分析，真真是一个难得的参谋长。多日来闷在他胸中的一个问题又涌上心头，他鼓鼓勇气开口说："二哥，俺心里闷了多日了，你是不是——"周玉熙忙伸出手止住他的话，欠欠身子，看看妻子已出屋，才坦然躺下。赵安禄会意，终于压低声音说出了那三个字："共产党?"周玉熙会心地笑了，他笑得自然，笑得畅快，满脸充溢着豪迈的气质，然后点点头说："三弟，俺就不瞒你了。这些日子俺也看出来了，你是真心实意地爱国爱穷苦大众老百姓的军人；俺也品出来了，你是光明磊落，真诚厚道的农家子弟。现今国共合作，全国上下为了民族大义国家存亡，抗击日本侵略者。咱鲁北民众自卫团也体现了国共合作团结抗日吧。"两人的手又紧紧握在一起。

　　赵安禄在周家吃过晌午饭，又和周玉熙长谈了一阵子，他骑上马回玄庄的时候已是夕阳西下。旷野里寂静无声，他信马由缰，在大道上溜达。此时他心里既踏实又沉重，多时闷在心里的问题终于解开了，身边有一个共产党员仿佛给他从事的抗日救国大业注入了千钧之力。他了解共产党还是近年的事，早先听说过共产党是为劳苦大众闹翻身的，可是没有亲身感受。一年前，他在二十九军耳闻共产党为了北上抗日，历尽千辛万苦，不远万里到达陕北，就深为感动。不久前八路军一一五师在平型关击败了日军板垣师团，中国军队初获抗战大捷，更使他深受鼓舞。然而，周玉熙分析的当前形势，确又仿佛给他心里压了千斤石。回忆几年来的抗战经历，尤其是近几个月来，日军侵占中国领土简直是势如破竹。这场战争不是他原来想象的那样短暂，那样一帆风顺。形势确实是越来越严峻！但他并没有因此而气馁而消沉，义愤填膺的怒火又在胸中燃烧，他扬鞭策马，高头黑马狂叫一声，在旷野里奔驰起来。赵安禄探着身子，注视着前方，那气势仿佛是奔向杀敌的战场！

# 第三十八章　封锁沟双下跪

哇儿哇儿二又敲锣了。

"哐哐哐。"敲几下，喊两句："一家一人，修惠民沟去。"

玄庄的庄稼人不解其意，问哇儿哇儿二："啥叫惠民沟呢?"哇儿哇儿二说："俺也不知道，反正是挖沟。"

"哐哐哐。""一家一人，修惠民沟去。"

玄庄人无人响应，听了都当耳旁风。

敲锣的哇儿哇儿二现时是玄庄维持会会长。他担任这个差使是经鲁北民众自卫团的三位头头和时任保长的赵金铎共同商议推举出来的。聪明人都知道维持会长名义上是为日本人服务的，实际上也可以说是支应日本人的，明里为日本人服务，暗里保护老百姓。大家觉得哇儿哇儿二适合这个差使，他是个本分人，一心向着玄庄的百姓，没有歪心眼儿；同时他又是个干过百样活吃过百家饭的流浪人儿，见的世面广，人缘多，能说会道，随机应变。哇儿哇儿二也很痛快地接下了这个差使，说："行啊，俺就支应支应小鬼子，看他们要什么花招，他有来言，俺有去语。"

眼下，赵安禄率领鲁北民众自卫团到日军活动频繁的津浦铁路沿线打鬼子去了，副团长赵占魁留在了家里。哇儿哇儿二找到赵占魁说："魁哥，你看咋办呢? 没人出动。"赵占魁说："甭理他，能拖就拖。什么惠民沟？就是限制咱们抗日队伍和老百姓活动的封锁沟。"

过了几日，驻三十里铺据点的恩县警备大队二中队的三十几个伪军就来玄庄抓人。这天早饭后，猫冬的庄稼人到街上晒太阳，也有的庄稼人下地平整土地，到西大洼拾柴。农人们刚走到街上或是刚走出家门，就听见村东南人喊狗叫，紧接着从村东跑过来一些人，玄庄人管伪军称二鬼子，边跑边喊："二鬼子来了，二鬼子来了！"农人们惊慌失措，都随着人群朝西大洼跑去。

赵安福一早到北道沟平整土地去了。赵家人听见风声，赵太世忙道："宝成他娘，快领着媳妇下西大洼！"安福家里的说："爹，娘，你二老也躲躲吧！"赵太世说："俺和你娘哪里也不去，就守在家里。别耽搁，快跑。"安福家里的傍着儿媳菊个儿急急向外走，菊个儿回头说："爷爷，奶奶，小心啊！"赵太世又向儿媳孙媳急急挥手，郑氏忙说："快走吧，孩子，免得受他们糟践。"

二鬼子果然进村了，无目标地连连打枪，喊道："都别跑了，再跑就开枪打人了。"农人们喘着气仍然迅跑，子弹从耳边头顶"嗖嗖"射过去。一个老人倒下了，一个中年农民倒下了！

哇儿哇儿二提着锣走过来，冲着像个小头目的二鬼子说："老总，别开枪了，不是抓人修惠民沟吗？俺给你招呼人去就是了。"说着又敲起锣，"哐哐哐"……二鬼子不理会，就到各家各户，村里村外搜索。

赵家大门四开。赵太世坐堂屋圈椅里慢悠悠抽烟，郑氏坐东里间屋炕上"嗡嗡嗡"纺线，似若无其事。

三四个二鬼子闯进赵家，见二位老人平心静气的样子，有些惊奇。

一个二鬼子道："好自在，老头，你儿子呢？"

赵太世说："下地了。"

二鬼子又问："儿媳妇呢？"

赵太世说："回娘家了。"

二鬼子说："就剩下两个老不死的。"说着一挥手，"搜！"

几个二鬼子各屋里翻箱倒柜，一阵折腾。赵太世放下烟袋，忍着，气喘吁吁。

郑氏早停下纺线车，索索坐炕上默默待着。

一会儿工夫，一个二鬼子口袋里装了几枚银圆，一个二鬼子拿了几件细软衣物，一个二鬼子扛出一口袋白面，一个二鬼子走到天井里又要顺手牵拴着的一只山羊。赵太世走出屋拦住道："老总，慢着。俺问一句，你这是收捐呢，还是收税？"

牵羊的二鬼子厉声道："废话，老子不收捐也不收税——"

赵太世脱口而出："那就是抢！"

二鬼子一脚踹倒赵太世，牵了羊，顺口说："老东西，抢，怎么啦？"说着，一帮二鬼子哈哈笑着走出去。

赵太世倒地上又气又恼，骂道："强盗，一帮强盗，匪徒。"

郑氏含着泪忙过来搀扶起当家的，说："别跟他们生气，坏人，蟊贼，不讲理呀！"

二位老人又默默地坐着，赵太世无心抽烟，郑氏无心纺线，思索着刚刚发生的情景，静听着外边的动静，期盼着这场祸害快快过去，等待着家人的回归，陷入凄苦之中。过了一大阵子，郑氏看看冬日的太阳已接近晌午，问当家的："你吃点东西吧，俺给你拨拉点疙瘩汤喝吧。"赵太世摇摇头说："么也不吃，吃不下呀！"郑氏直叨念："安福不知咋的啦？她娘儿俩不知咋的啦？"


大街上，二鬼子绑了一些人，多数是中年人，只有几个是年轻人，如二狗子。都倒背着手绑着，其中就有赵安福，只有赵占魁五花大绑，昂头挺胸站着。二鬼子们持枪守着。

刚才，几个二鬼子闯进赵占魁家，赵占魁持三截棍站大门口，说："谁敢进来，看俺的三截棍。"说着手里的三截棍甩出去，地上一道深沟。二鬼子小头目掏出盒子枪，厉声厉色道："娘的，是你的三截棍厉害，还是老子的枪厉害！"说着朝院里开了一枪，正巧打中赵占魁家的一只黄狗，血流出来。赵占魁看看二鬼子果然动了枪，就忍下来，几个二鬼子七手八脚，五花大绑绑了赵占魁。

马德昌穿着羊羔皮袍戴着狐狸皮帽走过来，朝二鬼子小头目点头哈腰，说："老总，给你们中队长郭殿臣捎个信儿，让他有空来看看他姐姐，俺是他姐夫！"二鬼子小头目听了一愣，上下瞧瞧马德昌，脸色立马变了，笑笑应道："好说，好说。"马德昌掏出几枚银圆递到小头目手里说："俺家的伙计还干活哩，放了他吧。"小头目又笑笑，应道："行呀，行呀。"

二鬼子押解着捆绑的庄稼人离了玄庄。一辆大车载着抢劫的粮食、鸡羊等物资。只有二鬼子断断续续的呵斥声："快走，快走。"被绑的庄稼人都垂头一声不吭。庄里的老人们静静地望着渐渐远去的亲人乡邻，泪眼模糊了。

安福家里的和菊个儿随着人群从西大洼回庄，走到西大堤上，安福家里的说："到北道沟看看你爸爸去，他一早到那里平地去了。"菊个儿搀着娘说："走吧，娘。"

婆媳俩赶到北道沟，远远地就看见一只镢头戳在地头，不见人影。菊个儿搀扶着婆婆三步并作两步走到那块地头，安福家里的握住镢头，看看地上的脚印——她纳的那云头鞋底的脚印，不禁蓦地坐地上，泪水簌簌流下来，半天哭道："成他爸呀，你到哪里去了？"菊个儿也陪着掉泪，不住地说："娘，娘，快回家吧，还不知道爷爷、奶奶咋样哩！"一句话提醒了安福家里的，才站起身，菊个儿扛着镢头。

婆媳俩回到家，郑氏忙迎出来，说："孩子，可回来了！"看到儿媳孙媳脸上的泪迹，忙问："咋的啦？遭二鬼子祸害了？"菊个儿摇摇头。郑氏见菊个儿拿着镢头又问："你爸爸呢？"安福家里的一触即发，泪水禁不住流下来，哭道："成他爸被二鬼子抓去了！"郑氏听了随之泪水夺眶而出，哽咽着大半天说不出一句话来。

赵太世心里又压了一块石头，愤愤叹道："又抓人，又抢东西，日本人一来，军队完了，国家完了！百姓遭殃了！"

安福家里的抹抹眼泪，说："爹，你说咋办呢？成他爸该不会有闪失吧?"

赵太世说:"听说抓走了一大帮人,说是修什么沟,估摸着不会有大的闪失,遭罪啊!"安福家里的像是自语道:"天越来越冷了,他穿一身薄棉袄薄棉裤哩。"

郑氏也叨念:"也不知道抓到哪里去了,吃的喝的方便吗?"说着又抹泪。

一家人紧锁眉头闷闷坐着,只是消磨时光。

哇儿哇儿二走进院里,叫声"大哥大嫂",进屋坐下,说:"安福抓走了,临走留下一句话,北道沟那块地平整完了。"说着低下头待着。赵太世问:"太和,你知道抓到哪儿去了?"哇儿哇儿二抬头说:"八成是抓到三十里铺据点挖封锁沟去了,咱村一共抓走了五十八个人,凡是能干活的男人都抓去了,占魁哥也抓去了。"沉一沉,赵太世又问:"这阵子安禄领着自卫团在哪里活动呢?"哇儿哇儿二说:"占魁哥给俺悄悄留下话了,说在黄河涯到平原这一带铁路线上,俺过晌就找他们去,不能便宜了这帮龟孙子,端了三十里铺据点。"赵太世露出满意的气色,忙点点头,说:"太和,找去,快找去,给安禄说,狠狠地打这帮二鬼子,救回咱玄庄的庄稼人。"又忙嘱咐儿媳:"成他娘,快给你太和叔做饭,吃得饱饱的。"

一家人的情绪缓和过来,女人们忙着做饭。郑氏说:"他二叔,刚刚磨的一袋子白面让他们抢去了,吃棒子面饼子吧。"哇儿哇儿二说:"行啊,大嫂,填饱肚子就行。"

哇儿哇儿二吃饱了饭,带上贴饼子咸鸡蛋上路了。直奔四十里外的黄河故道边的黄河涯。他随身不忘那支黄铜唢呐,走一阵子心里闷了就吹一会儿,唢呐声随风传得很远。天黑赶到黄河涯,一打听,自卫团今儿早晨刚走。他在一户人家要了碗热水,磕开一个咸鸡蛋,啃了一块贴饼子,又顺着铁路线往南奔。


三十里铺顾名思义离德州城三十里地,正置德州至恩县、高唐、聊城交通要道上,是德州城东南第一重镇。日本人在这里建据点,其用意很明显，是要控制南北交通要道和镇压这一带的军民抗日活动，以便实现他们的"强化治安"。据点设在三十里铺南，中间修一座砖瓦水泥结构炮楼，炮楼下有一排土坯瓦顶的矮房。四周围着三米多深的壕沟和铁丝网，壕沟上架一吊桥算是出入口。有七八个日本鬼子住在炮楼里，县警备队的伪军住在炮楼下的土坯房里，四周岗哨日夜守护，戒备森严。老百姓见了望而生畏，远远地躲了。

据点南要修一道东西长三十里的封锁沟，从玄庄和各村抓来的庄稼人就在这里挖沟。空地上架着两堆柴火，两个日本兵站在火堆旁持枪监视着挖沟的庄稼人，几个伪军提着木棒、长枪边走边呵斥，督促庄稼人干活。

严冬季节，冻土难挖，铁锹、铁镐刨下去，只溅起一些冻渣。庄稼人早就不甘心挖这行子沟了，猫冬季节，守着老婆孩子坐在热炕头上多自在，跑这里来冻手冻脚，又受罪又受欺负，在心里都憋着气，趁伪军走过去就袖手待着。赵安福放下铁锹，搓搓手，跺跺脚，对身边的赵占魁说："魁叔，俺解手去。"赵占魁说："快去，别让日本鬼子、二鬼子看见。"

一会儿，一个二鬼子走过来，赵占魁忙拾起铁锹刨土。二鬼子见一把铁锹闲在那里，就问："这把铁锹是谁使的？人呢？"赵占魁说："俺使的，俺先刨一会儿土，再使铁锹铲土。"这个二鬼子没理会，就呵斥着"快干活，快干活"走过去了。

过一阵子，这个二鬼子又返回来。他琢磨着不对劲呀，每人使一把家什，他咋的使两把家什呢？又问："这把铁锹到底是谁使的？人到哪里去了？"

这当口，赵安福正赶回来，二鬼子急着问："你干什么去了？"赵安福说："俺解手去了。"

二鬼子不由分说，抡起木棒就朝赵安福背上胳膊上打去，嘴里呵斥道："叫你偷懒，叫你偷懒。"

赵占魁一把抓住二鬼子手里的木棒，说："兄弟，听口音你也是山东人吧，咋的没有一点山东老乡的味呢？一点儿情面也不讲？"

一时挖沟的庄稼人都聚拢过来，有人喊："不许打人!"有人说："管天管地还管拉屎放屁?"众人一阵哄笑。

二鬼子拿起身挎的长枪又要打赵占魁，众人朝二鬼子一齐举起铁锹、铁锨，怒目相视。

此时监工的二鬼子只有一人在场，他顿时觉得自个儿极端孤立，看看阵势，忙挎上枪想溜走。

转瞬间，两个日本鬼子持枪赶过来，厉声喝道："干活，通通地干活，不干活，枪毙的。"说着端起枪对准庄稼人。

众人愣住神儿，那个二鬼子又一时得了势，忙说："太君，太君，这些人不干活的，他们造反了。"

日本鬼子没听懂二鬼子的话，二鬼子又伸手比画着说明挖沟的人要造反的意思。

日本鬼子吼叫着："八格牙路，八格牙路。"就朝人群开了两枪，两个庄稼人倒下了! 其中一个是玄庄的二狗子。

据点里的六个日本鬼子和三十多个伪军听见枪声都走出来，日本宪兵队小队长山口向监工的日本鬼子问了几句话，挥挥手，八个日本鬼子和众伪军朝挖沟的庄稼人端起枪，一个日本鬼子架起一挺机枪。山口端着冲锋枪大声喊道："跪下，通通跪下，不跪下死了死了的。"

众庄稼人僵在那里了，满腔的怒火在胸中燃烧，谁也不甘心下跪。

山口又大喊："限你们两分钟，不跪下死了死了的。"

有几个庄稼人跪下了，多数人还坚持着，都眼睁睁瞧着赵占魁。赵占魁和赵安福还直挺挺站着。

赵安福拽拽赵占魁衣袖说："魁叔，咱咋的呀? 要没命了啊!"赵占魁的脑子里来回转了几个弯，人身的生与死，民族的屈辱与尊严……继而他又想到鲁北民众自卫团，想到赵安禄和周玉熙，想到那句老话"留得青山在不怕没柴烧"，他慢慢跪下了! 一百五十多个庄稼汉子强忍着心头燃烧的怒火和剧烈的疼痛全都跪下了! 泪珠啪啪砸在地上!

三十里铺逢五逢十五天赶一个大集，大集上不但有牲口市、百货行、绸布摊和各种叫卖的吃食，还有变戏法的，耍猴的，演傀儡头戏的。傀儡头戏就是木偶戏，有两个人在布帐后面边唱边牵动着木傀演戏，其中一人还要手脚并用敲锣打鼓。

据点里的日军宪兵队小队长山口最爱看傀儡头戏，这日，他和几个鬼子来到大集上，兴致勃勃地观看傀儡头戏《孙悟空大战托塔天王哪吒太子》，看傀儡头戏的百姓们都惶惶地躲了。闹得两个演傀儡头戏的艺人不知咋样好了，两个伪军就持枪命令他们："快演，快演，太君有赏的。"

只见那傀儡头戏布帐上的哪吒太子变做三头六臂，持六般兵器杀过来。悟空这里针锋相对，喝声"变"，也变作三头六臂，把金箍棒手中一晃，变作三条，六只手拿三条棒迎上去打斗起来。两个三头六臂的木偶打打杀杀，来来往往，千变万化。山口和几个鬼子看得目瞪口呆，笑得前仰后合。

这当口，石榴红一身农家妇女打扮领着七八个庄稼人来到三十里铺据点。这七八个庄稼人有的扛着面袋子，有的提溜着活鸡，有的担着白菜，有的抱着猪肉片子……

站岗的伪军见了老远就喊："站住，干什么的？"石榴红说："俺找你们的中队长郭殿臣。"站岗的伪军问："你是什么人？你找郭殿臣队长有什么事？"石榴红说："俺是郭殿臣他二姐，你告诉你们中队长吧，就说他姐夫马德昌打发俺来给你们送年礼了。"伪军一看来的庄稼人都拿着东西，就信以为真，就让人进去报信。石榴红往前走了几步说："你这位弟兄也太没有人情味了吧，人家大老远的来给你们送年礼，还不快让俺们进去暖和暖和，在外面冻手冻脚的。"站岗的伪军一听，也是这么一回事，又觉得来送礼是个喜庆事，就让人放下吊桥，石榴红和七八个庄稼人进了据点。

石榴红和七八个庄稼人也不等郭殿臣出来，就直奔据点里郭殿臣的卧室。郭殿臣正要往外走，见了石榴红和七八个庄稼人一愣，说："二姐，你咋的来了？"实际上郭殿臣的年岁比石榴红还大，这是按照郭殿臣的姐姐郭氏的辈分叫的。石榴红说："你都看见了吧，你姐夫心疼你们，打发俺给你们送年礼了。"七八个庄稼人也不等郭殿臣让，就把年礼拿进郭殿臣的卧室里。此时，石榴红和七八个庄稼人把郭殿臣团团围在中间，提溜活鸡的那个庄稼人把棉袍一脱，露出一身国军军装，一支匣枪早顶住郭殿臣的胸膛，其余七个庄稼人也持枪在手对准郭殿臣。穿国军军装的赵安禄说："说起来咱们原本同是国军，同一个上司蒋委员长，蒋委员长主张抗日，你们怎么为日本人效劳呢？你们这国军也变成冒牌的伪军，老百姓叫你们二鬼子，你们不感到耻辱吗？"郭殿臣知道已经掉进了石榴红的圈套，他也久仰赵安禄的名声，二十九军营长，近来在铁路线上扒铁路、截军车、端炮楼，折腾得日伪军日夜不宁。他索索地说："久仰赵营长大名，俺也佩服赵营长的抗日爱国之举，可是兄弟没办法啊，俺是听从恩县知事、警备大队长王化三的指派，混这碗饭吃罢了。"石榴红说："闲话少说，今儿来找你就让你干一件事。"郭殿臣问："啥事？二姐你说。"石榴红说："把挖封锁沟的老百姓全放了。"郭殿臣犹犹豫豫说："这个——山口和几个日本人到集上看傀儡头戏去了，一会儿就回来，俺没法交代呀！"赵安禄说："别这个那个的，快把你们的警备队监督挖封锁沟的人叫回来。"

　　正说着，在集上跟随山口的两个伪军急急忙忙赶回来，"郭队长，郭队长"地叫着，进屋一看这阵势，惊慌地说："山口队长和几个皇军在集上被人毙了。"

　　——原来在大集上，周玉熙带领二十几个鲁北民众自卫团员扮作货商，有扛着杆子卖糖葫芦的，有挎着篮子卖糖瓜糖稀的，有挑着担子卖萝卜的……他们从四面八方渐渐地走进傀儡头戏场地，把正在兴头上看傀儡头戏的山口和几个日本鬼子围了个水泄不通。周玉熙看看时机已到，朝众自卫团员使了个眼色，点点头，几乎是同时，"啪啪啪……"一阵枪声，山口和几个日本鬼子早倒在血泊里，顿时集上大乱，人群纷纷逃散。鲁北民众自卫团员们早已消失在人群里。

　　这时候，据点里的几个伪军（大部分伪军又到各村里抓人去了）已被鲁北民众自卫团员捆绑起来。身为伪恩县警备大队中队队长的郭殿臣心里已经明白，这是鲁北民众自卫团精心策划的一场奇袭三十里铺据点的战斗，眼下已走投无路，忙吩咐眼前的两个伪军说："快把监工挖沟的弟兄叫回来。"

赵安禄严正地告诫郭殿臣："郭殿臣，你心里清楚，今天鲁北民众自卫团打的是日本鬼子，没有伤着你们警备队一个人。告诉你的弟兄们，到底谁亲近，谁疏远？你们天天在日本人手下当奴才心里好受吗？你是玄庄的亲戚，都是乡里乡亲的，心眼儿不能长歪了，不要一心效忠日本侵略者，甘心为这些强盗办事情，欺压祸害中国老百姓！"

郭殿臣恭恭敬敬听着。

赵安禄说："郭殿臣，俺赵安禄做人站得直，立得正。今天俺也不难为你，你还当你的恩县警备大队中队长。可是今后你们警备队跟着日本鬼子干事，无论走到哪里，朝天放枪，不准打死一个中国人，不准抢劫祸害老百姓。告诉你说吧，八路军东进抗日纵队快过来了，你多为老百姓办好事，日本人有行动你报个信，到时候俺给你报功，立功赎罪。"

郭殿臣唯唯诺诺连连点头，应道："是，是，是。"

说着话，自卫团员也把郭殿臣绑了。

赵安禄和石榴红来到封锁沟前，赵占魁、赵安福和挖沟的庄稼人都围上来，好多人眼里含了泪。赵占魁忙抱住了赵安禄，一时说不出话来。赵安禄说："魁叔，没伤着身子吧？"赵占魁说："没有，就是受罪呀。"石榴红连连叫了几声："姐夫，姐夫。"赵安福应了声："三妹，三妹。"也不知道说什么好了。石榴红说："快回家吧，姐姐不知道怎么挂着哩。"赵安禄走到赵安福跟前，亲热地叫了声"大哥"，赵安福见了弟弟眼里含了泪，说："安禄呀，俺被二鬼子打了，冤屈呀！"赵安禄说："这帮没有人性的行子，早晚得收拾他们。快回家吧，咱爹咱娘惦念着你哩！"

这时候，周玉熙带领二十几个自卫团员也赶过来。赵安禄面对众庄稼人说："乡亲们，兄弟爷们儿，快回家吧，明天过小年了，家里的亲人惦记着哩。"

　　有几个庄稼人跪下了，慢慢地众庄稼人都跪下了。一个庄稼汉子说："谢谢救命恩人了！"赵安禄忙说："快起来，快起来。"又一个庄稼汉子说："俺们给日本鬼子下过跪，那是耻辱！心里结了一个大疙瘩难受啊！今儿给救命恩人下跪心里热乎，理所应当啊！"

　　赵安禄、周玉熙、赵占魁忙搀扶起众人，说："都是乡里乡亲的，使不得，使不得。"周玉熙又说了一句话："别的话不说了，大家齐心协力抗日打鬼子吧。"

　　众人应声道："齐心协力抗日，打狗日的鬼子吧！"

# 第三十九章　教堂钟声

春天来临的时候，解冻的运河水欢快地流淌，运河两岸的白杨挂上了一穗穗白杨狗儿，柳树吐露出淡黄嫩绿。春日的阳光照到运河上波光粼粼，一只帆船缓缓飘来，撑船汉子哼着歌谣：

> 运河水，哗啦啦，
> 扯起白帆把俺送回家。
> 回到家，干什么？
> 炕头上，抱娃娃，
> 和孩儿他娘拉呱呱。
> ……

赵宝成和赵明理一人捧一本书坐在运河岸边，赵宝成捧的是巴金的小说《家》，赵明理捧的是高尔基的小说《母亲》。他俩坐在这里有一大阵子了，一边看书，一边沉浸在春天里古朴的乡土气息里。两人就这么静静地坐着，谁都不说话，谁也不吭声。有时他们低头看书，思绪沉没在书中的故事情节；有时他们又抬头观望，望着运河上的民风，望着眼前运河水的流动和那渺茫的天水一色的运河尽头。观望就勾连起他们种种遐想……

　　德州中学有一个进步组织"董子读书会"。史载西汉哲学家、儒学倡导者董仲舒曾就读于德州，德州城建有董子读书台。"读书会"虽以古人学者命名，但读的却是现代中外革命进步书刊。"读书会"发起人，德州中学训育主任兼国文教师宋尚义是中共地下党员，他想尽一切办法给"读书会"搞来一些进步书刊。"读书会"的会员们发现学校图书馆里封闭着一批禁书，他们夜里撬开图书馆的窗户，偷出了许多书籍。"读书会"里不但有文艺书籍，鲁迅的《呐喊》《彷徨》，巴金的《家》，苏联作家高尔基的《海燕之歌》《母亲》，绥拉菲莫维奇的《铁流》，还有艾思奇的《大众哲学》，苏联列昂节夫的《政治经济学》，《抗日战报》《灯塔》等书刊。赵宝成、赵明理是"读书会"的积极分子，他们课外看，夜间读，有时在课堂上把书放在桌子下面偷看。老师发现了没收了书，还罚站。"读书会"已成为他们的精神家园。

　　赵宝成总是缄默寡语，赵明理推推宝成终于说话了："哎，你想什么呢？"宝成说："俺也不知道想什么，东想西想的。"明理说："想你媳妇了吧。"宝成推他一把，生气地说："胡扯，你再说这话俺不理你了。"明理说："给你说玩笑话哩。那你是在想觉慧①冲出封建家庭的闸门吧！"宝成说："那你是在想巴威尔②高举红旗带领群众游行的火热场面！"两人笑笑，都激情满怀，站立起来。

　　赵明理望着高高的蓝天，伸出双臂，不禁朗诵道："在苍茫的大海上，狂风卷集着乌云——③"

　　赵宝成也随和着赵明理一起朗诵："在乌云和大海之间，海燕像黑色的闪电，在高傲地飞翔……④"两人朗诵着，又一起无拘无束地放声笑起来！仿佛运河水也伴着他们的笑声欢乐地哗哗流淌！

　　不一会儿，赵宝成又沉寂下来，他低下头，两脚不住地搓河岸上的

---

　　①　觉慧：巴金小说《家》中的主人公。
　　②　巴威尔：高尔基小说《母亲》中的主人公。
　　③　出自高尔基散文诗《海燕之歌》。
　　④　出自高尔基散文诗《海燕之歌》。

土。赵明理问："咋的啦？低头哈腰的像个小老头，哪像个进步青年？"赵宝成说："人家有难处，你还不知道？"赵明理说："俺知道，觉慧离家出走，你也已经离开了你那个封建家庭，不想它，不就没事了吗！"赵宝成说："那不行，这件事不解决，俺身上总背了一个大包袱。"沉一沉，他低声说："俺想离婚。"赵明理说："好小子，争自由哩！只是这事咋办呢？你爷爷不会同意的。"赵宝成说："俺听人说，抗日根据地边区实行婚姻自由自主，包办婚姻可以向边区政府申诉离婚。咱们这里啥时候有边区政府呢？"赵明理拍一下宝成的肩膀，说："等着吧，有一天会有的。俺支持你。卸掉了这个大包袱，挺起胸膛来！"

正说着，传来教堂的钟声。赵明理说："快走吧，上时事课了，今天的时事课在教堂里上。"说着他摘下帽子，理理刚刚留的分头。赵宝成像发现了一件新奇的大事似的，说："哎呀！你留分头了？"赵明理说："是呀，留分头了，刚到理发店里剃的。"宝成说："你赶新潮流了，俺还不敢留哩，怕人家说俺像个二流子。"明理说："这算什么新潮流，留分头的人多着哩。你敢离婚，还不敢留分头？"宝成笑笑，想想也是。

德州中学在德州城实在待不下去了，常常受到日军的干扰，甚至被迫停课，真真是偌大一个德州城"放不下一张书桌了"。有识有志之士经过多方努力，终于把德州中学迁移到距德州城百里之外的运河之滨——漳水镇一座基督教堂里，更名运河学校。

这座基督教堂是有些来历的，门楣上方石刻八个大字："基督圣教公理会堂"，为一八八〇年美国基督教公理会①传教士明恩溥到此传教所建。当年这位传教士由一位在天津谋生的漳水镇农民引领，从运河上坐着小木船来到这陋乡僻野，从事传教布道、慈善、医疗、教育达二十余年之久。二十世纪初移居通州，他在华居住近五十年。遗留下这座颇

---

① 美国基督教公理会：公理会是基督教（新教）主要宗派之一，十六世纪后期产生于英国。主要分布于美英等国。十九世纪传入中国。

为壮观的西式建筑。

美国传教士明恩溥在鲁西北的这个小小乡镇里入乡随俗，深谙中国世情。一八九〇年，他写了一本书《典型的中国人——文明与陋习》，在上海英文报纸《华北每日新闻》连载，轰动一时。一八九四年美国纽约弗莱明公司出版。据说当年鲁迅看了这本书深受启发。一百零九年后山西书海出版社再版。例如他在书里曾说：

> 中国人处理问题的目的不是为了公正，完全只是考虑各方当事人"面子"的摆平。所以对一个东方人来说，法律裁决的公正，几乎是不可能的。要"面子"甚过于性命。饭碗可以不要，脸皮却不能不要。

> 中国人贡献给世界最有特色的专著就是《礼记》。中国人要满足感情的需求，靠"礼"来作媒介；他们的责任靠"礼"来实现；他们的善恶靠"礼"来评判；他们人与人的关系靠"礼"来维持。总而言之，这是一个由"礼"来控制的民族。

> 通过考察，中华民族套上的最沉重的苦轭就是祖先崇拜。数亿中国人都受死人的支配。

> ……

基督教堂里坐满了学生，运河学校教务主任兼教师宋尚义站在钉在十字架上的耶稣像前面讲话。他讲话的主要内容是动员运河学校的学生参加青年抗日联合会。他说，青年抗日联合会的任务，是动员群众，宣传群众，团结一切抗日的力量抵抗日本军国主义的侵略，保卫中华民族。一切有爱国之心的热血青年，积极地投身到神圣的抗日战斗中来吧！

会场上并不安静，时时有议论的声音。赵明理与赵宝成坐在一起，明理说："你想参加吗？"宝成说："想参加是想参加，可不知道青年抗日联合会做什么事情，也不知道要做的事情咱们做了做不了！"明理说："一会儿咱问问宋老师去。"宝成说："俺和宋老师不熟悉，你去问吧。"明理说："咋不熟悉？他给咱们读书会弄来那么多书。咱俩考德州中学时，周老师还向咱俩引见过他哩，他是周老师的同学呀！"宝成只是笑笑，没言语。

散会后，一帮学生围着讲话的宋老师问这问那。赵宝成想挤到前面说两句话，总是挤不过去，插不上话。他老是礼让着别人，想等别人说完了他再去说，可别人不礼让着他。赵明理不想这么多，他扒拉开人群，走到前面直率地说："宋老师，你看俺和赵宝成两个人行吗？"宋老师说："行啊，我正要找你们俩呢，发挥你俩的特长吧。"这时赵宝成走到前面，笑笑说："俺俩有啥特长哩，做吗事呢？"宋老师说："宣传抗日呀，青年抗日联合会成立一个先锋剧社，你们俩就参加先锋剧社吧。你会说快板，还会说山东快书，你和赵明理还演过戏——《木兰从军》，赵明理扮演须生木兰父，你扮演小旦花木兰。是不是？周老师都告诉我了。"赵明理、赵宝成两人互相看看，都低下头，觉得有些不好意思，宝成羞得脸上都泛了红晕。赵明理说："那都是小时候闹着玩儿的，上不了台面的。"宋老师说："还挺谦虚。这都是你们宣传抗日的武器，回头我找些资料给你们，你们就编快板、快书，编剧本。"他拍拍赵明理和赵宝成的肩膀，用讲话的声调说："拿上你们手中的武器，投身到神圣的抗日战斗中来吧！"赵明理、赵宝成都笑笑，觉得这项任务挺光荣，可心里又没有底，不知道编好编不好，演好演不好。

连着几个晚上，赵明理、赵宝成坐在一盏油灯下编写宣传抗日的文艺节目。他俩手持自制的蘸水钢笔——笔尖插进高粱秆里，再用线缠起来，蘸着自制的蓝墨水——用沸水沏的染料，盛在母亲用过的沤子盒里，在黄色草纸上编写。赵明理编剧本，赵宝成编快板、快书。

两人坐在灯下苦思冥想，精心构思。默默地写了一阵子，赵明理说："宝成，俺想好了，编一出独场戏，名叫《血泪仇》，唱梆子腔，女主角就让你小姨石榴红来演吧。"宝成说："俺小姨参加鲁北民众自卫团了，先锋剧社里有女演员的，实在没有，男扮女装嘛。你说说这出戏的剧情吧，感动人吗？"赵明理就讲了这出戏的剧情。他说，这是一出悲剧，这一家人家四口人过日子，青年农民和他媳妇，膝下有一个三岁的男孩，还有一个老母亲。这家人本来过着安稳知足的日子，日本鬼子来了，杀害了这家三口人，毁灭了这个幸福的家庭。宝成说："这是剧本的主题，具体的故事情节呢？"赵明理又说，这天早饭后，日本鬼子到村里扫荡，青年农民早已下地，村民们纷纷外逃。只因这家的老母亲腿脚不便不愿外逃，青年媳妇苦苦劝说，她领着男孩、搀着婆婆，刚走到大门外就被一个日本鬼子拦住了。凶恶的鬼子先杀害了三岁的孩子和年迈的婆婆，又兽性大发，意欲强奸青年媳妇。青年媳妇奋力抵抗，被日本鬼子打晕，倒在地上。这时候，青年农民跑回家，目睹鬼子的暴行，拿起锄头或镰刀与鬼子殊死搏斗，鬼子受伤，开枪打死了青年农民。青年媳妇苏醒后，悲恸欲绝，怒斥日寇。

宝成听了异常兴奋，说："这出戏演好了挺感人的，能激发群众的抗日热情。俺想，若是设计两段唱腔，戏剧效果会更好。一段是青年农民看到鬼子的暴行，怒火中烧，义愤填膺，唱一段；一段是青年媳妇苏醒后，声泪俱下，字字血泪，唱一段。"赵明理也挺高兴，说："好啊，这两段唱词你来写吧。"宝成说："你写吧，一个完整的剧本一气呵成贯穿下来有情绪，俺没进入剧情怕写不好啊。"稍沉一沉，他又说："明理，你说这出戏从哪里开场呢？"明理说："从鬼子进村开场啊。"

宝成若有所思，说："我想不从鬼子进村开场，从这一家人过着祥和的日子开场，设计一个场面，或是秋收，或是过年节，一家人其乐融融，再急转直下，从祥和的气氛转入悲惨的场景，前后对比，更能震撼人心。"明理说："叫你这一说，这个剧本更完整了，干脆你来编吧。"宝成说："还是你来写，你编的故事剧情才是这个剧本的基础。俺还编快板、快书哩。"明理说："你也说说编快板、快书的构思吧。"宝成说："俺想先编一个山东快书的传统段子《武松打虎》，武松打虎的英雄气概也能激励群众的抗日热情啊！这个传统段子俺听过，凭记忆想一想能编出来。再编一个新段子《赵安禄奇袭据点》，表现咱鲁北民众自卫团的抗日英雄事迹。"明理笑笑说："行啊，你是说山东快书的能手，准能编好说好的。"两人说着话，不觉已是深夜。

# 第四十章　血泪仇

先锋剧社经过一个月的编写、排练文艺节目，基本上臻于成熟，要登台演出了。他们首选的演出地点就是玄庄。宋尚义带领先锋剧社十几名演职员来到玄庄，他先找到老同学周玉熙，受到鲁北民众自卫团的热诚欢迎。

赵宝成过大年时回家住了些日子，也不过是白天在赵明理家读书，夜晚回到家蜷曲在东厢房屋炕上睡觉。和菊个儿对面见了，看一眼也不说话。这会子又回到家了，他一见到眼前的黑漆大门就犯踌躇，愣愣神儿，终于迈进了门槛。走进北房屋里，叫了声"奶奶，娘"，说："俺回来演戏了。"郑氏和安福家里的都从里间屋出来，郑氏说："俺成儿回来了。"安福家里的说："不过年不过节的演什么戏呀？"宝成说："是宣传抗日啊，演新戏。"安福家里的说："不管旧戏新戏，是戏里就有男有女，你又是演女角吧。"宝成说："俺在这出戏里演男主角，女主角是一个女同学来演。"安福家里的疑问："现今学校里有女学生了？"宝成说："早就有了。"

郑氏说："光顾了说话了，快到你屋里歇歇去吧。"宝成说："俺还找先锋剧社去呢，还要排练戏，还要写标语、画画哩。娘，咱家里有红的黄的蓝的颜色吗？若是有，每样沏一瓶。"说着就往外走。安福家里的说："有，都有。让你媳妇给你沏吧。"宝成已走到大门外。郑氏又叨念一句："回家来就忙活，又是写又是画的，也不着家。"

宋尚义带领的先锋剧社演职员已安顿在赵氏宗族祠堂里，赵占魁和石榴红正忙活着给他们搭铺、做饭。

这时候，宋尚义正坐在周玉熙卧室里说话，旁边坐着演《血泪仇》里青年媳妇的演员董洁，她光坐着不说话。

赵宝成进来，恭恭敬敬给周玉熙鞠了一个躬，亲热地叫了声："周老师。"周玉熙忙起身，说："赵宝成，长大了。听宋老师说，功课又好，思想又进步，德州中学出人才呀！"赵宝成笑笑，不言语。宋尚义说："从根儿上说，赵宝成和赵明理两个学生是你培养的两个尖子人才，现如今是运河学校董子读书会积极分子，青年抗日联合会优秀会员。运河学校还要感谢你哩！"

正说着，赵占魁进屋说："玉熙，这位女学生的住处还没着落哩，你看——"没等赵占魁的话说完，赵宝成抢先说："住俺家吧，和俺媳妇睡一个炕上。"赵占魁笑道："那你睡哪里呢？"赵宝成一口应道："俺睡你家里，和明理睡一个炕上呀！"说得一屋里的人都笑了。两位老师都理解赵宝成话里的意思，不便说什么。赵占魁说："宝成，这事俺可指派不了，你自个儿把这位女同学领你家去吧。"宝成应道："行啊，占魁爷爷，你放心吧！"

先锋剧社在祠堂里排戏，就引来许多玄庄的男男女女观看。石榴红做导演，从演技到唱腔，一一指点，排练了一遍，演《血泪仇》的四个演员大有长进。宋尚义说："多谢了，石榴红师傅。干脆请石榴红师傅到先锋剧社担任导演吧！"石榴红说："别师傅师傅的，没的寒碜俺呢，叫同志吧，咱们都是抗日的队伍。要说请俺到你们剧社当导演，俺还巴不得的哩！只是眼下要紧的是打鬼子，俺是响当当的鲁北民众自卫团团员呀！"宋尚义说："先锋剧社演戏也是抗日呀！依我看，就抗日的大局来说，你当先锋剧社的导演要比当鲁北民众自卫团的团员贡献大！"又转头问周玉熙："你说是不是——参谋长？"石榴红说："等赶走了日本鬼子，俺再去当导演吧。"说着，都笑。

看排练戏的孩子们朝四个演员指指划划，说赵宝成是青年农民，赵明理是老太太；指着董洁说，那个女的是青年媳妇，长得还真叫俊哩；那个是日本鬼子，胖胖的小墩子个儿，看那个样儿就像。

晚饭后，赵宝成、赵明理领着背行李卷的董洁走进赵家。一家人正吃饭，看到这情形有些纳闷。安福家里的先开口说："宝成，明理，你们都吃饭了吗？"宝成和明理同声说："都在祠堂里吃过了。"宝成指指身边的董洁，说："奶奶，娘，这是中学的同学董洁，是来演戏的，今儿后响住咱家吧。"郑氏、安福家里的看赵太世的眼色，沉一沉，赵太世说："打扫打扫西房屋里，住下吧。"又朝赵宝成、赵明理问："你们先锋剧社来玄庄演几天戏呢？"赵明理说："大爷，三两天吧，还到别的村去演戏哩。"赵太世叹道："小心啊！要是遇上日本鬼子、二鬼子危险啊！"

安福家里的指使儿媳去打扫西房屋，接过董洁的行李，说："跟俺来吧，闺女。"董洁说："给你添麻烦了，大娘。"安福家里的说："不麻烦，来这里就是到家了。"

西厢房北里间，原来是赵安禄夫妇的住屋，菊个儿点上灯，打扫好屋子，铺好了被褥。安福家里的领着董洁进来，说："这是宝成的媳妇，你们就以姐妹相称吧。"董洁叫了声："姐姐。"菊个儿只是默默点点头。

赵宝成、赵明理已在东厢房里研墨、调色、铺纸，做写标语、画宣传画的准备工作。赵明理推一把赵宝成，悄悄说："今儿后响你跟你媳妇睡一个炕上吧！"宝成小声说："你别走了，咱俩到西房屋炕上睡去，让董洁在这屋里睡。"明理挤挤眼儿笑笑，说："俺回家睡去，搂着你媳妇睡吧。"宝成怨道："去你的，俺求你了，叫你声叔叔还不行吗？"又说："说不定今儿后响写一宿画一宿哩，打夜战了。"

正说着，董洁进屋来，说："你俩说啥悄悄话哩？"赵明理说："说玩笑话哩。咱们开始战斗吧，你是画家，指派任务吧！"董洁说："宋老师说了，咱们这个三人战斗小组，你是组长，由你来分配任务。"明理说："好，俺也不客气了。这样吧，今儿后响的任务十分紧迫，要写三十条标语，画十张宣传画，明天一早都贴到街上。标语都拟定好了，宣传画的素材也已经写好了。任务分两步走：第一步俺和宝成写标语，董洁构思设计宣传画草稿，第二步在董洁指导下，咱们一起上色、描摹宣传画。你们看行吗？"宝成和董洁说："行啊，行动吧！"

董洁坐炕上抱着画板设计宣传画草稿，赵宝成、赵明理坐桌前写标语。油灯如豆，过了一阵子，灯光渐渐暗了，宝成去挑那灯花，仍然不见明亮的光，屋内越发的晦暗。董洁叫道："这灯咋的啦？看不见线条了。"赵明理看看，说："灯碗里没油了。"宝成走出屋，朝北屋喊："娘，该添灯油了。"

不一会儿，菊个儿提着油罐过来，添了灯油，又剔剔灯芯，屋内霍然亮了。董洁说："姐姐，你给俺们带来了光明啊！"菊个儿抿嘴一笑，仍不应声，转身要走。董洁一把拉住菊个儿的手，说："姐姐，别走，跟俺们一块儿干吧！"菊个儿腼腼腆腆，脸色泛红，说："俺不识字，么也不懂，俺能干什么呢？"董洁说："当个助手吧，研墨呀，调色呀，你看他俩写了这么多标语，帮着一张张晾开吧！"菊个儿犹豫了一会儿，说："俺放下油罐，给娘说一声。"菊个儿说着走出屋。宝成就朝董洁发怨气："你叫她来干吗？没的添乱哩！"董洁道："你这个大男子主义，瞧不起妇女，思想落后。"正说着，菊个儿进屋来，董洁说："姐姐，快来，先把标语拿到外间屋一张张晾开吧，一会儿，俺教你调色、画画。"菊个儿响亮地应了一声："哎。"

夜色渐浓，下弦月挂在西天。分两步走的任务已经走完。菊个儿把一张张晾干的标语叠好，交给董洁，说："妹妹，这是三十张标语，都在这里了。"董洁接了，说："姐姐，你也是抗日的一分子了。"菊个儿知道抗日是好人干的事，开心地笑笑。两人又一起把一张张宣传画摆开晾着。

鸡叫头遍，村里的鸡鸣一声连一声。赵明理伸伸腰，打了个哈欠，赵宝成拽他一把，说："明理，别走了，咱俩到西房屋里眯瞪一会儿，天快亮了，一早还去贴标语哩。"又朝董洁说："你在这屋里睡一会儿吧。"赵明理困倦正浓，朝宝成挤挤眼儿，就依了。董洁一听愣了一会儿，正尴尬在那里，菊个儿抢先说："妹妹，咱俩一起说说话吧。"

董洁与菊个儿并头躺在炕上，两人脸对脸说话。

董洁说："姐姐，快告诉俺你的名字吧，俺还不知道哩。"

菊个儿说："俺没有名字，有小名。出嫁的女人是不叫小名的，都依了男人的名字叫家里的。"

董洁说："俺给你起个名字吧，让俺好好地想一想。"

菊个儿笑笑说："敢情好了，董洁妹妹，你教俺识字吧。"

董洁说："怎么不让宝成教你识字呢？"

菊个儿说："他不理俺，娶了几年了，俺俩说的话不过十句。"

董洁说："你爱他吗？"

菊个儿说："俺不懂爱不爱的，反正不管他咋样，俺嫁给他了就是他的人，伺候他一辈子。"

董洁在黑影里思谋菊个儿的话。董洁是德州城里人，从小在城里跟着父母长大，头一次听到乡里女人说出这样的肺腑之言。心想，女人的身世咋的这样低下？想来思去渐渐入睡了。

菊个儿没睡着，心想，俺要有个名字了！俺是抗日的一分子了！兴奋得没有半点睡意。天色发亮的时候，她已经熬好了一盆糊子，急着叫醒董洁："董洁妹妹，俺熬好了糊子了，天亮了，你们贴标语去吧。"董洁一骨碌爬起来，揉揉眼睛，说："好姐姐，你真积极。叫上他俩，快走吧。"菊个儿犹豫了，说："俺还做早饭哩，俺不去了。"董洁拉菊个儿一把，说："这是宣传抗日呀，你是抗日的一分子呀，一起干吧。"

起早的农人们发现两男两女在大街上贴标语和画，渐渐围拢过来观看。有人指着标语问，这是写的吗呀？宝成、明理就念给他们听。农人们听了点点头。宣传画的总题目是《血染鲁北济阳城》，一幅幅画面揭露了鬼子的暴行：日军用机枪扫射众百姓，横尸满城，血染大地；两个儿童被绑着，日军让狼狗撕咬儿童身肉；日军用刺刀剖开孕妇肚子，取出胎儿取笑；日军用铁丝穿进十几个百姓的锁骨连成一串，牵着铁丝前拉后推……最后一幅画面上站立着一个巨人，振臂高呼："起来，不愿做奴隶的人们!"巨人下面是千千万万众人的铁流。农人们看了宣传画,大为震怒,觉得骇人听闻,连声:"啧啧啧……"惊叹之余,说:"鬼子没有人性啊!""打狗日的鬼子吧!"有人注意到了宝成的媳妇,就指指,说:"看,宝成的媳妇。"

赵宝成、赵明理、董洁贴完标语、宣传画回祠堂里去了。菊个儿独自回到家,她迈进大门口,走到影壁墙,就听见爷爷在北屋里说:"孙子媳妇不懂事,你当婆婆的也不懂事?大清早一个女人家跟男人在一起疯疯癫癫,成何体统?"

安福家里的站在公爹面前,说:"爹,这事怨俺,没有嘱咐宝成媳妇,俺起来就不见他们了。"

菊个儿索索地走进北屋,颤颤地说:"爷爷,这事不怨娘,全怨俺自个儿。俺记着,以后不这样了。"说着泪就下来了。

赵太世道:"记住,做女人的要有女人的规矩。"

菊个儿连连点头,连声应着:"哎哎……"

郑氏忙过来扶着菊个儿,说:"孩子,记住爷爷的话就行了,别掉泪。饭做好了,拾掇拾掇吃饭吧。"菊个儿"嗯嗯"地应着,擦擦泪,忙去拾掇碗筷饭桌。


玄庄东西两条街道,分前街后街。村里有大事,集体活动多在前街。玄武庙坐落在前街东头,赵氏祠堂设在前街中央。祠堂对过的场院里搭起了戏台,土垒的台子上搭了席棚。虽不及庙会上的戏台规范花哨,也倒是像个戏台的样子。戏台底下已坐满了观众。按照唱戏的惯例,锣鼓先打了头通。赵占魁站台上讲了几句话,他说,兄弟老少爷们儿,今天先锋剧社来咱玄庄演戏,宣传抗日,开戏吧。锣鼓又打了二通。先是赵宝成从后台门帘里出来,朝台下观众鞠了一个躬,表演山东快书《武松打虎》。只见他手持月牙板敲打起来:当的个当,当的个当,当的个当的个当的个当……他开口道:

闲言碎语咱不讲,

367

表一表好汉武二郎。
这武松，身子高大一丈二，
膀子挓开有力量。
脑袋瓜子赛柳斗，
两眼一瞪像铃铛。
巴掌一伸簸箕大，
手指头拔楞拔楞棒槌长。

台下一阵笑声。

这一天，武松来到景阳冈，
只见酒店的幌子上写着："三碗不过冈！"
（白）哈哈，酒家，拿酒来！
……

当说到武松打虎的场面时，赵宝成一会儿弯下腰，两臂前伸，学老虎向前扑的样子；一会儿挺直腰杆，高举右手，学武松打虎的气势。他边说边表演：

这老虎"哞"的一声跑过来，
直奔好汉武二郎！
（白）啊哈，好厉害！
他腿不动，心不慌，
俺倒要和它较量较量看谁强。
那老虎伸出两爪扑过来，
这武松高高挺立举起手中棒。
……

台下鸦雀无声，观众都沉浸在武松打虎的惊险场景里，又夸赞宝成的表演技能，博得一阵阵掌声。接着赵宝成又表演了新段子《赵安禄奇袭据点》。

台下有了骚动声，人声嘈杂，有人喊："唱戏吧，不能光听山东快书呀！"

赵安禄和周玉熙站在观众外边，周玉熙说："村外派几个人放哨吧。"赵安禄说："都安排了，两道岗哨。"

在人声嘈嘈杂杂中，石榴红和先锋剧社的一个男演员走上台，清唱梆子戏《武家坡》中的一段，把乱乱哄哄的人声立刻压了下去。扮演薛平贵的男演员从"八月十五月光明，薛大哥月下修书文"唱起，扮演王宝钏的石榴红口口声声"我问他，我问他"倾诉衷肠，男女对唱，颇有风趣。观众又活跃起来，有人评价两个演员的唱腔如何如何，有的女人就说起这出戏里耳熟能详的故事，说王宝钏苦守寒窑一十八载，如何如何。

最后的压轴戏就是梆子戏《血泪仇》了。一阵"急急风"锣鼓，赵宝成扮演的青年农民手持镰刀上场，在上场门里一声"走哇！"，迈着台步走到台前亮相，念白："俺，张满囤是也，山东恩县人氏，一家四口耕织度日，日子过得倒也遂心称意，今日八月中秋，一家人过个团圆节。（朝后台喊）孩子他娘，（后台女人应声：哎）你在家里烙团圆饼做团圆饭吧。（后台女人应声：是了。）看看天气不早，俺到庄稼地里割谷走走。"这最后一句的尾声也是叫板，胡琴拉起来，音弦绕满戏台。张满囤唱梆子慢板。

这当口，一位鲁北民众自卫团团员骑马奔驰而来，他下了马，急着向赵安禄报告敌情，说："北边有情况，一队黑衣黑裤的人骑自行车过来了，这会子到高集儿了。"赵安禄问："有多少人？"自卫团员说："估摸着五六十人吧。"周玉熙说："八成是记脸子的特工队，这家伙果然投靠日本人了。"周玉熙和赵安禄耳语了几句，叫过赵占魁、宋尚义、石榴红一起蹲在场院角落里商议对策。几人悄悄议论了一会儿，赵安禄说："看来记脸子是冲着先锋剧社而来的，还不知道鲁北民众自卫团也在村里。这样吧，戏不停，照样唱，不必惊动群众。我和魁叔、石榴红带一队团员在后街迎敌，参谋长和宋尚义带一队团员在戏台下警戒，咱来个瓮中捉鳖。"

于是玄庄后街上热热闹闹操办了一桩喜事，哇儿哇儿二吹起唢呐，鞭炮齐鸣，花轿刚刚落轿，两个老嬷嬷举着香正围轿走三匝，祈求大福大贵……

记脸子的特工队恰恰到了。记脸子是有名的色狼，见了花轿就走不动了。早有先例，还是记脸子当土匪的时候，一家农家正办喜事，记脸子闯进洞房，非要和新娘过夜，尝个鲜儿，名曰"开苞"。新郎父子执意不从，结果记脸子指使手下人开铡铡了新郎父子，抢去了新娘。从此以后，娶亲的人家只要遇上记脸子，新娘就要遭遇不幸，谁也不敢违抗。此时，记脸子骗下自行车，走到花轿前，开口道："这是谁家娶媳妇？赶上大爷有福气，先让大爷'开苞'尝尝鲜儿吧。"说着就伸手去掀轿帘，特工队副陈大疤子拦住道："慢着，队长。先让弟兄们查查吧。"几个特工队的人把轿里轿外、新娘子、轿夫、吹打响器的，连那两个举香的老嬷嬷都搜查了一遍。记脸子又去掀轿帘，一位老者迎上来，拱手道："扈团长——扈队长，久违了。咱按老规矩，先请扈队长和弟兄们家里入席，扈队长酒足饭饱，再到新房里——"说着哈哈大笑，记脸子心领神会，被说得晕乎乎的就依了。

记脸子和特工队的人被邀请到娶亲人家的西厢房里喝茶饮酒。院子里喜事按照惯例照样办，吹吹打打，拜天地，入洞房。

前街戏台上的《血泪仇》正演到张满囤从地里回家来，见一家人倒在血泊里，满腔怒火，唱了几句梆子尖板。他忍无可忍，手持镰刀与鬼子搏斗。武打场面有几个来回反复。台下有人喊："打死鬼子，打死鬼子。"又有人喊："张满囤，小心，鬼子开枪了！"随着喊声，戏台后边的音响效果一声爆竹响，张满囤倒在台上，鬼子一步步瘸着下场。台下观众唉声叹气，很为张满囤的牺牲感到惋惜。

董洁演的青年媳妇被鬼子打晕以后渐渐苏醒过来，她悲恸欲绝，唱梆子哭板：

> 一阵阵魂飞魄散，
>
> 险些儿命归黄泉。
>
> 日本鬼子豺狼性，
>
> 血海深仇何处申冤？
>
> ……

董洁唱得情真意切，一声一泪，泪珠子簌簌流下。台下的女人们早被感动得擦眼抹泪，甚至连连抽泣。有人说："她的眼泪咋的流得这么快呀？是假的吧。"一位妇女不同意这种看法，说："那可不是假的，备不住她的爹娘也被日本鬼子杀害了，想起了自个儿的冤仇。"这种看法多数观众认可了，都深为同情青年媳妇和董洁的罹难，同时加深了对日本鬼子的仇恨。

青年媳妇正声声泪下唱得感人肺腑，突然间台上响起枪声，董洁扮演的青年媳妇随枪声倒下，血浸透了胸部衣裳流出来！

这不是音响效果，这不是演戏，这是血淋淋的事实！台下乱营了，观众不知所措，都东看西瞧枪声来自何处？周玉熙率领的自卫团立马抓住了这个打黑枪的人——记脸子特工队副陈大疤子，他装扮庄稼人站在戏台左侧打了这一黑枪。观众群情激愤，高喊："打死他，打死他，狗汉奸！"

几乎是同时，后街娶亲的人家，新娘入了洞房。正在西厢房里饮酒的记脸子就沉不住气了。斟酒的小伙子一杯一杯给他满了，他一杯一杯喝了，晕乎乎的就起身往北屋的洞房走，一个特工队员忙跟上。到了洞房门口，记脸子一手把特工队员推开，说："你还跟着俺干啥？"

记脸子进了洞房，见新娘坐在炕上，还蒙着袄子，他笑道："新郎咋的还没揭袄子？俺来揭吧。"新娘纹丝不动。记脸子伸手揭下袄子，一位天仙似的美貌女子闪现在他面前，恍恍惚惚似曾见过，又似乎未曾相见，三魂六魄早已飞到九天云外去了。还未等他醒过神儿来，新娘手持短枪，说了句："姑奶奶今天报仇了！""当当"两声，记脸子倒在地上，脑袋里血浆汩汩流出来。洞房外的那个特工队员同时被人击毙。

在西厢房里饮酒的特工队员们一时都傻了似的目瞪口呆愣了神儿，有两个刚要掏出家伙早被端菜、斟酒的自卫团员撂倒了。赵安禄手持双枪走进屋，说："缴枪不杀，有愿意跟俺打鬼子的留下，不愿意的回家种地。"一帮特工队的人都乖乖地交了枪械，情愿听从赵安禄的指派。

董洁的尸首抬到赵氏宗族祠堂里，赵安禄、周玉熙、赵占魁、宋尚义、赵宝成、赵明理和先锋剧社的演职员默默坐着，气氛异常地沉痛，凄楚！赵安禄、周玉熙、赵占魁为没有尽到保卫先锋剧社的职责而懊悔，自咎；宋尚义、赵宝成、赵明理和先锋剧社的演职员为失去一个共同战斗的战友而悲痛，惋惜！

赵占魁说话了："宋老师，给她的家人报个信吧。"宋尚义说："董洁同学家住德州城里，父母早被日本鬼子杀害了，她也没有兄弟姐妹，孤苦一人。"赵安禄说："董洁学生是民族义士，抗日英雄，鲁北民众自卫团送她上路，责无旁贷。"这时候，赵太世走进祠堂，说："这位女学生是宝成的同学，在俺家住过一宿，就算是俺家的闺女，俺家制棺木发送她。"

安福家里的领着儿媳菊个儿来了，一进祠堂就哭声不断，安福家里的抹泪说："多好的一个女学生呀，说走就走了！"菊个儿几乎趴到尸首上恸哭不止，边哭边说："董洁妹妹，好妹妹，俺还等着你给俺起个名字哩，咋的就撒手走了呢？狼心狗肺的陈大疤子！"

赵太世说："宝成他娘，快拉开孙媳妇，回家备些白布白纸，咱按办白事的规矩，送闺女上路。"

安福家里的拉开菊个儿，菊个儿从来没有在大庭广众面前说过话儿，这会子却泣泣地絮叨起来："董洁妹妹，俺还等着你给俺起个名字哩……"

# 第四十一章　他为国流尽最后一滴血

　　自从先锋剧社在玄庄演戏出了事，郑氏和安福家里的总是天天心神不安，牵挂着在外的宝成。菊个儿虽口里不说，心里也是惦念。董洁的死又给她添了一番心思，这人活在世上也是无常的，不知什么时候说殁就殁了！

　　这一日婆媳仨又坐北屋东里间炕上边做活边说话。郑氏一年到头离不开纺线车，安福家里的和菊个儿手里都拿着针线活。郑氏说："宝成不是在学校里念书吗，咋的又出来演戏呢？"安福家里的说："现如今不是抗日嘛，学校里的老师领着学生出来演抗日的戏。"郑氏说："都是年月不好啊，又是日本鬼子又是二鬼子，折腾得老百姓没有好日子过。"菊个儿想问一句"宝成这中学的书快念完了吧？"又不好意思开口。沉一会儿，安福家里的突然冒出一句话："娘，俺给你说吧，宝成他婶怀上了！"郑氏停下纺线车，急问道："你说咋的？"安福家里的又重复道："宝成他婶怀上了，有七八个月了，俗话说，酸男甜女，他婶天天找酸东西吃，吐酸水，咱赵家要添人了！娘，俺想呀，不管怎么说，咱也不能让他婶在人家生人啊！"郑氏心里乐了，喜形于色，说："成儿他娘，你说的是呀，俺给你爹说道说道，把他婶接回来。"菊个儿也笑着说："俺伺候婶子的月子。"

　　晌午赵太世、赵安福父子荷锄回来，先擦把汗，赵太世坐圈椅里抽饭前一袋烟。这顿饭吃贴饼子熬小鱼，小米稀粥。女人们摆好饭菜，赵安福拿起贴饼子急急地吃起来，赵太世不紧不慢地吃。趁这时候，站在一边的郑氏说："当家的，听说宝成他婶怀上了，说不定还是个小子哩！"赵太世愣一下，放下饭碗问："几个月了？"安福家里的说："有七八个月了。"赵太世思谋起来，又慢慢端起饭碗。郑氏说："咱不能让成儿他婶在人家添人啊！接回来吧！"赵太世仍不言语，屋里静静的，只有赵安福呼噜呼噜喝小米稀粥的声音，全家人等了半天，赵太世才迸出一句话来："嗯，要回来，也得有个说头。"

赵太世说的"说头"就是已经办过的事情再折回来得有个说法，有个由头，不然他的老脸往哪里搁呢？见了乡邻说什么好呢？安福家里的心领神会，就奉了婆婆的旨意，来到赵占魁家见妯娌安禄家里的。

妯娌俩一见面，安禄家里的叫了声大嫂，就掉了几滴泪，说："你可来了！这几天俺正发愁呢，俺又不便往家里去，你这一来，俺就知道爹有话了。"

安福家里的说："说得是呀，今儿晌午咱娘说你怀的八成是个小子，咱爹立时放下饭碗，嘴里不说，话听进心里去了，他能忍心不管吗！依俺看，要迈过这道坎，你和安禄还得到祠堂里在祖宗面前再认个错，咱爹脸面上也好看，他一点头，俺和儿媳妇就一块把你接回家了。"安禄家里的说："俺的好大嫂，行啊，后晌俺和安禄说说，明儿你再劳累一趟，说办咱就办了，你看看，肚子一天天大了。"她腆着肚子说，两人对视一笑。

第二天过晌，赵太世、赵占魁、赵太和和几个赵氏宗族的老人坐在赵氏宗族祠堂里，赵安禄一身庄稼人打扮，领着妻子奚氏在赵氏宗族族谱灵牌前焚香磕头。夫妻双双跪在香案前，赵安禄道："列祖列宗在上，赵安禄之妻奚氏犯下不贞不孝淫之罪，今知罪了。以后洗心革面做忠孝贞节之人，乞求祖宗宽恕。"说着，夫妻俩一起连连磕了三个头。

大家都松了口气。赵占魁对赵太世说："这档子事过去了，以后不要再提了。"赵太世点点头。赵安禄夫妻同声叫了声响亮的"爹"，赵太世应一声，说："回家吧！"

天气异常炎热的时候，安禄家里的生了一个白白胖胖的小小子儿，喜得一家人合不拢嘴。赵太世在祖宗灵牌前焚香叩首，感谢祖宗的恩德。郑氏和安福家里的一天到晚调理饮食，菊个儿则把每顿饭菜端到西厢房炕前。玄庄人把月子孩装在沙土袋里，孩子拉尿了就换沙土。赵安禄从南沙河里推来一小推车沙土，沙土过了筛子，倒在西厢房外间屋里。每天换沙土的差事就落到了菊个儿身上。安禄家里的说："侄媳妇，你天天这么伺候俺和孩子，俺心里不落忍啊！叫婶子咋的谢你呢？"菊个儿说："婶子，快别说这种外人话，这是侄媳妇应当的。"孩子过了十二晌①，赵太世给孙子起名赵宝琳，乡邻们吃了红鸡蛋、喜面，赵家就算是正正经经添了一口人，添了赵氏宗族的一支脉。

西大洼的高粱红了，红得邪乎，一片一片。玄庄的老人们说，从来没见过高粱这么红，像人血，紫红，紫红。

这天清晨，玄庄人注意到马德昌家大动干戈，伙计赶着骡马大车奔恩县城了，骡马轿子车里坐着马德昌、郭氏和祝嬷嬷怀抱着刚刚一岁多的石榴红的儿子马怀玺。骡马大车的前后座上载了几个樟木箱子。庄稼人大眼儿瞪小眼儿看看，疑惑了：

"这是干吗去呢？"

"要搬家吗？"

"要逃难吗？"

有人猛然间醒悟道："是啊，要逃难啊！"

"财主家逃得哪门子难呢？"

众人皆醒悟道："逃的日本鬼子的难呗！"

玄庄人震惊了！玄庄人惊慌了！

石榴红早赶到赵氏宗族祠堂里向赵安禄、周玉熙报告了日本鬼子要来玄庄扫荡的消息。原来夜来后晌恩县警备大队二中队长郭殿臣跑到姐

---

① 十二晌：鲁北乡俗，小孩生下十二天，主家给乡邻们吃喜面、喜鸡蛋，表示庆贺，称过"十二晌"。

夫马德昌家报了信，也算是递给鲁北民众自卫团一个情报。马德昌家夜里就大动干戈了，藏粮食，埋银圆，收拾细软衣物，整整忙了一宿。马德昌吩咐，天一亮全家人奔恩县城，石榴红执意不从，他也没办法。石榴红和赵安禄等人说着话，德州情报站的赵连根也赶到了。说是此次日本鬼子扫荡非同小可，由日军驻德州司令部长官矶谷廉介亲自指挥，带领骑兵步兵数百人包围玄庄，目标直指鲁北民众自卫团。

赵安禄和周玉熙早有精神准备，鲁北民众自卫团的战绩越大，越搅和得日军恐慌不安，越引起日军的注意和嫉恨，离他们采取军事打击行动的时候也就不远了。三位鲁北民众自卫团领导人作了周密的研究和商讨。然后集合自卫团全体团员，周玉熙讲话说，咱们鲁北民众自卫团的主旨和任务就是抗击日军侵略者，保卫家乡，保卫父老乡亲。这次日军来玄庄扫荡是冲着自卫团来的，绝不能让玄庄的百姓遭受财产损失和人身伤亡。立即动员全村百姓坚壁清野，把粮食和贵重物资都坚壁起来，人和牲口能转移的转移，不能转移的都到南沙河隐蔽。自卫团全体团员在村里备战迎敌。赵安禄又作了战斗部署，侦察班长赵连根带领侦察员到村外侦察敌情，由团长赵安禄和参谋长周玉熙带领两队团员在村北和村东迎敌作战。为了不使百姓的房屋遭受破坏，把鬼子引向西大洼，殊死战斗，歼灭日军。副团长赵占魁和军需庶务长石榴红负责坚壁清野，保护群众。最后，赵安禄说："弟兄们，小鬼子欺人太甚，带了枪炮跑到中国来耍威风，跑到咱们家门口杀人抢劫，到了咱们和小鬼子拼命的时候了，不是你死，就是我活！谁英雄，谁好汉，战场上见！"说完他又领着全体团员宣誓："宁为战死鬼，不做亡国奴！"赵氏宗族祠堂里又一回士气冲霄，喊声震天！

这一回哇儿哇儿二不敲锣了，敲锣动静太大，怕是邻村人也能听见。他和赵占魁、石榴红三人分头挨门挨户通知动员群众把粮食藏到红薯窖和菜窖里，能走亲戚的就走亲戚，不能走亲戚的天黑以后都到南沙河隐蔽。有的老人不愿意走动，说："俺都这么大岁数了，鬼子来了俺也不怕死。"哇儿哇儿二叫声大叔、大婶或是大哥大嫂，说："咱死也得堂堂正正地死，不能等着死在日本人的刀枪下，走吧，让儿女们搀着。"

　　赵太世作出果断的决定，吩咐赵安福套上牛车送二儿媳安禄家里的抱上小孙子赵宝琳到奚庄安禄家里的娘家躲一躲。这一回安禄家里的听从了公爹的安排，且心存了感激之情。临行前她抱着孩子到祠堂里与赵安禄辞别，赵安禄吻着儿子的脸蛋亲了又亲。安禄家里的说："俺等着你回来和儿子一起过日子哩……"话没说下去，就掉泪了。

　　赵太世和郑氏老两口原本也不想走动，安福家里的不住地劝说，石榴红又口口声声大爷大娘地叫着动员。后来赵占魁干脆吩咐两位自卫团员套了两辆驴车，由石榴红照管着把村里的老人拉到了南沙河。细心的哇儿哇儿二还不忘扫掉了驴蹄印儿和车辙印儿。

　　傍黑的时候，玄庄街上雾气弥漫，不见炊烟，玄庄人一家一家扶老携幼，背包提篮，默默地低着头奔了南沙河。儿子加入自卫团的爹娘，到祠堂里和儿子见个面，递给儿子几个煮鸡蛋，抹抹泪，算是尽了爹娘的一份心愿。

　　赵占魁、哇儿哇儿二眼睁睁望着乡邻们走了！赵占魁冲哇儿哇儿二说："太和，你也走吧！"哇儿哇儿二说："魁哥，玄庄人谁走俺也不能走。俺是维持会会长啊，俺走了谁支应小鬼子呀？没人支应小鬼子，他们闹腾得更凶了！"

　　赵占魁点点头，说："有理，有理。小心点儿，随机应变吧。"哇儿哇儿二说："放心吧，俺心里有数。"


　　南沙河为黄河故道，叠起一座座沙土岗，荆棘丛生，正是隐蔽的好去处。天色已黑下来，荆棘丛里虫鸣唧唧。玄庄人一家一户围一堆，默默地待着。赵太世想装袋烟抽抽，摸摸腰间后悔忘记带烟袋和烟荷包了，又一想带来也不能抽啊，这会子忌讳火光，也就罢了。郑氏歪着，说："当家的，你躺下歇会儿吧！"赵太世说："甭管俺，俺就坐着。"菊个儿挨着奶奶，忙铺一块被单子，垫一个小包袱，扶奶奶躺下枕着，又盖一件单衣，悄悄说："奶奶，歇会子吧，俺守着奶奶哩。"郑氏"嗯嗯"应着。安福家里的照管男人躺下，又给公爹披一件布衫，说：

"爹，披上吧，夜里凉。"赵太世依儿媳披了，不语。他在思谋，这场战事怕是日本人赢了，自卫团要败在日本人手里了，安禄性命难保啊！他想到这里，心里一咯噔，皱起眉头。不知不觉赵占魁坐在他身边，赵占魁说："太世，俺知道这会子你心里琢磨啥，甭担心，凭安禄的本领，玉熙的策略，自卫团弟兄们的英勇，能打赢日本鬼子。"赵太世说："日本人枪呀炮呀的，要是打不赢呢！"赵占魁说："西大洼方圆几十里，把鬼子引到西大洼里，活动余地大，能打赢就打，打不赢就跑。"赵太世说："就怕是他们硬打硬拼，不跑啊！"这时那边传来几声婴儿的哭声，赵占魁忙赶过去了。等他走到那里，婴儿已停止哭声，只见一位妇女用棉被死死裹住孩子，捂住孩子的嘴脸，这位妇女泪水汪汪。赵占魁连连无声地叹息！

黑夜沉沉，黄河故道里，有的庄稼人入了梦乡，多数男男女女眼睁睁躺着，坐着，望着满天星斗，听着虫鸣唧唧。他们不知道在想什么，那万里银河纵贯天下，牛郎织女星隔河相望，何日得相见？天下人总是多灾多难！北斗七星在遥遥北方，那支勺把子正卧在玄庄上空，北方之神玄武爷就是从那里来的吧？俺求救北斗七星了，保佑俺玄庄百姓平安禳灾，让日本鬼子掉到那万丈银河里吧！头顶一口井（一圈星围着），井下掉一块砖（一颗星），俺捡起那块砖砌到井沿上吧，让完完整整一口井供百姓饮水富足。福禄寿三星吉星高照偏西了，俺求三吉星慢些走，降福于玄庄吧！嫦娥奶奶还隐在地下面没有出来……

东方露出鱼肚白的时候，玄庄街里传来了枪声，密密麻麻，日本鬼子来了！自卫团的乡亲们开战了！黄河故道里的庄稼人骚动起来——那北斗七星不领情，玄武爷不禳灾，三星吉星不降福啊！赵占魁和石榴红忙照管众人安静下来，千万不能有动静啊！自卫团的乡亲们拼着命保卫着咱们哩，不能让他们白白费了力气费了心思啊！

日军坦克开路，步兵紧跟，骑兵殿后，从北面和东面两路人马气势汹汹包抄过来，直逼玄庄！周玉熙率领的鲁北民众自卫团二队团员在玄武庙上架设四挺机枪首先向从东面来的日军开了火，子弹像爆豆一样响成一团。冲在前面的日本鬼子随枪声倒下一片。然而坦克车的火炮打中了玄武庙基台的一角，塌陷了。周玉熙急命令机枪手撤下玄武庙，边扫射狙击敌人，边撤向西大洼。同时，布阵在玄庄北道沟的赵安禄率领的鲁北民众自卫团一队战士给予从北面包抄过来的日军重重打击。几十枚手榴弹炸得日军骑兵人仰马翻，一下子乱了阵脚。

西大洼里布满青纱帐，日军的坦克火炮失去了威力，只能无目标的开炮践踏庄稼。赵安禄和周玉熙分别率领的两队自卫团团员布阵在南北两个战场上与鬼子殊死战斗。

赵安禄率领的自卫团一队凭着一道土岗做掩体在一片高粱地里狙击敌人，击退了日寇的数次进攻，鬼子连遭重创。但日军的兵力、装备远远超过自卫团，一批又一批鬼子从三面卷土重来，自卫团一队陷入重围。赵安禄不惊不慌，命令全队士兵与鬼子展开面对面的肉搏战，他发挥喜峰口大刀队的优势，从背后抽出两把柳叶刀，高喊着杀向敌人！自卫团士兵一个个士气高涨，奋不顾身，都杀得眼珠子红了！青纱帐里，刀光闪现，血肉横飞，鬼子脑袋落地，肚子开膛。同时自卫团一队也伤亡惨重，能够坚持战斗的人越来越少！

这时候，太阳正午，周玉熙率领的自卫团二队与鬼子激战半日，伤亡也不少，他带领余部从西南面赶过来，与自卫团一队会合作战。周玉熙靠近赵安禄，说："三弟，突围吧？"赵安禄点点头说："二哥，你先带领弟兄们向西面突围，我和十几个弟兄断后掩护。"

说话间鬼子从四面包围过来，赵安禄坚定沉着，毫无惧色。他指挥战士边阻击边突围。当自卫团战士突破土岗一道防线后，一颗子弹打中赵安禄的腹部，他倒在青纱帐里，血流不止！跟在他身边的赵连根忙背起他往西跑，赵安禄说："连根，放下我，你快和弟兄们撤离阵地。"赵连根不听，一口气把团长背到一块凹地里，隐蔽下来。赵安禄腹部的血不住外流，他板起面孔说："你快撤退，告诉参谋长，过运河投奔八路，我不行了！"赵连根含泪说："团长，俺不能舍下你呀！"赵安禄说："这是命令！"说着他掏出一块手帕，伸出食指蘸着鲜血写下"抗日"两个字，递给赵连根，说："交给参谋长，快跑！"外边枪声不绝，鬼子喊着："抓赵安禄，抓活的……"赵连根接过手帕，泪流满面，望着团长慢慢离开凹地，连连向鬼子开枪，把鬼子引开。

又一批鬼子追赶过来，发现了凹地里的赵安禄。赵安禄气喘吁吁，仍神志清晰，两臂有力。他背靠在凹地的土崖上，手持双枪，一连击毙几个鬼子。鬼子们害怕了，不敢贸然靠近。赵安禄估摸着自卫团弟兄们已经安全突围，他看着站在他面前的一个个狰狞面目的鬼子，内心感到无比地安适欣慰！此时，他身上的血越流越多，脸色也越来越苍白，他自知自己留下的时间不多了！在人生最后的时刻，一个永恒的信念和一股顽强的毅力支撑着他，用尽全身力气，挺起身来，扣动扳机，又有几个鬼子立刻倒下了。鬼子们惊恐失色，纷纷后退。赵安禄流尽最后一滴血，带着满脸笑容闭上了眼睛，两支紧握着的匣枪掉在凹地里，凹地里一凹鲜血！那血鲜红鲜红，红得像西大洼的红高粱！

天近黄昏，夕阳也红得邪乎，血一样染红了半边天。周玉熙率自卫团余部渡过运河，在一片棒子地里歇下来。赵连根把赵安禄写的"抗日"血书交给参谋长，含泪说："赵团长说，投奔八路。"周玉熙接过那块浸透了赵安禄鲜血的手帕，连连领首，眼里滚出了泪，带领自卫团战士朝东方三鞠躬！仅有的三十几位自卫团战士全身溅满鲜血，带着伤痕，叫着："赵团长，赵团长！"泪如雨下！


鬼子撤退了。玄庄死一般寂静，一部分烧毁的房屋冒着烟，街上一片狼藉。

庄稼人陆续从南沙河回来，都默默回到家，谁也不说话，好像这都是意料之中的事，无须哀叹，无须悲伤！

有人在后街的一堵墙根下发现了躺在地上的抱着黄铜唢呐的哇儿哇儿二，身边一摊鲜血，引来了不少人看。人们还发现离哇儿哇儿二三五步，还躺着一位中年妇女，头部流了血。人们不认识这位中年妇女，互相看看，摇摇头，不知是谁。人群里有人认出了，说："这不是宝成他大姨嘛！"人们又纳闷，怎么是她呢？不管咋样吧，这两个人都是日本鬼子杀害的是定定不可疑的！

——大批的日本鬼子往西大洼打仗去了，却留下一小批鬼子在玄庄挨门挨户搜查，结果都扑了空，人空物空，只捞到几条狗，也开枪打死。鬼子们哇啦哇啦叫着，颇为气愤。哇儿哇儿二身挎黄铜唢呐，手提铜锣走过来，说："皇军，有事吗？俺是维持会会长，有事你说。"

鬼子问："人呢？都到哪里去了？"

哇儿哇儿二说："都跑了，奔亲戚家去了，有的奔县城了。"

鬼子又问："粮食呢？"

哇儿哇儿二说："粮食都吃完了，秋粮还没收下来哩。"

鬼子就抽出刺刀叫着："你的八格牙路，八格牙路。"

哇儿哇儿二摆摆手说："皇军，别杀俺，你杀了俺谁支应你们呀！"

这当口，后街上一个鬼子正追赶携篮的桃个儿，也不知道怎么这么巧，桃个儿偏偏在这个时候来玄庄看望她二妹安福家里的，她刚走到街里就遇上了鬼子。哇儿哇儿二看在眼里，忙丢下铜锣跑过去。那个鬼子在一堵墙根下，抓住了桃个儿，正在撕扯她的衣裤。哇儿哇儿二顿时怒不可遏，抡起黄铜唢呐朝鬼子头上狠狠砸去，鬼子转身与哇儿哇儿二打斗。站在一边的桃个儿一时愣了神儿，等她醒过神儿来，哇儿哇儿二已躺在地上，鲜血从胸膛里汩汩流出来。鬼子又向桃个儿走来，还在打桃个儿的主意。桃个儿心惊肉跳，但她恍惚之间立时萌生出一个主意，猛地一头撞在墙根下护宅石上……

人们似乎也猜测到了上述情景。一会儿，赵占魁来了，赵太世来了，看看也只是低头"唉唉"地叹息。眼里无泪，这是灾难中的灾难！安福家里的和石榴红姐妹赶来了，她们趴在大姐桃个儿身上放声痛哭，因为她们和大姐桃个儿最亲近了，她们还深深知道大姐的心思。安福家里的叫了声"爹"，石榴红叫了声"大爷"，一起朝赵太世跪下，道："大姐给俺们说过，她死后，终有一天要和太和叔合坟，圆了她的心愿吧！"赵太世听了一愣，他万万没想到还有这么一回事，这桩突如其来的不合祖规的事情——差着辈分哩！他愣了半天没有搭话，安福家里的姐妹俩就一直跪着。赵占魁说："太世兄，应了吧，俺也知道太和生前有这个意思，生不能成亲，死了就圆了他们的姻缘吧！"赵太世意意思思地说："到了这年月，你们看着办吧。"石榴红说："大爷，俺给大姐办这桩红白事。"

最让玄庄人牵挂的是鲁北民众自卫团的亲人们、乡亲们，枪声早已停息了，他们是跑出去了，还是葬身于西大洼战场？天色已黑下来，赵占魁、石榴红、赵太世、赵安福和自卫团战士的亲属们打着灯笼火把下西大洼了！

灯笼火把在青纱帐里游动，不时地有人蹲下来仔细辨认满身鲜血的尸首。于是，青纱帐里就传出阵阵哭声，西大洼沉浸在一片哀恸之中！

赵占魁、石榴红、赵太世、赵安福寻到了那块满是鲜血的凹地，赵占魁高高举起灯笼，灯光下照耀着鲁北民众自卫团团长赵安禄欣慰安详的面孔，四位活着的不论是长辈人还是同辈人，都对死者不禁肃然起敬！这就是俺们的团长！这就是俺的儿子！这就是俺的弟弟！这就是玄庄人！他们都流下了一串串泪，一串串无声的泪……

这一夜，西大洼仿佛很宁静，只见灯光闪闪，并没有多大的动静；又仿佛不那么宁静，不时地有凄切的声音，"儿呀，儿呀"地叫着荡漾在青纱帐里，搅动得人心里慌慌的不那么着实儿！玄庄人都待在他们的亲人身旁守灵哩！石榴红和姐夫赵安福守在赵安禄身旁，赵占魁、赵太世回庄里筹办后事去了。

后事筹办得既隆重又简捷，无须那些烦琐的丧事习俗，也不讲究那些庞杂的葬礼，但是为国捐躯的男儿们每人一口棺材是少不了的。赵占魁和石榴红料理事务。赵太世、赵金铎，又动员财主马德昌等人，各尽其力，各尽其财，玄庄人尽一切可能，三天后，连外庄的死难烈士，共一百五十八具黑漆棺材摆列在西大洼。赵太世把为自己备下的已经油漆了八遍的棺材让给了儿子赵安禄。以那块鲜血染红的凹地——也就是赵安禄的墓为中心，形成一方庞大的鲁北民众自卫团烈士陵地。

玄庄人除了行动不便的老人和孩子都拥向西大洼，烈士的同辈、晚辈都穿孝衣戴孝帽勒孝巾。赵家人都来了，赵宝成从运河学校赶回来，菊个儿挽着郑氏，安福家里的扶着怀抱儿子的安禄家里的。赵安禄的儿子赵宝琳手里举起一杆小小的白幡。

邻村死难烈士的亲属和庄稼人也陆续赶到西大洼。四女寺镇周玉熙之父周老先生（他已知悉儿子突围出去了）打发人给赵安禄送来一副白绫挽幛：

为国捐躯光耀中华大地

浩然正气英灵千古永存

入殓了，西大洼不闻哭声，只有千滴万滴无声的泪！有的泪已干了！庄稼人把已经尽力装裹好的亲人小心谨慎慢慢放入棺内，有的还放入亲人生前喜爱的物品。赵占魁、石榴红和赵家人围在赵安禄棺旁，赵安禄已装裹一新——石榴红特意找到郭殿臣要来一身国军军装。赵占魁指点着，赵安福抱头赵宝成抱身恭恭敬敬将英雄入棺。石榴红把两把柳叶刀放在赵安禄身旁。赵太世弯腰站着行注目礼，郑氏由菊个儿搀着已泣不成声，安福家里的泪流满面，而唯有安禄家里的十分沉静，不动声色，她抱着儿子跪在棺前说："宝琳，你爸爸走了，给你爸爸磕个头吧！"小宝琳举着白幡，"哇"一声哭了！

凹地上边已跪满了庄稼人，有人喊着："一叩首、二叩首、三叩首。"众人齐刷刷朝英雄磕了三个头。

哇儿哇儿二和桃个儿的尸首也已入棺，庄稼人帮衬着，石榴红和安福家里的一手操办，两具红棺材摆在玄庄街上。两人都无后代，两杆红幡插在棺上，棺前棺后还摆了几样红绿纸扎的纸活。这种"红白喜事"先办"红事"后办"白事"，引来了许多看热闹的庄稼人。石榴红代表女家（桃个儿），安福家里的代表男家（哇儿哇儿二），姊妹俩递了小帖大帖，算是办了"红事"。安福家里的说："亲家，递了小帖大帖，就让两位新人上路吧！"石榴红说："亲家，是了。"引得众人大笑。然后再办"白事"，赵安福、安福家里的、石榴红、赵宝成、菊个儿都戴了孝，在两具红棺前上拜磕头，焚烧了红绿纸活。

两具红棺由乡邻们抬着埋到了哇儿哇儿二家的一亩多地里，下葬的时候，石榴红和安福家里的姊妹俩谁都没有掉泪，她们为给大姐办了一桩终身大事而感到欣慰，安福家里的说："你大姐一生孤苦一人，终归有个做伴儿的了，终归了了自个儿的心愿。"石榴红频频点头应着。谁知，赵宝成在一边哭成了泪人。石榴红忙过去劝说："宝成，你大姨从小看着你娇贵。"一句话宝成更是痛哭不止。石榴红又说："现如今，给你大姨办完了事，事情办得圆圆满满的，不要哭了。"宝成哭着嗔道："办完了事，办完了事，你们净说傻话，人都死了，还有什么做伴不做伴的！迷信，都是迷信。"石榴红觉得也不便和宝成争辩，就引开了话题，说："宝成，多在家里待两天吧，一时不走吧?"宝成抽泣着说："不行，现在形势紧着哩，明儿就走。"一提到形势，石榴红心里也紧了起来。如今自卫团已经垮了，抗日的日子还长着哩，想到这里，不免心事彷徨，就问："宝成，你们先锋剧社还演戏吗?"宝成擦擦泪，说："演呀，俺们剧社宣传抗日的任务越来越重，八路军要过来了，要宣传动员更多的人参军打鬼子。"石榴红说："俺想加入你们先锋剧社，你看行吗?"宝成又转悲为喜，说："小姨，行啊，俺回去给宋老师说说，说准了，回来告诉你。"石榴红说："俺等着你的话吧。"正说着，安福家里的由菊个儿搀扶着过来说："你俩在这里说话哩，快回家吧，你爷爷奶奶在家里等着哩。让鬼子折腾的，还不知道做么饭哩。"

　　夕阳已没下去，一家人步回家，他们边走边回头看看，一座硕大的新坟矗立在旷野里，坟头上两杆红幡在风中飘摇。

# 第四十二章 莲花落①《八路军来到大门庭》

秋庄稼倒下去的时候，八路军东进抗日纵队过来了。

这日傍晚，有三百多位身着灰色军装的八路军战士坐在玄庄街北的场院里唱《三大纪律八项注意》歌，晚归的庄稼人站在街上观望。他们知道八路军是打鬼子的军队，可从来还没有见过。他们看了一阵子，听了一阵子，觉得这帮军人和二鬼子不一样，和国军也不一样，再往前说和军阀兵更不一样了。歌唱得响亮，队伍整齐，最让他们感动的是秋毫无犯。

有几位八路军战士在玄庄走街串巷号房子住，他们"大爷大娘、大叔大婶"地叫着，说借住一宿就走，不给主人家添麻烦，自个儿带的有粮食，借用锅灶煮小米饭，烧了主人家的柴给钱。庄稼人从来还没有见过这样的军队。

赵占魁家腾出东厢房，住了七位八路军战士。

后响，一位连长与赵占魁坐炕上说话。连长说："大叔，听说这一带有一支农民武装抗日队伍鲁北民众自卫团，团长叫赵安禄，你知道吗？"赵占魁一听，一股血气涌上心头，说："俺就是鲁北民众自卫团

① 莲花落(lào)：原为一种说唱曲艺，源于宋，清时流行。后发展为秧歌，边舞边唱，冀东鲁北一带流行。

的人，赵安禄就是玄庄人啊。"连长问："这支队伍现在哪里？赵安禄在吗？"赵占魁未说话，先滴下泪来。他向连长叙说了鲁北民众自卫团与日本鬼子在西大洼的那场殊死战斗，赵安禄战斗到流尽最后一滴血，壮烈牺牲。接着他问连长，俺们的参谋长周玉熙带领三十几个自卫团团员投奔八路军去了，你们见到没有？连长说，没有见到，他们终归会找到八路军的队伍的。末了，赵占魁不住地感叹道："你们早过来一个多月就好了！"连长听了沉思良久，紧紧握住赵占魁的双手说，共产党、八路军谢谢鲁北民众自卫团，谢谢玄庄的老百姓，你们的爱国壮举将载入中华民族史册，人民是不会忘记的。

赵太世家也腾出了东厢房，菊个儿到西厢房里和婶婶睡一个炕上，住了几位八路军战士。这几位战士是山西人，说话一口一个"我呀，我呀"的，"大——爷，大——娘"地叫着，又是扫院子，又是担水。赵太世老两口触景生情，见了穿军装的人想起儿子赵安禄，不觉有些悲伤，只是"哎哎"地应着，不搭话。安禄家里的也暗自垂泪，菊个儿就剪了小狗小猫的纸花，逗着小宝琳玩儿，为婶子解闷。安福家里的菩萨心肠，提了一壶热水，拿了几个刚煮熟的红薯，送到八路军战士面前，说："你们大老远的到俺这边来打鬼子，也不易呀！没别的好东西，吃几个熟红薯吧。"八路军战士只喝热水，不吃红薯，说俺们有纪律，不吃不拿老百姓的东西。安福家里的不理解，说："是嫌弃俺们吧，细粮白面都让鬼子二鬼子抢走了，没有好东西呀。"八路军战士又"大婶大婶"地叫着解释劝说。

第二天，这支八路军队伍临行前到西大洼鲁北民众自卫团烈士陵地默默致哀，三鞠躬。玄庄的庄稼人站在街头望着他们走了。

那位连长又紧紧握住赵占魁的手，说道："我们打鬼子去了，我们还会回来的。"

转过年，和煦的阳光洒在运河之滨的一片枣树林里，枣树林里传出嘹亮的歌声：

运河弯弯千里长，
两岸沃野好风光。
我们的学校在运河之滨，
黄土平原是我们生长的地方。
我们高举抗日的战旗，
浴血奋战到最后的时光。
……

运河学校正在这里开一个隆重的欢迎会，热烈欢迎来自延安的两位干部。两位干部一身朴素的灰色衣装，是奉中共中央之命来山东开辟抗战工作的。他们知道运河学校是党的培养抗日干部的学校，就在这里滞留一两天，然后取道聊城再到山东省委报到。

歌声唱罢，宋尚义先致欢迎词，然后一位延安干部讲了当前的抗战形势，另一位延安干部重点讲解了毛泽东同志在延安抗日战争研究会上的讲话《论持久战》。两个讲话都赢得运河学校全体师生经久不息的掌声。会后，两位延安干部把不多的《论持久战》著作分发给大家，师生们争先恐后地去领取。赵明理手疾眼快领到一本，赵宝成却没有这个本事，他跑到前面空手而归，不住地叨念："真是的，真是的，书没有了。"赵明理说："咱俩看一本吧，你先看。"说着把书递给宝成。赵宝成说："咱俩一块看吧。"赵明理说："一块看咋看呢？"赵宝成说："一个人念一个人听呀。"赵明理一笑。

赵明理和赵宝成一起在灯下读《论持久战》，一个人念一个人听。赵明理先念了两个章节《问题的提起》《问题的根据》；接着，赵宝成又念了两个章节《驳亡国论》《妥协还是抗战？腐败还是进步？》。赵明理伸伸腰，说："休息一会儿吧。"赵宝成说："这本书写得真好，开篇就吸引人，抗日战争中的这些大道理，说得又实际又透彻，好像拨亮了心中的一盏灯。"赵明理说："后面还有好多章节哩，念完了会懂得更多更全面的道理，你心中的那盏灯就拨得更亮了。"说着两人都笑。各喝了一碗水，沉一沉，又继续轮流念《论持久战》。

这一夜，赵宝成做了一个梦，梦见在一座大庙里，像是玄武庙。玄武爷披发持剑正襟危坐，香案上香烟缭绕。然而站在香案前的不是道士，而是在枣树林里讲话的两位延安干部。赵宝成纳闷，延安干部怎么在这里呢？他正要前去搭话，延安干部递给他一张带字的纸，他以为是一份抗日宣传材料，接过来一看，上面豁然几个大字映入眼帘："离婚判决书。"赵宝成高兴极了，这是他夜夜想日日盼的事，他想对两位延安干部表示感谢，抬头一看，两位延安干部已不见踪影。宝成手捧这份宝贵的"离婚判决书"走出庙门，想再仔细辨认，不想一阵风刮来，"离婚判决书"随风飘飘摇摇飞上天了……宝成惊叫一声，醒来。睡在身边的赵明理迷迷糊糊说："你又做梦了。"宝成说："做梦了。"赵明理随即睡了。

赵宝成再也睡不着了。他知道梦不是现实，俗话说："日有所思，夜有所梦。"梦是人的思想变形的反映。有人说梦与现实是相反的，不知道是真是假。如果是这样，梦里本来拿到的"离婚判决书"又飞了，这说明梦里的事没有实现，是不是梦里没有实现的事，现实中就能够实现呢？他东想西想，不知所终。不管咋说，这个梦勾起了宝成对离婚这件事的思虑。这个时候，"离婚"已占据了他的全部思维。他从延安干部想起了抗日边区政府，听说鲁西北已归属冀鲁豫边区公署管辖，就不知道冀鲁豫边区公署在什么地方？他这样想着，不觉外边已经放亮，屋里的轮廓渐渐清晰了。他就穿衣起来，随意洗漱了，步出校外。

漳水镇街上，起早下地的庄稼人已络绎不绝，仅有的三两家饭店已经开门。赵宝成步到一家饭店门前，发现墙上贴着一张字体工整的"冀鲁豫边区公署第三区布告"。近前看看，大致内容是：

一、坚持国共合作，坚持团结抗战，肃清一切破坏团结抗战的特务、汉奸、妥协投降派。

二、实行全民武装自卫，广泛武装人民，开展群众游击战争。

三、彻底完成民主政治，建设健全边区各级民意及政府机构，坚决保卫与发展边区，为夺取抗日战争的胜利而奋斗。

这张布告充分证明了鲁西北已经建立了共产党领导的抗日边区政府，赵宝成心里立时豁亮了！继而坚定了向边区政府申诉离婚的信念。他向饭店掌柜问清了第三区机关的地址，就毫不犹豫地不顾一切地顺着运河大堤向南奔去。

时令已是暮春，他走了一阵子，身上汗津津的，就脱了大褂搭在臂上，又紧紧迈开步子，不停息地走。仿佛稍一怠慢，就会贻误大事。四十多里路不到晌午他就到达了三区机关所在地，又在街上问了两个人寻到了区上办公的地方。

赵宝成在区上的院子里东张西望，一位区里的干部问："小同志，你找谁呀？"宝成说："俺是来申诉离婚的，不知道找谁办呢？"两人说着话，互相看看对方。区里的干部说："原来是赵宝成呀！"宝成说："是周老师呀，你在区里工作了？"周玉熙说："是呀，先到我屋里坐下说话吧。"宝成喜不自胜，心想这可好了，找到"救命恩人"了，就随周老师到一间屋子里坐下。周玉熙给宝成倒了一茶缸子水，说："分别半年多了，你又长大了。"宝成说："听说你突围出去了，不知道往哪里去了？"一提起这个话头，周玉熙沉静下来，说："找到了八路军队伍，一直战斗紧，工作忙，想回去看看也没有时间，心里有愧呀！"宝成知道周老师说的"心里有愧"，是指叔叔赵安禄和自卫团战士牺牲的事，一时搭不上话茬，屋里沉默了一会儿。周玉熙说："宝成，你说你是来申诉离婚的？"宝成醒过神儿来，说："是啊，这个问题不解决，就好像用绳子捆绑住俺的手脚，干什么都不安心。"周玉熙说："这些年，你和你媳妇就没有说说话，交流交流思想，培养培养感情？"宝成说："周老师，你知道的，这桩包办婚姻犹如把俺推进了火坑！这些年她不理俺，俺不理她，还交流什么思想？一见了她俺就头疼！"宝成说着话有些生气的样子。周玉熙一笑，说："看来问题还挺严重，好吧，我领你和管民政的同志谈谈，她来给你处理。"

周玉熙领着宝成走进另一间屋子，一位年轻女干部站起来说："周区长，有事吗？"宝成一听周老师是区长，心里又高兴了几分。周玉熙说："这是运河学校的学生，小时候家里包办婚姻，他要申诉离婚，你们谈谈吧。"又对宝成说："谈完了到我屋里去，晌午在这里吃饭。"

赵宝成向年轻女干部详细地谈了包办婚姻的来龙去脉，提出了申诉离婚的理由，谈到激动处还擦眼抹泪。年轻女干部认真地听了，记了，也深为同情，临了说："小同志，你先回去吧，我们调查调查，一定按照边区政府的政策办事。"说着伸出手来，摆出握手的姿势。宝成还不习惯握手，有点不知所措，好歹接触了一下女干部的手就缩回来。女干部一笑。

宝成回到周老师办公室里，周玉熙已经从食堂里打来饭菜，几个窝窝头，两碗菠菜汤，一盘辣椒炒萝卜咸菜丝。说："边区政府还很艰苦，没有别的招待你，就吃家常便饭吧。"宝成说："行啊，学校里也是吃这个饭食。"两人叙叙旧情，宝成又问："周老师——周区长，俺离婚的事能办成吗？"周玉熙说："你先安心学习，做好抗日宣传工作，你的事我们一定尽力办的。"又问："你们学校里动员了参军的事吗？"宝成说："俺不知道呀，俺一早就赶来了。"说到这里，宝成才意识到自己今天出校门，既没有报告班长，也没有向老师请假，不免有些焦急，忙说："周老师，俺今天出来没有请假，违犯纪律了，得赶快回去。"说着匆匆吃了饭，告别了周老师。周玉熙送出门外，望着宝成的背影，自语道："包办婚姻把一个小青年折腾得迷迷瞪瞪的。"

赵宝成怀着愧疚的心理往回赶路，比来的时候走得还紧，一步紧一步。此时，他不想离婚的事了，他想自己违犯了纪律要挨批评的。自从他刚入德州中学时被同学们奚落为"小道士"，他从来还没有挨过批评，还没有在老师和同学们面前丢过面子！这一回又遇上动员参军的事，为了自己的私事，误了抗日的大事，岂不是太自私自利了吗？他越想越觉得羞愧不已，就又加倍地赶路。夜色降临，他走在运河岸上，月光洒在运河上，运河水又映照出闪闪光彩，天上地上给他照亮了路，为此他又感到有些欣慰，也没有丝毫惧怕的感觉，只是他发现那件大褂早已失落了，也不去管它，仍一心一意地赶路。紧着走了一阵子，进了漳水镇，进了学校门，心里才踏实下来，身子也轻松了。

宝成见到赵明理，先问："学校里动员参军了吗？"赵明理怨道："你到哪里去了？大家报名参军上前线，你回家看你媳妇去了吧！"宝成有口难言，一句话也说不出，转身找到宋老师，说："宋老师，俺今天到区上申诉离婚去了，没有请假，俺错了。"说着低下头。宋尚义问："你见到周老师了吗？"宝成说："见到了，周老师还请俺吃的饭。"宋尚义说："我就知道你办这个事去了，看来这个问题不解决，困扰你的进步啊！你离校办事应该请假，不请假违犯组织纪律了，写个检讨吧。"宝成说："好吧，俺接受组织的批评。"表现出心悦诚服的样子。沉一沉，他又说："听说学校里动员参军了，俺报一个名吧。"宋尚义说："运河学校参军的名额已经满了，赵明理参军了，你留校继续做抗日宣传工作吧，后方的工作也很重要啊！"宝成很后悔由于自己办私事，耽误了报名参军，贻误了做一个光荣的八路军战士。他一再要求也无望，就垂头丧气地回到宿舍。

宝成羡慕地对赵明理说："祝贺你参军当了八路军战士，俺误了报名了，真后悔。"赵明理也猜到了宝成到区上的事，理解他的心情，说："预祝你早日办成了离婚，卸掉这个大包袱。以后咱俩一个在前方一个在后方，互相勉励吧。"宝成说："你已经是国家的人了，你在前方贡献大，俺在后方做的工作再多也不如你啊。"赵明理说："革命分工不同，目标是一致的，都是为了抗日，为了建设一个新中国。"宝成问："多咱走呢？"明理说："三五天吧，明天俺回家看看。"宝成说："俺们又要排练欢送参军的节目了。"两个从童年到青年的好友，已不单是同乡同学的关系了，他们也不再讨论算术四则题，战国七雄题，或是中国像一片什么叶子？他们已是革命征途上的战友，思考国家的大事，未来的前程。在分别的前夜，两人觉得格外的亲密，先是坐着说话，钻到被窝里又脸对脸说话，直到深夜。

运河学校在基督教堂门前举行了隆重的欢送参军大会。区长周玉熙也来了，开会前他热情地握着赵明理的手，说："你参军上前线了，为国战斗杀敌，我为你感到自豪高兴。"赵明理说："周老师，感谢你对俺的培养教育，俺这一生也不会忘的。"两人说着话，大会开始了。宋尚义致欢送词，一位教师宣读了参军的学生名单，会场上报以热烈的掌声。接着在锣鼓声中，二十五名女同学向二十五名参军的男同学献花。下面的同学就唧唧咕咕，说谁谁向谁谁献花了，说谁献的花摆得正，谁献的花没有摆正。赵明理在掌声中走到台前代表参军的同学讲话。他有些激动，心怦怦跳着，说："老师们，同学们，俺们明天就要开拔上前线了。"说到这里，下面的同学们立时沉静下来，严肃起来，会场上静悄得无一声杂音。"俺们要刀对刀枪对枪地和小日本打仗，决不退缩，绝不当尿包软蛋，一定要当一个英勇杀敌的八路军战士，不辜负母校的培养，不辜负老师同学们的期望。"他的简短的讲话博得全场老师同学们雷鸣般的掌声。最后区长周玉熙讲话，他向大家深深鞠了一个躬，他赞扬参军的同学是中华民族的先锋，肩负起了保卫祖国的重任，鼓励他们英勇善战，保存自己，消灭敌人；勉励在校同学积极地投身到抗战工作中来，到民众中去，动员一切抗战力量。最后他挥起右手，高声说："全国民众奋起之日，就是抗日战争胜利之时。"

欢送会结束后，先锋剧社表演打莲花落，边打边唱。赵宝成高举令伞指挥，手上串铃响起，十对打莲花落的男女演员手持五尺长的竹竿，竹竿两端嵌上几枚制钱，系上红绿丝穗，打将起来。只见他（她）们那手中的莲花落打双臂双肩，击左脚右脚，一会儿又绕过头顶打，一会儿又倒背双手打，一会儿又男女对打。制线索索作响，丝穗上下飞舞，看那一个个架势，灵动自如，千变万化，真真令人目不暇接，眼花缭乱，众人赞不绝口！

突然间，赵宝成的令伞落下，手上的串铃再度响起，打莲花落的演员停住脚步，原地舞打。莲花落队里走出一男一女边打边唱莲花落《八路军来到大门庭》：

女：一呀一更里月儿照窗棂，

忽听到门外有人喊房东，

伸手开开门两扇呀，

原来是八路军来到大门庭。

男：一呀一更里月儿在正东，

拉住亲人的手，热泪往外涌。

叫声大娘呀，你支前送粮又送衣，

说不尽军民一片鱼水情。

女：一呀一更里月儿明又明，

军民拉起家常话，满屋欢笑声。

叫声同志呀，愿你们杀敌多立功，

打败东洋鬼子人民享太平。

……

　　参军的学生要到区上去了，打莲花落的演员和众人送到运河岸上。参军的学生回回头摆摆手，说："回去吧，回去吧。"赵宝成又高举令伞，摇起串铃，莲花落越发打得起劲。参军的学生又回身站住脚看，仿佛有些留恋之情。区上来领兵的干部说："走吧，走吧，天黑要赶到区上集合哩！"

　　太阳已西下了，运河上斑斓点点。走的人和送的人都有些依依不舍，站住不动。莲花落已停下来，有人流泪了。那一时那一刻仿佛时间静止了！

　　赵宝成情不自禁地跑到赵明理面前，掏出一支自来水钢笔递到赵明理手里，说："明理，送给你一支自来水钢笔做纪念吧，到了前线来信呀！"话语哽咽着说不下去了。赵明理说："办成了离婚给俺去封信，挺起腰杆来干工作吧！"赵宝成频频点头应着。有不少学生跑到参军的队伍里和要好的同学告别说话，一时运河岸上情依依，泪涟涟。

　　夕阳洒下最后一缕余晖没下去了。区长周玉熙和区上领兵的干部以及宋尚义等人领头唱起了《毕业歌》：

同学们，大家起来，
担负起天下的兴亡。
听吧，满耳是大众的嗟伤！
看吧，一年年国土的沦丧！
我们是选择战还是降？
我们要做主人去拼死在疆场！
我们不愿做奴隶而青云直上！
我们今天是桃李芬芳，
明天是社会的栋梁！
……

雄壮的歌声荡漾在运河岸上，参军的队伍踏着歌声走了。

# 第四十三章　梭子飞起来什么都忘了

赵宝成在运河学校一边读书一边从事抗日宣传工作，但近来他常常是心猿意马，惦念着离婚的事。他一天往学校门房里跑两三趟，问看门收发的老人："有俺的信吗？"老人说："没有。"他又灰心地回到教室、宿舍里。有时老师在课堂上提问题让他回答，他却所答非所问，惹得同学们一阵哄笑。下课后有的同学开玩笑说："想你媳妇了吧？"宝成低头不语，扭头就走，心里有说不出的委屈。

忽一日，宝成课后在校园里溜达，不知所措。门房老人远远地叫他："赵宝成，快来，有你的信，区上的。"宝成急匆匆跑到门房里，捧着那封信，心里怦怦跳着，不敢拆开。心想：到底批准没批准呢？门房老人知道宝成的心事，看着他忐忑不安的样子，有些好笑，说："快拆开看看吧，看了不就知道了嘛！"宝成小心翼翼地拆开信封，取出信瓤儿，如梦里一样，"离婚判决书"几个大字豁然映入眼帘，他恍恍惚惚，牢牢抓住那张宝贵的纸，唯恐再飞了，站着愣神儿。门房老人说："傻孩子，区上批准你离婚了，快回村办去吧！"宝成说："老爷爷，这是真的？"门房老人说："真的，上面盖着大红印章哩。"宝成这才醒过神儿来，笑笑，朝门房老人深深鞠了一躬，欣然而去。

赵宝成满怀欣喜和希望踏上回乡的路，临行摸摸兜里那封信，还牢牢地在。自从他上运河学校读书，这条路是他走惯了的，今天却觉得既熟悉又陌生，好像处处新鲜。绿油油的麦子已经秀穗，在风中摇摆，春苗生机勃勃，但也有不少长满荒草的土地，显露出战时的苍凉。西大洼是一方南北长、东西窄的平原洼地，由于漳卫运河蜿蜒蜒蜒，临运河之岸的西大洼东西宽度也长短不一，一般说北端窄南端宽。现在赵宝成走在西大洼的南端，他顺手揪一把路边的杂草，不想一把芦荻草刺疼了他的手掌，隐隐疼痛。蓦地他与宝雁在西大洼砍芦荻草的情景闪现在脑际，彼时的情意一时牵动着他的心肠。宝雁已去世多年了，这些年来，宝成不知什么时候心中就勾起与宝雁相处的岁月，一幕幕如在眼前！他木木地走着，差一点又要喊出："雁儿飞了！雁儿飞了！"

宝成回到家，郑氏、安福家里的自然喜欢，菊个儿在东厢房里听见动静，心里一动："他回来了！"不紧不慢地走到北房屋里，听候婆婆的使唤，问："娘，做吗饭呢？"她虽未与宝成说话，这一举动也算是对宝成回来有所感应的表示了。安福家里的说："先烧壶水，让他喝喝，走了半天也渴了。晌午烙菠菜鸡蛋馅儿的合子吃，夜来你爸爸刚在园子里收的菠菜。"菊个儿脆脆地应了声"哎"，说："俺先点火烧上水，再择菠菜吧。"安福家里的道："行啊！"心想，宝成回来了，看她高兴的样子。

郑氏围着宝成问这问那："孩子，又放假了，还是回来有事？""现时学堂里吃吗饭食呢？吃得饱吗？"宝成无心回答，半天问道："爷爷呢？"郑氏说："你爷爷和你爸爸下地了，眼看晌午了，一会儿就回来。"又叨念："有两个月了——你没回来，吃了饭和你爷爷说说话吧。"

宝成闷闷地躺炕上待着，屋里烟雾弥漫，他咳嗽了一声。安福家里的过来说："这屋里做饭有烟，你到东房屋里歇着吧。"宝成不耐烦地说："没事，就在这里吧。"在外间屋择菠菜的菊个儿听在心里，忙撂下东里间屋的门帘，遮蔽烟雾。

一家人吃过饭，赵太世坐圈椅里，装袋烟抽着，刚想和宝成说话，问问他运河学校的课程，问问他干的抗日宣传的事，总之惦记着孙子未来的出路何在？不想宝成先说话了："爷爷，俺到占魁爷家去一趟，有事。"赵太世无奈地"哼"了一声。

赵占魁现时是边区玄庄村长，当赵宝成把盖着冀鲁豫边区公署第三区大红印章的"离婚判决书"递到他手里时，他一愣，觉得为难了！但作为抗日边区政府的村长，他又不能不履行自己的职责，说："宝成，你给你占魁爷出了个难题，这是俺当村长后遇到的第一件难事。这样吧，你别着急，咱给你爷爷你媳妇说说，他们同意呢，更好；不同意呢，咱再慢慢商量。这事强求不得呀！"宝成点点头没说话。

赵占魁来到赵宝成家，未进屋先开口道："太世兄，没歇晌呀！"赵太世忙起身道："占魁，快进屋坐，这些天地里活忙，没顾上过去说话，听说明理参军了？"赵占魁说："是啊，那天他回家来和爹娘告别，当天就回去了。"赵太世说："明理年纪还小，你不心疼？"赵占魁说："如今抗战形势紧，年轻人积极性高，让他去吧，到外边历练历练，咱老了！"又说："你家的庄稼地耪第二遍了吧？"赵太世说："第三遍了。"赵占魁说："你爷儿俩真是庄稼地里的把式，咱玄庄选劳动模范就选你们父子了。"说着两人一笑。

沉一沉，赵占魁说："太世兄，有一档子事给你说说，安福、宝成他娘、宝成媳妇都来听听。"赵太世说："你是当今的村长，说吧。"他以为是指派抗战支前的针线活，就把家里的人都叫到堂屋里，宝成坐在一边的小板凳上。

赵占魁把那张"离婚判决书"递到了赵太世面前，说："你看看这个吧。"

赵太世还从来没有见过盖着大红印章的文书，他戴上老花眼镜一看，一时懵懵懂懂，不知何物！再仔细辨认，"离婚判决书"五个大字展现在眼前，内文"玄庄赵宝成、高集高氏系家庭包办婚姻"明明白白写着，下款清清楚楚盖着"冀鲁豫边区公署第三区"大印，他抬头看看板正面孔的赵占魁，垂头不语的赵宝成，顿时明白了！一股怒气冲上心头，把那张"判决书"往桌上一拍，喝道："宝成，你干的瞎账事！家里的事你不和大人商量，跑到区上胡闹！再说，区上是管抗战的，老百姓的家务事也管不着！"赵占魁说："太世兄，如今区上就是抗日边区的一级政府，不光管抗战，咱这一方地方的事都管着。"赵太世说："自古以来，儿女的婚事都由父母做主，哪朝哪代都如此。宝成，你长大了，有本事了，你就是做了大官，也不能忘记父母的骨肉亲情，祖宗的恩德祖训，这桩婚事由不得你！"说着气喘吁吁。赵占魁道："太世，你别生气。事情到了这个地步了，咱慢慢商量。"又朝坐在下首的菊个儿说："宝成媳妇，宝成提出和你离婚，区上判决了，你同意吗？"

菊个儿一直坐在灶前的蒲墩上静静听着，开始还不知所云，渐渐地听着好像是说宝成与她夫妻俩的事，心里渐渐地不安起来，但还是安分地坐着，不便插话，也不便有所动作。待到村长这一明明白白直来直去的盘问，她久久压抑的心绪如开闸的洪水"哇"一声哭出来，起身跑到东厢房里！

堂屋里的场面僵住了。一家人的怨气都撒向赵宝成，郑氏说："成儿，你咋的不懂事呢？好好的一家人和和气气过日子，咋的说拆开就拆开呢？让你爷爷生这么大气，不孝啊！"赵安福说："干脆别念书了，回家种地吧。书念多了，心就野了，瞧不起庄稼人，白白地长了这么大！"安福家里的说："宝成，虽说这几年你不在家，虽说你回来媳妇不会说不会道，没有那些甜言蜜语，可是你媳妇时时惦记着你，给你缝衣做鞋做袜，给你洗洗涮涮，哪一样也没有亏待了你，哪一样儿也想到你，难道你的心是冷冰冰的石头！是铁打的秤砣！再说了，你从小是在蜜罐里长大的，你吃的馓子油了一个竹篮子，大人一把屎一把尿拉扯你，冷了给你穿棉，热了给你换单，病了一家人围着你伺候你，给你求神拜佛，请先生熬药，你长这么大容易吗？如今你长大了，翅膀硬了，做出这种亏心的事来，你对得起疼你的爷爷奶奶吗？对得起当爸爸当娘的一片心吗？"说着泪水扑簌簌流下来，只是硬憋着没有哭出声来。

宝成也流泪了，说："娘，别说了，俺知道从小大人疼俺，俺忘不了大人的恩情。可是这个事不同别的，虽说她待俺好，可是俺俩的感情合不来，从她嫁了这些年，俺俩说的话不过十句，俺心里不满意，她心里也有冤屈，若是俺俩这样别别扭扭过一辈子，谁心里也是一肚子苦水，俺这一辈子就不得安生了。爷爷，奶奶，爸爸，娘，这个事俺也不怨大人，俺知道俺这么做了让大人生气，对不起大人，可是没法子呀！俺的路还长，她也年轻，俺俩不能就这样形同路人似的过一辈子呀……"说着又垂下头。

赵太世长叹一声："天意，天意啊！"

宝成看看外边的天色，起身说："爷爷，俺今天还要赶回去，天不早了，俺走了。"

赵太世嘱咐道："安福，送送吧。"

宝成说："不用了。"

安福家里的用笼布包了两页合子递给宝成带上，父子俩上路了。

宝成在前，赵安福在后，走了一大阵子，父子一路无话。

太阳渐渐西下，宝成转过身说："爸爸，你回去吧，天晚了，你回去赶黑路的。"赵安福挥挥手，说："走吧，走吧，再送你一阵子。"父子俩又无声地走了一阵子，太阳要下沉了，宝成又转身说："爸爸，你回去吧，天快黑了！"赵安福站住脚，说："还有十多里路哩，你不怕？"宝成说："俺不怕，你回去吧！"赵安福不忍心回身，这一瞬间，父子都想着对方，都依依不舍，但又终要分别的，宝成又说："爸爸，俺走了，你回去吧。"赵安福挥挥手，说："走吧，走吧。"又说："这个婚能不离吗？"宝成低头不语，沉一沉，只是说："爸爸，你快回去吧，你回去晚了娘挂着哩。"赵安福也不再追问，宝成这才转过身迈开了步子，赵安福仍站在那里注视着儿子的背影。

赵安福回到家已是满天星斗。这一夜，赵家人一宿未睡。

郑氏、安福家里的在东厢房里守着菊个儿，菊个儿仍抽泣不止。郑氏陪着掉泪，只叨念："你说这是怎么说的，好好的媳妇要离开，宝成不懂事呀！孩子，甭跟他生气，奶奶、娘待你好，爷爷、爸爸待你好，咱还是一家人过日子。"安福家里的说："菊个儿，别伤心，咱不答应离婚。任凭宝成咋的说，咱不答应，这桩婚事就离不了。你嫁了这些年，纺线织布，缝衣做饭，伺候爷爷奶奶，侍奉公公婆婆，尽心尽意，一家人看在眼里，天下哪有这样的好媳妇！咱娘们儿，没拌过嘴，没红过脸，掏心窝子地说话，倘若是你走了，赵家岂不是缺了半边天！俺和你奶奶还不哭干了眼泪！"说着滴下泪来。菊个儿一头倒在安福家里的怀里，又痛哭起来。

赵太世披衣坐炕头上，一袋烟接一袋烟地抽。他思前想后，赵家怎么出了这么一个不肖之子！回想这些年来，遵循圣贤之道先祖家训，修身齐家，不敢有一丝越轨，不敢有半点怠慢，为何接连不断出现淫妇逆子？宝成是他倾注心血，娇惯宠爱，一手栽培长大的。在宝成身上寄托着他的希望，他的重托，是赵家未来的继承人。可是万万想不到，如今宝成逆施而行！他的希望他的重托破灭了！他竭力缔造的心中的赵家化为泡影！宝成的举措给他重重的一击！此时他感到心力交瘁，极度的疲劳。他穿好衣，又整整衣衫裤腿，走进东跨屋里，在供奉祖宗灵牌的供桌前，焚香下跪，口中念道：

"孙赵宝成，违抗父母之命，倒行逆施，擅自无故休妻，毁天作之合，损家庭和善，辜负先祖教诲，辱没先祖圣德，为不忠不孝矣！孝为德之根本，德由教化而生，孙不孝，太世之过也。列祖列宗，太世家教不严，愧对先祖，悔恨不及，枉为赵家后人……"

赵太世念着滚出泪来。郑氏过来忙搀起当家的，说："你又在这里烧香磕头，快歇着去吧，别伤了身子。"赵太世颤颤巍巍起来，叹道："完了，这个家完了！"郑氏说："你别生这么大气，宝成是自己的孩子，从小拉把大的，他再回来，好好地劝劝他，或许他能转过弯儿来。"赵太世道："看样子难呀，就看孙子媳妇答应不答应了。"

菊个儿的泪哭干了，独自守着孤灯坐着。从她坐上花轿踏进这个门，她就认定一个主意，甭管他咋样，俺要跟他一生，伺候他一辈子。她知道他还小，心想，待上三年五载，甚至十年八年，等他长大成人，知情达理，知冷知热，就是木头人也能把他感化过来。待膝下有了儿女，他或是在家种地，或是出外谋生，夫妻双双，儿女双全，也就是她的归宿了。五年了，为了这个夙愿，她没日没夜地做活，时时盼望着这一天。没成想，到如今一瓢凉水泼下来，把她心头燃烧的火浇灭了！她左思右想，如果不答应他离婚，像这几年，俺在家他在外，就是回来一趟，说不上一句半句话，谁也不理谁，像是冤家似的，没的闹得心里七上八下不安生哩！看这情形，他是不会在庄稼地里扛锄头了，以后如若他常年不回来，俺还不是孤零零一个人守着！俺和他真真地没有缘分了！如若答应他离婚，俺往哪里去？能回娘家吗？能再嫁人吗？她不敢往下想，也不知一个被男人休了的女人出路在哪里？不免又禁不住流下泪来……

天蒙蒙亮的时候，菊个儿拨了拨灯花，端端正正坐在梳妆台前梳理装扮，散乱的头发梳理好，再梳齐额前的刘海，两颊的鬓发贴紧耳根，戴了发卡，插了发簪，再从躺柜里取出久不穿的一身月白色碎花衣裤换上，穿衣镜前照照，看看天已亮，就吹了灯，撩起门帘，开开屋门，奔北房屋去了。

菊个儿先刷锅，又舀水添到锅里。她知道早晨的饭食是熬棒子面粥，再干粮，就去抱柴点火。

东西里间屋里的爷爷、奶奶、公公、婆婆原本都没有入睡，因无心做活，所以都没有出屋。这时候，听见动静，郑氏走出屋说："孩子，不忙，一宿没睡好觉，先歇着去吧。"菊个儿说："奶奶，该做饭了。"说着忙往灶里添柴。安福家里的走出屋，见菊个儿梳理打扮一新，有些疑惑，以为菊个儿答应离婚了，忙问："你这是要回娘家吧？"菊个儿说："娘，俺不回娘家，又不过年不过节的，俺娘也没病没灾的，俺回娘家干吗呢，这里是俺的家。"安福家里的才放下心来，说："好媳妇，俺知道你的心。"菊个儿问："娘，粥里放红薯吗？"安福家里的说："放两块吧，你爷爷、你爸爸都愿意吃。"婆媳俩忙着做早饭。

饭做好，菊个儿又麻利地给全家人盛粥拾干粮，萝卜咸菜切成丝，洒点香油拌拌，这就是农家简便的早餐了。一家人闷着头吃过饭，没有言语，可心里都惦记着那件事。

赵太世照例坐圈椅里点烟抽着，待吐出一口烟雾就开口了："宝琳他嫂，宝成提出离婚的事你是吗主意呢？"

菊个儿早胸有成竹，站在爷爷面前，说："爷爷，俺答应和宝成离婚。"

菊个儿的这句话一出口，全家人一愣！赵太世更为惊讶，他刚要发问，菊个儿接着说："俺想，宝成如今长大成人了，他既然提出离婚，就是已经拿定了主意，区上也判了，俺答应不答应都一样，反正俺俩这一辈子做不成夫妻了，俗话说的'强扭的瓜不甜'，两个人的心撮合不到一块，没的闹得两个人心里都不安生。俺还想，宝成现时干的是抗日的事，将来是干大事的人，不能因为这桩事使他烦恼，不能因为俺耽误了他的前程。离了婚，他在外边娶一个可心可意的人，两人情投意合，心里自然也舒畅了，就一心一意地干他的大事吧。"

　　一家人听了沉默不语，半天，郑氏说："孩子，你为宝成想的周周全全的，你舍得离开这个家吗？你舍得离开你奶奶、你娘吗？"

　　菊个儿说："奶奶，俺不走，俺不离开这个家，俺不离开奶奶、娘，不离开爷爷、爸爸，咱还是一家人过日子。俺伺候爷爷、奶奶，伺候爸爸、娘一辈子。"菊个儿的话说的坦坦荡荡，踏踏实实，似乎她心里已经没有半点思谋，没有一丝忧愁了，剩下的一颗心就是扑在赵家当媳妇过日子了。

　　一家人的心落了地，都舒了一口气。郑氏说："俺的好孙子媳妇！"

　　赵太世虽对宝成离婚仍然气恼，孙子媳妇的一番话却给他莫大的慰藉，他自觉心里宽松了许多，沉了半天，说："留下好，留下好。你还在东房屋里住，还是赵家的媳妇，穿的用的缺了，跟你奶奶你娘说话。日后，宝成在外边娶了媳妇，休想进赵家的门！"


　　菊个儿又忙着刷锅洗碗，拾掇完了碗筷锅灶，又问婆婆："娘，牵的那些线该上机了吧？"安福家里的说："不忙，你歇两天吧，要不，回娘家看看吧。"菊个儿说："俺又没下地干活，不累。这个时候俺可不能回娘家，省的让俺娘看出俺带出样儿来。就让俺上机织布吧，织布机一开，梭子飞起来，就什么都忘了。"安福家里的说："行啊，一会儿咱娘儿俩把牵的线缠到机上，你就上机织布吧！"说着心里酸楚楚的，她知道儿媳妇此时此刻的心情。

# 第四十四章　玄庄的奇观异景

　　马德昌怎么也没有料到，时局的发展如此迅猛，日本鬼子投降还不到一年，共产党占领了县城！身为县警备大队中队长的内弟郭殿臣被关押了三个多月，已解甲归田。

　　这一年的秋天，马德昌终日惶恐不安，茶饭不进，因为他耳闻到了简直使他浑身战栗的风声！果然，在一个月光皎洁的夜晚，马德昌正歪在东里间屋炕上长吁短叹，郭氏说："跑吧，先到德州城里躲一躲。"马德昌说："跑个屁！德州早几天就破了。"一语未了，几个庄稼汉子已闯进屋里，七手八脚绑了马德昌。这一夜，玄庄街上人声鼎沸，人们忙不迭传诵着："马德昌绑了，马德昌绑了！"

　　马德昌被绑进了农会，每日由郭氏和石榴红轮流着送饭。玄庄的土改也来得迅猛，不消几日，几户财主被绑的被绑，拉上场院被斗的被斗。马德昌因与庄稼人无血债，皮肉不曾受苦，农会的人只是让他说出存了多少粮食，多少银圆财宝。马德昌到了这个时候，也是霜打的秧子——蔫儿了，见了农会的人唯唯诺诺，不敢有丝毫怠慢，只有细心的人才看出眉眼间不易察觉的狡黠。又不消几日，农会的人干脆也不让他说了，来了个利落彻底，除了马德昌一家四口人的口粮和生活用品外，全部的家产、粮食、牲口都归了农会。马德昌的大宅院把二门堵上分作两处，马德昌一家人搬到外宅南屋，内宅另开门做了民兵队部。

那一日，天气晴朗，庄稼人嬉笑着在马家宅院里进进出出，他们搬运粮食、家具、农具、大包袱、小包袱的时候，你打我闹，你骂他笑，玄庄少有的热闹。几个年轻人搬动大躺柜的时候，一脚踩踏了个洞，挖出了马德昌不曾说出的两坛子银圆，连石榴红也瞠目结舌。抄检石榴红住的西里间屋时，石榴红将几件首饰衣物和一把剑揽一起说："这些东西是俺出嫁时自个儿带来的。"农会的人知道她是唱戏的出身，有些女人装扮的东西，也就罢了。

　　马德昌在农会里押了三十天，放出来后就像变了一个人，一下子老了，也瘦了许多。最使马德昌挠头抓心的是不能自食其力，财主老爷的架子仍然放不下，长工和女佣人早已离开马家，凡事都指使石榴红和九岁的儿子马怀玺。喝粥盛一碗喝一碗，背起粪筐见不得人，干活更不顶用，拾柴半天拾不满筐，垒个锅灶点不着火，挑水更甭提，别说水桶系下井提不上水来，就是有人帮着提上水，两桶水挑到家也只剩下半桶了。

　　到了这个时候，马德昌的这个家实际上就由石榴红来掌了，气得她成天价拿话揄打马德昌。

　　"如今是么年月，还摆老爷架子！"

　　"这日子还咋的过？老的老，小的小，光指着俺一人支撑着！"

　　马德昌无奈，也无语。立冬以后天气渐渐冷起来的时候，马德昌就躺炕上起不来了，直嚷心口疼，一天不如一天，不消一个月光景就终结了性命。临终前他眼睛瞪得溜圆，四下里搜寻，直到郭氏把小怀玺叫到跟前，他又伸出手指头指指儿子指指自个儿，才闭上双目。郭氏哭得死去活来，石榴红麻利地料理了后事。

　　郭氏本已到了风烛残年，经历了这场风波，终日咳嗽不止，也只有等着吃口饭的份了。可是她念念不忘家训，成天价把怀玺叫到身边，拉着怀玺的手叨叨个没完。

　　"孩儿啦，你姓吗？"

　　"俺姓马。"

　　"孩儿啦，你叫吗名字？"

　　"马怀玺。"

"你爹叫吗名？"

"马德昌。"

"好孩子，长多么大也别忘了你是马家的后人。"

"娘，俺知道。"

"好孩子，你爹在阴司也放心了。"

说着干枯的眼眶里挤出几滴老泪，滴在小怀玺手上。

　　这一日，石榴红和儿子小怀玺到庄北井上去抬水，石榴红将水桶系下井，左摇右晃水桶总不能沉下去，急得她额头上沁出粒粒汗珠。她直起腰身，想稍微歇息一会儿再摆动水桶。不想刚一抬头，见一个破衣烂衫的汉子向这边走来，她想大概是外乡讨饭的，就没理会。等那汉子渐渐走近，看那个头儿，那身段，她脑子里猛不丁闪出一个念头——莫非是他？再定睛看时，那汉子已走到眼前，果然是常巴虎！石榴红又惊又喜，然而两人一时只是四目对视，谁都说不出话来，半天，石榴红才忍住泪说："这些年，你都到哪里去了？"话音刚落，滴下泪来。常巴虎的眼睛也润湿了，嘴唇抽动着，只叫了声："二奶奶。"再也无话可说了。石榴红嗔道："你倒没忘了这句话。"又忙擦擦泪说："快帮俺提上水，回家吧。"

　　常巴虎在他非常熟悉的马家南屋里待了不到一天，帮石榴红干了些活，挑满了水缸里的水，打扫屋子，天傍黑的时候，一个当了民兵的庄稼小伙来找他，把他拉到大门外，说："咱是雇农，不能和地主婆住一起，你当民兵吧，到后院去住，那里有现成的铺盖。"常巴虎"哼"了几声，没搭话。

　　这些年，常巴虎先是东跑西颠打短工，后来又先后给两家财主扛长工。土改了，穷人闹翻身，但长工"失业"了。长工是流浪汉，常巴虎娘早已去世，无家可归，哪里是他的安身之地？他在一座三官庙①里

───────────────

　　①　三官庙：三官为道教所供奉的神，即天官、地官、水官。鲁北许多村有三官庙。

住了几日，打听着玄庄土改绑了马德昌，又惦记着石榴红，想来想去还是回玄庄吧，常氏父子在马家扛活二十余年，也许能分上几亩地，过个自在日子。他回来这几个时辰正掂掇着怎么去找农会的人，有人叫他去当民兵了，他倒又腼腆起来。石榴红是个心直口快的人，看出了他的心思，对常巴虎说："你去吧，如今不是从前了，你自个儿立个门户，奔出个人样子来，堂堂正正地做个男子汉。"常巴虎说："反正就住在后院，你别跟孩子抬水了，俺去挑，有活喊一声。"石榴红说："也别光惦记着俺娘儿们，已就是走到这个份儿上了，没有过不去的江河，谁叫咱当初嫁到马家呢！"

常巴虎自个儿挑家过日子了，农会里把马家原来做粮仓用的两间东厢房分给了他，又分给他西大洼三亩好地。天天早晨，他背上粪筐，踏着严霜，到分到的三亩地头上，一蹲就是两个时辰。三十大几的汉子了，用他的力气和汗水伺候侍奉土地近二十年，还从来没有觉得土地这么亲热，因为如今他是土地的主人了！他抓把土闻闻，搓搓，又端着小烟袋翻来覆去地掂掇：明年在这块土地上是种棒子、谷子，还是种棉花、红薯？他巴不得种上所有的庄稼，过个丰足的日子。继而他又痴心地想到过个成家立业的日子，但又觉得这样的日子渺茫得很！他用粪叉子插两下冷冻的土地，屈指掐算农时节令，恨不得立时就要耕耙下种，急待把躯体内潜伏的巨大力气奉献给这块土地！

一只寒鸦呱呱叫着从他头顶上掠过，他并未感到晦气，而是孩童般地插起一块土坷垃朝天空掷去，嘴里还喊叫着说不清表示什么的"嗷嗷"的声音，那只寒鸦早已飞远了。

西大洼起风了，凛冽的寒风要把西大洼翻个个儿。石榴红背着满满的柴筐在风里迈着艰难的步子，小怀玺抱着笆子紧跟在娘身后。黄土、残梗败叶一阵阵拍打着娘儿俩的脸，小怀玺有些怕，"娘呀，娘呀"地叫着，为自个儿壮胆。石榴红说："孩儿啊，不怕，不怕。"母子俩登上大堤，正想靠住一棵杨树歇一会儿，不想风里闪过一个人来，石榴红虽未看清来人的面目，凭感觉知道是常巴虎。她一下子将柴筐蹾在地上，身子也软下来，有气无力地说："俺正恨着你，你倒来了。"常巴虎说："这么大风，还不快回家，看冻坏了孩子。"石榴红说："风越大，柴越多，多拾一把是一把。"沉一沉又说："俺就知道你当着外人的面不敢帮衬俺娘们儿，你说是不是？"常巴虎说："你说是就是。"石榴红说："俺娘们儿咋的啦？是偷人家了，抢人家了？做下啥见不得人的事了？"两人说着，常巴虎接过柴筐背上，石榴红在后面托了一把。

已是晌午，炊烟缭绕。街上的人注意到一个汉子、一个女人和一个孩子前后走着，汉子背着柴筐迈着阔步，女人和孩子偎在一起紧跟随后。有心人眼睛跟随着他们的背影，一直目送他们进了马家的外宅院。

这天后响，石榴红正坐在灯下给孩子缝补棉衣，就听见后院里人声嘈杂，她知道这是民兵又聚一起开会了。她心里一扑腾，鬼使神差般走出屋。小怀玺问："娘，你干吗去？"石榴红说："孩子，快睡吧，娘出去一会儿就回来。"那屋里郭氏听见动静也问："这么晚了，黑灯瞎火的到哪里去？"石榴红说："俺看看今儿拾的柴火，怕夜里起风刮跑了。"

石榴红站在二门上静听着后院里的动静。原来这马家宅院的二门只垒了多半人高的土坯，并未完全堵死。夜里寂静，后院里的说话声听得真真切切。

"她是地主婆你知道不？"

"你忘了马家咋的剥削你？"

"你的阶级立场呢？"

"你的良心呢？"

石榴红心里顿时凉了，像是寒冬腊月里喝下一碗冰冷冷的水。又仔细听，有人说："撤了他的民兵吧。"再细听，就是听不见常巴虎的一句话！她转回身蹒跚着走回屋，眼里汪着泪。

第二天早晨，石榴红和小怀玺从井上抬水回来，在胡同口正巧遇常巴虎，石榴红瞥他一眼，说："躲开，别挡俺娘们儿的路。"常巴虎毫不犹豫，伸手去接小怀玺肩上的扁担。石榴红怨道："快别管俺娘们儿的事，省的给你惹事，省的撤了你的民兵。"常巴虎此时有千言万语堵在心里，就是说不出口。他劈手握住水桶的提系，另一只手拉开小怀玺，三步并作两步朝马家外宅院走去。还未等石榴红走进家门，常巴虎已提上两只空水桶走出来，又抄过石榴红手里的扁担，挺胸快步奔庄北水井了。

石榴红偷偷地"扑哧"一声笑了，自语道："傻木头！"这一天，常巴虎使出全身力气帮石榴红堆柴垛、垒新灶，石榴红给他打下手。常巴虎站在柴垛上说："把那捆柴递上来。"石榴红脆脆地应一声，忙递上去。常巴虎蹲在灶边说："把那块砖拿过来。"石榴红"哎"一声，忙拿过去。两人虽无更多的话语，配合默契。在常巴虎心目中，无论如何也无法把石榴红和地主婆联系在一起，他用力气表明他的心迹。石榴红看他那眼神儿，看他那一举一动也心领神会了。石榴红把家里仅有的白面擀了面条，常巴虎痛痛快快地吃了。末了，石榴红扯扯常巴虎开花的棉袄，笑道："后响把棉袄扔过来，给你补补。傻样儿！"

至夜间，月明星稀。石榴红出来寻了几次并不见常巴虎的棉袄。她耐着性子安顿小怀玺睡下，又听听那屋里郭氏也睡了。又从二门的缝隙里瞧瞧，后院北屋里灯已灭了，也无动静，就包了针线和几块布头，摸过后院来。这院子是她走熟了的，轻手轻脚没半点声响又摸到两间东厢房门口，一推门，门掩着没关。常巴虎正坐炕上灯影里抽闷烟，听见门响一惊："谁？"石榴红压低声音说："嚷吗。"常巴虎忙关了门，又扯一条单子遮了窗，才踏下心来说："二奶奶，你坐。"石榴红问道："咋啦？不是叫你把棉袄扔过去吗？"常巴虎说："凑合着穿算了。"石榴红怨道："人家等了一后响，你倒没事人儿似的，俺就看不惯你这副窝囊相。"说着打开针线包，"快脱下来。"常巴虎笑道："嘿嘿，俺就穿一件空身棉袄。"石榴红笑道："噢，原来是为这个不扔过去呀！也难为你，赶明儿把马德昌的衣裳拿过几件来。"说着剔了剔灯花，就凑到常巴虎身边缝补。常巴虎抽着烟只是乐。

石榴红边穿针引线，边随意搭话："巴虎，过了年你三十五了吧？"

"嗯。"

"这些年你东庄里跑西庄里颠的，就没遇上一个可心的人？"

"唉，谁看得上咱这穷扛活的！"

"如今扛活的翻身了，自个儿立了门户，也该成个家了。"

"嘿嘿，俺这一辈子怕是打光棍了。"

这话不说则已，一说出口，话音刚落，石榴红手里的针线一搁，伸手捂住常巴虎的嘴，气道："再不许你说这种丧气的话，打光棍，打光棍，难道你命里注定打光棍？"常巴虎说："看看，俺说个打光棍，你咋的生这么大的气？"石榴红连珠炮似地说："俺不愿意听，俺不愿意听……"常巴虎说："本来嘛，都往四十上数的人了！"

沉一沉，石榴红怨道："俺就知道如今俺孤儿寡母的，又是地主婆，你还能看在眼里？俺这个心算是白给了人了！"

常巴虎急道："俺若是有那个心不是人养的，天打五雷轰！"

石榴红说："有也罢，无也罢，也用不着起誓，凭个人的心罢了。"说着又拾起针线，边缝补边说："俺来到世上也三十多年了，小时候学戏受尽了苦，熬成角儿了，又成天价提心吊胆，怕受人欺凌，到头来还是让那个挨千刀的土匪头子糟践了。马德昌不过是把俺当成给他传宗接代的器物，如今又落到这个地步，有谁瞧得起俺？"说着眼里汪着泪。

常巴虎说："二奶奶，快别说了，俺一生是苦水里熬日子，被人踩在脚底下，只有你待见俺，把俺当人看。马德昌在的时候，这事俺不敢想。现如今俺恨不得立时和你成家过日子，可是，你想想，玄庄有多少双眼睛盯着咱俩哩，成吗？"

石榴红又攥紧小拳头擂鼓般在常巴虎胸膛上捶个不停，仿佛借此消除她积郁在心里的怨恨，说："成成成，一千个成，一万个成！"说着滴下泪来，歪在炕上，只是无声地哭。

这天早晨大雾弥漫，玄庄像一锅滚滚沸水！起早拾粪、搂柴、担水的人们不像以往各忙各的活计，而是东一堆西一伙凑一起指指点点，喊喊喳喳，仿佛玄庄人际遇了一件惊天动地的大事——"听说了吗？堵住了——常巴虎和马德昌的小老婆！"

吃早饭的时候，各家各户的饭桌上也纷纷议论着同一话题。有人添枝加叶描绘得有鼻子有眼："两人睡一个被窝里，头对头，脸对脸……"有一家人的饭桌上，儿子的描绘使老子大为震惊，老子端的粥碗一股脑扣到炕上，嘴里连连叨念："这个女人，少见少见！"你道那儿子描绘的怎样情景令老子这般惊讶？原来那儿子说："今儿个清晨，两个民兵闯进马家东厢房的时候，常巴虎和石榴红还稳稳当当躺在炕上。一个民兵说：'你们是敲锣游街呢，还是到区政府登记？'石榴红斩钉截铁道：'到区政府登记。'又不慌不忙地说：'你们先出去，俺俩也好拾掇拾掇，打扮打扮，兄弟爷们儿等着喝喜酒吧。'"

石榴红的这番话像是在玄庄上空响起一声炸雷！传到小脚老嬷嬷耳里又犹如破天荒的神话！她们皱着老脸，拍着巴掌，叨叨："啧啧啧，你听听，你听听，天杀的哟！"

玄庄沸腾了一阵，暂时沉静了，一锅沸水冷却了。街上、屋里听不见了嘈嘈切切之声。因为人们心里又怀着某种意愿期待着下一个神话，下一道奇观异景。

大雾渐渐散去，石榴红回到家。小怀玺偎在郭氏怀里嘤嘤地哭，郭氏高一声低一声地哭叫："老头子在天有灵，睁眼看看，马家出了不贞不孝的孽种了！"石榴红不理睬郭氏，去抱小怀玺，小怀玺不理不动。石榴红摸摸锅灶是凉的，忙抱柴点火做饭。她抱柴的时候，发现柴垛上插着一个纸扎的小人儿，小人儿头上顶一只破鞋。她从鼻孔里冷笑一声，抓起小纸人狠狠地甩出院子。

待三碗红薯粥端饭桌上，石榴红说："姐姐，吃饭吧。"郭氏铁青着脸，没好气地说："这个家不是你的家，你还有脸回来！"石榴红也不搭话，又去拉小怀玺的手，说："孩儿，喝红薯粥去，喝了粥暖和。"小怀玺仍执拗着身子不动。

石榴红无奈，也不生气。她知道现时不是拌嘴治气的时候，先把事情稳稳当当办妥了，再慢慢安抚家人。她只好自个儿喝了碗红薯粥，又把其余两碗粥折进锅里。她回到自己屋里，换上一身绛紫制贡呢罩褂罩裤，又对镜梳妆。用抿子蘸蘸早已泡好的榆皮水抿抿黑发，理理发鬏和鬓发，发鬏上插支银色簪子，插朵藕荷色小花，又拿把笤帚扫扫身上，这才干干净净走出屋。

　　然而，她万万想不到，当她迈出健步走向大门口的时候，眼前的景象使她惊呆了：郭氏拄着拐杖牵着小怀玺拦在大门口。石榴红不动声色，说："姐姐，你这是干什么？俺的事你甭管，孩子俺拉扯着，有俺吃的就有你吃的。"郭氏把拐杖杵得咚咚响，从牙缝里挤出话说："今儿个你要出这个门，除非俺死在你的脚下！"说着，"扑通"一声坐地上了。小怀玺也拦住石榴红又哭又叫："娘，不让你走，不让你走。"

　　门外已聚集了一堆人，都不吭不响只是呆呆地看。

　　常巴虎穿得整整洁洁蹲在墙根底下，两眉紧蹙着，一副无可奈何的样子。

　　石榴红又伸手去拉小怀玺，说："孩子，娘今儿个出趟门儿，晌午就回来，听话。"她刚要迈出门槛，小怀玺死死拽住她的胳臂、衣襟，又大哭不止。

　　石榴红已经张开的弓弦渐渐松弛了，她看看满脸泪迹的孩子，瞬息间一股母亲的怜子之情占据了她的胸怀，泪水不禁夺眶而出。心想，以后日子长着哩，何必非得今日！她强忍着泪没有流下来，又忙擦擦，看一眼门外的常巴虎，示意他今儿个去不成了。于是握住小怀玺的手，安抚道："孩儿，娘不走，咱回家吧。"

　　门外聚集的人群怏怏散去了。原本他们是站在街上的，有的人早早地吃了饭就来等着，慢慢地他们"得寸进尺"，步履蹒跚到马家外宅门口，为的是目送一对男女肩并肩甚至手拉手到区政府登记成亲，以饱赏这千载难逢的奇观异景！他们感到人民政府凡事也真新鲜，斗地主分田地新鲜，男女的事情也新鲜！不曾想半路里又出了这么档岔子，让老妖婆给搅了，倒使他们感到大为不快："看看，新鲜事儿终未看上，可惜，可惜！"

# 第四十五章　十年隐情

　　石榴红日子过得十分不遂心，郭氏和儿子马怀玺渐渐疏远了她，她和常巴虎但凡有来往，郭氏就骂骂咧咧，小怀玺不是和她怄气，就是又哭又闹。石榴红把马德昌的几件旧衣裳送给常巴虎，郭氏又撺掇小怀玺吵着要回来。石榴红只有一天天地盼日子，期盼着那个美好日子，但又总不能如愿；于是又一天天地挨日子，挨过那一天天心猿意马的时光，日子就在这盼与挨的缝隙里悄悄地打发过去了。

　　石榴红正坐在屋里神思不定，忽一人进屋说道："石榴，你一人在屋里发怔哩！"石榴红吓了一跳，抬头一看，不是别人，是亲人二姐携篮站在面前，立时就扑到二姐怀里流下泪来。二姐安福家里的放下篮，劝道："二姐好容易过来看看你，快别哭了，咱姐妹俩说说话儿。"石榴红擦擦泪，这才缓过劲来，说："好二姐，亏你来了，这些日子俺有苦跟谁说去，俺也不好意思到你家里去，见了大爷大娘说什么呢？"安福家里的说："你的事一件件俺都知道，俺心里又疼你又怨你。你的心事二姐也早就知道，可是你这脾气，也不看看是个啥时候，也不顾及乡里乡亲的面子，就急着去办这事，结果落了个不痛快。"石榴红说："什么啥时候，什么面子不面子的，只要合俺的心愿，俺不顾及这些。可是俺的命怎么这么惨，过了一个坎又一个坎，总不能走上平坦大道，终不能过上称心如意的日子！"安福家里的说，"不是二姐说你，你从

412

小是个要强的脾气，不安分，到如今还是改不了。依俺说，你守着孩子安安稳稳过日子吧，甭东想西想的，孩子就是你的指望。"石榴红低头不语，又抬头看着窗外愣神儿。

安福家里的从竹篮里掏出几个馍馍、枣糕，说："刚蒸的干粮给孩子吃吧，也不多。俺还要到农会里给他爷爷送饭去哩。"

石榴红急问："俺大爷咋的啦？"

安福家里的叹口气，说："事情说不清呀，也不知道是咋的啦？说俺家是富农。"

原来，夜来后晌吃过饭一大阵子了，三四个民兵持枪闯进赵家，突如其来的事情令赵家人目瞪口呆，一时惊慌起来。赵太世稳住情绪问道："诸位乡邻，有么事吗？"领头的民兵说："你家的成分是富农。按上级的政策献出三亩地，交地契吧。"

赵太世一愣，说："俺家几辈子凭自个儿的双手吃饭，没雇过扛活的，咋的是富农呢？"

"雇过短工没有？"

"没有。"

"哇儿哇儿二不是给你家拔过麦子吗？"

"那是俺本家的兄弟帮工。"

"你家二十四亩地七口人，按玄庄的平均地亩，应该交出多余的三亩地。"

"俺家八口人，不是七口人。"

"宝成的媳妇离了婚，不算你们家的人口了。"

"宝成的媳妇离婚不离家，仍是俺赵家人。"

"你交不交地契吧？"

"俺得问明白了再交。"

"那就到农会里问明白去吧。"

随后，领头的民兵又支使手下人从赵家西跨屋里扛走三口袋粮食。赵家人站一边索索发抖，不敢吱声。赵太世离家临行，一家人慌神儿了！赵安福道："共产党还让不让庄稼人过日子了？"安福家里的跪在几个民兵面前，流着泪说："兄弟爷们儿，天黑了，俺爹老了，身子骨经不起折腾呀，缓一步行不行？明儿让俺爹再去农会里行不行？"郑氏抹泪道："再披件棉大袄，乡里乡亲的，照管着吧。"

那几个民兵似乎无奈，毫不理睬，领头的民兵只是督促赵太世："走，快走。"

安福家里的到了农会里，把饭菜摆在赵太世面前，说："爹，趁热快吃吧。"一夜间赵太世已精神萎靡不振，勉强摆摆手，说："一点也吃不下去呀，拿回去吧。"安福家里的说："爹，吃些吧，保重身子要紧，事情会有个结果的，今儿早上占魁叔到咱家去了。"不等儿媳说完，赵太世急问道："他咋的说？"安福家里的说："占魁叔说，咱家算不上富农，他和民兵队长争议了半天，还要和他们说说的。"赵太世听了心里的闷气消了一些。

正说着，冯二行提了罐走进来，进屋就跪在赵太世面前，说："太世大叔，对不起，实在对不住呀！俺那儿子忘恩负义，不懂人情事理，夜来后响俺狠狠地说了他一顿，他不听呀！"

原来夜来后响闯进赵家的领头民兵是二十多年前赵太世从土匪手里救出来的冯二行的儿子冯召才，如今当了民兵队长。赵太世忙搀起冯二行，说："过去的事情别提了，人生在世，此一时彼一时。我为人一世，没做过亏心事，问心无愧，玄庄的乡邻都知道的。"说着，心情似乎平静了许多，拾起筷子吃饭。

冯二行忙从罐里舀出一碗炖鸡，摆在赵太世面前，说："大叔，早上俺杀了鸡，补补身子吧。"

赵太世说："快拿了吧，白菜豆腐保平安。"

冯二行说："大叔为人行善，俺对赵家心里有愧呀！"

赵太世心里刚刚平静下来，不想冯二行的儿子冯召才闯进来说："爹，你来这里干吗？他是富农，咱是贫农，你还给他送饭，他是咱的阶级敌人啊！"

冯二行说："啥阶级敌人？赵家对咱家有恩。"

冯召才说："你忘了他赵家当了咱家三亩地。"

赵太世听了一愣，原来事情的缘由是在这个坎上！

冯二行说："那是为了救你的命，帮咱家凑齐给土匪的钱粮。"

冯召才说："到了五年头上，咱家赎不起地，他又霸占了去。"

冯二行说："那是公平交易，赵家不短咱家一文钱。"

冯召才说："反正是富人剥削穷人的。"

冯二行说："臭小子，你不讲理，快放了你太世爷爷。"

冯召才说："这是农会的决定，明天还开斗争会哩，穷人和富人势不两立。"

赵太世听了一惊，心里又紧张起来。玄庄土改以来曾经斗争了几户财主，有轻有重。重者绑起来遭到唾弃责骂，甚至体罚，轻者站那里逼着坦白交代。不知道农会里的人怎样对待他？他反复思忖，这一辈子，不论穷人富人，都是善待于人，没做过对不起人的事。曹操说："宁教我负天下人，休教天下人负我。"我反其道而行之，宁肯天下人对不起我，我不能对不起天下人。没的如今时局变了，善恶不分，善人要遭"报应"？他接触过八路军的兵，和共产党人周玉熙也相识多年，看来他们还不是那样的人。即便是冯二行的儿子提到的"当地赎地"的事，也有理可说。这一宿他躺在农会里的宅屋炕上，彻夜不眠，但等着渡过"斗争会"这一难关。

第二天太阳一树梢高的时候，玄庄前街的场院里坐满了人，几个民兵押着赵太世站在斗争会场上。人们看到这个已经白发驼背的老人有些怜悯他，不知道民兵和农会里的人怎样"斗争"他，都默默地等着。有人说："让太世大叔坐下说吧。"又有人响应："是啊，这么大岁数了，坐下吧。"民兵和农会里的人也不理睬。如今一切权力归农会和民兵，村长赵占魁不主事了，他凑到赵太世跟前说："太世兄，别怕，他们不敢怎么样你，让你说你就如实说，是不是富农还没有定哩。"赵太世点点头。

赵家人未参加斗争会，一家人在家里如坐针毡，牵挂着当家的赵太世。郑氏不断地抹泪，念叨："安福，快去看看你爹吧，别有个闪失。"安福家里的说："俺也去看看，咱家不是地主，他们总不能对俺爹动手动脚吧。"

一家人正心神不安，区长周玉熙踏进门来，叫道："赵大叔，可好啊！"安福家里的听见声儿忙迎出来，一看是周先生，喜不自胜，一时不知说什么话好，半天才说出一句话："周先生，俺爹被斗争了。"周玉熙一愣，忙了解了情况，没住脚，就赶向斗争会场。

斗争会上民兵队长冯召才正逼迫着赵太世坦白交代"剥削穷人的罪行"。开始，赵太世低头不语，冯召才就领头喊口号："打倒富农赵太世！"会场上响应的人不多，冯召才又领头重复了一遍。赵太世紧缩眉头，说："叫俺说吗呢？"会场陷入尴尬局面。

这当口，区长周玉熙赶到会场，人未到，话语先传过来："斗争会停下来。"人们回头望去，见是一位人民政府干部，年岁大的人细看，岂不是在玄庄教书的周先生！赵占魁忙迎上去握住周玉熙的手，周玉熙急步走到会场上，挽扶着赵太世坐下，说："赵大叔，我来迟了。"

赵太世似乎在梦中，他想不到身在难中还有恩人相救！两眼直直地盯住周玉熙，半天那木木的皱脸才展开纹路，似笑似哭，滴下几滴泪来，叫了声："周先生，周先生啊！"

民兵和农会里的人不知所措，只好站一边待着。赵占魁看看会场上的情势只有他出面了，他向众人介绍说："周玉熙先生大家都认识，现时他是人民政府的区长，欢迎周区长讲话。"周玉熙站在会场中央，既严肃又微露笑意，朗朗地说："玄庄的大叔大婶、兄弟姐妹们，我在玄庄教了十年书，当年我教过的学生如今都长大了。"会场上周玉熙教过的学生都笑笑。"所以玄庄各家各户的家底我都清楚，共产党的土地改革政策是，消灭封建性和半封建性剥削的土地制度，实行耕者有其田。在这样的大原则下，我们的方针是依靠贫雇农，团结中农，平分地主的土地、财产，征收富农多余的土地、财产。"说到这里，他停了停，看看身边的赵太世。"玄庄的人都知道，赵太世家的日子是过得比较富裕一些，可是他们家的富裕日子是全凭着一家人辛辛苦苦的劳动得来的，他们家没有雇用劳动力，应该说属于中农成分。在土改中，一方面要满足贫农雇农的要求，另一方面，也不要损害中农的利益。共产党是支持庄稼人凭着自己的双手过上富裕日子的。"会场上响起掌声，一些庄稼人挺起腰杆开颜笑了。

赵太世站起身，又叮问一句："俺家是中农？"周玉熙明明白白地说："是中农，让农会再评议一下。"周玉熙讲完话和众乡亲握握手，又问长问短。

周玉熙搀扶着赵太世回到赵家，一家人忙接着，知道当了区长的周玉熙先生已经为赵家平了冤屈。郑氏向周玉熙施了多年不曾施过的女人上拜礼，道："多亏了周先生了。"赵太世说："周先生现在是区长，叫周区长。"周玉熙说："都是熟人，叫么都一样。"赵安福说："这么说，共产党是让庄稼人过上富裕日子的！"周玉熙说："让，让，不但让，还大力支持哩。"安福家里的吩咐菊个儿快烧水沏茶，说："周先生多年不来了，好容易来一趟，晌午在俺家吃顿家常饭吧。"周玉熙说："别忙了，我还到农会里办公事哩。"说着从挎包里掏出一包点心，"这是宝成给爷爷奶奶买的点心。"

赵宝成早已从运河学校毕了业，分配到区上当了宣传干部。提到宝成，赵家人格外关注，关注他的前程，关心他在外的身子，但也有守着区长不便表达的怨言。赵太世对宝成离婚一直耿耿于怀，满腹怨言。可是如今区长主持正义，为赵家平了冤，只有对区长感恩，哪里还有半句怨言！他见到这包点心，心想宝成还有孝心，又有点欣慰之感，就只说了句："宝成年轻不懂事，还请区长多费心指教。"

周玉熙了解这个家庭的内情，知道宝成的包办婚姻，也知道宝成的离婚引起赵太世的极大不满，他一进门看到宝成的媳妇就心里一动，这个女人还没有离开赵家！但这层窗户纸还不便捅破，刚刚解放了，传统的文化习俗有一个漫长的过程。他只是夸赞宝成，说："我是看着宝成成长起来的，如今长大了，有文化，有理想，人品厚道诚实，工作积极，思想进步，是一个有前途的好青年，大叔有这样的孙子光彩啊！"

赵太世微微一笑。

菊个儿沏好了茶，端到周玉熙面前，不抬头，也不言语，就急转身到东厢房灶下忙活。刚刚周玉熙夸赞宝成的话刺得她心疼，可是当她坐灶下一把把往灶里填柴的时候，心里又平静下来。心想他去干他的大事吧，好也罢，赖也罢，与俺何干！

这时候，安禄家里的领着已经八岁的儿子赵宝琳从娘家回来了，见穿一身干部服的周玉熙站在屋里，一时怔了，赵安禄的身影面貌立时闪现在脑际——挥舞双刀的赵安禄，全身武装持枪的赵安禄，满身血淋淋的赵安禄……不由得滴下泪来。

周玉熙见状也愣住了，自然也想起了已经为国牺牲的亲密的战友赵安禄，但他转念一想，立时抱起了宝琳，亲了又亲。赵宝琳是赵安禄的骨肉，小宝琳身上透着赵安禄的气质。

安禄家里的回过神儿来，擦擦泪说："宝琳，叫大爷，叫大爷。"宝琳说："他不是大爷，他是区上的干部。"

小宝琳的一句话倒是把众人逗乐了，安禄家里的趁机忙接过宝琳来，郑氏又忙拿点心给孙子吃。宝琳"爷爷、奶奶"叫着，赵太世也"琳儿琳儿"地叫着，屋里的气氛活跃起来。

安禄家里的仍心有余悸，说："一晃八年了，先是听说你投奔八路军了，后来又听说你当上区长了，想你啊，可是，又总见不到你的人影……"

周玉熙面对战友的妻室心有愧疚，低头静听着，是指责，是怨言，他都诚恳地接受，觉得说什么话都是多余的，只说了句："俺也惦记着你娘儿俩，惦记着赵大叔。"说着从兜里掏出几张钞票来放桌上。"今天我本来是送抚恤金的，一遇上村里的事又忘了。县委已经批准鲁北民众自卫团一百五十八位牺牲的战士为革命烈士，明年区上要修建鲁北民众自卫团革命烈士陵园。全区全县的人民是不会忘记他们的。"屋里的气氛又沉默起来。

安福家里的看这情势有意转换话题，忙扯扯妯娌的衣袖，说："宝琳他娘，周先生为咱家的事忙了一头晌了，快做饭去吧，包素馅饺子，请周先生吃饭呀。"

周玉熙又说："快别忙活了，我到农会里办公事去。"

安福家里的说："办公事去也得吃饭。俺知道，你区上的干部下来吃派饭，给饭钱，你就把你那份饭钱留下，不就得了。"说得双方都笑了。

正说着，村长赵占魁来了，进门就说："在谁家吃饭都一样，俺家也备下饭了，周区长，快去吧，村干部们都等着哩。"

周玉熙说："那就听从村长的指派吧。"临了又说了句："赵大叔，你加入农会吧。"

赵太世听了一惊，他没想到他也有加入农会的资格，忙应道："加入，加入。"


暮春的阳光暖融融的，临近晌午就穿单裖了。晌午石榴红下地回来，走到村头见常巴虎赤膊趴在一棵榆树上够榆钱儿，她站住脚仰起头说："巴虎，也给俺够几枝。"常巴虎在树上说："接着。"就扔下几枝。石榴红双手接着，一边嘻嘻笑着，一边就吃。她又仰头瞧瞧，一枝榆钱儿伸出来，一嘟噜一嘟噜的格外厚实引人，就指着说："巴虎，这一枝，这一枝。"常巴虎说："你先回家吧，一会儿够下来给你送过去。"

马怀玺上学了，石榴红拿了几枝榆钱儿回到家，正赶上怀玺下学回来。石榴红说："快择择榆钱儿，咱贴榆钱儿饼子吃。"怀玺说："俺不吃那行子，没得腌臜人哩。"石榴红一听这话，就想到刚才巴虎够榆钱儿的时候小家伙准是看见了，这会子又来和俺怄气。想想，也不必和孩子纷争，贴两样饼子就是了，一样光和棒子面，一样和棒子面掺榆钱儿。她这样掂掇着，先点着灶下的火，锅里熬上小米稀粥，再去和面。待锅里冒上气来，两只手掌吧嗒吧嗒往锅边上贴饼子，然后盖上锅盖，就坐灶下烧火了。

锅灶上热气腾腾，石榴红还惦记着那枝引人的榆钱儿。正想着，就听见后院里嚷嚷不休，开始她以为是民兵们又开会讨论什么事，后来又听见东厢房门响，又听见有人说："快抬炕上，快抬炕上。"她心里一紧，莫非是巴虎出事了！灶里的柴火蔓延出来，她忙熄了火，急促地跑出去。

石榴红跑到后院东厢房里，扒拉开人群，只见常巴虎躺炕上，一只腿弯着，皱着眉，咬着牙，十分疼痛的样子。她凑到炕前说："都怨俺，都怨俺，俺不该叫你够那枝榆钱儿的！"一位老人说："么话也甭说了，已就是摔着了，治腿要紧。"一句话提醒了石榴红，忙说："求求兄弟爷们儿帮衬着送县医院吧。"那老人说："乡里乡亲的说什么求不求，哪里也甭去，俺试巴试巴吧。"说着，跨上炕去，两腿跪在常巴虎脚下，弯腰将常巴虎那只弯曲的腿慢慢扳直，巴虎"哎哟"一声。他这样反复几次，又用双手按摩。众人屏住气静静看着，约过了一顿饭工夫，老人已是大汗淋漓，下得炕来，坐下喘息了一阵，说："少说一集①，多说两集，保准下炕。"众人这才舒了口气，七嘴八舌嚷道："大伯神手，大伯神手。"一青年人冒出一句："赶明儿让石榴红婶子备下好酒好菜好好款待你老人家。"众人会意一笑，但碍着石榴红的面子又不便大笑。石榴红暗暗戳那青年人一下，小声说："没正经。"悄悄溜走了。

石榴红回到家，郭氏和小怀玺已经吃了饭，她用一块笼布包了两个掺了榆钱儿的贴饼子，撮了些咸菜，又盛了一碗小米稀粥，准备出门。怀玺说："娘，你给谁送去?"石榴红说："给你后院的巴虎叔。"怀玺说："俺没有巴虎叔，你也少和他来往。"石榴红说："孩儿，你巴虎叔摔了腿，前后院住着，总得有个照应吧。"怀玺说："娘，你照应别人行，照应他不行。"石榴红哪里听儿子的话，只顾端了饭往外走。怀玺又拽住娘的衣襟说："娘，你知道村里人怎么说你? 你知道同学们怎么骂俺?"石榴红说："个人过个人的日子，别人爱怎么说怎么说。谁骂你你不会骂他!"说着仍往外走，怀玺仍拽住衣襟不放。一个往外抻，一个往里拽，抻抻拽拽，石榴红手里的干粮稀粥一股脑全洒在地上。石榴红呆了，登时气得面红耳赤，照着怀玺的小屁股上"啪啪"打了几

---

①　一集：鲁北乡间五天赶一集，一集即指五天。

巴掌，小怀玺虽不觉疼，也是和娘赌气，"哇"一声哭起来。

郭氏拄着拐杖颤颤巍巍走过来，连连咳嗽了几声，咬牙切齿道："姑奶奶，你干下伤天害理的事，还有脸打孩子？告诉你说，怀玺是马家的人，从今儿往后，不准你戳他一手指头！"

石榴红忧愤交加，她又惦记着后院的常巴虎，又心疼眼前的儿子；她为眼前的场景气愤难消，也为自个儿的命运悲叹不已！一时心焦如焚，恨不得把自己劈作两截，求其两全！她强忍着自己的怒，自己的忧，自己的悲，拉住小怀玺的手，安抚道："孩儿不哭，娘不好，娘不该打俺孩儿。"小怀玺不吭不声，别别扭扭，挣脱开石榴红的手。石榴红知道这全是郭氏撺掇儿子闹的，虽如此，自个儿的亲生儿子这样对娘无情，岂不真真伤透了当娘的心！她越想越伤感，不禁趴到炕上泣泣地流泪。

耐到后晌，夜深人静之后，石榴红才揣了两个贴饼子，两个咸鸡蛋，摸进巴虎屋里来。

常巴虎说："白天的事俺都听见了，想和你说句话，又动不了。"

石榴红说："你知道人家心里是个么滋味？没的命里该着咱俩成不了家！年轻时有老头子在，现如今老头子没了，老妖婆又撺掇儿子拦着，老天爷怎么这样给咱俩为难啊！"说着眼圈直转。

巴虎说："都过了快半辈子的人了，你就别操这份心了。这半天俺想来思去，若是咱俩成了亲，拆散了你们母子，俺心里也不好受啊！"

"你们母子"——一句话触动了石榴红千丝万绪，埋在心底十年的隐情一下子冲上心头。但她欲说又止，坐炕沿上直直地望着巴虎，半天，终于说："巴虎呀，你看怀玺那两只眼睛，那张嘴像谁？"

常巴虎若有所悟，登时挣扎着要坐起来，一动，摔坏的那只腿疼痛难忍，又动不得。他紧紧地攥住石榴红的双手，急切地问："你说怀玺他——"

石榴红激动的话语有些发颤，说："他是你的儿子啊！这些年俺不敢露半点风声。"

常巴虎果然挣扎着坐起来，满脸笑纹，说："俺也这样想过，这孩子的眉眼儿憨憨实实，就不像马德昌的狡猾相。有几回梦里怀玺叫俺爹哩。"

石榴红说："要是有那一天，谢天谢地了。"沉一沉又说，"盼着吧，等他大几岁，也许……"

两人沉浸在亲如家人的情怀里，石榴红掰开贴饼子，磕开咸鸡蛋，递给巴虎。巴虎说："这半天不断有人送吃食来，也不饿。"石榴红说："饿不饿的，吃几口，人家的一份儿心意。"巴虎就啃了几口，石榴红眼睁睁看着，"扑哧"一笑，说："傻样儿。"

两人又说了会儿话，石榴红担心小怀玺醒了找不见娘，急着要回去。常巴虎很不情愿地缓缓松开石榴红的手。

这一夜，常巴虎没有入睡，他庆幸自己有了儿子！又翻来覆去思谋未来的光景，但又终于思谋不出一个头绪来，仿佛眼前茫茫的一片雾，一片雨，石榴红和小怀玺的身影在雾中雨中时隐时现……

# 第四十六章　"夫妻"识字

　　赵宝成又踏上回乡的路，这次回乡他是以一个区干部的身份来开辟工作的。冬日里西大洼寥寂得很，阵阵北风刮起庄稼地里的残梗败叶，行人极少。但他并不感到孤单，想到担任宣传干部的职责，想到回乡开办识字班试点工作，仿佛身后有强大的后盾支撑着他，周围有数不清的群众护卫着他，他还不知道道路上的曲折和坎坷，不知道面临的社会仍然痼疾重重。

　　他只顾朝前走路，快到跟前了突然发现大道上倒着一个老人，老人穿一身黑棉衣，背上压着柴筐，远看近看都像一堆黑褐色的荒丘。宝成正要去扶他，他却晃晃悠悠地站起来了。想不到，这个腰如弯弓，让柴筐压得抬不起头来的老人竟是爷爷。宝成说："爷爷，爷爷，你这是——"赵太世仍低着头，只是挪动了一下身子，说："宝成回来了。不咋的，不咋的，一阵风刮倒了。"宝成说："爷爷，俺来背吧。"说着伸手去接柴筐。赵太世扭动一下身子，决断地说："不用，不用。快回家吧。"爷爷的执拗令宝成敬佩，已年过八旬的老人仍然这样强悍。一句"快回家吧"又使宝成感到祖辈的暖意。宝成只好跟随在爷爷身边步行，赵太世又说："你头里走吧，甭管俺。"看来爷爷是不愿意有人帮扶他，哪怕是伴他同行，也像是亵渎了他的独立人格。宝成只好迈开了步子。

宝成回到家头一件事是给自己寻一间住宿的屋子。他问娘："娘，俺住哪屋里呢？"安福家里的笑笑，说："你说你住哪屋里？这么大的小伙子了还跟娘睡一个炕上？你媳妇早给你铺好炕了。"宝成说："离婚了，不能住一个屋。"安福家里的说："你离了，人家不离，剃头挑子一头热，不算数。"宝成说："咋的不算数？她摁了手印了。"安福家里的说："那是你逼的，如今又反悔了。你媳妇依旧在这个家尽力做活，侍奉老人，没有离开这个家。"宝成说："那是你的媳妇，不是俺的媳妇。"安福家里的气道："放你娘的屁！"说着拿起把笤帚就要打宝成。想想又好笑，自己骂的这句话岂不是骂了自个儿？是当娘的生下这样一个儿子！笤帚又放下来了。她对儿子又心疼又可气，气愤得不知咋样好了。

　　宝成各屋里转悠了一圈，果然寻到了一处住宿的屋子。西跨屋里并排放了两个粮囤，还有一张木床，床上摆了许多盛杂粮的坛坛罐罐。他把坛坛罐罐一个个搬运到床底下，就腾出了一张可以睡人的木床，他又扫了扫，擦了擦。他为此感到高兴，但被褥呢？他知道东厢房里有多余的被褥，但又不便张口去要，刚刚和娘生了气，也不好意思去说，就向奶奶求援。郑氏说："孩呀，你非要自个儿到西跨屋里睡，那屋里没有炕，冷啊！"宝成说："多盖床被子，没事。"郑氏说："让你媳妇给你送过去吧。"宝成腼腼腆腆说："奶奶，你跟她说去吧。"

　　菊个儿进屋来说："奶奶，铺的盖的都给他拿过去了。"郑氏说："好孩子，想得周到。"又朝宝成说："你看看，你看看，多好的媳妇，还不知足。"宝成也自觉不好意思，低下头。

　　赵宝成找到村长赵占魁和妇女主任白秀兰，谈了在玄庄开办识字班的事。白秀兰就是赵占魁的妻子白氏，刚刚起了个大名。赵占魁说："开办识字班是好事呀，让庄稼人识字，不当睁眼瞎了。"赵宝成说："办识字班不光是识字扫盲，还有宣传任务，讲时事，讲形势，讲党的政策，可以说是一个学习文化知识和进行政治思想教育的大课堂。"赵占魁说："宝成不愧是国家干部了，说起话来一套一套的，还净些新词。"白秀兰说:"和咱明理一样,从小念书勤谨,大了就有出息。"提到赵明理,引起了赵宝成的思念,急问:"明理叔好长时间没给俺来信了,给家里来信了吗?"赵占魁说:"上些日子来信了,说上级派他到军事干部学院学习去了。"宝成笑笑说:"那好啊,这说明上级培养他当军官了。"赵占魁、白秀兰也开心地笑。

经过反复商议,又经过赵占魁、白秀兰夫妻各家各户动员,又经过简单易行的筹备,五天后玄庄识字班开学了。教室设在原来一户财主家的三间北屋里,打通了隔断墙,重新糊了窗户,在山墙上刷了一面黑板。垒了砖墩,搭上木板,当作课桌。也像个教室的样子了。

识字班利用农闲季节每天过晌上课,大多数是青年人,有年轻小伙,也有媳妇闺女。他们来到教室里扎堆坐,男人扎男人堆,女人扎女人堆,互相要好的人一起扎堆。男人堆和女人堆里的人就互相用眼睛瞟来瞟去,又悄悄地指指点点。男人堆里的人说,谁谁的媳妇来了,谁谁家的闺女来了,长得俊啊,辫子长啊!女人堆里的人说,看,看,你家男人来了。看,看,你那个他也来了。评论男人的话她们就不便出口了,只能用眼瞟一下,在心里琢磨着咂摸滋味。

识字班第一堂课由村长赵占魁主持,赵宝成先讲了办识字班的重要意义。他说,原本上学识字是人人应有的权利,可是过去因为家里穷上不起学念不起书,就耽误了。现在解放了,党号召庄稼人识字学文化,做一个有文化有知识的新农民……有一个小伙儿听得不耐烦了,就说:"别啰唆了,快上课学识字吧。"赵占魁站起来挥手制止他,说:"别捣乱,好好听赵老师讲话。"那个小伙儿说:"俺今儿识了字,后晌教俺媳妇哩,学不了三个字,回家要挨打的。""轰"一声,教室里一阵哄笑,乱了营了。赵占魁又挥挥手,喊道:"别吵了,别闹了,维持秩序……"哪知道无人听话,秩序越发乱了。有的小伙儿趁机往女人堆里靠,女人堆里就传出尖厉的叫声。赵占魁气急了,厉声道:"谁再吵闹,看俺的袖标!"说着,"嗖"一声,一颗胶泥蛋蛋从人们头上飞过去,大家回头看时,对面山墙上闪出一个小洞。

这一下把人们镇住了,人人面面相觑,无言无语,心里叹道:"哎呀呀，魁爷厉害！"都又老老实实坐下来，静静等待着。赵宝成拿出区上编辑的识字课本，开始教第一课。第一课的内容都是笔画少的又与农民生活有关的字，如：天上地下、东西南北中、日月、风雨、牛羊等等。赵宝成把这些字都写在黑板上，一个一个念着教给学员。接着，为活跃识字班的气氛，赵宝成又讲了一课《狼的故事》。说的是，从前有一个卖肉的，傍晚回家时一只狼跟上他。卖肉的扔给狼一块肉，心想狼就不会追他了。可是狼吃完了肉又追上来了，卖肉的想大概狼没有吃饱，又扔给它一块肉。不料过了一会儿，狼又追上来了。这时卖肉的还剩下一块肉，心里明白了：狼的肚子是填不饱的，自己早晚也会让狼吃掉。于是他想出一个办法，把那块肉用铁钩子吊在树枝上。狼来到树下，猛然一跳，像钓鱼一样，狼就钓在肉钩子上了。大家听了，哈哈一乐，缓解了刚才沉寂的气氛。

散学的时候，赵占魁冲那个在课堂上说话的小伙儿说："赶明儿让你媳妇也来。"那个小伙说："有的人的媳妇还没有来哩！"赵占魁问："谁的媳妇没来？"那个小伙说："赵老师的媳妇没来。"大家又一阵笑，赵宝成尴尬在那里，不知所措。赵占魁说："人家离婚了。"那个小伙儿说："人家离婚不离家，还是咱玄庄人。"妇女主任白秀兰插话说："这事交给俺办了，保准明儿让她来。"女人堆里就嘀嘀咕咕，有人说，离婚不离家，两口子还在一个炕上睡觉吗？有人说，也许吧。有人说，不会吧。众人意见不一。声音虽小，赵宝成听得真真切切，自觉无地自容，独自加快了脚步。

第二天妇女主任白秀兰来到赵宝成家，她先和安福家里的透透风儿，又和郑氏说道说道。白秀兰说："新社会了，随和着走吧。"都表示赞同。可是赵太世不哼不哈，半天不表态。白秀兰又回家搬来救兵赵占魁，赵占魁性急，又与赵太世有些交情，三言两语说得赵太世开窍了。不过赵太世提出一个条件："识字班男女同班，会惹出是非的。"赵占魁想想，这事无关大局，就应了。

这天的识字班就男女分班了，因为教师一时短缺，又因为只有一间教室，只好男女学员轮流上。妇女优先，白秀兰领来了菊个儿。菊个儿迈进识字班教室门槛，女人们就拉起她的手让座。这个说，坐这里吧。那个说，坐这里吧。菊个儿抿着嘴，微微颔首，不知道坐到哪里好了。白秀兰拉过菊个儿的手说："和奶奶坐一块吧。"众女人又目不转睛地看这个"离婚不离家"的女人，好像在她身上有什么奇特之处。菊个儿并不感到害羞，也不感到低人一等，她大大方方端端正正坐着。心想任凭人们看吧，俺也不丑，俺做的事也正正当当。有一个女人说："你有大名了吗？让老师给你起个大名吧。"菊个儿微微笑笑，点点头，意思是说让老师给起一个吧。那个女人就站起来说："赵老师，给你媳妇起个大名吧！"女人们偷偷地笑，又瞪着眼期待着看看这位赵老师如何应对？

赵宝成经过头一天的锻炼，显得沉稳了，他也不介意学员的说法，不慌不忙在黑板上写下三个字，念道："高立英。"学员们下意识地跟着念："高立英，高立英。"教室里充溢着"高立英"的声音。菊个儿眉开眼笑了，多少年来从未有过的笑容。她心里怦怦跳着，激动不已。俺有个和男人一样的大名了，似乎骤然间变成一个立在地上的堂堂正正的人了！她带着感恩的意思瞥一眼站在讲台上的赵宝成，多年的夫妻了还没有这样看过他一眼。她又照着黑板上的样子，拿支铅笔在草纸上一遍又一遍地写那三个字。

这一课讲的是《咱们大家都有功》，课文上以诗句的形式描写工农兵在革命大家庭里分工合作，都有功劳。结尾写道：

> 你有功，我有功，
> 咱们大家都有功。
> 大家的功劳哪里来？
> 全靠中国共产党，
> 全靠领袖毛泽东！

下学的时候，妇女们叽叽喳喳："你有功，我有功……"有几个妇女簇拥着高立英，高立英在妇女们中间，感到从未有过的高兴。

　　这天后晌，高立英在灯下练习写毛笔字，她想把自己的名字写在一张大纸上贴到墙上。她研好了墨，润好了笔，拿起毛笔来如一根大檩怎么也不听使唤，不是歪了就是笔头倒下，白纸上涂了一摊墨，气得她把一支毛笔摔了。坐炕上想想，老师在西跨屋里读书哩，叫老师教教俺吧。又觉得多么不好意思，咋的说话呢？于是她去求婆婆，安福家里的一听笑了，她巴不得的搭这个桥哩！她走到西跨屋里说："宝成，你这个老师快去教教你的学生吧，学生高立英求你哩。"说着"扑哧"一笑。

　　赵宝成正在思考如何办好识字班的问题。许多问题还没有解决好，又出现了一些新课题。鉴于目前他和高立英的关系，他实在不愿意接近这个女人，那是犯男女大忌的，涉及革命者的品德问题。可是从另一层师生关系来说，又不能坐视不管，那岂不是有失一个革命者的职责吗？他思虑片刻终于迈进曾经居住多年的东厢房。高立英坐炕沿上静静等着哩，一见宝成进来，两眼炯炯闪光，精神振作，说："赵老师，快教俺写毛笔字吧，俺这只手怎么也拿不住毛笔。"说着端端正正坐在桌前的椅子上。初学写毛笔字的人是要老师手把手教的，宝成犹豫了，他再次在心目中把眼前的前妻变为他的学生，便坐在高立英身旁，手把手一笔一画写毛笔字。这是他曾经做过丈夫的人第一次握住妻子的手，有感触吗？似乎有一点，是一只年轻女人的手，又是一只劳动者的手，手上有些茧子。但他很快忘却这一切，专心教高立英写毛笔字了。

　　一张工工整整的"高立英"三个大字终于在高立英和赵宝成——前妻前夫两人手中写完了。高立英左看右看，就像她绣完了一件"喜鹊登枝"或是"孔雀喜梅"的绣花衣，觉得越看越好看，满脸堆笑，顺口说一句："怎么这么好看呢，你——啊，赵老师，你真好。"

　　此时，赵宝成在前妻面前倒有些腼腼腆腆了，他没有回话，脸面仍很严肃。高立英说过话以后又自觉有些失语，一时不知如何是好，两人都尴尬在那里。

　　窗外，安福家里的早在"听房"了。她又在手指上蘸点唾沫，戳破了窗纸上一个小洞，窥视室内的秘情。刚才室内的两人手把手写字的时候，她看着迷了，待儿媳说话的时候，她捂住嘴差一点笑出声来。她喜得又去叫婆婆郑氏从窗洞里窥视，郑氏老眼昏花，只见室内灯影里模模糊糊，这时，室内的两人已呆在那里了，并不见什么喜庆的情景，有些失望。但婆媳俩仍索索地冻在窗外。

室内，赵宝成愣了好半天，终于说话了："今天学的课文，你学会了吗？"

高立英又精神一振，说："俺学会了。"

"课文上的字你都认下来了？"

"虽说课文上的那些字俺没有全认下来，可俺记住那些话了。"

"真的吗？"

"不信，俺背给你听听。"

高立英把识字课本递给赵宝成，就背诵了一遍课文《咱们大家都有功》。

这一回赵宝成喜形于色了，他笑笑说："你真行，学习用功，可以当识字模范了。"

窗外，婆媳俩喜兴地悄悄说："真盼到这一天了。"

室内，高立英又有些腼腆了，微微笑着说："什么模范不模范的俺不知道，跟你小时候一样，喜欢念书写字。"

赵宝成听了这句话又有些不自在，想想，这堂课该结束了，便转身要走。

高立英说："你那屋里冷吧，再拿床被子吧。"

赵宝成说："不冷，不碍事。"

高立英说："不碍事，不碍事，你爱冻着，你若是冻着了，识字班就停课了。"

赵宝成想想，她真惦记着识字班的事，难得的，就从前妻手里接过了被子。

赵宝成抱着被子撩起棉门帘，走出里间屋。可是，他开东厢房屋门的时候愣住了，奶奶，娘拦在门口，安福家里的说："傻孩子，放着暖暖和和的屋子不住，偏偏住那冷屋子，刚刚两人还亲亲热热地说话哩，咋的说走就走呢？快进屋吧。"说着就夺宝成怀里的被子。

赵宝成死死抱住被子，说："娘，那不行的，那样俺要犯错误的。"

安福家里的仍去夺被子，边夺边念叨："咋的不行呢？咋的不行呢？"夺来夺去，被子夺到手了，宝成趁机溜了。她十分的丧气，但也不知如何强求这个儿子，只是摇摇头，连连地叹气，泪也下来了。

郑氏颤颤巍巍，说："成儿，怎么这么不叫大人省心呢！"

高立英在里间屋耳闻了这情景，原本她一心用在识字上，没想到曾经的夫妻关系这一层，喜喜兴兴地过了一晚上。祖婆公婆做的事情又使她陷入沉思，她呆住了，木木地坐炕上思前思后。不知道她的未来怎样？不知道她将如何度过一生？

# 第四十七章　他为农丧命

西大洼的青纱帐又起来了，风一吹庄稼随风摇摆，哗哗地响；看上去绿波滚滚，一浪压过一浪。那气势，可以说浩浩荡荡，威风凛凛，使人敬羡，使人陶醉，使人惊叹！

青纱帐里传出小艳曲：

一更里来一声梆儿响，
情郎哥进了奴家绣房，
惊动了二爹娘。
娘问闺女什么响？
狗赶狸猫跳过了墙。
二更里来二声梆儿响，
情郎哥上了奴家炕，
惊动了二爹娘。
娘问闺女什么响？
小狗上炕吃蜜糖。
……

青纱帐里传出好汉歌：

写了个一字赛杆枪，

武松打虎景阳冈。

写了个二字底画长，

鲁达拳打镇关西开了油酱坊。

写了个三字三王让，

黑旋风扯诏书怒骂宋朝纲。

……

　　赵安福不会唱小艳曲，也不会唱好汉歌，他在青纱帐里默默地擗高粱叶子。擗高粱叶子是维护高粱生长的一道工序，如果高粱疯长叶子，高粱地里密不透风，就影响了长高粱秸，也影响了籽粒饱满，收获自然歉丰足。赵安福从十几岁就年年擗高粱叶子，是擗高粱叶子的一把好手了。他两脚站在两垄之间，一趟擗两行，右手擗左臂抱，擗了这棵擗那棵，一刻不停。外面人只听见"嚓啪、嚓啪……"，不见人影。赵安福擗的高粱叶子不多也不少，恰到好处。从半腰里擗起，擗三四片或四五片，留下顶端的叶子护围着高粱穗。

　　赵安福是个急脾气，吃饭急，干活更急，三亩地的高粱叶子不到两个时辰就擗完了。高粱叶子是牲口的美食，万万不能丢弃。他把放在垄沟里的高粱叶子捆起来，再把一捆一捆的叶子抱到田道上装上独轮车。此时赵安福已汗流浃背，气喘吁吁。他从腰间抽出羊肚子手巾擦把汗，稍稍歇息了一会儿。

　　要起程了，他往手掌里吐两口唾沫，算是起程前的准备，为的是抓紧车把，也是为了给自己推车鼓劲。他弯腰抓起车把，两腿用力后蹬起步了！然而，使他意想不到的是，两脚像是牢牢粘在地皮上一动不动！他急躁难耐，气血上冲，用尽全身力气，脸涨得通红，两臂上的筋肉蚯蚓般暴起来，猛地向前一推，不料，车子翻覆，身子栽倒了！

　　赵安福不知道这是什么缘故，渐渐地恍恍惚惚，头目晕眩，口眼歪斜，已不省人事了！

　　庄稼人遇见了大为惊讶："这是咋的了？这是咋的了？"面面相觑，

不知何故。一位略知病症的汉子伸手试试鼻息，仍喘息不止，知道生命还在，顿时醒悟道："中风了！中风了！"众人忙卸了独轮车上的高粱叶子，把赵安福安顿在独轮车的一侧，另一侧压了些东西，汉子挎上车攀，稳稳推起独轮车。众人护围着，都表示出义不容辞的姿态，帮人救人是玄庄人自古以来的规矩。

赵家人正做午饭，还专给赵太世、赵安福父子俩炸了几个油香，等待着赵安福下地回来犒劳他。不想祸事临头，一家人慌乱了！安福家里的又是忙着收拾炕铺安顿男人，又是千谢万谢众乡邻。赵太世也惊诧不已。郑氏慌乱得已不知所措，只是掉泪。那汉子说："都是乡邻，说什么谢不谢的，要紧的是快请先生治病，中风了。"

此时，四女寺镇治病的傅老先生已过世，其子傅清真继承家传，已成为这一带乡里名医。乡邻帮衬着请来傅清真先生，望、闻、问、切诊病，开了方子。那方子上有二十多味药，多是益气养血，熄风止痉，镇静安神，清热解毒，活血化淤的药，有川芎、天麻、丹参、牛黄、羚羊角、全蝎、当归、赤芍等。

安福家里的伺候着，当晚喂了些米汤，赵安福已失语，只是"哼哼"的还有些知觉。郑氏也守在炕边。高立英紧着煎药。

到了这个时候，最可见庄稼人夫妻的恩爱之情了。赵安福右半边身子偏瘫，大小便失禁，安福家里的寸步不离伺候着，收拾了。她一天到晚坐在男人身边，喂饭喂药，用一块毛巾给男人擦脸擦手，一天要擦数遍。男人仍处于半昏迷状态，逢到这时候，他忙伸过左手紧紧握住女人的手死死不放，嘴里哑哑几声不知说什么，女人忍住哭声，泪水就一串串流下来。

一家人沉浸在忧愁之中，郑氏常常坐在儿子身边，不住地垂泪叨念："咋的得了这个病？瘫在炕上，遭罪了！再有个好歹，娘可心疼死了！"赵宝成听到信息回来了，瞧瞧父亲，心里悒郁不安，紧着去四女寺镇请教傅清真先生父亲的病情。傅清真先生说："中风这个病，一在用药，二在调养。熄风镇痉的药已用上了，估摸着服过十几服药后，病人即可苏醒。饮食要清淡，心情要平和，不可劳累，不可摔着磕着，生命就无大碍了。"赵宝成一再感谢傅先生，又请傅先生开了方子，抓了药。他回到家，给爷爷、奶奶、娘回说了傅先生的话，一家人的心绪才缓和了一些。赵太世说："就紧着吃药吧。"

赵太世依然下地干庄稼活，他虽已年迈，但仍身体力行。他天天到庄稼地里不紧不慢不急不躁地干活，或是掰棒子，或是割谷子，或是削高粱，然后再请赵占魁等乡邻帮衬着，赶上牛车拉回来。棒子槌堆在院子里，谷子、高粱还要摆在场院里牵穗子、晒、轧，这些活计就由赵太世指挥着，吩咐安禄家里的、高立英做主要劳力了。

后响，赵太世坐炕上抽闷烟歇乏，问一句："病人呢？病人咋样呢？"郑氏说："吃了药，见轻，已经醒过来了，一顿饭能吃上半个签子馍馍①喝上一碗粥了。"赵太世说："见轻就好，见轻就好，怕是落下半身不遂瘫子病了！"郑氏念叨："你再到玄武庙上烧烧香，再添上一个月的灯油，求玄武爷保佑平安免灾吧。"赵太世无语，只是叹息一声，又接着慢慢抽烟。

安福家里的忙碌愁烦了一阵子，终于面露喜色了。她手脚还是不闲的，每天要调着样儿的给男人做可口的饭菜。她擀着面条和高立英说："你爸爸总算熬过来了，今年又能过一个年了。"凄然的语调里透出无尽的喜悦。煮好面条，卧了一个荷包蛋，撒了芫荽，点了香油，端了喂男人。赵安福艰难地咧嘴笑笑，边吃着，边含含糊糊说："梗（等）俺蹦（病）好了，该（带）你去夏（县）城，下板（馆）子，听戏。"安福家里的喜笑着嗔道："守着儿媳妇，别说老不要脸的话。"赵安福又笑笑释然了。高立英在一边不好意思地抿嘴笑笑，却又自觉这笑意里掺杂了多少苦涩的味道。

久病的人，昏迷的时候任人伺候摆布他都不知道，任人随意罢了；待他清醒过来以后，日日事无巨细都由人侍奉着，即便是自个儿的亲人，天长日久，也于心不忍了。赵安福神志清醒以后，又请傅清真先生针灸拔罐治疗了些日子，腿脚渐渐恢复了行动功能，开始坐炕上伸伸腿

---

① 签子馍馍：鲁北蒸馍馍时，馍馍中间立一根竹签，俗称签子馍馍。

脚，后来就能拄着拐棍下地活动了。到了这时候，每逢妻子倒屎倒尿，他显得很不自在，心里埋了愧疚。他执拗地拄着拐棍到茅厕去，妻子又随身不离。赵安福说："成他娘呀，咱俩夫妻一场，俺打过你骂过你，你不怨俺？"妻子说："俺不怨，只要你打了俺骂了俺心里痛快，俺知足。"赵安福说："你伺候俺拉尿，不嫌弃？"妻子说："你说的哪里的话呢！自个儿的男人嫌弃什么，只要你的病好了，俺心里踏实，有根。"赵安福恳求般地说："成他娘呀，你越这样待俺好，俺心里越不落忍啊！往后吃的喝的你伺候俺，冷了热了你照管俺，拉呀尿的你就甭管了。也让俺走动走动，这样待下去，手脚都僵硬了。"安福家里的听了有些不安，说："你已就是大好了，千万千万别再有个闪失呀。傅先生说了，腿脚好了就怕磕着摔着。一百个日日夜夜都熬过来了，再熬上二百个三百个日日夜夜俺都甘心情愿伺候你，你别让俺担心着急了！"说着眼里急出泪来。赵安福也知情，说："好，好，俺听你的，俺听你的。"

　　然而，日常生活中的事情人总是意料不到的，往往事与愿违。这一日，近晌午了，安福家里的正在灶台上和面烙饼，高立英在灶下烧火，赵太世坐堂屋圈椅里抽烟。这个节骨眼上赵安福又执拗着要去茅厕，安福家里的说："屋里有便盆，你就在里屋里方便吧。"赵安福羞涩地说："大白天的哪能呢，没事，没事。"安福家里的仍不放心，冲公爹说："爹，俺占着手哩，你扶他一把吧。"

　　赵太世不吭声，也未动。

　　安福家里的又说一句："爹，他腿脚还不利落呀，你扶他一把吧！"

　　赵太世原本对儿媳的嘱托心怀不满，这时候，他把烟袋往桌上一搁，决断地说："俺不能倒行孝！"

　　此话出口，安福家里的颤抖了一下，顿时心里压了千斤石，但又无可奈何，忙擦手去搀扶男人。此时赵安福已走出屋门外，左脚向前迈了一步，拐棍杵地上还未稳住，迈动偏瘫的右脚时有些困难，身子支撑不住了，脚下一个趔趄，摔倒在台阶上！安福家里的忙过去抱住男人，已经晚了！

赵安福躺在妻子怀里，睁睁眼看看妻子，张张嘴想说句话，未说出口，滴下几滴泪来。看样子，他深深眷恋着人世，眷恋着妻子！不大一会儿工夫，终于带着无奈和难分难舍的遗恨闭上了眼睛，脸色渐渐煞白了！

　　安福家里的"哇"一声哭出来，郑氏原本在东里间屋里纺线，安禄家里的在西厢房里为儿子做针线，听见动静都出来，高立英也来到台阶上，都惊惶失色，放声痛哭起来。

　　赵太世见此情景一愣一惊，木木地呆住了。


　　乡邻们闻声聚拥来，赵占魁充当襄理，料理一切。众乡邻念想赵安福一辈子扑在庄稼地里，劳苦一生，早早地走了！又联想到自己，也说不定哪一天离开人世，不住地唉声叹气，感叹人生之无常，人生之苦短。叹道："又走了一个庄稼把式！唉，人哪……"语调里含着无限的惆怅。

　　赵占魁见赵太世说："前些日子听说安福大好了，怎么说走就走了呢？"赵太世只是紧皱双眉，一脸的愁容，无话可答。沉一沉，说："请位风水先生看看坟地吧。"赵占魁说："你家东北角上不是有现成的坟地吗？"赵太世说："没穴了。"

　　其实赵家东北角上的坟地不是没有穴位，而是按辈分排定，不能乱了次序。北为上，南为下，赵太世上辈人的墓穴下面还有一处墓穴是给自己留下的，更不能把赵安福埋在长辈人头上。赵占魁想到这里，应一声，又说："买副好板子吧？"赵太世忙应道："好，好，买副好板子。"

　　众乡邻男人们在院子里搭灵棚，砍哭丧棒，打纸钱儿。女人们在西厢房里裁剪孝衣、孝帽、孝巾。男男女女，一派忙碌，有说有笑，像是难得的一次聚会；又像是从事着一桩极为宏伟而又十分有趣的事业，件件事情做得那样认真、精细。不大一会儿工夫，里里外外一片白，灵棚内白纸为底偌大一个"奠"字，周围缀满白纸花，全家门心、门框、门楣贴白纸，大门口放一束白"纸骨头"（按亡人寿数剪裁的白纸条），置一面丧鼓。

傍黑的时候，赵宝成回来了。他一踏进白森森的家门，泪水就止不住流下来，来到父亲灵前，见到奶奶、母亲、婶婶和高立英满脸泪迹，跪下来更是痛哭不止。安福家里的说："成儿，先歇会儿吧，别哭了，你哭的时候在后头哩。"赵太世站一边说："哭吧，哭吧，亲儿子呢！"

赵宝成了解父亲的病情，父亲的突然去世他觉得有些蹊跷。后晌他坐在母亲身边，不住地询问爸爸临终前的病情，安福家里的噙着泪说："你爸爸已就是走了……"就不再说下去。宝成更加疑惑，但见母亲难言的窘状，也不便再追问，何必让母亲为难呢。

夜渐深，院子里安静下来。亡人灵前烛光摇曳，香烟缭绕。赵宝成尽孝子之道，在父亲灵前守灵。安福家里的也在男人灵前守着。宝成说："娘，你歇着去吧，累了一天了。"安福家里的说："多陪你爸爸待一会儿，入了土就隔了一层天了。"

第二天，乡邻亲友陆续来吊唁，赵宝成、赵宝琳、安福家里的、安禄家里的、高立英和院中晚辈在灵棚里陪灵。男吊客男人陪，女吊客女人陪，吊客一进大门，敲丧鼓通报，吹鼓班子吹打起来，陪灵的人即号啕大哭。一天下来，陪灵的人都疲惫不堪，赵宝成、赵宝琳歪倒在炕上，郑氏就过去"孩儿呀，孩儿呀"地安慰。

赵太世与众不同，他穿一身整洁的裤褂，坐在灵棚外一把太师椅里，每逢吊唁的人哭拜完毕便回转身朝他下跪磕头，他恭恭敬敬两手抱在胸前，作揖还礼。脸色极其庄重，而又十分呆板，看不出悲哀，也寻不出别的什么能表示他心灵隐秘的情愫，仿佛他在行使一种神圣的使命，已经超然物外了。

梨个儿来了，她穿一身孝白，未进大门就"哥呀，哥呀"哭了起来，到了大哥灵前行了跪拜大礼，念叨着哭了一阵子："哥呀，你咋的舍下你妹妹呀！"郑氏过来，又扑到母亲怀里恸哭不止。郑氏劝道："梨个儿，别哭了，你这么哭娘伤心啊！"然而梨个儿越劝越哭，更加悲痛。安福家里的看看小姑，一头青丝里已有零星白发，长叹一声，心想，他姑寡居多年，寄人篱下，她也是联想到自己的命苦啊！

石榴红来到灵棚里不跪不拜，只是叫着姐夫痛哭，哭声越来越大，安福家里的说："石榴，别哭了，屋里歇一会儿吧。"石榴红泣泣地说："姐夫早早地走了，二姐怎么这么不幸啊！"说着姐妹俩又抱一起哭起来，感叹姐妹共同的命运。"咚"一声，丧鼓敲响，又有吊客吊唁，安福家里的忙去陪灵。

赵宝成打幡摔盆，送了殡，一家人静下来默默地待着。

天色黑下来，高立英张罗着做晚饭，吃后晌饭的时候，郑氏说："你爹呢，你爹哪里去了？"一家人才发现屋里屋外不见了一家之主赵太世。

赵宝成到街上去找，又鬼使神差般走到父亲坟上，果然黑影里见爷爷立在父亲坟前，像是僵在那里了！

赵宝成搀扶爷爷蹒跚着回到家，安福家里的说："爹，快吃饭吧。"赵太世摆摆手，没应声，就坐炕上抽烟。郑氏说："让你爹歇歇吧，这两天也累了。"


入夜，安福家里的和梨个儿坐西里间屋炕上在灯下说话。安福家里的说："他姑，你哥哥在的时候断不了打俺骂俺，虽说心里有委屈，可有一个大男人做靠山心里踏实。如今你哥哥走了，心里没着没落的，这几天整宿地睡不着啊，干瞪着眼想这想那，和你哥哥几十年相处的日子在脑子里过了一遍又一遍。"说着眼里噙了泪。梨个儿说："嫂子，熬吧，俺熬了多年了。他姑父刚死的那两年俺也是这样，虽说他还小，但终究是自个儿的男人，早晚有个指望，他一走，孤单单一人守空房，膝下又无儿无女，何时有个出头之日？何时有喜喜欢欢的那一天？没有了，这一生一世像是枯木枯井！嫂子，俺有好几回，夜里睡不着觉，真想拿根绳子寻死啊！"说着也哽咽起来。

这时宝成进屋来要床被子，看到娘和姑都泪迹斑斑，知道她们的心里都有苦处，也不便插话，坐炕沿上陪着。安福家里的擦擦泪说："你媳妇屋里有好几床被子你不去要，来这里跟你娘要被子？"一句话说得姑嫂二人都笑了。梨个儿说："宝成，你回家来不和你媳妇一个屋里睡觉啊？"安福家里的说："他早就收拾出一间屋子来，在西跨屋里支了床铺。"梨个儿叹口气，说："宝成这一离婚，世上又多了一个寡妇，看样子她不会嫁人的。女人的命怎么这么惨啊！"沉一沉，又说："宝成，也不知道你的心眼儿是怎么想的，好好的媳妇守着过日子多好呀，非得离了，你离了人家不走，照样伺候老人过日子，天下有这样的好媳妇吗？宝成，听姑姑的话，甭离了，和你媳妇过吧。"宝成只是默默听着，一声不吭。屋里沉寂了，灯光里只有三个人影晃动。

郑氏坐东里间屋炕上暗自垂泪。

赵太世在东跨屋里祖宗灵牌前默默坐着，已近两个时辰。这几天发生的事情在他心胸中翻江倒海反复思忖，他恪守圣贤"礼"道的规范秩序，不得僭越，自觉庄重而神圣；然而，他万万想不到，他遵循"礼"治的行为导致如此的后果！白发人送黑发人，父子亲情使他深深愧疚，仿佛儿子的灵魂如一股青烟萦绕着他的身躯，他惴惴不安！此刻，他说不清在列祖列宗面前是表白自己的心迹，还是忏悔自己的过失？又仿佛有两个厉鬼在他胸中打架，重重撞击着他的心肺，一团烈火在胸中燃烧……

# 第四十八章 他为"礼"殉难

天亮以后，家人发现赵太世坐在祖宗灵牌前的圈椅里已经僵硬了。

一家人又一齐举哀，郑氏哭得上气不接下气，高立英搀扶着。她感叹父子一齐走了，赵家岂不家破人亡，以后的日子咋的过呢？赵宝成又痛哭不止，不管怎样，爷爷是长辈，劳顿一生，儿时在爷爷的教养下识字读书，念想他的慈善，他的操劳。

安福家里的拉着宝成，安禄家里的拉着宝琳，一齐跪在赵占魁身前，说："魁叔，俺家摊上这样的事，祸不单行，宝成年轻，宝琳还小，俺妇道人家不懂场面礼节上的事，全靠你老人家支撑照管了。俺爹操持这个家辛辛苦苦一辈子，不容易，办得体面些吧。"赵占魁搀扶起来，说："真没想到爷儿俩一齐走了！侄媳妇放心吧，俺和太世兄多年的交情了，该办的都办到了，体体面面地送送太世兄。"

赵占魁又忙碌起来，他和赵金铎等赵氏宗族的老人们商议，赵太世是玄庄赵氏宗族族长，赵氏宗族第二十一世祖，他的名讳要写上宗族族谱，他的灵牌要供奉在赵氏宗族祠堂里，丧事要体体面面地办，所用经费从宗族族产里支出。众人皆拱手赞成，没有异议。于是，赵占魁吩咐人各处报丧，购置上等柏木棺，场院里搭棚摆宴，请吹鼓班子，请扛夫，请道士诵经超度，一应俱全。

到了后晌，赵占魁主持入殓，一具黑漆锃亮棺木，棺底撒了草木灰和五色粮，按北斗七星状放七枚制钱，放好头枕脚枕，铺金（黄褥）盖银（白被），族中晚辈人抱尸入棺，郑氏捧赵太世日常不离手的一本线装毛边纸书放入棺内。

一切齐备，按规矩由孝女或儿媳为亡人净面开光，赵占魁与郑氏商议，安排谁呢？郑氏说："闺女梨个儿给她爹净面开光吧。"梨个儿噙泪用棉花蘸酒为父亲洗面，尖着嗓子念道："开眼光，看四方；开嘴光，吃四方；开鼻光，闻四方；开耳光，听四方。"赵占魁道："太世兄，体体面面地上路吧！"秩序井然，寂静无声。瞬间，"叮当"一声，盖棺钉棺，家人族人又哭声大作。

第二天，赵氏宗族请了一班道士为赵太世亡魂念经超度，祈福消灾。那一班道士在灵棚内敲着木鱼、铜铃，吹着笙、笛、箫、呐，口中念念有词，引来了不少看热闹的人，赵家院里人挤得密密匝匝。赵宝成躲在西跨屋里默默待着。

道士念完经有人领着到场院里高棚内赴素宴去了，这里庄重肃穆的"点主"仪式开始了。"点主"要从孝子或孝孙手上刺一点血点到灵牌神主上，表示世代血脉相袭。为这件事安福家里的苦苦劝说宝成，宝成倒不是怕刺疼了手指，而是不愿意亲自参与这种在他看来属于迷信的活动。几天来，宝成为父亲、爷爷守灵陪灵，自觉已经尽到孝道了，"念经""点主"这种守旧的乡俗，虽然他不便干涉，但他认为已经超出了一个革命干部行为的规范，自己正在申请入党，如果参与了这种活动，岂不是违背了一个共产党员马克思主义的信仰！安福家里的劝了半天，他执意不从。不想，这一来安禄家里的倒高兴了，她说："宝成不愿意就别勉强他了，刺俺宝琳的手指吧。"郑氏说："孩子还小。"安禄家里的把宝琳揽在身边，说："俺宝琳不小了，都十岁了，就让俺宝琳继承他爷爷的血脉吧。"说着，就好言好语哄劝宝琳。

从外村请来一位名儒任"点主"官，他净面洗手后，从赵占魁手里接过书写着"第二十一世祖赵讳太世之神王"的灵牌，端端正正放在亡人灵前的一张八仙桌上。安禄家里的抱着儿子宝琳，用针刺出宝琳食指上一点血来，"点主"官润笔蘸了血，恭恭敬敬点到灵牌"王"字头上一"、"，成为"主"字。然后又用笔蘸了墨盖在"血"点上，这个"主"字的一"、"就成为一圈鲜血的红沿簇拥着一个闪亮的墨点。庄严而神圣。

于是，鼓乐高奏，由安禄家里的搀扶着，赵宝琳怀抱着爷爷的灵牌，家人族人一齐护送到赵氏宗族祠堂里，加入到玄庄赵氏列祖列宗行列，供后世子孙供奉。

到了出殡的日子，众人更是忙得不可开交。按说赵宝成已二十几岁，应是赵家主持办事的男人，可是凡事他不管不问，有的事他入乡随俗，有的事他干脆跑一边躲起来了。赵占魁遇上事只好找赵家女人们商议了，这时他又找到郑氏、安福家里的、安禄家里的说："棺前谁打幡? 谁摔盆?"郑氏说："按理说，宝成是长门长孙，宝成打幡摔盆。"安禄家里的说："宝成这几天给他爸爸打幡摔盆送葬也累了，让俺宝琳打幡摔盆吧。"乡规"打幡摔盆"的子孙继承家产，安福家里的自知妯娌的用意，说："宝成大小伙子了，不累。"并问宝成："是吧，宝成?"宝成原本对这些带有迷信色彩的烦琐葬礼不屑一顾，他参与葬礼不过是随和乡俗罢了，并不执意去做，说："俺倒不累，至于谁打幡摔盆随便吧。"一时难以决断。郑氏说："宝成、宝琳都是爷爷的亲孙子，不偏不倚，那就给他爷爷打双幡摔双盆吧。"

吃过送灵饭，起灵了! 鼓乐再起，扛夫喊号人高昂一声呼号：

"起扛!"

八个精壮汉子蹲伏地上齐声应道："咳!"棺木骤然抬起。

"抬头一望——望平线!"

"咳!"

"左右摆平——摆平安!"

"咳!"

"脚下留神了!"

"咳!"

……

赵宝成、赵宝琳打引魂幡及族中晚辈，男男女女，匍匐棺前，步步后退，号啕大哭。棺木抬到街上稳稳放在已经搭好的木杠上，又罩上一顶红底彩绣棺轿。那气派犹如一座小型宫殿，飞檐屋脊，四角檐各伸出一条腾飞黄龙，轿围上绣海水江牙，五彩祥云，一轮红日出海。两端前门帘绣松柏，后门帘绣仙鹤。棺轿前后红红绿绿彩扎纸活摆满了街，童男玉女，红马黄牛，金桥银桥，光彩夺目。区长周玉熙送的一幅花圈别具一格。宝成、宝琳哭着摔了盆，尽了孝礼。

于是，乡邻亲友在棺前行三拜九叩大礼，一个接一个。吹鼓班子拿出他们的绝活，吹奏《八仙庆寿》、吹奏《百鸟朝凤》。祭拜的人一丝不苟，吹奏的人越发起劲，那观看的人人山人海目瞪口呆了。

在鼓乐声中，三十二杠棺轿一路向墓地进发，送葬的队伍浩浩荡荡，人人戴着白孝帽，穿着白孝服、白孝鞋，看上去一片白。途中，又有路祭。

风沙扑打在送葬人身上，而他们全然不顾，仍是一脸的肃穆，一身的豪气。白幡摇曳，白帽晃动，白鞋挪步，亦步亦趋。哭声也压过了风声。


赵宝成要回区上去了，郑氏和安福家里的一再挽留，郑氏说："成儿，多住几天吧。"安福家里的说："宝成，听奶奶的话，多住几天，陪你奶奶说说话。"若在往常，宝成回家来家人并不这样执意挽留，只说一句："不再住一两天了？"宝成说："不住了，工作忙啊！"家人说："那就走吧，常回家看看。"如今，赵家上两辈的男人都走了，剩下第三辈的男人，宝成又是已经长大成人的男人，就显得格外的贵重，格外的珍惜。

宝成说："奶奶，娘，回家来耽搁好几天了，区上的工作要紧，俺还是快点回去吧。"

郑氏觉得没法子了，孙子这要走了，家里空空的了，颤颤巍巍低下头来。

安福家里的觉得儿子不给娘留情面，她原来希望儿子在家多住几天，或许和儿媳妇再相处些日子，有些来往，有些感情，能破镜重圆了。看来儿子无意，并不在心，她又一次失望了！闷闷地给儿子收拾东西，挎包里装了几个馍馍，几个煮鸡蛋，还有一双布鞋。布鞋是高立英做的。

赵宝成穿一身整洁的灰色中山装，戴了解放帽，挎了挎包，束了皮带，又上下整了整衣裤，端正帽檐，叫了声奶奶、娘、婶子，又和小宝琳拉拉手，说："俺走了。"迈开步子跨出家门。

郑氏、安福家里的、安禄家里的领着宝琳送出来。宝成走到街上又回转身，说："都回去吧，俺走了。"

郑氏、安福家里的站那里不动，望着宝成远去的背影，眼眶里不觉滚出泪来。郑氏叨念一句："还不知道啥时候再回来哩！"

高立英孤孤地待在家里，这个时候她不知道该说什么，该做什么，只是痴痴地望着窗棂愣神儿。


赵宝成上路了，他顺着西大堤往南走。这一天，初冬的太阳少有的晴朗，走了一阵子，身上热乎乎的，又是一个小阳春。这时候，他不想家里的事了，开始思考区里的宣传工作。他回家奔丧前，刚刚传达了西柏坡党中央会议的精神，形势发展迅速，人民解放战争势如破竹，全国解放的日子已经不远了。他目前面临的工作任务是：关于农村情况调查工作；关于土改和划分阶级成分政策的宣传；关于恢复和发展农业生产的宣传。想着，又加紧了步子，自觉身负重任，抱负远大，胸中就好比装着一团火热辣辣的，就越走越起劲。

快到区上的时候，宝成回头看看，旷野无垠，玄庄远去，他想寻觅玄庄的一草一木一房一舍，已经不见了。他又想起玄庄这几天发生的事情，玄庄的影子在他脑海里渐渐清晰起来，以至许多年来，在玄庄，在那座农家院里，一桩桩事情、一幕幕情景闪现出来，历历在目，给他留下难以忘怀的记忆，似乎永远抹不去了。


同一时辰，石榴红和常巴虎从区上结婚登记返回玄庄，因为错过了一瞬或一步，没有与宝成碰面。

　　两人互相搀扶着，走了一程又一程，身上也感到有些暖意，精神也从未有过的清爽，多少年来石榴红脸上头一回有了笑纹。

　　轻轻一阵风吹来，刮起旷野里一缕缕残梗败叶，拂起石榴红、常巴虎两鬓几丝白发，又有些寒意，两人偎在一起打了个寒噤。

　　半路上一辆驴车驶过来，赶车人扬鞭吆喝了几声，驴车跑起来，从他们面前闪过，转弯奔向西大洼了。

　　石榴红目不转睛看定，常巴虎也看清了，那车上坐的不是郭氏吗？那依偎在郭氏怀里的不是小怀玺吗？两人顿悟，齐声喊道："怀玺，怀玺，怀玺……"

　　驴车远去了，喊声也跟着驴车远去了！不闻回声，只有嗒嗒嗒的驴车声，也渐渐消逝在旷野里。

　　石榴红、常巴虎怔怔地愣在那里了，欲哭无泪……

# 一部耐读好看的长篇小说

曾镇南

## 一

十年前我旅居美国，回国之后，读到的第一部长篇小说，就是老朋友张曰凯的《悠悠玄庄》。刚开卷的时候，我还带着一种超然淡远的心态："且看老张写得怎样吧"；但读了几章，我就肃然起敬，刮目相看了。宝成、宝雁的农村少年儿女情愫，赵太世一家勤劳、温饱的耕织生活，乡土中国基于血缘、系于宗族的稳定、温厚、又不无苦涩的亲情，赵家与玄庄悠悠流动的生活恒流和旧中国乡村萧索败落，苦于兵、匪、官、绅的灾变祸乱……小说写的生活是那样真切自然，人物是那样鲜活可扣，质朴可爱，故事是那样波澜不惊而又环环相扣，让人不忍释卷。我觉得自己得到了一种极大的艺术享受，得到了久违的读小说的乐趣，引起了欲罢不能的兴味。就说小说最后那几章吧，真是奇峰迭起，波澜横生，结尾赵太世父子在冲突中同日而死，给人极大的震撼，也开启了意味深长的反思。长篇小说常见的毛病往往是开卷气势不凡，笔力健举，越写到后头，就越是捉襟见肘，气短力弱，塌下去了。张曰凯第一次试写长篇，三十多万言，始终笔饱墨酣，文气连贯，最后还能推波助澜，戛然而止，留有余响，这真不简单。古人讲写文章讲究凤头、猪肚、豹尾，要求开头漂亮，中间饱满，结尾有力，移用来评说长篇小说，最为允当。《悠悠玄庄》可为此说的一个艺术的印证。

十年后，中国文史出版社，再版《悠悠玄庄》，更名《玄庄》。认为这是一部好书。我又读了一遍，确是一部优秀长篇小说。

为什么《玄庄》这么好读、耐读？为什么这部小说不容浏览了之，只许细读慢品，有逼人俯气静心来研读的艺术魅力？原因可能很多，其中最重要的一点是冯立三同志序言里说的，它是回归到中国古典小说的写法上来了。张曰凯在文艺学习上，始终师法《红楼梦》《金瓶梅》，潜心于中国古典长篇小说的现实主义艺术法度。他多年的编辑生涯，使他接触了各种各样的小说创作流派和技法，长期揣摩、比较之后，他最终还是选择对他而言最适宜也最熟悉的古典小说的写法。经过多年潜修默练，精心准备，他有了在自己的创作中追踪中国古典小说独特的艺术美的功力，所以他成功了。我很为我的老学长、老朋友高兴。蛰伏多年，不飞不鸣；借写玄庄，一飞冲天，一鸣惊人。"参古定法，望今制奇"，刘勰所言，也可以说是《玄庄》的艺术之旨吧。

从新时期文学掀开序幕以来，我一直是当代小说的职业性读者、评论者。我的工作需要我不间断地阅读当代小说家各种各样的作品。读的时间长了，即使是读已经写出许多有影响作品的名家作品，也会产生厌倦的感觉。厌倦产生的原因，主要是对大多数作家已驾轻就熟了的当下文体和流行语言的麻木感，也即阅读的新鲜感和受激感的丧失与钝化。

这次我读了张曰凯的《玄庄》，在探寻其文体与语言魅力之源时，又一次得到振醒：这种久违了的熟悉的陌生写法，其实就是中国古典小说艺术真髓之显现呀，也即是鲁迅小说现实主义的白描技术的影响呀！

作为一个多少已有点审美疲劳的小说阅读者，读了《玄庄》，我是非常高兴的：这真是一本很有意思，能带来阅读乐趣的书！我要把我的喜悦告诉张曰凯，也告诉大家，这部小说真的是值得读，经得起读，应该慢读细读的书。而且，它是不怕人们这样读的。有的小说是作者写出来后自己觉得很好，因为艺术家没有不觉得自己的作品是美的嘛。但是不是经得起大家细读，这个就很难说了。《玄庄》之所以不怕人们慢读细读，因为它在艺术上的独创性、新鲜感，是来自中国优秀的古典小说的现实主义传统，来自鲁迅所提取并运用于创作实践中的成功的古典小说技巧——白描手法。小说描写了风雨飘摇、神州板荡的大时代里鲁西北农民的生活和遭遇。在小说里，整个故事的进程像日常生活一样普通、习见、亲切，但透过单纯明快的情节和典型化的细节，人物的性格刻画得细致生动，写一个活一个，有的笔触还能深触到人物丰富复杂的精神世界。这部小说的语言是有高度文学性的。作者通过把绚烂融入淡远的，富于个性化的语言，创造画面，创造形象，创造意境，有力，有美，读了使人为之心折。小说所以有别于一般司空见惯的平淡无味之作，能够脱颖而出，让人一新耳目，其源盖出于此。这是我谈的第一点，也是小说给我的第一印象。

## 二

第二点我想谈谈《玄庄》的主题。看题材，论主题，观人物，赏语言，这可能是那种现在看来有点老的批评小说的方法，由于积习，我还是比较习惯于用这样的方法。鲁迅说，对作品进行"仔细的分析和正确的批评"，"取其有意义之点，指示出来，使那意义格外分明，扩大，那是正确的批评家的任务。"这里说的便是对作品主题的分析和概括，提炼和阐发。这是有效的文艺批评的题中应有之义。

在透过小说展开的人生的色相、人生的况味探寻小说的主题时，我注意到冯立三同志前些年在张曰凯第一部中短篇小说集《祭歌》的序中，谈到那些小说一以贯之的揭露乡土中国传统文化的落后、迷信、僵化、违情的主题时，他用了一句话："严峻而有分寸"。他认为张曰凯的中短篇小说着重揭露那些带封建性、宗法性的传统文化当中冷酷的、悲凉的、严峻的一面，同时他又认为写得有分寸，不作极端之论。这是很有见地的。我读《玄庄》，感到它给人的总体审美感受、审美基调，却是温馨而不乏冷峻的。小说所画出的乡土农家生活的恒流，不乏苦涩和阴凄。但总体上却是温馨的、和谐的、令人感到欣悦的。作家的调色板上，当然也有冷的颜色，但小说的基本色调，却是暖的、热的、舒畅人心的。过去，我们已经读了很多描写旧社会中国农村底层生活的黑暗、落后、残酷的作品。特别是新时期以来，这样的小说出现了很多很多。但是那种能够让我们看到乡土中国传统生活方式、劳动方式中的美，看到这种乡村生活本身自然纯朴的美，维系并浸润在这种辛劳、和乐生活的伦理的美，以及这种美的生活带来的温情、温馨的作品，却很少读到。孙犁就感慨地说过："小说既是写社会，写家庭，写人情，就离不开伦理的描写。而《红楼梦》写得最好，最感人。"他还说："前些年，我们的小说，很少写伦理，因为主要是强调阶级性，反对人性论。近年来，可以写人情，人性了，但在小说中也很少见伦理描写。特别是少见父子、兄弟、朋友之间的伦理描写。关于男女的描写倒是不少，但多偏重性爱，也很难说是中国传统的夫妻间的伦理。"《玄庄》最感人之处，就在于写出了传统的耕织之家劳动的美，生活的美，伦理的美。小说通过赵太世一家这个宗法性颇为浓重的耕织之家的生存状态、劳动过程、生活方式，包括他们在婚丧嫁娶，各种节庆游乐活动中表现出来的文化行为、文化心理、风土人情等，写出了乡土中国人在求生存、求温饱、求发展的挣扎与拼搏中显现出的正直、明达、刚毅、温厚等优良的品性。这部小说看下来，里头有许多细节让人看了不能不发出会心的微笑，不能不陶醉于劳动的诗意和美的生活画面与情景。作家写传统文化中宗法制农民生活中的伦理。不是演绎式的，而是显现式的，完全融化到日常生活的真实描写中去。鲁迅在讲中国古典小说《红楼梦》的艺术时，曾说了八个字："正因写实，转为新鲜。"《玄庄》这部小说，新就新在这里，就是在传统伦理的真实描写这一点上转为新鲜了。读《玄庄》时，我甚至联想到列宁对托尔斯泰的称赞。他有一次正在读托尔斯泰的《战争与和平》，击节赞叹之余，情不自禁地对来访的高尔基说，"在这位伯爵以前文学里就没有一个真正的农民。"列宁说的是宗法制下既有改变现状的要求又有妥协性、幻想性的农民形象。在张曰凯的这部小说里，出现了非常精彩的农民形象：赵太世、赵安福，就形象的社会意义而言最重要的是赵太世。但就形象的个性化程度而论，写得最精彩的要数赵安福，赵安福是赵太世的长子，是赵家的顶梁柱。他虽不是一家之主，但他支撑着赵家的现在，彰显着赵家的未来。这个形象刚出现的时候，像是赵太世的影子，纠结在他身上的情节、故事、生活矛盾比较少，动作性不强，说话也少，给人感觉晦而不显。但也有一些情节，凸显了他的性格和精神世界。如带弟弟赵安禄去卖香椿芽、吃老豆腐，写出了兄弟之间的伦理和他的俭省。又如因媳妇没按他的要求在午饭时炸油香而冲媳妇发火，朝媳妇把笤帚扔了过去，这不仅表现了他的夫权观念，也潜伏着他对赵太世在家里安排一切，自己在吃食上也不能自主的不满。尔后看妻子隐忍含泪去麦地劳动，他又用肢体语言和表情表示自己对妻子委屈的理解和疼惜，这个情节是写夫妻伦理的精彩之笔。越到后来，这个形象写得越好、越鲜活、越丰满，也越有深的意味。日本人占领了德州城，赵安福跟赵占魁、赵连根一起上城里看望儿子赵宝成、赵明理，路过南门，因为没有向日本人鞠躬敬礼，日本兵就打了他们几个耳光。这一下子，一向老实巴交的赵安福急了，对日本兵怒目相视，质问日本兵："你咋的打人呢？你咋的不讲理呢？"赵占魁见势不妙，拉着赵安福勉强鞠了躬，才躲过一劫，事后，赵安福觉得憋屈，边走边念叨："俺一辈子还没有挨过打哩，这小日本咋的欺负人呢？咋的不讲理呢？"这个细节写得意味深长。赵安福等中国农民因不鞠躬而挨日本人耳光的事，在日本侵略者欺辱、残害中国人民的滔天罪行中，实在是小而无奇者，但它却深深伤害了赵安福的人的尊严感。中国传统文化中千百年形成的那种道义和伦理观念，已经深深地渗透到中国人的生活和生命中去了。这种道义和伦理，为民族命脉所系，是为人处世之准绳。一旦遇到不讲道理，毫无人性的外来横逆势力的压迫摧折，就会激起敏感而深沉的反感，引发猛烈而持久的反抗。小说中作为另一条重要故事线与玄庄故事的历史背景而存在的鲁西北人民抗日斗争的曲折、悲壮的故事，虽然写得不那么生活化而更多地带有传奇色彩，但在小说的结构上也是不可或缺的。而赵安福在初遇日本人时朴素而强烈的屈辱感，则深沉地透露出这场战争的实质是中国最底层的民众大批大批地起来，为捍卫自己的生活方式，自己的自由与尊严，自己的道义、伦理而发出的最后的怒吼。

小说写到结尾处，当赵安福因劳累而中风后，有一个细节给我极深的印象。赵安福这么一个节俭、拘谨的人，有一次突然结结巴巴地跟悉心伺候、照料自己的老婆说："等我病好了，带你到县城去逛逛，下馆子，看戏。"安福家里的又高兴又有点害羞，喜笑着嗔道："守着儿媳妇的面，别说些老不要脸的话。"在一旁听到这对话的、离婚不离家的儿媳高立英不好意思地抿嘴笑笑，同时也自觉这笑意里掺杂了多少苦涩的味道。这个细节写得太好了。赵安福为了表达对妻子的感激所作的许诺，是多么平常、简素、真挚。他的一生，都生活在父亲赵太世的身影覆盖之下，生活在带宗法性的乡村耕织之家的恒定的秩序之中。在这种秩序之中，只要还没有分家自己挑门过日子，年轻夫妻是没有多少表现自己的情感，表现夫妻的恩爱，享受农村日常生活中的难得的乐趣（如下馆子、看戏）的空间的。以至赵安福说出的愿望，作出的许诺，在妻子听起来，都觉得突兀，觉得怪不好意思的。赵安福病倒之后，才有时间也有条件回想自己一生的生活，才意识到自己生活中的缺憾，说出来久藏在心底的愿望。这个形象在这里一下子亮起来了，活起来了，尽脱其晦暗、固执、僵硬的一面。请想一想，他原来是一碗老豆腐也舍不得买，出外卖布只舍得住土地庙，一点苜蓿让人偷割了之后就要把大粪泼到苜蓿上防盗的农民，是大水追来了还拼命抢收庄稼不肯撒手的苦受狠作的庄稼人，现在虽然表达出追求生趣的愿望，却离生命的终点不远了，这是怎样的悲剧啊！这是鲁迅所说的："几乎无事的悲剧"。这才是真实到让人感到心的震颤的悲剧。

《玄庄》就是这样，通过对赵太世、赵安福一家生活的质朴无华的、真实无讳的描写，写出了过去很少人写到的中国自给自足的自然经济内在的活力和秩序，写出了中国乡土这种耕织之家、这种宗法制农民家庭生活的稳定性、和谐、美和诗意的一面。小说实际上提出一种观察我国两千多年来封建社会、观察宗法制农村和农民生活的一个新的思路，新的角度。从"五四"以来，我们一直批判中国几千年封建社会，对其落后的一面、伪善的一面、黑暗的一面，作了尽情的揭露和批判，从鲁迅的《狂人日记》，到巴金的《家》，再到路翎的《财主和他的儿女们》，都是走的这样一个路子。但这种批评也容易走向一种极端，对维系中国封建社会生活形态几千年存在下去、发展下去的内在的积极的、建设性的因素，对使中国农村自给自足的自然经济能够不断地延续下去，可持续地发展下去的制度建构、道义、伦理的正面内容，就容易忽略了。我曾比较认真地看了钱穆的《国史大纲》，特别是书前八万多字的前言，还看了张岱年先生年轻时写的名著《中国哲学史大纲》。我觉得这两个学者对中国历史，对中国传统文化、对封建社会的制度构建、运作程序、道义伦理，有许多精微独到的见解，为我们过去所忽略，应该重新引起大家的注意。比如钱穆，他认为中国几千年的封建社会的历史，不能用一两句话就全给否了，好像只是"一片黑暗"，只是"停滞不前"就完了，他主张对我们老祖宗的历史，要取一种同情的、解释的、认知的态度。"尤必附随一种对其本国已往历史之温情与敬意"。又如张岱年，他的书里，对三纲五常，对整个封建社会的政治结构，这一结构中的稳定性和积极的、促进经济社会、思想文化发展的机制，做了一些正面的评说。这表现出对历史的一种认知的科学态度。这种思路和角度，我认为可以作为我们已习惯了的否定的、批判的态度的一种补充。任何一种理论的命运，都要视其满足社会的需求的程度和自身更新的活力来决定。世易时移，一种倾向为另一种倾向所替代，这是很自然的。张曰凯的《玄庄》，艺术地再现了中国的昨天和前天存在着、发展着的那种宗法制的农村以耕织为本的和谐的、温馨的农家生活，也即构成社会生活底色和基调的自给自足的自然经济的生活图景。而维系这种生活图景的，则是中国的传统文化、伦理道德观念。我们看到，这种融化在农民生活的血脉、肌理中的中国传统美德、道义伦理，维系着一个家庭，维系着一个村落，维系着一个族群，维系着一个国家。当日本侵略者把战争强加到我们头上时，人民就会本能地、自发地奋起保卫自己的生活方式、生活理念，坚决地反抗这些不讲道理的野蛮人。《玄庄》的主题和艺术表达的新鲜之处，深刻之处，就在这里。

# 三

《玄庄》集中笔力写出了赵太世一家那种在艰辛的劳动中求得温饱，也求得一定程度的发展自给自足的自耕农的生存状态，生活方式和劳动方式及其精神生活和心理特征，当然也写到这个家庭跟外部各方面的关系，借以把笔力辐射到农村社会生活的各个角落去。比如小说写了石榴红这样一个不安于命运的安排，生活道路变迁和漂移的幅度很大的农村女性形象。一方面，作者赋予这个富有艺术天分和才华的农村女艺人以浪漫主义的色彩，让她的生命在玄庄的抗日自卫军如火如荼的斗争烈火中放出了炫目的光彩；另一方面，作者又按照现实主义所要求的生活逻辑，给她安排了一个不得不接受的嫁给马德昌当二房的灰暗的命运。人物性格的不变的单纯和桀骜不驯与生活环境大起大落的跌宕变化，深化了这个"心比天高、命如纸薄"的农村女性形象，也大大扩展了小说波及的生活幅度。又比如，着墨不多却给人留下极其鲜活的印象的哇儿哇儿二。作者借助这个悲剧性人物生活道路的抛物线，把笔墨甩出去，就把柴三猴子这样恶霸型的地主形象和虽然挂匾立牌坊却终身凄苦的旧礼教的牺牲品桃个儿的形象也带出来了。这些次要人物的生活故事，性格刻画，都与赵太世一家的生活故事有着或多或少、或远或近的联系。这就拓展了小说表现鲁西北农村社会生活的广度，丰富了小说的社会生活内容，为主要典型人物赵太世、赵安福的生存和活动，提供了深广而又工细的典型环境的描写。我们透过赵太世一家的生存状态和家运的起伏变化，透过出入赵家、出入玄庄的形形色色的人物的活动，更加完整地看到了鲁西北农村社会结构的全貌，看到各种各样的农民家庭，各种各样的地主家庭，各种各样的乡土中国的儿女，也看到了这些家庭，这些人物之间的交织、融合、排斥，终于汇成了一条穿越民族解放战争风云而走向自由、解放的人民生活的河流。在这条河流的冲刷激荡中，我们更加看清了赵太世一家、赵太世父子的典型性。

在我读过的农村、农业、农民题材的长篇小说中，出现了各种各样不同时期、不同历史情势下的农民家庭、农民形象的典型。有《创业史》中的梁三老汉、梁生宝一家；有《许茂和他的女儿们》中的许茂一家；也有《红旗谱》中的朱老忠一家和严志和一家；还有《白鹿原》里的白嘉轩一家和鹿子霖一家。这些农村家庭和人物，各有其不同的现实生活基础，不同的真实性，不同的审美价值。如果把赵太世一家放在上述家庭、家族形象的文学画廊里，那就不难发现，它的地位是颇为独特的。赵太世一家，在当时的物质生产水平上，应该说是温饱无虞，而且家境正在上升的殷实农家。这样的家庭如果不遭逢乱世，再向上发展，就会渐渐走到类似白嘉轩、鹿子霖那样的地主之家的行列中去；如果遇到不测灾变，家境跌落，那就会下降到梁三老汉那样的贫苦状态。旧社会农村的两极分化和两极换位，是进行得很频繁的。《玄庄》截取了处于相对稳定并渐有上升趋势的赵太世一家的一段家史予以艺术的再现，应该说是把握住了中国农村在那个时代最具本质意义的社会生活的基准线的。在乱象中逼现本相，在变动中凝视恒常，这就是艺术的集中和概括，也即是文学典型的创造。在赵太世身上体现了儒家思想的两性"仁"与"礼"。他救济穷人，收贫家女为养女，又扼杀孙子与养女的恋情。大儿子半身不遂，儿媳让他扶一把，他说："我不能倒行孝。" 6个字刻画出了他的形象入木三分。

最后，我还想谈谈《玄庄》的文学语言。张曰凯长期以来，潜心学习中国古典小说的语言艺术，特别是《红楼梦》《金瓶梅》的语言，他简直是到了已经烂熟于心，可以本能地应之于手的地步。所以有些情节，如宝成与宝雁的少年情愫、儿女恩怨之类，让人有过于肖《红》之叹。当然，他的语言的主要的来源，是自己青少年时代亲历的生活，是故乡玄庄乡亲们活的口语。写作过程中，他又几度回乡访问故老，采风观俗，对武城、德州乃至整个山东的人民口语、土风旧俗，尽情地汲取，无痕的化用。在刻画人物、描写细节方面，他善于学习、运用鲁迅所提倡的"白描"手法进行艺术的创新。我们关于小说创作的道理，可以说上千条万条，但归根到底，最重要的一条是小说是语言的艺术。深广的主题也好，饱满的生活内容也好，诸如人物形象刻画，故事的演进与结构的弥合，丰富的情节安排，微妙的细节选炼等等，都要靠语言来实现。语言是小说艺术生命的物质的外壳，是思想、感情、印象、想象的外在显现，是作家气质、品性的流露。一切全靠作家写下的每一个字，每一个词，每一个句子，看能不能把生活的本色真相表现出来，能不能对生活作带露摘花，连泥拔草式的截取与再现。在语言的学习、锤炼、创造方面，《玄庄》取得了相当高的成就。在整理这篇笔谈时，我对一年前读过多遍的一些章节又一次重读，仍然被作者的生花妙笔所深深吸引。例如第二十五章"祈雨　棉花谣"，把安福家里的和宝成媳妇菊个儿婆媳俩纺纱、织布的劳动过程和她们的对话、歌唱写得多么有诗意，有温情，写得多么美。为了把纺纱、织布的多道工序写好写准，张曰凯曾利用回家的机会让善于织布的妹妹给他细细讲解，并作示范，这才能把这一章写得如行云流水，生态并作，妩媚多姿。棉花谣唱到酣处，农家乐写到极致，却又引发安禄家里的愿望苦涩之声，劳动的诗意和伦理之情的缺憾一并流出，使这一支明朗欢快的棉花谣变得深沉，带有沉思的气质了。高妙的文学语言，创造出来深新的文学意境。还有第四十六章"夫妻识字"，也是展现张曰凯文学语言功力的一个好例。这一章写的是已经当了区文化教员的宝成教已离婚的前妻菊个儿"识字"的情景。这是难堪而微妙的一幕。仳离而仍有余情，新生却罩着阴影，难以描摹，更难声状。这里，自然与做作的界线，间不容发；个中几微与分寸的把握，其难度，几乎同于捕风捉影。但张曰凯却举重若轻地全都写出来了，而且写得那么精微、那么自然，那么传神。真可谓寸水层澜，回环往复，纤笔细摹，曲尽人物情态。就连宝成、菊个儿所用的《识字课本》，也带着历史的风尘，呈现了久违了的真实。张曰凯为了写好这一章，还曾在潘家园旧书摊上，花100元买了一册山东解放区的识字课本。这件作家创作过程中的逸闻，不正是严谨的现实主义创作方法的明证吗？